鲁迅 与 当代中国

钱理群 著

北京大学出版社
PEKING UNIVERSITY PRESS

图书在版编目（CIP）数据

鲁迅与当代中国 / 钱理群著. —北京：北京大学出版社，2017.6
ISBN 978-7-301-27953-3

Ⅰ.①鲁…　Ⅱ.①钱…　Ⅲ.①鲁迅著作—文学评论　Ⅳ.①I210.97

中国版本图书馆CIP数据核字（2017）第042369号

书　　　名	鲁迅与当代中国 LUXUN YU DANGDAI ZHONGGUO
著作责任者	钱理群　著
责任编辑	李冶威　周　彬
标准书号	ISBN 978-7-301-27953-3
出版发行	北京大学出版社
地　　　址	北京市海淀区成府路 205 号　100871
网　　　址	http://www.pup.cn 新浪微博：@北京大学出版社
电子信箱	pkuwsz@126.com
电　　　话	邮购部 62752015　发行部 62750672　编辑部 62750883
印　刷　者	三河市国新印装有限公司
经　销　者	新华书店 660 毫米 × 960 毫米　16 开本　33.75 印张　450 千字 2017 年 6 月第 1 版　2022 年 1 月第 4 次印刷
定　　　价	88.00 元

未经许可，不得以任何方式复制或抄袭本书之部分或全部内容。
版权所有，侵权必究
举报电话：010-62752024 电子信箱：fd@pup.pku.edu.cn
图书如有印装质量问题，请与出版部联系，电话：010-62756370

目 录

辑一 我们为什么需要鲁迅

我们为什么需要鲁迅 3

——2006年10月19日在北师大春秋学社"鲁迅逝世七十周年追思会"上的讲话

作为"二十世纪中国经验"的鲁迅思想的独特价值 11

——刘国胜《现代中国人的发展之道：鲁迅"立人"思想启示录》序

鲁迅与中国现代文化 19

——2006年6月23日在电视大学演讲

"真的知识阶级"：鲁迅的历史选择 40

"东亚鲁迅"的意义 53

——对韩国学者刘世钟教授《鲁迅和韩龙云革命的现在价值》一文的响应

鲁迅作品教学在中学教育中的地位　　　　　　　　　　　62

　　——2010年12月24日在全国教师培训班上的讲话

让鲁迅回到儿童中间　　　　　　　　　　　　　　　　90

　　——刘发建《亲近鲁迅》序

和青年志愿者谈鲁迅　　　　　　　　　　　　　　　111

和宝钢人谈鲁迅　　　　　　　　　　　　　　　　　125

在台湾讲鲁迅　　　　　　　　　　　　　　　　　　159

　　——2009年10月30日在"与鲁迅重新见面"
　　台社论坛上的主旨演讲

读柏杨常常让我想到鲁迅　　　　　　　　　　　　　195

　　——在"柏杨学术研讨会"上的发言

陈映真和"鲁迅左翼"传统　　　　　　　　　　　　202

　　——2009年在"陈映真：思想与文学"学术会议发言

《野草》的文学启示　　　　　　　　　　　　　　　218

　　——汪卫东《叩询"诗心"：〈野草〉整体研究》序

全球化背景下的鲁迅研究呼唤新的创造力　　　　　　224

　　——汪卫东著《鲁迅前期文本"个人"观念梳理与通释》序

重新体认鲁迅的源泉性价值　　　　　　　　　　232

　　——王晓初《鲁迅：从越文化透视》序

"30后"看"70后"　　　　　　　　　　　　　238

　　——读《"70后"鲁迅研究学人论文集》

"于我心有戚戚焉"　　　　　　　　　　　　　247

　　——读李国栋《我们还需要鲁迅吗?》

我读《鲁迅在南京》　　　　　　　　　　　　　254

医学也是"人学"：漫谈"鲁迅与医学"　　　　267

　　——2014年4月26日"积水潭骨科论坛"上的讲话

谈谈鲁迅"改造国民性"思想　　　　　　　　　285

　　——在凤凰读书网"'国家'中的'国民性'：以胡适和鲁迅为中心"讨论会上的讲话

答中央电视台《大先生鲁迅》摄制组记者问　　291

关于鲁迅的两封通信　　　　　　　　　　　　　294

辑二　鲁迅与当代青年的相遇

鲁迅在当下中国的历史命运　　　　　　　　　　303

　　——2012年在印度鲁迅国际会议上的发言

七八十年代青年眼里的鲁迅　　　　　　　　　　　　310

鲁迅与九十年代北京大学学生　　　　　　　　　　　326

当代中学生和鲁迅　　　　　　　　　　　　　　　　335

　　——《鲁迅作品选读》课的资料汇集

读什么，怎么读：引导中学生"读点鲁迅"的一个设想　　383

　　——《中学生鲁迅读本》编辑手记

让自己更有意义地活着　　　　　　　　　　　　　　396

　　——"90后"中学生"读鲁迅"的个案讨论

"在高中与鲁迅相遇"的意义　　　　　　　　　　　415

　　——王广杰主编《在高中与鲁迅相遇》序

部分台湾青年对鲁迅的接受　　　　　　　　　　　　431

台湾"90后"青年和鲁迅的相遇　　　　　　　　　457

　　——读台湾清华大学"鲁迅选读"课程学生试卷

关于鲁迅的银幕形象　　　　　　　　　　　　　　　470

辑三　重看历史中的鲁迅

如何对待从孔子到鲁迅的传统　　491

　　——2007年在李零《丧家狗——我读〈论语〉》出版座谈会上的讲话

鲁迅谈民国　　506

　　——2011年1月8日在广西师范大学出版社主办的民国座谈会上的讲话

漫说"鲁迅'五四'"　　511

　　——2009年3月11日在首都师大举办的"国家历史"讲堂上的演讲

对鲁迅与胡适的几点认识　　519

　　——2014年一份始终没有发表的讲稿

后　记　　527

辑 一

我们为什么需要鲁迅

我们为什么需要鲁迅

——2006年10月19日在北师大春秋学社"鲁迅逝世七十周年追思会"上的讲话

今天,我要讲的题目是:"我们为什么需要鲁迅?"

为什么要选这么一个题目?还是先从一件小事说起。你们社的一位同学告诉我,他看了在学校放映的电影《鲁迅》,非常感动。我对这部电影的印象也很不错,能拍成这样,是很不容易了。在拍摄过程中,编剧和导演曾经征求过我的意见,因此我注意到编剧的一个陈述,强调鲁迅"兼有'儿子''丈夫''父亲''导师''朋友'等几重身份",整部电影也是围绕这五方面来展开的,着重从日常生活中来展现鲁迅情感的丰富,同学们看了电影以后,觉得亲切而感人,这说明电影是成功的,它有助于年轻一代走近鲁迅。但我可能受到鲁迅的影响,喜欢从另一面来看来想,于是,就有了这样的疑问:"今天我们花了这么大的人力、物力来拍这么一部大型彩色故事片,难道仅仅在于告诉今天的观众:鲁迅是一个好儿子、好丈夫、好父亲、好朋友吗?"这其实就内含我们今天所要讨论的问题:历史与现实生活中,我们中国并不缺少好儿子、好父亲、好丈夫……但我们为什么需要鲁迅呢?这正是我们所要问的:鲁迅对于现代中国,对于我们民族的特殊的、仅仅属于他的、非他莫有的意义和价值在哪里?

提出这样的问题，并不是无的放矢，因为在当下的思想文化界、鲁迅研究界就或隐或显地存在着一种倾向：在将"鲁迅凡俗化"的旗号下，消解或削弱鲁迅的精神意义和价值。这又显然与消解理想、消解精神的世俗化的时代思潮直接相关。

是的，鲁迅和我们一样：他不是神，是人，和我们一样的普通人。

但，鲁迅又和我们，和大多数中国人不一样：他是一个特别，因而稀有的人。因此，我们才需要他。

这样说，强调这一点，不是要重新把他奉为神，重新把他看作是"方向""主将""导师"。——这些说法，恰恰是掩盖了鲁迅真正特别之处。

鲁迅从来就不是任何一个现代思想文化运动的"主将"，无论是二十世纪二十年代的"五四"新文化运动，还是三十年代的左翼文学、文化运动，他都是既支持、参加，又投以怀疑的眼光。

鲁迅从来就不是，也从来没有成为"方向"，他任何时候（过去，现在和将来）都不可能成为"方向"，因为他对任何构成"方向"的主流意识形态，以至"方向"本身，都持怀疑、批判的态度。

而且，鲁迅还向一切公理、公意、共见、定论……提出质疑和挑战。——画家陈丹青按胡塞尔的定义："一个好的怀疑主义者是个坏公民"，断定"不管哪个朝代"，鲁迅"恐怕都是坏公民"，[1]这是确乎如此的：鲁迅就是一个"好的怀疑主义者"和"坏的公民"。

鲁迅也不是"导师"。从古代到现代，到当代，绝大多数的中国知识分子都有一个"导师"和"国师"情结，这可以说是中国知识分

---

[1] 陈丹青：《笑谈大先生》，文收《中国最佳教育随笔》，59页，华东师范大学出版社，2006年出版。

子的一个传统。鲁迅是提出质疑和挑战的少数人之一。他在著名的《导师》一文里说,知识分子自命导师,那是自欺欺人,他提醒年轻人不要上当;但他又说,我并非将知识分子"一切抹杀;和他们随便谈谈,是可以的"。[1] 在我看来,他也这样看自己。他不是"导师",今天我们读者,特别是年轻读者如果想到鲁迅那里去请他指路,那就找错了人。鲁迅早就说过,他自己还在寻路,何敢给别人指路?我们应该到鲁迅那里去听他"随便谈谈",他的特别的思想会给我们以启迪。是"思想的启迪",和我们一起"寻路";而非"行动的指导",给我们"指路":这才是鲁迅对我们的意义。

而鲁迅思想的特别,就决定了他对我们的启迪是别的知识分子所不能替代的,是他独有的。

鲁迅思想的特别在哪里?同学们从我刚才连说的三个"不是"——不是"主将",不是"方向",不是"导师",就可以看出,鲁迅在整个现代中国思想文化体系、话语结构中,始终处于边缘地位,始终是少数和异数。

他和以充当"导师""国师"为追求的知识分子的根本区别,就在于他从不看重(甚至蔑视)社会、政治、思想、文化、学术的中心位置,他也不接受体制的收编,他愿意"站在沙漠上,看看飞沙走石,乐则大笑,悲则大叫,愤则大骂",[2] 他就是要在体制外的批判中寻求相对的思想的独立与自由。——当然,他更深知,完全脱离体制的控制是不可能的,独立和自由极其有限,他甚至说,这是"伪自由":

---

[1] 鲁迅:《导师》,《鲁迅全集》3卷,58页,人民文学出版社,2005年出版。

[2] 鲁迅:《〈华盖集〉题记》,《鲁迅全集》3卷,4页,人民文学出版社,2005年出版。

他连自己的追求也是怀疑的。

而对于中国这样一个大讲"正统""道统",同化力极强的文化结构与传统来说,这样的"好的怀疑主义者",这样的体制外的、边缘的批判者,是十分难得而重要的;我们甚至可以说,中国现代思想文化,幸亏有了鲁迅,也许还有其他的另类,才形成某种张力,才留下了未被规范、收编的另一种发展可能性。

我们这里所说的"收编",是一个广泛的概念,不只是指体制的收编,也指文化,例如传统文化和西方文化的收编。这就说到了鲁迅的另一个特别之处:他的思想与文学是无以归类的;鲁迅因此专门写了一篇文章:《谈蝙蝠》。文章特意提到一则寓言:"鸟兽各开大会,蝙蝠到兽类去,因为他有翅子,兽类不收,到鸟类去,又因为它是四足,鸟类不纳,弄得他毫无立场。"[1] 鲁迅显然将他自己看作是中国思想文化界的"蝙蝠"。这是很能显示鲁迅的本质的:他和自己所生活的时代,存在着既"在"又"不在"的关系;他和古今中外一切思想文化体系,也同样存在着既"是"又"不是"的关系。他真正深入到人类文明与中华民族文明的根柢,因此,他既能最大限度地吸取,"拿来",又时时投以怀疑的眼光,保持清醒;既"进得去"(而我们许多人都只得其表,不得入门),又"跳得出"(而我们一旦入门,就拜倒在地,被其收编),始终坚守了思想的独立自主性、主体性。他的既"在"又"不在",既"是"又"不是"的"毫无立场",正是从根本上跳出了"非此即彼,非黑即白"的二元对立的思维模式和"站队"意识,而对一切问题,都采取了更为复杂的分析态度,形成了他的思想和表达的缠绕性。这也就使他最易遭到误解与各方攻击,在现

---

[1] 鲁迅:《谈蝙蝠》,《鲁迅全集》5卷,212—213页,人民文学出版社,2005年出版。

实生活中,他就不得不时时处在"横战"状态中。但这同时就使他的思想与文学具有了许多超越时代的未来因素,是同代人,甚至后几代人(他们常常拘于二元对立不能自拔)所不能理解,或只能片面理解,而要在历史的复杂性逐渐显露之后,才能为后来人所醒悟;或者说,当后来人面对更为复杂的现实时,鲁迅思想与文学的启示性才真正得以显示,并获得新的现实性:我们今天读鲁迅著作,总能感到他仍然生活在我们的现实中,其原因即在于此。

我们在这里已经讨论到了,鲁迅这样的中国现代思想文化中的少数、异数,这样的无以归类的"蝙蝠",对今天的中国思想文化界,今天的中国读者的意义。

首先,它是一个检验:能否容忍鲁迅,是对当代,以及未来中国文化发展的宽容度、健康度的一个检验。而我们这里所发生的,却是人们争先恐后地以各种旗号(其中居然有"宽容"的旗号)给鲁迅横加各种罪名。尽管明知道这种不相容是鲁迅这样的另类的宿命,今天的新罪名不过是鲁迅早已预见的"老谱袭用",但我仍然感到悲哀与忧虑,不是为鲁迅,而是为我们自己。

当然,任何时候,真正关注以至接受鲁迅的,始终是少数:一个大家都接受的鲁迅,就不是鲁迅了。我曾在《与鲁迅相遇》里说过:"人在春风得意,自我感觉良好的时候,大概是很难接近鲁迅的,人倒霉了,陷入了生命的困境,充满了困惑,甚至感到绝望,这时就接近鲁迅了。"换一个角度说,当你对既成观念、思维、语言表达方式深信不疑,或者成了习惯,即使读鲁迅作品,也会觉得别扭,本能地要批判他,拒绝他;但当你对自己听惯了的话,习惯了的常规、常态、定论产生不满,有了怀疑,有了打破既定秩序,冲出几乎命定的环境,突破自己的内心欲求,那么,你对鲁迅那些特别的思想、表达,就会感到亲切,就能够从他那里得到启发。这就是鲁迅对我们的意义：他是另一种存在，另一种声音，另一种思维，因而也就是另一种可能性。

而鲁迅同时又质疑他自己，也就是说，他的怀疑精神最终是指向自身的，这是他思想的彻底之处、特别之处，是其他知识分子很难达到的一个境界。因此，他不要求我们处处认同他，他的思想也处在流动、开放的过程中，这样，他自己就成为一个最好的辩驳对象。也就是说，鲁迅著作是要一边读，一边辩驳的——既和自己原有的固定的思维、观念辩驳，也和鲁迅辩驳。辩驳的过程，就是思考逐渐深入的过程。在鲁迅面前，你必须思考，而且是独立地思考。正是鲁迅，能够促使我们独立思考，激发我们的想象力和创造力。他不接受任何收编，他也从不试图收编我们；相反，他期待并帮助我们成长为一个有自由思想的、独立创造的人——这就是鲁迅对我们的主要意义。

而我还想强调一点：我们今天所面临的，是一个矛盾重重，问题重重，空前复杂的中国与世界。我自己就多次发出感慨：我们已经失去了认识和把握外在世界的能力，而当下中国思想文化界又依然坚持处处要求"站队"的传统，这就使我这样的知识分子陷入了难以言说的困境，同时也就产生了要从根本上跳出二元对立模式的内在要求。我以为，正是在这样的思想文化背景下，鲁迅的既"在"又"不在"，既"是"又"不是"的毫无立场的立场，对一切问题都采取更为复杂的、缠绕的分析态度，就具有了一种特殊的意义。而鲁迅思想与文学的独立自主性、无以归类性，由此决定的他的思想与文学的超时代性，也就使得我们今天面对我们自己时代的问题，并试图寻求新的解决时，鲁迅的思想与文学或许是一个特别值得注意和重视的精神资源。

更难能可贵的是，鲁迅同时又是一个能够将自己的思想追求变为实践的知识分子。他的边缘的、异类的、反体制的思想立场，注定了他在现实社会结构中，必然站在社会底层的被侮辱和被损害者这一边，为他们悲哀、叫喊和战斗：这正是鲁迅文学的本质。同时，他又怀着"立人"的理想，对一切方面、一切形式的对人的个体精神自由的侵犯，对人的奴役，进行永不休止的批判，因此，他是永远不满足现状的，因而是"永远的批判者"：这也正是鲁迅思想的核心。鲁迅曾提出一个"真的知识阶级"的概念，其主要内涵就是以上所说的两个方面：永远站在底层平民这一边，是永远的批判者。[1] 这也是鲁迅的自我命名。这样的"真的知识阶级"的传统，在当下中国的意义，是不言而喻的。这是我们今天需要鲁迅的一个非常重要的方面。

有人在贬低鲁迅的意义时，常常说鲁迅只有破坏，没有建设。他们根本不理解鲁迅思想本身，就是对中国思想文化的建设性贡献，是二十世纪中国和东方思想文化遗产中最重要的组成部分。而就具体操作的层面，在我看来，也很少有人像鲁迅这样为中国的文化建设和积累而呕心沥血：这自然是否定者视而不见的。鲁迅早就说过："我已经确切的相信：将来的光明，必将证明我们不但是文艺上的遗产的保存者，而且也是开拓者和建设者。"[2] 鲁迅是把这样的信念化作日常生活具体行为的。早在二十世纪二十年代，他就提倡"泥土"精神，提出"不要怕做小事业"。[3] 直到1936年去世之前，他还呼吁

---

[1]参看《关于知识阶级》，《鲁迅全集》8卷，223—229页，人民文学出版社，2005年出版。

[2]《〈引玉集〉后记》，《鲁迅全集》7卷，441页，人民文学出版社，2005年出版。

[3]《未有天才之前》，《鲁迅全集》1卷，177页，人民文学出版社，2005年出版。

"中国正需要做苦工的人"。[1] 他自己就是文化事业上的"苦工",仅 1936 年生命最后一段历程,他就以重病之身,编校了自己的杂文集《花边文学》、小说集《故事新编》,翻译《死魂灵》第二部,编辑出版亡友瞿秋白的《海上述林》,编印《〈城与年〉插图本》《〈死魂灵〉百图》《珂勒惠支版画选集》,还参与编辑《海燕》《译文》等杂志。他的生命就是耗尽在这些点点滴滴的,具体琐细的小事情上,但他生命的意义,也就体现在这些在鲁迅看来对中国,对未来有意义的小事情上。这倒是显示了鲁迅"平常"的一面:鲁迅经常把他的工作,比作是"农夫耕田,泥匠打墙",[2] 这正是表明了鲁迅精神本性上的平民性。这是鲁迅的平凡之处,也是他的伟大之处。在我们今天这个浮躁、浮华的,空谈的时代,或许我们正需要鲁迅这样的文化"苦工"。

2006 年 9 月 5 日急就

---

[1]《360318 致欧阳山、草明》,《鲁迅全集》14 卷,48 页,人民文学出版社,2005 年出版。

[2]《徐懋庸作〈打杂集〉序》,《鲁迅全集》6 卷,300 页,人民文学出版社,2005 年出版。

作为"二十世纪中国经验"的鲁迅思想的独特价值

——刘国胜《现代中国人的发展之道：鲁迅"立人"思想启示录》序

"当今中国是否需要鲁迅"一直是政治、思想、文化、教育界争论不休的问题。在一些人看来，鲁迅所代表的，是一个错误的传统，在今天是有害的，应该坚决抛弃。持这样的全盘否定论的，并不多，其影响却不可忽视。另一些人则并不否认鲁迅的价值，却认为他在今天已经过时或不合时宜，应该进入博物馆，成为可尊敬、但与现实无关的历史人物。更多的人，对鲁迅知之不多，更无兴趣，自然认为鲁迅与己无关，不过是一些文人、学者的研究对象罢了。当然，也还有人觉得鲁迅的思想存在会有碍于自己的既得利益，因此希望逐渐淡化以至消解鲁迅的影响。我曾用"有人欢喜，有人骂，有人怕"，来概括鲁迅在当下中国的命运。在某种意义上，这正是鲁迅这样的知识分子应有的命运，鲁迅出现在中国文坛以后，一直是"有人欢喜，有人骂，有人怕"的，如果没有人骂和怕，恐怕就不是鲁迅了。因此，在如何评价鲁迅的问题上，存在争议，也是正常的。但从另一方面看，这样的争议，关系着对鲁迅所创造、积淀、代表的思想资源、精神传统，及其现实意义、价值的认识，不仅是一个学术问题，更是一个现实政治、思想、文化、教育问题，因此，又必须据理力争，认真对待，是不可掉以轻心的。

我自己就是基于这样的认识，多年来，一直坚持"我们现在需要鲁迅"的观点，写了大量的文章，作了无数演讲，可以说是倾注了几乎是全部的心血。这不仅是出于我的信念，自我生命的需要，也是当作当代政治、思想、文化、教育建设的一件大事来做的。在这一过程中，有人不理解以至误解，是预料中的；而始终得到朋友们的理解和支持，既是期待之中，又常常出乎意料，让我感动不已。我和刘国胜先生的相遇与合作，就是近年来，最让我惊喜的。刘国胜先生是我国著名的钢铁企业宝钢的党委书记，一直倡导读鲁迅，还专门请我去宝钢讲鲁迅。我和刘国胜先生之间，无论是各自的工作、领域，还是彼此的经历、身份、地位，都存在巨大的差异，用上海话来说，是"勿搭界"的；但现在却因为鲁迅发生了关系。一个"实际工作者"（刘先生语）和"研究者"在对鲁迅认识上达到一种共识，这本身就是意味深长的。在我看来，这预示着在当代中国，鲁迅走出了书斋、学院，而真实地走进了现实生活，这样一个"活在当下中国的鲁迅"的前景，是能够给人以"微茫的希望"的。——当然，这里说的"预示"是可以质疑的；但至少我们可以说，这是一个期待，或者说有了一种可能性，由可能变成现实，自然还要经过努力并不免要走曲折的路。

读刘先生的大作，我最大的感触是，一个真实地生活在中国的土地上，敢于正视现实中国的问题，对中国的改革富有历史责任感，而且勤于思考，勇于实践的人，他是迟早要和鲁迅相遇的；他对鲁迅的体认，是那些把鲁迅当作老古董、敲门砖的所谓研究者，所难以企及的。因此，刘国胜先生提出"中国现在需要鲁迅"的命题，完全是自己的独立见解，有自己的独立发现，并且有自己的三大理由。

其中最重要的是两句话：鲁迅的"立人"思想是"现代中国人

的发展之道";"人的发展问题,当代中国人的发展问题——这是当代中国面对的最大问题"。这里无论是对鲁迅思想内涵与价值的体认,还是对中国现实问题的认识与把握,都点到了要害,是十分精辟的。

刘国胜先生以"鲁迅'立人'思想启示录"作为本书的副题,表明他的鲁迅理解与论述,是以鲁迅的"立人"思想为中心的;而他对"立人"思想的理解却相当独到:鲁迅关注的始终是"在现代化进程中,人的发展"的问题,"现代中国人的人生之路怎么走"的问题。这样把"人的发展"和"现代化道路"的问题联系起来的理解,是符合鲁迅的思想实际的。鲁迅的"立人"思想从一开始就是和"立国"即现代民族国家的建立连结在一起的。在鲁迅这里,"人的发展"是"立国"的前提与基础,又是现代化的目标。这是鲁迅对中外历史经验的总结。他在《文化偏至论》里,明确指出,传统的东方专制主义固然是对人的权利与尊严的剥夺,西方工业文明发展到极端,也会形成对个体精神自由的压抑。在他看来,中国的现代化,当然需要物质生活的富裕、科学技术的发达和民主的发展;但如果简单地"以富有为文明""以路矿为文明""以众治为文明""惟物质为文化之基",而忽视"尊个性而张精神",那就必然导致"本体自发之偏枯"(东方专制主义)与"交通传来之新役"(西方文明病)"二患交伐"的"沉沦"。以后,鲁迅又将他的"立人"思想概括为一句话:"一要生存,二要温饱,三要发展"(《忽然想到(六)》),并且有这样的说明:"我之所谓生存,并不是苟活;所谓温饱,并不是奢侈;所谓发展,也不是放纵。"(《北京通信》)如刘国胜先生所说,鲁迅这一以"人的发展"为中心的现代化思想,是应该照亮整个中国现代化历史进程的,而且鲁迅关于人的发展还有超越性的思考,由此得出的结论是:"鲁迅关于'立人'的大部分论述,是关于人的发展的一般性论述,具有超越时空的经典性,不仅至今没有过时,没有陈旧,而且随着中国社会现代化进程的深入,愈发显示出强大的生命力。鲁迅离我们渐远,然而他的'立人'思想却离我们渐近。"——这是深知鲁迅及其价值之言。

这里还包含着对当下中国问题的认识与判断。在刘国胜先生看来,中国现在所面临的是一个"发展起来以后"的问题,也即基本解决了鲁迅所说的"生存,温饱"问题以后的问题;而"发展起来以后的问题,归结到一点,是人的问题,人的发展问题"。——这也说到了点子上。毫无疑问,中国今后的发展,仍然要注意经济的发展,民生的改善,这不仅是因为还有相当一部分老百姓的生存、温饱问题并没有解决,更因为从"国富"到"民富",全民共享经济发展的成果,达到共同富裕,还有许多的事要做,很长的路要走。但是,如果以为经济发展与民生改善就能解决中国的问题,陷入"经济决定论,唯一论",就会重蹈鲁迅当年所警告过的"以富裕为文明,以路矿为文明"的覆辙。刘国胜先生说得很好:是否重视"当代中国人的发展",将其置于核心位置,作为经济、社会发展的出发点与归宿,是"一个关系到发展方向的问题"。而所谓"当代中国人的发展"问题,是包含了多层次、多方面的:人的生存环境(政治、社会、生态环境),人的权利和平等,人的精神自由,人的尊严,人的道德水准,人的全面发展,国民素质,等等,这些方面构成了鲁迅"人的发展"思想的基本内容,刘国胜先生书中都有或详或略的论述。这些问题都恰恰是当今中国所没有解决、而亟待解决的,任何有意无意地遮蔽,都会影响发展的方向。今天的中国,实际上是面临一个全面改革、全面发展的问题,而这些改革又是相互依存,相互纠缠与影响的。如刘国胜先生所说,"人的发展,不仅有赖于经济的发展,而且有赖于政治、文化、社会和生态的发展。反之,政治、文化、社会和生态的发展,又有赖于人的发展","离开了人的发展,'科学发展'是实现不了的"。——这都可以视为"警世之言"。刘国胜先生作为一个企业人，本是极容易落入将经济绝对化的陷阱的，他能够有如此清醒的认识，不能不令人感佩不已。

这其实是显示了刘国胜先生的企业观与经济发展观的。他在本书里一再强调："企业文化是企业之魂"，"企业管理的最高水平是文化管理"；在他看来，企业的发展不单是经济、科学技术的问题，同时是一个文化问题，同样需要有"文化的自觉"。而刘国胜先生的独到之处与贡献又在于，他将企业文化的核心，定位为"人的发展"。这有两个层面的意思：一是企业的发展"无疑是为了人的发展——为了所有人的发展"，也即企业全体员工（管理人员、技术人员与工人）的健全发展，这是企业发展的目标与方向；另一方面，企业发展又仰赖于人（全体员工）的积极性与素质的提高。作为企业的领导人，刘国胜先生对此是深有体会的，他如此提出问题："为什么中国企业与世界同行的领先企业相比，普遍程度不同地存在着明显差距，为什么中国的绝大部分企业生产不了在国际市场上有竞争力的高端产品？"回答是："这主要不是技术和管理本身的问题，而是人的素质问题。"由此得出一个结论："中国经济的发展，必须突破人的素质瓶颈，过好人的发展这一关。"应该说，这是抓住了企业发展的"牛鼻子"的。刘国胜先生也由此而发现了："鲁迅的作品，与企业员工的心是相通的，鲁迅的'立人'思想，与企业员工发展和企业发展的关系密切。"他一再申说："'立人'是所有工作中，最重要、紧迫的工作"，"'立人'成功，企业才能做强做优"。这构成了刘国胜先生提出"我们需要鲁迅"这一命题的第二个强有力的理由。

这是一个非常独到的理由，可以说是刘国胜先生的独立发现与独特贡献。这又有两个方面的意义。刘国胜先生告诉我，他们在创建宝钢企业文化时，遇到了"从哪里去寻找"文化资源的问题。最初的思路是学习国外企业文化经验和借鉴中国传统文化,也确实有收获,今后也还要继续这么做;但总觉得有些"隔"。经过一段摸索,发现了鲁迅的"立人"思想,才有豁然开朗的感觉。我完全理解刘国胜先生和他的同事的这种惊喜感:在我的理解里,鲁迅的思想里是积淀了"二十世纪中国经验"的,它对于当下的中国确实是更为切近的,当代中国所面临的许多问题,都是从现代中国延续下来的,鲁迅他们当年的思考,就具有了直接的启示意义。刘国胜先生在文章里,就谈到前述企业文化建设中所遇到的文化资源问题,其实就是一个"对中国古典人文精华进行'现代化'改造,和对外国人文精华进行'中国化'改造的有机统一"的问题,而鲁迅的"立人"思想本身就提供了一个成熟的经验。因此,刘国胜先生对鲁迅"立人"思想的自觉引入,无疑是对企业文化建设开拓了一个全新的,也是最重要的思想资源,即"二十世纪中国经验",其意义与影响是不可低估的。

把鲁迅思想作为"二十世纪中国经验"的重要组成,这也是对鲁迅思想及其价值的认识的一个深化。其中一个重要方面,就是加深我们对鲁迅思想的实践性的认识。鲁迅早年就竭力推崇"立意在反抗,指归在动作"的"精神界之战士",我们甚至可以说,这就是鲁迅的自我定位。鲁迅绝不是在书斋里空谈的文人、学者,他的思想既是对政治、思想、文化实践经验的总结与提升,同时也是对实际社会、思想、文化变革的直接参与。刘国胜先生说得好:"鲁迅的'立人'思想是直面现实的——它固然有形而上的品格,有思想的高度,但它不是远离现实的,仅供人欣赏和玩味的。"我们现在面临的问题是,如何将鲁迅的思想转化为现实的社会实践,例如成为具有可操作性的企业文化资源?正是在这一点上,刘国胜先生这样的实际工作者,发挥了不可替代的作用。我读本书,印象最为深刻的,就是刘国胜先生依托宝钢企业文化建设的经验,对鲁迅"立人"思想所做的创造性的发掘，解读，发挥与运用，从中提出了许多极具启发性，又具有可操作性的思想与行动原则，诸如首在"立人"的企业发展目标；"人非信无以立"、树立企业人的理想与信仰；"改革国民性是根本"、员工行为习惯的养成；实行"拿来主义"，企业的开放和创新；以诚为本的企业道德；以"爱"为纲，互助相师的人际关系的建立；韧性精神、实做苦干、泥土精神和认真精神的培育；倡导"深沉的勇气和明白的理性"，等等，最后归结为"让群众自己做了支配自己命运的人"。尽管这些讨论未必完全精当，但将鲁迅的思想命题与企业文化发展实际结合的尝试，却显然具有开创性与启示性。

刘国胜先生所提出的第三条理由是："这是我自身的内在需要。"他在书中深情地写道："我热爱鲁迅，要从鲁迅作品中汲取智慧和力量。事实上，在读鲁迅、讲鲁迅的过程中，鲁迅的'立人'思想，使我的灵魂得到安抚、净化、升华，增添我直面复杂问题的勇气。"在谈到本书的写作时，也谈到"在我难以支撑的时候，总是有鲁迅在《过客》中描写的那种感觉：'有声音常在前面催促我，叫唤我，使我息不下'"。这些讲述虽然简单，却很感人，也具有启发性：阅读与学习鲁迅，是必须把自己的心放进去的，这是心灵的对话，生命个体之间的交流，没有这样的对话与交流，是永远读不懂鲁迅的。我还发现刘国胜先生对鲁迅"人要有余裕心"的思想，独有会心。这样的会心又是建立在现实生活中刻骨铭心的生命感受和体验基础上的："人类从来没有像今天这样，被如此强大的物欲和难以消化的资讯所笼罩。在物质生活大大改善和精神生活的表层'丰富'中，留给人的主动活动、高尚精神活动的余地越来越小。带来的后果是，人可以自己支配的时间和空间被严重挤压，特别是独立思考的时间减少，精神空间压缩"，"人们的精神大抵要被挤小的"，"乃至人的'活气'被灭尽的。如果这样，民族的将来恐怕就可虑"。这样的从自我生命体验中去接近鲁迅，就把握住了鲁迅的真正价值：这是人的精神家园，我们可以从中吸取精神的元气，获得生命的独立，丰富，崇高和大气。这是精神越来越荒漠化、低俗化的当今中国所最需要的。

2012年12月9日—10日

鲁迅与中国现代文化
——2006年6月23日在电视大学演讲

这是电视大学的朋友给我出的题目,可以说是"命题作文",但文章却不好写,因为有关"鲁迅与中国现代文化"的好些流行的说法,在我看来,都有些似是而非,颇多可议之处;而一加质疑,就把所要讨论的问题复杂化了。

鲁迅是"五四"新文化运动的"主将"吗?

比如说吧,人们通常说,鲁迅是"五四"新文化运动的"主将",由此引发出来的,是"鲁迅的方向,就是新文化的方向"这样的经典论断。鲁迅确实说过,他的写作坚持的是"五四"的"启蒙主义",[1]他还说发表在《新青年》上的《狂人日记》《孔乙己》《药》等小说"显示了'文学革命'的实绩","颇激动了一部分青年读者的心"。[2]因此,

---

[1]《我怎么做起小说来》,《鲁迅全集》4卷,526页,人民文学出版社,2005年出版。

[2]《〈中国新文学大系〉小说二集序》,《鲁迅全集》6卷,246页,人民文学出版社,2005年出版。

他承认，他是"尊奉""五四"文学革命的"前驱者的命令"而写作，并自觉"与前驱者取同一步调的"。[1]——但"遵命"这一说法本身就否定了"主将"之说，鲁迅自己是明确将胡适视为"五四"文学革命的提倡者的，[2]而陈独秀是"五四"新文化运动的主将，更已经是现在学术界的共识。对周氏兄弟在《新青年》与"五四"新文化运动中的地位和作用，陈独秀有一个回忆："鲁迅先生和他的弟弟启明先生，都是《新青年》的作者之一人，虽然不是最主要的作者，发表的文章也很不少，尤其是启明先生；然而他们两位，都有他们自己独立的思想，不是因为附和《新青年》作者中哪一个人而参加的，所以他们的作品在《新青年》中特别有价值。"[3]——"不是最主要的"，当然就不是"主将"；但有"自己的独立思想"，因而"特别有价值"。这是一个客观、准确的评价。

鲁迅对启蒙主义话语与实践的复杂态度

那么，鲁迅的独立价值在哪里呢？这首先表现在他对"五四"的启蒙主义话语与实践的复杂态度。他确实为启蒙而写作，但他从一开始就对启蒙的作用心存怀疑。因此，据周作人回忆，对《新青年》

---

[1]《〈自选集〉自序》，《鲁迅全集》4卷，469页，人民文学出版社，2005年出版。

[2]《无声的中国》，《鲁迅全集》4卷，13页，人民文学出版社，2005年出版。

[3]陈独秀：《我对鲁迅之认识》，原载《宇宙风》52期，1937年11月。

鲁迅最初"态度很冷淡",[1]而且在钱玄同向他约稿时,他就对启蒙主义提出了两个质疑:"铁屋子"单凭思想的批判就能够"破毁"吗?你们把"熟睡的人们"唤醒,能不能给他们指出出路?[2]因此,在"五四"运动一周年时,他在一封通信里,对学生爱国运动及新文化运动所引发的"学界纷扰",出乎意外地给予了冷峻的低调评价:"由仆观之,则于中国实无何种影响,仅是一时之现象而已。"[3]到大革命失败以后,目睹年轻人的血,他更是痛苦地自责,自己的启蒙写作"弄清了老实而不幸的青年的脑子和弄敏了他的感觉,使他万一遭灾时来尝加倍的苦痛,同时给憎恶他的人们赏玩这较灵的苦痛,得到格外的享乐",不过是充当了"吃人的宴席"上"做这醉虾的帮手"。但他又表示,"还想从以后淡下去的'淡淡的血痕中'看见一点东西,誊在纸片上"。[4]——在坚持中质疑,又在质疑中坚持,这样的启蒙主义立场,在现代中国的思想文化界,确实是非常特别而独到的。

---

[1] 参看周作人:《钱玄同的复古与反复古》中转引钱玄同1923年7月9日致周作人书,《周作人文类编·八十心情》,481页,湖南文艺出版社,1998年出版。

[2]《〈呐喊〉自序》,《鲁迅全集》1卷,441页,人民文学出版社,2005年出版。

[3] 致宋崇义,1920年5月4日,《鲁迅全集》11卷,382页,人民文学出版社,2005年出版。

[4]《答有恒先生》,《鲁迅全集》4卷,474页,477—478页,人民文学出版社,2005年出版。

鲁迅对"科学""民主"的坚守和质疑

对"五四"新文化运动的两个核心话语——"科学"与"民主",鲁迅也别有见解。

早在二十世纪初(1908年),在其所写的《科学史教篇》里,鲁迅一方面充分肯定科学对于东方落后民族国家的特殊意义,给以很高的期待:"盖科学者,以其知识,历探自然见(现)象之深微,久而得效,改革遂及于社会,继复流衍,来溅远东,浸及震旦(按:指中国),而洪流所向,则尚浩荡而未有止也。"但他同时提醒,如果以"科学为宗教"(即今天我们所说的"唯科学主义"),就会产生新的弊端:"盖使举世惟科学之崇,人生必大归于枯寂,如是既久,则美上之感情漓,明敏之思想失,所谓科学,亦同趣于无有矣。"这其实是内含着鲁迅对科学的独特理解的。在他看来,"科学发件(现)常受超科学之力",因此,科学与信仰,理性与非理性,是既相互矛盾又相互渗透与促进的。[1] 这正是典型的鲁迅的特殊思维:他从不对某一单一的命题(如"科学""理性")作孤立的考察,而总是在正题与反题("科学"与"信仰","理性"与"非理性")的对立中进行辩证的思考。他又从不把正题与反题的对立绝对化,对任何一方作绝对的肯定或绝对的否定,而是在肯定中提出质疑,在质疑中作出肯定;同样是既倡导科学,又质疑科学。

对民主的看法与态度也同样如此。早在二十世纪初所写的《文化偏至论》等文里,他在充分地肯定了英、美、法诸国革命所倡导的"政治之权,主以百姓"的"社会民主之思",对反抗封建君主专制的巨

---

[1]《科学史教篇》,《鲁迅全集》1卷,25页,29页,35页,人民文学出版社,2005年出版。

大意义的同时，也提醒人们，如果将民主推向极端，变成"众数"崇拜，"借众以陵寡"，"托言众治，压制乃尤烈于暴君"，[1]那就会形成新的多数人专政，其结果必然是历史的循环，即所谓"以独制众者古"，"以众虐独者今"，[2]在反掉了传统的封建专制以后，又落入了新的现代专制。鲁迅因此对维新派鼓吹的"立宪国会之说"提出质疑，他担心这不过是"假是空名，遂其私欲"，其结果必然是"将事权言议，悉归奔走干进之徒，或至愚屯之富人，否也善垄断之市侩"，"古之临民者，一独夫也；由今之道，且顿变为千万无赖之尤，民不堪命矣，于兴国究何与焉"。[3]鲁迅是深知中国的："每一新制度，新学术，新名词，传入中国，便如落在黑色染缸，立刻乌黑一团，化为济私助焰之具。"[4]鲁迅对西方宪政国会制在中国可能发生的质变的警惕，当然不是无的放矢。这是那些奉行民主崇拜，将其绝对化、神化的人们所不能理解的，他们至今还因为鲁迅在坚持民主的同时，又质疑民主，而给鲁迅戴上"反民主"的帽子，这样的隔膜实在是可悲的。

---

[1]《文化偏至论》，《鲁迅全集》1卷，49页，46页，人民文学出版社，2005年出版。

[2]《破恶声论》，《鲁迅全集》8卷，28页，人民文学出版社，2005年出版。

[3]《文化偏至论》，《鲁迅全集》1卷，47页，人民文学出版社，2005年出版。

[4]《偶感》，《鲁迅全集》5卷，506页，人民文学出版社，2005年出版。

鲁迅是左联的"盟主"吗？

还有一种流行的说法：鲁迅是二十世纪三十年代左翼革命文学运动的领袖，是左联的"盟主"。

鲁迅确实认为，在三十年代，左翼革命文学的出现，"实在具有社会的基础，所以在新份子里，是很有极坚实正确的人存在的"，[1]他因此也自觉地参与，支持，将其视为自己的事业，并高度赞扬说："无产阶级革命文学和革命的劳苦大众是在受一样的压迫，一样的残杀，作一样的战斗，有一样的命运，是革命的劳苦大众的文学。"[2]也正因为如此，当真正掌控左联的中共上海党组织决定解散左联时，鲁迅不顾可能带来的严重后果，持坚决反对态度，他的理由是："左联，虽镇压，却还有人剩在地底下的。"[3]他所看重的正是这一点：左联中的左翼作家，他们是冒着被镇压的危险，和地底下的中国底层民众站在一起，为中国的未来默默奋斗的。

但鲁迅却清楚地知道，他并非领袖，更不是盟主。他参加左联以后在给朋友的信中，就说到自己"不得不有作梯子之险"，并且发出感慨："中国之可作梯子者，其实除我之外，也无几了。"在同一封信里，他还谈到左联中的一些人"皆茄花色"，难免鱼龙混杂，分歧以

---

[1]《上海文艺之一瞥》，《鲁迅全集》4卷，304页，人民文学出版社，2005年出版。

[2]《中国无产阶级革命文学和前驱的血》，《鲁迅全集》4卷，290页，人民文学出版社，2005年出版。

[3] 致沈雁冰，1936年2月14日，《鲁迅全集》14卷，25页，人民文学出版社，2005年出版。

至最后的分离都是不可避免的。[1] 在他看来，一个团体只要大的目标正确，个人当"梯子"也无妨，但有一条线：不能当奴隶，失去独立性。因此，当他"觉得缚了一条铁索，有一个工头在背后用鞭子打我"时，[2] 他就要奋起反抗，揭露那些"革命的大人物""文坛皇帝"和"奴隶总管"了。

鲁迅怎样看"革命""平等"与"社会主义"

更重要的是，鲁迅对左翼文学运动的基本理念也是既接受又质疑的。

比如"革命"。鲁迅说，有人一听到革命就害怕，其实"不过是革新"，[3] 他因此主张校园里的"平静的空气，必须为革命的精神所弥漫"，[4] 召唤"永远的革命者"，[5] 一再对为革命牺牲的烈士表示最大的敬意，这都是有文可证的。但，鲁迅也一再提醒人们要警惕那些"貌似彻底的革命者，而其实是极不革命或有害革命的个人主义

---

[1]致章廷谦，1930年3月27日，《鲁迅全集》12卷，226页，227页，人民文学出版社，2005年出版。

[2]致胡风，1935年9月12日，《鲁迅全集》13卷，543页，人民文学出版社，2005年出版。

[3]《无声的中国》，《鲁迅全集》4卷，13页，人民文学出版社，2005年出版。

[4]《中山大学开学致语》，《鲁迅全集》8卷，194页，人民文学出版社，2005年出版。

[5]《中山先生逝世后一周年》，《鲁迅全集》7卷，306页，人民文学出版社，2005年出版。

的论客",[1] 他们"摆出一种极左倾的凶恶的面貌,好似革命一到,一切非革命者就都得死,令人对革命只抱着恐怖。其实革命是并非教人死而是教人活的"。[2] 因此,他对无休止的"革命,革革命,革革命……"提出根本性的质疑:"革命的被杀于反革命的。反革命的被杀于革命的。不革命的或当作革命的而被杀于反革命的,或当作反革命的而被杀于革命的,或并不当作什么而被杀于革命或反革命的。"这都是在"革命"的旗号下,滥杀无辜和互相残杀,[3] 是鲁迅绝不能接受的。

比如"平等"与"社会主义"。鲁迅在《文化偏至论》里,对法国大革命所倡导的"扫荡门第,平一尊卑"的"平等自由之念",给予了充分肯定。到三十年代,他对苏联所进行的社会主义实验,也做出了积极的评价:"'……一切神圣不可侵犯'的东西,都像粪一样抛掉,而一个簇新的,真正空前的社会制度从地狱底里涌现而出,几万万的群众自己做了支配自己命运的人。"[4] 尽管我们可以用以后的事实证明鲁迅这一判断的失误,但鲁迅对以平等为核心的社会主义理念的向往却是真诚的。但从一开始,他就同样对平等可能导致的"偏至"提出质疑。他说,如果把对平等的追求推到极端,"大归于无

---

[1]《非革命的急进革命论者》,《鲁迅全集》4卷,232页,人民文学出版社,2005年出版。

[2]《上海文艺之一瞥》,《鲁迅全集》4卷,304页,人民文学出版社,2005年出版。

[3]《小杂感》,《鲁迅全集》3卷,556页,人民文学出版社,2005年出版。

[4]《林克多〈苏联闻见录〉序》,《鲁迅全集》4卷,436页,人民文学出版社,2005年出版。

差别","盖所谓平社会者,大都夷峻而不淹卑,若信至程度大同,必在前此进步水平以下","全体以沦于凡庸",[1] 结果必然是社会、文化、历史的全面倒退。而对苏联的社会主义实验,他在表示向往的同时,也在紧张地观察与思考其中可能存在的问题。据严家炎先生公布的胡愈之回忆的原稿,鲁迅得知苏联发生大规模的肃反运动,就敏感到"自己人发生(了)问题",感到担心,并且成为"他不想去苏联的一个原因"。[2] 而冯雪峰则回忆说,晚年的鲁迅多次对他谈到,"穷并不是好,要改变一向以为穷是好的观念,因为穷就是弱。又如原始社会的共产主义,是因为穷,那样的共产主义,我们不要",这是他计划写却因为死亡而未及写的两篇文章中的一篇。[3] 这都说明,鲁迅是始终坚持着自己的独立的思考与批判立场的。

鲁迅的"自由"观

这些年学术界很多人都在强调自由主义在现代中国思想、文化史上的意义与价值,于是,鲁迅和自由主义的关系,就成了一个广被关注的话题。大体上有两种意见:有的学者认为,鲁迅"比那些主张全盘西化的自由主义者们更加接近西方自由主义思想的本质",鲁迅是"和自由主义知识分子同根所生","鲁迅和自由主义者们的真正区别,

---

[1]《文化偏至论》,《鲁迅全集》1卷,52页,人民文学出版社,2005年出版。

[2] 参看严家炎:《东西方现代化的不同模式和鲁迅思想的超越》,《论鲁迅的复调小说》,252页,253页,上海教育出版社,2002年出版。

[3] 冯雪峰:《鲁迅先生计划而未完成的著作》,1937年10月作,收《鲁迅回忆录(散篇)》中册,696页,北京出版社,1999年出版。

并不在于各自信念的不同,而在大家为信念所做功夫的区别";[1]另一些学者则认为,鲁迅对自由主义者的批判,表明他是"反自由主义"的,这正是鲁迅的局限所在。——有意思的是,最初提出鲁迅"反自由主义"的是瞿秋白,但他认为这正是鲁迅精神可贵之处;而今天的论者,做出了同样的论断,但价值判断则截然相反:这都是反映了中国社会思潮的变化的。

这里不准备对具体的争论发表意见,依然按前文的思路,来讨论鲁迅对自由问题的复杂态度。

还是从鲁迅一百年前在日本发表的文章说起。仔细考察前文所提到的鲁迅对科学、民主与平等的质疑,就可以发现,他的质疑其实都集中于一点:有可能导致对人的个体精神自由与独立性的压抑,即所谓"灭人之自我,使之混然不敢自别异,泯于大群"。[2]鲁迅因此而明确提出:"凡一个人,其思想行为,必以己为中枢,亦以己为终极,即立我性之绝对之自由者也。"[3]既然人是自己存在的根据,他就摆脱了对一切他者的依附,彻底走出被他者奴役的状态,而进入了人的个体生命的自由状态,而这样的个体生命又是和宇宙万物的生命相联结的,如我在一篇文章里所说:"鲁迅的个体生命自由观,是包含着一种博爱精神,一种佛教所说的大慈悲的情怀的。他所讲的人的个体

---

[1] 参看郜元宝:《自由"的"思想与自由"地"思想——鲁迅与中国现代自由主义》,《鲁迅六讲》,191页,192页,上海三联书店,2000年出版。

[2]《破恶声论》,《鲁迅全集》8卷,28页,人民文学出版社,2005年出版。

[3]《文化偏至论》,《鲁迅全集》1卷,52页,人民文学出版社,2005年出版。

精神自由是一个非常大的生命境界，用他自己的话来说，就是'天马行空'。这四个字是他的思想艺术的精髓，他的自由是天马行空的自由，是独立的，不依他、不受拘束的，同时又可以自由出入于物我之间，人我之间，这是大境界中的自由状态。"[1] 我们说的鲁迅"立人"思想就是建立在这样的个体生命自由观上的，它的核心，就是追求人的个体精神自由，因而反对一切形态的对人的个体精神自由的剥夺与奴役。在这个意义上，我们可以说，"自由"是鲁迅思想中的一个基本概念。

鲁迅在"五四"新文化运动中的创作业绩，正是这样的追求个体精神自由的"立人"理想的文化实践。到了三十年代，他的自由理想就发展成为反专制，争自由的社会实践。

他参加自由运动大同盟、中国民权保障同盟，以及左联，都是这样的社会实践。当有人问他："假如先生面前站着一个中学生，处此内忧外患交迫的非常时代，将对他讲怎样的话，作努力的方针？"他明确地回答："第一步要努力争取言论的自由。"[2] 他后期集中精力于杂文写作，并将他的杂文集命名为《伪自由书》，这都是意味深长的：鲁迅的杂文，就其本质而言，就是在不自由的时代，展现永不屈服的自由意志与不可遏止的自由生命；将鲁迅，特别是后期鲁迅和自由对立起来，这真是一种可怕的隔膜。

---

〔1〕钱理群：《与鲁迅相遇》，80页，生活·读书·新知三联书店出版，2003年出版。

〔2〕《答中学生杂志社问》，《鲁迅全集》4卷，372页，人民文学出版社，2005年出版。

鲁迅与中国的"自由主义"

鲁迅在一篇杂文里引用了罗兰夫人的一句话:"自由自由,多少罪恶,假汝之名以行!"[1]他对自由理念到中国的变形、变质总是保持着高度的警惕。这就说到了鲁迅二十年代和现代评论派的论战,这也可以说是鲁迅和中国自由主义知识分子的第一次公开论战与决裂。值得注意的是,鲁迅的批判,并不针对其自由理念本身,而是这样提出问题:这些中国的自由主义知识分子,他们搬来的西方自由主义的理论,例如"保护少数""宽容"等等,但他们是"信而从"呢,还是"怕和利用"?答案是清楚的:只要看看他们怎样"言行不符,名实不副,前后矛盾","只要看他们的善于变化,毫无特操,是什么也不信从的"。例如,他们口口声声喊"宽容",却对和自己有不同意见的教授不宽容,甚至扬言要借助权势将他们"投畀豺豹";他们忽而以"保护少数"为名,为女师大校长杨荫榆辩护,忽而又以"多数"的名义,对被当局雇用的流氓强拉出学校的学生大加讨伐。鲁迅因此得出结论:这些自称的"自由主义者"不过是"做戏的虚无党",[2]是鲁迅在世纪初就痛加批判的"伪士"的新品种。[3]

鲁迅对现代批评论派诸君子的批判的另一方面,是他们与掌权

---

[1]《偶感》,《鲁迅全集》5卷,506页,人民文学出版社,2005年出版。

[2]《马上支日记》《十四年的"读经"》《"公理"的把戏》《这回是"多数"的把戏》《马上支日记》,《鲁迅全集》3卷,346页,138页,176页,186页,346页,人民文学出版社,2005年出版。

[3]"伪士"的概念见于鲁迅的《破恶声论》,参看《鲁迅全集》8卷,30页,人民文学出版社,2005年出版。

者（如时为段祺瑞政府教育总长的章士钊）的暧昧以至依附关系，即是要揭露他们隐藏在绅士服里的"官魂"。三十年代鲁迅和新月派论战时，也是抓住他们自觉充当国民党政权的"净臣""净友"这一点，将他们称作"贾府里的焦大"。[1] 这涉及自由主义的理念：他们是主张维护秩序的，胡适强调要维护政府"制裁一切推翻政府或反抗政府的行为"的合法性，不能向政府要求"革命的自由权"，[2] 就表明了这样的净臣与净友的基本立场，这也就决定了他们与官方的暧昧关系，这与自觉地做体制外的民间批判者，具有民魂的鲁迅，自然有着理念与现实选择上的根本不同。

值得注意的是，鲁迅对自由主义理念的另一方面的批评。他在1928年为自己翻译的日本鹤见祐辅的随笔集《思想·山水·人物》所写的《题记》里，谈到"这书的归趣是政治，所提倡的是自由主义"，表示"我对于这些都不了然"，但接着又说："我自己，倒以为瞿提（歌德）所说，自由和平等不能并求，也不能并得的话，更有见地，所以人们只得先取其一的。"[3] 这里引人注目地提出了"自由"与"平等"的关系问题。如前所说，在二十世纪初，鲁迅强烈地感到片面、极端的"众数"的"民主""平等"对"个体自由"可能造成的压抑，因此，他突出了"自由"的诉求；而在二三十年代，他却发现了中国的一些自由主义知识分子，自命"特殊知识阶级"，完全无视日趋严重的社

---

[1]《言论自由的界限》，《鲁迅全集》5卷，122页，人民文学出版社，2005年出版。

[2] 胡适：《民权的保障》，《胡适文集》11卷，295页，北京大学出版社，1998年出版。

[3]《〈思想·山水·人物〉题记》，《鲁迅全集》10卷，299页，300页，人民文学出版社，2005年出版。

会不平等，把对自由的诉求变成排斥多数人（特别是普通平民）的少数人的"精英自由"，这同样是对他所追求的自由理念与理想（我们说过那是一种包含博爱，自然也包含平等意识的大生命境界）的另一种消解，因此，他又要突出"平等"的诉求。

正如一位研究者所分析的，"鲁迅为自由而战，就不得不呈现为双重的挣扎：既向片面追求平等的集体主义者要求个人自由，强调在追求平等的过程中不要忘记最终目标是自由，又向片面追求个人自由的自由主义者要求正视现实的不平等——这种不平等有时是缺乏个人自由的结果，有时则是个人自由发扬的结果。他是以这样双重挣扎维护着自由与平等本质的同一性"，而在中国的现实政治社会文化生活中，"这种双重挣扎，使鲁迅既不见容于追求'平等'而漠视'自由'的左翼文化界，也不见容于强调'自由'而漠视'平等'的自由主义者。自由的鲁迅一直就这样在被割裂的自由的夹缝中经受着孤独的煎熬——以上双方都有理由从各自理解的自由理念出发，责难鲁迅反动"。[1] 我要补充的是，这样的双面"责难"是一直延续到今天的。

因此，说"鲁迅的方向，就是中国新文化的方向"只能表明一种价值倾向，而其真正含义是要假鲁迅之名来推行自己的文化方向。这更不是历史事实的陈述，实际状况是，鲁迅永远是孤独、寂寞的，是中国现代思想文化界的一个永远的异端、少数。

鲁迅：中国现代文化的建构者与解构者

在作了以上具体的考察以后，我们可以回到讨论的主旨"鲁迅与

---

[1] 郜元宝：《自由"的"思想与自由"地"思想——鲁迅与中国现代自由主义》，《鲁迅六讲》，上海三联书店，2000年出版。

中国现代文化"的关系问题上来。不难看出，我们所讨论的"启蒙主义""科学""民主""革命""平等""社会主义""自由"等等，实际上都是"中国现代文化"的主要概念，构成了它的主体。而我们的讨论表明，鲁迅对这些概念，中国现代文化的主流观念的态度，是复杂的：他既有吸取，以至坚持，又不断质疑，揭示其负面，及时发出警戒。这样的既肯定又否定，在认同与质疑的往返、旋进中将自己的思考逐渐推向深入，将自己的价值判断充分地复杂化，相对化，可以说是鲁迅所独有的思维方式（其他思想家大都陷入"要么肯定，要么否定"的二元对立模式中），就使得鲁迅与中国现代文化的关系，呈现出极其复杂也极其独特的状态。可以说，他既是中国现代文化的建构者，又是中国现代文化的解构者，因而，他的思想与文学，实际上是溢出中国现代文化的范围，或者说，是中国现代文化所无法概括，具有特殊的丰富性与超前性的，是真正向未来开放的。

鲁迅思想的无以概括性

我们也许可以由此而讨论鲁迅思想的若干特点，但也只能把问题提出，更详尽的讨论只好留待以后另找机会了。

首先是鲁迅思想的无以概括性。记得在我和王乾坤先生合作的《作为思想家的鲁迅》一文里，我们就讨论过这个问题。当时我们就注意到"鲁迅是一个矛盾结构。在他身上有着太多的矛盾，以至我们很难满意地找到某个对应的名词来概括他的丰富性"。我们举例说：说他"反传统"么？"似乎明如白昼，毋庸置疑。但是，只要适当地克服释读误区，便不难发现，由儒道代表的中华民族最优秀的气质与智慧，都在他的新的价值基座上给激活了"，"在中国历史上，有多少《论语》《孟子》的传人比他更'君轻民贵'，更'富贵不能淫,威武不能屈,贫贱不能移',更'先天下忧而忧',更富'真诚'与'大心'……有多少读过《道德经》和《庄子》的人,比他更'独异''不羁''天马行空',比他更早更系统地批判工业社会的'物役','知识之崇'的'丧我'……"说他是"存在主义者"么?"他对人的存在状况确乎有着海德格尔、萨特、加缪们相同的'厌恶''恐怖''孤独'体验乃至宗教情绪,但没有哪一个存在主义者像他那样不歇地向外作现实的捣乱与反抗"。说他是"阶级斗争战士"么?"也对。他的中间物意识使他不承认他所生活的人类有公理性的价值存在,而总是执一端地站在一个利益集团的立场上向另一个利益集团宣战。但他同时偏偏爱用人道主义的情怀,拒斥以暴易暴的旧式造反和视托尔斯泰为'卑污'的新式革命"。启蒙主义者么?人道主义者么?个性主义者么?还有我们在这里讨论的,民主主义者么?自由主义者么?科学主义者么?社会主义者么?革命者么?……?"都像,又都不尽像。鲁迅就是这样一种矛盾结构","这一矛盾结构集中体现了中国历史之交的思想文化冲突","同时也是人性的、人类内在矛盾的展开。前者不过是后者的历史形态。这使他的许多命题,既是历史的,也是永恒的"。[1] 正是这样的无以概括性,决定了我们与其将鲁迅思想纳入某一既定思想体系,不如还原为他自己,简单而直接地称作"鲁迅思想",但也没有"鲁迅主义"。

---

[1] 钱理群、王乾坤:《作为思想家的鲁迅》,《走进当代的鲁迅》,80—82页,北京大学出版社,1999年出版。本文所引这段文字系由王乾坤先生起草。

立足于中国本土现实变革，执着现在，执着地上

其次，我们不难注意到，前面所讨论的所有的中国现代思想的主要概念和命题，无论是"启蒙""科学""民主""平等""自由"，还是"革命""社会主义"，都是外来的，主要是西方的思想；而鲁迅对之采取的既肯定又否定的复杂态度，其实是根植于他的一个基本立场和特点的。鲁迅有一句名言："仰慕往古的，回往古去罢！想出世的，快出世罢！想上天的，上天去罢！灵魂要离开肉体的，赶快离开罢！现在的地上，应该是执着现在，执着地上的人们居住的。"[1]立足于中国这块土地，立足于中国现实，"执着现在"，"执着地上"：这正是鲁迅最基本、最本质的特点，如我在《科学总结二十世纪中国经验》一文中所说，鲁迅是"真正立足于中国本土现实的变革，以解决现代中国问题为自己思考的出发点与归宿的思想家、文学家"。[2]

没有谁比鲁迅更了解中国的文化、历史与现实了。可以说他有三个"深知"。首先是深知中国传统文化的问题所在，特别是在中国进入现代社会以后，已经发展到烂熟的中国传统文化，急需输入外来文化的新鲜血液，以获得新的发展的推动力。其次是深知中国以汉唐文化为代表的传统文化，其力量、生机就在于胸襟的"闳放"，"魄力"的"雄大"，"毫不拘忌"地"取用外来事物"，"自由驱使"，[3]因此，

---

[1]《杂感》，《鲁迅全集》3卷，52页，人民文学出版社，2005年出版。

[2] 钱理群：《科学总结二十世纪中国经验》，《追寻生存之根——我的退思录》，22—23页，广西师范大学出版社，2005年出版。

[3]《看镜有感》，《鲁迅全集》1卷，208页，209页，人民文学出版社，2005年出版。

他完全自觉地继承这一传统，旗帜鲜明地提出了他的"拿来主义"，宣言"我们要运用脑髓，放出眼光，自己来拿！"[1]应该说，前述新概念、新观念的引入，就是这样的"自己来拿"的结果，都是西方思想文化的精华，其中积淀了人类文明的成果，也是中国现实的变革所急需的思想资源，其最终成为中国现代文化的主体，鲁迅也成为这样的中国现代文化的建构者之一，这都不是偶然的。但同时，鲁迅又深知，中国根本不具备接受新思想、新制度的基本条件："自由主义么，我们连发表思想都要犯罪，讲几句话也为难；人道主义么，我们人身还可以买卖呢。"[2]更重要的是，中国社会与文化的历史惰性，传统习惯势力的可怕，使中国文化具有很强的同化力，这就是鲁迅所说的"染缸"的法力，任何新制度、新思想、新观念、新名词，一到中国，就变成另外一个样子了。这样的染缸文化的另一个特点，就是中国人、中国知识分子"总喜欢一个'名'，只要有新鲜的名目，便取来玩一通，不久连这名目也糟蹋了，便放开，另外又取一个"，[3]因此，在中国，只有成为"符咒"的名词，而无真正的"主义"。鲁迅对这样的变质，这样的玩新名词的"伪士"，极度的敏感，也怀有很高的警惕。因此，他对任何新思想、新名词的鼓吹者，都要投以怀疑的眼光，听其言，而观其行，绝不轻信。

---

[1]《拿来主义》，《鲁迅全集》6卷，40页，人民文学出版社，2005年出版。

[2]《随感录·五十六，"来了"》，《鲁迅全集》1卷，363页，人民文学出版社，2005年出版。

[3]致姚克，1934年4月22日，《鲁迅全集》，82页，人民文学出版社，2005年出版。

鲁迅思想的独立性与主体性

另一方面,作为一个有着深厚根基的独立的思想家、文学家,鲁迅自然也就拒绝了一切文化神话:他摆脱了中国传统文人所固有的"中华中心主义",大胆吸取西方新文化,同时也拒绝赋予西方文化以至高、至上性与绝对普适性的"西方中心主义",这是他能够在思想发展的起点上,就对"科学""民主""平等"等西方工业文明的基本理念提出质疑的最重要的原因。他明确地和那些"言非同西方之理弗道,事非合西方之术弗行"的"维新之士"划清界限[1],他的"拿来主义",最基本的原则就是要以"新主人"的姿态,"或使用,或存放,或毁灭","自己来拿",自己做主。[2]而取舍衡量的标准,就是看是否有利于中国社会的变革,有利于现代中国人的生存和健全发展。这样的独立性与主体性,是鲁迅思想最重要的特点,也是最可宝贵的精神传统。

思想家与文学家的统一

最后,我们不能忽视的是,在鲁迅身上所体现的思想家与文学家的统一。也就是说,"鲁迅是一个不用逻辑范畴表达思想的思想家,多数的情况下,他的思想不是诉诸概念系统,而是现之于非理性的文

---

[1]《文化偏至论》,《鲁迅全集》1卷,45页,人民文学出版社,2005年出版。

[2]《拿来主义》,《鲁迅全集》6卷,41页,40页,人民文学出版社,2005年出版。

学符号和杂文体的嬉笑怒骂"。而且不只是文学化的表达,更包含了文学化的思维:鲁迅所关注的始终是人的精神现象,一切思想的探讨和困惑,在他那里都会转化为个体生命的生存与精神困境的体验,"正是生命哲学构成了鲁迅区别于同时代的其他中国思想家的独特之处的一个重要方面",而"文学化的形象、意象、语言,赋予鲁迅哲学所关注的人类精神现象、心灵世界以整体性、模糊性与多义性,还原了其本来面目的复杂性与丰富性,这样,鲁迅所要探讨的精神本体的特质与外在文学符号之间,就达到了一种和谐与统一"。[1]很多人都注意到鲁迅思想及其表达的"丰饶的含混"性的特点,却将其视为鲁迅的局限,[2]这依然是一个可悲的隔膜。

鲁迅为二十一世纪留下的遗产

但隔膜之外,也有理解。这里我要特别介绍日本鲁迅研究的前辈丸山升先生近两年连续发表的两篇文章:《活在二十世纪的鲁迅为二十一世纪留下的遗产》(载《鲁迅研究月刊》2004年12期)、《通过鲁迅的眼睛回顾二十世纪的"革命文学"和"社会主义"》(载《鲁迅研究月刊》2006年2期)。丸山先生提醒我们注意:在二十一世纪初,人类面临没有经验的空前复杂的众多问题时,"鲁迅的经历和思想,尤其是他的不依靠现成概念的思考方法中",保留着"我们还没有充分受容而非常宝贵的很多成分"。这提醒很重要,也很及时。因

---

[1] 参看钱理群、王乾坤:《作为思想家的鲁迅》,《走进当代的鲁迅》,64—65页,70页,人民文学出版社,2005年出版。

[2] 见林毓生:《鲁迅个人主义的性质与意义——兼论"国民性"问题》,《鲁迅研究月刊》1993年12期。

为在我们自己国家,一些知识分子正在竭力贬低,消解,以至否定鲁迅的意义与价值。这使我们不禁想起当年郁达夫说过的那句沉重的话:"没有伟大人物出现的民族,是世界上最可怜的生物之群;有了伟大的人物,而不知拥护,爱戴,崇仰的国家,是没有希望的奴隶之邦。"[1]

2006 年 6 月 17 日—20 日

---

[1] 郁达夫:《怀鲁迅》,1936 年 10 月 24 日作,载《文学》月刊 7 卷 5 期。

"真的知识阶级"：鲁迅的历史选择

本文所要讨论的是"最后十年的鲁迅"，这是鲁迅研究中争论最大的一个话题。我想换一个角度来重新加以审视。

鲁迅1927年10月在上海劳动大学作了一个题为《关于知识阶级》的演讲，提出了一个"真的知识阶级"的概念，并且作了两点界定："他与平民接近，或自身就是平民"，"因此他确能替平民抱不平，把平民的苦痛告诉大众"；"他们对社会永不会满意的，所感受的永远是痛苦，所看到的永远是缺点"，并且"不顾利害"，"要是发表意见，就要想到什么就说什么"。[1] 这正是鲁迅的一个自我定位：他将站在平民这一边，做永远的批判者——或者像他在1926年所写的《中山先生逝世后一周年》一文中所说，做"永远的革命者"。[2] 值得注意的是，在这次演讲中，鲁迅还提出了"思想运动变成实际的社会运动"的问题。在我看来，以上两个方面：对"真的知识阶级"的认定与追求，以及思想运动与实际的社会运动的结合，构成了鲁迅最后十年的思想、文学与社会活动的一个基本贯穿线索。

---

[1] 见《鲁迅全集》8卷，188、190、191页，人民文学出版社，1981年版。

[2] 见《鲁迅全集》7卷，294页，人民文学出版社，1981年版。

"真的知识阶级"：鲁迅的历史选择

一

我们首先关注的是，在最后十年的战斗中，鲁迅的批判锋芒所向。

或许可以从一个小问题说起。鲁迅曾在一篇文章中谈到"严肃正确的批评家"和"深刻博大的作者"常能够"切贴"地抓住批判对象的本质特征，"制出一个简括的诨名"，"神情笔肖"，"这才会跟着他跑到天涯海角"。鲁迅说，这样的可以永存的诨名，有"五四时代的所谓'桐城谬种'和'选学妖孽'"，"到现在，和这八个字可以匹敌的，或者只有推'洋场恶少'和'革命小贩'了罢"。鲁迅接着又说了一句："前一联出于古之'京'，后一联出于今之'海'"。[1]——我们是不是可以这样说：鲁迅在"五四"时期和《新青年》的战友们主要着力于对"古之'京'"所代表的传统中国文化的批判，而到了二十世纪三十年代，鲁迅更为更关注的是，对"今之'海'"所代表的现代中国文化的批判性审视呢？而我们知道，在三十年代的中国，以上海为中心的南方城市有一个工业化、商业化的过程，按照西方模式建立起来的现代都市文明得到了畸形的发展，以上海百乐门舞厅、国际饭店等建筑物为标志的消费文化曾有过极度的膨胀。这样的现代化新潮成了众多的文学者的描写对象，构成了人们经常说的文学的现代性的重要方面。而作为一个真的知识阶级的鲁迅的独特之处，正在于他"所看到的永远是缺点"：他以批判的、怀疑的眼光烛照被人们认为具有普范性的现代化新潮，揭示其表面的繁荣、发展背后所掩盖的东西。——如果说，鲁迅早在二十世纪初在《文化偏至论》等著作中，

---

[1] 鲁迅：《五论"文人相轻"——明术》，《鲁迅全集》6卷，382—384页，人民文学出版社，1981年版。

就有过对西方工业文明所进行的理论上的批判性审视;那么,在三十年代,这样的现代都市文明的西方模式,尽管经过许多变形,但已成为鲁迅自己生存的具体环境,他的感受与批判自然是更为深切的。而他作为一个文学家,他的批判又是通过对在这样的现代都市文明土壤上生长出来的新的社会典型的观察、描写来实现的;而且如前文所说,他总是以一个贴切的诨名来加以概括。

于是,鲁迅的笔下出现了"资本家的乏走狗"。近年来人们关于鲁迅与梁实秋的论战谈了很多,却忽略(甚至是回避)了他们之间的一个实质性的分歧:梁实秋公开鼓吹"攻击资产制度即是反抗文明","一个无产者假如他是有出息的,只消辛辛苦苦诚诚实实的工作一生,多少必定可以得到相当的资产。这才是正当生活争斗的手段"。[1]在鲁迅看来,这种将资产奴役制度合法化的说教,正是对被压迫的劳动者的蓄意欺骗:"虽然爬得上的很少,然而个个以为这正是他自己。这样自然都安分地去耕田,种地,挑大粪","认定自己的冤家并不在上面,而只在旁边——是那些一同在爬的人。他们大都忍耐着一切,两脚两手都着地,一步步的挨上去又挤下来,挤下来又挨上去,没有休止的"。[2]——在被梁实秋(及其同类知识分子)无条件地认同与美化的资本主义的自由竞争的背后,鲁迅看到的是这样的血淋淋的压榨与倾轧:"吃人肉的筵席"正在资本的名义下继续排下去,而梁

---

[1] 梁实秋:《文学是有阶级性的吗?》,收《恩怨录:鲁迅和他的论敌文选》,588、589页。今日中国出版社,1996年版。

[2] 鲁迅:《爬与撞》,《鲁迅全集》5卷,261页,人民文学出版社,1981年版。

实秋教授们却以冠冕堂皇的理论"将悲惨的弱者的呼号遮掩"[1]，这自然是鲁迅绝对不能容忍的。

于是，鲁迅在现代都市文明中发现了新的压迫与奴役关系的再生产[2]；而一切为新的奴役制度辩护的谎言，在他那里都会受到无情的批判。鲁迅在一篇文章中就揭露了这样一种高论："反抗本国资本家无理的压迫"，鲁迅一针见血地指出，这实际上是在鼓吹一种"有理的压迫"，而所谓"有理"就是要求被压迫的工人"必须克苦耐劳，加紧生产……尤应共体时艰，力谋劳资间的真诚合作，消弭劳资间的一切纠纷"[3]。永远站住被压迫的平民、弱者这一边的鲁迅敏锐地看到，这样的压迫有理论本身即是一种精神的压迫，"无刀无笔的弱者"因此"不得喘息"，现在他还有一支笔，自然要用来反抗。[4]

鲁迅还从三十年代的中国社会结构中发现了"西崽"。早在1927年鲁迅就这样描写他所看到的香港社会："中央几位洋主子，手下是若干颂德的'高等华人'和一伙作伥的奴气同胞。此外即全是默默吃苦的'土人'。能耐的死在洋场上，耐不住的逃入山林中，苗瑶是我们的

---

[1]《灯下漫笔》，《鲁迅全集》1卷，217页，人民文学出版社，1981年版。

[2] 鲁迅在现代教育、现代传播、现代商业、现代文化、现代学术中都发现了这样的新的压迫、奴役关系的再生产。由于这一问题的重大与复杂，将另作专论讨论，本文从略。

[3]《从盛宣怀说到有理的压迫》，《鲁迅全集》5卷，133页，人民文学出版社，1981年版。

[4] 这里借用鲁迅当年与陈西滢们论战中的说法。参看《我还不能"带住"》，《鲁迅全集》3卷，244页，人民文学出版社，1981年版。

前辈。"[1] 以后他又如此写到他眼中的"上海租界":"外国人是处在中央,那外面,围着一群翻译,包探,巡捕,西崽……之类,是懂得外国话,熟悉租界章程的。这一圈之外,才是许多老百姓。"[2] 在"五四"时期,鲁迅曾揭露了中国传统社会里金字塔型的封建等级制度:"有贵贱,有大小,有上下,自己被人凌虐,但也可以凌虐别人。"[3] 现在他在中国的现代都市社会里又发现了新的圈子型的等级制度的再生产。值得注意的是,鲁迅由这样的上海租界的社会结构,引发出了对文学发展的一种结构的揭示:"梁实秋有一个白璧德,徐志摩有一个泰戈尔,胡适有一个杜威,创造社有革命文学,时行的文学。"[4] 这里仍然是以某一外国作家为中心,存在着某种依附的关系。——鲁迅是主张对外国文学实行"拿来主义"的,但问题在于这种拿来必须是"放出眼光,自己来拿",是具有独立自主性的;如果变成一种顶礼膜拜,一面附骥于洋人,一面又以此炫耀于国人,那就形成了一种文学的等级关系。在鲁迅看来,对西方的这种依附是全面存在的。在著名的《"友邦惊诧"论》里,他这样揭示中国的政治结构:我们有"怎样的党国,怎样的'友邦'。'友邦'要我们人民身受宰割,寂然无声,略有'越轨'便加屠戮;党国是要我们遵从这'友邦人士'的希望,否则,他

---

[1]《再谈香港》,《鲁迅全集》3卷,541页,人民文学出版社,1981年版。

[2]《现今的新文学的概观》,《鲁迅全集》4卷,133页,人民文学出版社,1981年版。

[3]《灯下漫笔》,《鲁迅全集》1卷,215页,人民文学出版社,1981年版。

[4]《现今的新文学的概观》,《鲁迅全集》4卷,134页,人民文学出版社,1981年版。

就要'通电各地军政当局','即予紧急处置,不得于事后借口无法劝阻,敷衍塞责'了"[1]。这里所说的"党国"正是准确地概括了二十世纪三十年代中国政权的国民党一党专政的本质。而"党国"尽管有着表面的独立,实际上却是依附、听命于"友邦"即西方殖民主义、帝国主义的。这样,鲁迅在三十年代现代中国的政治、社会、文化结构中都发现了一种半殖民性。这就是说,中国三十年代的现代化进程是与半殖民地化相伴随的:对这一历史事实是不能回避的。

"西崽"正是在这样的土壤上生产出来的。鲁迅说上海滩上洋人的买办、租界上的巡捕的可恶并不在于他的职业,而在其"相"。"相"是内心世界的外在表现:他觉得"洋人势力高于群华人,自己懂洋话,近洋人,所以也高于群华人;但自己又系出黄帝,有古文明,深通华情,胜洋鬼子,所以也胜势力高于群华人的洋人,因此也更胜于还在洋人之下的群华人"。所以鲁迅说西崽是"倚徙华洋之间,往来主奴之界",其实质是依附于东西方两种权势,因此是双重奴才,却以此为资本,把同胞趋为奴隶,这正是西崽的可恶、可憎之处。值得注意的是,鲁迅特意强调,这些西崽虽然吃洋饭,却迷恋传统,"他们倒是国粹家,一有余闲,拉皮胡,唱《探母》;上工穿制服,下工换华装,间或请假出游,有钱的就是缎鞋绸衫子"。[2]鲁迅透过这些表面现象所看到的是新旧两种文化的杂糅,新的奴役关系中依然保留与发展着旧的奴役关系。鲁迅站在"群华人"即中国大多数老百姓的立场上,他就发现在现代中国社会里,中国人受到了三重压迫:既是中国传统势力、传统统治者的奴隶,又是西方殖民主义统治者的奴隶,还是依

---

[1]《鲁迅全集》4卷,361页,人民文学出版社,1981年版。

[2]《"题未定"草(二)》,《鲁迅全集》6卷,354—355页,人民文学出版社,1981年版。

附于二者的西崽的奴隶。这三重奴隶状态的发现是触目惊心的。

上海滩上还滋生着"洋场恶少"。鲁迅说他们虽是文人,但在文学论争中从不说出"坚实的理由","只有无端的诬赖,自己的猜测,撒娇,装傻",[1]这就颇有些流氓气了。鲁迅曾这样刻画上海滩上的流氓:"和尚喝酒他来打,男女通奸他来捉,私娼私犯他来凌辱,为的是能维持风化;乡下人不懂租界章程他来欺侮,为的是看不起无知;剪发女人他来嘲骂,社会改革者他来憎恶,为的是宝爱秩序。但后面是传统的靠山,对手又非浩荡的强敌,他就在其间横行过去。"[2]可见上海流氓也是既以传统为靠山,又以洋人的章程为依托的,而其最基本的职责就是维护现存秩序。所以鲁迅说:"殖民政策是一定保护,养育流氓的。"[3]这样,"流氓文化"也就必然构成三十年代上海现代都市文明的一个有机组成部分。鲁迅说其特点是将"中国法"与"外国法"集于一身,可以说它是西方文化与中国传统文化中最恶俗的部分的一个恶性嫁接。鲁迅说:"无论古今,凡是没有一定的理论,或主张的变化并无线索可寻,而随时拿了各种各派的理论来作武器的人,都可以称之为流氓。"流氓文化的最大特点就是无理论,无信仰,无文化,"无所谓法不法,只要被他敲去了几个钱就算完事"。[4]

---

[1]《扑空》,《鲁迅全集》5卷,351页,人民文学出版社,1981年版。

[2]《流氓的变迁》,《鲁迅全集》4卷,156页,人民文学出版社,1981年版。

[3]《"民族主义文学"的任务和运命》,《鲁迅全集》4卷,311页,人民文学出版社,1981年版。

[4]《上海文艺之一瞥》,《鲁迅全集》4卷,297—298页,人民文学出版社,1981年版。

所以，流氓文化的横行本身就标示着社会的腐败、无序与混乱，这其实是一种"末路现象"，如鲁迅所说，"这些原是上海滩上久已沉沉浮浮的流尸，本来散见于各处的，但经风浪一吹，就漂集一处，形成一个堆积，又因为各个本身的腐烂，就发出较浓厚的恶臭来了"。也还是鲁迅说得好：这样的"流尸文学仍将与流氓政治同在"。[1]

而作为一个彻底的批判的知识分子，鲁迅的最大特点，还在于他对现代文明的批判，最终都要归结为对知识分子自身的批判性审视。他发现，处于中国式的现代化过程中的知识分子，不仅不能根本摆脱传统知识分子充当"官的帮忙、帮闲"的历史宿命，而且还面临着新的危机：在二十世纪初，鲁迅即已发出片面地追求物欲，可能使人成为物质的奴隶的警告，而夸大"众治"的力量，也会产生新的危险；现在，在三十年代一切都商业化、大众传媒笼罩一切的现代社会，以及将"大众"神圣化的时代新潮中，鲁迅又看到了知识分子有可能成为"商的帮忙帮闲"与"大众的帮闲"的陷阱。[2]因此，对这三种类型的帮忙帮闲的批判，就成为鲁迅三十年代文化批判中重要的组成部分，也是最易遭人攻击的，直到今天也还没有停止。——鲁迅自己早就引述过一位德国的马克思主义者的话："在坏了下去的旧社会里，倘有人怀一点不同的意见，有一点携贰的心思，是一定要大吃其苦的。而攻击陷害得最凶的，则是这人的同阶级的人物。他们以为这是

---

[1]《"民族主义文学"的任务和运命》，《鲁迅全集》4卷，312页，人民文学出版社，1981年版。

[2] 参看《门外文谈》，《鲁迅全集》6卷，101—102页。《帮忙文学与帮闲文学》，《鲁迅全集》7卷，382—384页。《从帮忙到扯淡》，《鲁迅全集》6卷，344—345页。均为人民文学出版社，1981年版。

最可恶的叛逆，比异阶级的奴隶造反还可恶，所以一定要除掉他。"[1]鲁迅对形形色色的帮忙、帮闲文人的批判确实是显示了他在现代中国的知识分子群体中的叛逆性与异质性的。但当他面对知识分子在现代中国沦为三重奴隶的现实，却无法掩饰自己内心的沉重。他的所有的毫不留情的批判，未尝不可以看作是一种自我警戒。

二

而对上海滩上的"革命奸商""革命小贩"[2]与"革命工头"[3]"奴隶总管"[4]的发现，对鲁迅自身或许有着更为严重的意义。

鲁迅在前述《关于知识阶级》的演讲中，强调"思想运动变成实际的社会运动"并不是偶然的。在此之前，他在黄埔军官学校的演说中讲到"一首诗吓不走孙传芳，一炮就把孙传芳轰走了"[5]时，就已经透露了这方面的消息。在发生了1927年蒋介石政权屠杀革命青

---

[1]《二心集·序言》，《鲁迅全集》4卷，191页，人民文学出版社，1981年版。

[2]《答杨村人先生公开信的公开信》，《鲁迅全集》4卷，629—630页，人民文学出版社，1981年版。

[3]致胡风，《书信350912》，《鲁迅全集》13卷，211页，人民文学出版社，1981年版。

[4]《答徐懋庸并关于抗日统一战线问题》，《鲁迅全集》6卷，538页，人民文学出版社，1981年版。

[5]《革命时代的文学》，《鲁迅全集》3卷，423页，人民文学出版社，1981年版。

年的"血的游戏"以后，鲁迅更是痛切地"悟到凡带一点改革性的主张，倘与社会无涉，才可以作为'废话'而存留，万一见效，提倡者即大概不免吃苦或杀身之祸"。[1] 正是对单纯的启蒙无用的痛苦的反思，使鲁迅这样的批判的知识分子感到有与实际的反抗的社会运动结合的必要。何况，鲁迅始终对底层的民众怀有深刻的理解与同情，与那些视民众的反抗为洪水猛兽的所谓"特殊的知识阶级"不同，鲁迅对被压迫的民众的反抗的合理性，是从不怀疑的，他有句名言："人被压迫了，为什么不斗争？"[2] 因此，他后来对当时中国唯一反抗国民党一党专政的共产党领导的工农革命运动，采取同情与支持的态度，并且与共产党人合作，共同发起左翼文艺运动，都是一种自觉的选择。当他目睹年轻的革命文学者为了自己的争取民众解放的信仰不惜流血牺牲，更是用少有的热情由衷地赞扬"无产阶级革命文学和革命的劳苦大众是在受一样的压迫，一样的残杀，作一样的战斗，有一样的运命"[3]，这与前述站住普通平民这一边，作永远的革命者的"真的知识阶级"的定位，是完全一致的。或者可以说，一个真的知识阶级几乎是必然要作这样的选择的。

但鲁迅仍然不同于那些抱着罗曼蒂克的幻想，甚至某种投机心理来参加革命的知识分子，他从来不曾将民众的反抗的社会运动理想化，更不用说神圣化：这正是他与太阳社、创造社的"革命文学家"

---

[1]《答有恒先生》，《鲁迅全集》3卷，457页，人民文学出版社，1981年版。

[2]《文艺与革命》，《鲁迅全集》4卷，83页，人民文学出版社，1981年版。

[3]《中国无产阶级革命文学和前驱的血》，《鲁迅全集》4卷，283页，人民文学出版社，1981年版。

的根本区别所在。他一再地提醒人们必须抛弃革命的"乌托邦主义",正视革命必然充满了污秽和血,但同时也会有婴孩。[1]而且他从一开始就深知,一旦参与社会实际运动,就有被利用的可能:他完全清楚自己做出这样的选择必须要付出的代价。而作为一个永远的批判者,他一面参与社会实际运动,一面又在紧张地观察与思考发生在中国这块土地上的社会运动(改革或革命)可能的走向。早在1926年所写的《学界三魂》里他就特地考察过中国历史上的"匪",即所谓"农民革命军",并且引用一位学者的意见,指出农民革命不会根本改变封建奴役制度,是要"自己过皇帝瘾"的。由此得出的结论是,在中国"最有大利的买卖"就是"造反"。[2]其实鲁迅的《阿Q正传》写的也正是这样的"造反"。现在在三十年代的所谓现代革命中,他又发现了"革命奸商"与"革命小贩":所谓革命奸商是用"共产青年,共产嫌疑青年"的血来做大买卖的;革命小贩的门面尽管小一点,因而不免牢骚满腹,但依然是出卖同志以作投机。于是,鲁迅看到:"人肉的筵席"还在排着,不过这回借助的是"革命"。这使得鲁迅不得不再一次回到他的关于"阿Q造反"的命题上来:直到离开这个世界的三个月前,他还在一封书信中对大多数评论者都不能理解他写《阿Q正传》的"本意"而感慨不已。[3]而"本意"他是早已说清楚的:"此后倘再有改革,我相信还会有阿Q似的革命党出现。我也很愿意如人们所说,我只写出了现在以前的或一时期,但我还恐怕我所看见的并

---

[1]《〈毁灭〉第二部一至三章译者附记》,《鲁迅全集》10卷,336页,人民文学出版社,1981年版。

[2]《鲁迅全集》3卷,207页,人民文学出版社,1981年版。

[3] 致沈西苓,《书信360719》,《鲁迅全集》13卷,397页。

非现代的前身,而是其后,或者竟是二三十年之后。"[1]这字里行间巨大的隐忧是显而易见的。

而且,鲁迅自己很快就感受到了新的压迫。他在给友人的信中写道:"以我自己而论,总觉得缚了一条铁索,有一个工头在背后用鞭子打我,无论我怎样起劲的做,也是打而我回头去问自己的错处时,他却拱手客气的说,我做得好极了,他和我感情好极了,今天天气哈哈哈……。真常常令我手足无措,我不敢对别人说关于我们的话,对于外国人,我避而不谈,不得已时,就撒谎。你看这是怎样的苦况?"[2]他更公开揭露:这些"自以为在革命的大人物"[3]"抓到一面旗帜,就自以为出人头地,摆出奴隶总管的架子,以鸣鞭为唯一的业绩"[4]。这里,鲁迅再一次发现了新的奴役关系的再生产,但它却是由前述现代奴役制度的反抗者所制造的,这自然是更为严重,也更加触目惊心的。对鲁迅而言,这都是他的同盟者,一方面同情并支持他们对现行奴役制度的反抗,另一方面又要反抗他们自身正在形成过程中的新的奴役,防范从背后射来的冷箭。鲁迅甚至感到"手足无措":面对四面来敌,他只能"横战","瞻前顾后,格外费力"。[5]但对于认定要反抗一切奴役与压迫,"不顾利害"的"想到什么就说什么"的"真的知识阶级"的鲁迅是别无选择的,他对为他的处境感到忧虑的朋友一再表示:这绝非个人间事,必加揭露,"那么,中国

---

[1]《〈阿Q正传〉的成因》,《鲁迅全集》3卷,379页。

[2] 致胡风,《书信350912》,《鲁迅全集》13卷,211页。

[3] 致曹靖华,《书信360515》,《鲁迅全集》13卷,379页。

[4]《答徐懋庸并关于抗日统一战线问题》,《鲁迅全集》3卷,538页。

[5] 致杨霁云,《书信341218》,《鲁迅全集》12卷,606页。

文艺的前途庶几有救"。[1] 鲁迅当然知道这一切的后果,他对自己的命运也是洞如观火,在给友人的信中这样写道:倘旧社会"崩溃之时,竟尚幸存,当乞红背心扫上海马路耳"。[2] 但即使如此,鲁迅仍然要支持这些革命者,因为在现实的中国,他们依然是唯一的反抗力量。这中间的苦况确实是后来者所很难理解的。

鲁迅可以说是在"横战"中坚持到生命的最后一刻的,而他留下的遗言是:"我的怨敌可谓多矣。倘有新式的人问起我来,怎么回答呢?我想了一想,决定的是:让他们怨恨去,我也一个都不饶恕。"对鲁迅来说,这不仅是要坚持论战中的是非,更是要坚持他的真的知识阶级的立场:永远站在平民这一边,反对来自一切方面的一切形式的压迫与奴役,"对于社会永远不会满意",因而是永远的批判者。——我以为,这正是鲁迅对我们的最重要的启示。

2001 年 12 月 5 日写毕于枫丹丽舍

---

[1] 致王冶秋,《书信360915》,《鲁迅全集》13 卷,416、426 页。

[2] 致曹聚仁,《书信340430》,《鲁迅全集》12 卷,397 页。又据李霁野写于 1936 年 11 月 11 日的悼念文章《忆鲁迅先生》中回忆,鲁迅曾对 F 君(冯雪峰)说:"你们到来时,我要逃亡,因为首先要杀的恐怕是我。"据说 F 君听了这话,"连忙摇头摆手的说:那弗会,那弗会!"。李文收《鲁迅先生纪念集》"悼文"1 辑 68 页。1979 年上海书店据 1937 年初版本复印。

"东亚鲁迅"的意义

——对韩国学者刘世钟教授《鲁迅和韩龙云革命的现在价值》一文的响应

我本不敢来参加这次会议,因为"现代东亚语境中的鲁迅研究"是一个我所不熟悉的题目。我的研究(包括鲁迅研究)历来比较关注中国的国内问题,不大关注东亚、国际问题,这就不能将中国国内问题放到全球、东亚问题的视野下来加以考察,这自然是一个很大的缺陷。是"九一一"事件,或者说是在此之前的科索沃事件,促使我关注东亚和国际问题,但也只是开始,因此未能渗透到鲁迅研究中去。这次我要谈的,可能仍是偏重中国问题,不过已与东亚、国际问题有关了。而我这一点"有关",也是受到韩国同行的启发。

我想讲三个问题。

首先是:"鲁迅是谁?"这似乎是一个不成问题的问题。鲁迅当然就是中国的周树人,我们讲鲁迅,就是讲他的思想,他的文学,他的实践。但读了韩国朋友的文章,我又有了新的思考:把"鲁迅"仅仅看作是鲁迅(周树人)是不够的,应该扩大我们的视野。

这里有两个值得注意的现象。

二十世纪的思想与文学发展的一个重要特点就是它的世界性。其表现形态有两种,一是相互影响性,一是平行性。所谓"平行性",

就是说，由于面对着共同或相似的问题，就会有共同或相似的思考，不约而同地提出某种具有内通性的思想，产生具有可比性的文学。这正是比较文学研究能够成立的原因，并有了这样的题目：如"鲁迅与韩龙云""鲁迅与金诛瑛"，以至"鲁迅与西方存在主义""鲁迅与卡夫卡"等等。在这个意义上，可以说，我们所说的"鲁迅"，是指一批具有思想与文学相通性的二十世纪世界，特别是东亚国家的思想家、文学家，如柳中夏教授所说，他们是"相互照射的镜子"，他们的文本是可以作"互文解读"的。

另外还有些二十世纪的思想家、文学家，特别是东亚国家的一些思想家、文学家，他们或者不同程度地受到鲁迅影响，但又以自己的独立创造丰富、发展了鲁迅的思想与文学。他们或者是鲁迅的研究者，却面对自己的时代与民族的问题，阐释鲁迅，又接着鲁迅往下说，也同样丰富与发展了鲁迅的思想与文学。日本的竹内好就是这方面的杰出代表，他所创造的"竹内好鲁迅"，在某种程度上是可以被视为"从鲁迅出发的竹内好思想"的，同时也理所当然地成为"鲁迅"遗产的有机组成部分。

因此，我们这里讨论的"鲁迅"，是符号化的鲁迅，我们讲的"鲁迅遗产"，主要是指鲁迅和同时代的东方，特别是东亚国家的思想家与文学家共同创造的二十世纪东方思想、文化、文学遗产，它是"二十世纪中国与东方经验"的一个重要组成部分。——提出并突出"二十世纪中国与东方经验"是基于这样的现实："最近二十年，特别是二十世纪九十年代以来，在中国思想界和学术界盛行着两种思潮：或者认为中国的问题是在'割裂了传统'，因而主张'回归儒家'；或者以为对西方经验，特别是美国经验的拒绝，是中国问题的症结所在，因而主张'走英美的路'。把目光转向中国古代，或转向外国，而且限于西方世界，特别是美国，却恰恰忽略了'现代（二十世纪）

和中国'，即使是讨论现代中国学术和文学，也是偏重于亲近中国传统文化和西方文化的那一部分学者与作家。这样，真正立足于中国本土现实的变革，以解决现代中国问题为自己思考的出发点与归宿的思想家、文学家、政治家反而被排斥在研究视野之外。这些年孙中山之受冷遇，毛泽东之被遗忘，鲁迅之一再受到攻击，绝不是偶然的。"（《科学总结二十世纪中国经验》）

这就说到了第二个问题：为什么要提出"鲁迅"的"现在价值"的问题？回答简单而沉重：因为鲁迅的"现在价值"成了问题。

鲁迅运交华盖，突然变得不合时宜。

风行一时的新保守主义者反省激进主义，把"五四"视为导致"文化大革命"的罪恶源头，鲁迅的启蒙主义变成专制主义的同义词。

悄然兴起的国学风里，民族主义者，还有新儒学、新国学的大师们，鼓吹新的中国中心论，自然以鲁迅为断裂传统的罪魁祸首。在某些人的眼里，鲁迅甚至免不了汉奸之嫌。

号称后起之秀的具有中国特色的后现代主义者，视理性为罪恶，以知识为权力的同谋，用世俗消解理想，告别鲁迅就是必然的结论。

用后殖民主义的眼光看鲁迅那一代人，他们的改造国民性的思想，鲁迅对阿Q的批判，不过是西方霸权主义的文化扩张的附和。

自由主义鼓吹'宽容'，炫耀'绅士风度'，对'不宽容'的'心胸狭隘'的鲁迅，自然不能宽容，他被宣判为极权统治的合谋。

还有自称'新生代'的作家，也迫不及待地要'搬开'鲁迅这块'老石头'，以'开创文学的新纪元'。

这是一个饶有兴味的思想文化现象：在九十年代的中国文坛学界，轮番走过各式各样的'主义'的鼓吹者，而且几乎是毫无例外地要以'批判鲁迅'为自己开路。"

这样的情况，在二十一世纪初仍在继续。

因此，在当代中国，研究鲁迅，言说鲁迅，传播鲁迅思想与文学，就具有某种文化反抗、文化坚守的意味。我读韩国朋友的鲁迅研究论著，也多少感觉到这样的意味。因为在这个美国霸权主义、单边主义猖獗的世界，鲁迅所参与创造的二十世纪东方思想文化遗产，同样显得不合时宜；"鲁迅"的"现在价值"问题，不仅是中国的，也是东方国家以至世界的思想、文化学术界的问题。

正是在这样的背景下，我这些年将主要的精力放在普及鲁迅思想、文学，传扬鲁迅精神这一方面。正是要和这样的否定鲁迅遗产的社会思潮针锋相对，我提出了"把鲁迅精神在孩子心上扎根"的教育命题，并进行了相应的教学实践。在引起了社会的关注的同时，也承受着巨大的压力。不断有人提出这样的质问："为什么要向青少年讲鲁迅，它的作用是正面的，还是负面的？"

这也正是我们要讨论的第三个问题：从当下中国与世界的问题看"鲁迅"的"现在价值"。

我注意到，这是一个国际鲁迅研究界共同关注的问题。在这里，我要特别提出日本权威的鲁迅研究专家，也是我所尊重的学术前辈丸山升先生发表在《鲁迅研究月刊》2004年12期上的《活在二十世纪的鲁迅为二十一世纪留下的遗产》。首先值得我们注意的是，丸山升先生对当下中国与世界的精神危机的一个分析——这其实就是我们今天来讨论鲁迅的遗产的价值问题的一个基本背景与前提。丸山升先生指出："前世纪中，各式各样的'希望''理想'出现而消失了，……严重的是，这些历史悲剧不仅破坏了人们的'幻想'，使他们知道'理想'本来有往往化为'幻想'的危险，也留下了一个很深刻的结果。那就是人们找不出代替的新的'理想''理论'，似乎丧失了对'理想''理论'本身的信赖。这样，二十一世纪是在不能相信任何'理论''理想'的情况下开始的。"这是一个极其重要的提醒：二十一世纪初的中国、东方与世界,正面临着虚无主义思潮的挑战,面临着理想重建的任务。而鲁迅的"现在价值"正是在这样的新的挑战与新的历史要求下呈现出来。丸山升先生从思想与文学两个方面提出了三点,即:一、"在未来的希望看不清楚的情况下,不容易信仰现成的'理论','反抗绝望'的'韧性'";二、"对本国、本民族之负面的传统的彻底的批判精神";三、"'杂感'尤其是他自己叫过'杂文'的比较长的评论的意义"。

现在,我们又读到了韩国学者的思考文章。特别引起了我的共鸣的,是我的老朋友刘世钟教授所提出的"信仰""革命"与"实践"三个问题。这里,我想结合中国的实际,讲讲我的理解,并作一点发挥。

一 "信仰"问题

如前文所引丸山升先生所说,理想与信仰的缺失,是一个全球性的问题。而在当代中国,这样的信仰危机是特别严重与典型的。这里我想讲的是成年人社会"做戏的虚无党"与"伪士"的猖獗,对中国年轻一代的影响。它造成了相当一部分青少年(包括中学生)中"什么也不相信"的虚无主义,"一切都无所谓"的玩世态度,以至"生活没有目标"的空虚与淡漠。面对青少年的精神危机,有人试图回到"虚假的信仰主义"那里,实际是要制造大大小小的新"伪士",这是既无效也有害的。在这种情况下,鲁迅式的信仰主义就有它的特殊的借鉴意义。

这涉及对鲁迅的理解。刘世钟教授在她的论文中指出,鲁迅与韩国的韩龙云的信仰是"通过对世界、现实、虚假的否定"而建立起来的,"辩证地扬弃了现实,又不超脱现实"。这使我想起了一位中国年轻的鲁迅研究者,在博士论文中提出的鲁迅观。她认为"鲁迅是一位遭遇过虚无，但更以他自己的方式超越了虚无，创造了生命意义的现代信仰者"。刘世钟教授的论文也提出了鲁迅的"虚无之力量"的问题。我理解鲁迅的"虚无"包括两个层面。一是他对"本味"的追问，形而上的思考所形成的研究者所说的"本体性的黑暗感"；另一则是现实层面的他自己所说的"不信神，不信宗教，否定一切传统与权威，要复归那出于自由意志的生活"（《马上支日记》）的彻底的怀疑精神、否定批判精神，也就是我们通常所说的敢于正视现实的血淋淋的真实的求真精神；前文所引丸山升先生所说的"在未来的希望看不清楚的情况下，不容易信仰现成的'理论'"，所表现出来的也是这样的清醒。这其实就是对"伪信"的拒绝。而唯有拒绝了伪信，才不会成为"伪士"，才有可能超越虚无，成为真正的信仰者。什么是鲁迅的信仰，这是需要深入研究与讨论的。在我看来，这些年经常提到的鲁迅的"立人"思想，至少是可以看作是鲁迅的理想与追求的。或许更重要的是，是他由此焕发出来的对现实世界一切剥夺人的个体精神自由的奴役现象的彻底的批判精神，与丸山升先生特别强调的"反抗绝望"的"韧性"战斗精神。我以为正是这样的批判、怀疑的，反虚伪、反虚假的求真精神，与为理想之光所照耀的反抗绝望的韧性战斗精神，构成了鲁迅式的信仰的基本特点，这正是当下中国人，特别是中国的年轻一代所需要的。

二 "革命"问题

刘世钟教授在本文与《鲁迅式革命的现在意义》等文中都很重视鲁迅的革命思想，这是很有见地的。在鲁迅的概念里，"革命"是与"改革""不满足现状""批判""反抗"、争取沉默的国民的基本权利等命题联系在一起的。而在当下的中国与世界却都成了问题。在美国为主导的所谓国际反恐里,一切反抗都被看作是恐怖主义。在中国国内,正像鲁迅在《失掉的好地狱》里所描述的:"一切鬼魂的叫唤无不低微,然有秩序,与火焰的怒吼,油的沸腾,钢叉的震颤相和鸣,造成醉心的大乐,布告三界:地下太平。"鲁迅在《这样的战士》里说:"在这样的境地里,谁也不闻战叫:太平。太平……。但他举起了投枪。"但在现实的中国,却只见"太平",没有"战士"。问题的严重性在于,是知识分子自己放弃了战士的选择,他们中的先觉者更是早已宣布"告别革命"。或许正因为如此,鲁迅对"永远的革命者"的呼唤,就正是切中时弊。在我的理解里,鲁迅说的"永远的革命者"也就是他所说的"真的知识阶级",其内涵有二,一是永远不满足现状,是永远的批判者;二是永远站在平民这一边。在我看来,这是能够为有良知的知识分子提供一个基本的价值立场的。

我还想强调为毛泽东所盛赞的鲁迅的"硬骨头"精神,这是作为永远的革命者、精神界战士的鲁迅,最重要的精神品质,而如毛泽东所说,"这是殖民地、半殖民地人民最可宝贵的性格"。记得四十年前我写的第一篇鲁迅研究论文里,曾将这种硬骨头精神与韧性战斗精神两者的结合称为"东方风格",这个观点今天好像也还有意义。在我看来,鲁迅的硬骨头精神的实质,就是一种思想与精神的独立自主性与主体性,这在当今全球化的时代,其重要性是不言而喻的。

三 "实践"问题

刘世钟教授在她的论文中给鲁迅与韩龙云的实践精神以很高评价,特别强调了鲁迅式的精神界战士最基本的特征就是他的实践性,即"立意在反抗,指归在动作"。刘教授认为,韩龙云"思想中我们要重温的现代价值",主要的就是他的"基于现实解决首要课题的实践家的形象"。刘教授以为鲁迅与韩龙云最可贵的,是他们"不停的实践"精神:韩龙云不停地出去寻找"君";鲁迅就如"过客"那样,为"前面的声音"所召唤,不停地往前走。丸山升先生也是非常激赏鲁迅这样的"从没路的地方践踏出来"的寻路精神,这大概不是偶然的。

但回顾我们中国思想界与学术界,鲁迅的实践精神恰恰是被忽略以至贬斥的,这突出地表现在对鲁迅后期的评价上。我们知道,正是在鲁迅生命的最后十年,鲁迅的实践精神得到了淋漓尽致的发挥:一方面他用杂文为武器,直接参与政治、思想、文化战线的斗争,进行了短兵相接的战斗;另一面又与中国共产党所领导的反抗国民党一党专政的实际革命运动相配合,直接参与了群众的抗议运动。但在某些中国知识分子看来,这都成了鲁迅的罪状,至少也是鲁迅的局限性:鲁迅的杂文战斗被看作是"意气用事",是"浪费才华";鲁迅与工农革命运动的结合竟被诬为"与极权合谋"。这同样不是偶然:它正是反映了当下中国相当一部分知识分子中的犬儒主义、伪清高、伪贵族主义的倾向,他们真的如鲁迅在《伤逝》里所描写的那样,被关在金丝笼里,"麻痹了翅子,即使放出笼外,早已不能奋飞",甚至是失去了行动的欲望与要求。正是这样的精神萎靡状态,使中国知识分子不但在现实中国社会里不能发挥应有的作用,而且在中国未来的社会变动中也将同样无所作为。在我看来,鲁迅的"立意在反抗,指归在动作"的实践精神,正是在这样的当代中国知识分子的精神危机中,显示出了它的特殊意义与价值。

在这个方面,韩国学者,韩国知识分子所依然保持的对信仰追求的执着,鲁迅式的革命战斗精神、实践精神,是特别值得我们学习的。因此,在这次会议上,我得以见到将鲁迅实践精神介绍到韩国,并且身体力行的韩国变革意识运动的先驱李咏禧先生,我是既感荣幸，又深觉惭愧的。作为鲁迅家乡的中国知识分子，以及中国学术界，包括鲁迅研究界，真应该好好反省一下自己。但愿这次中韩鲁迅研究对话，能够成为这种反省的一个契机。

2005 年 7 月 2 日—3 日

2005 年在中韩学者对话：

"现代东亚语境中的鲁迅研究"学术会上的讲话

鲁迅作品教学在中学教育中的地位
——2010 年 12 月 24 日在全国教师培训班上的讲话

我虽然一直关心中小学语文教育，但却尽量避免给中小学老师做报告，因此拒绝了许多约请。因为我深知自己缺乏在第一线进行教学的经验，害怕讲一些不着边际的大道理，让老师们失望，更怕发生误导。我唯一敢讲的，是鲁迅作品教学，这不仅因为我的专业就是研究鲁迅，更因为我在 2004 年、2005 年在我的母校南师附中和北大附中、北师大实验中学开设了"鲁迅作品选读"的选修课，去年还为台湾清华大学中文系的学生开设了类似的课程。我在这几所学校上课的讲稿，包括和学生课堂上的讨论，以及学生的作业，课程结束后的调查中学生的反应，都已辑为《钱理群中学讲鲁迅》一书，由北京三联书店出版。有了这样的实践经验和总结，我就有了点底气，敢在这里讲了。但我也有自知之明：这不过是个人的一些经验和认识，并不具有普遍性，更谈不上示范性，一切都要靠在座的诸位老师自己的教学实践，我姑妄讲之，大家就姑妄听之，参考而已。

我想讲两个问题：认识问题和教法问题。

一，如何认识鲁迅作品教学在中学语文教育中的意义和地位。

有人问：为什么要在中学讲那么多鲁迅作品，少读点，腾出时间，多读点梁实秋、林语堂的作品，不更好吗？我不反对中学生读梁实秋、林语堂的作品，我还主张要读胡适、周作人的文章，现在的语文教材中把他们两位排除在外，是不应该的。我们应该给中学生提供一个比较开阔的阅读空间，思想文化空间，这是没有问题的。但我要强调的，是鲁迅与梁实秋、林语堂他们的不同之处，也就是我在很多场合都谈到的，鲁迅不是一般的文学家，而是具有原创性的，民族思想源泉性的思想家、文学家。这样的原创性、源泉性作家，每一个民族都不多，比如英国有莎士比亚，俄国有托尔斯泰，德国有歌德，等等，这样的作家在他那个国家、民族里，是家喻户晓的，人们从小就读他们的作品，而且要读一辈子，不断地从阅读他们的作品中，获得启示，获得灵感，获得精神的支撑。因此，他们的作品，总是成为国民教育的基本教材；他们的作品的教学，是培育民族精神的基础性工作。在中国，这样的原创性、源泉性的作家也不多，我曾经和很多专家、语文老师都讨论过，应该成为国民教育基本教材，不但在必修教材里要占相当比例，而且还要开选修课的作家作品有哪些？大家意见比较一致的，认为应该至少开设四门课，那就是"《论语》《庄子》选读"——这是我们民族思想文化的源头；"唐诗选读"——这是我们民族文化的青春期；"《红楼梦》选读"——这是民族文化的集大成；"鲁迅作品选读"——这是现代思想文化的开创。接受了这样的基本教育，每一个中学生精神上就有了一个底，以后他们无论选择什么职业，做什么工作，都有了底气。我经常说，中学教育是给孩子的终身发展垫底的，鲁迅作品教学应该在这一"精神垫底"的基本工作中发挥特殊的别的作品教学不能替代的作用。

我这样讲，听起来有些空洞，也许还有些老师会认为我过分夸大了鲁迅的意义。但这却是听过我的课的学生的共同体会。这里就无妨念几段学生的总结："我们曾经在梁实秋的雅舍中喝茶谈酒，在林语堂的幽默里鉴赏人间的恩怨。但我们单单忘记了那位孤独的巨人、呐喊的勇士、深刻的思想者、慈爱的老人，和他那许多的书。我笃信，读鲁迅的文章，能让我们少些肤浅，少些小家子气，少些庸俗，少些丑陋，先生的文章就像一面明亮的镜子，照出你我的真实的内心。读先生的文章，我们才逐渐成熟，正视人生，直面社会，以最坦荡、热烈的心，爱我们的国家和人民"，"鲁迅作品读多了，我突然有一种历史交接般的不断前进的责任感"，"经过这一个学期的接触，我发现生命中多多少少挂些鲁迅的影子，是可以帮助我衡量自己存在的意义的。至少有这样一个标杆式的人物出现在我的世界里，我的眼界会开阔许多，我自己也再不会只局限在原本的那一点点不透风的空间里了"，"一个学期读鲁迅的文章，让我思考了太多的东西。认识是不断深化发展的。相信有了这样的基础，我还能够认识并解决更多的问题"，"不知不觉间与鲁迅的思想为伴，已经有了一段时日。看文章，记笔记，做了一大堆，也做了大量深层次的思考。才发现这个精神的漫步只开了一个头，怕是要一直走下去，走一辈子了"，"这是我和鲁迅近距离的接触的开始。我会继续我的旅程。也许，只有我们真正读懂鲁迅时，我们才真的了解我们的国家，我们的民族"。完全可以看出，正是鲁迅的作品触动了孩子的心灵深处的一些东西，让他们思考一些最根本的问题，这就够了。和我一起开发这门课的南师附中的王栋生老师在总结时，把鲁迅作品教学的意义，归结为给中学生和中学教育提供"基础人文精神的支撑"，这是说到了点子上的。

但我们能不能仅仅把鲁迅作品作为一个精神读本呢？这里也有一个误区：把鲁迅的思想、精神和他的文学、文字割裂开来。有些人反对多选鲁迅作品，这也是一条理由：在他们看来，鲁迅教学无助于学生阅读、写作能力的训练。有些教师喜欢讲鲁迅，也是着眼在鲁迅思想的发挥上，往往脱离文本而空谈鲁迅精神。另一些人则是出于对鲁迅精神的反感，而竭力要将鲁迅逐出中学语文课堂。大家都忽略了一个基本事实：鲁迅是中国现代白话文写作的开创者之一，他是一位现代白话文学语言的大师，他的作品是现代白话文学的典范，因此，也应该成为学生学习现代白话文的基本教材。

这几乎是文学史常识，因此，道理无须多说。我要讲的是鲁迅语言的特点。我想概括为两点。

首先要说的是，鲁迅的语言是以口语为基础，有机融入了古语、外来语、方言的成分，把现代汉语抒情、表意的功能发挥到了极致。这里实际是在强调，鲁迅的语言把作为我们民族母语的汉语的特点和优势发挥到了极致。我曾经说过，语文教育最重要的，就是要突出母语教育的特点，也是在这一点上，鲁迅作品就显出了特殊的重要性：我们正是要通过鲁迅作品的文学语言，来引导学生感悟汉语的魅力，欣赏汉语的语言美。周作人曾经说过，汉语有三大特点，即为装饰性、音乐性和游戏性。其实这也是鲁迅语言的特点，我们讲鲁迅作品，讲鲁迅的语言，就应该紧紧地抓住这三大特点。

鲁迅语言的装饰性，主要体现在它的绘画性和色彩感上。这一点，有经验的语文教师都会注意到。随便举一个例子，鲁迅的《故乡》，其实就是围绕着两幅画来写的。一幅是童年的故乡图：深蓝的天空，金黄的圆月，碧绿的西瓜；而且图下有人：小英雄闰土。另一幅是现实的故乡图：苍黄的天底，萧索的荒村；图中的人，由小英雄变成了"木偶"。作者所要表达的意思完全蕴含在这两幅画中。我们讲《故乡》就应该从引导学生注意两幅故乡图色彩的变化入手，由此而引导学生感悟色彩变化背后鲁迅情感的变化，并和鲁迅一起思考这样的变化的社会原因。最后，还要引导学生注意童年的故乡图在小说最后再度出现，思考其寓意。讲完了，还可以引导学生，通过自己的想象，将鲁迅笔下的景色和人物全部画出来，尝试如何将文学作品里的文字色彩转化为美术作品里的绘画色彩。应该说，这样的具有强烈的色彩感的文字，在选入中学语文教材里的《药》《社戏》《从百草园到三味书屋》《风筝》，等等，篇篇都有，而且都蕴含了鲁迅浓烈的情感和深远的寓意，是鲁迅基本的表现手段，是应该抓住不放的。

我们还要进一步指出，这里存在着一个美术家的鲁迅。鲁迅有很高的美术造诣，他收集汉代画像，编选中外画册，推动新兴木刻运动，自己也有绘画作品，还亲自设计封面，注重装帧艺术，等等。再加上我们在下面还要说到的他的作品与音乐、电影的关系，因此，我们说，鲁迅同时是一个艺术家。可以说，鲁迅是集文学家、思想家和艺术家为一体的，三者相互渗透，补充，构成了完整的鲁迅本体。所以鲁迅文字里的色彩感，不仅是一个语言艺术、技巧的问题，还内含着鲁迅的艺术思维，鲁迅观察、感受世界的方式这样一些更深层次的问题。长期以来，我们忽视了艺术家的鲁迅，美术家的鲁迅，实际形成了许多遮蔽。正是有鉴于此，我在给学生讲鲁迅时特地设置了《作为艺术家的鲁迅》这样的专题，我和学生一起欣赏鲁迅亲绘的猫头鹰、无常画像，鲁迅设计的封面，特别是鲁迅为德国画家珂勒惠支的版画所作的文字解说，引导学生领会鲁迅如何将绘画语言转化为文学语言，这堂课引起了学生强烈的兴趣：对绘画的爱好，对色彩的敏感，其实是青少年的天性，这也是引导学生走近鲁迅的一个通道。

鲁迅语言的另一个特点，就是它的音乐性。没有材料说明鲁迅爱好音乐，他的语言音乐性是直接来自对汉字的特殊感悟和驾驭能力。这其中就有骈文的影响。周作人曾经提倡"混合散文的朴实与骈文的华美的文章"，真正做到这一点的，就是乃兄鲁迅。老师们不妨去读读鲁迅的《〈淑姿的信〉序》（收《鲁迅全集》第7卷），那就是一篇带有游戏性的骈文。许广平回忆说，鲁迅写完以后，自己也十分欣赏，并且和她一起朗读，全篇铿锵入调，鲁迅显然被文字里的音韵、节奏陶醉了。这对我们的鲁迅作品教学也是一个重要启示：鲁迅作品不能只是默看，非得朗读不可。我曾经说过，鲁迅作品里的韵味，那种浓烈而又千旋万转的情感，那些可意会不能言传的东西，都需要通过朗读，才能体会并触动心灵。这也是我多年从事鲁迅作品教学的一个经验：靠朗读引导学生进入情境，捕捉感觉，产生感悟，这是接近鲁迅的艺术和他的内心世界的入门通道。这背后是有一个语文教育理念的：阅读鲁迅作品和文学作品，首先不是分析，而是进入情境，获得感觉和感悟。我在中学讲鲁迅时，就做过这样的试验：把鲁迅《野草》里的几个片段辑成一篇《天·地·人》的短文，让全班同学站起来，放声吟诵。我关照学生：不要去分析，不要去想这些文字表达了什么段落大意，什么主题思想，只管高声朗读，你就会进入一个生命的大境界。今天，我在这里也不妨朗读一遍——

但我坦然，欣然。我将大笑，我将歌唱。

天地有如此静穆，我不能大笑而且歌唱。天地即不如此静穆，我或许也将不能。

——《题辞》

她在深夜中尽走，一直走到无边的荒野；四面都是荒野，头上只有高空，并无一个虫鸟飞过。她赤身露体地，石像似的站在荒野的中央，于一刹间照见过往的一切：饥饿，苦痛，惊异，羞辱，欢欣，于是发抖；害苦，委屈，带累，于是痉挛；杀，于是平静。……又于一刹间将一切并合：眷恋与决绝，爱抚与复仇，养育与歼除，祝福与咒诅……她于是举两手尽量向天，口唇间漏出人与兽的，非人间所有，所以无词的言语。

当她说出无词的言语时，她那伟大如石像，然而已经荒废的，颓败的身躯的全面都颤动了。这颤动点点如鱼鳞，每一鳞都起伏如沸水在烈火上；空中也即刻一同振颤，仿佛暴风雨中的荒海中的波涛。

她于是抬起眼睛向着天空，并无词的言语页沉默尽绝，惟有颤动，辐射如太阳光，使空中的波涛立刻回旋，如遭飓风，汹涌奔腾于无边的荒野。

——《颓败线的颤动》

在无边的旷野上，在凛冽的天宇下，闪闪地旋转升腾着的是雨的精魂……

——《雪》

这样的全班集体朗读，给学生带来了巨大的情感的冲击和心灵的震撼。我清楚地记得，读着读着，学生的眼睛都亮起来了。后来，一位学生还特地写了一篇诵后感——

我高声朗读，身躯和心灵一起颤动

开篇即给我强烈的震撼，没有人能像鲁迅那样坦然。

"天地有如此静穆，我不能大笑而歌唱"，我读出了寂寞和悲怆。孤独的战士，受伤的狼。

在深夜中尽走……无边的荒野……无词的言语……沉默无声里蓄满了野性的力量。

颤动……颤动……颤动……身躯的颤动……荒野的颤动……天空的颤动……奇峻的想象，后现代的画面，受伤的力量的感性表达，母爱因此变得可怕，因此变得伟大。

我高声朗读，自己的身躯，心灵，也随着"暴风雨中的荒野"，随着"空中的波涛",一起颤动起来。

"在无边的旷野上,在凛冽的天宇下",在混沌的天地间,站立着人间至爱至勇之人,忽而化作受伤的狼,崩天裂地地嚎叫,忽而化作雪的精灵,漫天遍野地飞舞……

我给这位学生的诵后感,写了这样的评语:"通过朗读,感悟到了鲁迅语言魅力的许多重要方面:奇峻的想象,后现代的画面,受伤的力量的感性表达。"这是比我们课堂上的许多分析和借题发挥的解说,更直抵鲁迅的心灵和文学的根本,更直抵学生的心灵:这是一种情感和生命的"高峰体验"。在阅读教育学和心理学里,这样的高峰体验是不可多得的;特别是在生命成长的起始阶段,有时只要有一次,两次,三次,……就可能成为终生难忘的记忆,影响一生。这样的能够激发高峰体验的文本,是并不多的;这也是鲁迅作品教学的特殊功能和作用的一个重要方面。

鲁迅语言的第三个特点,就是它的镜头感。鲁迅很喜欢电影,对电影艺术有深刻的理解,他的许多作品,都是由一个一个的镜头组成的,是很适合于拍成电影短片的。比如《野草》里的《求乞者》和《彷徨》里的《示众》都是很好的范例。用分镜头的方法分析鲁迅作品是一个有意思的思路。《记念刘和珍君》是教材里的传统篇目,有一次一位中学老师来信问我,讲这篇课文,有没有可能另辟新径。其实在此之前,我已经作过一个尝试,就是将鲁迅的这一篇和写同一题材的周作人的文章、朱自清的文章对照起来读,比较其异同,从而领会鲁迅文章思想和表现上的特点。这一回,这位老师又给我出了个难题。于是,我再一次反复阅读文本,突然有了发现:《记念刘和珍君》其实是可以转化为一个个由画面、色彩和声音组成的场景的。比如开头就是这样的场景——

(追悼会场外)

鲁迅独在徘徊。

后景中可以看见刘和珍的灵堂。

女学生程君:"先生可曾为刘和珍君写过一点没有?"

鲁迅:"没有。"

程君:"先生还是写一点罢;刘和珍君生前就很爱看先生的文章。"

接着,镜头就转向第二个场景:深夜,"老虎尾巴"里,鲁迅独坐,手里拿着一支烟。然后,随着鲁迅内心的思绪,不断响起"画外音",不断出现各种"幻景",随着鲁迅的回忆,又"闪回"许多的画面镜头。——我另写有《由文字到电影场景的转换》一文,收《解读语文》一书里,老师们有兴趣可以去读,这里就不作详细说明了。

最后,又闪回到"刘和珍的灵堂,遗像逐渐拉近,她微笑着,向着我们每一个人"。

我们知道,现在的学生,对电影、电视,以及游戏机上的镜头,都极其熟悉,这样的分镜头分析,必然引起他们的强烈兴趣,并可以通过引导学生发挥自己的想象力,将课文的文字文本转换为电影、电视镜头,学生的阅读也从被动地接受,变成主动地参与,而在这一过程中,学生势必要反复阅读鲁迅的文本,在多少带有游戏性的阅读活动中,也会受到鲁迅特有的文笔、文风和思想感情的潜移默化的影响。

这样,我们就可以发现,鲁迅语言里的色彩感、音乐感和镜头感,不仅充分展示了中国汉语的绘画美、音乐美、游戏性,而且也是最接近中学生的思维、欣赏趣味,最容易为他们所接受的。这使我想起了王富仁先生的一个观点:"鲁迅作品恰恰是最好懂的,因为鲁迅的作品里,充满了人性的语言,是与人的最内在的感受结合在一起的。这样的内在感受与儿童的感受事物的方式,与一般人感受事物的方式最接近","在现代文学中,像鲁迅这样以人性、童心去感受世界的作家不是太多,而是太少,这正是对人的基本要求,要从直感出发,而不是从观念出发"。鲁迅的这一特点,在我们课文里选得比较多的他的回忆童年生活、故乡风物的作品,如《故乡》《从百草园到三味书屋》《风筝》《孔乙己》《社戏》等篇里,是表现得特别突出的。他用儿童的眼睛和心理去发现世界,描述世界,甚至可以说是一种自觉的儿童世界的复原,这不仅是他的童心的自然流露,而且是自觉的写作追求。我曾经说过,只要我们不故作深沉、深刻,而是以自己的本心、本性,"赤裸裸"地去读鲁迅的这些作品,这样的儿童眼光、儿童叙述是俯拾即是的,这里也不多举例了。这就是说,不仅是鲁迅的童心,鲁迅的精神,而且鲁迅的文字,和中小学生之间,都是存在着彼此接近的通道的。

还可以举一个例子。我从韩寒的文字,特别是他中学时期的作品里,就注意到,现在的中学生对幽默、调侃的文字有着特殊的兴趣和感悟力。鲁迅作品里,这样的幽默文章、调侃文字是非常多的。去年南师附中几位语文老师要编选供课外阅读的鲁迅作品,我就推荐了鲁迅的《智识即罪恶》(收《热风》)、《论辩的魂灵》《牺牲谟》(收《华盖集》),还有《由中国女人的脚,推定中国人之非中庸,又由此推定孔夫子有胃病》(收《南腔北调集》),这些鲁迅作品里的游戏笔墨充分显示了鲁迅式的幽默与机智,和当代中学生是自有会心之处的。因此,在我看来,中学语文教材和课外读物里的鲁迅作品不是选多了,没有可选的了,而是还有许多适合中学生阅读的作品没有进入我们的视野,或者说被我们的某些偏见屏蔽了。

当然,问题还有另一面,也不可回避和忽视。应该说,中学生读鲁迅的语言文字,也还是有障碍的。这里先说一点,就是中学生经常提到的"鲁迅文字不通"的问题,这也是中学语文老师感到棘手的问题。这涉及鲁迅语言的另一个大的特点，即他的文字是极富创造性和个性化的。鲁迅的语言，既有规范化的一面，更有反规范的一面，因而极大地丰富、开拓了现代汉语表达的可能性。这正是鲁迅的语言贡献的一个重要方面。如果我们不能正确地理解和把握，就会和以规范语言为己任的中学语文教育发生一定的矛盾。

其实，应该看到，语言的发展，是一个运动的过程，不断规范化，又不断突破既成规范，创造新的规范的过程。这是语言发展的客观过程与规律。我们的语文教学，应该适应这样的规律，一方面，坚守我们的规范语言的职责，引导学生学习和运用规范化语言的基本立场和任务；另一方面，对所谓"不规范"的语言，"超越规范"的语言，要采取分析的态度。这不仅是一个学理的问题，更是一个实际的问题。比如，当下我们的语文教学就遇到了对学生有越来越大的影响的网络语言的挑战。网络上不断出现的新创造的词语和特殊表达方式，一方面，造成了语言的混乱；另一方面也提供了语言创造的新的可能性。实际上这将是一个自然淘洗、约定俗成的过程：经过实际运用的不断选择，有的词语和表达方式会逐渐被接受，甚至成为新的规范；有的则要被淘汰。在这样的历史过程正在进行中的时候，我是不同意将未经淘洗的网络语言随意搬运到课堂的阅读教学和作文教学中来的，至少我们要采取谨慎的态度。也就是说，我们的语文教育应和实际的语文活动保持一定的距离，这是教育的保守性和相对稳定性所决定的。但另一方面，我们又不能对网络语言的新尝试、新创造采取简单的一概否定的态度，也要引导学生正确对待这些新的语言现象，适当地吸取已经约定俗成的新词语、新表现方式，来丰富自己的语言。引导学生正确对待网络语言，也应该是今天的中学语文教学职责的一个不可忽视的方面。

现在，我们再回过头来讨论鲁迅的语言"不规范"或"不通"的问题。我在北大附中讲鲁迅作品时,就有一个学生向我提了这个问题。我建议她就以这个问题作一点研究,要求她列举出选入语文教材的鲁迅作品,她和她的同学认为"不通"的文字,然后看有关材料,做逐一分析。最后,她研究的结果,主要有两种情况和原因。其一,是特定历史时期的特定用字用词,当年都那么用,今天不用了,就觉得是"错别字"或者"不通的句子"。比如,"底""伊"字的运用。更多的是鲁迅特意创造的,为了表达他的复杂感情、缠绕的思绪,而突破现有规范,做新的语言试验。其实这正是我们在阅读或教学鲁迅作品时所要抓住,认真琢磨的。这里举两个例子。鲁迅在《从百草园到三味书屋》里,一开始就说,百草园"其中似乎确凿只有一些野草",特地用了"似乎"和"确凿"这两个含义相反的词。"确凿"是肯定,而且是不容置疑的肯定:就是"只有一些野草";"似乎"却是一个含糊、游移的判断:好像是、好像又不是"只有一些野草"。从字面上看,把两个相反的词放在一起是属于"不通"的病句;但鲁迅却正是要借此来表达他对百草园的复杂认识和感情:从事实层面看,百草园"确凿只有一些野草",所以鲁迅说它是"荒园";但在童年的"我"的观察与感觉里,百草园就不仅仅"只有一些野草",野草丛还有别的生命,就是下文所要说到的"弹琴"的蟋蟀,"低唱"的油蛉,以及美女蛇的故事,雪地捕鸟的乐趣,等等,所以小鲁迅又把百草园叫作"我的乐园"。这就是说,从成年人的眼光看,百草园"确凿"是个"荒园";在童年小鲁迅看来,却是一个"乐园":这正是我们在教学中,应该抓住的。可以由这个看似不通的句子,激发学生的好奇心:百草园仅仅"只有一些野草"吗?它究竟深藏着什么?它为什么是"我的乐园"?这就自然引出了下文。应该说,将相互矛盾的判断并置,这是鲁迅喜欢用的句式。《孔乙己》的最后一句就是这样:"大约孔乙己已经死了","已经"自然是肯定:孔乙己确凿死了;"大约"

却又游移了：推想起来，他大概死了吧。这背后的意思是：孔乙己究竟死了没有，他是什么时候死的，又是怎样死的，谁知道呢？又有谁关心呢？联系到前面所说的"孔乙己是这样的使人快活，可是没有他，别人也便这么过"，就更加意味深长了。这背后的言外之"意"是应该引导学生细细体会的。

因此，鲁迅的既规范又不规范，极富创造性和个性化的语言，对我们的语文教育是应该有启示的：前面说过，中小学基础教育的性质，决定了语文教学必须对学生进行语言规范化的教育，这是语文教育的基本任务；但同时，又不能把规范绝对化，要鼓励新的创造，新的语言试验，即所谓"文有定法，又无定法"。这其实是反映了语文教学的一个基本矛盾：如何把握好"规范"与"不规范"，"有定法"与"无定法"之间的辩证关系，不仅是一个语文教育学的理论问题，更是一个教育实践问题，需要诸位老师在具体教学过程中把握和处理。

最后，我还想介绍一下听我上课的学生，对鲁迅语言的认识和评价。他们是这样说的："让我走近鲁迅的，是他的文字。我只是感性地去触摸，融入他创设的意境，听他内心的呼唤，然后感觉他想表达的情感。看鲁迅的文章，常有一种朦胧感。因为他所要表达的情感很复杂，可以感受，却难以明言。读鲁迅文章很舒服。尽管会引发一连串痛苦的思考，而且还想不清楚。但是，某一句话，某一两个场景，就那么清晰地留在你的脑海中，因为他说到你心里去了"，"他的语言极其犀利，让人读完不禁有寒气彻骨之感。有时，他的文章又好似一把没有锋的重剑，就像《神雕侠侣》中杨过的那一把，仅剑气即可伤人。在他看似平淡，有时甚至是平和的语言中，蕴藏了极具张力的波涛汹涌的情感。而这情感又是极其复杂的，常常是怀念、悲痛、愤怒、迷惘……多种错综情绪的纠缠。他的文章的容量太大了，又似乎太重了，有时就略显生涩。鲁迅的文章是绝对不可以用来消遣的！""初读鲁迅文字，实在令人忍俊不禁。转念之间，却又足以使人惊出一身冷汗"，"读先生的白话文，是在求知，也是在被拷打。先生的文章，我不敢重读"。不知道老师们的反应如何，我读了这些学生的"鲁迅语言观"是很受震撼的：如此到位，又有自己的独到观察、理解。这不仅进一步证实了我们前面所说的中学生和鲁迅的相通，同时也提醒我们，不可低估中学生的理解力和创造力，如果不加压抑，并有恰当地引导，是可以爆发出极大的思想与文字的能量的。而我特别注意的，是学生谈到"让我走近鲁迅的，是他的文字"。我在台湾讲鲁迅，他们因为没有大陆学生这么多的关于鲁迅的"前理解"（如鲁迅是"文学家、思想家、革命家"的三家论），而是直接接触鲁迅的文本，他们也说："鲁迅的文字之美，是吸引我进入他的文学作品的第一步。"这一"因文而见人"的经验对语文教学也是有启示的：应该始终抓住鲁迅文本的阅读，那是一个丰富多彩的汉语家园，让学生沉湎其中，因感受其文字之美，而触摸其内心，感受其情感之美，思想之美，又反过来触动自身的心灵，创造自己的精神家园：这就是鲁迅作品教学在中学生成长过程中的意义所在。

以上是我今天和诸位讨论的第一个"如何认识"的问题。

下面讲第二个问题：怎么教。我想讲四点意见或建议。

第一，要寻找鲁迅与学生之间的生命契合点、连接点，构建精神通道。

我们强调，鲁迅和学生之间存在着本质上的相通，但也要正视学生要真正接受鲁迅，还有相当的困难。这里有我们前面讲到的"前理解"问题。由于多年来，鲁迅作品教学中所存在的问题：一是选文，有许多是不适合中学生阅读的；二是教法，强制灌输一些并不恰当的"崇高"评价，让学生觉得鲁迅高不可攀，深不可测，又强迫学生背诵他们并不懂得的文字,还要不断考试,这都使得许多学生对鲁迅"敬而远之"。从另一方面说,鲁迅对今天的中学生来说,毕竟相隔的年龄、时间的距离都太大,他是存在在远处,高处的。因此,如何让学生走近鲁迅,愿意和他对话,就成了我们进行鲁迅作品教学首先遇到并且必须解决的问题。这也是我在 2004 年、2005 年到中学讲鲁迅的一个绕不过的难题。我的经验,是要努力地去寻找鲁迅的生命和学生的生命之间的契合点。我为此对中学生,特别是作为我的教学对象的高中生的生命特征,他们所遇到的生命课题,以及鲁迅的生命中,包括他在青少年时期所遇到的问题,都做了一番考察与研究。我发现,高中阶段的学生,正处在即将"告别童年",进入"成年"的过渡时期,这时候容易产生逆反心理,如何处理和父母,特别是父亲的关系,就成为他们迫待解决的生命课题。而鲁迅不仅也有着童年、青少年时期和父亲爱爱仇仇的复杂关系的经验和体验,他还提出了"怎样做人之子与人之父"的生命命题,他自己也是将对子女的超脱利害关系的无私的爱,扩展到社会的弱者、幼者,而做出自觉充当"历史中间物"的人生选择的。这样,就在"怎样做人之子与人之父"这一命题上,我找到了高中学生和鲁迅生命的契合点。我的鲁迅作品选读课就从这里讲起:"且说父亲和儿子"。我先选讲了鲁迅的《五猖会》《父亲的病》,从文本细读中引导学生体会鲁迅和父亲之间既相互隔膜又彼此纠缠为一体的复杂关系,以及鲁迅刻骨铭心的爱与恨。我一边引导学生读,一边观察学生的反应:开始他们以旁观者的态度漫不经心地读,读着读着,就被鲁迅的文字打动了,表情严肃起来;读着读着,自己就进去了,有的学生的眼睛里闪着泪花,他们大概是联想起自己类似的经历。这时候,学生就觉得,鲁迅所写的,就是他们的问题,只是自己从未这样正视过,现在,鲁迅想了,而且想得如此深刻,鲁迅写出来了,而且写得这样动人,于是,就产生了对鲁迅的亲切感，以及强烈的和鲁迅对话的欲望。我也就因势利导，引导学生读鲁迅的《我们现在怎样做父亲》，引导学生就鲁迅文章里的观点，例如"父母对子女没有恩""父母与子女的关系应该是超越利害的天性的爱"等等，进行讨论，这些观点或是学生能够理解，却没有深思过的，或者和学生固有观念发生了冲突，但在学生的感觉中，都是他们"自己的问题"，因此讨论极为投入，也很热烈。最后，我出了一个作文题，要求写写《我和我的父亲》，出乎意料地在学生中引起了强烈的反响。有学生还专门写信给我，说他们过去一讲或写父母之爱，就是母亲之爱，却很少注意和思考父亲之爱；而父子、父女关系恰恰是他们生命中不可回避，也相对复杂，甚至沉重的情感，现在有了这篇作文，就提供了一个机会去面对，从而触动了心灵深处的东西。这样，作文就成了对自己生命历程的一次回顾与清理，感到从未有过的分量。许多学生都极其认真、严肃、真挚、动情地写下了他们和父亲的情感的纠缠与碰撞，具有相当的深度。鲁迅的生命命题就这样转化成学生自己的生命命题，鲁迅的描写和思考，也融入了学生的描写与思考里，这是普通中学生和鲁迅的生命的相遇，在对话、交流中，学生的生命境界达到了一个新的高度和深度。从此，"读鲁迅作品"就不是我对学生的要求，而成为学生自己的选择，或者说，真正成为我们"师生共读"了。

我还要说的是，这样的契合点的寻找，还要落实到每一篇具体的课文里，或许这是更为困难，更要下功夫的。我也举一个例子。比如《祝福》，这也是老课文了。从我读中学时老师就讲过，一直讲到今天。传统的讲法，都是按教学参考书的分析，讲祥林嫂如何受到四大权力：政权、族权、夫权和神权的压迫，以及她的反抗，等等。这样讲，使学生觉得这是一个和他们自己的生命和生活无关，距离相当遥远的故事，因此，很难激发阅读的兴趣，只能被动地背诵老师概括的主题思想：批判什么，歌颂什么，等等，或者机械地接受老师传授的某些写作知识，如怎样描写人物外貌，等等。我在和一位教师的讨论中就提出：我们能不能换一种讲法，寻找一下祥林嫂的故事和学生自己和他们周围的生活的关系。于是，就产生了这样的设想：将祥林嫂定位为"一个不幸的人"，在学生掌握了故事基本情节，了解了祥林嫂的遭遇以后，向学生提出一个问题：祥林嫂的真正不幸在哪里？作者怎样写出这样的不幸？进而引导学生去深入细读小说的几个关键场景。例如，邻村的老女人"特意"寻来，听她悲惨的"故事"，"叹息"一番，"满足"地去了，一面还"纷纷议论"着：这里用引号标出的关键词语，都是应该引导学生认真琢磨的，这是一个将祥林嫂的"不幸"转化为自己的"满足"的心理过程，这恰恰说明，祥林嫂的不幸遭遇（丧夫，失子等）非但没有引发周围人的同情，反而成为他们茶余饭后"议论"的材料：这样的周围人的漠视、利用才是祥林嫂的最大不幸。在学生感悟到了这些以后，又可以引导学生去细读"我"在听到祥林嫂死了的消息以后的那番感慨（这本来是这篇小说学生理解上的难点）："这百无聊赖的祥林嫂，被人们弃在尘芥堆中的，看得厌倦了的陈旧的玩物……现在总算被无常打扫得干干净净了。"在学生有了进一步的领悟以后，再引导学生琢磨小说的结尾对祝福节日气氛的渲染，体会背后的寓意，作者内心的沉重和微讽之意（这也是一个理解上的难点）。在学生懂得、感悟到了这一切以后，教学上还要有一个环节，给学生出一道思考和作文题："你的生活的周围，有没有不幸的人？你是怎么看待、对待他们的？请写一篇《我身边的不幸的人》，或者以今天的不幸的人为题材，也写一篇小说，或者假设祥林嫂没有死，写她活到今天的遭遇，以作《祝福》的续篇。"这教学上的最后一笔，是点睛之笔，就把鲁迅对生活的发现和感慨，学生对鲁迅描写的感悟，转向学生自身，和学生今天的现实生活连接起来了。

这会促使学生去关心自己周围生活里的不幸的人,并反思自己对他们的态度,而且他们要写出这些不幸的人,也一定会去学习,以至模仿鲁迅的写法:这样,鲁迅《祝福》的基本精神与文字也就融入了学生的生命与写作中了。

这样的课文(鲁迅作品)和学生的连接,也可以是写作上的。比如,《藤野先生》也是一篇老课文,能不能换一个角度讲?我觉得就可以从"鲁迅怎样写老师"这个角度去讲。这是切合学生的要求的,因为他们天天接触各式各样的老师,本来就有讲老师的故事的习惯与传统,但要正式写成文章就不知从何写起了。因此,从"写老师"的角度讲《藤野先生》,就自然会引发学生的兴趣。而且还可以和学生初中已经读过的《从百草园到三味书屋》里对寿老先生的描写对照起来读,还可以向学生介绍鲁迅最后写的《关于太炎先生二三事》,把鲁迅一生写过的三篇关于老师的文章联起来读,就可以看出鲁迅的"老师观",这不仅会使学生感到亲切,而且还触及鲁迅精神的某些根本方面。对此,我曾写过《怎样读与教〈藤野先生〉》,有详尽论述,这里就不多说了。沿着这样的思路,我们讲《范爱农》,就可以选"如何发现和描写生活里的'畸人'即'特异人物'"这个角度,讲《忆韦素园君》也可以从"鲁迅喜欢什么样的年轻人"这里入手。总之,要拉近鲁迅作品和学生的距离,和他们的实际生活和学习生活联系起来。

这里,还有一个重要原则:要尊重学生对鲁迅作品的感受,从学生的感受出发,加以适当的引导,而不是把老师自己的感受与认识强加给学生。

这是我在一次听课后想到的一个问题。那位老师讲的是鲁迅的《药》,上课一开始,就让学生讲在预习中的感受,其中一位女生说:"我读了以后,特别是第一节刑场上的描写,感到很恐惧。"我眼睛一亮：这位学生讲出了她的真实感受，其实也很到位。可惜这位教师却没有抓住，而是按照自己的教案讲。从表面上看，也有和学生的对话，显得很热闹，其实是在想方设法让学生的思维纳入了老师自己预定的想法。其实，这堂课是可以有另外的上法的，就是抓住学生阅读的第一感受——"恐惧"，因势利导学生思考和讨论：《药》的故事，让人感到恐惧的地方在哪里？学生比较容易谈到的，也是他们最容易感受到的，自然是刑场杀人的恐惧，以及华小栓吃人血馒头带来的恐惧感。在此基础上，老师就可以引导学生细读"茶馆议论"那一节，体会茶客对革命者之死的冷漠、麻木，并点出：这样的革命者的牺牲不被理解，是更令人恐惧的。再引导学生注意"坟场相遇"那一节中夏大妈"羞愧的颜色"，进而感受到母亲对儿子的牺牲的不理解：这才是最令人恐惧的。最后引导学生体会小说结尾的一段描写中的阴冷、恐惧的气氛，这是和第一节刑场的恐惧气氛呼应的，却有了更深广的意味。这样，从学生的感受出发，经过老师的引导，学生逐渐地进入小说的规定情境，并从感性的直觉，上升到对作品深层意蕴的理解。而这样的理解又不是抽象的概念，而是与具体的情境、情感纠结在一起的。这里，显然有两种读法：一种是从已知概念（而且常常是教学参考书里的概念）出发的"求证式的阅读"，另一种是从感受出发的"由外而内，由浅及深、由表及里"的"发现式阅读"。这里还有一个问题：我们的教学，包括每一篇作品的阅读，当然是有自己的教学目的的，也就是存在着一个"学科逻辑"，问题是学生的接受，也自有自己的"心理逻辑"，如何沟通"学科逻辑"和学生的"心理逻辑"，把我们的教学意图转化为学生的自觉接受，这是需要教学的艺术和智慧，需要下大力气的。

"怎么教"的第二个问题，是要"以语文的方式学习鲁迅，走进鲁迅"。这里有一个容易忽视，却至关重要的认识问题：鲁迅作品教学不同于我们通常说的鲁迅作品鉴赏，它是一个语文教育中的教学活动，因此，它必须遵循语文教学的一般规律，这里说的"以语文的方式学习鲁迅"，就是这个意思。

这就自然涉及语文学科的性质、特点等根本性的问题，这里无法展开来说。只能简单地说说和今天讨论有关的我的认识。我比较赞同福州著名的特级教师陈日亮先生的"文心"之说：语文课既要教学生"为文"，同时又要"育心"，而"文"与"心"是融为一体的，是一张皮，而不是两张皮。如何理解"文"与"心"的融合？又有两句话：一是"文从心出"，从来没有无心之文，过去那种脱离了作者心灵世界（思想、情感、生命体验），从中抽出"知识"体系的教学法，是违背"文从心出"的基本常识的。但还有一句话："心在文里"，从来没有无文之心，或文外之心，最近几年一些人脱离文字表达，抽出所谓"人文精神"而任意发挥的教学法，也同样违背了基本常识。我们现在就是要回到常识，从"文"和"心"的契合上把握课文。

这里还有个理论问题。写作和阅读是两个不同的过程。写作是先有"心"，再有"文"，心有所动，先有了表达思想和情感的冲动，然后再考虑如何做文字的表达，是一个"由心到文"的过程。因此，作文教学就不能光谈"怎么写"，而是先要引导学生"写什么"，提高学生的观察力、想象力、思考力，激发学生的情感，培育学生的写作欲望，再引导学生寻找和他所要表达的内容相适应的写作技巧和方法。而阅读则是一个反向运动："由文见心"。先接触到文字，通过对文字表达的琢磨，才触摸到作者的心灵世界。因此，阅读教学就必须从"如何写"入手，引导学生理解"文"的字面之"义"，进一步体味"文"外之"意"，以及文章的篇章结构，所采用的特殊技巧，由此体会作者要"写什么"，理解作者的写作意图，独特思想，进入他的内心世界。这就是说，阅读教学必须从"怎么写"入手看"写什么"，由文见心，循文而会意。

以这样的"语文的方式读鲁迅"，最关键的一点，就是要具体地分析和把握鲁迅每一篇作品"文"和"心"的契合点。每一篇都有不同的契合点，这是最要下功夫的，这个"点"抓准了，整个教学就"拎"起来了。

这样讲或许有些抽象，那么，我们也举几个例子。

我常常说，鲁迅的作品里往往有些"神来之笔"，这是作者创造力出人意料，甚至出乎自己预料的突然爆发，我们读和讲鲁迅作品就要抓住这些神来之笔。比如《阿长与〈山海经〉》最后一句："仁厚黑暗的地母啊，愿在你的怀里永安她的魂灵"，就把整篇文章的情绪推向高潮，把文章的意境也推到新的高度。我们的讲课就可以抓住这一点，引导学生把阅读课文的重心放在体会"我"对长妈妈的情感这一个中心点上，细心感悟和体会这种感情的发展、酝酿过程：开始在"厌恶"中蕴含着爱（要引导学生体味贬义词背后的爱意），后来因长妈妈买来了心爱的《山海经》，而顿时觉得长妈妈高大起来（要引导学生辨析：鲁迅为什么要用"伟大""神力""敬意"这类的大词），最后才引发了这一声高呼——初中学生未必能完全理解其中的深刻含义，但却完全可以通过朗读，在情感上受到一定的震动，就够了。

《从百草园到三味书屋》的神来之笔出现在文章中间的过渡段："我将不能常到百草园了。Ade，我的蟋蟀们！ Ade，我的覆盆子们和木莲们！"——"我的"蟋蟀、覆盆子、木莲，而且还是"们"！中间还突然冒出了德语：这真是太特别了！从来没有人这么写过，鲁迅自己也就用了这么一次，这是不可重复的灵感。我们在教学中应该抓住，引导学生体会：童年的"我"和大自然中的动植物亲密无间的感情，可能失去的百草园的乐园的沮丧，以及对未知的三味书屋的恐惧，以至情急之中讲出了外语单词。从某种意义上可以说，这一句神来之笔是全文的一个纲，纲举而目张，我们的阅读和教学不妨以此为出发点，引发阅读的好奇心：为什么"我"要对蟋蟀们以朋友相称，这么舍不得离开百草园？"我"为什么这么不愿意去三味书屋？百草园和三味书屋里到底有什么？对于"我"，分别意味着什么？在读完、学完全篇以后，还要回到这里来体会其更深的内在意义和韵味，并联系学生的现实生活：今天我们有自己的"百草园"吗？我们的学校和"三味书屋"比较，有什么异同？这就是"会文章之意，而及学生之心"了。

这样的文和心的契合点，是因文而异的，比如《孔乙己》，我在教学中找到的"点"，就是其"叙述人称"的选择。在学生熟悉故事基本情节以后，我提出了一个问题：由谁来讲孔乙己的故事？可以由孔乙己自己讲，也可以由酒店掌柜或酒客来讲，但鲁迅却选择了"我"，一个酒店的小伙计来讲，这是为什么？接着又引导学生细读"孔乙己被丁举人吊起来打"的故事，提醒学生注意，鲁迅没有正面叙述这个悲惨的故事，而是通过"我"怎样听酒客和掌柜如何议论这件事，侧面讲出来的。由此而点明：鲁迅最关心的，或者说他最感痛心的，不只是孔乙己受拷打的不幸，更是周围的人对他的痛苦的冷漠态度，以及孔乙己这样的自命高人一等的读书人却在人们眼里毫无地位的尴尬。因此选择小伙计这样的酒店里的旁观者讲故事，就最能表达鲁迅的这个发现和意图。在学生有了这样的基本感悟以后，又引导学生注意小说中"孔乙己是这样的使人快活，可是没有他，别人也便这么过"这句概括语，再去细读"孔乙己和我的对话"以及"孔乙己的最后"这两个场景，来加深对孔乙己悲剧命运的认识。可以看出，整个教学过程，是一个"由怎么写到写什么；再由写什么回到怎么写"的过程，正是在两者之间的往返中，学生逐渐进入了鲁迅所描述的情境之中，体味小说主人公的命运，以及鲁迅的情感。最后，还是回到"怎么写"

上面来，要求学生改换叙述者（改成孔乙己自己，或掌柜或酒客）重新叙述孔乙己的故事。通过这样的参与式的重写，鲁迅的文本（他怎样写和写什么）就融入学生的写作生活里了。

鲁迅曾经说过："应该这么写，必须从大作家们的完成了的作品去领会。那么，不应该那么写这一面，恐怕最好是从那同一作品的未定稿本去学习了。"因此，他认为，研究作家怎样改文章，"这确实极有益处的学习法"。我因此向老师们推荐朱正先生的《跟鲁迅学改文章》这本书（岳麓书社 2005 年出版）。该书收集了鲁迅的《从百草园到三味书屋》《藤野先生》等课文的原稿和改定稿，并有具体解说和分析。我这里要说的是，鲁迅的少数文本是在不同的时间写了两次的，如语文课本选入的《风筝》，在 1919 年所写的《自言自语》里就有一篇《我的兄弟》（收《鲁迅全集》第 8 卷），写的是同一个题材，同一件事，写法要简略得多。类似的情况还有《自言自语》里的《我的父亲》和收入《朝花夕拾》里的《五猖会》，以及《自言自语》里的《火的冰》和《野草》里的《死火》，都是一文二作。因此，讲《风筝》，完全可以和《我的兄弟》对照起来读，看鲁迅怎样把一个相对单薄的文本，扩展成一个十分丰富的文本，看他从中增添了什么，又怎样增添，这不但会加深学生对《风筝》怎么写、写什么的理解，而且也向学生提供了一个如何扩展、修改自己的文章的范例。我曾写有文章，作对比阅读，可参考。

关于"怎么教"，我的第三条建议是：鲁迅作品教学要删繁就简，要有所讲，有所不讲，不必"讲深讲透"。其理由有三。

其一，鲁迅作品作为民族原创性、源泉性的经典，是要读一辈子的。同一篇文章，在不同的年龄、生命成长的不同阶段，在不同的时代、社会环境下，都会读出不同的意味和意思。这是一个说不尽的鲁迅，他的作品是常读常新的。因此，在人生的不同阶段，读鲁迅作品是有不同的要求的。中学阶段，学生还处于学习成长的时期，缺乏足够的人生阅历和知识储备，就决定了他们对鲁迅的阅读与理解，只能是初步的（当然，不排斥个别的学生可以达到相当的深度）。在中学阶段的鲁迅作品教学的任务，只是"播下种子"，就是说，要让学生亲近鲁迅，被鲁迅所吸引，意识到自己的生命需要鲁迅，把鲁迅作为自己汉语家园和精神家园的重要源泉，并大体知道鲁迅有哪些作品（用我的话来说，就是"认清门牌号码"），为以后读鲁迅打下基础，这就达到目的了。绝不能期待、要求第一次读鲁迅作品就读深读透，全部弄懂，似懂非懂才是正常的。有的时候，学生初读鲁迅作品印象不好，不愿意读，那也很正常，以后随着阅历的增长，又会回过头来读鲁迅作品。有的学生以后再也不读，也属正常，鲁迅毕竟不是唯一的。

其二，鲁迅的文本，自有其复杂性和丰富性，是复杂和单纯，深刻和平常，荒凉和温暖的奇妙结合。即使选入教材，我们认为比较适合学生阅读的鲁迅作品，也有许多随手拈来的对现实某些人和事、某种文化现象的批评，借题发挥的议论，典故，引文，还有许多有很大寓意性的文字，这都形成了他的文本的丰富性，对成年读者来说，读这样的摇曳多姿的文字，自然是极大的享受。但对阅历和知识都不够的中学生，就会形成阅读的障碍。这就需要我们在教学中对鲁迅文本作某种处理，即有所讲，有所不讲。对学生必须懂的，就要大讲特讲，有些难点，也要采取一些教学手段，帮助学生理解；但有些学生不懂、也不要求懂的文字，就可以不讲，把问题留在那里，让学生在以后的阅读里解决。也就是说，在中学语文中的鲁迅作品教学，要将鲁迅的文本相对单纯化，当然，这是保存了一定丰富性的单纯。

其三，不能把老师自己懂的东西，全部教给学生。我接触过一些语文老师，他们非常喜欢也熟读鲁迅作品，有许多的心得，就恨不得在上课时，一股脑儿都教给学生，他们在讲台上讲得眉飞色舞，学生却听得糊里糊涂。这些老师精神可贵，但方法不对，有认识误区。陈日亮老师曾提出要区分"阅读文本"和"教学文本"这两个概念。鲁迅作品对文学爱好者，一般读者来说，自然是供其欣赏、品味的"阅读文本"；但一旦进入教材，就成了供学生学习用的"教学文本"。因此，语文老师对鲁迅作品的阅读，是要有两道功夫的：首先要把它当作"阅读文本"，自己读懂它，除了反复阅读、体味外，还要看许多研究文章，帮助理解，提高自己的鉴赏和分析能力，对鲁迅及其作品理解越深，上课就有了底气，这是基础、前提。但是，作为语文老师又不能止于此，还要把鲁迅作品当作"教学文本"来做第二次的解读、研究。要考虑两个教育要素，学生的接受与理解之外，还有教学大纲的要求。语文教学是一个教育行为，它是有教育目的的；鲁迅某篇作品选入教材，编进某一册某一单元，就不再是孤立的文本，而是纳入某一教学结构里了，它就必然有具体的教学要求，这是体现在教学大纲和教材的提示里的。有经验的教师，就要从鲁迅的文本的实际出发，又要结合教材的要求，以及学生的接受情况，确定本课文教学的具体目的和要求：哪些是必须让学生懂的，就要牢牢把握，认真讲清楚，讲充分；哪些是不必要求学生懂的，就可以少讲，甚至不讲。这就是"删繁就简"，有所不讲，才有所讲。总体来说，语文教学，特别是鲁迅作品的教学，应该是丰富的；但具体到某一篇课文，每一堂课，教学目的要相对单纯，教学内容、方法则可以、应该丰富多彩。就我个人的经验而言，在"有所讲"中还要区分：哪些是要求全体学生都掌握的；哪些则是只有少数理解力比较强的学生能够懂的。我是主张在面对全体学生的前提下，也要顾及在学习（特别是鲁迅作品学习）上有较高要求的学生，这些学生在班级学习里往往有影响，不可忽视。因此，我在讲鲁迅时，在照顾大多数学生的理解水平，以调动全体学生的积极性的同时,也适当讲一些对中学生来说,稍微深一点的在大学里才讲的内容,对鲁迅有特殊兴趣的学生自然大受启发,其他学生尽管不能完全理解,也感觉到有一个更高的目标和境界的存在。回到刚才所说"有所讲,有所不讲"的问题上,我觉得关键是要在"吃透教材(鲁迅作品),吃透教学大纲和教材,吃透学生"这"三吃透"上下功夫。这"三吃透",原本是我在二十世纪六十年代初当语文教师时提出的要求,我觉得今天也还不失其意义。这大概也是陈日亮老师提出要有"教学文本意识"的意思所在吧。

关于"怎么教",最后还要谈一个还没有引起广泛重视,但却很重要的新的教育课题:

"如何运用网络新技术进行包括鲁迅作品教学在内的语文教育"。网络在中国城市里的迅速普及,是这些年影响深远的变化和发展,它同时也对我们的中小学教育,包括语文教育,提出了新的挑战和机遇。许多人都更关注挑战的方面,而且多从消极方面去围堵,对此我是不赞成的。我注意到,有些语文老师已经开始从积极方面把网络技术的出现,看作是解决语文教育长期存在的一些问题的新的机遇,作了大胆的试验,他们的试验又往往从鲁迅作品教学入手,这本身就很有意思。我曾经为北师大附中的邓虹老师的试验写了一篇长文,收在我的《语文教育新论》里,这里仅说一点大意。她在讲鲁迅的《药》时,自觉地运用了网络技术,试图把网络的"虚拟课堂"和教室的"实体课堂"结合起来,分成三个教学阶段。首先是网络的"预习":要求学生利用网络的技术收集有关鲁迅《药》的信息;然后根据自己读了《药》以后的最初感受、认识在网上交流。这样,就由原来的学生个人关在家里预习,变成了全班同学在网上的相互争论和启发,老师也借此机会了解了学生的初步接受情况,便于有的放矢地设计自己的教案。而且学生因为有了争论,产生了许多问题,迫不及待地要在课堂上讨论。这样,在课堂实体教学里,老师和学生都取得了主动权,学生带着问题学习,老师则有针对性的讲解:将学生在网络预习中发表的好意见加以展开和升华,对认识上的不足以至误读予以纠正与引导,教学重点与难点的把握都比较准确,符合学生实际,就较好地营造了一个"作者、学生、老师良性互动"的教学氛围。最有创造性的,是第三个教学环节的设置:再回到网络写网上作文,题目是"和鲁迅一起写《药》",要求学生选择一个特定的叙述视角,根据鲁迅文本提供的材料,重新写一篇《药》。于是,有的学生就选择"路灯"的视角,写它看到的故事;有的写康大叔的故事;有的把小说侧面描写的夏瑜改成正面讲述;有的专门写小说里红、黑、白颜色的变幻,等等。这样的作文,改变了过去"学生写,老师看"的作文模式,同时发表在网上,供老师和全班同学欣赏和评论,这就自然引发了良性的竞争:谁都希望写出最有创意的文章,最后甚至带有游戏的意味。但也正是这样的符合青少年年龄特征的竞争性、游戏性的写作,迫使学生反复阅读、消化鲁迅的原文,发挥自己的想象力和创造力,进行再创作。这既是语文教育、鲁迅作品教学的创新,又是对学生使用网络的一个正面引导。当然,这样的试验才开始,问题也不少,但其提供的教学前景,还是令人鼓舞的。

我的这一篇演讲,实在太长了。最后还要说一点,中学的鲁迅作品教学不仅学生受益,而且也是教师提升自己的人文精神、语文素养的一个很好的途径。一位学生曾对我所上的鲁迅课作了这样的概括:"这门课,是一个鲁迅和我们,老师和我们,自己和自己对话的过程。"这确实是一门在与鲁迅对话过程中,老师和学生共同成长的课。还有一位学生说了这样一段话:"中学,特别是高中阶段,正是思想最活跃的时期,需要更大气,更深刻的思想激发。"说得真好:鲁迅对我们的中学生和老师,最大的作用,就是他的作品使我们变得"大气"

和"深刻"。这是人的精神的大气和深刻,也是教学境界的大气和深刻。今天的中国,今天的中国教育,大学教育和中小学教育,今天的语文教育,太需要大气和深刻了。

就讲到这里,谢谢大家!

2011 年 10 月 25 日—28 日整理

让鲁迅回到儿童中间
——刘发建《亲近鲁迅》序

拓荒性的试验

我在关注、思考中小学教育时,始终有一个信念:"真正具有生命活力的教育思想,存在于民间,存在于教学实践中真实而严肃的思考中。"因此,我一再表示"愿意倾听教育实践的声音,从中引发出我自己的思考"。(《我理想中的中小学教育和中小学教师》)

眼前就有一例:素不相识的绍兴柯桥小学的刘发建老师给我寄来了一本书稿:《亲近鲁迅》,这是对他的小学鲁迅作品教学经验的总结和理论思考。我读了以后,立即回信说:"拜读大作,大为兴奋,大受启发。"这是真的,我被震撼了,被激发了,整整一个星期,都沉浸在"童年鲁迅"的想象情景和"小学鲁迅教学"的浮想与思考中。

我被震撼是因为刘老师的一句话:"小学鲁迅教学沦为鲁迅研究专家们遗忘的角落,基本上处于无序的自然教学状态。"因此,当他想进行"亲近鲁迅"的教学实验时,"不论是课堂教学,还是资料搜集,往往陷身于孤立无援的荒漠化境地"。

听到这一声寂寞中的呼喊,我无言以对。我就是这"鲁迅研究专家"中的一员。多年来,我一直在关注和从事研究生、大学和中学的鲁迅教学,却遗漏了小学,只是在讨论《新语文读本》小学卷经典作品编选时,略有涉及(见《关于〈新语文读本·小学卷〉的通信》,文收《语文教育门外谈》)。这遗漏当然不是偶然,不仅是因为我对小学语文教育不熟悉,自己也无法直接参与,更是由于小学鲁迅教学有它的特殊困难之处,语文教育界,以至鲁迅研究界,都有许多疑虑和不同意见,我虽并未遗忘,但也是知难而退,就有意无意地遗漏了。

但第一线的老师却不能回避。如刘发建老师所说:"一个伟大的鲁迅不能赢得孩子的青睐,不管有多少理由,对于每一个语文老师来说,都有一种难以释怀的不安。"正是这样的教师的使命感和责任感,以及对鲁迅和孩子的挚爱,使得刘老师知难而上,进行了几乎是拓荒式的试验,表现了难得的胆识和智慧。尤其让我感动的是,刘老师的试验取得初步成效,在教育期刊上发表以后,竟引起如此强烈的反响,全国各地的许多老师都主动参与讨论,发表了不少真知灼见,大大深化了刘老师的试验,在这个意义上,刘老师的这本书也是一个集体智慧的产物。而这样的热烈回应本身,也就说明了,探讨小学鲁迅教学,已经成为一个小学语文界共同关注的课题,进行深入讨论与实践的条件已经成熟。本书的出版,正可视为一个标志式的开端。

在我看来,刘老师所做的拓荒性的实验和思考,以及老师们的讨论,都是对前面提到的语文界、学术界对小学鲁迅教学的疑虑的一个回应,在认识和实践两个方面,都有了一个突破。或许我们可以借本书的出版,对已经达到的认识和已有经验,作一个小结,作为以后新的讨论与实践的基础。——下面所谈的,基本上都是刘发建老师和参与讨论的老师们的意见,我仅作一点归纳;当然,也可能有我自己的一些感想和发挥。

回到鲁迅，回到儿童，回到语文

首先要回答的问题是：小学"需不需要"讲鲁迅？鲁迅作品"能不能"为孩子所接受？我注意到，有些老师在讨论中提到了我的一个观点：应该"让作为民族精神源泉的思想与文学在孩子身上扎根"，因此，必须使中小学生"走近鲁迅，认识鲁迅，这关系到能不能在孩子心里打好民族精神文化的底子"。这样的民族精神传承与建设的宏观视角是重要的，但还不能完全解决问题。我们对"要不要"和"能不能"的回答，必须有更具体的，更切近小学语文教育的讨论。于是，就有了如下三个问题的提出和讨论：如何认识鲁迅？如何认识作为我们的教育对象的小学生，他们和鲁迅的关系？以及如何认识小学语文教育中的鲁迅教学？这样提出问题，如老师们所说，是因为我们要建立一个"鲁迅本位""儿童本位"与"语文本位"的观念和立场，通俗点说，就是"回到鲁迅"，"回到儿童"，"回到语文"。

先说"鲁迅本位"，"回到鲁迅"。这就是刘发建老师所反复强调的，"鲁迅教学的一个首要前提，就是要'融隔'（融解隔膜）。这个'融隔'不在学生，而在于我们教师和教材编写者，首先要破除'神化鲁迅'的思维"，"破除习惯性的思维"。于是就有了一个"重新认识鲁迅"的问题，这是"回到鲁迅"的关键。

我注意到，刘老师在他的《小学语文视野下的鲁迅教学》等文里，多次引述了王富仁先生的一个论断："鲁迅作品恰恰是最好懂的，因为鲁迅的作品里充满了人性的语言，是与人的最内在的感受结合在一起的，这样的内在感受与儿童的感受事物的方式，与一般人感受事物的方式最接近"，"在现代文学中，像鲁迅这样以人性、童心去感受世界的作家不是太多，而是太少，这正是对人的基本要求，要从直感出发，而不是从观念出发"。不难看出，刘老师的试验，实际上是以这样的鲁迅观作为依据的。而王富仁先生的论断,应该是鲁迅研究中的重要成果,可惜不为鲁迅研究界所重视,就是我,也是在读到刘老师的引述后,才发现了它的意义的。

  在我看来,这样的鲁迅观的新意,或者说新发现有两个方面。首先是提出并强调了鲁迅的"童心"。这本来也是熟悉鲁迅的他的亲人、朋友和研究者的一个共识。鲁迅夫人许广平在《鲁迅先生和海婴》一文里就以母亲般的深情谈到有时候在她的眼里,鲁迅几乎和海婴一样:"可见他的性情和小孩子多么像,人们说的'赤子心肠',正可以给他做天真的写照。"而在鲁迅研究专家唐弢先生的回忆和体认里,鲁迅晚年也像他幼时的绰号所描述的那样,是个"胡羊尾巴",矮小灵活,活脱脱的"老小孩"。(《鲁迅的故事》)为准备本文的写作,我注意到了鲁迅的童话翻译,看到鲁迅为俄国盲诗人爱罗先柯的童话所写的序言里,反复地说,"他只有着一个幼稚的,然而优美的纯洁的心,人间的疆界也不能限制他的梦幻","我掩卷之后,深感谢人类中有这样的不失赤子之心的人与著作"(《〈狭的笼〉译者附记》),"我所展开他来的是童心的,美的,然而有真实性的梦","我愿意作者不要出离了这童心的美的梦,而且还要招呼人们进向这梦中,看定了真实的虹,我们不至于是梦游者"(《〈爱罗先柯童话集〉序》)。这其实也是"夫子自道":鲁迅其人其文就是"人类中这样的不失赤子之心的人与著作",他在险恶的人世中始终保留着一颗完整的"优美的纯洁的心",并且不愿"出离了这童心的美的梦"。这是鲁迅的本性,本质。但依然因为他所生活的时代,人世的险恶,他也不得不将自己的童心、赤子之心遮蔽、隐藏起来,而较多地在世人面前显露出他的复杂、深刻,内心荒凉的一面。读者、研究者如果只是浅尝即止,不能进入他的灵魂的更深处,就看不到他复杂中的单纯,深刻中的平常,荒凉中的温暖,而且单纯、平常与温暖,又是他生命的底色。正是这两者的纠缠,形成了一种丰富性,构成了一个真实的鲁迅,忽略任何一面,都会远离鲁迅。

或许正是鲁迅的童心经常有意无意地被遮蔽、隐藏,鲁迅复杂、深刻、荒凉面的突出呈现,就造成了鲁迅大量的作品确实难以为知识、人生准备不足的儿童、少年所接受,这也是鲁迅自己所说他的作品是需要有一定的阅历的人才能读的原因所在。但正像前面提到的鲁迅在儿子与妻子面前常流露出他的天真的赤子之心一样,他在有限的,但也有相当数量的作品,主要是他回忆童年生活,描写故乡风物的散文、小说,和他所翻译的儿童文学作品中,也还是相当充分,也相当动人地展现了他的灵魂的单纯,优美,善良,天真,活泼,让读者感受着他的赤子之心,他的童心的魅力。这样的文本所展示的"童心灿烂,童年情深的鲁迅"(周贯一老师语),如刘发建老师所自觉意识到的那样,不但能使我们"从源头上寻找到鲁迅精神的发育点",而且是使鲁迅能够"走向儿童"的最好通道。可惜的是,我们常常用某些先验的,意识形态化的解读模式来引导孩子读这些童趣盎然的作品,把可爱、可亲的鲁迅,变成了枯燥乏味,深不可测,甚至令人生畏的鲁迅,造成了鲁迅与孩子心灵的隔绝,而且鲁迅真正深刻的,能够给孩子以生命的启示的思想、情感,也同样被遮蔽了。

王富仁先生的前述鲁迅论断里,还有一个重要的方面,也是常常被我们所忽视的:鲁迅不仅有童心,而且他感受事物的方式,以至他的某些文字表达方式,也是和儿童相似、相通的。特别是我们所关注的他的那些回忆童年生活、故乡风物的作品,更是用儿童的眼睛和心理去发现世界,描述世界,甚至可以说是一种自觉的儿童世界的复原。也就是说,不仅是他的童心的自然流露,而且是自觉的写作追求。这样说是有依据的:我们在新出版的《鲁迅译文全集》第八卷的《译文补编》里,发现鲁迅在他的创作准备期(即二十世纪初的所谓"十年沉默期"),就曾从日本翻译了《儿童之好奇心》《儿童观念界之研究》《艺术玩赏之教育》等文章,可见他对儿童观念、心理、审美趣味等,是有过专门的研究和深入的思考的;一直到他的晚年,他也还这样深情地谈到儿童不同于成年的感受和建构世界的特殊方式对他的蛊惑:"凡一个人,即使到了中年以至暮年,倘一和孩子接近,便会踏进久经忘却的孩子世界的边疆去,想到月亮怎么会跟着人走,星星怎么嵌在天空中。但孩子在他的世界里,是好象鱼之在水,游泳自如,忘其所以的,成人却如人的凫水一样,虽然也觉到水的柔滑和清凉,不过总不免吃力,为难,非上陆不可了。"(《且介亭杂文〈看图识字〉》)这样,他在追忆和追述童年生活时,也必定要尽量真切地展现儿童的心理、审美眼光、趣味和表达方式,这是他重回自己童年世界的一个有机组成部分。其实,只要我们不故作深沉、深刻,而是以自己的本心、本性,用刘老师的说法,就是"赤裸裸的"去阅读这些文本,这样的儿童眼光、儿童叙述可以说是俯拾即是的。我注意到,刘老师在和孩子们一起阅读《从百草园到三味书屋》里的"美女蛇的故事"时,就读出了神秘,恐惧,紧张,引起了孩子像"看'变形金刚'之类影视故事一样的刺激,惊险";在"雪地捕鸟"的阅读中,老师、孩子和文中的小鲁迅一起,感受着捕鸟过程中"拉了绳"的期待与紧张,"跑去一看"的兴奋,"却什么也没有"的失望,"费了半天力,捉住的不过三四只"的沮丧,"读得孩子们心底里直痒痒"。就在这样的感同身受中,孩子走进了鲁迅的世界,鲁迅也成了孩子中的一员,他们的心灵相遇,相通了。刘老师说得好:"像鲁迅这样真实、活泼、大胆表现童年情感和童年生活的作品,尤其是真实和大胆,小学语文教材中是很少有能够与之媲美的。鲁迅作品中的这种真实和大胆,反映的是孩子心底里最真实的感受和最强烈的渴望,但又没有像一般的儿童文学作品那样去迎合儿童,它给孩子的感受是一种同伴唤醒。"

"博大深邃的鲁迅精神和鲁迅文化能否与我们的儿童语文融为一体?"——回答是肯定的,原因一在鲁迅本性、本质上的童心、赤子之心,二在鲁迅童年记述的儿童眼光,心理,趣味和真实、真诚、大胆、活泼的表达方式。

刘老师对鲁迅的体认,有一个很有意思的概括,说他是个"独一无二的老顽童"。我们已经说过,"老顽童"的鲁迅,让我们感到可爱,可亲,因而易于走近同是儿童的小学生;但我们又不能满足于这样的可爱、可亲的鲁迅,还必须注意到鲁迅的特殊性,他的"独一无二"性。这也是我一再强调的:"鲁迅很平常,和我们一样。但我们也不能忽视另一面:鲁迅又很不平常,和我们不一样。"否则,我们同样不能说明:为什么需要鲁迅?在某种意义上,甚至可以说,我们之所以需要鲁迅,就因为他很"特别",他是"稀有动物",他能够给我们以精神的滋养。(《鲁迅是谁?》)刘老师对此也有很明确的认识。他说得很对,"神化鲁迅或者俗化鲁迅,都是对鲁迅的不尊重",而且都会远离鲁迅。因此,他在讲《我的伯父鲁迅先生》时,首先以"伯父"作为切入口,引领孩子感受"和蔼可亲的伯父"——他的这一教学设计,得到许多老师的赞扬,以为是对传统鲁迅作品教学模式的一个突破;但他没有停止于此,又设计了一个"伯父不仅仅是伯父——非比寻常的伯父"的教学环节——这不仅涉及对鲁迅的体认,而且也关系着对鲁迅教学的认识:我们固然不能把不属于鲁迅的意义,用说教的方式,强加给鲁迅和学生,但我们并不能否认教学(也包括鲁迅教学)的教育功能。这就是周贯一老师在评教时所说:教学要"蹲下来","亲近学生","让教学内容尽可能贴近学生";同时,更要"不失时机地引领,升华",而这样的升华也"依然是童趣可掬"。因此,我们讲鲁迅作品中的童心,儿童趣味,不能只是让学生觉得"好玩",而且也要引导学生感悟童心、趣味背后的对生命(人的生命和大自然的生命）的关爱，对底层劳动者的亲近，对自由生活的向往这样一些鲁迅精神。有时候，也不能回避鲁迅思想中的某些深刻的沉重的东西——刘老师在讲《我的伯父鲁迅先生》时，就抓住课文中写到的鲁迅的"叹息"，引导学生讨论"鲁迅叹息的是什么"，触及了鲁迅对国民性的批判。这样的引导，需要掌握好分寸，并采用学生能够理解的方式，如刘老师所说，"要从平常的儿童故事中，引领孩子去感受鲁迅的'非比寻常'，这是最难处理的"，但教学的意义和乐趣，大概也就在这克服难点的努力中吧。

其实，我们已经讨论到了第二个方面的问题：鲁迅教学中儿童本位，"回到儿童"的问题。这是许多老师在讨论中反复强调的："小学语文应该是儿童语文，小学语文的课堂文化，应该是儿童文化的一部分。"正如刘老师所说，"只有儿童能够接受的鲁迅，才是有生命的鲁迅"，我们不能"忘掉儿童教鲁迅"。我们所期待的鲁迅教学，应该是"生命在场"的智力、精神活动。我们的课堂，如前文所说，鲁迅的真实生命不能缺席；同样，儿童的生命也不能缺席。现在的问题恰恰是"我们的语文课堂上（尤其是公开课），老师们越来越追求文本解读的深度，越来越讲究语文课堂信息的密度，越来越追求所谓的精彩程度"，"却忽视了真正的学习主体——儿童的生存状态"，正像杭州拱宸桥小学张祖庆老师所尖锐指出的那样，"过分追求深度的课堂，实际上是对儿童生命的漠视，是对儿童生态的破坏"。而鲁迅教学是最容易上成这样的故作深刻的课的，老师们在讨论中一再提到的《我的伯父鲁迅先生》教学中的所谓"伟大的一跪"，就是一个典型的例子。或许正因为如此，我们在鲁迅教学中，就需要特别强调"儿童本位"，强调"回到儿童"。

问题是怎样做到儿童本位，生命在场？根据刘老师的经验，主要应该抓住两个环节。

刘老师曾引述了我的一个观点：关键是要在鲁迅与孩子之间"寻找生命的共同点"，这是我在中学讲鲁迅的经验总结；刘老师认为，这样的理念更适合小学阶段的鲁迅教学。他在教学中也确实始终贯穿着一个自觉的努力：在"学生"与鲁迅作品中的"我"，在很大程度上也就是"童年鲁迅"之间，搭建"一座桥梁"，让孩子顺着这座桥梁，理解"我"（童年鲁迅）的苦恼，向往，进而引发情感的共鸣，生命的共振，最终达到"阅读的最高境界"："读出自己"。这是刘老师《少年闰土》一文教学中的一个场景：在师生一起高声朗读"啊！闰土的心里有着无穷的希奇的事，都是我往常的朋友所不知道的。他们不知道一些事，闰土在海边时，他们都和我一样，只看见了院子高墙上的四角的天空"以后，刘老师作了这样的引导："刘老师问一个问题，你得实话实说：你觉得你现在的生活是更像闰土呢，还是更像'我'？"这一问，有如一石击起千层浪，激起了孩子的强烈反响。有的学生说："我像闰土，爸爸妈妈经常带我去乡下奶奶家郊游，很好玩的。"更多的学生却说："我们只站在阳台上看看高高的楼房，只坐在沙发上看看小小的电视机。"这里突然意识到的自己童年生活的缺憾，其实是揭示了今天的孩子所面临的"失去童年"的危机的。当然，孩子并不懂得这一点，他们所感受到的，是"在沉重学业负担挤压下"的生活的逼仄，因此他们完全能够和称慕、怀念闰土生活天地的宽阔与丰富的"我"（鲁迅）产生感情的共鸣。如刘老师所说，这时候，"'我'的渴望，就是同学们的渴望，'我'的心声，就是课堂里孩子的心声"；在孩子的感觉里，"鲁迅所要正是我所要，鲁迅所爱正是我所好，鲁迅所厌正是我所恶，鲁迅是和我一样的人"。就这样，"鲁迅的文字穿越一个世纪的时空，和当下孩子的心灵相通了"。这样的"不期而遇"是非常动人的。于是，孩子们就很自然地把鲁迅看作是一个小伙伴，并且和他一起"比童年"了。比的结果是："我的生活没有鲁迅那样自由好玩","但是,我玩的溜冰,电脑游戏,鲁迅也没有玩过","鲁迅有鲁迅的玩法,我们有我们的玩法"。而且有了这样的"读后感":"看到鲁迅讲述自己在百草园里的有趣的故事,我真是笑得肚子都痛死了。他在翻那些砖头的时候,一定遇见了斑蝥,一定放出了臭屁,一定捏着鼻子哇哇地乱跑。还有雪地捕鸟,哎,我们现在只有想想的份了。要是我能够早生一百年,估计鲁迅绝不是我的对手。看他那笨手笨脚的样子,一定得拜我做他的师傅呢。这是说说玩的。可我的确想尝试雪地捕鸟的滋味呀!我敢保证,要是我和鲁迅一起在百草园上学,一定会成为最贴心的铁哥们,只可惜,我们没这样的缘分呢。"当我们的学生由衷地把小鲁迅看作"铁哥们",鲁迅就真的回到孩子们中间了。而鲁迅教学教到这个份上,就真有点意思了。

其次,还应该掌握的一个原则,抓住的一个环节,是要从儿童出发,按照儿童的学习心理来进行小学阶段的鲁迅教学。我在从事中学鲁迅教学的实验时,曾提出中学生对鲁迅的接受,需要经过一个过程性的学习:从"感受鲁迅"到"思考鲁迅",再"研究鲁迅",最后自己来"言说鲁迅"。根据刘老师的经验,在小学阶段,"感受鲁迅"或许是更重要、更基本的,这是出于儿童以感性思维为主的学习心理,因此,更要强调"从直感出发,走向鲁迅"。

在讨论中,一位"小语文论坛网友'最美丽的教师'"提出了一个很有意思的分析。他说,"教师阅读文本的方式和学生阅读文本的方式是存在很大差异的。教师一般都是从某个'已知的概念'出发来阅读文本,是一种'求证阅读',而孩子的阅读很大程度上是从'未知的概念'出发的,是一种'发现阅读'"。他说的是事实:我们这些成年人,不仅是这里所说的教鲁迅的老师,也还包括我这样的鲁迅研究者,我们都是被几十年所受的鲁迅教育培养出来的,因此,我们今天来研究鲁迅,向学生讲述鲁迅,其实都暗含着某种"前理解":

这样的"前理解",或许包含着某些真知灼见,但也会有许多的遮蔽和曲解。如果我们缺乏自觉,对其中的真知没有自己的消化理解,其中的谬误更无清醒认识,而一切从"已知概念"出发,这样的阅读就会确实变成"求证阅读",而这样的求证阅读是会远离鲁迅的,用这样的鲁迅理解去教学生,就必然是既糟蹋了鲁迅,也误导了学生。在这方面,我们是有过许多教训的,可以说是许多不尽如人意的鲁迅教学的症结所在。从这个角度看,我们的孩子对鲁迅一无所知,反而是一个接近鲁迅的有利条件,可以毫无先见与偏见地,以一种好奇心,以一种初次见面的新鲜感,去探寻、发现这个他所未知的鲁迅世界。在我看来,小学的鲁迅教学,就应该是这样一种"发现阅读",甚至可以说,这是真正从儿童出发的理想的教学境界。我们教师要做的,主要有两个方面的工作。首先,是我们自己要尽可能地抛弃已知的概念,还原一个"白心",直面鲁迅的"白文"(原文本),以心契心,对鲁迅作品有自己的体会,理解,发现。其次,我们也要尊重、保护、诱发学生对鲁迅的好奇心,初次见面的新鲜感,第一印象,并以此为出发点,和孩子一起,"由外而内,由浅及深,由表及里",逐层深入地发现鲁迅。我们的课堂教学应该是这样的一个过程:在老师的引导下,逐渐展开鲁迅文本的不同侧面,孩子不断发现"原先不曾看到的别样风景",因而始终保持好奇心,老师和学生一起不断获得和享受发现的喜悦,并激发起继续探寻鲁迅的欲望和兴趣。(参看江苏吴江庙港实验小学张学青:《今天我们如何讲鲁迅?》)

最后,我们要讨论的第三个理念,是语文本位,"回到语文"。这也是刘老师的鲁迅教学所坚守的基本立场:"要从语文学科本身的学术层面看鲁迅",要"以语文的方式学习鲁迅,走进鲁迅"。关于语文学科的性质,有过许多的讨论与争论,我个人比较认同福建一中陈日亮老师的一个概括:语文课程担负着对学生进行"语言行为、能力和习惯的培育"的任务,同时,又是一门"心灵的学科","课文应该成为学生内心体验的源泉,课堂上要有情感生活,有心智的活动"。(《我即语文·语文教臆〔上〕》)我曾经提出,语文课要有四个直面:"直面文本,直面语言,直面人的心灵,直面人的生命。"(《对话语文》)这里最重要的是要处理好"文"和"心"的关系,这也是坚守语文本位,回到语文的关键。在我看来,有三大原则:"文从心出——不能将'文'作为语言知识或文学、文化知识的例证,而不触及'文'中之'心'";"心在文中——不能脱离'文'而'抽'出思想、理念大谈之";"循文会心——要引导学生从领悟'文'面之'义'(字义、语义、用法、表现特点)入手,感悟'文'后之'意'(意味、情意、意念、观念、用心、意图),达到'会心',心灵的相遇相通"。(参看拙文:《陈日亮〈我即语文〉序》)

以上所说,都和我们讨论的鲁迅教学紧密相关。长期以来,鲁迅语文教学的最大问题,大概就是脱离鲁迅文本而大讲鲁迅"伟大精神",或抓住鲁迅作品的片言只语而任意发挥,大讲其"微言大义"。但我们对把鲁迅作品作为某个写作技巧、方法的例证,把鲁迅知识化的倾向,也要保持警惕。这两种倾向,看似两个极端,却都背离了语文本位;在背离鲁迅这点上,也存在内在的一致。刘老师说得好:"鲁迅首先是作为一个伟大的文学家进入课堂,他能否获得学生的好感,一个首要因素就是靠他的文字说话,要让孩子体验到阅读鲁迅文字的特别快感,用文字赢得孩子的好感。"脱离鲁迅文字的魅力,大谈鲁迅精神的伟大,只会使孩子远离鲁迅。这是许多失败的鲁迅教学所一再证明了的。而鲁迅的文学的最大特点与魅力也在于他的作品里渗透了他的灵魂,他是用"心"去写作的,他写作的目的也是要"撄人心",即搅动人的灵魂,把他的作品变成没有灵魂的纯写作技巧,变成无心之文,那更是对鲁迅的最大亵渎,也同样会使孩子远离鲁迅。刘老师说得好,我们的鲁迅教学要使孩子亲近鲁迅,就是要"爱其文,亲其人",而且要"通过爱其文而亲其人"。

但要做到这一点,能够"循文而会心",并不容易。关键是要找到每一篇文本"文"与"心"的契合点。在我看来,刘老师在进行鲁迅教学时,无论备课,还是讲课,最花力气的,就是从每一篇具体文本出发,寻找和突出"这一个"契合点。他的成功,也在契合点抓得准,抓得巧。比如,他在引导孩子读《我的伯父鲁迅先生》时,就首先抓住了这一篇文本体裁与相应写作上的两个基本特点。首先,这是一篇回忆性的散文,但又不是一般的回忆,而是鲁迅的亲人侄女的回忆。细心的刘老师于是就有了一个称谓上的独特发现:文章前后出现了34次"伯父",而"鲁迅"只出现了3次,其中一次还是标题所标明的。——说是独特发现,是因为我们被一些所谓定论所束缚,心目中只有"三个伟大"的"鲁迅",自然就看不到作者心目中的"伯父";现在刘老师独具慧眼地发现了,就抓住了这篇散文的基本特点:这是"一个很普通的侄女对一个普通的伯父的追忆和怀念"。这样,就为这堂课的教学找到了一个切入口:循"伯父"这一称谓之"文"而"会心",体味作为伯父的鲁迅和蔼可亲的形象,和贯穿全篇的浓郁的亲情。但仅仅有这一层的理解和把握还是不够的,要真正进入具体教学过程,还必须对文本的写作特点有更具体的把握。这就是好几位评课老师(江苏海门实验学校周益民、扬州教育学院徐冬梅、河南濮阳市实验小学武凤霞等)都谈到的,"回忆"文体的最大特点,就是"在回忆中(叙述)主体分裂为经历中的我和正在回忆的我",具体到《我的伯父鲁迅先生》这篇文本,就分裂为"10岁的我"与"19岁的我"。对10岁的"我"而言,鲁迅只是"伯父",而且他的许多话,"我"是不懂的;对19岁的"我",鲁迅就不只是"伯父",而且是"鲁迅先生"了:她已经知道"鲁迅"的意义和价值,称为"先生"了,而且许多当年不懂的话，现在也懂了，写回忆文章的目的也是不仅要写出对"伯父"的童年回忆，而且也要写出自己当下对"鲁迅先生"的理解。这就是所谓"作者的叙述视角"问题，是"这一个"具体文本写作上的一个核心，同时也是"文"和"心"的契合点。刘老师抓住了它，就有了一个准确的"教学视角"，即首先引导学生去体验"10岁的我"所见所感中的"伯父"；然后，及时提示学生注意："看看有哪些问题是当年小周晔所不明白的，九年以后才逐渐明白"，这是极重要、也很高明的一问，就把整个教学提到一个新境界：老师和学生一起讨论19岁的"我"所"逐渐明白"的"鲁迅先生"的"心"，他的精神和痛苦，也和作者一起，由"和蔼可亲的伯父"升华到对"非同寻常的伯父"的体认，达到心的交流：这就是"循文而会心"。在我看来，在"会心"以后，还应该回到"文"上来，并作适当的提升，教给学生以写回忆文章的"叙述视角"的知识，并进行相应的训练。比如引导学生从自己作为"读者"的视角来重述《我的伯父鲁迅先生》所讲述的鲁迅故事，这既是一种写作的训练，其实也是一个进一步和鲁迅进行心的交流的过程，这就达到了语文训练和精神培育的结合，完整地实现语文课程的目标。

讨论到这里，我们大概可以对鲁迅作品的选读，在小学语文教学上的意义和价值，作一个总结。概括地说，主要有三个方面。

首先，就是刘老师所反复强调的，这是一个"鲁迅启蒙教育"，通俗地说，就是"第一印象"的教育。孩子和鲁迅初次接触，留下什么印象，影响是深远的：高不可测，令人生畏，那就会使孩子终身远离鲁迅；可爱，可亲，又特别，就会使孩子愿意亲近他，渴望进一步了解他，这就为孩子一生的发展中，能够不断地从鲁迅及鲁迅所集中体现的中国现代思想文化传统吸取精神资源，奠定了一个基础，打了一个"底子"。这对中国年轻一代的成长，中国现代思想文化，民族精神的长远发展,是至关重要的。

其次,刘老师还强调鲁迅作品在小学语文教材中的意义:"无论是从唤起学生的阅读快感体验,还是文字表达上精练传神的技法,小学语文教材中其他所有课文均无出其右者。"这是一个极重要的论断。在讨论中有的老师提到,"小学语文教材应该有一些必读的篇目,至少是一些必需的母语语言、文学、文化的要素",通过这些必读篇目传递给学生。(徐冬梅:《让母语教育回到儿童本位》)我理解,这些"必读篇目",也就是"经典篇目",它应具有稳定性和持久性,成为教材的核心和基本支柱。徐老师说,这些必读的,基本的经典篇目"究竟是哪些",这是需要有关专家和语文教师一起讨论的。我个人完全支持刘老师等一线老师的意见,鲁迅的某些作品,应该成为小学语文的经典教材。这也涉及对鲁迅的认识。人们比较重视鲁迅作品的精神价值,这是理所当然的;但如果因此忽略了鲁迅作为"中国现代文学的第一人",他对创造现代汉语民族语言的不可取代的巨大贡献,和公认的经典意义,也会形成对鲁迅价值的遮蔽和贬抑。我在《中学生鲁迅读本》的前言里,就说过:"鲁迅作为现代汉语文学语言的大师,他的语言以口语为基础,又融入古语、外来语、方言,将汉语的表意、抒情功能发挥到极致,又极具个性和创造性。阅读鲁迅作品,不仅能得到精神的启迪以至震撼,还能得到语言的熏陶和美的享受。"他的作品理应成为孩子学习现代汉语的范本。这里也还存在一个误解,仿佛鲁迅的语言艰涩难懂,不易为儿童所接受。我这次因刘老师的实验的启发,而和刘老师一起编了一本《小学生鲁迅读本》,重读鲁迅作品,就惊喜地发现,鲁迅有不少作品,进行适当的文本处理以后,是非常适合儿童阅读的,语言相当口语化,简洁,准确,传神,鲁迅式的幽默感里蕴含着无穷的儿童情趣,而且韵味十足,自有一种能够打动孩子心灵的"温暖"。初识汉语的小学生正可以通过这样的语言的熏陶、学习，感悟现代汉语的魅力。而刘老师的教学实践也证明，学生非常着迷于鲁迅的语言，课堂上经常爆发出欢乐的笑声，那是真正的语言享受。

在讨论中，蔡朝阳老师发表了一个很有意思的意见：写作和阅读，"都是一种还乡"。"对鲁迅而言，他在一个寒冷的冬日离开绍兴以后，此生再没有一次踏足故土。然而，鲁迅恰恰从来没有离开过故土，他的全部文学创作，都是从家乡出发，而又在远方对家乡深情凝眸。托尔斯泰说，写了你的家乡，便是写了全世界。这句话正可以概括鲁迅的创作。他的童年，他的故乡，是其创作的不竭源泉，这是他的来处。"而今天的"这些城里的孩子，现代的孩子"，"他们尽管有着更为幸福的（现代）生活，但他们的幸福，未尝没有失掉一些东西。里尔克甚至说，在离开村庄的道路上，更多的人将死于无家可归。幸而我们还有（像鲁迅作品这样的）经典的阅读。这种阅读，不但构建了我们的精神家园；更重要的是，我们凭借阅读，可以一再地回到那个源头，回到我们的来处"。——这样的分析，是有相当的深度的。我由此而得到一个启发：鲁迅作品还具有"乡土教材"的意义。从"狭义"的角度说，鲁迅作品可以作他的家乡——绍兴，浙东地区的"乡土教材"，成为"校本教材"而进入课堂。刘老师作为鲁迅家乡的一名小学老师，率先进行鲁迅教学的实验，并得到同为家乡人的学生的强烈认同，这当然不是偶然的：这里显然有乡土文化的认同与传承的意义。但鲁迅又是属于全中国，以至全人类的，因此，他的作品更是一种广义的"乡土教材"：这就是蔡老师这里所说的"精神家园"的意义。我们在前文的讨论中，之所以强调鲁迅作品的阅读对孩子一生成长的意义，就是基于这样的"可以一再地回到源头，回到来处"的意义。也如前文所强调，我们说的"家园"，既是"精神家园"，同时又是"汉语家园"，这两者是密不可分的。

文本的选择、处理与教学方法

以上所说,都是关于小学鲁迅教学的几个基本理念的讨论。要真正进入具体的教学,还需要解决教材(鲁迅文本)的选择、处理和教学方法问题。在这方面,刘老师也有很好的思考和实践经验。

刘老师说得很好:"小学语文鲁迅教学的成与败,很大程度是要看选择的文本是否适合儿童学习","跳出原来的意识形态局限,立足鲁迅本位的立场,从儿童的角度出发,选择合适的学习文本,这是鲁迅教学的基本前提"。

在本文一开始,提到我在《新语文读本》小学卷的讨论中所发表的意见,其实也是探讨这个选材的问题:"一般说来,经典作品都太深太长,不适合小学生直接阅读。我想,有两个解决办法。一是节选片段,更大量的还是要用改编或重述的办法(即使是节选,也要做一些文字处理)。另外我们还可以选一些讲述历史人物故事的文章,帮助孩子们'走近大师'。"(《关于〈新语文读本·小学卷〉的通信》)刘老师在他的《小学语文教材中鲁迅文本的选编点评和建议》中也提出要进行节选和浓缩改编。也就是说,我们都认为,不是所有的鲁迅文本都适合小学生阅读,因此,必须有挑选;而且,即使是挑选出的作品,如我们在前文一再强调的,鲁迅回忆童年和描写故乡风物的散文、小说,也要进行不同程度的文本处理。

这同样是出于鲁迅作品总是复杂与单纯,深刻与平常,荒凉与温暖的一种结合这样的文本特点的认识和把握。即使是回忆童年的作品,固然有他的回归童年的内在的写作冲动,因而能够引起孩子的共鸣,但他的这种冲动又显然来自现实的刺激,因此,鲁迅在回忆中常有随手牵来的对现实某些人和事,某种文化现象的批评、嘲讽,也有许多借题发挥的议论,同时,由于鲁迅知识的渊博,会随时插入许多典故，古今中外的引文，而且有些作品本身就有很大的寓意性，童年生活、故乡风物的叙述、描写的背后，都寄寓着更大的意义：这些溢出回忆的文字，都造成了鲁迅文本的繁复与丰富，对有相应的知识储备和人生阅历的成年读者，这都是鲁迅作品特耐寻味、思索的特殊魅力所在，但对于知识、人生准备不足的小学生读者，就显然形成了阅读的障碍，所谓"读不懂"大概就由此而来。另外，文章的篇幅过长，也会影响孩子的接受。因此，为了适应小学生的接受能力和心理，就必须对总体适合儿童阅读的鲁迅文本进行一定的、有限度的处理。

我们在编选《小学生鲁迅读本》时，主要采取了三种处理方式：一是将篇幅较长的文章作分散处理，如将《从百草园到三味书屋》分为《百草园的泥墙根》《美女蛇的故事》《雪地捕鸟》《三味书屋的老师》四篇，和其他文章相配合，另组四个单元。二是进行节选，即把文章中的某些片断从全文中剥离出来，使其具有某种独立的意义，如从《狗·猫·鼠》中节选出《祖母讲的猫的故事》《隐鼠的故事》两个片断，独立成篇；从《好的故事》里，将对山阴道旁的河水的描写独立出来，变成一篇相对单纯的状写家乡风物的文章。三是对原文作压缩处理，保留文章基本骨架，删除孩子难以理解的文字，略加个别的连接语，成为一个"简本"。如将四千余字的《我的第一个师傅》压缩成近两千字的新《我的第一个师傅》。

正像我们在后记里所说："我们深知，对鲁迅作品进行这样的处理，将复杂、丰富的鲁迅文本简化，单纯化，可能对鲁迅作品造成某种损伤。"但我们同时又掌握了一条原则："只删不增不改"，"这就能基本保持原文原意，不至于发生歪曲，因此，即使有'损伤'，也是在可以允许的有限范围内"。而我们坚持做简化和单纯化处理，则是出于前文所说的"鲁迅本位""儿童本位"的双重立场，企图找到二者的平衡点。同时，也是出于这样的一个理念："鲁迅作品是要读一辈子,常读常新的。"学生先读他们可以接受的简本,获得第一印象,产生进一步阅读的欲望,就为以后接触繁本全文,获得深入理解,打下基础。"这样的由简到繁的过程,是符合鲁迅作品接受规律的。"

最后要谈的是刘老师的教学方法。我没有这方面的实践经验,也非语文教学法的专家,无法作全面总结和评价,只能略略谈谈我感兴趣的一二点。

我首先注意到,刘老师对"诵读"的重视,始终突出"声音"在教学中的作用。这或许是小学教育的一个特点。我想补充与强调的是,"声音"在我们这里讨论的坚持鲁迅本位、儿童本位与语文本位的鲁迅教学中的特殊意义。

如果细读鲁迅《从百草园到三味书屋》里关于百草园的草木虫鸟的描写,就不难发现,鲁迅的观察、感受与描写的中心,始终是"声音"(鸣蝉长吟,蟋蟀弹琴)与"色彩"(碧绿的菜畦,紫红的桑葚)。可以说,敏感、醉心于声音与色彩之美,是鲁迅感受世界的基本方式,而这也正是儿童初次发现世界的特点。因此,突出"声音"(同时应突出"色彩")正是抓住了鲁迅与儿童感受方式的契合点。

前文讲到了鲁迅作品是学习汉语的范本,而汉语的一个重要特点,就是它的"装饰性"与"音乐性"(周作人语),鲁迅的语言正是把汉语的这一特点发挥到了极致。我在大学和中学进行鲁迅教学时,都提醒学生注意和学习鲁迅语言所特有的音乐美和绘画美,并因此非常重视诵读。我说:"鲁迅作品里的那种韵味,那种浓烈而又千旋万转的情感,里面那种可意会不能言传的东西,都需要通过朗读来触动你的心灵","讲鲁迅作品,最重要的是读。靠读来进入情境,靠读来捕捉感觉,产生感悟,这是接近鲁迅内心世界和他的艺术世界的入门的通道"。(《与鲁迅相遇》)而小学阶段儿童的"入门"学习,如前文所说,正是具有强烈的感性特点,注重情境、感觉和感悟,鲁迅作品中许多深厚的意味、情感，是只需要儿童"意会"，而不必"言传"深究的。中国传统的蒙学教育，对经典的阅读，采取先朗读、背诵后析义的教法，是从中国汉语特点出发的；我以为也在一定程度上适用于鲁迅作品这样的现代经典的教学。我在中学讲鲁迅，就作过这样的试验：将鲁迅《野草》里的片段组合成《天·地·人》一文，不做任何解析，只让全班学生站起来"喊读"，在喊读过程中，我发现学生的眼睛发亮了，似有所悟，却又无法言说。我以为教学目的就已经达到了。我在刘老师的课堂上，也发现了"喊读"这一教学方式和环节，真有若获知音之感。

我还注意到刘老师在讲《我的伯父鲁迅先生》时，采取了分角色朗读的方式，这样的"表演性"，是符合孩子接受特点的，如周作人所说，它能够让孩子得到"团体游戏的快乐"（《儿童的文学》），即使严肃如鲁迅者，也是可以进行游戏性的学习的。

刘老师的教学中，还有一个"深度开拓"的环节，也很具启发性。他在《少年闰土》的教学中，就有这样一个极富创造性的设计：在引领学生充分感悟了少年闰土的博识和勇敢，"我"和闰土之间的深厚情感，这一课的基本任务已经完成以后，刘老师突然提示学生：三十年后，"我"和闰土还有一次见面，并引导学生想象，他们见面时可能有怎样的反应。学生自然作出种种美好的设想，刘老师又顺着孩子急切渴望的思绪，把孩子从梦幻中带回到现实的思考：三十年后的闰土为何如此陌生和冷漠？在孩子心上形成巨大反差。但又不作更多发挥，点到即是，这就是所谓"引而不发"，"止于所当止"。如武凤霞老师所说，当学生"带着满心的疑问走出课堂的时候，也正是他们带着满腹的渴望走近《故乡》的时候，语文学习的目的之一，不就是要激发起孩子阅读鲁迅的欲望么？"这样，刘老师的鲁迅教学就具有了一种开放性，并且成为"学校教育（小学、中学、大学）中的鲁迅教学"

工程的一个有机组成部分。

　　这就是刘老师心目中的"小学鲁迅启蒙教育"：它"在孩子的心田播撒着鲁迅的种子，让鲁迅成为孩子的亲密伙伴，让孩子成为鲁迅生命的延续。也许，在今后追求幸福人生的漫漫路途上，有了鲁迅的陪伴，可以活得更清醒，活得更明白"。我要补充的是，老师的生命也同样在场，不仅成为鲁迅与孩子之间的桥梁，也同时在孩子与鲁迅的生命中吸取力量，享受幸福、快乐，获得教师的价值，人生的意义。

2008 年 9 月 2 日—8 日

和青年志愿者谈鲁迅

在阅读"西部阳光行动"的朋友所写的"民间志愿者日记"《西部的家园》时,我总要想起鲁迅。于是就有了下面这些拟想的谈话——

一

"寻朋友,联合起来,同向着似乎可以生存的方向走。"

——鲁迅

一位同学在他的日记里,这样倾诉自己内心的苦闷:"我对自己的将来一无所知,而且不愿意去知道。就这样让我们年轻的生命消逝在每天每天的平庸里,整天就这样飘来飘去,没有方向,漫无目标……"另一位同学又这样描述自己的大学生活:"每天都将日头睡上中天,在思维的急躁与行动的迟缓中踱入图书馆,然后无所选择地读上一通!就等着回食堂吃上一通没有味道的饭菜。害怕了那种心中的焦躁与行为上的无奈……"

这些真诚的内心袒露,真实得可怕,让我震撼。

我理解这样的苦闷。在应试教育中成长起来的这一代人,从小就以"考上大学,特别是名牌大学"作为自己人生的全部目的;现在如愿以偿,进入了大学,在最初的兴奋过去以后,就突然失去了目标与方向……

其实我们自己又何尝没有这样的苦闷!大家都在说:"上帝死了。"东西方世界曾经有过的理想与信仰都破灭了,新的理想与信仰还没有建立,这是一个没有理想也没有信仰的时代。从另一个角度可以说:重建新的价值理想,重新寻找与确立自己的生活目标,这正是一个全球性的思想文化课题,是我们每一个人都必须面对的人生课题。只不过我们这些成年人、老年人早已麻木了,就按照生活的惯性,得过且过地打发着每天的日子。但年轻人不行,他们的人生道路才开始,不能这样糊糊涂涂地混下去……

于是,就有了这样的生命的呼喊:"路该怎么走?我们怎么办?"

于是,就像鲁迅当年所说的那样:"要前进的青年们大抵想寻求一个导师。"

而且无论是鲁迅那个时代还是今天,也真的有人以"导师"自居,自以为"真理"在握,向青年灌输,指路……

而我却想起了鲁迅的话——

"青年又何须寻那挂着金字招牌的导师呢?不如寻朋友,联合起来,同向着似乎可以生存的方向走。你们所多的是生力,遇见深林,可以辟成平地的,遇见旷野,可以栽种树木的,遇见沙漠,可以开掘井泉的。问什么荆棘塞途的老路,寻什么乌烟瘴气的鸟导师!"(《华盖集·导师》)

鲁迅这段话颇耐寻味,值得反复琢磨。我体会它至少内含着五层意思。

第一,不要轻信那些自以为真理在握的假导师。鲁迅多次说过:"我自己还不明白应当怎么走","至今有时还在寻求。在寻求中,我就怕我未熟的果实偏偏毒死了偏爱我的果实的人",我怎么敢去充当年轻人的导师?(《坟·写在〈坟〉后面》)这才是一个真诚的成年人的老实话。在这个重新探寻一切的时代,"自以为有正路,有捷径"的人,反而是可疑的,鲁迅说,他们其实是以为现状最好,"劝人不走的人"。(《集外集·田园思想》)这是一个重要的提醒:年轻人在寻路、前进的过程中,一定要对形形色色的假"导师"保持高度警惕。与其听他们高谈阔论,胡说八道,不如听鲁迅这样的"我也不明白应当怎么走"的低调的老实话。这才是能和你一起探路的真老师、真朋友。

第二,因此,青年人也不必拒绝成年人、老年人,他们的人生经验甚至教训也都是宝贵的精神财富,鲁迅说:"和他们随便谈谈是可以的。"他们的用生命换来的经验是可以作为借鉴,应该认真吸取的。特别是在大学读书阶段,更应该通过广泛的阅读,像鲁迅所说的那样,"放开度量,大胆地,无畏地"将前人所创造的古今中外的一切文明成果,"尽量地吸收"。(《坟·看镜有感》)应该说,通过阅读经典,最广泛地吸取精神资源,是为我们前面说的寻求新的价值理想,确定自己人生目标奠定基础的。任何新的创造都不可能凭空臆造,必须有继承,才会有发展,鲁迅所说的"拿来主义"就是这个意思。但拿来又不能代替创造,即使前人、成年人、老人经验中所包含的真理也只有经过自己的实践,才能内化为自身的血肉。

第三,因此,鲁迅最看重的是实践,是行动。鲁迅在这段话里,用形象的语言,反复强调的"向着似乎可以生存的方向走","辟成平地""栽种树木""开掘井泉",都是在讲实践与行动的意义。鲁迅曾说:"现在的青年最要紧的是'行',不是'言'。"(《华盖集·青年必读书》）此话遭到很多的误解与攻击，人们不能理解鲁迅的苦心与深意。在鲁迅看来，"言而不行"，缺乏实践与行动的能力，正是中国传统知识分子的一个根本弱点；新的价值理想的建立，新的人生目标的确立，都不可能仰赖书斋里的苦思冥想，而必须在实践与行动中不断思考与探索；特别是在历史的转折时期，在没有现成的规范可循，即"没有路"的情况下，人们只有一条出路：自己选一条似乎可走的路，"向着似乎可以生存的方向走"，一边摸索，一边不断校正方向，总结经验，最后走出一条路来。正是这几乎无所有的空白地上，给实践提供了最好的机会，这是一个"实践出希望"的时代。特别是我们这样一个古老的停滞不前的民族与国家，只要千千万万普通的人民行动起来，进行探索，创造，就有希望。这就是鲁迅所说的："希望是本无所谓有，无所谓无的。这正如地上的路；其实地上本没有路，走的人多了，也便成了路。"（《呐喊·故乡》）

第四，鲁迅主张有理想、有追求的年轻人要"寻朋友，联合起来"，依靠集体的力量进行共同的探索与努力。鲁迅看得很清楚："青年又何能一概而论？有醒着的，有睡着的，有昏着的，有躺着的，有玩着的，……自然也有要前进的。"他更清醒地看到，要前进的青年只是少数，他们在自己所生活的具体环境里，常常是孤立的。这样，要前进的青年就必须"联合起来"，相互支持，才能摆脱各自分离的孤独状态，形成群体的力量，才能完成单独的个人所无法承担的事业。这就是古人所说的"相濡以沫"的意义。

第五，鲁迅同时提醒年轻人：你们所要走的探索、追寻之路，将充满艰险，会遇见"深林""旷野"与"沙漠"，会有失败与曲折；但同时又要有自信，因为"你们所多的是生力"，"可以用自力克服一切困难"。（《集外集·田园思想》）不管遇到多大阻力与困难，只要坚持，并认真总结经验，把命运掌握在自己手里，就一定有希望。

鲁迅说的这几层意思，其重要性是不言而喻的；而又是非常实在的，相信同学们会感到非常亲切，因为你们就是这样做的："西部阳光行动"正是鲁迅所期待、呼唤的"要前进的青年""联合起来，同向着似乎可以生存的方向走"的一次集体实践。在这个意义上，可以说这是一次当代大学生在参与农村变革的实践中寻求新的价值理想，确立新的人生目标的自我教育运动。正如同学们在日记中所说，"也许我们改变不了什么，但这里的一切的确改变了我们"，许多同学正是在下乡实践的过程中开始重新思考与探索自己的人生之路。

尽管这只是一个开始，但你们的实验却为我们一开头所提出的"当代大学生如何重建自己的价值理想，确定自己的人生目标"这一新的课题，提供了有益的经验：一是要联合起来，自己解决自己的问题，二是要在集中主要精力读书学习，广泛吸取精神资源的同时，以适当的方式，参与社会底层的变革，在实践中培育新的世界观、人生观。而你们的这些经验恰恰与鲁迅对年轻一代的期待暗合：这大概也不是偶然的。

二

"独有这培养天才的泥土，大家都可以做。"

"执着现在，执着地上。"

——鲁迅

在许多青年志愿者的日记里都谈道："我们在没有来这里之前，可能满腔热情，踌躇满志，一心想为村民干些什么。而真正到了这里以后，我才发现我们的力量原来是如此的微不足道，我们对这一切是那样的无能为力。"于是，就产生了这样的问题："我们究竟能做些什么?"

这其实也是人生观的一个大问题:"我要做什么?我能作什么?我怎样立志?我将怎样实现自己的人生价值?"

于是,我又想起了鲁迅当年(1924年)和北京师范大学附中师生、校友的一次谈话:《未有天才之前》(文收《坟》)。和盛行一时、至今愈甚的"天才"教育相反,鲁迅号召年轻人要甘于当"泥土"。他说——

> "天才并不是自生自长在深林荒野里的怪物,是由可以使天才生长的民众产生、长育出来的,所以没有这种民众,就没有天才。……所以我想,在要求天才之前,应该先要求可以使天才生长的民众。——譬如想有乔木,想看好花,一定要有好土;没有土,便没有花木了;所以土实在较花木还重要。花木非有土不可,正如同拿破仑非有好兵不可一样。"

这是鲁迅的一贯思路:他始终强调民众的作用,重视社会变革的基础工作。——这一点,我想参与"西部阳光"行动的朋友是不难理解的,因为我们所做的工作,从根本上讲,就是要发动与培育民众,为中国乡村建设与改造培育泥土。

鲁迅进而对年轻人提出他的期待——

> "就是在座的诸君,料来也十之九愿有天才的产生罢,然而情形是这样,不但产生天才难,单是有培养天才的泥土也难。我想,天才大半是天赋的;独有这培养天才的泥土,似乎大家都可以做。做土的功效,比要求天才还切近;否则,纵有成千成百的天才,也因为没有泥土,不能发达,要像一碟子绿豆芽。"

在我看来，这里包含了三层意思，很可以作为年轻朋友立志时的参考，一是强调"大家都可以做"，而不是有"天赋"的少数人才能做；二是强调"切近"的人生选择，而不是高远的难以实现的目标；三是强调与作为"泥土"的普通民众的亲近与血肉联系，而且自己也要做"泥土"，成为普通民众的一员。

鲁迅还提倡"泥土精神"，也讲了两条。一要"扩大了精神，就是收纳新潮，脱离旧套，能够容纳，了解那将来产生的天才"。——我们所要做的是新时代的"泥土"，因而就必须能够"吸纳新潮"，具有改革的精神，这才能够成为真正的社会变革的基础。二要"不怕做小事情"。——这里所显示的"不怕做小事情"的坚实、坚韧，脚踏实地，埋头苦干的精神，是典型的鲁迅精神，也是在以后的鲁迅著作与通信中一再强调的，不妨抄录一些——

"我们从古以来，就有埋头苦干的人，有拼命硬干的人，有为民请命的人，有舍身求法的人，……虽是等于为帝王将相做家谱的所谓'正史'，也往往掩不住他们的光耀，这就是中国的脊梁。"(《且介亭杂文·中国人失掉自信力了吗？》)

"未名社的同人，实在并没有什么雄心和大志，但是，愿意切切实实的，点点滴滴的做下去的意志，却是大家一致的。"(《且介亭杂文·忆韦素园君》)

"那切切实实，足踏在地上，为着现在中国人的生存而流血奋斗者，我得引为同志，是自以为光荣的。"(《且介亭杂文末编·答托洛斯基派的信》)

直到离世前鲁迅还在给一位年轻作家的信中写道——

> "中国正需要肯做苦工的人,而这种工人很少,我又年纪较老,体力不济起来,却是一件憾事。"(《致欧阳山、草明,1936年3月18日》)

可以看出,鲁迅对历史与现实人物的评价,都有一个基本标准,就是看其是否具有泥土精神,是否"切切实实,足踏在地上","为着现在中国人的生存"而努力奋斗,"点点滴滴的做下去"。这是一个极其宝贵的精神传统,鲁迅显然期待年轻一代能够延续这样的精神谱系。

在我看来,包括参与"西部阳光"行动的朋友们在内的当下中国的青年志愿者,正在用自己的实践延续这样的精神谱系。正是这些年轻人,来到农村,接触到中国现实的真实,"足踏在地上",抛弃了不切实际的自我期许以后,他们才接近了鲁迅所代表的"泥土精神"传统。正像他们在日记中所说,"踏在这片西部热土上,起初的激情,年轻的冲动,都化作愈加的沉重的脚步和更为踏实的工作","在生活中还没有这样的时刻,让我觉得自己如此重要,又如此渺小"。有一位志愿者还因此想起了鲁迅的话:"当今的青年,应有一分光发一分光,有一分热发一分热,哪怕像萤火虫那样,也是有益的。"这本身就是一个有力的启示:只要深入到中国历史与现实的变革中,就会和鲁迅相遇:鲁迅是属于变革、前进的中国的。

但我们不能局限于这样的感悟,还应该提升为理性的自觉。也就是说,我们应该将鲁迅所倡导并身体力行的"泥土精神"内化为"西部阳光"行动的精神,使之成为每一个成员的精神财富。这需要更自觉地实践,也需要对"泥土精神"的深刻而丰富的内涵做更深入的探讨。

这里,我想结合鲁迅的有关论述,再做一点阐述。

这是鲁迅的一段名言——

"仰慕往古的,回往古去罢!想出世的,快出世罢!想上天的,快上天罢!灵魂要离开肉体的,赶快离开罢!现在的地上,应该是执着现在,执着地上的人们居住的。"(《华盖集·杂感》)

这里所提出的"执着现在,执着地上"的命题,应该是"泥土精神"的题中应有之义。其内涵颇耐琢磨。

先说"执着现在"。鲁迅有一个阐释——

"我看一切理想家,不是怀念'过去',就是希望'将来'。而对于'现在'这一个题目,都缴了白卷,因为谁也开不了药方。所有最好的药方,即所谓'希望将来'就是。

"所谓'希望将来',不过是自慰——或者简直是自欺——之法,即所谓'随顺现在'者也一样。"(《两地书·第一集,北京(四)(六)》)

鲁迅这里所批判的,是对"现在"(现实)的两种态度,或将被美化的"过去"与"将来"作为逃避现实困苦的精神避难所,或对现实黑暗采取容忍的态度,"随顺现在",以至被其同化,在鲁迅看来,这都是"自欺"欺人。因此,鲁迅提倡的"执着现在"的精神,就包含两个侧面:既是正视现实,敢于直面包括我们自己在内的,生活在"现在的地上"的中国人,特别是底层民众的真实的生存困境;又是永远不满足于现状,坚持对现实的批判,致力于现实的改造。这样一种积极进取的人生态度,对今天的中国的年轻一代的意义,是怎么强调也不会过分的。

而鲁迅强调"执着地上",就要我们始终把眼光集注在中国这块"土地"上:这是我们的家园,我们的根,我们的立足点。要将生活在这块土地上的"现在中国人的生存与发展"作为我们一切思考,一切奋斗、努力的出发点与归宿。眼光放在哪里,这是一个不可小看的问题。鲁迅在一次对大学生的谈话中,曾经感叹说:"我们常将眼光收得极近,只在自身,或者放得极远,到北极,或到天外,而这两者之间的一圈可是绝不注意的。"恰恰忽略了中国这块土地上的现实生活,社会人生。(《集外集拾遗·今春的两种感想》)鲁迅还有一篇文章讨论中国人的"自信力"的问题。他说,眼睛只盯着外国人,那是"他信力";如果把希望寄托在"帝王将相""状元宰相"这些上层社会的上层人物身上,那其实是"自欺力";要建立"自信力",就"要自己去看地底下"。(《且介亭杂文·中国人失掉自信力了吗?》)这些话都说得非常精辟,同学们如果只坐在大学课堂里可能很难理解,但只要走到"地底下"真的看一看,就会懂得,并认同鲁迅的这一人生选择:要"足踏在地上",与我们脚下这块土地,土地上的人民、文化,建立血肉联系。这是年轻一代,我们每一个人的健康成长之根本。

三

"共同抗拒,改革,奋斗三十年。不够,就再一代,二代……"

"世间有一种无赖精神,那要义就是韧性,……青皮固然是不足为法的,而那韧性却大可以佩服"。

——鲁迅

一位同学在日记里写道:"对于在城市长大的我,心中的西部是一种田园般的印象",但真的踏上这块土地,"用双脚去丈量现实",

看到了"恶劣的自然环境,以及在此条件下挣扎努力的农民",面对"因辍学而哭泣的孩子",就觉得一切都要重新思考……

我又想起了鲁迅在1925年说过的一段话。那是在"五卅运动"以后,许多北京的大学生发动了一个"到民间去"的运动。鲁迅的反应,却相当冷峻,他这样说——

"从此也可以知道:我们的'民间'怎样;青年单独到民间时,自己的力量和心情,较之在北京一同大叫这一个标语时又怎样?

将这经历牢牢记住,……那么,就许有若干人要沉默,沉默而苦痛,然而新的生命就会在这苦痛的沉默里萌芽。"(《华盖集·忽然想到》)

鲁迅是真懂、深知中国的现实的,因此,他清醒地预计到,热情而又不免天真的年轻人,他们在都市里的"民间"想象与对"自己的力量"的想象,一遇到民间实际,就必然要被无情的现实所碾碎,并且陷入幻想破灭的"苦痛"而"沉默"。这是一个必然的过程,我想,同学们已经或正在经历这样的过程。我在和同学们的上次讲话中就说过:"这正是抛弃对农民与农村虚幻的想象,直面真实的农民与严酷的农村现实的一个契机,正是需要经历这样的'苦痛的沉默',才可能真正地认识中国,认识脚下的这块土地。"(参看《知识分子到农村去运动的历史考察与现实思考》)相信同学们有比我更深切的体会,我就不多说了。

我这里要着重介绍的,是鲁迅由此对中国觉醒的青年的两大告诫。

首先,鲁迅指出,"中国青年负担的繁重"是"数倍于别国的青年"的,因为"我们的古人将心力大抵用到玄虚飘渺平稳圆滑上去了,便将艰难切实的事情留下,都待后人来补做,要一人兼做两三人,四五人，十百人的工作"。鲁迅据此而提出了一个重要的战略思想——

> "假定现今觉悟的青年的平均年龄为二十，又假定照中国人易于衰老的计算，至少也还可以共同抗拒，改革，奋斗三十年。不够，就再一代，二代……。这样的数目，从个体看来，仿佛是可怕的，但倘若这一点就怕，便无药可救，只好甘心灭亡。因为在民族历史上，这不过是一个极短时期，此外实没有更快的捷径。"（《华盖集·忽然想到〔十〕》）

这里所提出的中国的"改革"的长期性，必须经历几代人的不断"抗拒，奋斗"的思想，是建立在对中国问题的特殊复杂性、艰巨性的清醒认识基础上的。这话好像也经常这么讲，但我们实际上仍然是严重估计不足的，我甚至想，恐怕鲁迅自己也估计不足：从鲁迅说这话的1925年到现在，已经经过了近八十年的奋斗，远远超过了鲁迅所说的"奋斗三十年"的时间，但距离当初的目标也还依然遥远。而且直到今天，不是古人，而是许多今人，也依然如鲁迅当年所说的那样，"将心力大抵用到玄虚飘渺平稳圆滑上"，把"艰难切实的事情"留给了有觉悟的青年。因此，你们不得不依然"一人兼做两三人，四五人，十百人的工作"。但同学们既然做出了这样的要参与中国的改革，中国农村的建设的事业的选择，就必须做好这样的思想准备：不但你们肩上的担子注定是超负荷的，而且你们自己这一代人不会看到你们所期待的根本性的改变，进步会有，但不会发生奇迹，而且永远和你付出的代价不成比例。在这个意义上，你只能"只顾耕耘，不问收获"，只能"再一代，二代……"地奋斗下去。这就是说，看待我们所选择的中国的改造事业、农村的建设事业，要有一个鲁迅说的长时段的时间观、历史观，仅"从个体看，仿佛是可怕的"，而且容易陷入悲观与虚无,但着眼于"民族历史的发展",这"不过是一个极短时期,此外实没有更快的捷径",而个体生命的价值也就体现在这样的民族历史的发展中:我们毕竟起到了"泥土"的作用。鲁迅提倡"泥土"精神,其实是蕴含着一种历史乐观主义的坚韧精神的。

这就说到了鲁迅的另一个重要战略思想。他告诫年轻人要克服容易陷入"五分钟热"的弱点,"开首太自以为有非常的神力,有如意的成功。幻想飞得太高,堕在现实上的时候,伤就格外沉重了;力气用得太骤,歇下来的时候,身体就难于动弹了"。在鲁迅看来,既然认定这是一个长期的历史过程,就要不求一时之功,也不做惊人之举,而是把这样的奋斗变成日常生活中的持续不断的努力,锲而不舍地做下去。他劝年轻人——

"自己要择定一个口号……来履行,与其不饮不食的履行七日或痛哭流涕的履行一月,倒不如也看书也履行至五年,或者也看戏也履行至十年,或者也寻异性朋友也履行至五十年,或者也讲情话也履行至一百年。记得韩非子曾经教人以竞马的要妙,其一是'不耻最后'。即使慢,驰而不息,纵令落后,纵令失败,但一定可以达到他的目的。"(《华盖集·补白》)

鲁迅又将其概括为"韧性"精神——

"世间有一种无赖精神,那要义就是韧性。听说拳匪乱后,天津的青皮,就是所谓无赖者很跋扈,譬如给人搬一件行李,他就要两元,对他说这行李小,他说要两元,对他说路近,他说要两元,对他说不要搬了,他说也仍然要两元。青皮固然是不足为法的,而那韧性却大可以佩服"。(《坟·娜拉走后怎样》)

我们的"西部阳光行动"经过两年多的努力，已经打开了局面，现在的问题是如何坚持下去。在这样的时候，鲁迅长期奋斗的思想与韧性精神，对我们或许是格外重要的吧？

我们的这次笔谈，也就说到这里。我想，我们都会有一个共同的感觉：鲁迅就生活在我们中间。我们通过自己的变革现实的实践，走近了这位"改造中国人和中国社会"的先驱，而鲁迅也和我们一起面对中国现实与自身的问题，开始新的思考与探索……

2006 年 1 月 16 日—17 日

和宝钢人谈鲁迅

刚才，莫书记对我做了很多介绍，其实概括起来就一句话，钱某人是北京大学退休教授，不过我这个退休教授有点特别，就是退而不休。退休之后还到处讲。讲什么呢？到处讲鲁迅。我首先到中学去讲鲁迅，中学讲完了就到全国各地跟青年人讲鲁迅。大陆讲得差不多了，我去年到台湾讲鲁迅。学校讲得差不多了，今天就到企业来讲，到宝钢来讲鲁迅。我的很多朋友听说我要到宝钢讲鲁迅，他们都吓了一大跳，说现代企业跟鲁迅有什么关系？最初，刘国胜书记到我家请我讲鲁迅我也吓了一跳，我当时就拒绝了。我的理由也是这一条：现代企业和鲁迅有什么关系？刘书记有点鲁迅的韧性精神，不达目的，绝不罢休。他为了说服我，也为了回答我的问题，就利用休息时间，硬是把《鲁迅全集》读了一遍，还摘选出了一些语录，我看后大为感动，因为编得非常好，我突然觉得有话可以说了，就下决心来做一次"如何把鲁迅思想作为现代企业精神资源之一"的尝试，并协助刘书记编了这一本《鲁迅论中国人和社会的改造与发展》语录，也编了鲁迅选读本，今天到这里来就是给大家做一个辅导报告。

一 我们面临的问题和鲁迅的意义

首先，我觉得刘书记选择鲁迅作为建立宝钢企业文化的重要精神资源，是很有眼光的，背后有他对中国社会和历史发展一个大的关怀和判断。说实话，我之所以到处讲鲁迅，不屈不挠地讲鲁迅，原因也是出于对中国社会和历史发展有一个大的判断。这就是说，我们今天来读《鲁迅论中国人和社会的改造与发展》，首先需要有一个大的全局视野。看看今天的中国人和中国社会已经发展到什么阶段，遇到了什么问题，需要我们去解决。这是我们首先要思考的。

去年是建国六十周年，我们搞国庆，是在庆什么？我认为是在庆三个东西，第一庆我们国家已经独立了，是一个独立自主的国家；第二庆我们国家已经统一了，是一个高度统一的国家；第三庆我们国家的经济获得了大发展，十三亿中国老百姓基本解决了温饱问题。在一个长期面临世界列强的压力，幅员广大，人口众多的东方大国，实现这三大国家目标，是件非常了不起的事。可以说是中国近百年来无数志士仁人流血牺牲奋斗的一个结果，确实来之不易。当然我们为此付出了可以说是血的代价，也包括我们自己的失误所造成的严重后果。这同时也就意味着，我们民族历史上一个时代的结束，这个时代是以解决这三大历史任务为中心的。基本完成了这些任务以后，我们就将面临一个新的时代，或者说，我们正处在一个新的历史发展的十字路口：这样一个独立的，统一的，经济高速发展，基本解决了人民温饱问题的东方大国，将向何处去？这是一个举国、举世瞩目的问题，它关系到中国的未来，甚至会影响世界的发展。

在我看来，我们面临的是"四大重建"：制度重建、文化重建、价值重建、生活重建。也就是说，要创建一种最适合中国国情的，能够让每一个中国人过上幸福生活的，为中国老百姓所能接受并且欢迎的新的制度、新的文化、新的价值观和新的生活方式。

这四大重建不仅是一个国家目标，它要落实到国家每一个基层单位。具体地说，它应该成为中国的现代企业，包括宝钢在内的发展目标。在座的每一个关心宝钢未来发展的宝钢人,都应该来思考、讨论这四大问题:我们要创建一个怎样的保证企业健全发展,能给我们每个人带来幸福的,又具有宝钢特色的,合理的"宝钢体制""宝钢文化""宝钢价值观"和"宝钢生活方式"?——这也是我今天要来和诸位讨论的问题。

所谓"重建",当然不是凭空创造,除了要总结我们自己发展的经验,以此作为基础之外,重要的,是要广泛吸取各种思想资源、精神资源。

问题是,我们到哪里寻找思想资源?通常的想法,一是向西方学习,向中国之外的东方世界,向日本、印度及其他国家、地区学习。这就是鲁迅所说的"拿来主义",把一切有利于这四大建设的世界文明(包括西方文明和东方文明)的成果,都拿来,为我所用。作为一个中国的现代企业,应该有这样的气魄和眼光。

第二个向中国传统学习。这在今天是有特别重要的意义的。理由也很简单:中国老百姓在中国这块土地上,已经生活了几千年,自然积累了大量的经验,形成了宝贵的传统。我们刚才说,四大重建的根本目的是要让中国老百姓生活得幸福,要适合中国国情,符合民心民情,民族伦理和生活习惯,这就要求和民族传统结合,学习和吸取中国传统经验,就成为当下中国的一个迫切任务。

但这里还有一个问题:所谓"中国传统,中国经验",指的是什么?现在有一种说法:所谓"中国传统",就是"儒家传统"。这有一定道理:儒家确实是处于中国古代传统的中心地位,有着决定性影响;但也有三个片面性:一是以儒家"一家",代替了中国古代传统中的"百家",像道家、法家、墨家,以及来自印度却在中国生了根的佛家,都是我们应该继承的传统。其二,讲中国传统不能只看在典籍里留下的古代文化,还不能忽视民间文化,特别是代代口传和身体力行所形成的民间伦理,就是我们每个人小时候从家里的老人那里接受下来的基本行为准则,如不能伤天害理、杀人、骗人等等,都是我们应该继承的民间伦理,这些年发生的道德沦丧问题很多方面都是因为突破了这些民间伦理的底线。

其三,也是最重要的,我们讲传统,不能只讲古代传统,而忽略了现代传统:从"五四"算起,到今天已经九十年了;中华人民共和国也成立六十年了,早已经形成了传统。而且因为是现代,和我们最贴近,我们今天所遇到的许多问题,现代人也遇到过,他们如何处理这些问题,对我们就更具启发性。刘书记在和我交换意见时,就特别强调了这一点,这也是我这些年一直坚持的主张,我曾经提出过一个"总结二十世纪中国经验"的命题,并且提出,要总结二十世纪中国经验,有三个人是绕不开的,一个是孙中山,一个是毛泽东,再一个就是鲁迅。孙中山、毛泽东的问题比较复杂,需要另作讨论。我们今天只谈鲁迅。

这里有一个对鲁迅的认识问题。通常我们都把鲁迅看作是中国伟大的文学家,而忽略了鲁迅同时是一位伟大的现代思想家,而且是具有原创性的思想家和文学家。每一个民族都有一些作为民族思想源泉的原创性的思想家、文学家、政治家,当民族遇到问题的时候,就能够到他们那里去寻求思想资源和精神支持。奥巴马当选总统的时候,美国正处在金融危机的非常时期,由金融危机带来的是社会危机和精神危机,这是奥巴马必须面对的问题。他在就职演讲中就特别提到了林肯,提到林肯所创造的"美国精神",他要用这种精神引领美国人民走出金融危机和精神危机。这是能够给我们以启示的。在中国,在我看来,最具有原创性、源泉性的思想家是两个人,一个是孔子,一个就是鲁迅,他们分别代表了中国最重要的两个传统:古代传统与现代传统。

鲁迅最关心的，他的思想的核心，是两个相互联系的问题，即"中国人的改造与发展"，"中国社会的改造与发展"。在这两个方面，他都有极其深刻的阐发。我们这里讨论的制度、文化、价值、生活重建，从另一个角度看，其实也就是在新的历史条件下，中国人和中国社会的改造与发展问题，因此，鲁迅的有关论述，对我们是特别具有启发性的，是有重大的现实意义的。我今天的辅导报告，就是要对此做出我的理解和阐释。

以上算是选读《鲁迅论中国人和中国社会的改造与发展》的有关背景的说明，也是我的"开场白"。

二 现代化目标："富国强兵"，还是"立人"

我们现在一起来读《鲁迅论中国人和社会的改造与发展》。这个材料分为四编：目标篇一、目标篇二、道路篇、精神篇。我们先讲"目标"问题。

我们都说，要建立一个文明的现代化的国家，问题是，到底要确立一个什么样的文明目标、现代化目标？这个问题是鲁迅一百年前所面临的问题，同时也是我们今天所面临的问题。

我们先来看鲁迅一百年前在《文化偏至论》里的论述，鲁迅用的是文言文，我们现在把它翻成白话，他是这么说的——

"请问那些自称'志士仁人'的先生们，你们要把富裕当作文明吗？那么请看犹太遗民，他们不是擅长积累财富，连欧洲最精明的商人都比不过他们，然而今天犹太人的遭遇又怎么样了呢？你们要把兴建铁路和开发矿业当作文明吗？那么，请看五十年来非澳两洲，都在兴建铁路，开发矿业，但这两大洲的土著民族的文化又怎样呢？你们要把议会政治当作文明吗？那么，请看西班牙、葡萄牙两个国家，立宪已经很久了，但这两个国家的情况又是怎样呢？现在欧美国家无不拿这些向全世界国家炫耀，其实强盛的根底还是在'人'，而物质不过是一个表面现象罢了。……要在天地间争生存，与各国争胜负，首要的任务就是在于'立人'，把'人'树立起来了，一切事情才好兴办；而立人的办法，就一定要尊重个性，发扬人的主观精神。假使不这样做，那么衰败、沦亡，恐怕就等不到几十年以后了。"

这里所讲的是两种不同的现代化目标、现代文明想象：一种是以物质富裕，科学技术的发展，议会民主，作为一个现代化目标；一种是以"立人"为中心，着重人的个体精神自由，以建立"人国"为目标。前者是鲁迅所要质疑的，后者则是鲁迅所主张与坚持的。

而我们发现，前者却是一百年来，从鲁迅所在的二十世纪初延续到今天，在中国始终占据主导地位的现代化想象，也就是说，我们一直都在追求富裕、科学和民主这三大目标。而且应该说，这三大追求是有它的合理性的。

这合理性首先就在于，我们是一个东方的落后的大国。这是什么意思呢？就是说，中国的现代化是在一种特殊的情况下进行的：始终存在着一个"他者"，这个他者就是西方世界，中国的现代化建设始终是在西方巨大压力下进行的。西方在很多地方都比我们强，第一比我们富裕，第二科学技术比我们发达，第三已经建立了现代民主国家。这就逼得我们必须老老实实向西方学习，拜西方为师。但是这个老师总是想侵略我们，到我们这里榨取他们现代化发展中需要的资源、劳力、市场，把他们在现代化过程中遇到的问题和后果转嫁到中国。所以在1949年以前中国一直是西方和日本的殖民地、半殖民地；1949年以后，西方世界和日本也一直在封锁我们。面对这样一个既是老师也是入侵者、殖民者的西方世界和日本，中国人只有一个选择，就是尽快地实现政治上的独立，经济上赶超西方国家和日本，这就形成了一个世纪的赶超情结。

而要实现赶超的目标，大多数人认为首先要有一个强大的军队，以保证国家的独立；第二要首先使国家富裕起来。一要强兵，二要富国，这就形成了一个以富国强兵为中心的国家主义的现代化目标和路线。为什么说是"国家主义"的？因为它是以国家利益为中心的，要求一切个人利益都服从于富国强兵的国家目标，并为之付出一切代价。可以说中国人一百年来走的就是这样一条道路。前面说经过百年奋斗，中国完成了三大历史任务，实际上就是基本实现了富国强兵的目标，而且在今后相当长的一段时间里，提高军队的现代化水平，发展经济和科学技术，增强国力，也还将是我们继续努力的目标。

但是，这样一个富国强兵的国家主义的现代化目标与路线，有没有问题？这正是我们今天需要反思的。现在看来，显然存在着两大问题。

首先强调"富国"，"强兵"，过分了就会忽略"富民"。富国不一定等于富民，在我看来，这也正是当下中国所面临的大问题：人民生活水平的改善赶不上国家经济发展的速度。刚刚结束的全国人民代表大会上的《政府工作报告》强调要注重民生，改善分配制度，其实就是要解决这个国富民穷的问题，改革开放的成果能否为所有的老百姓所享用这样一个关系改革开放合法性的问题。

最根本的，还是鲁迅在一百年前提出的问题：所谓"现代化，现代文明"，国家兴盛的"根柢"在哪里？鲁迅说得很明确："根柢在人"，物质与科学技术的发展只是"现象之末"。如果忽略了人，物质、科技、民主都有可能走向反面。鲁迅说人们追求物质富裕是不错的，但是如果把这种追求推向极端，变成物质崇拜，金钱崇拜，人就变成了物质的奴隶，金钱的奴隶；科学技术固然重要，但如果推向极端，变成科学主义、科学崇拜，同样会造成对人的精神，想象力和创造力的压抑；民主是好东西，如果把民主推到极端，变成多数崇拜，也会形成对少数人的独立思考、精神自由的压抑，成了多数人专政，这也很可怕。鲁迅最关心的，是人的精神独立与自由，在他看来，中国人不仅会成为专制社会里的帝王的奴隶，在所谓现代文明社会里，也有可能成为物质的奴隶，金钱的奴隶，科技的奴隶，以至民主的奴隶。鲁迅一百年前提出的这一警告，当时大家都很难理解，但是现在我们理解了。因为很大程度上我们已经成为物质的奴隶了，所谓"房奴""车奴"，不都是我们每一个人时刻面临的危险吗？

这样，鲁迅不仅把他的批判锋芒，指向中国传统的东方专制主义，而且也指向了西方资本主义文明病，也可以叫作现代文明病。在一百年前，他就做出了这样的预言——

"从前是我们本身自发的偏颇，现在却是由于交通发达而传来了西方文明的新瘟疫，这两种病交相侵袭，就加快了中国沉没沦亡的速度。"

鲁迅当年的预警，确实有些超前；今天我们再来听鲁迅的这番话，就会觉得，他所指出的，实在是当下中国所面临的实际危险，是基本上实现了富国强兵的目标的中国，所必须解决的问题。

这样，或许只有今天我们才懂得了鲁迅一百年前所提出的他的"立人"文明观，现代化目标的深意："首在立人，人立而凡事举"，"必尊精神而张精神"，"国人之自觉至，个性张，沙聚之邦，由转为人国"。在鲁迅看来，"人的个体精神自由"才是现代文明之根，现代化的根本目标。物质富裕了，科学技术发达了，如果没有人的个体精神自由，甚至以牺牲人的个体精神自由为代价，那么，我们绝不能说，中国已经是一个现代文明国家，已经实现了现代化，搞不好，还是南辕北辙，走岔路了。也就是说，我们要建立的不是"富国"，而是"人国"，富国是手段、过程，人国才是目的。

我们在讨论的一开始就指出，中国今天正处在十字路口，意思是说，我们经过一百年、六十年的努力奋斗，物质富裕、科技发展，都有了一定基础；这时候，就应该及时地实现一个转变，由富国强兵的国家主义的现代化路线转变为以立人为中心的以建立人国为目标的现代化路线。实际上回顾改革开放的历史，我们的认识也是这样逐渐发展的：七十年代末、八十年代初期，改革开放起步的时候，我们的口号是"四个现代化"，建立现代工业、现代农业、现代国防、现代科学技术，基本上就是一个富国强兵的发展路线；到新世纪就提出"以人为本"，实际上是标志着探索道路上认识的一个转变或者说发展。

当然，我们不必把鲁迅"立人"思想和"以人为本"思想简单等同，或做简单类比，毕竟二者之间还是有重要区别的。那是需要做专门研究与讨论的。今天我要强调的是，鲁迅立人思想对于我们确定新的现代化奋斗目标，是有很大的启示作用的。下面我稍微详细论述一下鲁迅立人思想到底包括什么样的内容。

鲁迅的立人思想包括三个概念：个人、精神和自由。

首先是"个体"或者"个人"。也就是说，我们讲的"人"，不是抽象的人，而是具体的，一个一个的生命个体的存在。这一点过去我也不甚理解，汶川地震促使我对这个问题有了进一步认识。当时提出的口号是"不放过抢救每一个生命"，从废墟里救出的生命，是一个一个地挖掘出来的，说"为人的生命负责"，所讲的就不是笼统的生命，而是要为每一个生命个体负责。确认这一点，非常重要。因为在中国传统文化观念里，人是家庭的人，社会的人，国家的人，而缺少"个体的人"的概念，因而缺乏对生命个体的意义和价值的爱护和尊重。所以鲁迅那一代首先就要强调个体的人，鲁迅还特意提出"个"的概念，他的个体精神自由的理念，首先建立在对个体生命的价值的强调上，所针对的就是中国文化的这一基本弱点。问题是，在以后很长的时间里,我们依然用抽象的人或者群体的人替换个体的人,特别是在富国强兵的路线下,更是无条件地强调国家、群体的价值、利益,而忽略人的个体生命的独立、自由,无视个人的利益与要求。譬如说,我们有一个口号叫作"为人民服务",这本身并不错,问题是对"人民"的理解:是抽象的"人民"呢,还是具体的"个人"?有这样一个很有趣的争论:有人到百货公司买东西,服务员的态度很不好,这人很生气,就问:"你不是为人民服务吗?你怎么这个态度啊?"服务员回应说:"我是为人民服务,不是为你服务。"抽去了具体的服务对象,"为人民服务"就变成抽象的口号了。危险更在于,不为具体的一个个老百姓服务,就会变成为那些自称"人民代表"和"公仆"的官员服务。事实也正是如此:在我们国家里,为人民服务落实下来,常常变成为权力的执掌者服务。我们应该正本清源:为人民服务就是要实实在在地为每一个具体的生命个体负责,对每一个公民的尊重、关爱和具体服务。不仅国家如此,一个企业、一个车间,一个班组,都要确定这个原则:要为你这个企业、车间、班组的每一个人的个体生命的健全发展负责,只要有一个人的生命发展不健全,就不能说你这个企业、车间、班组的发展是健全的。对人的关心必须落实到每一个具体的个人身上,这是一条非常重要的原则问题,而且是一个非常实际的问题。

汶川地震还确立了一条原则:就是要给最危急,最困难,也是最需要帮助的人以及时救助。这就是说,我们要关爱、尊重每一个生命个体,首先要关爱、尊重的是弱小的生命。这就是鲁迅所倡导的"弱者、幼者本位"的观念。鲁迅举了一个最简单的例子。他说,你到农村去,看看那些乡下女人,她们往往有许多孩子,做母亲的最关心、照顾的,总是最小的,或者最弱的孩子。她不是不爱其他孩子,那些强有力的孩子能够自力更生,自己照顾自己。鲁迅认为,这些农村妇女所提供的,不仅是一个治家之策,更是治国之策。我们讲以人为本,就要以民为本,以弱者、幼者为本,而不是以官为本,以强者为本,长者为本。而且不是停留在口头上,而要落实到一个个的具体行动上。

鲁迅的第二个关键词,是"精神",强调人的精神的意义。我们讲人的生命,不仅是指生理上的生命,更是指精神上的生命。"五四"时期对人有一个基本概括,叫"进化的动物"。在生理追求这个层面,人和动物是没有区别的,所以人有动物性。但人之所以区别于动物,或者高于动物,就在于人有精神追求。鲁迅有一句名言:"我们目下的当务之急,是:一要生存,二要温饱,三要发展。"生存和温饱,是人和动物都有的需求;但发展却是人所特有的追求。合起来,生存、温饱和发展,就是人的基本要求,或者说是人的基本权利。我们现在讲"人权",就是讲这三大权利,而且是不可分割的。问题是,现在有的人把人权限制在生存和温饱权,而有意无意地忽略和漠视人的精神发展的权利。我们刚刚讲到弱势群体,在我看来,弱势群体之弱,不仅是物质贫困,更有精神贫困和权利贫困。讲扶贫,讲三农问题,重视物质扶贫,当然是重要的,基本的;但如果忽略精神贫困和权利贫困,也会形成误区,而且不能根本解决问题。

鲁迅的第三个关键词,是"自由",这是人的精神发展的核心。鲁迅讲的精神自由,主要有两个方面。一是指精神的独立,独立思想,独立人格。每个人都是独立的精神个体,对任何人都不构成依附关系。第二是人的精神自由创造和发展,也就是人的自觉精神、主观能动作用的充分发挥。要做到这两点,有一个前提,首先要保障每个人作为公民的民主权利。自由和民主的关系上,民主是一个前提。

所谓"民主",首先是每一个公民都应该有参与公共事务的权利。在这一点上,我们也存在一个认识与实践的误区。通常有一个说法,叫作做好本职工作，学生读好书，工人干好活，就尽到了自己的本分。这个要求，一方面是合理的，而且可以说是最基本的要求，但也会遮蔽一个实质性的问题：每个人都只管做本职工作，那么，公共事务谁去管？我们可以设想：当一个公民，一个工人，被完全排除在社会、工厂的公共领域之外，那他只能钻进个人和家庭的小天地里，斤斤计较于物质利益与享受。我们经常指责今天的年轻人越来越自私，以个人的小悲欢为整个世界，却从不检讨是我们成年人没有给他们提供足够的、开阔的公共空间；我们经常埋怨今天工厂里的工人，特别是青年工人，只关心拿多少工资，劳动毫无积极性，更谈不上创造性，对工厂的发展没有责任感，却不去反省正是我们自觉不自觉地剥夺了工人参与企业公共事务的权利，缩小了他们精神发展的空间。年轻一代和工人越来越个人化和物质化的根本原因，就在于个人精神发展空间的狭窄化，其背后，又是参与公共事务的民主权利的缺失，这是很值得我们反省和反思的。这个问题我也是在汶川地震中得到启发的。汶川地震最大的特点、最耀眼的一个方面就是青年志愿者的出现。我周围有一些年轻人，平时觉着他们特别自私，什么事都不关心，但是到了汶川地震的时候他们都变了，他们非常关心地震灾情，很多人去志愿服务，也就是参与公共服务。所以我觉得这些年志愿者的发展它的意义就在于为年轻人开拓了一个广大的公共空间，精神发展的空间，让青年在这些公共空间中去发挥他们的热情和能力，志愿者运动在这方面是可以给我们的国家管理、工厂管理以许多启示的。

讲到这里，可以作一个小结：个人、精神和自由，构成了鲁迅立人思想的三大核心。简单地说来，就是要保证每一个具体个体生命的生存、温饱和发展权这三大权利，而发展权的核心就是精神的独立和精神的自由创造，前提就是保证每个人的民主权利，首先是参加公共事务的民主权利。

鲁迅在二十世纪初提出的立人思想,到三十年代又有了进一步的发展。这主要是晚年的鲁迅成了一个左翼知识分子,他对社会主义的向往,深化了他的认识。这里有一个很有意思的问题:我们现在是社会主义国家,但如果要问"什么是社会主义",恐怕很多人都说不清楚。那么,鲁迅是怎么理解社会主义的呢?他有一个非常明确的说法:"一个簇新的,真正空前的社会制度从地狱里涌现而出,几万万群众自己做了支配自己命运的人。"这就是说,在鲁迅看来,社会主义是一个"簇新的,真正空前的社会制度",它的最主要的特征,就是"几万万群众",主要是社会底层的工人、农民群众,那些备受压迫与奴役的弱势群体,在政治、经济上获得彻底解放,"自己做了支配自己命运的人"。这显然是他早期的"立人"思想的重大发展:他的"弱者本位,幼者本位"的思想,有了更明确的阶级指向,如他自己所说,他相信"惟新兴的无产阶级才有将来",从而更自觉地为工人、农民的政治、经济的解放而奋斗;而他所追求的个体精神自由,更发展为每个人"自己支配自己命运"的社会理想。

鲁迅的这一和社会主义理想结合在一起的发展了的立人思想,很容易使我们想起马克思、恩格斯在《共产党宣言》里所提倡的新社会理想:"代替那存在着阶级和阶级对立的资产阶级旧社会的,将是这样一个联合体,在那里,每个人的自由发展,是一切人的自由发展的条件。"恩格斯说,这条原则,是最能概括"未来新时代的精神"的。马克思、恩格斯这里所说的以"每个人的自由发展"为前提的,追求"一切人的自由发展"的自由"联合体",与鲁迅所说的追求"个体精神自由",使每个人"自己支配自己命运"的立人理想,显然存在内在的一致性;在我看来,这是可以为基本上实现了独立、统一、温饱这三大国家目标之后的中国,提供一个新的理想目标的。也就是说,我们现在应该更加自觉地去追求"每个人的自由发展",确立每一个公民"自己支配自己的命运"的主体性与独立性,以此作为国家现代化的新的长远目标。而且这才是真正的社会主义的应有之义。

在我看来,这个目标不仅是国家的发展目标,而且应该成为现代企业的发展目标。

现代企业主要任务是从事物质生产,而且显然要建立在科学技术的不断创新、发展的基础上,这都是没有问题,而且应该始终坚持的。但是或许正因为如此,现代企业又很容易忽视人的精神,容易形成"物质生产就是一切,科学技术就是一切"的观念,陷入"唯物质主义"和"唯科学主义"。现代企业更容易将工人看成是大机器中的一颗螺丝钉,而忽略了企业员工的精神独立、思想自由和民主权利,也就是忽略了企业员工的个体性和主体性。

这样,我们就面临一个任务:要对现有的企业观进行反思,以建立和"以人为本"的国家目标相适应的新的现代企业观。这个问题非常重要,我是外行,只能从鲁迅的立人思想出发,谈谈我的一些想法,主要有两点。

第一,现代企业不仅要从事物质生产,而且要从事精神生产,要立人、育人,使每一个员工都成为健全发展的人。在我看来,像宝钢这样的现代大企业,应该有两个目标,一个是要成为国家钢铁生产的基地,另一个它应该成为马克思、恩格斯所说的"一切人都自由发展"的自由联合体。这并不是忽视物质生产,也不是忽视科学技术的发展;而是强调发展物质生产、发展科学技术关键在人,在发挥人的积极性,调动人的主动精神,创造精神。离开了人的精神发展,不会有企业的发展;反过来,企业的发展又为人的精神发展提供基本保证,两者之间应该有一个良性的互动。我记得五十年代有个说法叫作"炼钢炼人",出优质钢,还锻炼优质人,这是有道理的。

第二,是不是可以树立一个这样的观念:尊重和发展人的个体性和主体性，应该是现代企业发展的生命线。这里讲的"人"应该包括所有的企业员工，不仅是生产的管理者，更包括作为劳动者的工人。相对来说，在企业里面工人是处于弱势地位的，因此我们更强调工人的个体性和主体性。

首先是尊重工人的个体性，就是说，前面说的对人的生命的尊重，对人的物质、精神发展的关心，应该具体落实到每一个企业员工身上。要尊重每一个员工的人格、精神的独立，尊重他们的个性，一个一个地解决他们具体的生活问题、精神问题，真正树立起"全心全意为企业每一个员工服务"的思想、作风，并且有相应的具体措施和制度保证。

更重要的，还要尊重和确立工人的主体性。所谓"主体性"，就是鲁迅所说的，每个员工都成为"自己支配自己命运的人"，名副其实地，不是抽象地，而是具体地，成为"企业的主人"。在我看来，这正是企业的社会主义性质的基本体现和衡量标准。

这里，我想特别强调，要保障工人参加管理企业的权利的问题。最近我在读毛泽东的《读政治经济学教科书笔记》，这部著作没有正式出版，但在"文革"期间传播很广，也有很大影响。在这本书里，毛泽东提出了一个很重要的思想，他说我们通常讲劳动者权利，指的是受教育的权利、工作权利等等，这都很重要，但仅有这些还不够，最重要的是劳动者管理经济、管理国家的权利。这使我想起了六十年代毛泽东总结的"鞍钢宪法"。这应该是中国钢铁企业发展的自己的经验和传统吧。当然，"鞍钢宪法"是特定历史时代的产物，它自身也有很多问题，在执行中更发生了许多弊端，因此，完全不应该将其理想化，我们这里不作讨论；但是"鞍钢宪法"中有些东西我觉得对于今天也还是有借鉴意义的。比如它讲"两参，一改，三结合"，所谓"两参"就是干部参加劳动，工人参加管理；"一改"就是改革束缚工人积极性的不合理的规章制度;"三结合"就是干部、工人、技术人员一起结合起来进行技术革新。在我看来,这里强调工人参加企业管理的权利,参与技术革新的权利,都是很有启发性的,正是我们当下的企业管理所容易忽略的问题。

我们更可以由此深化对企业员工"主体性"的认识。所谓"主体性",一是保证员工参加企业管理的权利,二是如何发挥每一个员工的主动性和创造精神。我们讲企业管理创新、技术创新,它的基点应该放在哪里?应该立足于发挥所有的企业员工,主要是管理人员、技术人员和工人这三大块的主动性和创造性这一基点上。调动一切积极因素,化解各种消极因素,是中国发展经济和企业管理的一条基本经验,这是我们的一个传统,应该好好地总结,并在新的历史条件下,予以发展和完善。我在来之前,从新闻报道中得知,宝钢这些年在发挥每一个员工主动性和创造性方面做了很多尝试,我觉得这是一个非常好的开端,应该进一步加强,并使它制度化。

当然,最重要的,还是观念的转变。我们今天在这里讨论鲁迅的"立人"思想,也就是希望增强这样的观念转变的自觉性。

三 个人发展目标:"幸福的度日,合理的做人"

下面讲鲁迅的"立人"思想对我们每一个人的意义。这是《鲁迅论中国人和社会的改造与发展》第二篇《目标篇二》所讨论的问题。

鲁迅"立人"思想还有两段经典性的论述。

一是我们在前面已经提及的"一要生存,二要温饱,三要发展"。鲁迅并且有这样的具体解释:"我之所谓生存,并不是苟活;所谓温饱,并不是奢侈;所谓发展,也不是放纵。"

鲁迅先生的第二句话是:此后我们要"幸福的度日,合理的做人"。

这里,鲁迅实际上是给我们每一个人的发展,提出了一个目标。"幸福的度日,合理的做人"的背后,是一个价值理念、生活理想的问题,所提出的是一个"幸福观"与"做人观"的大问题。

回顾我们每个人对幸福的理解,其实是有一个发展过程的。就我个人而言,我最早对幸福的理解,就是首先要有一个好的工作和稳定的收入,有一个基本的工作和生活条件。记得读大学时,我就定了三大幸福指标,就是要有一间房,一本书,一杯茶。在我的想象中,如果能坐在完全属于自己的书房里,自由自在地一边喝茶,一边读书,就是最大的幸福了。这是一个典型的读书人的幸福观,也可以说是做了几十年的梦。因为在我们生活、成长的二十世纪五六十年代,不但要有一间独立的书房是一种奢望,而且追求"一本书,一杯茶"的生活方式,本身就是一种罪恶,因此受到了数不清也说不清的批判。今天诸位大概就没有我这样的苦恼,但有一点应该是相同的:每个人最早的幸福观都是立足于物质基础上的幸福,也就是要解决生存、温饱问题。大概在座的一些刚进工厂的年轻朋友,你们首先追求的,还是我当年的"一间房",而且是住房,还不是书房。实际上,我们应当强调物质生活是人的幸福的基本保障。这一点,是不能动摇的。现在有人宣传幸福不在于物质,而在于个人心灵是否平静,对这样的要求我们"安贫乐道"的说教,应该保持警惕。相反,我们应该理直气壮地维护自己的物质利益,争取自己的基本生存权和温饱权,物质基础是人的幸福的基本保证和前提。尤其在今天的中国,还有相当部分的人没有解决这些问题,不仅是已经和潜在的失业工人、农民工,还有2009年议论得最多的"蜗居"的"蚁民"。今天我们还是要强调物质对于幸福的基础性意义。

然而,对于大多数人来说,比如对于宝钢的大部分人来说,在解决了生存、温饱这两个问题以后，还会遇到新的问题，主要是精神发展的苦恼和不幸福感。我们现在面临的也是今天我要重点讲的问题：基本解决温饱后我们如何理解幸福？什么叫幸福的度日？什么叫合理的做人？

我在准备今天的演讲时，正好看到《南风窗》上的一篇文章，谈到现在企业、公司的白领有三大不幸福感。

首先是不安全感。因为这些白领的幸福全部是建立在物质基础上，他的全部价值都捆绑在有一个稳定的工作、不错的收入上，一旦失去工作，收入降低，人就一无是处，这就产生了极其强烈的不安全感。特别是金融危机的情况下，失业成为悬在每个人头上的一把剑，工作战战兢兢，唯恐得罪上司、老板，不得不主动加班加点，实际上把自己出卖给了公司，还整天惶惶不安。

其二，是突然失去目标的焦虑感。原来目标很明确：要有好工作、好收入，要有房子和车子等等。而一旦目标实现或基本实现，就出现了一个问题：有了房子，有了汽车，又如何？反过来想想，自己为此付出了多大的代价？透支了健康，透支了情感，透支了生活，这样做到底为了什么？许多人都为此而焦虑。这是可以理解的：人毕竟是有精神追求的，单纯的物质享受是不可能成为人唯一的生活目标的。《南风窗》这篇文章就提出了一个"心安何处"的问题。老百姓常说：心安是福，只有心有所安，才会有真正的幸福。但是，何处使我们心安，我们的精神的家园在哪里？失去生活目标，失去信仰，找不到精神家园，这大概就是现在基本已经解决了温饱问题以后的中国人普遍存在的最严重的问题。

另外，很多人还有孤独感。这是这些年来物质生活为中心的发展以及竞争所带来的后果。在无休止的竞争中形成了一个"他人即敌人"的观念，用敌意的眼光看周围的人，以"恶意假设"彼此对待，把别人做的事情都从坏的方面去想，比如现在很多人看到老人倒在地上而不敢去救，因为别人会怀疑你的动机。这样，人与人之间，就失去了最基本的信任感。医生不相信病人，病人不相信医生；老师不信任学生，学生不相信老师。自己释放恶意、敌意，又彼此交换恶意、敌意，这就极严重地毒化了社会环境。在这种情况下，传统的亲情、友情也逐渐淡化。所以，有人说，我们上班是戴着面具的，回家摘下面具后就觉得只是孤单一人。这些年，在城市里，特别是在大城市，不仅孩子玩游戏机，连大人也在玩游戏机，其实就是借此填补心理的空虚。这样的孤独感、空虚感，发展到极端，也导致了越来越多的自杀现象。

这一切，都反映了社会的、企业的职工、白领阶层的精神危机。无情的事实提醒我们，在基本解决了温饱问题以后，最迫切的任务，就是要解决"心安何处"的问题，其核心就是鲁迅提出的"幸福观""做人观"的问题，要对我们已经习以为常的"以物质生活和享受为核心"的幸福观进行反思，以建立一种更为合理的新的幸福观。

幸福观的问题不仅是中国的问题，它同时也是全球性的问题。有意思的是，最早提出幸福问题的，不是经济发达的欧美国家和日本，而是东方的小国不丹的国王。他提出一个"国民幸福总值"的概念，强调要在物质生活和精神生活之间保持一种平衡，并提了四个标准：政治善治、经济增长、文化发展、环境保护。他说衡量一个国家的发展，不能只看经济发展总值，应当从这四个方面做出综合评价。最近，中国有个学者提出了五项国民幸福指标：一是政治自由；二是经济发展的机会与社会参与的机会平等；三是要有安全保障；四是文化价值；五是要有环境保护。中国政府也曾提出过六项关于幸福的标准，可能大家平时不太关注，即：民主法治、公平正义、诚信友爱、充满活力、安定有序、人与自然和谐，这其实也是一种幸福观。民间对幸福也有自己的理解。比如民间解读"和谐",说所谓的"和"就是有禾入口,所谓"谐"就是有言皆说、有话都可以说。这也可以看作民间的幸福观:首先,人人有饭吃;其次人人可以自由讲话,不仅仅是言论自由,还包括人的自由精神状态,也就是要追求生存、温饱和发展的统一,物质与精神的统一。

这里的核心就是一个物质生活和精神生活的关系问题。在这方面,鲁迅也有很精彩的论述,这本《鲁迅论中国人和社会的改造与发展》里,专门有一节《致人性于全》就是讨论这个问题的。他讲了三句话:第一,"钱是要紧的",物质是基础,人的本能欲望并非罪恶;第二,"自由不是钱所能买到的",金钱并非万能,物质不能尽"人性之本";第三,自由"能够为钱所卖掉",如果对金钱崇尚过度,就会变成金钱的奴隶,失去精神自由。只注意外在的物质,抛弃内在的精神,就会为物欲所蔽,失去人的本性。鲁迅强调,要"致人性于全",也就是说,要在满足人的物质欲望和精神自由发展之间,取得一种平衡,保证人性的全面、健康的发展。

"幸福观",这不仅是一个价值观,同时也包含着一种能给自己带来幸福的生活方式的选择。我在北京曾和许多青年志愿者讨论过:我们应当建立一种怎样的合理的理想的生活方式。我讲了五点。

第一,在基本上解决了温饱问题的前提下,我们应当追求简单的物质生活与丰富的精神生活。这也是从鲁迅的论述里引申出来的。鲁迅说,生存"并不是苟活",就是说要追求活着的意义、价值与质量,最有意义、价值的生活就是精神生活,精神实为"人类生活之极巅","人生之第一义",因此,在追求精神生活的丰盈上应该是无止境的,只有在这样的无止境的追求中,才会得到人之为人的幸福。精神的追求高了,在物质追求上就应该有所节制,这就是鲁迅说的,温饱"不是奢侈",发展"不是放纵",这就是"简单的物质生活"。其实,朴素、简单，是更接近人的本性的，是一种更本色的人的生活。

关于如何丰富我们每一个人的精神生活，这是一个大题目，有许多文章可做。这里，只想对诸位提一个建议，就是要多读书，让读书成为我们的生活的重要内容，甚至成为生活的习惯。我经常说，读书最大的好处就是不受时间、空间的限制。我们每个人的日常生活的空间和时间，人际交往都是有限的；但我们可以通过读书超越时空，和百年之前，万里之遥的古今中外的人交友，这就极大地开拓了我们的精神空间。读书交友还有一个好处，就是可以"召之即来，挥之即去"。比如我们想到了孔夫子，打开《论语》，就可以和孔夫子对话；谈累了，合上书本，孔夫子就走了。这多好，多有意思！

第二，在紧张和安闲、进取和散淡之间取得一种平衡。现代生活是高度紧张化的，是不是可以有点变化？中国道家的传统追求散淡，儒家追求进取，我们能不能在儒、道之间寻取某种平衡？现在也有一种理念叫"慢生活"，是有一定道理的。

第三，在城市生活和乡村生活之间寻取某种平衡。长期居住在城市的人能不能去乡村生活一段时间？因为人在大自然之中，是一种最理想的生活方式。我以前说过一句话：立足大地，仰望星空，这是一种最理想的人的生存方式，也是最理想的教育方式。人流动于城乡之间，是最理想也是最幸福的。顺便对于在座的年轻的父母提一个建议，你们在培养子女的时候，是不是可以安排孩子每年到农村去生活几个星期或者一个月，不是去旅游，而是真正的生活，让你们的孩子与农村的孩子一起在田野里疯跑，在河水里游泳，这对孩子的发展是至关重要的。长期生活在城市，尤其像上海这样的大城市的狭窄空间里，是会束缚孩子的成长的。

第四，在体力劳动和脑力劳动中寻求某种平衡。这里我要特别强调的是手工劳动。因为现代化企业都已实现了机械化，这就带来了人的手越来越不灵巧的问题。手工劳动其实不仅仅是一种劳动，而是关乎人的健全发展。所以，手工劳动是不能取消的。现在很多人设计新的生活方式，就是利用业余时间做手工活儿。美国就有手工俱乐部，大家一起织毛衣，男的自己打造皮箱，女的做皮包，全部的活动都是手工完成，在互相交流中显示各自的创造力。

第五，在私人生活和公共生活中取得某种平衡。人不能完全把自己局限在家庭的私人生活中，应当适当地参与公共生活。要提倡一种志愿者的精神，把帮助别人作为一种生活的习惯，甚至成为生活的方式。我们不能只在参加志愿者活动时助人为乐，而应该在日常生活中，只要看到有人有困难，就立刻出手帮助，成为一种本能性的反应。

以上所谈理想的幸福生活，有一个基本思路，就是要在各方面取得平衡：物质与精神的平衡；紧张和安闲、进取和散淡之间的平衡；城市生活、乡村生活之间的平衡；体力劳动和脑力劳动之间的平衡；私人生活和公共生活之间的平衡，等等。其中最核心的就是物质生活和精神生活之间的平衡。在我的理解里，这是"幸福的度日"的关键。

《鲁迅论中国人和中国社会的改造与发展》里还有一个专节：《自他两利》。这是讨论价值观、伦理观的，在某种程度上可以看作是鲁迅的"合理的做人"思想的一个展开。我理解"合理"的关键就是要处理好自我与他人、个人和集体的关系。

不妨回顾一下，这一百年来，我们在处理自我与他人、个人与集体的关系问题上，有过很多次摇摆。我记得在我们年轻的时候最盛行的口号是"毫不利己、专门利人"，完全强调群体、强调"我们"，而无条件的牺牲个人，抹杀自我，这是二十世纪五六十年代的主流思潮，我们是这样培养出来的，这就产生了很多很多问题。到了八九十年代，又走向了另一个极端，强调"我"，一切都从"我"出发。我们就这样来回摇摆：要么有"我"就没"我们"，要"我们"就没"我"。

那么，到底该如何处理"我"与"我们"的关系，如何处理自我和他人、个人与集体的关系？

我们来看鲁迅的观点。他谈了两个很有意思的看法。首先是"人各有己，人之大觉近矣"，就是说，每个人都感觉到自我的存在与价值，人群就接近彻底的觉悟了。这里强调的是，自我的觉醒是社会觉醒的基础与前提，这和我们前面谈到的马克思、恩格斯的"每个人的自由发展是一切人自由发展的条件"的观念是十分接近的。鲁迅还有一句话："人各有己，不随风波，而中国亦以立。"每个人都把握住自己，有独立的意志，不随波逐流，中国就可以真正站起来了。也就是说，国家的独立自主也必须建立在个人的独立自主的基础上。因此，在鲁迅的思想中，个人的独立、自由、自主，对社会解放和国家发展是具有基础性、前提性的意义和价值的。这是建立在鲁迅对人性的一个基本把握上的：人的本性，首先表现为个体性。

但同时，人又具有群体性、社会性。于是，又有了鲁迅式的命题："无数的人们都和我有关。"因此，鲁迅说，"博大的诗人"，真正的知识分子，是能够"感得全人间世"的，也就是说，他能够感受人间一切欢乐与痛苦，而绝不是"咀嚼着身边的小小的悲欢，而且就看这小悲欢为全世界"。鲁迅进而说："看见别个被捉去被杀的事，在我，是比自己被杀更苦恼。"这是一种博大的精神和胸怀，他能够感受到自我的生命和他人生命的内在联系和沟通：别人的痛苦与不幸，就是自己的痛苦和不幸；人世间只要有一个人没有摆脱痛苦与不幸，自己就是不幸福的。这背后是有一个理念支撑的：只有在群体的发展中，才能真正实现个体的发展，个体的发展与群体、社会发展之间是存在着相依相存的关系的。

鲁迅由此而提出了"自他两利"的新的道德观、价值观。他说："道德这事，必须普遍，人人应做，人人能行，又于自他两利，才有存在的价值。"这也是"五四"那一代人的道德观；在我看来，今天也还不失其意义，可以作为一个基本的价值伦理观念。要把"为己"与"利他"统一起来，以取得"自我"和"集体"的关系，"我"和"我们"的关系的协调、平衡——我们讲"合理的做人"，"合理"就是协调与平衡。根据鲁迅这一思想，我提出了一个"'我们'中的'我'"，"'我'中的'我们'"的概念。就是说，当强调"我们"的时候，不要忘记"我"，要记住"我们"的发展必须以"我"的发展作为基础；当强调"我"的时候，不能忘记"我们"，因为每个人的发展必须以集体的发展作为前提。也就是说，个人和集体，"我"和"我们"之间是互为前提的，根本的原因就是前面说到的人的本性上的两重性：人既有个人性，同时还有群体性、社会性。因此，我们只能在二者间寻求平衡，而不能用一个否定一个，一个代替一个。——当然，这样的平衡，只能是一种动态的平衡，是在不断地矛盾、冲突，不断地协调过程中达到相对的平衡。

这样的"自他两利"的伦理、价值观，对我们企业的发展也是至关重要的。它为我们处理企业集体和员工个人之间的关系，提供了一个基本的原则：一方面，作为企业，必须尊重每一个员工个体生命的意义和价值，保障其个人利益与权利，把企业的健全发展建立在每一个员工生命的健全发展的基础上；另一方面，每一个员工又必须在维护自己的合法权益的同时，要为企业的发展承担责任，积极贡献，把权利和责任、义务统一起来，把自己个人的发展建立在企业发展的基础上。总之，我们说，要转变观念，进行企业改革，其中一个重要方面，就是要树立一个有相应体制保证的基本理念：企业和员工是一个相互依存的生命共同体，因此，企业和员工之间，不同岗位的员工之间，都是利益攸关者，在这个基础上，就能够做到鲁迅所说的"为己""利他"的统一。

而做到了为己、利他的统一，正确处理了个人和群体的关系，就为"合理的做人"奠定了一个坚实的基础。除此之外，鲁迅还为如何"做人"，提出了几个基本要求。概括起来就是三个字：真，诚，爱。每个字都是有极强的针对性，在鲁迅看来，都是中国国民性里所缺失的。

首先是"真"。《鲁迅论中国人和社会的改造与发展》里有一节《真的猛士》，里面讲了两层意思。所谓"真"，就是要敢于正视历史与现实的"真相"，大胆看取人生。鲁迅说，中国人最大的毛病，就是"万事闭眼睛，聊以自欺，而且欺人"。社会的问题，个人的不幸，仿佛眼睛一闭，就什么都不存在了，于是，无问题，无不满，也就无改革了。鲁迅不无沉重地说：就这样，"中国人更深地陷入瞒和骗的大泽中，甚而至于已经自己不觉得"。正因为如此，鲁迅不断地呼吁"真的猛士"，并且说："真的猛士，敢于直面惨淡的人生，敢于正视淋漓的鲜血，这是怎样的哀痛者与幸福者。"一个不断追寻，并敢于面对真相的人，当然会承担许多痛苦，但因为正视，就会去努力改变现状，从而收获苟活者不能想象的幸福。其实，我们每个人时刻都会遇到这样的选择：当遇到社会、企业和个人生活中的问题时，是正视，还是闭上眼睛，是积极进取改变现状，还是消极逃避，苟活？就看你要如何做人，做什么人了。

"真"，还要敢于"说真话"。鲁迅曾有"无声的中国"之说，原因就是中国人不敢发出自己的真实的声音；他因此号召：青年人要"大胆地说话，勇敢地进行，忘掉了一切利害"，"将自己的真心话发表出来"。他说，"只有真的声音，才能感动中国的人和世界的人；必须有了真的声音，才能和世界的人同在世界上生活"。只有大家都说真话，至少说"较真的话"，人们才能以"真心"相处，成为一个和谐的群体。这也给企业建设提出了一个重要课题，就是如何营造一个环境,一种气氛,让每一个员工都能"将自己的真心话发表出来"。这应该是企业文化的题中应有之义吧。

鲁迅还说过:"我们民族最缺乏的东西是诚和爱。"

先说"诚"。这里也有两个层面。一是个人,做人一要诚实,二要诚恳,三要讲诚信,言而有信;二是人与人的关系,彼此要讲"诚信",以诚待人,自然就会建立信任。这其实是当下中国的最大问题:不仅到处是"假,冒,伪,劣",人与人之间更失去了基本信任。这也是我们创造新的企业文化所必须解决的问题:如何营造一个"诚而信"的环境与气氛,建立起员工与企业之间,管理者与工人之间,员工之间的彼此信任关系,真正做到"同舟共济",这是企业兴旺发达的关键与标志。

鲁迅最为关注,谈得最多的是"爱"。他有三个非常具有启发性的观点。

其一,他提倡"离绝了交换关系、利害关系的天性的爱"。他说:"一个村妇哺乳婴儿的时候,决不会想到自己正在施恩;一个农夫娶妻的时候,也决不以为将来要放债。只是有了子女,即天然相爱,愿他生存;更进一步的,还要他比自己更好。"这样的发自人的自然本性的爱,父母、子女之间,既不存在权力关系,也没有利害关系,只存在着建立在血缘关系上的无条件的、无私的爱。鲁迅进一步主张,要将"这天性的爱,更加扩张,更加醇化",推广到全社会,至少首先觉醒的先觉者应该做到这一点,以"无我的爱"去对待每一个人。——鲁迅说"我们要叫出没有爱的悲哀",就是深感这样的无我、无私的爱的失落。今天的中国,连父母与子女之间,也充满了权力带来的利害关系和交换关系。父母养育子女,就自以为有恩于子女,因而视子女为自己的财产,要求子女绝对服从于自己,更有的父母,将养育儿女视为投资,要求子女回报自己。这都是违背了人的天然的爱的本性的。事实上，权力关系、利害关系、交换关系已经渗透到今天中国人的人与人的关系中，这正是当下中国社会（包括企业）人与人关系空前紧张、淡漠的重要原因。鲁迅的爱的呼唤就显示出了特殊意义：我们要用出于人的自然本性的，超越了权力、利害、交换关系的爱，作为处理人与人关系的一个基本准则。我想，这也应该是我们所要创建的企业新文化的一项重要内容。

其二，鲁迅提倡的爱，是一种"幼者、弱者本位的爱"。这一点，在前面已有论述，就不多说了。

其三，鲁迅在追问爱的缺失的原因时，他认为，根本的问题是中国人缺乏对生命的敬畏和关爱。这是抓住了要害的。鲁迅写过一篇《兔和猫》，其中谈到他的一个观察和体验：一天，他在上班的路上，看见一只小狗被马车轧得快死；晚上下班回来，再经过这里，却什么也没有了，只有许多行人在匆匆走着，仿佛一切都没有发生，"谁知道曾有一个生命断送在这里呢？"鲁迅深深感到人对生命的淡漠，并由此反省自己："夏夜，常听到窗外苍蝇的悠长的吱吱的叫声，这一定是给蝇虎咬住了，然而我向来无所容心于其间，而别人并且听不到……"——不知道诸位感觉如何，我自己每读到鲁迅这段文字，都受到很大的震动：鲁迅对一条狗的生命，一只苍蝇的生命，都如此动心动情，为自己对这些小动物的生命的痛苦与毁灭的麻木而自愧；而我们呢，连对人的生命的起码关爱都没有了，在人的生命的毁灭面前，我们岂止是无动于衷，有的还幸灾乐祸，投井下石。这不仅是麻木，更是一种残酷。鲁迅说，"造物主"（上帝）"实在将生命造得太滥，毁得太滥了"，大概是这样吧：中国人实在太多，太不值钱了。或许正因为如此，今天的中国，必须补这一课：要懂得生命的可贵，敬畏生命，关爱生命，这是我们前面所讨论的"立人"思想的根本，也是我们这里讨论的"如何做人"的根本。

真正要"合理的做人",最根本的,还是要解决人的"信仰"问题。这也是鲁迅所强调的,他有一个重要命题:"人无信无以立。"他说,人的心灵是必须有所寄托的,没有信仰,人就不能立身。他还说,真正的革新者内心是一定有"理想之光"的。他同时提醒我们,要警惕那些"伪士",这些人口头上大谈信仰,而且经常指责别人没有信仰,其实他自己是什么也不信从的,一切不过是利用而已;而且这些人还特别善变,今天这样说,明天那样说,仿佛信誓旦旦,其实不过是流氓。鲁迅说:"伪士当去。"也就是说,我们必须和"伪士"划清界限,建立起真正的信仰。如何建立自己的信仰,这是一个人生大问题,需要做更深入的讨论,今天只是把问题提出来,提醒大家注意。

四 "改革之路"与"开放之道"

在确立了国家、企业、个人的以"立人"为中心的发展目标以后,还有一个问题:怎样才能实现这一目标?这就是《鲁迅论中国人和社会的改造与发展》第三部分《道路篇》所要讨论的问题。其中主要讨论了两个问题:"改革之路"与"开放之道"。

先看"改革之路"。在鲁迅这里,"改革"与"革命""革新"是同一概念。

鲁迅首先提出的命题是:"中国改革之不可缓。"他提了两条理由。一是中国的历史与现状,都决定了中国改革"不可缓"。鲁迅认为,中国社会的危机,已经到了这样的程度,如不通过改革改变现状,不要说"真实自由幸福的生活"不可得,连"生存也为难"。其二,"倘不彻底改革,就要从'世界人'中挤出"。在十九世纪中后期,中国打开大门,成为"世界"的一个成员以后,中国的改革,中国的一切问题,都必须放到世界的大格局里去考虑。鲁迅说:"想在现今的世界上,协同生长,挣一地位,即须有相当的进步的智识,道德,品格,思想,才能站得住脚。"中国如果不改革,赶上世界发展潮流,就有可能"失去了世界,却暂时仍要在这世界上住",鲁迅说,这是他的"大恐惧"。这可以说是几代人的共同恐惧与焦虑。——今天,在经历了近百年,特别是近三十年的改革历程,我们回过头来看鲁迅当年所说的改革的理由,自会有更深的体会;而且,即使到了今天,鲁迅说的这两条恐怕还是我们要继续改革的理由,而且似乎更为迫切:不仅国内的社会危机又有了新的内容,而且世界已经进入全球化的时代,中国改革的全球背景也更为突出。这些,在座的诸位,都有更深切的体会,这里就不多说了。

我想要讨论的是,中国在经过三十年的改革以后,要继续深化改革的"动力"问题。鲁迅有两个观点,非常值得我们注意。他说:"不满是向上的车轮","多有不自满的人的种类,永远前进,永远有希望。多有只知责人不知反省的人的种类,祸哉祸哉!"——这是一个极重要的提醒。不可否认,改革三十年,中国取得了举世瞩目的进步,在这样的情势下,最容易产生的就是盲目的自满,仿佛中国真的已经"崛起",就忙于歌颂"太平盛世",忙于向世界推广"中国经验",而回避中国改革现实存在的许多严重问题,危机和挑战,完全"不知反省"。这样,就有可能失去改革的动力,而停滞不前,甚至走回头路,这是改革的真正危险。要知道,"不满"才是改革的不竭动力,永远不满足现状,不断批判现实,改革才能持续不断,才"永远有进步,永远有希望"。如果把鲁迅寄以希望的"多有不自满的人"视为改革的障碍,误以"动力"为"阻力",最终损害的是改革自身。

鲁迅的另一个概括与判断更足以使我们清醒。他说:"曾经阔气的要复古,正在阔气的要维持现状,未曾阔气的要革新。"所谓"阔气",讲的就是利益问题;也就是说,改革发展到今天,所遇到的就是利益问题:所谓"曾经阔气",就是改革前的既得利益者,因此,他们反对改革,要求"复古",回到改革前的状况去;所谓"正在阔气",就是当下的既得利益者,因此,他们要"维持现状",不再有改革的动力,甚至成为改革的实际上的阻力;唯有"未曾阔气"的,他们没有充分享受改革的利益,甚至是利益受损者,因此,不满意现状,要求继续深化改革。这正是当下中国的改革,包括企业改革所面临的最大问题:如何获取改革的新的动力?怎样处理在改革中的利益关系?鲁迅的提醒,既是对中国改革的历史经验的总结,同时又具有极大的现实性。

鲁迅思考得最多的是中国改革的空前艰巨性,这是他的改革思想的重心所在。在这方面他有许多精彩的论述。这里只谈三点。

鲁迅首先提醒人们注意:"体质和精神都已经硬化了的人民,对于极小的一点改革,也无不加以阻挠,表面上好像恐怕于自己不方便,其实是恐怕于自己不利,但所设的口实,却往往见得极其公正而且堂皇。"这就是说,改革的阻力不仅来自既得利益者,也可能来自普通老百姓。如鲁迅在《习惯与改革》里所说,真正深刻的改革就必然触及社会的风俗与习惯的改革,这是几十年、几百年,甚至几千年所形成的,并且是为大多数人所习以为常的,从而形成一种"习惯势力"。鲁迅说:"社会上多数古人模模糊糊传下来的道理,实在无理可讲;能用历史和多数的力量,挤死不合意的人。"鲁迅因此将这样的千百年形成,千百万人所奉行的习惯势力,称之为"无主名无意识的杀人团"。这就是说,这样的习惯势力的反对,常常是没有名目的,而且是无意识的,因此,鲁迅说:"死于敌人的锋刃,不足悲苦,死于不知何来的暗器,却是悲苦。最悲苦的是死于慈母或爱人误进的毒药,战友乱发的流弹,病菌的并无恶意的侵入。"这是每一个改革者都会遇到的:反对者往往是自己最亲近的人,面对这样的出于善意的阻止，是会有说不出的悲苦感的。鲁迅据此而提出了一个极为深刻的概念："无物之阵"。就是说，你要进行某种改革，分明感到有阻力，但却摸不着，说不出，抓不到，就和民间传说中的"鬼打墙"一样。其实就是这里说的千百年、千万人的"习惯势力"。面对这样的习惯势力的阻碍，改革者往往会陷入不知所措的尴尬，但又是必须认真对待的：这正是改革的特别艰难之处。

鲁迅的第二个提醒是：中国是一个"大染缸"，"每一新制度，新学术，传入中国，便如落在黑色染缸，立刻乌黑一团，化为济私助焰之具"。这一点，大概我们每个人都深有体会：许多很有价值的新观念，许多在外国行之有效的制度、措施，但一进入中国，就全变味变样变质了。这里有两个问题，一是中国的体制有极强的同化力，如果只有新观念、新制度，而不进行体制的根本改革，就难免被同化的命运。二是鲁迅一再说的，是中国人的不认真，"中国人总喜欢一个'名'，只要有新鲜的名目，便取来玩一通，不久连这名目也糟蹋了，便放开，另外又取一个"，新名词、新制度喊得震天响，不过是玩玩而已，并不准备认真实行，这样，骨子里不变，新思想、新制度不过是招牌和装饰，早已化为"济私助焰之具"，所谓"改革"也就变成了谋取私利的新的借口与手段。

鲁迅的第三个提醒是，严防改革的"反复和羼杂"："但看中国进化的情形，却有两种很特别的现象：一种是新的来了好久之后，而旧的又回复过来，即是反复；一种是新的来了好久之后，旧的并不废去，即是羼杂。"本来，反复和羼杂，是历史转型时期的改革必然发生的现象；鲁迅所警惕的，是旧的复辟，导致改革的失败，以及以旧充新，和真正的新事物混杂在一起，导致改革的变质。

最后，要说的是，尽管鲁迅对中国改革的复杂性、曲折性有充分的认识，但他依然认定：中国必须改革，中国一定要前进，生命总在进步,"什么都阻止他不得"。这是他对中国改革之路的一个基本认识:"什么是路?就是从没路的地方践踏出来的,从只有荆棘的地方开辟出来的。以前早有路了,以后也该永远有路。"——我们大概也能从中得到一些激励吧。

《鲁迅论中国人和社会的改造与发展》的《道路篇》的第二部分是《开放之道》。

鲁迅在考察中国发展道路的时候,提出了一个"审己、知人"的任务:"欲扬宗邦之真大,首在审己,亦必知人,比较既周,爰生自觉。"要发扬民族的伟大精神,首先在于认识自己,同时也必须认识别人,只有周密的比较,才能产生自觉。但鲁迅又说,中国人真要做到"审己、知人"并不容易。因为在中国的传统观念里,并没有"世界",只有"天下"的概念,而且自以为中国从来就处于"天下"之"中央"的地位,没有可以较量的对手,就傲视天下而关门称"老大"。在鲁迅看来,这是老大中国长期不得进步,逐渐走向没落的重要原因,以致到了近代,西方许多国家兴起,带着不同的思想文化来到东方,东西两种文化一经比较,中国才真正认识到自身文化的不足,产生改革的自觉。

因此,在中国的改革中,始终存在着一个如何对待与己不同的西方文化和西方世界的问题;而这个"知人"的问题又是和"审己"即如何认识自己的问题联系在一起的。这正是我们长期以来,恐怕一直到今天都没有很好解决的问题。如鲁迅所说:"中国人对于异族,历来只有两样称呼,一样是禽兽,一样是圣上,从没有称他朋友,认他也同我们一样的。"这里说的是两种倾向:或者把西方人当作"圣上",一切以西方为准则,就像鲁迅说的,"言非同西方之理弗道,事非合西方之术弗行",话不同于西方的就不讲,事不同于西方的就不做;

或者视西方为无文化的"禽兽",好像唯有中国才是"文明大国",其所延续的正是前面说的唯我独尊的"中华中心主义"的思维。可以说,近百年来,中国和西方的关系,就始终在这两个极端之间摇摆,要么以西方为主子,自己为奴;要么以自己为主人,视西方为奴,从没有彼此以"朋友"平等相待。

这背后其实就是我们前面一再强调的主体性与独立性的缺失:自己没有主体性、独立性,也不尊重他人的主体性与独立性。而在鲁迅看来,在处理中国和西方关系时,最重要的就是这个主体性与独立性的问题。他说,在中国汉唐两代,在吸取异族文化时是"毫不拘忌"的,原因就在于"魄力雄大","人民具有不至于为异族奴隶的自信心",因此,能够以我为主,"拿来"一切于我有用的东西,"自由驱使"。鲁迅自己也一再"忠告"国人:"即使老师是我们的仇敌罢,我们也应该向他学习。"敢于向敌人学习,这才是真正的建立在民族自信基础上的主体性和独立性的表现。

今天我们来讨论鲁迅的这些思想,是别有意义的。因为今天已经是一个全球化的时代,中国的发展已经越来越离不开世界的发展;同时,中国也以独立的姿态,在全球经济、政治生活中发挥着日益重要的作用,在西方老百姓的眼里,中国不再是遥远、神秘的,而是和他们的日常生活休戚相关的存在。这样,中国与西方如何相处,不仅事关中国自己发展,而且也会对世界的发展产生影响。这一点,我想诸位在上海举办的世博会上是会有许多具体的体会的。在这样的情况下,中国自身最应该警惕的,就是中华中心主义思潮的泛滥,仿佛中国又重新成为世界的"中心",不再需要向西方学习,而是要向世界输出"中国经验"了。

而中华中心主义的另一面,就是国家主义。鲁迅将其称为"合群的爱国的自大":"他们自己毫无特别的才能,可以夸示于人,所以把这国拿来做个影子;他们把国内的习惯制度抬得很高,赞美得了不得;他们的国粹,既然这样有荣光,他们自己也有荣光了!"这样,"古人所做所说的事,没一件不好,遵行还怕不及,怎敢说到改革?"在鲁迅看来,国家主义是极容易发展为保守主义的,最终必然成为前面所说的"正在阔气"的,维护既得利益的"维持现状"派,而成为继续改革的阻力的。——这些一针见血的分析,都显示了鲁迅思想的超前性,因而就具有了当下性;我们完全可以感觉到,他正在对着今天中国的现实发言。

最后,作一个小结。我们今天的讨论贯穿着一个"想大问题、做小事情"的精神。前面谈了"立人"的思想,谈了国家和企业的发展目标,这都是"大问题",最后,我们要把这些都落实到"小事情"上。"大问题"讲清楚了,就从现在做起,认认真真地做小事情。这是我们一再强调的:国家的发展,企业的发展,最后都要落实到每一个人的生存和发展,落实在每一个人"幸福的度日,合理的做人"。在我看来,中国在基本解决温饱问题以后,要做的事情就是如何使每一个国人"幸福的度日,合理的做人"。我理解,宝钢二次创业的核心,也就是如何使每一个宝钢人"幸福的度日、合理的做人",至少是一个非常重要的方面吧。

我讲完了,谢谢大家。

2010 年 3 月 27 日在宝钢讲,8 月补充

在台湾讲鲁迅

——2009年10月30日在"与鲁迅重新见面"
台社论坛上的主旨演讲

刚才主席已经说了,今天这个活动的主题是"与鲁迅重新见面",组织者对此有一个说明:"因为鲁迅浓厚的左翼色彩,台湾在战后国民党统治时代,变成了思想的禁忌。他的著作在'解严'前是禁书,因而阻绝了台湾学术思想界认识鲁迅,更遑论持续研究。半个世纪后,如何在台湾恢复鲁迅该有的位置,打通中文世界共通的思想资源,成为极为重要的问题。"

我由此想起了鲁迅和左翼在大陆的命运。这是非常富有戏剧性的:当二十世纪五十年代鲁迅和左翼在台湾成了禁区的时候,在大陆却几乎成为唯一的存在,以致一切右翼,甚至一切鲁迅批判过的人,都成为否定和打击的对象。在台湾这边不能讲鲁迅,拼命讲胡适,在大陆那边只能讲鲁迅,不能讲胡适,就形成很有意思的一个对照。

但是后来到"文革"时期有一个很重大的变化,因为要批判所谓"修正主义黑线",认定三十年代的左翼是其老祖宗,于是左翼也不准讲了,鲁迅就更成为唯一者了。当时大陆有一个说法,叫作"鲁迅走在金光大道上",《金光大道》是"文革"中唯一被认可的具有激进倾向的小说,也就是说,偌大的中国思想、文学界就只剩下一个人和一本书了。

鲁迅自己的命运在"文革"期间也有一个戏剧性的变化。"文革"开始的时候,鲁迅显然是一个被利用的对象,把他曲解为"毛泽东的小兵",跟着毛泽东造反。"文革"初期,年轻一代能够读到的书,除了毛泽东著作以外,就是鲁迅的著作。但也因为这样的机会,使得包括大陆六七十年代成长起来的年轻一代,都受到鲁迅很大的影响。特别是"文革"后期,当大批青年来到农村,来到了鲁迅所描写的鲁镇、未庄,他们在农村看到了现实生活中存在的阿Q、祥林嫂、闰土,就对鲁迅有了深切的理解,而开始摆脱意识形态的鲁迅观的影响。而且当人们对社会一切都绝望,要重新审视一切,怀疑、批判一切的时候,鲁迅的思想就成为年轻一代知识分子最主要的批判性的精神资源。这样,正是在"文革"后期,鲁迅走到了中国知识分子和中国年轻一代人心中。

"文革"结束之后,八十年代初期开始拨乱反正。三十年代左翼又逐渐恢复了正宗的地位。当时,知识界提出一个口号:"回到鲁迅那里去。"也就是回到"五四"、回到鲁迅的启蒙传统里。这样,在八十年代,鲁迅就成为大陆思想启蒙运动一个重要的精神资源。

但是到了九十年代以后,当中国知识界掀起一股保守主义、自由主义的思潮时,历史的叙述又颠倒过来,左翼明显地被冷落,胡适、林语堂、梁实秋红极一时,鲁迅最后十年的左倾,特别是他对共产党的支持,则不断受到质疑。以致今天还有人试图削弱鲁迅的影响,给鲁迅戴上三顶帽子:"集权统治的合谋者""否定传统的罪魁祸首"和"崇洋媚外"的"汉奸"。这一点也是颇为奇怪的。

到了九十年代中后期以后,特别是新世纪以来又有了新的变化,出现了自由主义与新左派的论争。新左派以对于中国资本主义化的批判,对西方现代化模式的质疑与反思,产生了很大的影响,也扩大了左翼的影响,在这方面,新左派是做出它的贡献的。于是三十年代左翼传统的研究、后期鲁迅的研究,又重新成为学术界的热门话题。

到最近这几年,据我的观察,大体有三个因素,促成了大陆左翼思潮的发展和复杂化。

首先是由于政治、经济、社会、文化、道德的全面危机,导致社会的不满情绪在不断地增长,反抗力量在蕴积,在这样的情况下就出现了一个批判性的思潮。特别是最近这几年来,关于改革开放三十年历史的反思,关于建国六十年历史的反思,都带有很大的批判性,而批判者则出于不同的立场,有自由主义立场的批判,有保守主义的批判,另外一些是有左倾的倾向的批判。

这种左倾的批判立场又很复杂,有几个不同的派别。一是老左派,也就是人们所说的"毛派"。一是所谓"党内民主派",他们是怀有社会民主主义理想的。还有新左派,站在反资本主义化立场的批判,不过其批判的势头这些年似有所减弱。这三种力量都打着左翼的旗号,但是立场却是大不一样的。

第二个因素是在所谓"中国崛起"的背景下,大陆出现了"爱国左派"。这是他们的一个自我命名。在我的《十年观察与思考》这本书里,专门引用了他们当中一个代表人物所说的一段很长的话,其基本观点就是"支持政府,反对美帝国主义"。爱国左派背后,据我的观察,是有一个国家之手的。这些年中国政府当局试图重建国家意识形态,用他们的说法,就是要重新建立一个中国特色的社会主义的理论体系,同时要增强国家的"软实力",因为他们觉得随着国家经济的发展,中国要由经济大国进一步往政治大国转化,就必须要有软实力,而且要输出自己的软实力,以影响世界。于是用了很大的力量,很大的投资,要组织一支队伍,重建国家意识形态和国家软实力。参与这个重建的有各种类型的知识分子,有原来的自由主义知识分子,保守主义知识分子，有毛派，也有新左派，爱国左派大概是他们的共同的新命名。

第三个因素是在全球化的背景底下，产生了跟全世界的左派的两重意义上的对话，一个是与西方左派的对话和相互影响，另一个是和第三世界的对话，这就包括了两岸三地和东亚、南亚地区的批判知识分子的对话与相互影响。在这样一个对话当中，大陆就开始出现了我们刚刚讲到的，九十年代中期以后所谓新左派和自由主义的论争，这些年又出现一些试图超越新左派与自由主义论争的知识分子，这些知识分子可以有各种命名，有几种说法："自由主义左派""左翼自由派"，还有一些是持"社会民主主义"立场的，我自己更愿意把他们称为"批判知识分子"。

特别值得注意的是，在这个时期，整个大陆的青年，包括大学生当中，开始出现左倾的倾向，我接触相当多的大学生和青年志愿者，发现他们有一个思想转变过程，开始受自由主义思想影响非常深，但后来逐渐转向受左派的影响。我分析过其中的原因。本来，大学生、年轻人的本性，那种热情、正义感，本身就很容易左倾。但是现在出现了一个新的背景，就是这些年大学生的就业问题越来越严重，社会上的两极分化也同样反映到大学里，这种毕业即失业的危机，也促进了学生的左倾化。这让我想起国民党后期，也是毕业即失业，大量的青年知识分子都倒向打着左翼旗号的共产党这一边了。这样的趋势还会继续发展，所以我有一个判断，大陆青年、大学生的左倾，可能会是下阶段值得注意的发展趋向。这就给"学院左派"，学院里的老师、特别是青年教师，也包括研究机构的一些左翼知识分子，提供了一些新的空间。这也是一个值得重视的发展趋势。

更主要的是，这些思想开始左倾的青年，受到了刚刚介绍的比较复杂的左翼知识分子的各种派别的影响。据我的考察，对他们影响最大的，是三类左翼知识分子：一是新左派，一是老左派，还有爱国左派。他们的立场并不一样，所以也给青年带来很大的困惑。这都是我们今天必须认真面对的问题。

这样一种左倾倾向的复杂性，就造成了我们今天出现左翼资源多元化的趋向。早期的左翼，特别是新左派时期的左翼，他们的主要资源，是西方马克思主义的批判理论。现在西方马克思主义的批判理论仍然是青年主要的启蒙读物，但这些年逐渐提出了在"西马"之外，要总结中国社会主义经验的问题，毛泽东思想重新成为关注的对象。另外一条思路，就是这些年我自己所做的工作，即对大陆民间社会主义思潮的研究。我觉得社会主义经验，不仅仅是国家的社会主义经验，同时有民间的社会主义经验，或许能从总结民间社会主义经验当中，吸取批判性的左翼理论的资源。

另外，一些第三世界包括台湾在内的左翼资源也引起关注，但是我觉得至少在目前，大陆这样一种关注大体上还停留在宣传、提倡的阶段，真正深入的、实质性的研究并不多。在这个意义上，我对马上要召开的陈映真的讨论会，抱着很大的希望。陈映真既受鲁迅影响，又受第三世界左翼经验的影响，他更有台湾自己的经验，这对大陆来认识包括台湾在内的第三世界左翼思想资源，有非常重大的意义。

这里就提出一个问题，在吸取多元化的左翼资源的基础上，如何建立起我们自己的、第三世界的、包括大陆和台湾在内的，批判知识分子的传统以及批判性的理论，我觉得这是当下非常重要的一个任务。

这就需要说到鲁迅。鲁迅从来就是左翼青年主要的精神食粮、精神资源。在当下中国如此复杂的情况下面，鲁迅显示了他的独特性，他独特的价值，甚至独特的重要性。刚刚永祥先生也说到，我的鲁迅研究从来就是和鲁迅不断相遇的过程，在我刚刚介绍的这样一个中国大陆政治、思想、文化发展的现实背景下面，我对鲁迅又有了新的审视。这些年我提出了两个新的概念。

一个是"东亚鲁迅"，这是我在和韩国学者的对话当中，受到他们的影响、启发而提出的。我在考察二十世纪东亚思想发展的时候，发现两个很有意思的现象，一个就是东亚各国的思想家与文学家，在面对共同或相似的问题时，会有一些共同或相似的思考，即所谓平行性的思考。因此就和鲁迅不约而同地提出某些具有内在联系的、内通性的思想。东亚各国这些二十世纪的内通性思想是很丰富的，我们在这方面的研究比较弱，韩国相对做得好一些，韩国的学者就作了关于鲁迅与韩龙云、金洙暎等韩国思想家、文学家的比较研究，用韩国学者的说法，他们用自己独立的创造，与鲁迅成为相互照映的镜子，他们的文本和鲁迅的文本是可以做互文解读的。

另外一些东亚的思想家、文学家，或者不同程度受鲁迅影响，比如陈映真，但是有自己独立的创造。还有一些鲁迅的研究者，他们面对自己时代和民族的问题，阐释鲁迅又接着鲁迅往下讲，他们也同样丰富和发展了鲁迅的文学与思想，这些年讨论得比较热闹的竹内好，我觉得就是一个典型，他创造了从鲁迅出发的竹内好思想。

针对这两种现象，我提出了"东亚鲁迅"的概念，就是某种程度上将鲁迅符号化，讲鲁迅遗产，就是讲鲁迅与他同时期东亚国家的思想家、文学家的共同创造，他们是二十世纪东方文化遗产、经验的一个非常重要的组成部分。我想用"东亚鲁迅"来概括同时期这一批东亚的思想家与文学家。

这样，鲁迅研究就必须更加注重他的东亚性、东方性，研究鲁迅思想所积淀的东方经验。鲁迅思想的某些方面在我看来，至少在东方世界是有普适性的。这样一些东方经验和精神，是我今天下面要演讲的一个重点。

我要提出的第二个概念,就是我今天演讲的中心,即"鲁迅左翼"。我为什么要提出这样的概念?因为当我面对当下中国左翼的复杂性时,特别是发现一些左翼知识分子与政党政治、国家统治者越来越显示出一种依附性的时候,我就感到鲁迅这样的与政党政治、国家政治有着复杂的关系,又保持了自己的独立性的左翼知识分子传统,有了特殊的意义和价值。下面,就把我的有关思考向各位作一个报告和交流,希望听取诸位的意见。

以上算是我的引言、开场白。

我想讨论两个问题。

第一,关于"鲁迅左翼"。

首先,我试图做一个区分,把三十年代的左翼传统区分为两条脉络。一个是"鲁迅左翼",另一个是"党的左翼"。

这个区分不是我首先提出来的,鲁迅博物馆的王得后先生,也是我的朋友,他最早在2006年的《鲁迅研究月刊》第2期,发表了《鲁迅文学与左翼文学异同论》,指出在三十年代的文学运动中,鲁迅的文学与左翼文学有相同的地方,也有深刻的分歧。我下面的想法基本上是受他这篇文章的影响与启发,当然也有我自己的发挥。

三十年代的"鲁迅左翼"和"党的左翼"之间,有非常复杂的缠绕关系,存在着深刻的联系,这是我们首先要肯定和强调的。他们共同反对国民党的一党专政,支持中国共产党所领导的工农革命运动,以致形成一个提倡无产阶级革命文学的左翼阵营。鲁迅有一个概括,说"无产阶级革命文学和革命的劳苦大众是在受一样的压迫,一样的残杀,作一样的战斗,有一样的运命,是革命的劳苦大众的文学"。在和革命的劳苦大众同战斗、同命运这一基本点上,"鲁迅左翼"与"党的左翼"之间是有着深刻认同的。鲁迅一直把左联的共产党人视为"战友"，并不是偶然的。

三十年代的中国左翼运动，同时是国际左翼运动的一个组成部分。其中的重要背景，是世界经济危机，所有的资本主义国家都陷入经济萧条，唯独社会主义的苏联经济建设获得了相当的发展。这就导致全球性的知识分子的左倾化，同情苏联，向往社会主义，成为一个普遍倾向。当时就有"红色三十年代"之称。鲁迅的左倾也就发生在这样一个背景之下。

就鲁迅而言，他参加国际性的左翼运动是有自己的内在逻辑的。他曾专门写过文章，说他早就从俄罗斯文学那里知道，世界是以"压迫者"与"被压迫者"来划分的。他原来就有这样一个思想基础，现在就更加自觉地认同左翼运动的国际性。这突出表现在他和东亚国家左翼知识分子之间的联系上，在日本左翼作家小林多喜二遇害之后，鲁迅在悼念文章中，很明确地说"日本和中国大众本来就是兄弟"。而对中国共产党来说，共产主义运动本身就是国际性的运动，何况他们和苏联领导的共产国际还有组织上的联系。尽管有不同背景，但对左翼运动国际性的认同，也是鲁迅和共产党联合发动左翼文学运动的重要思想基础。

但"鲁迅左翼"和"党的左翼"之间的深刻分歧，也是不能忽视的。

王得后先生的文章对他们之间文学观念上的分歧做了非常细致的分析，我这里就不再重复了。

到了三十年代中后期，面对日本侵略，中国共产党改变策略，主张建立民族统一战线，在文学上提出"国防文学"的口号。鲁迅对"国防文学"口号并不反对，但是有点担心，如果过分地强调国家利益至上，会不会掩盖或者美化国民党一党专政的统治？会不会因此损害工农民众的基本利益？他有这样的担心，就提出另外一个口号："民族革命战争时代的大众文学"，强调战争的革命性，要维护大众的利益，也就是要坚持他的左翼立场。

这里我们可以顺便讲一下郭沫若的态度,开始他对"国防文学"的口号也有所保留,但是当党派人告诉他这个口号是党提出来的,郭沫若立刻改变态度,说:我服从党的决议,我要做党的喇叭。鲁迅与郭沫若的不同态度,标示了左翼知识分子之间的一个根本分歧:是要坚持左翼的独立立场,还是要做党的喇叭?这也就是"鲁迅左翼"和"党的左翼"之间的区别所在。

对这一点,鲁迅有充分的思想准备的。这涉及鲁迅对政党政治到底怎么看。这里有鲁迅和许广平之间的一个非常有意思的对话。许广平是一个政治意识很强的激进青年,所以在1927年国共合作的时候,曾经有加入国民党的想法,她征求鲁迅的意见,鲁迅就对她说,一个政党是要靠组织力量来实现它的理想、信念的,所以政党是要强调纪律性的,要求党员绝对服从政党的决议,有的时候就要牺牲个人的意志。因此你要求入党,就必须想清楚,你是否愿意在一定条件下牺牲个人意志,如果愿意就加入,如果不愿意,要始终保持个人意志和独立性,就别加入。这大体代表了鲁迅对政党政治的基本看法。

而且对自己这样的永远不满足现状的作家,和革命政党的革命家之间的关系,鲁迅是有清晰的认识的。他在1927年写过一篇非常重要的文章《文艺与政治的歧途》,文中说,当反对旧社会的黑暗势力时,左翼文艺家和革命家、政治家之间,是可以合作的。但是当革命胜利,革命政治家掌握政权以后,这时候他就希望维持现状,文艺家如果还要坚持左翼立场、继续不满于现状,政治家就会利用他的权力来迫害左翼知识分子,甚至要杀你的头。正因为有这样的认识,应该说,鲁迅对自己这样的独立的左翼知识分子最终必然要和党的左翼分裂,是有思想准备的,这是左翼知识分子必然的命运。

在讲清楚"鲁迅左翼"和"党的左翼"的既合作又矛盾、冲突的纠缠关系以后，我们就可以进一步讨论"鲁迅左翼传统"的特点。我想把它归结为四个方面，而每一个方面，都内含了许多矛盾，极具思想的张力。

刚才说到《文艺与政治的歧途》，在写完这篇文章后不久，鲁迅又写了一篇《关于知识阶级》。我在这里慎重地向各位推荐，要了解鲁迅左翼传统，必须读这两篇文章。特别是在《关于知识阶级》里，鲁迅提出了"真的知识阶级"的概念，这个真的知识阶级大概就是他心目中的左翼知识分子。他为之下了两个定义。

我们先谈第一个定义。鲁迅认为，真的知识阶级是"永远不满足现状"的，因而是"永远的批判者"，并因此永远处在边缘位置。这里说得很清楚：处在体制边缘或体制外的位置，因此保持了党派外、体制外的独立性和主体性，这大概就是真的知识阶级，也即我们说的"鲁迅左翼"的第一个，也是最重要、最基本的、本质性的特点。

我们要强调的是，正是这样的党派外、体制外的独立性与主体性，决定了鲁迅左翼的彻底的、全面的批判性。而且我们还要进一步追问，这样的彻底的、永远的、全面的批判立场，其立足点是什么？背后的价值观念、价值理想是什么？

这就需要谈到鲁迅的一个基本理念，就是他在早年就提出来的"立人"思想。

提出"立人"思想的文章《文化偏至论》《破恶声论》，写于二十世纪初，差不多是在一百多年前。提出"立人"理想，是要回答当时中国思想界讨论的一个问题：中国要建立怎么样的一个"近世文明"？这个"近世文明"就相当于我们现在说的"现代文明"，也可以把它理解为"现代化"。在讨论中提出了各种现代文明观，实际上就是关于中国现代化的不同想象。鲁迅力排众议，提出尖锐的质疑：请问那些自称志士仁人的先生们,你们要把富裕当作文明吗?要把兴建铁路、开发矿业当作文明吗?要把议会政治当作文明吗?他说,这都只是"现象之末",只抓住了现代文明的皮毛,而不是"根柢"。我们看,恐怕直到现在,许多人还是把中国现代化的目标局限在物质文明、科学技术发展与议会民主制度上,但鲁迅在一百年前就提出了质疑。那么,他认为现代文明、现代化的"根柢"是什么呢?他的回答十分明确,就是"立人,人立而凡事举";而立人的根本在"尊个性而张精神",也就是说,"人的个体精神自由"才是现代文明之根,现代化的根本目标。他说,即使有物质富裕了,科学技术发达了,也有了议会民主,如果没有人的个体的精神自由,甚至以牺牲人的个体精神自由为代价,那么,我们绝不能说,中国已经是一个现代文明国家,已经实现了现代化,搞不好还会是南辕北辙,走岔路了。

从我们今天的眼光来看,鲁迅的立人思想是有乌托邦性质的,是鲁迅彼岸的终极性的理想,但在现实生活中,它却是一个深刻的批判性的概念。如果用陈映真的话来说,它所面对的是人的物质的、身体的、心灵的奴隶状态,批判的是这样一种奴役状态。也就是说,立人思想的正面意义是强调人的个体的精神自由,它的反题则是要批判对于人的一切物质、精神的奴役,要批判人压迫人、奴役人的制度和文化。

正像鲁迅的老朋友,日本的增田涉在他的回忆中所说,鲁迅对于人的奴隶状态有一种高度的敏感。在我看来这是一个真正的思想家、作家最重要的精神素质,因为在他们看来,导致这样的人的奴役状态的关系,是广泛地存在于现实社会的,来自于各种方面,并且会不断地再生产,因此是永远存在于此岸世界的。作为一个批判的知识分子,自己的历史使命,就是用彼岸的乌托邦的终极性的立人理想,来照亮此岸的黑暗,对来自一切方面的,以各种形态,特别是以最新形态出现的奴役力量与体制，进行无情的批判与揭露，不断地向社会提出警示。因为这样的奴役关系会不断再生产，这样的批判就必然是彻底的、永无休止的。这就是鲁迅说的"永远不满足现状、要做永远的批判者"这一命题的真实的、丰富的涵义。

鲁迅用这样一种反对一切奴役现象的立人理想来观察中国社会，就得出了非常重要的两个结论。他首先提出中国文明不过是一个安排给阔人享受的"人肉的筵席"这样一个概念，把批判锋芒指向东方专制主义。他认为东方专制主义实际上就是一个人吃人的奴役制度。鲁迅这一直击要害的批判，引发了激烈的论争，大家都比较熟悉，我不再多说。

我觉得大家比较容易忽视，因此需要强调的是，鲁迅的"吃人肉的筵宴"的概念，同时也是指向西方资本主义文明的。也就是在二十世纪初，他写了一系列论文，对于西方工业文明的几个基本概念提出质疑，这就是我在《思想》杂志上发表过的一篇文章《鲁迅与中国现代文化》所讨论的。比如说他一方面肯定科学的作用，另一方面又认为如果把科学推到极端，变成"唯科学主义"，就会导致对人心灵的忽略与伤害。他讲民主，一方面肯定民主的作用，但同时提出质疑，如果民主变成多数专政，就会形成新的专政。如果过去中国传统封建帝王是"以独制众"，今天所谓民主制度就有可能"以众虐独"。在他看来，这都是奴役制度的再生产。

我们知道鲁迅和中国自由主义知识分子有多次很激烈的争论，我觉得很有意思的是，鲁迅所质疑的并不是自由主义的理念，而是不断地追问：你是信而从，还是利用它？因为他发现中国的自由主义知识分子，常常表面上强调宽容，保护少数，实际上却在搞"党同伐异"，这也是另一种形式的专制。他最要质疑的是自由主义知识分子的贵族主义倾向，对于平等的忽略，在他看来，这样的贵族精英主义在中国的现实中是会导致对奴役劳动者的制度的辩护或保护的。

对平等本身，鲁迅也提出质疑，他认为平等如果变成无差异，变成绝对的平均主义，同样也会给社会带来巨大的灾难。

这就是说，鲁迅对于民主、平等、自由、科学等西方工业文明的基本理念，采取了极为复杂的态度：一方面肯定其意义，因为他们对东方专制主义是具有批判力的；另一方面也要提出批判，因为这些理念极端化，会使人成为物质的奴隶、科学技术的奴隶、民主的奴隶，也就从根本上会导致对个体精神自由的压抑。

这样，鲁迅就从东方专制主义与西方资本主义文明里，都发现了对人的奴役。他以这样的发现与敏感来观察与分析中国社会现状，就做出了两个非常重要的概括，在我看来，今天还有很大的有效性和解释力。

他说，中国的问题有二，一是"本体偏枯"，即仍然保留着东方专制主义，尽管不断变换招牌，其专制实质不变；另一是"外来新役"，又受西方资本主义文明的侵染，中国的根本问题就是"二患交伐"，这是非常危险的。问题是鲁迅一百年前提出的这一国情判断，仍然适用于今天的中国社会。

鲁迅对中国问题的复杂性，也有深刻的认识。他在《随感录·五十四》里，有一个非常有意思的概括。他说中国社会的状态"简直是将几十世纪缩在一时"，中国最边远的地方，还在点松油片，但是城镇里早就用上了电灯；尽管已经有了飞机等现代交通工具，但最偏僻农村还在使用独轮车：最现代的，与最原始的，都"摩肩挨背的存在"。我看了鲁迅1919年的这一概括，大受启发，或许我们正可以以此来概括当下中国，也正是一个前现代、现代、后现代"摩肩挨背的存在"的社会。比如到西部地区，许多地方还是一个前现代的社会，中部地区就是现代社会，北京、上海的后现代气息就相当浓厚了。这样的划分或许有些简单化,因为即使在同一地区,比如我熟悉的贵州,总体社会发展滞后,但其内部,也还有前现代、现代与后现代的区分。即使是北京,也还存在前现代的问题。这样的摩肩挨背的同时存在,不仅是社会形态,也是思想文化形态上的。这样,作为一个"鲁迅左翼"的批判知识分子,他所要面对的,也是一种"摩肩挨背的同时存在":不仅是不同时代、不同形态的奴役方式、社会现象,而且包括为这些奴役体制辩护的不同理论形态与观念,有的时候,就会陷入非常尴尬的位置。

当然,更根本的,还是批判立场的困境,因为今天大陆批判知识分子,不管处理什么问题,都要面对同时并存的不同倾向,我们的批判性言说,就不能不十分复杂与缠绕,很难做到简单明快。比如说今年是五四运动九十周年,很多地方请我去演讲,谈怎么看待"五四"启蒙主义、科学、民主理念。我就面对至少是两种完全不同的声音:如果在北京、上海,就听到许多质疑科学、民主的声音;但如果到贵州,就很容易感受到呼唤科学、民主、启蒙的迫切要求。这是因为在当今的中国,在科学、民主、启蒙问题上,是同时存在着两个方面的问题与思潮的。一方面,是科学、民主、启蒙的缺失,因此,就需要进一步呼唤,在某种意义上,这是前现代的问题;另一方面,又存在着将科学、民主、启蒙推到极端而产生的弊端,因此,又要质疑,这又是后现代的问题。问题的复杂性更在于,在观念的背后,还有某些权力的干预。这样,在纪念"五四"时,我们就必须既要以主要的力量坚持"五四"科学、民主、启蒙精神;同时也要对其进行一定的质疑。坚持,就不但要为后现代主义的学者所诟病,更为当局所不容;质疑,则要被单一的启蒙主义者所反对。这就意味着,在当今中国,我们要坚持"鲁迅左翼"知识分子的全面、彻底的批判立场,同时面对东方专制主义和西方文明病,就必须像鲁迅说的那样"横站",四面受敌，四面出击。记得好几年前，王晓明先生就提到过这样的"横站"的处境，我自己对此也有越来越深切的体会。这是由中国问题的复杂性所决定的，这也决定了我们的批判立场的复杂性，有时候就会形成立场的模糊性、不坚定性。但从另一个角度看，又是一种最为全面、彻底的批判性。

鲁迅的思考更加深远：即使我们今天批判的东方专制主义与西方文明病的问题已经解决，还需不需要批判？他是这样提问的：到了我们理想的"黄金世界"，还有没有黑暗？回答是肯定的。因为鲁迅说，即使是"黄金世界"，也还存在三种力量三种诉求："曾经阔气的要复古，正在阔气的要维持现状，还没阔气的要改革。"通常掌权的就是维持现状者，他们也会把改革者砍头的。所谓"黄金世界还有黑暗"，就是说，即使我们今天的理想实现了，未来的社会，也还会有新的问题，新的矛盾，新的斗争，新的死亡。鲁迅说真的知识阶级永远不满足现状，是永远的批判者，就是建立在"矛盾永远存在，问题永远存在，奴役关系永远存在，并且会不断再生产，批判也永远存在"这样的基本认识基础上的。

我觉得鲁迅最了不起的地方还在于，他不仅持这样一种彻底的、全面的、永远的批判立场，而且对于自己这样的批判知识分子的界限、局限也看得很清楚，他对自己能够做什么、不能做什么，对自己的角色有非常清晰的判断。因此他提出不当导师、国师、幕僚，也就是说他不负责解决具体的操作问题，不提供任何设计方案。鲁迅未必要否认幕僚、智囊团的功用，但是他十分明确：这不是批判知识分子所应担负的任务。他给自己规定的任务就是不断地揭示现实社会、现存思想文化的矛盾、问题、困境，不断地打破对此岸世界、现存秩序的种种神话，对一切现实生活中、此岸世界里的压迫现象、奴役现象提出批判，对可能产生的社会弊病发出预警，以便引起社会的注意，起到某种制约作用、提醒作用。所以他永远只能站在边缘位置上，作为异端，另类，另一种声音而存在。

在鲁迅看来，这样一种思想的批判、制约、警示作用是必要的，但同时也有一个限度，也就是不能再跨进一步，去直接指导现实，不能试图把思想变成直接的行动。这里有一个很明显的道理：思想的合理性并不等于现实的合理性，思想转化为现实，要有许多中介，而中介就有许多妥协、调和，必须考虑与适应现实的可能性。如果思想家把自己的批判性思想不顾条件与可能，直接变成现实，不经过转换、中介作用，可能会带来新的灾难。

所以鲁迅很清楚地看出自己这类批判知识分子的有限性。他说知识分子听他谈谈是可以的，却不能把他当导师，让他给你指路，这句话也是适用于他自己的。在我看来，懂得自己的限度的批判知识分子，才是真正的批判知识分子。

在某种意义上还可以说，中国需要鲁迅，我们太需要这样永远的、彻底的、全面的、批判的"鲁迅左翼"知识分子，但是又不能大家都成鲁迅，也就是说，这种体制外的，永远的批判知识分子只能是少数，而且永远在边缘位置，一到中心就不是了。

关于"鲁迅左翼"的第一个特点，因为比较重要，就说得比较多一点。现在再拉回来谈第二个特点，也是鲁迅在《关于知识阶级》这篇文章提出来的，他说真的知识阶级是永远站在平民这一边的，也就是与被压迫、被侮辱、被损害者共抗争、共命运。这就说到了"鲁迅左翼"和民众的关系。这个问题因为讨论很多，加上时间的关系，我想就简单谈三点。

我在考察鲁迅与民众关系时，注意到鲁迅从小就非常重视民间戏剧、艺术和信仰。我这次在清华大学讲鲁迅，就花了很大的篇幅讲鲁迅笔下的民间戏剧中的鬼和神的故事,这构成了鲁迅生命中的永恒记忆,如他在散文《无常》里所说:"我至今还确凿记得,在故乡时候,和'下等人'一同,常常这样高兴地正视过这鬼而人,理而情,可怖而可爱的无常;而且欣赏他脸上的哭或笑,口头的硬语与谐谈……"这样的和"下等人"共同欣赏民间戏剧、艺术的童年生活经验、生命体验,以及由此达到的对民间戏剧、艺术背后的民间信仰的深刻理解,在某种程度上构成了作为左翼知识分子的鲁迅与底层民间社会的精神联系的血缘式的纽带和基础。而这正是许多知识分子,甚至是自认为左翼的知识分子所欠缺的。他们常常简单地将民间戏剧、艺术、信仰视为"封建迷信"而加以漠视、批判和拒绝。而鲁迅恰恰要为农民的迷信辩护。他说,农民的迷信活动其实是在一年劳作辛苦之后,必须要精神上的休息,更重要的是,民间的迷信,包括民间的鬼神想象,实际上是表现了底层人民对形而上的、超越现实的彼岸世界的向往与追求,其中也内含着对现实人生的不满与批判。这正是一个通向普通民众内心世界的渠道。所以鲁迅终生对于民间艺术和民间信仰都有很深厚的感情,我们甚至发现,当他面对死亡的时候,就要回到这样的民间记忆里,他两篇写民间戏剧、信仰的著名散文《无常》和《女吊》,都写在大病之后、死亡之前,对鲁迅而言,这是具有生命"归根"的意义的。他是自觉意识到自己的生命与民间宗教、艺术的内在联系的,我以为这是鲁迅和民间社会的深刻连结的一个非常重要的方面,也是可以给我们许多启示的。

第二点,鲁迅有一句名言:"无穷的远方,无数的人们都和我有关。"这包含了鲁迅的一个理念,一个"大生命"的观念。在鲁迅看来,他的生命和其他的生命,特别是弱小者的生命,是息息相关的。他人(特别是弱势群体)不自由,不幸福,自己也是不自由,不幸福的。明确这一点,对我们理解鲁迅与民众的关系非常重要:他对底层人民的同情、理解，不是一个居高临下的态度，更不是恩赐，而是感觉到自己的生命与底层人民生命的息息相通，是他追求个人精神自由的应有之义。也就是说，底层的问题就是他自己的问题，关注底层，是他自己生命的内在需要，他是和民众一起来面对、解决共同的问题，而不是充当"代言人"，更不是"救世主"，也不是"为民众"，而是"为大家（包括自己）"。这就不同于那些始终外在于民众，因而不免居高临下的所谓"左翼知识分子"，这样的和民众有生命的内在沟通的知识分子，才是真正的"鲁迅左翼"。

第三点，鲁迅同时也很清醒——鲁迅让人敬佩就在于他在所有问题上都特别清醒。他一方面强调和追求自己的生命和底层人民生命的相通，同时也非常清醒地意识到，自己作为一个知识分子与底层人民还存在深刻的隔膜。他毫不讳言这一点，在《故乡》里就写得很清楚，他和闰土是有隔膜的。在他看来，既相通又相隔，这才是左翼知识分子和底层人民的真实关系。鲁迅在一篇自述里就说，我所写的东西是我所"觉察"的人生，他笔下的底层人民、祥林嫂、闰土，都是他所看到、所感觉到的，对他们的"魂灵"，还是"隔膜"的。其实，我们认真读鲁迅的小说，就不难发现，他真正写得有血有肉，深入灵魂的，还是魏连殳（《在酒楼上》）、涓生（《伤逝》）这样的知识分子，相形之下，闰土、祥林嫂的形象，就比较外在，更具有一种象征性。这对我们是一个重要提醒和启发：知识分子，即使是对民众有深厚感情的左翼知识分子，对民众的理解还是有限的，他们的内心世界的某些方面我们是进不去的，是存在着某种隔膜的。因此，我们绝对充当不了代言人的角色，我们不能代表民众，只能帮助他们出来发出自己的声音，这也是鲁迅所期待的："自己觉醒，走出，都来开口。"

从另一个角度看，知识分子和民众既相通又相隔，正说明彼此是独立的。每一个独立的生命个体彼此间都是不可能全部了解的，真正独立的生命之间都必然、也必须是相通又相隔的。因此，强调与正视知识分子和民众之间既相通又相隔的关系，就真正能做到相互独立，尊重彼此的独立性与主体性，在这样的基础上，大家平等相处。

鲁迅由此而引发出对"觉悟的知识分子"（包括我们这里讨论的左翼知识分子）和大众关系的一个重要概括："凡有改革，最初，总是觉悟的知识者的任务。但这些知识者，都必须是有研究，能思索，有决断，并且有毅力。他也用权，却不是骗人，他利导，却并非迎合。他不看轻自己，以为是大众的戏子，也不看轻别人，当作自己的喽啰。他只是大众中的一个人，我想，这才可以做大众的事业。"——鲁迅这里所说的，正是左翼知识分子和大众关系中最容易出现的两个倾向：或者充当"大众的戏子"，或者把大众当作"自己的喽啰"，问题就在失去了彼此的独立性和主体性。我觉得鲁迅的这一分析，特别有助于我们认识"鲁迅左翼"和"党的左翼"的区别。在某种意义上，可以说鲁迅的"觉悟的知识分子只是大众的一分子"的论述，就是要和"党的左翼"划清界限。

现在我们来讨论"鲁迅左翼"的第三个特点，就是对实践、行动的强调。鲁迅在二十世纪初曾提出一个"精神界的战士"的概念，说精神界战士最大的特点就是"立意在反抗，指归在动作"。我们这里讨论的"真的知识阶级"其实就是"精神界战士"的延续和发展，它的一个基本特征也是强调反抗和行动。这是左翼知识分子和学院里有左倾倾向的知识分子的区别。

这个命题的提出，其实是反映了鲁迅的内在矛盾的。如我们在讨论"鲁迅左翼"的第一个特点所说，鲁迅要坚持体制外、党派外的批判立场，就必须避免对现实的直接干预，和社会实际运动保持一定的距离，这样才能保持他的批判的彻底性、全面性、永远性和毫不妥协性。但鲁迅又明显地感觉到，因此而苦恼于仅仅是批判，是没有力量、效果的，他在给一位年轻人的信中不无沉重地写道，我说的话，我的批判，"如一箭之入大海"，引不起任何反响，是不起作用的。所以他在《真的知识阶级》里就说，"比较新的思想运动起来时，如与社会无关，作为空谈，那是不要紧的，这也是专制时代所以能容知识阶级存在的原故。因为痛哭流泪与实际是没有关系的，只是思想运动变成实际运动时，那就危险了"。这实际已经透露出：鲁迅看到了单纯的思想运动的局限，而产生了要将"思想运动变成实际运动"的要求，从这里我们看到了鲁迅最终成为左翼知识分子的一个重要的信息。

但鲁迅一旦参加社会实际运动，就必然要和政党政治以至于国家政治，发生纠缠的关系。就鲁迅而言，他在三十年代，要参与实际运动，反对国民党一党专政，就只能和中国共产党合作，因为中国共产党领导的工农革命运动，几乎是当时唯一的反抗力量。在这个意义上，我们可以说，鲁迅晚年支持共产党，参与共产党领导的左翼文艺运动，视"党的左翼"为战友，是他的一个自觉的选择。

但当鲁迅和政党政治发生关系，和"党的左翼"合作的时候，也就必然面临"被利用"和必须有"妥协"的问题。鲁迅在这一点上也很清醒。他在和共产党共同发起左联以后，在给朋友的信中就说，我知道这些共产党人是把我当作"梯子"的，但只要总的目标一致，做梯子也无妨。同样，为了共同的目标，即前面说的反对国民党一党专政和支持工农革命运动，鲁迅也确实作了不少妥协。但鲁迅又有一个原则，也是他自己定的：利用是可以的，但要占有却不行。就是说，要始终保持自己的独立性，绝不能被奴役。这是鲁迅作为独立的知识分子的一个底线。

因此，当鲁迅在前面所说的两个口号之争中，发现以周扬为代表的共产党的上海党组织要强制他绝对服从时,鲁迅就奋起反抗了。而且鲁迅还以他特有的敏感与深刻性,提出了两个非常重要的概念:"奴隶总管"和"革命工头"。他在革命运动中发现了新的奴役关系的再生产。这是鲁迅在中国传统社会和西方社会中发现了奴役关系之后的又一个重大发现。这就是说,以反对传统与资本奴役为使命的革命(民主革命和社会主义革命)运动也会出现"奴隶总管"和"革命工头",产生新的奴役。鲁迅于是开始了他的新的批判,他说这是关系中国未来的前途的。这样,他也就把自己反对一切奴役制度的批判立场,坚持到了生命的最后。

但他也因此陷入了深刻的矛盾与痛苦中。一方面,他由此断定中国共产党所领导的反抗运动,和中国历史上的农民起义一样,不过是要"取而代之",反抗的目的是要自己当皇帝。这样,他就不能不考虑自己在革命胜利以后的命运。鲁迅同样表现了惊人的清醒,他当面告诉共产党的联络员冯雪峰:你们将来革命成功以后,第一个要杀的就是我。他还在1934年写的一封信中公开预言:旧社会崩溃之时,我将穿着红背心在上海扫马路。几十年后读这段话,我们读得惊心动魄,因为"文革"中知识分子真的穿着红背心扫马路了,还岂止扫马路?但另一方面,鲁迅在三十年代的中国政治情势下,还得继续支持共产党领导的革命运动,因为这是唯一的反抗运动,而且运动中确实有许多他寄以希望的革命青年和真正的革命者,他几乎别无选择。这是已经预见到后果(包括自己的命运)的勉力支持,就不能不是格外艰难和痛苦的。鲁迅在给他所信任的青年朋友的信中,说他内心郁积着太多的怨愤,却无法、无从诉说。

而且在我看来,不仅鲁迅在参与社会运动时始终坚持自己的独立性这一点,今天仍有意义,鲁迅的困惑和难言之苦,也具有普遍意义。可以说,所有的批判知识分子,在面对实际社会运动时,都会在不同程度上感受到这样的困境。因为所有的真实存在的，而不是理论上的社会运动，在它具有巨大的或一定的合理性的同时，也必然混杂有不合理的、非理性的因素，其参与者更必然是鱼龙混杂，掺杂着各种不同的利益诉求，并会在运动过程中发生无尽的内争和不断的分化。这就是鲁迅一再说的，革命、运动是充满着污秽和血的。作为理性的、怀有理想与彻底批判精神的"鲁迅左翼"知识分子，对这些革命、运动的阴暗面，当然是看得格外清楚并高度敏感的，也就必然时时面临"支持，还是不支持"或"明知后果却不得不支持"的艰难选择。

明白、体察这一点，我们才能懂得鲁迅留下的最后遗言"忘掉我"的深意。他希望用死亡来结束一切困境，而担忧身后的被利用。但他还是避免不了，这大概就是鲁迅和"鲁迅左翼"知识分子的宿命吧。

最后要说的是"鲁迅左翼"的第四个特点，也是鲁迅在《写在〈坟〉后面》里所说的："我的确时时解剖别人，然而更多的是更无情面地解剖我自己。"这自然是他的"历史中间物"意识所决定的，他断定自己"至多不过是桥梁中的一木一石，并非什么前途的目标和范本"，是应该和自己的批判对象一起消亡的。这正是他在《狂人日记》里借狂人之口说的，他所批判的吃人的筵席、奴役人的制度，自己也在其中，他和批判的对象不仅存在对立，更存在精神的缠绕，要批判和否定奴役制度、文化，首先要批判和否定自己。这正是鲁迅和很多左翼知识分子，甚至是胡适的一个巨大区别。我曾经在文章里讲过，左翼知识分子和胡适都是"打鬼英雄"，但鲁迅更强调"鬼在我心中"，打鬼要先打掉自己身上的鬼气。胡适是不打自己的鬼的，左翼知识分子更不会承认自己心中有鬼。

这也是鲁迅和周作人的一个根本区别。周作人有一本著名的杂文集《自己的园地》，他的最大乐趣就是经营一个自己的园地，遇到多大的风浪，躲到后园，就平静、无事了。但鲁迅恰好要打碎自己的园地，把后院也给砸得一塌糊涂，不断地批判自己，不给自己留下余地，绝不寻找精神的退路，毫无遮蔽地把充满矛盾、困惑的真实的自我，暴露在世人面前。

所以鲁迅绝没有左翼面孔。鲁迅曾说，他不喜欢创造社诸君子，原因就是他们总有一副"创造"相，仿佛一说话一投足，都在"创造"。左翼知识分子也有一副"左翼"面孔，永远真理在手，横扫一切。一些自由主义者知识分子，也是一脸"自由"状。鲁迅没有这样的自信、自傲，他无"相"也无"状"，只是老老实实地承认，自己绝非真理的掌握者，更不是真理的垄断者，也不是真理的宣示者，只愿意和我们读者一起探索真理。而在我看来，这是真假左翼的区别所在：凡是只批判别人，而绝不批判自己的，不管其批判言辞多么激烈，都很可疑，都需要警惕，很可能是假的，是鲁迅说的"伪士"。

以上所说，都是在讨论"鲁迅左翼"的基本特点。尽管时间已经拖得很长，我还想讲讲"鲁迅精神"，我把鲁迅精神看作是二十世纪中国经验和东亚经验有机的组成部分，因此，在今天我们重建东亚批判传统时，是具有特殊的重大意义的。

我想从三个方面来展开我的论述。

首先是"硬骨头精神"。

鲁迅的硬骨头精神这个命题是毛泽东提出来的，毛泽东在抗日战争时期对鲁迅有这样的评价："鲁迅的骨头是最硬的，他没有丝毫的奴颜和媚骨，这是殖民地半殖民地的人民最可宝贵的性格。"这里最引人注目的就是毛泽东将鲁迅的硬骨头精神看作是殖民地、半殖民地人民的最可宝贵的性格。而且，他是在抗日战争的背景下提出来的，当时中国与东亚各国，正面临着帝国主义侵略与压迫，并进行了不屈不挠的斗争,正是在这样的斗争中,培养出了这样的硬骨头精神,绝不屈服、迎合、投降,坚定地维护民族和个人的荣誉和尊严,由此而形成了极其可贵的今天我们所说的第三世界的精神传统。

我想在这里讨论的是,这样的精神传统在今天的意义。它有国际、国内两个层面。就国际而言,今天固然包括中国在内的第三世界已经独立,一般不存在被压迫与侵略的问题,但也依然存在如何处理与西方世界的关系问题。鲁迅有一段话说得很好,他说:"中国人对于异族,历来只有两样称呼,一样是禽兽,一样是圣上,从没有称他朋友,说他也同我们一样的。"这里说的是两种倾向,或者把西方人当"圣上",于是奴颜媚骨、崇洋媚外;或者把西方人看作"禽兽",于是大搞东方自大主义、中华中心主义。我们跟西方的关系常常在这两者间摇摆,忽而崇洋媚外,忽而盲目自大,没有真正视为朋友的。我们前面讲的"爱国左派",就是典型的中华中心主义在作祟。这样的两端摇摆,就是鲁迅说的"主、奴互换"。崇洋媚外,就是甘当奴才;中华中心,就是摆出"主人"架势,视西方为奴。根本的问题是独立性和主体性的缺失:自己没有独立性、主体性,就容易为奴,不尊重他国的独立性、主体性,就容易视他国为奴。而在我看来,这样一种独立性和主体性,就是硬骨头精神的核心。鲁迅骨头之硬,就是他自有"主心骨",坚守自己的独立性、主体性,同时也尊重他人的独立性与主体性,所以他活得非常有尊严。

在对内关系上,也有一个怎样坚守自己的独立性和主体性的问题。在鲁迅看来,无论传统知识分子或现代知识分子,都非常容易失去自己的独立性和主体性,鲁迅分析,有三个陷阱。

首先是和"官"的关系。中国知识分子一直有一个诸葛亮情结,总希望有一个明主看上自己,三顾茅庐,然后可以大展雄才,充当"国师"。这大概是直到今天许多知识分子还在做的美梦。鲁迅却当头棒喝，把问题说破：统治者只有在两种情况下才想起知识分子。他顺利的时候，就要求知识分子歌功颂德，当清客、帮闲；等到出现统治危机，乱了阵脚，就病急乱投医，请知识分子来提建议出主意，知识分子就忘乎所以，以为真是恭逢"盛世明主"了，如果偶尔采纳了意见，就更要高呼"创造了中国特色的民主新模式"了——我最近在网上看见一篇文章，一位著名知识分子就是这么说的。用鲁迅的话来说，这是热昏了头。其实不过是帮了一回忙而已，依旧是奴才。没有半点独立性和主体性的"恩赐"，是什么民主？自欺欺人罢了。在专制体制内，知识分子不是当官的帮闲，就是当官的帮忙，历来如此，今天也如此。

但在现代商业社会又多出两个东西："商"的帮忙、帮闲，资本的帮忙、帮闲，还有"大众"的帮忙、帮闲。左翼知识分子特别容易成为大众的帮忙和帮闲。这就是我们在前面所讨论的，为民粹主义思潮所迷惑，很容易充当大众的"戏子"。

这样，鲁迅就深刻地揭示了现代知识分子的三大陷阱，三重危机：自觉、不自觉地成为官的帮忙、帮闲，商的帮忙、帮闲，大众的帮忙、帮闲，知识分子因此失去独立性和主体性。这大概就是"硬骨头精神"的反题吧。

我在大陆演讲，经常和朋友们讨论一个问题：当下的中国为什么需要鲁迅？我提出鲁迅的当下意义，就在于帮助我们"拒绝收编"。这其实是我对鲁迅的"硬骨头精神"的一种理解和发挥，也包含着对当下知识分子危机的一个隐忧。

体制的收编之外，还有思想的收编。鲁迅有著名的"拿来主义"，主张把古今中外一切思想资源都尽可能地吸收，但是他在任何一个东方、西方的思想资源、理论学术之前，又都保持自己的独立性与主体性。比如鲁迅受到尼采影响，但他绝不会是尼采主义者；鲁迅受到儒家影响，但他绝不会成为儒家的教徒。他广泛吸取而不被收编，这一点恰好是许多知识分子难以避免的弱点，许多人都是研究什么，最终都成为信徒。这是可以理解的，研究对象越是博大精深，研究得越深，越容易被征服，失去自己的独立性与主体性。这也是当下许多知识分子的危机所在，许多人都在形形色色的西方思潮面前遗失了自我，这些年又有许多人转向东方主义，但还是顶礼膜拜，甘当教徒，不过是以东方教主取代西方教主，骨头之软依旧不变。

我觉得更加可贵的是，鲁迅也不试图收编我们。我曾经把胡适和鲁迅对青年学生的演讲做过一个比较。胡适的演讲清晰、明白，充满自信，学生听了之后就非常兴奋：只要跟着胡先生往前走，就可以通向自由之路。而鲁迅的演讲，却把自己的矛盾和困惑如实地向听众展示，不仅讲他知道什么，更讲他不知道什么，他提出问题，但不给你答案，他要你和他一起思考。所以我猜想，听鲁迅演讲是很累的，一边听一边要紧张思考。这正是他的目的，他就是要逼他的听众、读者独立思考。我经常跟学生说，如果你到鲁迅那里去问路该怎么走，就找错了对象，他绝对不会像胡适那样给你指路，路要靠自己去找。因此在鲁迅面前我们是绝对独立的，我们完全可以拒绝他的观点，也可以批评他，在某种意义上，这正是他期待我们的。总之一句话：鲁迅绝不试图收编我们。这一点极其重要，而且也是知识分子，特别是左翼知识分子，最容易犯的毛病，尤其是我们这些当老师的，总想要收编学生。（大笑）

所以我们要拒绝收编，因为收编已经成为当下大陆知识分子的主要危险，或者被体制收编，或者被某种思想体系收编，然后反过来想收编别人。我们需要的是鲁迅式的精神独立性、主体性，我们需要鲁迅式的硬骨头精神。

鲁迅精神的第二个要点是"韧性精神"。这也是东方精神、东方经验的一个核心。

我在回顾二十世纪中国历史,东亚的殖民地、半殖民地的国家历史的时候,经常想到这么三句话:我们的苦难最为深重,我们的牺牲最为沉重,我们的反抗最为持久。鲁迅老是说,我觉得革命前我是奴隶,革命后我又成了奴隶的奴隶,所以一切都要"重新来过"。我们回顾一百年来的历史,我们有多少次重新来过?因为我们一次一次地沦为奴隶,只能一次一次地奋起反抗,就在这一次次的挫败中,一次次的重新来过里,培育出了这样一种韧性精神。

讲到韧性精神,我经常要想到在中国土地上耕耘的那些农民。我在研究四十年代文学的时候,曾经注意到一个细节。有一个美国的医生,抗战时期他正在中国,一次他乘坐轮船从重庆往武汉走,在半路上遇到了日本飞机轰炸。就在战火纷飞当中,他看到一个农民在那里犁地,不为飞机轰炸所动,耕作不止。这个场景让这个美国人一直难忘,他说从中看到了中国农民、中华民族坚韧的生命力量,并由此看到了中国必胜的希望。

这对我们也是一个启示:鲁迅的韧性精神里,也蕴含着这样的中国农民、中华民族坚韧的生命力量。鲁迅的精神和中国农民之间是有着深刻联系的,这是一个大问题,因为时间关系,这里不能展开,或许以后我们再找机会来讨论。

按我的理解,鲁迅的韧性精神,大概有三个值得注意的特点。

首先我们注意到,鲁迅是在总结五卅运动的经验时,提出韧性精神的。五卅运动是1925年上海的工人、市民反抗英国资本家对中国工人的剥削压榨,而惨遭屠杀。运动被镇压以后,中国民众和知识分子、青年学生都非常绝望。鲁迅针对这样一种失败的情绪,指出:我们的对手是强大的英国人,是他山的好石,正可以借此来磨炼自己。

他说:"假定现今觉悟的青年平均年龄是二十,又假定中国人易于衰老的计算,至少也还可以共同抗拒,改革,奋斗三十年。不够,就再一代,二代……"这样地奋斗下去,这样的一代、二代……的数目,从个体生命的时间看,自然是可怕的,但是如果从整个民族的历史看,就不过是极短的时间。我们只能一代一代地奋斗下去,而不可能有别的更快的途径。

鲁迅这里提出的"一代接着一代,长期地、持续地奋斗下去"的思想,是韧性精神的核心。这是着眼于中国的改革、中国的进步,它的长期性和它的艰巨性而提出的。中国这样的古老的国家,历史的惰性实在太大,中国的改革、进步的阻力是举世少有的,真的像鲁迅说的,我们连搬一张桌子都得流血。所以中国的改革是急不得的,必须是持续地、持久地一代又一代做下去,绝不能期待我们这一代就解决一切问题。这里就有一个鲁迅的时间观,不能仅从个人的生命时间来看,而是要着眼于整个民族的长远发展,要有一个民族历史的大眼光、大视野。

正是基于我对鲁迅这一思想的理解,近年来我经常跟到农村去参加社会运动的青年志愿者讲,你们怀着改革农村的理想到农村去,必须做好三点思想准备。

第一就是鲁迅说的,由于整个民族惰性太大,真正要求改革并付诸行动的青年非常少,你们这些首先觉悟的前进的青年,所要担负的任务就非常繁重,你们要做几十个人,甚至几百个人要做的事情。我想台湾的情况也差不多吧?

其二,你们的理想绝不可能在你们这一代完全实现。这话说得很残酷:你到农村去当然有改变农村面貌的希望,但是你别想在你这一代农村会有你所想象的那样的变化,不会有的!我这一代当然看不到,你们这一代也未必看得到,即使你们现在只有二十岁。必须要这样一种精神准备，你很可能看不到理想的成果，因此必须只问耕耘，不问收获，必须有这种精神，这也是韧性精神。

其三，你付出的代价和你的收获绝对绝对不成比例。我说一句极端的话，你付出一百倍的努力，但你的收获只是小数点后的零零零零几，你必须有这样的精神准备。如果你没有这样的精神准备，我对年轻人说，你就别下去！你要去，要进行社会改革、投身到社会运动中去，就必须做好这三种精神准备。这就是鲁迅的精神：一代一代地奋斗下去。

鲁迅说得很好，人类的历史发展，就像煤的形成，投入了大量的木材，最后只烧成一小块。人的历史前进就是这样，要有大量的牺牲，而且是一代又一代的牺牲，最后才能结出那一小块的历史的成果。个人的生命在这样的历史成果中，是微乎其微的。你必须把这一点想清楚，要破除一切不切实际的幻想。丢掉了幻想，你才会懂得鲁迅韧性精神的真义。

韧性精神的第二个方面，是"慢而不息，锲而不舍"。

鲁迅有一句话说得很有意思，他也是从总结五卅运动经验说起的，他说年轻人很容易犯的毛病，就是五分钟热度。一开始时，以为自己有一种非常的神力，而且期待着如意的成功，幻想飞得太高，一旦堕入现实的时候，就太沉重了，而且力气用得过猛之后，歇下来就动不了了。鲁迅说不能这么战斗，应该怎么办呢？他说，最好自己选定一个目标，不管什么目标，选定之后，与其不饮不食履行七日，或痛哭流涕履行一个月，不如也看书也履行到五年，或者也看戏也履行就可以十年，也寻找异性朋友这样就可以履行五十年，或者也讲情话，这样就可以履行一百年，韩非子说"不耻最后"，即使慢，驰而不息，纵令落后，纵令失败，也可以达到他的目标。（笑）

鲁迅这些话非常深刻，我在大陆讲的时候，跟诸位一样，大家都笑了。我体会鲁迅的意思，就是说要把你的目标化为日常生活的实践。不要把它看成特殊的事情，特殊的事情就可以非常态地处理，不吃不喝，痛哭流涕，但那是无法长期持续下去的。只有变成日常生活的一部分，一边谈恋爱、看书、娱乐，一边又去战斗，去为你的理想奋斗，把奋斗常态化，就可以持久坚持下去，这叫日常生活化的持久战。我受到鲁迅观念启发，把它概括为一个通俗说法，叫作"边玩边打"。（笑）你为了一个目标要去奋斗，当然要打，但是还要玩。

其实我们是可以有三种选择的：一种是"只打不玩"，精神可嘉，但难以持续；另一种"只玩不打"，这也有问题，就是认可于现实，可能变成犬儒主义，现在生活中很多人就是这样。不过，我对只玩不打也有同情和理解，在我看来，只要你的玩是用你诚实的劳动换来的，那你就玩吧。鲁迅不是说过吗，青年有玩着的，有睡着的，有前进着的，玩着、睡着的青年也有意义和价值的，我们不能号召大家都来打，都来当战士，这可能也不行。但是我们现在谈话的对象是前进的青年，是左翼青年，那么就不能不打了，只玩不打就不叫左翼青年，你最好的办法就是"边玩边打"。我这些年就这么活着的。（大笑）我一年就写这么两三篇文章，看准目标狠狠地投出去，文章发表了，有人欢喜，有人骂，还有人怕，我都不管了，就自己玩去了，读书呀，旅游呀，休息好了，看准一个目标又再写一篇，写完之后又去玩了，边玩边打，边打边玩，这样才能持续下去。我们要长时间地奋斗，不是追求一时一地的效果，这就是韧性。

鲁迅说，要"慢而不息"，这句话很值得玩味。为什么要"慢"呢？因为中国的事情太复杂，做事情太困难，不是你急就急得出来的，必须慢。中国的事情，不可能立竿见影，过于急功近利在中国是行不通的，只能慢。但是要慢而"不息"，不休息，不停止，不怠慢。要"锲而不舍"，哪怕落后也不要紧，"不耻最后"，反正要一步一步地做，一步一步地朝着目标走，不断接近目标，即使达不到，也不放弃努力，这也是韧性。

鲁迅韧性精神的第三个方面，就是主张打"壕堑战"。壕堑战这个概念大家现在已经不熟悉了，这是在第一次世界大战时盛行的战法，挖一个壕沟，有一个掩护体，作自我保护。打壕堑战就是要善于自我保护。

鲁迅不赞成赤膊上阵，主张自我保护，理由很简单，就是因为"中国多暗箭，挺身而出的勇士容易丧命"。鲁迅说，战斗是要看对手的。如果你的对手根本不爱惜人的生命，所以你赤膊上阵，短兵相接，是要吃大亏的，鲁迅反对请愿游行，原因就在这里。但鲁迅接着讲的一句话也很重要："有时会逼到非短兵相接不可的，这时候，没有法子，就短兵相接。"自我保护也得有个限度，不能老是躲起来，最后就不打了。在某种情势下，必须短兵相接，这个时候你得有勇气短兵相接。我因此想起了武侠小说里的大侠。大侠一般说来，绝不轻易出手，但该出手时就出手。在关键时刻，就必须挺身而出，即使因此付出代价，甚至牺牲生命，也在所不惜。既要自我保护，又要敢于挺身而出，这构成了鲁迅"打壕堑战"思想的两个侧面。

但我还是想强调，年轻人一定要注意保护自己。坦白地说，我不太赞成年轻人，特别是在校学生，过早地投入政治运动，我有个说法，中国政治搞不好是我们成年人的责任，年轻人，特别是在校的学生的主要任务，还是为未来的发展，包括未来的战斗作准备，不要凭一时之勇，轻易上阵。鲁迅对当时的年轻人说过一句话："战斗当先守住营垒，若专一冲锋，而反遭覆灭，乃无谋之勇，非真勇也。"这话语重心长，愿左翼青年朋友牢记在心。

鲁迅还说了一条理由："这并非吝惜生命，乃是不肯虚掷生命，因为战士的生命是宝贵的，在战士不多的地方，这生命就愈宝贵。"

这大概是最懂得中国国情之言。在大陆,我想台湾也一样,要前进的青年,要求改革的战士,实在太少太少,必须珍惜他们,保护他们。

鲁迅对韧性精神还有一个概括,我觉得也很精彩,叫作"纠缠如毒蛇,执着如怨鬼"。我特别欣赏"纠缠"两个字。我们面对的体制太强大了,你根本不可能一下子就动摇它,因此只能跟它纠缠。鲁迅说,我很注意保养自己的身体,并不只是为了我的老婆、孩子,我就是要活着,在那些人面前永远站着一个黑色的魔鬼:鲁迅!我存在着,并且纠缠不已,至少让那些讨厌我的统治者及其帮忙、帮闲、帮凶感到不舒服,他们的天下不那么圆满,我的目的就达到了。这是一种精神,境界,更是一种智慧。

鲁迅精神的第三个要点是"泥土精神"。

这个命题是鲁迅在北师大附中校友会的一次演讲里提出来的。年轻人喜欢讲志向,很多人都立志要做天才,有些教授,比如胡适,也鼓励年轻人当天才、做精英。鲁迅并不反对天才、精英,但是他说,大多数人是做不了天才的,所以做"泥土"比较贴近。而且天才是需要泥土培育的,我们做不了天才,可以做培育天才的泥土。其实他是在提倡一种泥土精神。

什么是泥土精神呢?大概也有三个方面的含义。

第一,鲁迅说,做泥土,就是"要不怕做小事情"。这是鲁迅一贯的思想和追求。他多次说到,中国需要愿意做苦工的人,而这样的人太少,大家都想当工头,而我是愿意做苦工的。他说,数十年来我不肯让自己的手、脚、眼睛闲空是真的,已成了习惯。人们总觉得鲁迅只会批判、破坏,其实鲁迅是更注重做点点滴滴的建设性的工作的。我稍微做了一点考察,在1936年去世之前最后的十个月内,他编了自己的杂文集《花边文学》,翻译了《死魂灵》的第二部,编辑了瞿秋白的《海上述林》、柯勒惠支等人的画册，还做了两个杂志《海燕》和《译文》的编辑。鲁迅在他生命的最后一刻，抱着重病之躯，就是做这些校对、校勘、编辑工作，一个字一个字地写，校，编，耗尽了最后的心血。这是非常感人，并且能够给我们许多启示的。

鲁迅的批判精神和他的实干精神是统一在一起的。这些年我在鲁迅精神的启发下，曾向大陆年轻人发出一个召唤，就是要"想大问题，做小事情"，得到了许多年轻人，特别是青年志愿者的响应。这当然是有针对性的，这都是许多要前进的从事社会运动的青年，左翼知识分子最容易犯的毛病，要么想大问题而不做小事情，就限于空谈；要么只做小事情而不想大问题，陷入忙忙碌碌的日常事务，脑子里没有一个大的目标、问题意识，小事情做久了就会繁琐化，看不到背后更大的意义，就会失去工作的持续动力。如何把高远的理想和实际的工作结合起来，这是一个大问题，正是在这一点上，鲁迅的泥土精神显示出独特的意义。

鲁迅的泥土精神的第二个层面，就是要"执着现在"。

这是鲁迅的一句名言："仰慕往古的，回往古去罢！想出世的，快出世罢！想上天的，快上天罢！灵魂要离开肉体的，赶快离开罢！现在的地上，应该是执着现在，执着地上的人们居住的。"

这里包含两个很深刻的概念。首先是"执着现在"。当一个人不满于现状的时候，常常有几个选择，通常是，或者大多数人都是，或者怀念过去，或者寄希望于未来，实际是把过去和未来理想化，当成精神的避难所。

但鲁迅却不让我们有一个精神退路。他尖锐地问道：你们为什么恰恰"对'现在'这个题目，都缴了白卷？"鲁迅作为一个批判的知识分子，他的任务，就是要逼迫我们正视现在的现实，而不管现实、现在是如何黑暗、不合理，让你不舒服。你绝不能逃避，必须面对。

但面对又不等于随顺,不是现实怎么样我们就怎么样,还要反抗,要改革现实。

这就是说,鲁迅的"执着现在",是内含着一种鲁迅式的"反抗绝望"的人生哲学的。所谓"绝望",就是敢于正视现实,有清醒的现实主义精神;所谓"反抗",就是一种积极进取的人生态度,知其不可为而为之。

前面所引的那段话里,还有一个概念,就是"执着地上",这是泥土精神的第三个含义。

"执着地上",就是立足于你脚下的土地,和你脚下土地上的人民和文化,保持血肉般的联系。这也是这些年,我一直在和大陆的青年热烈讨论的问题。我从鲁迅"执着地上"的思想出发,提出了一个命题,叫作"认识你脚下的土地"。昨天晚上我还跟台湾的一些青年在讨论这个问题,我问他们:你是新竹人,你认识新竹这块土地吗?你是台北人,你认识台北这块土地吗?你是台湾人,你认识台湾的这块土地吗?我知道这个问题在台湾可能有些敏感,它很容易和所谓"本土化"的问题混杂在一起。但我想,我们能不能跳出蓝、绿之争,从另外一个角度,即鲁迅这里提出的,我们每一个人,我们这些知识分子,和自己脚下的土地,土地上的文化和人民的生命联系的角度来思考。在我看来,这是台湾的左翼批判知识分子必须面对的问题:我们的批判之根扎在哪里?

我在大陆的青年身上发现一种逃离土地的倾向:农村逃到城市、小城市逃到大城市、大城市逃到外国。本来离开本土,到外地、远方,以致外国去发展,这是正常的,是每个人的权利;问题在人们逃离土地的时候,对土地(土地上的文化、人民)认知上的陌生感和情感上、心理上的疏离感,这会产生一个非常大的问题。我跟很多大陆青年在讨论时,谈到很多从农村到城市的青年,都很苦闷,因为他们虽然进了城市，但城市其实并不真正接纳他，但又不愿意回到农村，就游走于城乡之间，找不到自己的位置，成为无根之人。我们也许到了国外，甚至取得绿卡，但因为你是中国人，怎么也纳入不进那个国家的文化去，如果失去了本土的根，那边又进不去，于是也会落入无根状态。我不知道台湾的情况如何，也许台湾不存在这样的问题。但在大陆，这样的精神上游离于城乡，游离于海内外两种文化之间，两头不着地的现象，却是越来越普遍，并且引发了敏感的青年的精神危机感和内心的焦虑感。所以我觉得怎么认识自己生长的这块土地，把自己的根扎到这块土地上，对人的发展是至关重要的。

我们也应该用这样的眼光去看鲁迅，鲁迅的力量就在于他的根是深扎在中国这块土地上的，他和中国这块土地上的文化、人民有着血肉般的联系。我们虽然一开始就强调鲁迅是东亚的、世界的，但我觉得，最后我们还得强调，鲁迅是中国的，鲁迅最终是属于中国这块土地的。

最后，作为结束语，我还要讲一个如何看中国、特别是如何看当下大陆的问题。因为我到台湾来，很多朋友谈到大陆的许多事情都很难让人理解，大家更关心大陆以后的发展。我觉得这里有一个观察与认识大陆，立足点要放在哪里的问题。于是，我想起了鲁迅的一段话——

"我们从古以来，就有埋头苦干的人，有拼命硬干的人，有为民请命的人，有舍身求法的人，……虽是等于为帝王将相作家谱的所谓"正史"，也往往掩不住他们的光耀，这就是中国的脊梁。

"这一类的人们，就是现在也何尝少呢？他们有确信，不自欺；他们在前仆后继的战斗，不过一面总在被摧残，被抹杀，消灭于黑暗中，不能为大家所知道罢了。说中国人失掉了自信力，用指一部分人则可,倘若加于全体,那简直是诬蔑。

"要论中国人,必须不被搽在表面的自欺欺人的脂粉所诓骗,却看看他的筋骨和脊梁。自信力的有无,状元宰相的文章是不足为据的,要自己去看地底下。"

鲁迅在这里提出,要"自己去看地底下",是一个重要的提醒。就是说,我们在观察中国大陆的现实,思考中国大陆的未来时,眼睛不能只看着中国的执政者与知识分子,那是会使你越看越失望、沮丧的;要看"地底下",中国底层社会、民间社会人们正在做的事情,正在发生的变化。

我对中国底层社会的变化有这样三个概括:它是缓慢的,比我们期待的要缓慢得多;它是分散的,因而是不显眼,不引人注目的;但它是重要的。也就是说,中国底层社会正在发生的缓慢的、分散的,但是重要的变化,将决定中国的未来。我常常说,关键与希望在于,中国的地平线下,正在动,有许许多多的人在自己力所能及的范围内,做一点一滴的改革、努力,有的成功了,有的失败了,有的做了,又不做了,但是总是有人在做,总是一代一代地、一个一个地不断在做,而且就我的观察,他们做的时候,有意无意地都贯彻了鲁迅的硬骨头精神、韧性精神和泥土精神,他们是用这种鲁迅式的精神在做事情,这就是希望所在。总之,在中国民间社会里,越来越多的各阶层的人,都在关注,在思考,在讨论,在行动:希望就在这里。

我就讲到这里。感谢大家耐心地听完了我这冗长的演讲。

2010年1月26日—29日
在阮芸妍录音整理稿基础上整理定稿

读柏杨常常让我想到鲁迅
——在"柏杨学术研讨会"上的发言

刚才看了柏杨先生讲话的录像,我很感动。特别是他最后讲的那句话:一个人在钢刀架在脖子上的时候,能不能坚持说真话,这才是一个真正的考验,经过了这样的考验,才能对他盖棺论定。这句话很有震撼力,里面有一种精神,我以为就是与鲁迅先生相通的硬骨头精神。

我在读柏杨先生著作的时候,也很自然地要联想起鲁迅先生。我拿到这本柏杨先生的《中国人史纲》,就想到鲁迅曾经有过的一个写作计划。鲁迅在《晨凉漫记》这篇文章里,说到他想选择"历来极其特别,而其实是代表着中国人性质之一种的人物,作一部中国的'人史'"。并且已经有一些初步的构想:"惟须好坏俱有,有啮雪苦节的苏武,舍身求法的玄奘,有鞠躬尽瘁死而后已的孔明,但也有呆信古法,死而后已的王莽,有半真半取笑的变法的王安石;张献忠当然也在内。"但鲁迅最后说:"现在是毫没有动笔的意思了。"在我看来,柏杨先生的《丑陋的中国人》和《中国人史纲》,在某种程度上就是鲁迅所期待的这样的"中国人史"。在这里,我感觉到柏杨先生和鲁迅先生在精神追求上的某些相通,至少有两点是相通的。

第一是两个坚持:坚持对中国国民弱点的批判,坚持对中国传统文化弱点的批判。这两个批判显示的是一种启蒙主义的立场。这样一个立场，恰好反映了二十世纪八十年代的时代精神，柏杨先生的《丑陋的中国人》就是在那个年代传到大陆，产生了巨大影响的。某种程度上也可以说，柏杨先生的著作影响了八十年代的一代人，培育了一代人。当然，到了九十年代，我们，也包括我自己在内，对启蒙主义是有所反省的，主要是过分夸大了启蒙的作用，以为只要人的思想变了，中国的一切问题都解决了。而九十年代，一直到二十一世纪初，我们所面临的现实，却一再让我们感到启蒙的无力，制度的改造、变革与建设的重要与迫切。这样的觉悟本来是意味着我们对中国问题认识的深化，是件好事，但中国人，特别是中国的知识分子，总喜欢从一个极端跳到另一个极端，这背后就有一个二元对立、非此即彼的思维模式。于是，就有人着意将思想启蒙和制度变革与建设对立起来，宣扬"制度万能"，这其实与"启蒙万能"在思维方式上是完全一致的。这就提出了一个问题：究竟应该怎样看待思想启蒙与制度变革、建设的关系？在我看来，它们分别抓住了中国的两个要害，是不可或缺的，因而是可以而且应该互为补充，互相促进的。从另一个角度也可以说，思想启蒙与制度变革、建设，都各有其价值，又各有其局限，甚至存在着某种陷阱，无限夸大自己的价值，没有"边界意识"，就有可能走向反面。我们已经谈到了缺乏制度变革、建设支撑的思想启蒙的无力，反过来，不注意人的思想变革的制度变革也是无用的，因为制度是要靠人去建设与实行的，就如鲁迅所说，中国是个"大染缸"，中国人心不变，习性不变，再好的制度引进中国，也是要变质的。而且在具体实践中做怎样的选择，是做思想启蒙工作，还是制度变革、建设工作，也要取决于每一个知识分子个体的主客观的条件，比如说，我这样的普通的大学教师，或者柏杨先生这样的学者，大概只能做思想启蒙工作，即使思想上更重视制度建设，我们也只能鼓吹,而鼓吹其实也只是启蒙。当然,在做启蒙工作时,应该有一个自我警戒,就是要看到自己的局限,由此形成一个立场:"既坚持启蒙,又质疑启蒙。"有了这样的立场,我们对柏杨先生的《丑陋的中国人》《中国人史纲》这样的着重启蒙的著作,就可能有一个比较客观的评价:它是有价值的,是有利于中国思想文化的改造与建设,中国人心的改造与建设的,同时又是有限的。

但我担心,这样的有限的作用,在当下的中国大陆,也是很难发挥的。——此一时也,彼一时也,今天的中国,已非八十年代的中国了。特别是现在的大陆思想文化界充斥着一种否定,甚至诋毁启蒙主义的思潮。有的人已经走到了这样的极端:把启蒙主义与专制主义等同起来,把"五四"思想启蒙运动视为"文化大革命"的先声,鲁迅这样的既坚持启蒙主义又质疑启蒙主义的思想家更是被判决为专制主义的同谋,以至罪魁祸首。值得注意的是,对启蒙主义的讨伐,除了有着前述"制度万能"的理念外,还有两个旗号,一是"宽容",一是"建设"。本来,就其原意而言,"宽容"与"建设"是两个很好的概念,是一个健全的社会所必需的;但在中国的现实语境下,在某些人的阐释里,这样的"宽容"与"建设"是与启蒙主义的批判精神对立的,就是说,如果你要像鲁迅与柏杨先生那样坚持两个批判:批判中国国民性的弱点,批判中国传统文化的弱点,你就是不宽容,缺乏建设精神,就应该对你不宽容。而且还有一个可怕的罪名在等着你:你是破坏民族文化的千古罪人。坦白地说,我一边读柏杨先生的这部《中国人史纲》,一边为他捏一把汗,因为他在这本书里,重点批判了两个东西,一个是中国帝王所代表的专制主义,一个是某些儒生所代表的专制体制的奴才与帮闲、帮凶。其实这也是鲁迅批判的重点。而帝王和儒生是当下中国最需要的两个群体,是批判不得的。在一片歌颂"太平盛世"的世纪狂欢里,无论在电视,还是出版物里,这些帝王、儒生都成了香饽饽，成了追逐的明星。在这样的文化氛围下，引入柏杨先生的《中国人史纲》，至少是不合时宜的，弄不好，柏杨先生也会被某些人视为"破坏民族文化的千古罪人"。

不过就我个人而言，大概因为自己早就是不合时宜的人，因此读这本《中国人史纲》，却能引起很多的共鸣。特别是渗透全书的民族自省精神——这也是我感觉到的柏杨先生与鲁迅精神相通的第二个方面，它引起了我的许多联想。

当下最流行的一句话：以史为鉴。这当然是一个对待历史的重要原则，柏杨先生的《中国人史纲》就是一部"以史为鉴"的著作。但在有些人的阐释里，以史为鉴是专对外国人讲的，那么，我们中国人要不要也以史为鉴？批判别人篡改历史，这当然很对，很有必要，但我们自己对历史的态度又怎么样？好像没有人谈，这里所缺少的正是一种民族自我反省的精神。在纪念抗日战争胜利六十周年时，歌颂我们的胜利，控诉侵略者的罪恶成了主旋律。作为普通老百姓沉湎于民族自豪感的情绪发泄，这或许是可以理解的。但是，作为知识分子，是不是应该与这样的气氛保持一点距离，应该有点理性的思考，有一点冷静的反思、反省：这本应是知识分子的职责所在。记得在五卅运动中鲁迅就提醒年轻的学生："对于群众，在引起他们的公愤之余，还须设法注入深沉的勇气，当鼓舞他们的感情的时候，还须竭力启发明白的理性。"如果听任民众非理性的公愤泛滥，"历史指示过我们，遭殃的不是什么敌手而是自己的同胞与子孙"。（《杂忆》）但我们老是没有记性，总是忘记历史的教训，也就是口喊"以史为鉴"，实际不以史为鉴。在庆祝胜利的狂欢里，有的知识分子比民众还要狂欢得厉害，根本忘记了引导民族反省的职责。记得北大百年校庆的时候，我说了一句不合时宜的话，我说校庆应该是学校自我反省的日子，结果引起轩然大波。现在在全民庆祝胜利的时候，重提民族自省，大概就更不合时宜了。这里有一个如何对待民族情绪的问题。鲁迅在五卅运动中就讨论过所谓"民气"。他说,一味鼓动"民气"而不注重增强"民力","国家终亦渐弱","增长国民的实力",这才是真正的维护民族利益之道。(《忽然想到·十》)一个民族不能没有"气",但必须在其中注入理性精神;一个民族不能没有自豪感,但更要有自省精神。其实,敢于、善于自我反省,正是真正的民族自信心的表现,是一个民族是否成熟的重要标志。知识分子应体现并努力促进民族的成熟,而不是相反。

我看柏杨先生的著作,最感兴趣的是他对甲午战争的反省。这是中日之间第一次遭遇,我们失败了。抗日战争,我们是"完全胜利"了。据说这是"用血肉之躯"换来的胜利,胜得相当悲壮,所以曾有过"惨胜"之说。因此在欢庆胜利以后,还得想一想,这不得不以血肉之躯来取得胜利的原因是什么?我们能不能老是以血肉之躯来取得胜利?说句不吉利的扫兴的话,如果不认真总结、吸取教训,恐怕有一天我们还得用血肉之躯来抵御侵略,那就太可怕了。柏杨先生把中日甲午战争失败的原因,归结为两条,一个是科举制度,一个是贪污腐败。但是我很奇怪,科举制度现在也成香饽饽了。好些文章大讲科举制度如何如何好,据说西方的文官考试制度就是从中国学来的,而且据说正是废除了科举制度,才导致了中国传统文化的断裂(?),因此我们现在要回到科举制度那里去,云云。我不反对对科举制度做学理的研究,对其做出更科学、全面的评价,但我奇怪的是,为什么总要回避在中国历史上的科举制度与封建专制体制的密切联系这样一个客观存在的事实。而且事实上我们现在也还有新的科举制度,在我看来,我们的评职称、评什么什么点,就是科举制度"请君入瓮"那一套,这给我们带来了什么?大家都是清楚的。科举制度成了宝贝,这大概是柏杨先生绝对想不到的。还有腐败,腐败为什么屡禁不止?这个问题不好回答。大家都在谈中国的腐败问题,但是很少人探讨背后的原因。柏杨先生要追根问底,也是不合时宜的。

今天早上我读到胡风先生的一段话,讲抗战时期中国文化的主流思潮,胡风作了这样的概括:"只准许歌颂胜利,只准许歌颂中国文化又古又好,中国人又自由又幸福。只准许对敌人的弱点和没有出路加以嗤笑,聊快一时的人心。"如果这个时候,有人像鲁迅一样跳出来说要讲启蒙主义,要反省我们自己,会是什么样一种情况?胡风因此设想了一个问题:如果鲁迅活到了抗战时期,他会怎么样?——"鲁迅活到现在他会有怎样的命运?"这是一个在鲁迅逝世以后,一直缠绕着中国知识分子的问题,在不同历史时期都会不断地提出,在1948年、1957年都提出过,前两年又引起热烈讨论。而1941年胡风的回答却是相当严峻的:"如果真的他还活着,恐怕有人要把他当作汉奸看待的。"(《如果现在他活着》)坦白地说,我读了胡风的这篇文章,是非常震撼的。我实在弄不明白,我们在纪念抗战胜利六十周年的时候,我们的文化思潮为什么还和六十四年前的抗战时期的1941年一模一样,连用词都差不多,还是只准歌颂,只准说敌人坏话,不能反省自己?而且还真有人把鲁迅"当作汉奸看待",前不久我就在网上看到过这样的义正词严的讨伐"汉奸鲁迅"的文章,我特别感到痛心的是,据说文章的作者是一个年轻人。那么,是什么样的思想文化在引导着我们的年轻一代,这将导致什么后果呢?我由此想到,在这样的文化氛围下,引入柏杨先生的带有鲜明的反省民族文化倾向的著作,他又会有什么样的遭遇呢?会不会也被某些人,包括某些年轻人,当作汉奸看待呢?想到这里,我真有些不寒而栗。

但好在中国人口多,地方大,而且一种思潮垄断一切的时代已经过去。因此,柏杨先生的著作这次再度引入大陆,虽然已不可能像二十世纪八十年代那样引起轰动,但也总能寻得知音,产生影响。因此，我一面担心柏杨先生的著作和当下中国大陆思想文化主流的东西相违背，是不和谐的声音，但同时又想，这可能正是柏杨先生作品的价值所在：我们正需要这样的声音。

2005 年 9 月 5 日讲，9 月 28 日—29 日整理

附记：柏杨先生的夫人也参加了这个座谈会，她大概把我会上发言的内容告诉了柏杨先生，还提到了我在会下闲谈里，谈到"柏杨对中国国民性的批判不如鲁迅深刻"。不久，我就收到了柏杨先生的一封信，说他的思想确有不够深刻之处，谢谢我的批评。我读了大为感动，但又不知如何说，就没有回信。以后听到柏杨先生仙逝的消息，真是后悔不迭。本想写篇回忆文章，但怎么也找不到柏杨先生的来信，只得作罢。现在就借将这篇十年前的发言收入文集之机，写下这件往事，以表示对柏杨先生的怀念与敬意。

2015 年 4 月 2 日

陈映真和"鲁迅左翼"传统

——2009年在"陈映真：思想与文学"学术会议发言

一　鲁迅对陈映真的意义

陈映真自己有两个说明："鲁迅给了我一个祖国"[1]，"鲁迅给我的影响是命运性的"[2]，两句话都很值得琢磨。

据陈映真的自述，他是在"快升（小学）六年级的那一年"（那就应该是1949—1950年间），偶尔得到了一本鲁迅的《呐喊》。

陈映真回忆说——

"随着年岁的增长，这本破旧的小说集，终于成了我最亲切、最深刻的教师。我于是才知道了中国的贫穷，的愚昧，的落后，而这中国就是我的；我于是也知道：应该全心地去爱这样的中国——苦难的母亲，而当每一个中国的儿女都能起而为中国的自由和新生献上自

---

[1] 陈映真在香港浸会大学"鲁迅节座谈会"上的讲话，据香港《大公报》2004年2月23日报道。

[2] 韦名：《陈映真的自白——文学思想及政治观》，《陈映真作品集（六）·思想的贫困》，35页，台北，人间出版社，1988年出版。

己，中国就充满了无限的希望和光明的前途。"[1]

陈映真如此去解读鲁迅的作品——把鲁迅看作是现代中国的一个象征，特别是现代中国的左翼传统的载体，所感受到的，所认同的是鲁迅背后的"中国"，这当然不是偶然的，其中有特殊的台湾问题在。如陈映真一再强调的，1950年在当代台湾思想文化文学史上是一个转折点：在此之前，特别是在1945—1950年间，中国三四十年代的作品大量介绍到台湾，"日政下被抑压的台湾文学激进的、干预生活的、现实主义的文学精神传统，在这五年间迅速地复活，并且热烈的发展"；但从1950年开始，随着世界冷战结构的确立，"左翼的、激进的，经中国三〇年至四〇年发展下来的反帝、反封建的文学思潮，在这个时代里，受到全面压制"，以鲁迅为代表的左翼文学遭到全面封杀，从此，台湾的思想、文化、文学与三四十年代的中国，特别是其中的左翼传统发生了断裂。[2] 未来的台湾最重要的作家陈映真正是在这样的背景下，和鲁迅相遇，这实在是历史性的。它象征着，预示着在地表的断裂下的地层深处的相承相续。而陈映真本人正是在这样的相承相续里起到了关键性的作用，也因此确立了他在整个中国现当代文学史中不可替代的历史地位。

其实，未来的陈映真也就是在这相遇中确立了。首先，是一种我们可以称为"陈映真的视野"的确立。如日本研究者松永正义所说："这样的鲁迅体验所给予陈映真的，是使他能够尽管他目前身处在'台

---

[1]《鞭子和提灯》，《陈映真散文集（一）·父亲》，11—12页，台北，洪范书店有限公司，2004年出版。

[2]《四十年来台湾文艺思潮的演变》，《陈映真作品集（八）·鸢山》，211页，213页。

湾民族主义'的气氛中，他还能具备从全中国的范围中来看台湾的视野，和对于在六〇年代台湾文坛为主流的'现代主义'，采取批判的观点。"[1] 我要补充的是，陈映真还通过鲁迅，获得了从第三世界看台湾的视野；记得鲁迅说过，他是从俄国文学里"明白了一件大事，是世界上有两种人：压迫者和被压迫者"[2]，在我看来，陈映真也是从鲁迅的文学里，明白了这样一件大事，从而在这全球化的时代，确立了自己的第三世界立场，并且把台湾文学置于第三世界文学的大视野里。陈映真一直铭刻在心的是他父亲给他定下的三重自我定位："首先，你是上帝的孩子。其次，你是中国的孩子。最后，你才是我的孩子。"[3] 我们也可以说，陈映真也是赋予台湾与文学以三重定位："第三世界的台湾与文学，中国的台湾与文学，台湾的台湾与文学。"这样的爱国主义和国际主义的视野和立场，在台湾的思想、文化、文学界可能是相当独特的。

这也就决定了陈映真的命运。他这样写到他和许多知识分子之间的深刻分歧和他的情感反应——

"几十年来，每当我遇见丧失了对自己民族认同的机能的中国人；遇见对中国的苦难和落后抱着无知的轻蔑感和羞耻感的中国人；甚至遇见幻想着宁为他国的臣民，以求'民主的，富足的生

---

[1] 松永正义：《透析未来中国文学的一个可能性——台湾文学的现在：以陈映真为例》，《陈映真作品集（十四）·爱情的故事》，233页。

[2] 鲁迅：《中俄文字之交》，《鲁迅全集》4卷，473页，人民文学出版社，2005年出版。

[3] 《父亲》，《陈映真散文集（一）·父亲》，146页。

活'的中国人，在痛苦和怜悯之余，有深切的感谢——感谢少年时代的那本小说集，使我成为一个充满信心的、理解的、并不激越的爱国者。"[1]

我在这自述里，读出了陈映真的孤独和陈映真的坚定，这都深扎在他与鲁迅精神的相遇相通里。

对于陈映真所说的"充满信心的、理解的、并不激越的爱国者"，我们还需要作更具体、深入的讨论。

于是注意到陈映真的"人民为主体的爱国论"[2]："在中国的民众、历史和文化之中，寻找民族主体的认同"，"找思想的出路，找心灵的故乡"[3]。他反复强调一点："爱国的中国知识分子最高诰命，来自人民——而不是那一个党，那一个政权"[4]，"一个独立的批评的作家，应该认同于自己的人民、文化与历史，而不是认同那一个个别的政党与政权"[5]，"中国的作家，在两个不同的地方受到批评和抑压的时刻开始，彰显了他们的一体性：他们属于中国的人民，而不属于任何权力"[6]。

这是一个"在权力之外，另求出路"的思路，是一个自觉地"重建中国知识分子在权力之前，坚持良知、真理，为民请命，批评时政

---

[1]《鞭子和提灯》，《陈映真散文集（一）·父亲》，12页。

[2]《答友人问》，《陈映真作品集（八）·鸢山》，37页。

[3]《无尽的哀思——怀念徐复观先生》，《陈映真作品集（八）·鸢山》，65页，66页。

[4]《答友人问》，《陈映真作品集（八）·鸢山》，36页。

[5]《陈映真来函》，《陈映真作品集（六）·思想的贫困》，10页。

[6]《关于中国文艺自由问题的几个随想》，《陈映真作品集（八）·鸢山》，60页。

的传统精神"的努力[1]。这也是"当永远的在野派",做"抵抗体制的知识分子"的选择和自我定位。[2]

　　陈映真作出这样的选择与定位,鲁迅无疑是他的重要精神资源和榜样。鲁迅一直在告诫我们:要论中国和中国人,要"自己去看地底下",那里自古就有"埋头苦干的人,有拼命硬干的人,有为民请命的人,有舍身求法的人",他们才是中国的"筋骨和脊梁"。[3]而鲁迅更是把"对社会永不会满意"的,永远的批判者的知识分子称为"真的知识阶级"。[4]这样的独立于党派外、体制外的批判知识分子的传统,是鲁迅所开创的;而陈映真正是这样的批判知识分子传统在台湾的最重要的传人和代表,陈映真也因此在中国现代知识分子史上获得了自己的特殊地位。

二　陈映真与"鲁迅左翼"传统

　　为了更清楚地说明鲁迅所开创的"党派外、体制外的批判知识分子"的传统,及其与陈映真的关系,把讨论深入一步,我想提出与强调一个"鲁迅左翼"的概念。

---

[1]《无尽的哀思——怀念徐复观先生》,《陈映真作品集(八)·鸢山》,65页。

[2] 韦名:《陈映真的自白——文学思想及政治观》,《陈映真作品集(六)·思想的贫困》,50页。《严守抗议者的伦理操守》,《陈映真作品集(十二)·西川满与台湾文学》,37页。

[3] 鲁迅:《中国人失掉自信力了吗?》,《鲁迅全集》6卷,122页。

[4] 鲁迅:《关于知识阶级》,《鲁迅全集》8卷,226—227页。

最早提出这个问题的,是大陆鲁迅研究者王得后先生,他在《鲁迅研究月刊》2006年第2期上发表了《鲁迅文学与左翼文学异同论》一文,指出三十年代的鲁迅文学和左翼文学既有许多重要的共同点,又存在着重大差异和原则分歧。在王得后先生文章的启示下,我想到三十年代的中国,实际上是存在着两个左翼传统的,一个是"鲁迅左翼",另一个则是中国共产党领导下的左翼,可以称为"党的左翼"。这两个左翼在三十年代显然存在着基本的一致和深刻联系,以至很容易看作是一个群体:他们都反抗国民党的一党专政,支持中国共产党领导的工农革命运动,以至形成了一个提倡"无产阶级革命文学"的左翼阵营。鲁迅对这样的大左翼传统是认同的,并将同样从事无产阶级文学事业的左翼文学家视为"战友";但他也从不掩饰自己和这些战友的原则分歧:从"革命文学"的论争到最后"两个口号"的论争,就从未停止过。"党的左翼"有一个高于一切的原则,就是所谓"党性原则",也就是把党的利益置于至高无上的位置,绝不允许发出和党不一致的声音。在"两个口号"的论争中,鲁迅的主要罪状就是他在党提出的"国防文学"口号之外,另提一个"民族革命战争的大众文学"的口号,这正是"党的左翼"的大忌。同时也证明了"鲁迅左翼"的独立于"党的左翼"之外的意义。

陈映真未必熟悉这段历史,但他对三十年代左翼文学运动中的"左"的倾向,是关注并有警觉的。他谈到"左翼文学的'党文学'"的问题:"简单化地,庸俗化地把马克斯主义的文艺思想理解为阶级斗争的武器,理解为为了革命、为了政治服务的单纯的工具,把创作自由的理念,与'资产阶级的自由主义'视为同一物。服从党、革命和无产阶级政治需要而创作,成为当时'前进的革命文艺家'最高的诰命。谁要主张文艺创作的个人性、文艺创作的自由,谁就是堕落的资产阶级。"[1]他还专门谈到知识分子落入"偏致"和"党派性"的危害,特别是"为了有意无意地保卫一个既有的秩序——一个既有的所有权秩序、社会秩序,等等——而膨胀起来的时候,它就必然堕落为各式各样的教条,有时更纠集他们所掌握的一切强制力量——如舆论,如警察,如政府,如法律和军队,如法庭和监狱——来加强他们的阵容",那是甚至会造成"罪恶"的。[2]这其实都是抓住了"党的左翼"的一些要害问题,[3]同时也是当年鲁迅所批判过的。陈映真所要继承、坚持和发扬的左翼传统,实际就是"鲁迅左翼"的传统,这大概是没有问题的。[4]

那么,陈映真所继承、坚持、发扬的"鲁迅左翼"传统,又包含什么内容,有什么特点呢?这是一个大问题,还有待更深入的研究与

---

[1]《中国文学的一条广大出路——纪念〈中国人立场之复归〉发表两周年,兼以寿胡秋原先生》,《陈映真作品集(十一)·中国结》,98页;《关于中共文艺自由化的随想》,〈陈映真作品集(八)·鸢山〉,159页。

[2]《知识人的偏执》,《陈映真作品集(八)·鸢山》,16页,17页。

[3]陈映真对三十年代左翼的观察与认识,在不同程度上受到了胡秋原的影响,这是一个很有意思的话题,还有待专门的研究与讨论。

[4]陈映真在《我的文学创作与思想》(载《上海文学》2004年1月号)一文里有一段自白很有助于我们理解陈映真的选择:"从文学出发的左倾,从艺术出发的左倾,恐怕会是比较柔软,而且比较丰润,不会动不动就会指着别人说,是工贼、叛徒,是资产阶级走狗,说鲁迅的阿Q破坏了中国农民的形象,像那种极'左'的。我想我比较不会走向枯燥的、火柴一划就烧起来的那种左派。"鲁迅大概也是属于"比较柔软,而且比较丰润"的左派吧。

讨论。这里只能说说我所理解的几个要点，算是出几个题目吧。

首先自然是前文反复讨论过的"党派外，体制外的独立性"，和"永远不满足现状，永远的批判立场"。这里要追问的是，这样的独立的、全面而彻底的批判立场的立足点，其背后的价值观念，终极性的理想与追求。

陈映真的回答是明确的："文学与艺术，比什么都要以人作为中心和焦点"，[1]"放眼世界伟大的文学中，最基本的精神，是使人从物质的、身体的、心灵的奴隶状态中解放出来的精神。不论那奴役的力量是罪，是欲望，是黑暗、沉沦的心灵，是社会、经济、政治的力量，还是帝国主义这个组织性的暴力，对于使人奴隶化的诸力量的抵抗，才是伟大的文学之所以吸引了几千年来千万人心的光明的火炬。因为抵抗不但使奴隶成为人，也使奴役别人而沦为野兽的成为人"。[2]

以人为中心，追求人的自由、解放、健全发展，"使奴隶成为人"，为此，必须抵抗一切"奴役的力量"：陈映真的这一基本信念、理想、追求和价值观，是和鲁迅的追求"人的个体精神自由"的"立人"思想完全一致的。这可以说是鲁迅与陈映真所共有的"乌托邦"彼岸理想。我们说陈映真与鲁迅之间存在着精神的相通，这正是他们心灵契合之处：他们都对自己所生活的时代，人的"物质的、身体的、心灵的奴隶状态"（后来陈映真用马克思的理论，将它称为"人的异

---

[1]《云》序，转引自李瀛：《写作是一个思想批判和自我检讨的过程》，《陈映真作品集（六）·思想的贫困》，12页。

[2]《思想的荒芜——读〈苦闷的台湾文学〉敬质于张良泽先生》，《陈映真作品集（十一）·中国结》，112页。

化"[1]）有着也许是过分的敏感，这其实是一个真正的思想家、作家最重要、最基本的精神素质。在他们看来，导致这样的人的奴隶状态的奴役关系，是广泛地存在于现代社会，来源于各个方面，并且会不断再生产，是永远存在于此岸世界的。而作为一个批判的知识分子，自己的历史使命就是用彼岸乌托邦的终极性的立人理想照亮此岸的黑暗，对来自一切方面的，以各种形态，特别是以最新形态出现的奴役力量，进行无情的揭露与批判，不断向社会发出警示。这样的批判，就必然是全面而彻底的，而且是永无休止的，这就是鲁迅所说的"永远不满足现状"，要做"永远的革命者"的真实而丰富的含义，也是鲁迅要提倡"韧性战斗"的最基本的原因。这大概也就是人们所说的陈映真的独特的"异端·乌托邦"主义吧。[2]

这其实也是他们对自己生活的时代所提出的问题，所作出的回应。因此，鲁迅的批判锋芒主要指向东方专制主义（用鲁迅自己的话来说，就是中国传统文明中的"吃人肉的筵宴"），但在三十年代的以上海为中心的中国现代化过程中，鲁迅又发现了中国社会的半殖民地化，以及西方现代文明病对中国的渗透与蔓延：在这些方面，他都看到了"吃人肉的筵宴"的再生产；鲁迅在他的晚年又在反抗运动内部发现了新的奴役关系，所谓"革命工头"的产生。因此，在他的遗嘱里，鲁迅宣布"一个也不饶恕"，正是表明，他是要把自己的彻底的批判立场坚持到底的，并以此期待后来者。

陈映真正是这样的坚持鲁迅式的彻底批判立场的后来者之一。但

---

[1]《大众消费社会和当前台湾文学的诸问题》，《陈映真作品集（八）·莺山》，124页。

[2]《陈映真作品集编辑体例》，《陈映真作品集（六）·思想的贫困》，5页。

所面对的问题,却是鲁迅未曾经历的。于是就有了陈映真的从台湾问题出发的对殖民社会、"冷战,民族分裂"构造以及大众消费时代下的人的异化(各种形式的奴隶状态)的批判。但我以为,对陈映真最具有挑战性的,可能是他如何面对社会主义的中国所面临的问题。这个问题的严重性,在于社会主义的中国曾经是他的理想所在,是他批判台湾社会的重要资源。这可以说是在中国"文化大革命"结束以后包括陈映真在内的所有的左翼知识分子所面临的一个困境。这是一个十分复杂的问题,需要作专门的详尽讨论。这里只想概括地指出一点,陈映真很快就走出了这样的困境,依然坚守了他的彻底的、全面的批判立场。第一,他并不回避中国社会主义实验中所出现的严重异化,并从新的奴役关系的产生的角度进行了尖锐的批判,他坚持"对于(海峡两岸)两个政权和党派,我们保有独立的、批评的态度"。[1]其二,但他并没有像某些左翼知识分子那样,因为对社会主义的失望而走向全面认同西方资本主义体制的另一个极端,他旗帜鲜明地表示:对社会主义的"反省"绝不能"后退、右旋到了否定反帝民族主义、否定'世界体系'四百年来对落后国的支配和榨取这个历史的、经验上的事实,到了肯定帝国主义压迫有理论,主张穷人必须接受富国支配才能发展论,和跨国企业无罪论的地步"。[2]因此,他在批判所谓

---

[1]《严守抗议者的伦理操守——从海内外若干非国民党刊物联手对〈夏潮〉进行政治诬陷说起》,《陈映真作品集(十二)·西川满与台湾文学》,38页。

[2]《"鬼影子知识分子"和"转向征候群"——评渔父的发展论》,《陈映真作品集(十二)·西川满与台湾文学》,119页。

"社会主义病"的同时,也没有放松对"先进国征候"的批判。[1]他并且提醒说:"没有对帝国主义采取断然的批判态度——甚至受帝国主义豢养的——'后进国家'民主、自由甚至人权运动,总是向着它的对立的方向——独裁的、镇压民主自由的方向发展。"[2]这里所表现出的独立批判知识分子的清醒,是十分难得的。

更难能可贵的是,陈映真在如此复杂,甚至混乱的局势下,依然坚持他的乌托邦理想,他的社会主义信念,并且提出了"在现存共产主义体制和资本主义、帝国主义之外,寻求一条自己的道路"的新的设想,他认为是"第三世界革新的知识分子"所应该承担的历史任务。[3]尽管这还是一个有待展开的命题,但问题的提出本身,就具有重大的理论与实践意义。

以上所讨论的独立知识分子的全面、彻底、永远的批判、创造精神,在我看来,就是"鲁迅左翼"的核心精神。

"鲁迅左翼"的另外三个特点,限于篇幅,就只能略说几句了。

其二,"永远要以弱者,小者的立场去凝视人、生活和劳动",陈映真在一篇介绍日籍国际报道摄影家的文章里,概括了这样一条左翼知识分子的原则。[4]这和鲁迅在《关于知识阶级》的演讲里谈到"真的知识阶级"除了永远不满足现状外,还必须坚持"平民"立场,"感

---

[1]《你所爱的美国生病了……》,《陈映真作品集(八)·鸢山》,229页。

[2]《台湾长老教会的歧路》,《陈映真作品集(十一)·中国结》,69页。

[3]《思想的是索忍尼辛与文学的索忍尼辛——听索忍尼辛在台北演讲的一些随想》,《陈映真作品集(八)·鸢山》,71页。

[4]《相机是令人悲伤的工具——日籍国际报导摄影家三留理男剪影》,《陈映真作品集(七)·石破天惊》,107页。

受平民的痛苦","为平民说话",[1]其基本精神是完全一致的。鲁迅在"五四"时期提倡"幼者本位，弱者本位",三十年代又坚持和"革命的劳苦大众""受一样压迫","作一样的战斗，有一样的运命"的左翼方向，他终其一生，都在"为一切被侮辱和损害者悲哀，抗议，愤怒，斗争"。[2]而在许多台湾知识分子的眼里，陈映真最重要的精神品质，就是他"同情一切被损害、被侮辱、被压迫的人们",[3]这样的相近相通都不是偶然的。

其三，鲁迅在二十世纪初，就呼唤"立意在反抗，指归在动作"的反抗和实践的知识分子。[4]在五四运动以后，他又有了这样的反省："比较新的思想运动起来时，如与社会无关，作为空谈，那是不要紧的，这也就是专制时代所以能容知识阶级存在的原故","只是思想运动变成实际的社会运动时，那就危险了。往往反为旧势力所扑灭"。[5]这就是说，从从事思想启蒙到参与社会实际运动是一个必然的历史过程。最后十年的左翼鲁迅和中国共产党领导的工农反抗运动的结合，也正是顺应这样的历史发展趋势，是一个自觉的选择。陈映真也有类似的精神发展趋向和生命体验，他说自己的"思想发酵到一定程度，就会产生一种实践和运动的饥饿感，就是觉得老这样读书，

---

[1] 鲁迅：《关于知识阶级》，《鲁迅全集》8卷，224页。

[2] 这是鲁迅对德国左翼画家凯绥·珂勒惠支的评语，我们完全可以把它看作是鲁迅的夫子自道。见《〈凯绥·珂勒惠支版画选集〉序目》，《鲁迅全集》6卷，487—488页。

[3] 王晓波：《重建台湾人灵魂的工程师——论陈映真中国立场的历史背景》，《陈映真作品集（十一）·中国结》，20页。

[4] 鲁迅：《摩罗诗力说》，《鲁迅全集》1卷，68页。

[5] 鲁迅：《关于知识阶级》，《鲁迅全集》8卷，227页。

什么都不做,很可耻",[1]因此,他很早就介入了实际反抗运动,并因此两度遭遇牢狱之灾。人们说陈映真不仅用小说、论文表达自己的思想,还是一个"使用'肢体语言'的作家",[2]这确实是陈映真区别于许多知识分子的特点,但也确实提供了知识分子的一种范式。

其四,也是我最为看重的,就是"鲁迅左翼"的自我批判精神。鲁迅说:"我的确时时解剖别人,然而更多的是更无情面地解剖我自己。"[3] 陈映真也说过:"写小说,对于我,是一种思想、批判和自我检讨的过程。"因此,评论者说他是最具"反省力与批判力"的作家。[4]他的写作,既是为了批判社会,更是为了清理自己,在这方面,陈映真也是和鲁迅相通的。这一点,也将鲁迅和陈映真与许多所谓左翼作家区别开来。鲁迅在和创造社论战时,就说他最看不惯的就是他们的"创造脸",也可以说是"革命脸"吧:一言一行无不是"创造",无不在"革命",实际就是要垄断创造,垄断革命。陈映真也说:"激进的文学一派,很容易走向'唯我独尊'的宗派主义和教条主义。"[5]"唯我独尊"的背后,是自以为真理在手,自己的使命就是向芸芸众生宣示真理,进而垄断真理;而鲁迅这样的真的知识分子,却永远是真理的探索者,他和读者一起探索真理,也不断修正错

---

[1]《我的文学创作与思想》,载《上海文学》2004年1月号。

[2]王晓波:《重建台湾人灵魂的工程师——论陈映真中国立场的历史背景》,《陈映真作品集(十一)·中国结》,19页。

[3]鲁迅:《写在〈坟〉后面》,《鲁迅全集》1卷,300页。

[4]李瀛:《写作是一个思想批判和自我检讨的过程——访陈映真》,《陈映真作品集(六)·思想的贫困》,17—18页,12页。

[5]《模仿的革命和心灵的革命——访问菲律宾作家阿奎拉》,《陈映真作品集(七)·石破天惊》,98页。

误。因此，批判知识分子的批判的彻底之处，就在于他同时把批判的锋芒指向自己。我甚至认为，鉴别是不是真的批判知识分子，就看他是否批判自己。

不难看出，"鲁迅左翼"是一份十分珍贵的精神财富，它是我们所说的"二十世纪中国与东方经验"的重要组成部分。而我要强调的是，这样的"鲁迅左翼"不仅属于鲁迅，它是所有的中国和第三世界的左翼知识分子共同创造的，陈映真作为其中的一个重要成员，也做出了自己的独立和独特的贡献。

三 未完成的话题

文章应该结束了，但似乎意犹未尽。

我们从主要的方面，对"鲁迅左翼"及其和陈映真的关系作了一个勾勒；这样的勾勒是明晰和必要的，但却有可能把问题简单化，遮蔽了它的丰富性与复杂性。我赞同李欧梵先生的观察与分析，陈映真是复杂而充满矛盾的："他既写实又浪漫，既有极强的意识形态又有浓郁的颓废情操，既乡土又现代，既能展望将来又往往沉湎于过去，对人生既有希望又感绝望，对于社会既愿承担但也在承担的过程中感到某种心灵上的无奈……"[1] 鲁迅又何尝不是如此。因此，陈映真所受到的鲁迅的影响，他和鲁迅的关系、精神共鸣，是远比我们这里的描述更为复杂和微妙的。

而且我们已经讨论的问题，也还未充分展开。例如同样是同情被压迫者，同样是参加社会实践，"鲁迅左翼"和"党的左翼"的相同

---

[1] 李欧梵：《小序〈论陈映真卷〉》，《陈映真作品集（十四）·爱情的故事》，19页。

和差异、分歧，就有待做更具体、更细致的分析。

何况还有许多未及论述的方面。例如，陈映真在《父亲》《汹涌的孤独——敬悼姚一苇先生》等文章里，提到他对鲁迅和三十年代左翼的了解和认识，父亲和姚一苇、胡秋原先生都是重要的中间环节，这就是一个很有意思的话题。再如，许多研究者都提到陈映真创作中现实主义和象征主义的关系，而鲁迅正是"象征印象主义与写实主义相调和"的文学的倡导者，[1]他自己的创作也有这样的特点，或许这也是讨论陈映真与鲁迅小说创作的关系的一个视角。而前文的一个注释里已经提到的陈映真自称是"从文学出发的左倾"，是"比较柔软，比较丰润"的左派，也颇耐人寻味，是可以进一步展开的。

陈映真与鲁迅，这是一个未完成的话题，我们的讨论仅是一个开始。

2009年8月26日—9月1日

附记：本文是我2009年赴台湾讲学以前匆匆赶出来的。当时，我看到的是1988年出版的《陈映真作品集》，其中收入的是1959—1987年陈映真的文字。在此以后所写的文章，我都没有读到，特别是1989年以后的陈映真的思想、文学、活动我都不甚了解。这就注定了我对陈映真的考察至少是不全面的。在参加了11月在台湾举行的"陈映真：思想与文学学术会议"，特别是听了曾健民先生《试探"九十年代的陈映真"》的发言，以及会上围绕"九十年代的陈映真"的不同意见的讨论以后，我对陈映真思想与文学，及作为社会活动家的陈映真的复杂性与丰富性，就有了更深切的体认，回过来看我的论述，

---

[1] 鲁迅：《〈黯澹的烟霭里〉译者附记》，《鲁迅全集》10卷，201页。

一方面觉得其基本论断,强调陈映真的独立知识分子的批判立场,还是可以成立的;同时又发现,我对陈映真的政治行动性有些估计不足,在这一点上,他显然比鲁迅要更为积极和主动,因而对陈映真和政党政治、国家政治关系的复杂性也估计不足,论述有些简单化。本想对论文作一些修订和补充,但真要动笔改,却又觉得难度颇大,最后决定就偷一个懒,仅写这样的"附记",略作自我反省,而留下这篇有缺陷的文章,供更多的朋友质疑、批评、指正。

2010 年 2 月 7 日整理

《野草》的文学启示

——汪卫东《叩询"诗心":〈野草〉整体研究》序

本书是汪卫东君十年研究《野草》的结晶,作者希望我说几句话。我就说说我的读后感吧。我要说的话题,是由作者的一个自省引发的。他说自己的著作引不起任何反响,其中一个原因是:"没能有效地参与到近十年来中国人文思想的反思,束之高阁成了它的命运。"这里所提出的,是如何使我们的学术研究的成果,转化为当今中国社会的人文精神建设的资源,这样一个重大问题。这也是我最为关注的。这些年,我提出鲁迅研究不仅要"讲鲁迅",还要"接着往下讲",甚至"接着往下做",就是为了给长期困惑我们的"学术研究的当代性"问题,提供一个新的思路。选择鲁迅研究作为一个突破口,是因为在我看来,鲁迅就是一个"现在进行时的存在",它的文学的深刻性、超越性,都是通向当代中国的,我因此专门作过《活在当下中国的鲁迅》的演讲,主要讲鲁迅对中国国情的洞见,以及由此决定的鲁迅精神在当下的启示意义。这一回读了本书中的《野草》研究,就禁不住想起了《野草》的创造对当代中国文学的启示意义。可以说,下面一番议论,是想借助汪卫东君的研究成果,讨论一个问题:当代中国文学距离《野草》已经达到的高度还有多远?我们能不能借《野草》反思自己,进而寻找摆脱当下中国文学困境的新途径?——这也可以说是"接着往下讲",大概不至于脱离汪卫东君研究的初衷和原意吧。

本书研究的一个特点与前提,是将《野草》置于鲁迅生命发展的历程中来加以考察。于是,就提出了鲁迅生命中的"两次绝望"。第一次是前人多有阐发的民国初年在北京的"十年沉默",这是一次对中国传统社会与文化的彻底绝望,因而在走出绝望以后,鲁迅就投身于"五四"新文化运动,有了第一次生命的,也是文学的大爆发。本书作者发现,在二十年代《新青年》分化以后,鲁迅又有了"第二次绝望",这也就是鲁迅自己所说的,"《新青年》的团体散掉了,有的高升,有的退隐,有的前进,我又经验了一回同一战阵中的伙伴还是会这么变化,并且落得一个'作家'的头衔,依然在沙漠中走来走去"。(《〈自选集〉自序》)这应该是对启蒙主义的一次大绝望。本书研究的重心,也是我最感兴趣的,是鲁迅如何走出这第二次绝望。

作者告诉我们,鲁迅在面临"五四"以后中国社会和中国知识分子的大分化时,没有把一切推之于外部条件变化导致的生态环境的恶化,而是把所有外在的问题,都内转为自我生命的问题,把启蒙的可能性的外在危机,转化成了自己的危机。他以近乎惨烈的方式,"以特有的执拗切入自我矛盾的深层,像一个人拿着解剖刀打开自己的身体","对纠缠自身的诸多矛盾,进行了一次彻底的展示和清理",将环绕纷呈的矛盾"推向极处,形成无法解决的终极悖论"。整部"《野草》的写作过程,就是一个自我生命追问的过程":希望与绝望的纠缠,生与死的抉择,光明与黑暗之间的徘徊,"直抵死亡的追问,却最终发现,所谓'真正的自我'并不存在","本味何能知"!但也正是通过这样的向死而达到了后生。《野草》最终穿越了黑暗与虚无,回到了野草铺成的大地,回到当下生存,选择了不以希望或绝望为前提,而以自身为目的的决绝的反抗,作为自己的存在方式。鲁迅又开始了新的战斗,进行以后期杂文为代表的更为锐利的社会批评和文明批评。但此时的鲁迅,已经经过了《野草》的自我审判与超越,如作者所说,他的社会批评和文明批评都"基于其个人的真切的生命体验",他发现了所要批判与摆脱的外部世界的黑暗,原来是和自己内心的黑暗纠缠为一体的;他的所有的社会批评、文明批评和它的对象之间,形成了十分复杂和丰富的关系,就像鲁迅《颓败线的颤动》里的那位老女人,他所发出的是"将一切合并:眷恋与决绝,爱抚与复仇,养育与歼除,祝福与咒诅……"的声音。这是一个全新的思想和文学深度与高度。关键是这一次《野草》的精神炼狱,鲁迅作为"中国的启蒙者","以肉身承担了现代中国转型的痛苦",在这一过程中,收获了"充满挫折和失败的个体体验——丰富的痛苦",使自己的个体生命达到了前所未有的深度、高度和力度,最后都化作了他的文学。可以说,正是自我生命的深度、高度决定了文学的深度与高度。作者说,鲁迅"以文学的形式,表达了堪称中国现代最深刻的生命体验,留下了中国近现代文化转型最深刻的个人心理传记。这些,都成了文学家鲁迅的底色。鲁迅文学,正是承担中国现代转型之艰难的痛苦'肉身'"。

"当我沉默着的时候,我觉得充实;我将开口,同时感到空虚。"《野草·题辞》一开头就提醒我们:鲁迅所经历的生命的困境,同时又是一个语言的困境。前引《颓败线的颤动》里的那位"老女人"最后发出的是"无词的言语",这说明,"并不是所有的存在都能被语言表达出来","在语言达不到的地方,存在仍处在晦暗之中"。如作者所分析,鲁迅自己也很清楚,他的第二次绝望遭遇的"空前复杂的情思世界","异常幽深的体验",都是"没有经历过,也是语言未曾达到过的";但鲁迅之为鲁迅,作为一个真正的语言艺术家,他"不愿在无言的痛苦中沉没",他偏要挑战这不可言说,"试图用语言照亮那难以言说的存在",于是就进行了一次空前的语言历险。据作者的研究，鲁迅进行了两个方面的可以说是坚苦卓绝的试验。一方面，他大胆尝试"非常态的语言方式"："进入《野草》，随处可发现违反日常思维习惯、修辞习惯和语言规范的表达"，那"诸多矛盾汇集而成的无法解开的终极悖论；那不断出现的'然而''但是''可以'等转折词构成的不断否定的循环；那由相互矛盾的义项组成的前无古人的抽象的意象，如'无地''死火''无物之阵'等；那有意违反简洁、通顺等语言要求的重复和繁复；还有，那偶一出现，一露峥嵘、令人费解的'恐怖言辞'，如'过客'接受'小女孩'的布片后突然说出的一大段话……"等等。另一方面，为了更深刻地表达自己的现代感，由现代心灵决定的现代眼光与现代趣味——其实也是纯粹语言难以进入的存在境界，鲁迅又自觉地吸取西方现代美术和音乐的表现手法，进行了具有音乐性和强烈的线条感与色彩感的语言试验。可以看出，鲁迅正是通过大胆的语言突破与对音乐、美术资源的广泛吸取，把现代汉语的表现力提到了一个空前的高度——周作人早就说过，汉语本身就是一种具有音乐美和装饰美，有极强的表现力的语言；现在，经过鲁迅的试验，又为用汉语表达现代人难言的生命体验，开拓了新的空间，展现了现代汉语的无限广阔的表现前景。

作者总结说："《野草》是一次空前绝后的精神的历险和语言的历险。"这样，它也就在生命的最高"险峰"上，展现了语言的"无限风光"，在生命体验和语言试验两个层面上占据了文学的高地。它"不仅在鲁迅的写作中是一个另类的存在"，"在迄今为止的中国文学中，也堪称另类而幽深的文本，蕴藏着最尖端的文学体验和书写"。

面对这样的文学高地，不能不引起我们的反省和反思。

因为我们和鲁迅共同面对中国社会与文学的现代转型——这样的转型，从晚清开始，至今也还没有结束。我们和鲁迅同处于"明与暗，生与死，过去与未来之际"，共存于"友与仇，人与兽，爱者与不爱者"

之间（《野草·题辞》），共同生活在"不是死，就是生"，"可以由此得生，而也可以由此得死"的"大时代"。（《〈尘影〉题辞》）

而且我们也有类似的经验和体验：据我的观察，中国当代文学同样经历了两次绝望。第一次绝望发生在七十年代初的"文革"后期，在对现存社会和文化、文学进行了刻骨铭心的反省，走出绝望以后，就有了八十年代的启蒙主义时代与文学的再生：那是一次对鲁迅等先驱开创的"五四"新文学传统的自觉回应。但到了八十年代末，我们也经历了一次绝望，同样感受到启蒙主义的无用与无力。但我们似乎至今也没有走出绝望，更不用说如鲁迅那样走向新的生命与文学的高地。原因全在我们自己。我们中的许多人（当然不是全体）先是因政治的突变，患上恐惧症；后又面对汹涌而来的经济大潮，犯了眩晕症；却少见有人如鲁迅那样，把外在的困境内转为自我生命的追问：我们既无反省的自觉，更无反思的勇气与能力。我们有的只是中国传统的生存智慧，选择了"活着就是一切"的活命哲学，于是，就走了一条最轻松、方便的顺世滑行之路。结果滑行到了哪里？这是此时猛然醒悟才感到羞愧的：我们或逃避，或迎合，或按惯性混沌地活着，即使出于良知未泯，发牢骚，表示对现实的不满，甚至做出某种批判，但也都是与己无关的冷眼旁观，甚至还充满了道德的崇高感，这就和鲁迅式地"把自己烧进去"的生命搏斗不可同日而语。这样，我们就失去了一次鲁迅式的逼近生命本体、逼近文学本体的历史机遇。我们无法收获丰富的痛苦，只获得了廉价的名利，肤浅的自我满足或怨天尤人。在这样的生命状态下的写作，就根本不会有鲁迅那样的语言突破、试验的冒险，也只能收获平庸。于是，当代中国文学就在作家主体的生命深度、高度与力度，和语言试验的自觉，这两个方面和鲁迅曾经达到的高地拉开了距离；而"生命"与"语言"正是文学之为文学的根本：在这个意义上，我们的许多（当然也不是全部）当代文学实际上已经失去了文学性。在我看来,这就是中国当代文学的困境所在。而走出困境的途径,就要从解决这两个根本问题入手。这也就是我读了汪卫东君的《野草》研究著作以后的一点联想与期待:我们的当代作家能不能借鉴鲁迅的经验,尝试进行新的"精神的历险和语言的历险",从而寻求新的突破呢?

2013 年 8 月 21 日—23 日

全球化背景下的鲁迅研究呼唤新的创造力

——汪卫东著《鲁迅前期文本"个人"观念梳理与通释》序

汪卫东君的博士论文经整理、修改,正式出版,我是他的指导老师,为之作序,似乎也顺理成章。那么,我就略说几句。

关于这篇论文与我的关系,汪君在他的另一本书《百年树人》的后记里有过一段回忆——

"在正式选题时,他给我提供了一个思路,叫我把鲁迅文本中的关键词作为对象,梳理这些关键词在鲁迅文本中的原始形态、在不同文本中的变化,及其间的相互联系,在此基础上获得一种整体性与客观性。我觉得这是一个非常重要的选题,可能是他十几年前提出的单位观念与单位意象的课题的延续。我有幸在北大赶上了钱老师已有多年没有开的鲁迅研究课,而且是他在北大的绝唱。钱老师从1936年的鲁迅讲起,然后再从日本时期的'立人'开始,按时间顺序往下讲,最后回到1936年,形成一个圆圈。这次授课,钱老师着重于对鲁迅一生一以贯之的基本概念的梳理,及其特有的典型形象和意象的阐释。这其实是与我的论文在处理同样的问题。……可以说,我的论文的构思和钱老师的课是同时进行的。师生面临同一个课题以不同的方式展开着自己的探索,这是一个非常有意思的学术现象。"

他的回忆,是大体准确的。我带研究生,有两条原则。一是强调学生的"主体性",根据不同学生的不同特点,因势利导;二是重视"师生共同研究",以促成教学相长。我建议汪卫东君以鲁迅为毕业论文的研究对象,是因为他在入学前,对鲁迅、周作人都有兴趣,而且有了一些研究成果,可以说已经入了门,因此就可以作难度较大的鲁迅研究课题;我建议他做梳理鲁迅基本概念的选题,则考虑到他在硕士阶段曾师从著名的新文学史料专家朱金顺先生,在文献梳理上有较好的基础,而他自己对理论问题又有兴趣,也有一定基础,正好能够胜任在文献梳理与理论辨析这两个方面都有较高要求的课题。当然,我也清楚,汪卫东君尽管有这样的基础,但真要啃下这个高难度的选题,仍是一个严重的挑战。但我又认为做博士论文,是宁难毋易的,越有挑战性,就越能磨炼人。——这是从学生方面的考虑。

从老师方面看,诚如汪卫东君在他的回忆中所说,鲁迅关键词研究确实是我十几年前提出并尝试的鲁迅单位观念、单位意象研究的一个延续。我在1985年所写的也是我的第一部独立的鲁迅研究著作《心灵的探寻》里,在谈到自己所设想的研究方法时,这样写道——

"首先是'回到鲁迅那里去'。这就必须承认,'鲁迅'是一个独立的世界,它有着自己独特的思想及思维方式,独特的心理素质与内在矛盾,独特的情感与情感表达方式,独特的艺术追求,艺术思维及艺术表现方式。研究的任务是从鲁迅自我'这一个'特殊个体出发,既挖掘个体中所蕴含、积淀的普遍的社会、历史、民族……的内容,又充分注意个体特殊的,为普遍、一般、共性所不能包容的丰富性。如果把鲁迅独特的思想艺术纳入某一现成理论框架,研究的任务变成用鲁迅的材料来阐发、论证某一现成理论的正确性,那就实际上否定了鲁迅的独立价值,也否定了鲁迅研究自身的独立价值。"

这里所说的"回到鲁迅那里去",是王富仁先生在他的博士论文里提出的,得到了同代学友的响应,是代表了一种共识的。因为我们在八十年代初所面对的问题是,鲁迅研究长期被纳入毛泽东的思想体系(我的文章里说的"某一现成理论框架"),用鲁迅的材料来阐发、论证毛泽东思想的正确性,因此急需恢复鲁迅的独立价值,恢复鲁迅研究自身的独立性。这里对研究对象独立价值与学者及学术研究独立性的强调,都超出了鲁迅研究的范围,而显然反映了二十世纪八十年代的启蒙主义的时代思潮。

问题是"通过什么样的途径才能抓住鲁迅之为鲁迅的独特性"。于是就有了"单位观念"与"单位意象"的研究方法的提出,其要点是:"从作家在作品中反复出现的词语入手,找出作家独有的单位意象、单位观念(包括范畴);然后,对单位观念、单位意象进行深入的多层次的开掘,揭示其内在的哲学、心理学、伦理学、政治学、历史学、美学等的丰富内涵,并挖掘出其中所积淀的传统文化、外来文化的多种因子,以达到作家与古今中外广大世界息息相通的独特的精神世界和艺术世界的具体把握。"这一方法的提出,显然受到了我的导师王瑶先生的"典型现象"研究理论与方法的启示;而王瑶先生的"典型现象"又是总结了鲁迅研究中国文学史的方法论而提出的。——这都说明,一种研究方法的提出,不仅有时代的问题意识,而且是有着深远的学术渊源的。

有意思的是,到了二十一世纪初,我又重新回到这一课题上,并且引导我的学生一起来关注鲁迅的独特价值与学术研究的独立性。这当然不是简单地复归,这背后显然有着新的时代与学术的问题意识。

我们在八十年代为了摆脱毛泽东意识形态的控制与束缚,自觉地引入各种西方的理论与方法,掀起了一轮又一轮的西方理论热与方法热,这当然是改革开放的时代思潮使然,而且确实起到了解放思想,开阔眼界与思路的积极作用，为当时的学术研究注入了新的活力，我们在这一时期所取得的学术成就，以及包括鲁迅研究在内的学术研究所取得的新发展，都与这样的向世界开放的研究格局分不开，而且今后也依然要保持这样的开放势头，继续主动吸取包括西方在内的外国理论与方法，广泛地吸取人类文明的精神成果：这都是没有问题的。但在发展过程中，却出现了一个值得注意与警惕的倾向，如我在一篇文章里所指出的，"在'与国际学术接轨'的口号下，将外国的学术界，包括西方汉学界理想化，绝对化，甚至产生新的迷信，以'中国学术的西方化，美国化'为目标，这不但会从根本上丧失学术自信心，而且有失去学术独立性的危险"。（《中国大学的问题与改革》）于是在包括鲁迅研究在内的现代文学研究中，又出现了将鲁迅及其他研究对象"独特的思想艺术纳入某一理论框架，研究的人物变成用鲁迅（或其他对象）的材料来阐发、论证某一现成理论的正确性"的倾向。历史似乎发生了循环：只不过这一次被纳入的"理论框架"变成了西方最时髦的理论与方法而已。于是，我们又不得不再回到起点上，重新强调鲁迅的独特价值，呼唤鲁迅研究的独立性。

鲁迅独特价值问题的提出，也还有更深刻的社会历史、思想文化的原因。从九十年代到新世纪初，对鲁迅的评价，出现了两个引人注目的现象。一方面，如我在《远行以后》一书里所说："中国文坛学界，轮番走过各式各样的'主义'的鼓吹者"，从新保守主义者、新儒家，到后现代主义者、后殖民主义者，到新自由主义者、新生代作家，他们都"几乎毫不例外地要以'批判鲁迅'为自己开路"，于是，人们发现，在当代中国，"人们对鲁迅的态度与评价，是与对自己所生活的中国现实社会、时代的看法、估价、关系与态度，与他们各自的生活理想、思想、文化以至政治选择，紧密联系在一起的。正是在这里我们看到了鲁迅的影响；他在现代中国，特别是现代知识分子中，已经成为绕不开的存在"，即使是他的反对者也是如此。

另一方面，在文坛学界的一片批判声中，鲁迅依然吸引着众多的年轻人和普通读者，我曾经说过，在当代中国，只要具有一定文化程度，又在思考问题的青年，都能够并且必然与鲁迅进行精神的对话与交流。更重要的是，在全球化的背景下，随着文化多元化问题的突现，人们越来越自觉地寻求本土文化与区域文化既与世界文化发展潮流保持密切联系又是独立发展的道路。作为二十世纪的中国，以至东方国家最具有独创性的思想家、文学家，鲁迅思想文化文学遗产的意义，也必然越来越为国内外学术界有识之士所注目。科学地总结鲁迅的思想与文学经验，不仅为中国文化自身的建设发展，更为世界文化的多元化发展提供精神资源，也就成为中国学者的一个时代义务与国际责任。这样一个全球化背景下的鲁迅研究，要求更为开阔的研究视野，更全面也更合理的知识结构，更大的创造力与想象力，而且必然趋向于多学科的综合研究——如我在《与鲁迅相遇》一书的后记里所说："或许已经到了打破学科界限，对鲁迅这样的大思想家、大文学家、大艺术家进行综合研究与把握的时候。"从这样的角度看，鲁迅研究已有的成果，包括我们这一代的研究，只是打了一个基础，新的更阔大、更深入的研究才刚刚开始，或者说还处于准备与起步阶段。它召唤着我们这个时代最有活力、最有创造力的年轻学者，这将是一个大可驰骋，大有作为的领域。新一代的研究者应该有超越前人的雄心壮志，但起步又应该是扎扎实实一步一个脚印，从基础做起。在我看来，鲁迅关键词的研究，而且从梳理这些关键词在鲁迅文本中的原生形态开始，也就是说，从鲁迅思想文学发生原点开始，就是这样的基础性的研究。——这就是我建议汪卫东君选择"鲁迅关键词研究"作为博士论文的深层用意，是着眼于他个人学术的长期发展，以及整个学科的长远发展的。

但正如汪卫东君所说，我在和他一起确定了选题方向以后，就不再管他了，"对于论文的具体内容，如具体关键词的选择、具体观点的提出等"，都给他以"很大的自由"。而汪卫东君也很努力，最后写出的论文，也就是读者所看到这本书，是基本上达到了要求的。当然，他的具体观点与分析，都是可以讨论的；我更重视的是他的研究思路与方法，我以为他在三个方面，做出了可贵的努力。第一，尽管我提出了"鲁迅关键词研究"的课题，但只是方向性的提法，并没有作更进一步的论证。而汪卫东君经过他的独立深入研究，认识到"鲁迅并非以严格的概念、范畴和逻辑推理为表达手段的思想家，他一般并不就某一具体概念，给以确定性的阐释，并保持概念的同一性，所以，如果我们紧紧抓住'个人'这一词汇不放，往往会迷失于他丰富多彩的语言世界中"，因此，他在确定自己的研究方法时，就对我所提出的"关键词"做出了一定程度的修正，强调"本论文不把'个人'理解成具有确定性的概念或保持词语统一性的'关键词'，而是把它界定为宽泛性的'观念'（'观念'一词侧重于所表达的内容），而不局限于词语的选用，这样，我们就可以以他早期所集中阐述的'个人'一词为代表，不受具体用词束缚地梳理鲁迅文本中与早期'个人'观念相关的，用不同词语表达的观念；同时，我们还应看到，鲁迅不仅是一个写作者（言语表达者），更是一个丰富而鲜明的存在者（其生存历程，生命体验及人格自塑），鲁迅'个人'观念的阐述，其实伴随着他一生中艰难的自我认同的过程，所以研究鲁迅的'个人'观念，在立足于文本梳理的基础上，还要充分注意到言说者鲁迅与行动者鲁迅，'个人'言述与自我认同之间的密切联系"。——这样的研究方法的确定显然更为科学，也更具有可操作性。其二，汪卫东君在对鲁迅早期思想中"个人"观念在具体文本中的原始形态、不同文本中的演化及起相互关联作直观描述的基础上，着重讨论了两个方面的问题：

一是从鲁迅"更多的是运用了本土传统符号资源"来"转述"西方"个人"观念这一饶有兴味的事实出发,讨论了"鲁迅日本时期'个人'观念的思想渊源":中国古代"精神"与"心"的观念与德国个人主义的传统思维的"相遇";二是把鲁迅的"个人"观念放到近代"个人"话语的共同语境中进行讨论,特别是着重探讨了鲁迅与章太炎的思想联系。——这样,汪卫东君就把他的研究深入到中外思想史、哲学史的领域,这正是我想做而由于知识结构的局限而未能做的。其三,在完成了对鲁迅早期"个人"观念自身的梳理以后,汪卫东君又把讨论推进深入,即"以鲁迅所提出的'个人'观念能否有效地解决他所面临的问题为尺度,把鲁迅'个人'观念放在中西'自我'意识及'个人'观念的比较语境中,以揭示、分析鲁迅'个人'观念所存在的问题"与"危机"。——这就意味着汪卫东君在努力进入鲁迅世界以后,又自觉地"走出鲁迅",这或许将是年轻一代鲁迅研究者的一个特点,这恰恰是我这样的"走在鲁迅阴影下"(这是孙郁先生对我的评价,也是我所认同的)的学者所努力而又没有做到的。以上三个方面的努力表明,汪卫东君在他的博士论文写作中,既接受了我的指导,又不受我的意见的束缚,而是有所修正,自有独立的创造:这也正是我对自己的学生的期待。

当然,正像我经常向学生们说的那样,博士论文的写作,从来是有许多限制与束缚的,是"不自由的写作",学生能做到的只是在不自由的条件下尽可能地发挥,而这样的发挥是有限度的。再加上写作时间的紧迫等原因,就自然留下了许多遗憾,这都是自不待言的。但无论如何,论文的通过,以至现在整理成书出版,就意味着汪卫东君学生生涯的结束。就我们师生关系而言,他已经出师,于是,我也就会像以前对每一个毕业学生那样,对他说:我能够教给你的我都教了,现在你可以而且也应该独立地飞翔了,你应该走出我的阴影,寻找属于自己的人生与学术的道路。只有这样,我们才可以期待,会在将来的某一时期,在更高的层次上相遇:那时,我与你,老师与学生,都将达到了自我生命与学术的更高境界。

写到这里,这篇"序言"可以结束了。

2006 年 1 月 30 日—2 月 1 日

重新体认鲁迅的源泉性价值
——王晓初《鲁迅：从越文化透视》序

晓初执意要我为他的书写序，这心情我是理解的。十多年前，他初涉学术研究领域，就和我相识。在某种程度上，可以说我是看着他在学术上逐渐长大的，他能够走到今天这一步，确实不易。这些年，我们来往不多，却总能读到他的文章，也为他的勤奋与学术上的不断开拓而感到高兴。现在汇集成书，我也理应说些什么。就说说我的读后感吧。

晓初在《导论》里，一开始就谈到对鲁迅的评价问题，看似突兀，其实是自有针对性的。如晓初所说，这些年思想文化学术教育界一直有一股"解构经典，否定鲁迅"的思潮。先是用"你死我活"的阶级斗争思维去看待鲁迅和孔子、胡适的关系，大刮"尊孔、尊胡而贬鲁"之风。我为此曾发过这样的感慨：我们这个民族好不容易有了一个孔子，又有了一个鲁迅，还有一个胡适，这都是民族血战前行的历史留下来的一点精华，我们却硬要将他们活生生地撕裂开来，抛弃一个，利用一个，这实在是愚蠢之至。郁达夫早就说过，一个民族，没有伟大作家是可悲的，有了伟大作家，却不能认识，是更可悲的。最近几年，教育界又不断有人鼓吹"淡化鲁迅作品教学"，甚至还出现了"将鲁迅拉下人坛"的鼓噪，这样的消解一切的虚无主义之风，直接影响对年轻一代的教育和引导，实在令人担忧。

因此，晓初在他的书里，开宗明义地指出：鲁迅思想是"（中国）现代思想不竭的源泉"，"构建了现代中国人的精神家园，提供了现代中国人文精神的支撑与标杆"，这样的"重新认识"是有着非同小可的意义的。晓初强调鲁迅思想的"源泉性"，这一点，尤得我心。我曾经说过，在评价鲁迅时，我们应该有个大视野。全世界每一个民族，都有一些原创性的，能够成为这个民族的思想源泉的大思想家、大文学家。他们的思想，构成了民族文化的核心，民族文化教养最重要的内容，全民族的人都能够到这些凝结了民族精神的大家那里，不断吸取精神的养料。这样的原创性、源泉性的大家，每个民族都不多，却是家喻户晓，渗透到每一个人的心灵深处。比如说，英国的莎士比亚、德国的歌德、俄国的托尔斯泰，等等。而鲁迅对于中华民族正是这样的源泉性的作家、思想家，他是和孔子、庄子、屈原、李白、杜甫、陶渊明、曹雪芹等并肩的。鲁迅开创的是现代思想、文化的新传统，他对现代中国，始终是一个"正在进行式"的作家、思想家，我们在现实生活中遇到什么问题，都能从他那里得到启示。

这里，不妨举一个例子。在当下中国思想文化学术界，就遇到一个如何对待中国传统文化与西方文化的问题，围绕着"新儒学"与"普世价值"等命题，展开了激烈的论争。而这样的问题，其实是一直缠绕着中国现代知识分子的经典命题，也是当年鲁迅曾经面临的问题。在我看来，晓初的这本书，在鲁迅和越文化的关系的视野下，所要探究的就是鲁迅面对西方文化的冲击与传统文化的变革所作出的艰难的文化选择。本书论述的中心，就是鲁迅所提供的思想文化的、文学的模式：既学习西方，"把西方的近代包容到自己的历史中来"；又坚持反抗，坚守自我，"以自我否定的方式"将西方"解构进东方的现代中"，最终的目标是"别立新宗"，创立现代中国的新的主体性，并创造一种"对某种可能性的否定性表达"方式。这鲁迅式的模式，完全跳出了"东方——西方""传统——现代"二元对立，相互排斥，非此即彼的模式，而正是这样的看似明快的简单化模式，长期支配着我们的思考，以致今天的讨论，我们的认识，也就不断在"全盘西化"与"回归传统"两个极端间来回摇摆。了解了这样的思想文化背景，就不难看出，晓初这本书所讨论和强调的，鲁迅在西方文化与中国传统之间，在中国传统文化中的各种因素（中心与边缘、正统与异端、精英与民间）之间，以及所有这些文化因素和自我生命个体之间的复杂关系中的纠缠，以及鲁迅以自我否定性的方式进行反抗和自立的意义。因此，我读晓初这本书，总有强烈的现实感，并从他的论述中引发出许多思考：或许这也是本书的价值所在吧。

　　当然，对鲁迅的新体认，也要掌握好分寸。据晓初说："鲁迅作为'现代中国的圣人'，'中华民族新文化的方向'的论断却越来越得到人们的认同。"我不知道这样的说法有多大的根据，我对晓初和他的年轻朋友有这样的想法是理解的；但我仍然不同意这样的论断。"圣人"之说，多少有"神化""半神化"之嫌，至少会把鲁迅"神圣化"，这恰恰是鲁迅坚决拒绝的，鲁迅说他"只在泥土上爬来爬去，决非洋楼上的通人"和远离人世的"天人师"。（《华盖集·题记》）"方向"之说，也容易把鲁迅的选择绝对化、唯一化。鲁迅绝不是真理的掌握者、宣示者，只是真理的探索者，他的思想、文化选择，只具有启发性（当然是巨大的，特别的，不可忽视的），而不具有示范性。鲁迅自己也一再拒绝充当导师。我注意到晓初在书中引述了我的意见："鲁迅从来就不是，也从来没有成为'方向'，他任何时候（过去，现在和将来）都不可能成为'方向'，因为他对任何构成方向的主流意识形态，以至'方向'本身，都持怀疑、批判的态度。"我依然坚持这样的看法。对鲁迅的重新认识，切不可导致另一个极端，在这方面的历史教训是不能忘记的。

无论如何，在晓初这一代新的鲁迅研究者这里，鲁迅的价值得到新的体认，我还是十分欣慰的。我在写完《心灵的探寻》以后，就写过这样的寄语："向青年学生讲述我的鲁迅观，这是做了几十年的梦。现在使命已经完成，我应当自动隐去，但仍期待于后来者——鲁迅的真正知音必在中国当代青年中产生。"虽然到现在，我还没有"隐去"；但对后来者的期待，却是始终缠绕于心，念兹在兹的。我之所以乐于为晓初和许多年轻学人写序，为之鼓吹，原因也在于此。我在读本书时，就特别注意晓初在注释与参考书目里提到的研究者中，有不少是我并不熟悉的青年研究者，从晓初的引述中可以看出他们的有些研究，已经达到了相当的深度。这就引发了我的第二个感想：对鲁迅研究及青年研究者的潜力，鲁迅文学与思想开掘的可能性，也要有新的认识和充分估计。这也是我读晓初这本书最大的感触：最初看到"鲁迅与越文化关系"这一题目，就想到多年前，我就为陈方竞先生的《鲁迅与浙东文化》一书写过序，以后又陆续看到不少有关研究论文，似乎这一课题的研究已经挖掘得差不多了；但仔细读了晓初的著作，看到他竟然由此生发到如此广泛的领域，从鲁迅的精神成长背景，到鲁迅的创作历程，到鲁迅的文学世界、文体、风格，都开掘出了深层的越文化底蕴，并由此展开了有关鲁迅思想、文学的创造，以至中国现代文化建构的一系列重大问题的思考，这是出乎我的意料的。仅在这样一个命题上，就能有可供不断开掘的空间，是令人惊叹的。我想起了英国人说的"说不尽的莎士比亚"；我们也完全可以说，鲁迅也是说不尽的。我作了几十年的鲁迅研究，至今依然觉得鲁迅是常读常新的。我甚至觉得，鲁迅研究现在才开始，或者说，我们现在又面临鲁迅研究的一个新的开始。

我曾经说过："或许已经到了打破学科界限，对鲁迅这样的大思想家、大文学家、大艺术家进行综合研究和把握的时候。"也就是说，鲁迅研究的新开始，要求向"博"与"通"的方向发展，即要深入到更广博的领域，进行贯通式的研究与把握。这就要求新的知识结构、新的感悟力和新的想象力。就本书研究的课题而言，实际上就已经涉及了多个学科，坦白地说，仅这一点，就使我望而生畏，不敢涉及。晓初比我年轻，他对这一课题的处理，显示出他的知识结构就比我要合理。但我也看出了他仍有力不从心之处。这主要是对越文化的把握，我注意到，他在这方面的论述，大都引述越文化研究者的成果。学术研究不可能不利用他人研究成果，但我想，如果在越文化的某些方面，甚至是某一个方面，晓初能够有自己的独立研究，或独到感悟，再来处理鲁迅与越文化的关系，可能就会有更为融会贯通的把握。当然，这可能是一个苛求，但所提出的问题却是不能回避的：无论是鲁迅研究，还是现代文学研究，以至整个中国学术研究，发展到现阶段，都要求学者必须打通古今中外，打通相关学科，即使做不到精通，但也要有相当的修养。因此，我曾经有这样的预感：对鲁迅研究的突破，可能不是来自鲁迅研究内部，而是具有其他学科的学养，而又深知鲁迅的学者。这或许会对晓初这样的鲁迅研究者形成某种压力：如果要"更上一层楼"，有更大的开拓，就必须对知识结构做一定调整，并不断提升自己的精神境界。好在晓初还年轻，还有时间和精力，来日方长。这也算是我对晓初和他这一代研究者的一个期待吧。

当然，从更长远的眼光来看，晓初这一代也是历史的"中间物"。这就说到了我要说的第三个感想。我是注意到晓初任教于鲁迅故乡的大学，而想到如何将他关于鲁迅与越文化关系的学术研究的成果转化为教育资源的问题。这是这些年我最为关心的，也是我经常说的：对传播鲁迅文学与思想的潜力、可能性，也要有一个新的认识和充分估计。我对鲁迅思想、文学自身的力量是从不怀疑的。我多次说过,在当下中国,只要具备一定的文化程度,而又喜欢思考问题的人,特别是年轻人,迟早是要和鲁迅相遇的。不管贬抑鲁迅的风刮得多猛,这一信念从未动摇过。作为鲁迅研究者,我们是负有传播鲁迅思想与文学的责任的。我想,至少我们可以把鲁迅的家乡作为一个实验地,让鲁迅作品在他故乡的青少年的心灵上扎根。这些年我一直在和绍兴的小学老师刘发建先生合作,编写《鲁迅小学生读本》,希望作为乡土教材进入小学课堂。在这方面,晓初和他的同事,作为当地的大学教师和专业研究者,或许是可以做更多的工作,发挥更大的作用的。我期待着,在鲁迅的故乡,围绕着"鲁迅与越文化"这一中心,地方学术界与文化界、教育界,大学与中小学之间,能够有更好的合作。对晓初来说,这不仅是将自己的学术研究成果转化为地方文化、教育资源,从长远来看,也是为鲁迅研究培养后续人才:鲁迅的家乡是应该不断出现鲁迅研究的专家的。——这都是我的理想主义,我姑妄说之,晓初和本书的读者,就姑妄听之吧。

2011 年 7 月 23 日

"30后"看"70后"
——读《"70后"鲁迅研究学人论文集》

我是1939年出生,属于"30后",比"70后"早生三十多年;不过我进入鲁迅研究界,却在1985年左右,已经46岁,和"70后"学人今天的年龄差不多,还没有他们的博士头衔,至今仍是一个硕士。本书的编者让我来说几句话,大概是看中了我这样的特殊身份。也算是"命题作文"吧,"70后鲁迅研究学人"这个概念,就内含着两重意思:一是强调同代人("70后")的同一性,二是与其他各代(例如和"30后")的差异性。但我认真读了这本书以后,首先感受到的,也是我最想讲的,却是反题:"70后"之间的差异性,以及和我们这一代所面对的类似问题。我看"70后",也要从这里说起。这也是周作人的"以不切题为宗旨"。

比如,我就从本书作者关于"我与鲁迅"的自述里发现,"70后"鲁迅研究学人其实是有两个不同路向的。一是"从知识的角度尝试进入鲁迅的世界",[1]"'鲁迅'只是一个研究对象,一个切入历史的

---

[1] 梁展:《徘徊和流连》,收入《"70后"鲁迅研究学人论文集》,下同。

视角",追求"客观中性的风格";[1]另一则是从生命的角度进入鲁迅世界,强调"在我的学术研究和生命中,鲁迅已经成了一个不可缺少的重要部分",[2]期待"能够成为对等的生命个体,与之展开深度对话",[3]并在研究过程中"感受到自己的成长"。[4]其实,这样两个研究路向,在我们这一代,以及以后几代鲁迅研究学人中也同样存在,甚至可以说鲁迅研究过去与未来都会有这两种趋向,而且两者都有自己的合理性,同时也都存在着各自的陷阱。如一位本书作者所说,前者走到极端,就会"抽空鲁迅研究的生命力";后者被泛化、滥用,也会导致"主观的肆意妄言"。[5]因此,二者是应该相互补充与制约的。在具体研究实践里,每一个学者根据自己的学术追求、学养、个性,会有所"偏至",但也可以有所融合。它本身就是体现了鲁迅研究的丰富性与多元格局的。

阅读本书,自然也引起了我对自己走过的学术道路的回顾。我发现,其实当年我们面临的问题,与"70后"学人也有类似之处,尽管具体的情境并不相同。

比如,首先遇到的就是我自己与鲁迅的关系,也即研究者与研究对象的关系问题。我上中学时,就在语文课堂上接触了鲁迅作品,这一点和"70后"的学人也是一样的;后来在大学,又通读了《鲁迅全集》,但只是把鲁迅当作自己喜欢的小说家,和我同时喜欢的戏剧家曹禺、诗人艾青,并没有什么两样。大学毕业分配到贵州,正遇上

---

[1] 邱焕星:《我与鲁迅研究》。

[2] 袁盛勇:《我与鲁迅研究略述》。

[3] 姜新异:《追随鲁迅永远的心》。

[4] 张洁宇:《我与鲁迅研究》。

[5] 鲍国华:《我与鲁迅研究》。

了大饥荒，接着又在社会底层经历了"文化大革命"，所面对的，不仅是生存的威胁，政治的动荡，更是精神的危机。就在这样的生命的绝境里，我几乎唯一的依托，就是读鲁迅的书和毛泽东的书。当鲁迅进入了我的生命时，也就开始读懂了他。我永远难忘的，是"文革"后期的"民间思想村落"里，和年轻朋友们一起秘密地讨论鲁迅与当代中国的情景。大概就在那一时刻，我萌生了"终生研究鲁迅，回到北大讲鲁迅"的梦想，直到1978年考回北大当研究生，才算圆了梦。也就是说，我是在自我生命与鲁迅相遇以后，才开始研究鲁迅的；或许这是我和我们这一代与"70后"的学人不同之处。

如本书的一位作者所说，"70后"学人是"被学院的研究与教学体制训练出来的一代"，他们很自然地成为"专家型的学者"，是先确认了研究者的身份，然后选择鲁迅作为研究对象的。[1]因此他们中许多人选择从知识的角度进入鲁迅世界，是顺理成章的。而且他们的研究也不会局限于鲁迅，他不过是众多的研究对象中的一个。但"70后"另一部分人，却在人们纷纷远离鲁迅以后，固执地选择鲁迅作为主要的，甚至是终生对话的对象，如本书一位作者戏言，要做"鲁迅党"的一个成员。[2]这样的选择表明，鲁迅就不再是纯粹的研究对象，而和研究者自身的生命发生某种关联了。而他们与鲁迅相遇的途径又各有不同。一位作者谈到，他是在乡下长大的（我注意到，有好几位作者都是农家子弟，这恐怕也非偶然），"乡间的蛮野与贫困、病痛与死亡，让我很早就感触到人生的辛苦与辛酸，领略到人性的幽暗与恶浊"，"但这份乡下少年的人生经验最初造成的只是幼稚的伤感，而非深沉的勇气"。直到读鲁迅的书，才发生变化，读多了，"精神气

---

[1] 鲍国华：《我与鲁迅研究》。
[2] 朱崇科：《与鲁迅为伍》。

质、思想观念也会在熏陶中靠近鲁迅",而且阅读鲁迅"常常勾起自己的乡村生活体验来反复对照,也常常以此反照中国的历史和现实"。于是,"阅读鲁迅,也是阅读自己,阅读中国",鲁迅也就从"外在于自己与现实的知识对象"变成内在生命的一部分了。[1] 另一位大概是城市里长大的学人则坦承:"由于一直求学,生活在父母的庇护之下,几乎没有任何社会阅历,我对鲁迅的理解都是很浅表性的,还无法达到心灵的共振";直到走向社会,人到中年,"目睹了正在迈向现代化、城市化的中国社会的种种荒唐现实,历经了更多的人与事,内心也郁结着愈来愈多的愤怒与苦闷,当然也积累了更多的知识与思想",只有到这时,才"向鲁迅的心灵靠近了"。[2] 这样的经历、经验和体验大概是有一定代表性的,好几位作者都谈到,正是现实生活导致的精神苦闷,使自己接近了鲁迅。[3] 一位作者因此表示愿意把鲁迅"当作一个同龄的友人,感受他,理解他":"正是这个苦闷虚无的中年人,以文学的方式写下了他的虚无与绝望,也以同样的方式,为他自己、为我们,呈现出克服和反抗这份虚无与绝望的努力。"[4] 另一位作者则兴致勃勃地谈到,自己是"在遥远的南中国,一所最偏远的大学校园"里,和学生们——"80后""90后"青年一起与鲁迅相遇的:"年过三旬的我,'身内的青春'已经逝去,无声无息;'身外的青春'固在",他们需要鲁迅,"是鲁迅,让我和世上的青年,保持精神的联系","因为鲁迅,我们相遇,见证精神生命的延续"。[5]

---

[1] 符杰祥:《与鲁迅相遇》。

[2] 潘磊:《我与鲁迅研究》。

[3] 崔云伟:《鲁迅之于我:三重镜像》。

[4] 张洁宇:《我与鲁迅研究》。

[5] 程振兴:《我与鲁迅研究》。

精神生命延续到一代又一代:这正是鲁迅的真正魅力所在。或许正是这一点吸引了我这样的"30后"与"70后"的学人;也可以说,因为鲁迅,我们相遇了。

我们还共同面临着一个问题:作为鲁迅研究的后来者,如何面对我们的前辈?1986年,47岁的我,写第一部鲁迅研究专著《心灵的探寻》时,就面对着也是今天的"70后"学人不断提及的学术与内心的焦虑:如何"挣脱"前辈,把握时代和个人的"问题意识",避免低水平的重复,走出自己的独立的研究之路?[1]可以说,这是我当年开始研究鲁迅时,最为纠结,也最为费心、用心之处。经过长时期的思考,我首先对"鲁迅研究"的特质作了一个理论的概括:"'鲁迅'(鲁迅其人,他的作品)本身即是一个充满矛盾的、多层次、多侧面的有机体。不同时代、不同层次的读者、研究工作者,都按照各自所处时代的与个人的历史哲学、思想感情、人生体验、心理素质、审美要求,从不同的角度、侧面去接近'鲁迅'本体,有着自己的发现,阐释,发挥,再创造,由此而构成一个不断接近'鲁迅'本体,又不断丰富'鲁迅'本体的,永远也没有终结的运动过程。也正是在各代人广泛参与的过程中,'鲁迅'逐渐成为民族共同的精神财富。"这样,做出不同于前人的时代和自己的"发现,阐释,发挥,再创造",就成了一种历史责任。在仔细考察鲁迅研究的历史与现状以后,我终于找到了自己的研究角度:"如果说四、五、六十年代,人们对鲁迅的观察视野集中在'民族英雄的鲁迅'这一层面上,带有单向思维的性质";那么,到八十年代人们的观察视野就转向"个人的鲁迅","对鲁迅的自我——他的独特的思维方式、心理素质、性格、情感……都感到浓厚的兴趣";同时又有一个"世界的、人类的鲁迅"的视野,

---

[1] 袁盛勇:《我与鲁迅研究略述》。

把鲁迅视为"人类探索真理的伟大代表","从人类思想发展史的广大空间、时间来探讨鲁迅及其思想艺术的价值"。[1]不难看出,这样的选择与设计,包含了我对八十年代的时代精神与问题的一种把握:那是一个个性解放的时代,呼唤个人意识的重归,又是一个走向世界的时代,需要重建世界意识;同时也是对自己的学术兴趣和个性的一种体认:我始终对个体生命的精神有着强烈的探索欲望。时过近三十年回顾当年的选择,一方面,应该肯定,正是这样的自我设计,使我在出现于鲁迅研究界的伊始,就显示了强烈的时代精神和个人特色。但其中也包含了深刻的历史教训:其一,是与时代思潮贴得太紧,缺乏必要的距离,因而我的研究同时也不可避免地带有八十年代中国社会与文学的某些弱点——时代的局限本也难免,但如果清醒一点,这样的局限是可以减少的;其二,当时我们太急于从前辈的影响下摆脱出来,就从一个极端走向了另一个极端。大概到了九十年代中后期,我才发现,过分强调"个人的鲁迅""世界、人类的鲁迅",而忽略了"社会的鲁迅""民族的鲁迅",这也会形成对鲁迅的某些遮蔽。这才有了《与鲁迅相遇》对鲁迅世界更为丰富与复杂的全面展示,及新世纪对"左翼鲁迅"的研究,在某种程度上回到了前辈的研究那里,又有了新的发展。总结历史,我对学术研究中的后辈与前辈,学生与老师的关系,就有了新的认识。我曾将其概括为三部曲:一是学习,二是反叛,三是在更高层面上相遇。

因此,作为"30后",我对"70后"力图走出自己的路的焦虑,挣脱,努力,都有一种同情的理解,而且为他们做出的新试验感到欣喜与欣慰。从本书所收入的文章看,"70后"似乎作了三个方面的努

---

[1] 钱理群:《引言》,《心灵的探寻》,上海文艺出版社,1988年出版。

力:一是寻找属于自己的走进鲁迅世界的方式,建立区别于前人的和鲁迅的新关系,用一位作者的话说,就是要找到一个"自己认得准、信得过、靠得住的鲁迅说话",[1]我补充一句:还要找到自己的言说鲁迅的方式。其二,是对鲁迅研究界几乎已成"常识"的命题,进行新的观照与开掘。如前文所说,任何时代与个人的研究,都是从一个特定角度去观照鲁迅本体,其所得出的结论,如果确实照亮了鲁迅的某一层面,就逐渐被接受,以至成为"常识",但这一特定角度,也就可能在有所发现的同时,也有所遮蔽;这就需要后来的研究者重新开掘,或有新的发现,或有新的深入。学术研究就是在这种不断的开掘过程中得以逐步推进。其三,也许是最重要的,就是如何发挥自己这一代人的学术优势,以超越前人。如一位"70后"学人所说:"因为知识结构与思想视野等方面的更新转换,青年学人近年来的鲁迅研究在文体、语言、翻译、宗教、哲学、传播等方面都有更新颖、深入的研究。"[2]本书所收录的文章,大概就能证明这位作者所言不虚。而他所强调的"知识结构与思想视野"的更新与转换,确实是一个关键。我在很多场合,都谈到自己(或许也有我们这一代相当一部分人)的致命弱点,就是我们成长于"批判封、资、修"的文化封闭和断裂的时代,由此造成了在知识结构与精神境界上的重大缺陷。我们是在既陌生于东西方文化,特别是东西方现代文化,又不熟悉中国古代文化的狭窄的视野里来观照鲁迅,就必然是既不能达到鲁迅已经达到的高度与深度,更不能超越鲁迅,从更大的文化视野下发现鲁迅的局限,"发现他的不见"。[3]我自己和我们这一代人很难"走出鲁迅",并

---

[1] 李林荣:《走近鲁迅十七年》。

[2] 符杰祥:《与鲁迅相遇》。

[3] 朱崇科:《与鲁迅为伍》。

不像有的人所说，是因为"神化鲁迅"（其实我们早已走出了曾经有过的对鲁迅的崇拜，我们今天仍然强调鲁迅的意义，绝非出于迷信，而是出于对鲁迅价值的一种深刻体认），而是受到了"知识结构与思想视野"的限制，"非不愿也，乃不能也"。在这方面，无论从所受的教育，还是所处的时代，都决定了"70后"的学人，显然具有优势。我在读本书时，经常感慨，有好些文章，我都是写不出来的，这是一个重要原因。

当然，"70后"学人在知识结构与思想视野方面，也是有弱点的。我在阅读本书时，就感到了两点。一是大部分作者都是运用西方思想资源来观照鲁迅，却很少利用古代文化资源，这大概是反映了"70后"学人（多数？部分？个别？）古典文学修养相对不足的弱点的；还可以看出，除个别几位外，相当部分的作者对西方文学、文化的理解也是浮光掠影的。这就是说，我们这一代知识结构上的弱点，在"70后"只是有很大进步，却没有根本解决，这样一个研究者的学养与研究对象（鲁迅）的学养之间的巨大差距，是会制约鲁迅研究的长远发展的。其二，尽管我们总结历史经验，提出研究者与时代思潮要保持一定距离；但不可否认的是，与时代和中国土地上的普通民众密切的精神联系，是鲁迅研究的一个重要传统。本书一位作者引述了一位学者的意见："守在书斋里的学者是走不进鲁迅的。"[1] 如果不把这句话绝对化，其强调鲁迅研究学者应走出书斋，还是有一定道理的。应该说，在这方面，"70后"学人是存在着先天不足的，他们成长与生存于学院里，如何"伸出头来"，看看外面的世界，如何建立和保持与底层社会的联系，这还是一个有待解决的问题。这也是鲁迅研究，特别是强调与实际生活相连接的鲁迅研究能否健康发展的一个重要问题。

---

[1] 鲍国华：《我与鲁迅研究》。

顺便谈谈我读了本书以后感到的一点遗憾：较少作者涉及鲁迅杂文的研究，这与前一个问题或许也有联系。杂文是鲁迅和他的时代保持密切联系的主要手段，忽略了杂文，就会遮蔽鲁迅世界里的许多重要方面。我要强调的是，鲁迅杂文不仅和他的时代息息相通，更有其超越性的一面，因而也和我们的时代息息相通。鲁迅杂文还有至今我们也没有说清楚的文学性。从鲁迅研究史看，杂文研究曾经是成果众多、分歧最大的领域，而新时期以来又是一个薄弱环节。这是一个亟待重新开掘，并具有巨大潜力的研究天地，建议"70后"的朋友不妨以杂文研究作为一个新的突破口。这是可以一试的。

2014年4月2日—3日

"于我心有戚戚焉"

——读李国栋《我们还需要鲁迅吗?》

2015年12月外出半个月,月底回到所住的泰康之家,桌上放着一本文稿,是我不在时一位中年人专程送来,并附了一封信,自称"打工者"(我后来才知道,他是1990年来北京的,一直在北大附近的中关村一带漂泊,现在全家人都在为硅谷电脑城里一家老板打工),在为生计奔波的同时,又为精神的苦闷不能自拔,就在这样的情况下,遇到了鲁迅,立刻被吸引,并沉迷其中,而且有了自己的体悟,心有所感,不得不发,于是,就有了这本书。我打开一看,书名《我们还需要鲁迅吗?》,心怦然一动:这也是我一直在追问的问题,还专门写了文章(李国栋的书里也曾提及)。看看这位"打工者"如何回答吧。刚看一两章,就被抓住、镇住了,而且引发了许多的回忆和联想。

四十多年前,我也写过这样一本,题目是《向鲁迅学习》,是手写请朋友代为装订的,那时还没有条件像李国栋这样打印成书。那是"文革"后期,我在贵州山区的一所师范学校教书,三十多岁,正是今天的李国栋这样的年龄。1996年我写过一篇文章,回忆当时的情景:"也许是出于教师的职业习惯,喜欢和年轻人来往。于是聚集起了一批人。有工人,知青,也有少数在校学生。我们当时的个人处境都不太好,但忧心忡忡的,却是国家的命运,以及世界发展的前途,我们最热衷讨论的题目是:'中国向何处去'与'世界向何处去'。现实生活中有太多的问题,逼着我们去思考,去探索。我们内心有太多的痛苦,要寻求可以向他倾诉的朋友和导师。于是,我们找到了鲁迅。"记得差不多每次聚会,都要读鲁迅作品,一般是由我先讲,然后自由地讨论。我自己更是每天读到深夜,写下了许多笔记。这样的讲稿与笔记积累多了,就编成了一本《向鲁迅学习》。当然无处发表,多次想寄给大学的老师、研究鲁迅的专家看看,却又顾虑重重,既有自卑心理,不敢打扰"大人物",又自知自己的思想有点异端,怕惹出麻烦。最后献给了老伴,算是找到了最好的去处。我的回忆文章最后说:"鲁迅,正是在那个不寻常的岁月里,在中国老百姓(特别是中国年轻一代)处于空前的迷茫、饥渴的时代,走进了我们心中,并和这一代人的生命融为一体了。""文革"结束以后,我终于有了机会通过读研究生成了鲁迅研究者,圆了自己的梦。"尽管人们把我叫作'教授''专家',但我却一直以'精神流浪汉'自居","因为我与鲁迅的关系,绝不是学院里的教授与他的研究对象之间那样的冷漠的(也就是人们常说的纯客观的)关系,而是两个永远的思想探索者之间的永无休止的生命的热烈拥抱、撞击,心灵的自由交流"。(《知音在民间》,收《走进当代的鲁迅》)这大概就是我与李国栋还没有见面,就"心有灵犀一点通"的原因:我们同是"精神流浪汉",我们需要鲁迅,是因为精神的需要,内心的需要。

问题是:四十年后的今天,中国还有没有精神需要?又是怎样的需要?

不错,今天的中国已经不是"文革"后期的贫困落后、危机重重的中国了。李国栋在他的书里也说:"我们的国家,已经是世界第二了,据说很快就要超过美国,变成世界第一。看一看国民的餐桌、衣着和无限扩张的城市边际线,鳞次栉比的楼房,应该说,我们是富裕了。"当然,也还有贫困地区,但总体而言,全面奔小康,已经是一个大的发展趋势了。

怎样看待这样一个日趋富裕与强大的中国,下一步中国应该向何处去?——这是放在每一个关心中国发展和未来的人面前的问题。而且应该承认,不同的人群对问题的回答是截然不同的,甚至是针锋相对的:民意的分裂,也是当下中国社会的一大特点。在我们讨论的问题范围,与对鲁迅的认识有关的,在我看来,有两个方面的分歧。

首先是有人说,中国的日趋富裕和强大,就证明了中国现行制度正确,中国文化优越,我们的任务,就是要把中国制度、道路、文化、发展模式普及推广,拯救危机重重的世界。当务之急是增强民族自信,讲好中国好故事。像鲁迅这样批判传统文化,批判国民性,起码是不合时宜,说严重点,就是扰乱人心,有碍稳定团结。这种观点在当下中国,是占主流地位的,这其实就是李国栋和许多人为之忧心忡忡的中学语文教育中鲁迅作品教学被竭力淡化的内在原因。

其二,在认识甚至深感中国危机的人群中,对中国危机在哪里,如何解决中国危机的问题上,也存在分歧。这也是本书第六章《制度与人》所讨论的问题。其实,前几年盛行一时、今天也还颇有市场的"捧胡(适)贬鲁(迅)"风里,提出的理由,就是胡适关注制度问题(主要是引入美国制度)比鲁迅空谈批判国民性要深刻、重要得多。本来,强调制度的变革本身并不错,在当下中国的改革更具有极大的迫切性;问题是不能把某一具体制度绝对化,更不能以为只要建立了好的制度,中国的问题就解决了,那就会进入误区。这就是本书作者一再强调的,制度是要人去执行的;这也是本书多次引述的鲁迅的观点:"现在的强弱之分固然在有无枪炮,但尤其是在拿枪炮的人","凡愚弱的国民,即使体格如何健壮,也只能做毫无意义的示众材料和看客"。我也想补充一句鲁迅的话:"大约国民如此,是决不会有好的政府的","现在常有人骂议员,说他们收贿,无特操,趋炎附势,自私自利,但大多数的国民,岂非正是如此么?这类的议员,其实确是国民的代表"。(《华盖集·通讯》)本书也谈到"贪官于今为烈,跟我们每一个人的送礼文化、行贿惯性有很大的关系",可以说当下中国的官场腐败与全民腐败是相互影响、纠缠为一体的。在某种意义上,可以说,中国政府的问题,也是国民的问题,政府是有一定民意基础,"代表"国民的。不解决甘于"做稳了奴隶"的国民奴性问题,就绝不可能有真正的民主政治,即使有了,也会如鲁迅所说,"反而容易倒"。

在"制度与人"问题的背后,其实还有一个更为根本的,我们几乎已经讲烂了却始终没有想清楚的问题:我们需要怎样的"现代化"?这也是二十世纪初,也即一百多年前,鲁迅开始面对中国问题时所提出的,当时叫要建设怎样的"文明"?鲁迅在1907年所写的《文化偏至论》(文收《坟》)里,反驳了几种文明观,即"以富有为文明","以矿路(科学技术)为文明,以众治(议会民主制)为文明"。在鲁迅看来,这几个方面,都是实现现代文明的必要条件,但却不是根本;他提出:"根柢在人","国人之自觉至,个性张,沙聚之邦,由是转为人国。人国既建,乃始雄厉无前,屹然独见于天下"。因此,在他看来,中国要成为现代文明国家,"其首在立人,人立而凡事举;若其道术,乃必尊个性而张精神"。这就是李国栋在本书里一再强调的,作为鲁迅思想核心的"立人思想"。他写这本书,就是要阐释鲁迅"立人思想"的当代意义。他最感忧虑的是,今天大多数中国人,包括知识分子,仍然像当年鲁迅批评的那样,仅以物质富裕、科技发达和议会民主为中国改革,实现现代化的目标,而严重忽略了人的问题,人的自觉、个性和精神问题。即使高谈"精神建设",也是强调意识形态的灌输，将领袖的思想"进脑入心"，与人的精神自觉相背而行。他对当今时代提出的富裕与强大的中国将"向何处去"的问题的回答，是回到鲁迅的命题上来，"首在立人"，只有中国国民有了人的自觉，"立"起了精神独立、思想自由、个性解放的中国"人"，作为"人国"的中国，才有可能"屹然独见于天下"，要想依靠经济、科技、军事的实力"引领"世界，是一条行不通的危险的路。这就是他认为今日之中国"需要鲁迅"的最基本的原因，也是最引起我的共鸣，"于心有戚戚焉"之处。

而本书的最大特点就在于，作者并没有将他这些内在理念和盘托出，而是隐藏在他对现实的中国精神问题的鞭辟入里的剖析之中，但也不忘在关键之处点题。这就充分发挥了他自己就是普通百姓，生活在中国社会底层的优势。如他所说，就是"以小民的心，从小民的视角，看一看，想一想，鲁迅这位医生，对于我们这个民族的肌体及精神的诊断准确否？我们身上那艳若桃花的红肿还在否？倘若按他开出的药方去治疗，能痊愈否？"我之被"镇住"，即在于此：尽管我对这一切也都有所认识，但毕竟"宅"在书房里，实际状况接触不多，现在被身在其中的李国栋一一道来，一桩桩，一件件，活生生，血淋淋，让人浑身不自在。不由得又想起鲁迅那句话："此后最要紧的是改革国民性。否则，无论是专制，是共和，是什么什么，招牌虽换，货色照旧，全不行的。"（《两地书·八》）。——当今的中国，正需要新的思想启蒙运动！因此，我们今天特别需要鲁迅。看来，已经有越来越多的人看到了或者说感觉到了这一点。最近网上"赵家人"一语的盛传，也说明了人们在认识当下中国问题时，仍然可以从鲁迅那里找到精神与话语的资源。鲁迅将永远是一个"现在进行式"（而非一些人希望的"过去式"）的存在。

因此，李国栋对当代中国国民性的观察与揭示，在鲁迅那里早就有了概括，这绝非偶然。这就是李国栋所说，鲁迅当年说的话，是有"预言性质"的，到"现在正纷纷变成现实"，"用我们老百姓的话说，像神仙一样，咋就算得那么准捏!"鲁迅话语的预言性，是由他的思维与话语方式决定的：他关注的也是现实生活里一桩桩、一件件具体的人和事，但他却能以其明锐深邃的眼光，广博深厚的知识，看到其背后的历史文化的最深处，人性的最深处，国民性的最深处，将其揭示出来，概括为某种社会、思想的类型。从"这一个"看"这一类"，"这一个"是具体、现实的，"这一类"就能超越时空，预言未来。当然，也如鲁迅所说，他的言说的生命力，也反映了社会、思想的无进步："凡对于时弊的攻击，文字须与时弊同时灭亡"，"它的生命的存留中，也即证明着病菌尚在"，鲁迅说这正是他"所悲哀的"。(《热风·题记》)我们今天的读者，在引述鲁迅八九十年前的话批判现实时，又何尝没有这样的悲哀呢？

我感到吃惊的，还有李国栋对鲁迅著作的熟悉。他书中引述鲁迅的话，几乎是随手拈来，可见他已经将鲁迅的著作烂熟于心，甚至是融入生命中了。而他书中每一章后面附录的鲁迅生活里的人和事（这构成了本书的一大特色，大概是为了增强读者与鲁迅的亲和力吧），更是显示了作者对有关鲁迅史料的熟稔，其中有些细节是我都不知道的。在我看来，这也是李国栋的另一大优势。这样，既接地气，又熟悉鲁迅，与之相通，在我看来，这就进入研究鲁迅的最佳状态了。

这再一次证明了我的一个观点：鲁迅是属于大家的，每一个读者都可以对鲁迅的阐释与研究做出自己的贡献。而且"鲁迅的知音在民间"，或者说，"凡有思索的地方，就有鲁迅的知音"。"在中国，不仅有我们这些被承认的'鲁迅研究专家'，而且还有许多不被承认、没有得到表现机会的民间鲁迅专家。这两类专家当然不是对立的，而是可以互补，以致转化的。我自己，每当写作时，总是感到身后这些民间的专家的无言的存在,这是一种鞭策,也是一种鼓舞,甚至是一种精神的支援。"(《知音在民间》)现在,我就从李国栋的这本《我们还需要鲁迅吗?》里,得到鼓舞和精神支援,而且我要说这本书不仅可以帮助当代青年走近鲁迅,而且在鲁迅研究上,也做出了独特的贡献。

2016 年 2 月 19 日—21 日

我读《鲁迅在南京》

早在 1981 年读研究生时,就读过许祖云、徐昭武等老师编著的《鲁迅在南京》,读得津津有味。现在,三十五年后,徐昭武老师又寄来了他新编著的《寻求别样的人们——鲁迅在南京》,资料更为详实与全面,我依然读得兴趣盎然。原因就在于,"鲁迅"与"南京",都与我的生命有着割不断的精神联系。鲁迅不仅是我终生研究的对象,更对我一生的发展起到了决定性的影响。而南京,则是我精神抚养之地,我在南京读的小学与中学,我的母亲大半生都生活在南京,最后安葬在南京。而我的母校南京师范大学附属中学,也与鲁迅有密切的关系:鲁迅当年就读的陆师学堂的一部分就在附中的校园内,留存至今的那座欧式小洋楼,我读书的时候是教员楼,我曾经多次去那里向老师求教。现在,南京鲁迅纪念馆就设立在这里。附中校园竖立的鲁迅铜像,以及鲁迅的亲密学生胡风与巴金的铜像,都使人感到鲁迅就生活在今天的附中学生中间。我在 2004 年在附中用三个月的时间给学生开设《鲁迅作品选读》的选修课,也是基于一个信念:鲁迅的心是和当代青少年的心相通的。也就是说,在我的认识里,"鲁迅"与"南京(南京人)"的关系,以及我与鲁迅、南京的关系,都是建立在心灵契合基础上的一种缘分。因此,我读《鲁迅在南京》这本书,就有"有缘千里来相会"的感觉。边读边想,还随手写下一点联想:关于鲁迅,关于鲁迅的研究。把它抄录如下,就权当本书的"序言"吧。

一　鲁迅在南京所接受的中等学校教育

讲到鲁迅去南京求学的缘由,自然要引述鲁迅《呐喊·自序》里的那段话:"我要到 N 进 K 学堂去了,仿佛是想走异路,逃异地,去寻求别样的人们。"这回重读这句话,又看到了本书编选的《江南水师学堂文献史料》《江南路矿学堂文献史料》,就想到鲁迅这一代人之所以能够"走异路,逃异地,寻别样的人",即走上与传统知识分子不同的道路,有一个基本的条件,就是"新学堂"的开设。就像周作人所说,"那时前清政府还是用科举取仕",鲁迅因此还参加过最后一次乡试,这是"知识分子想求上进"的唯一出路与正道。但洋务运动却开辟了另一条路:"顺了办江南制造局的潮流,在南京、杭州等处办了几个特殊的'书院',教授格致等所谓'西学'。"所谓"特殊书院",就是一直延续到今天的"中学",还办了江南水师、陆师学堂这样的"中等专业学校",因为免费,还给津贴,就给鲁迅这样的既不愿走传统科举之路,又无力交学费的,没落、穷苦人家子弟提供了一个新的出路。(周启明:《鲁迅在南京学堂》)我由此想到的是,要认识鲁迅和他那一代人的成长之路,就必须对洋务运动开创的中国现代中学教育进行一番研究。

收入本书的有关水师、陆师学堂的文献史料,就很有研究价值。比如我注意到两江总督刘坤一在《奏增水师学堂学额折》里提出:"中国创建水师,……制胜之道,首在得人,欲求堪任将领之才,必以学堂为根本",因此提出"国家整军经武,广储将才","力图自强",必"以学堂"为"根本",这都是很有眼光与见解的。而根据建设海军人才的需要,提出的"中西文武功课兼营并习"的课程设置,除课堂教学外，还注重"赴堂外机器厂、绘图房、木厂"实习，强调学生体育锻炼，"操习泰西跳跃攀跻，各种武艺以壮筋骨"（《江南水师学堂简明章程》），这都极具开创性，可以说是为以后的中学教育奠定了基础的。因此，本书中收录的《与鲁迅在南京有关的人物》里提到的学校总办俞明震，同学张协和、芮石臣、伍仲文等，都在当时与以后中国中等教育的发展中起到重要作用，张协和、伍仲文担任过教育部普通教育司科长、代司长和科员，在芮石臣《事略》里，称"我国之有中等工业教育自先生始"，这都绝不是偶然的。过去我们因为鲁迅批评水师学堂"乌烟瘴气"，而完全忽视甚至否定洋务运动中的中国新式教育的意义，恐怕失之片面。

事实上，水师学堂、矿路学堂的教育，对鲁迅的影响，其主要方面也应该是正面的。其中最值得注意的是，自然科学知识（物理、数学、化学、生物学等）与文史知识、语言知识的相通，中、西知识的相通，古、今知识的相通，这三相通是奠定了以后的中等教育课程设置的基本格局的，也为鲁迅及他那一代，以及以后几代知识分子的知识结构打下了坚实的基础。这样的知识结构对鲁迅一生的发展的影响，是十分深远的。单就鲁迅在这里学习了英语和德语这一点，就为鲁迅打开了通向世界的大门，鲁迅的思想以后深受德国文化的影响，是在这里奠定基石的。

而且鲁迅在校学习期间，也非一味地反感与反叛，许多同学的回忆都说到他的勤奋，考试成绩的优良，因此多次获得金牌。尤其可以作为佐证的，是《鲁迅在南京读书期间的重要文物》里提到的保存至今的"手抄讲义"和《地质学笔记》佚文""地质佚文"，人们很容易联想起后来鲁迅在日本仙台读书时听藤野先生讲解剖学写下的笔记，以及他后来在北京"沉默十年"时期的大抄古碑与古籍，可见鲁迅在南京读书时养成的认真记笔记、抄书的习惯，也是影响其以后的治学的：这些手抄讲义、笔记全都是"墨笔抄写，字迹工整"，还"附有大量图解，铅笔绘制，线条清晰"，这里显示的认真，严谨，一丝不苟，也是为鲁迅一生的学风、文风，以致为人，打下了基础的。也就是说，鲁迅在南京所受的教育，不仅为他打下了科学、全面的知识基础，还训练、养成了他认真治学做人的基本习惯，这对周树人以后成为鲁迅是打了一个坚实的底子的。这里显示的，正是作为基础教育的中等教育的基本职责和作用。

当然，鲁迅对江南水师、矿路学堂的反感与批评也是真实地反映了起始阶段的中国新式中等教育，以致洋务运动本身的局限的。最引起鲁迅不满的，不仅是可以登高"远眺"的"可爱的桅杆"与给人以"镇压"之感的"关帝庙"并存，所象征的既新又旧的改良教育的不伦不类，更是中国传统的等级观念和行为依然在新学堂里横行无阻：高年级学生处处趾高气扬不说，即使在走路时"也一定将肘弯撑开，像一只螃蟹，低一班的在后面总不能走出他之前"。（见收入本书的鲁迅的《琐记》）顺便说一点，鲁迅对这样的"螃蟹姿势和态度"的警惕与批判是贯穿一生的。就在《琐记》里他就谈到民国初在教育部也发现了这样的持"螃蟹态度"的官老爷。在晚年（1933年）所写的杂文《推》（收《准风月谈》）里，又在上海十里洋场上发现了"弯上他两条臂膊，手掌向外，像蝎子的两个钳子一样，一路推过去"的"高等华人"，以及"不用两手，却只将直直的长脚，如入无人之境似的踏过来"的"洋大人"。可以说，这样的对一切不平等的等级观念与社会结构的高度敏感，疾恶如仇的反叛性格，也在南京求学时期已经形成，并有所表现。鲁迅最后毕业时感到"爽然若失"，决定"到外国去"寻求更新的路。（《琐记》）鲁迅及他那代人终于和洋务运动的改良主义决裂，走上革命之路，绝非偶然。

或许我们更应该注意的，是当他发现学校的改良教育不能满足自己的精神渴求时，所做的自我选择。这就是周作人所说的，"凡是'正宗''正统'的东西，他都不看重，却是另外去找出有价值的作品来看"。（见收入本书的周启明的《鲁迅与中学知识》）他的同班同学张协和也有这样的回忆：鲁迅虽然上课时十分认真记笔记，但"在下课后从不复习课业"，凭着过人的感悟力，课业上的东西在课堂上就基本掌握了，足以应付考试，还能得到好成绩。课余的时间，他只读自己想读的书。主要有两类，一是不被正统文坛承认，在传统文学里始终处于边缘地位的小说与戏曲，张协和就特别提到鲁迅读笔记小说、《西厢记》，"对《红楼梦》几能背诵"。（张协和：《忆鲁迅在南京矿路学堂》）另一是周作人所说的，鲁迅对新出版物的格外关注，这包括新报纸、新刊物和新译著。（周启明：《鲁迅与清末文坛》）这实际是对当下时事政治的关注，对当代思想文化的关注。我们从本书《与鲁迅在南京有关的书刊》里，可以得知，鲁迅当时热心阅读的就有：维新派最重要的机关报《时务报》，近代中国发行时间最久、具有广泛社会影响的《申报》，康有为创办、梁启超等为撰稿人的《知新报》；留日学生编印的以译介欧美及日本的政治学说为主，亦涉及法律、经济、外交、历史、哲学诸领域的杂志《译书汇编》。最引人注目，也是鲁迅自己津津乐道的，是鲁迅对严复翻译的《天演论》的阅读（《琐记》），而如周作人所说，以后，严复"每译出一部来，鲁迅一定设法买来"（周启明：《鲁迅与清末文坛》），于是鲁迅书单里，就有了孟德斯鸠的《法意》，斯宾塞的《群学肆言》，甄克思的《社会通诠》，《穆勒名学部甲》等严译名著，由此而及西方各种人文科学、社会科学名著，其中也有卢梭的《民约论》。严复之外，鲁迅还深受林纾的影响，接连购买了林译小仲马《巴黎茶花女遗事》，林译哈葛得神怪小说《长生术》，以及柯南·达尔的《福尔摩斯探案》。鲁迅后来回忆说，"我们"最初是通过这些林译作品知道西方文学的（《祝中俄文字之交》），收《南腔北调集》），影响鲁迅的，还有谭嗣同的《仁学》。鲁迅正是通过课外的自由阅读，结识了清末思想、文学界的严复、林纾与谭嗣同这样的大家重镇，从而与中国近代思想大潮流建立了思想、精神上的联系，并由此与西方启蒙主义文化传统相连接。这对鲁迅以后的发展是起了关键性的作用的。这样的独立选择、自由阅读也就使鲁迅能够超越在洋务运动推动下产生的刚刚起步的新式中等教育的局限，使自己的思想、精神获得了更为健全的发展，南京时期的鲁迅由此而有了一个较高的起点。这是我们讨论"鲁迅与当时的中等学校教育的关系"时，应该特别注意的。其中的经验对今天的中等学校教育也是有启示意义的。

二 鲁迅在南京时期的道路选择对他思想的形成与一生发展的关系

读本书选录的《鲁迅对南京的回忆》，我注意到，鲁迅在《自序》《著者自叙传略》及《自传》里，多次谈到他的"走异路，逃异地，去寻别样的人们"，并不是一次到位，而是一个不断追寻的过程，经历了寻路——失望——再寻路——再失望……在肯定与否定中往返的复杂而痛苦的心路历程。鲁迅在《自传》里是这样描述的："因为没有钱，就得寻不用学费的学校，于是去到南京。住了大半年，考进了水师学堂，不久分在管轮班。我想，那就上不了舱面了，便走出，又考进了矿路学堂，在那里毕业，被送往日本留学。但我又变计，改而学医，学了两年，又变计，要弄文学了。"这里的"寻（路）……走出……又变计……又变计"的叙述，是写尽了鲁迅选择道路的艰难与曲折的。这不仅是个人生计之路的选择，更是救国之路的追寻。读水师学堂，不仅是"因为没有钱，就得寻不用学费的学校"，还是顺应着"救国必先强军"的军国主义时代思潮。鲁迅后来曾这样回忆说:"那时,欧美各国都用海军侵略着中国,目睹这些,我的青春热情就激起了海军热。"后来,转入矿务学堂,除了对水师学堂的不满外,一个重要原因即是认识的变化,"当时我想,国家的当务之急,首先是开发矿业",即所谓"工业救国,科学救国"。(见收入本书的《与杨之华的谈话》)再后来转为学医的动因,鲁迅在《〈呐喊〉自序》里有明确交代:"从译出的历史上,又知道了日本维新是大半发端于西方医学的事实。"所说的"译出的历史"应该是鲁迅东渡日本时行囊中的《日本新政考》,研究者考证,就是康有为编写的《日本明治变政考》一书。(见本书《与鲁迅在南京有关的书刊》)最后弃医学文,则是因为"医学救国梦"的破灭:"凡是愚弱的国民,即使体格如何健全,如何茁壮,也只能做毫无意义的示众的材料和看客","我们的第一要者,是在改变他们的精神,而善于改变精神的是,我那时以为当然要推文艺,于是想提倡文艺运动了"。(鲁迅:《〈呐喊〉自序》)因此,可以说,从"周树人"(这是初入水师学堂由本家叔祖改的名字)到"鲁迅"(这是在《新青年》发表《狂人日记》时所用的笔名)是经历了"强军救国"——"科技救国"——"医学救国"——"文学救国"的反复选择的,而这背后,是对建设现代文明国家的道路与理想的构建过程。这样的思考与选择集中表现在鲁迅决定弃医学文以后,所写的早期著述《文化偏至论》(1907年作,收《坟》)一文里。提出的问题就是什么是中国需要的"文明":"以富有为文明欤?""以路矿为文明欤?""以众治(按:指议会民主)为文明欤?"不难看出,这都是鲁迅在"南京——日本"时期曾经有过的现代文明理解与想象。而经过反复探索得出的结论是:经济的发展和富裕,科学技术的发达,民主政治的确立,这都是把中国建设成现代文明国家的必要条件,但却不是根本。"根柢在人","首在立人,人立而凡事举;若其道术，乃必尊个性而张精神"，"国人之自觉至，个性张，沙聚之邦，由是转为人国。人国既建，乃始雄厉无前，屹然独见于天下"。也就是说，应该把国人的自觉，精神的独立、自由，个性的充分发展，作为建国之根本，现代化建设的首要任务。这就是鲁迅的"立人"思想，研究者认为，它是构成了鲁迅思想的核心的，鲁迅也因此找到了他的启蒙思想家、文学家的历史位置。这不仅是鲁迅"洞达世界之大势"，内察中国"固有之血脉"而得出的科学结论，更是凝聚着他自己，以及他那一代人面对近现代以来的民族危机和社会危机，苦苦探索救国、建国之路的经验教训的总结，就是到今天也还不失其意义。

而鲁迅的南京求学，就是这样的坚苦卓绝的探索的开始。

三 鲁迅南京求学时期的内心情感

这是我读本书选录的《鲁迅在南京读书期间所写的诗文》最为关注之处。

最引人注目的，自然是贯穿这一时期诗文的浓浓的思乡之情和兄弟情深："四顾满目非故乡之人，细聆满耳皆异乡之语"，不觉"柔肠欲断，涕不可仰"（《戛剑生杂记》），"梦魂常向故乡弛，始信人间苦别离。夜半倚床忆诸弟，残灯如豆月明时"。（《和仲弟送别元韵并跋》）而最具特色的是《跋》里的这句话："英雄未必忘家。"人们很容易就联想起鲁迅晚年所写"无情未必真豪杰，怜子如何不丈夫"的感慨。（《答客诮》，1932年作，收《集外集拾遗》）这自然是对那种将"英雄（豪杰，丈夫，或许还有革命战士）"与"人情、人性"对立的激进观念的微讽，同时也隐含着不被理解，屡遭误会的痛苦，而这样的被误解的命运是追随鲁迅一生，以及他的身后，直至今日的：鲁迅始终被看作是不通人情的，至少是让人难以亲近的。读读这些南京读书时的诗文，这样的有意、无意的成见大概就可以解除了吧。

但如果我们一味急于为鲁迅辩解，而轻易将鲁迅描绘为一个"多情子"，而忽略了他不同于常人的独特的思考，冷峻的表达，也会从另一面误解了鲁迅。于是，我们又注意到，鲁迅对故乡、弟兄的一往情深，仅在我们这里讨论的"南京读书期间所写的诗文"里得到单纯、直露而充满诗意的表达，在他以后的作品里，就没有了这么缠绵的柔情四溢。我们熟知的写于1921年的《故乡》，那是真正的离别之作，尽管也有童年记忆里的金黄圆月的"神异的图画"，但充斥画面的是严峻的现实："多子，饥荒，苛税，兵，匪，官，绅"早就把乡村少年英雄压迫成"木偶人"了。这是一个回不去、也不愿回去的故乡。成为"鲁迅"以后，写兄弟之情的作品，只有两篇，都很特别：小说《弟兄》（写于1925年，收《彷徨》）竟然是对"兄弟怡怡"的嘲讽；而散文《风筝》（写于1925年，收《朝花夕拾》），回忆的是"我"对弟弟施行"精神虐杀的这一幕"，最后的情感选择是：拒绝"春日的温和"，宁愿"躲到肃杀的严冬去"。而这样的感情选择却真正是"鲁迅"式的。

写于这一时期的《莲蓬人》《惜花四律》和《祭书神文》，让我们看到了一个仍浸染在中国文人传统里的"少年周树人"："沐日飞红随蝶舞，关心茸碧绕阶生"（《惜花四律》），"扫除腻粉呈风骨，褪却红衣学淡妆"（《莲蓬人》），这里的用词、意境、情感都没有走出传统的巢穴，缺少了个人的独创。比较有特色的是《祭书神文》："绝交阿堵（钱的别称）兮尚剩残书，把酒大呼兮君临我居"，"寒泉兮菊蒩，狂诵《离骚》兮为君娱"，"君友漆妃（墨的别称）兮管城侯（毛笔的别称），向笔海（砚的别称）而啸傲兮，倚文冢（文稿掩埋处，指书丛）以淹留"。据本书编者介绍，有人说此文是"一篇读书人的宣言"，也是最能显示鲁迅"读书人"的本色的。全诗构思巧妙，想象丰富，也显示了鲁迅内在的浪漫主义气质。而明显可见的屈原的影响，更有助于人们对鲁迅的理解。当然，和以后鲁迅《野草》里的想象的怪异、繁复，情感的充满张力相比，《祭书神文》依然属于青少年时期相对单纯、单一之作。

真正可以说是"鲁迅式"的表达，无疑应该是《自题小像》。关于此诗的写作时间，我认为还是应该相信鲁迅自己的说法："二十一岁时作"，即写于1901年南京读书期间，与许寿裳"二十三岁时赠余"的说法并不矛盾。这首诗第一次明确表达了鲁迅"我以我血荐轩辕"的志向，鲜明地表达了鲁迅的爱国情怀和献身精神，如许寿裳所说，这是鲁迅"毕生实践的格言"，这是南京时期的周树人思想发展达到的最高点，同时预示着一个新的开端，一个"鲁迅时代"的到来。而我们特别注意的，是其思想、情感、表达的复杂和丰富，即"寄意寒星荃不察，我以我血荐轩辕"上下联之间的张力。既存爱国之心，献身之志，却屡遭"不察"，难逃不被理解，甚至放逐的命运。可以说，这是屈原以降中国知识分子的宿命，现代尤甚。像鲁迅这样的真正的爱国主义者被斥为"汉奸"，而鲁迅说的误国、害国、卖国的"爱亡国者"却打着"爱国"旗帜到处招摇，这都是现代历史以致当代屡见不鲜的现实。

四 "鲁迅笔下的南京"给我们的启示

"南京在鲁迅笔下生辉"专题的编选，是本书的一大创意和亮点。我首先注意到，南京的几个主要风景点：石头城、白下城、雨花台、莫愁湖，都尽入鲁迅三十年代的诗作里："六代绮罗成旧梦，石头城上月如钩"（《无题二首》其一），"雨花台边埋断戟，莫愁湖里余微波"（《无题二首》其二），"风生白下千林暗，雾塞苍天百卉殚"（《赠画师》），足见鲁迅对南京这块土地，即使没有达到魂牵梦绕的地步，但也是念念不忘，一有触动，就情不自禁，发而为诗。

更重要的是，发生在南京的种种人和事，都在鲁迅的密切关注之中，是他对当代中国的观察与思考的有机组成部分。相关的杂文有几篇特别值得注意。

其一是《〈玄武湖怪人〉按语》。这本是一条猎奇的社会新闻：南京玄武湖举办五洲动物园，特别展出了"三种怪人"云云，却引起了鲁迅的强烈反应，他立即著文揭露："所谓'三种怪人'，两个明明是畸形，即绍兴之所谓'胎头疾'；'大头汉'则是病人，其病是脑水肿。而乃置之动物园，且说是'动物之特别者'，真是十分特别，令人惨然。"悲愤之情溢于言表，这不仅是学医的经历使鲁迅天然地同情病人，更是因为不将人（而且是病人）当人看，视为动物，还要玩赏他们的不幸，这就超出了鲁迅的容忍度：关心人，特别是弱者的生命与尊严，这是鲁迅的一个底线，也是鲁迅观察、判断中国问题的基本出发点。

鲁迅更不能容忍的，是爱国青年的惨遭镇压。1931年"九·一八"事件后，日本占据了东三省，"许多热心的青年们往南京去请愿，要求出兵"，国民党南京政府百般阻挠："火车不准坐，露宿了几日，才给他们坐到南京，有许多是只好用自己的脚走。到得南京，却不料遇到一大队曾经训练过的'民众'，于是棍子，皮鞭，手枪，迎头一顿打"，"有的还从此找不到，有的是在水里淹死的，据报上说，他们是自己掉下去的"。（鲁迅：《中国文坛上的鬼魅（二）》鲁迅这回是出离愤怒了：他连续发表文章为学生伸张正义，其中影响最大的是曾收入中学语文课本、后又抽去的《友邦惊诧论》："（学生）放下书包来请愿，真是已经可怜之至"，国民党政府却要横加"罪名"，这是"怎样的党国"，"是些什么东西！"——这里说的"党国"，是对国民党专政体制的高度概括，是极具批判力的。联想起这些年总有人竭力美化国民党政权，就更显出鲁迅这一概括的意义。

其实，早在1927年国民党领导的北伐军收复南京，到处举行庆祝盛典时，鲁迅就发出警告："庆祝，讴歌，陶醉着革命的人们多，好自然是好的，但有时也会使革命精神转成浮滑"，"忘却进击"，最后革命精神逐渐"稀薄，以至于消亡，再下去是复旧"。鲁迅因此告诫说，绝不能陶醉于革命胜利中，必须保持"永远进击"的革命精神，否则革命就会变质。（《庆祝沪宁克复的那一边》）鲁迅不幸而言中：南京革命政府最终蜕变为"党国"，这其中的教训是深刻的。

鲁迅对南京革命政府的历史经验的总结，还有一个重要方面。1928年中山陵即将竣工，南京市民中突然谣传：石匠将"摄收幼童灵魂"，以合孙中山墓龙口。于是"家家幼童，左肩各悬红布一方，上书歌诀四句，借避危险"。歌诀曰："你造中山墓，与我何相干"，"人来叫我魂，自叫自承担。叫人叫不着，自己顶石坟"。面对这样的民间歌诀，一般人都会一笑置之，鲁迅却从中看到了市民"对于革命政府的关系，对于革命者的感情"：他们根本不理解革命，也不愿意对革命有任何承担。"叫人叫不着，自己顶石坟"，鲁迅说，这句歌诀"竟包括了许多革命者的传记和一部中国革命的历史"。在中学里读过鲁迅《药》的我们，自然会联想起"满清"革命志士夏瑜"为革命流血却被愚昧的国民吃掉"的悲剧。在鲁迅看来，这样的充满"小巧的机灵和厚重的麻木"的国民性不加改造，"市民是这样的市民"，就绝不会有真正的革命。而当时的革命者却"不敢正视"这样的"社会现象"，"只检一点吉祥之兆来陶醉自己"，这是国民革命终不免因缺乏根基而失败的重要原因。（《太平歌诀》）

可以看出，鲁迅这些杂文，论述的都是在南京真实发生的具体新闻、事件，是从"这一个"出发的，但它的思考、剖析，却又具有一种超越性,从中概括出了更具普遍性的"这一类"的社会、文化典型现象和思想命题,以致我们今天在近七八十年后重读这些文章,仍然深受启示,这就是鲁迅思想与文学的生命力所在。

以上所写,都是我读《鲁迅在南京》的零星感想,却不想拉拉扯扯写了这么许多。应该感谢徐昭武老师给了一次机会,让我和鲁迅与南京相遇,引发了连绵不断的思绪,这本身就是一种精神的享受,写下来,则是希望与本书的读者共享。

2016 年 2 月 25 日—27 日

医学也是"人学":漫谈"鲁迅与医学"

——2014年4月26日"积水潭骨科论坛"上的讲话

先作个自我介绍:我是北京大学中文系退休教授钱理群,是研究鲁迅和中国现代文学史、思想史的。我和诸位的关系,不过就是你们的病人和病人家属。现在出现在你们的医学论坛上,就有点怪,而且还要讲话。在我的感觉里,就像高考的命题作文。这就只能勉强"搭题",把你们的"医学"和我的"文学"联结起来。情急之中,突然想到正好有一座"桥":我熟悉的鲁迅当年在日本学过医。那么,就从"鲁迅与医学"谈起。

鲁迅一生有两次职业转换:一次是"弃矿学医"——鲁迅中学时读的是南京矿路学堂,后来他去日本留学,一开始还保留着对矿务的兴趣,曾经和同学合编过一本《中国矿产志》,但1904年24岁的鲁迅又进了日本仙台医学专门学校学医;读了不到两年,1906年就自动退学,"弃医从文"了。鲁迅这样的职业转换,大概很难为今天的中国人所理解。我看到一位中学生专门为此写了一篇作文,以"现代人"的眼光,作了这样的评价:"他学的矿务,并非热门专业,这是'输在起跑线上';学完矿业没有直接就业,这是没有早点立足社会;学矿业又去学医,中途改行,浪费了多少大好青春!留学归来仍未从医就业,成了待业青年;之后弃医从文——专业不对口;从文后,写的既不是政府御用文章,也不是传统文言文,甚至还抨击政府,批评时弊,是个反动青年,而且是生活动荡、收入不稳的反动青年!"这位中学生的"黑色幽默",倒是引发了我们的好奇心:鲁迅当年为什么要"弃矿学医"?后来为什么又"弃医从文"?——这是一个很有意思的研究课题,也是一个有趣的话题。

先说鲁迅为什么要学医。他曾经这样谈到自己的"医学梦":"我的梦很美满,预备卒业回来,救治像我父亲似的被误的病人的疾苦,战争时期便去当军医,一面又促进了国人对维新的信仰。"[1]这里,包含了两层意思。首先,这是鲁迅个人的一个童年创伤记忆。鲁迅从来没有写过母亲,却连写两篇文章谈父亲:一篇叫《五猖会》,讲父亲怎样强迫自己背书,他由此感受到父子之间的隔膜,让他刻骨铭心,终生难忘;另一篇是《父亲的病》,写直到父亲临终前,才突然感悟到父子之间的同样刻骨铭心的生命的血缘关系,却已经来不及向父亲表达自己的爱,只能大声疾呼:"父亲!父亲!!"父亲却吃力地回应说:"……不要嚷。……不……""我"还是叫着:"父亲!!!"一直到父亲咽了气。多年后,鲁迅还听到那时的自己的喊声,"每听到时,就觉得这是我对于父亲的最大的错处",因为打搅了父亲最终的安宁!这是一个更加刻骨铭心的有罪感和永远的痛苦!可以说,正是这样的刻骨铭心的生命创伤,童年记忆,成为鲁迅要"弃矿学医",而且是西医的最重要的动因。因为在他看来,父亲是因为中医的耽误,才于37岁早逝的,那时鲁迅只有15岁。鲁迅因此终生对中医怀有成见,他也因此对西医怀有好感,甚至有一种敬意。在《父亲的病》里,他在详尽回忆庸医的荒诞与误人之后,又深情回忆了一位西医对

---

[1] 鲁迅:《〈呐喊〉自序》,《鲁迅全集》第1卷,第438页,人民文学出版社,2005年出版。

医学也是"人学":漫谈"鲁迅与医学"

他说的医生的职责是"可医的应该给他医治,不可医的应该给他死得没有痛苦"。他由此看到了西医的科学性和人情味,或许也是这样的西医观使他选择了医学。

当然,鲁迅的学医,也有时代的原因,这就是他所说的"战争时便去当军医"的梦想。研究者告诉我们,在鸦片战争,特别是甲午战争失败以后,中国人普遍有强烈的民族危机感,并且有一个自我命名,叫"东亚病夫",认定中国已经病入膏肓,随时有死亡的危险。而"东亚病夫",首先是身体的病弱。这样,强身健体就成了救国的第一要务。各个阶层的代表人物,如军界的蔡锷、商界的张謇、学界的蔡元培,都提倡"军国民运动",就是要把中国人培养成具有军人的健全体魄和尚武精神的新国民,鲁迅的军医梦就显然受了这样的"军国民运动"的影响。[1] 有学者说:"二十世纪初叶的中国,确实对身体有着一份高度的着迷与坚持,从康(有为)梁(启超)一辈开始,知识分子就以一种舍我其谁的态度,努力于推动各种的身体改造运动。"[2] 这样,医生就自然成为最被看好,备受尊敬的职业,学医成了无数鲁迅式的爱国青年的梦想。而且这样的尊医、学医的时代风尚差不多延续了一个世纪,直到新世纪才发生了变化,以致许多医生都不愿意自己的子女学医——这是一个需要另作讨论的问题。还要补充一点,不仅学医成为风尚,而且体育运动也被大力推广。还有二十世纪初盛行一时的"天足运动",妇女解放要从解放她们的脚开始。鲁迅后来谈到他学医的动机时,除了父亲的病以外,还有一个原因就

---

[1] 程桂婷:《疾病与疗救:鲁迅小说中的矛盾内涵》,收《"70后"鲁迅。研究学人论文集》。

[2] 黄金麟:《历史、身体、国家:近代中国的身体形成 1875—1937》,转引自程桂婷:《疾病与疗救:鲁迅小说中的矛盾内涵》。

是要"救济中国女子的小脚"。触动他的,还有"日本明治维新是大半发端于西医的事实"。日本当时被认为是学习西方的"好学生",所以要学西医,也要到日本来学。[1]

那么,鲁迅后来为什么又要弃医从文呢?其实,鲁迅到了仙台不久,就对医学生的学习生活感到不能适应了。他在写给老同学的信里,如此抱怨道:"校中功课大忙,日不得息。以七时起,午后二时始竣,树人晏起,正与为雠。所授有物理,化学,解剖,组织,独乙(德语)种种学,皆奔逸至迅,莫暇应接。组织、解剖二科,名词皆兼用腊丁,独乙,日必暗记,脑力顿疲。"又说:"校中功课,只求记忆,不须思索,修习未久,脑力顿锢。四年而后,恐如木偶人矣。"他特别不满意的是,功课太紧,没有时间阅读与翻译文学作品,"而今而后,只能修死学问,不能旁及矣。恨事,恨事!"[2]他的文学的无羁的想象力,活跃的思想力,显然不适应一板一眼、严格、精密的医学学习方式与思维特点。最头痛的是解剖尸体,他对老朋友许寿裳诉苦说:"最初动手时,颇有不安之感。尤其对于女子和婴孩幼孩的尸体,常起一种不忍破坏的情绪。"他还告诉这位老友:"胎儿在母体中的如何巧妙,矿工的炭肺如何墨黑,两亲花柳病的贻害于小儿如何残酷。"等等。[3]鲁迅心肠太软,太容易动感情,显然不具备医学必需的冷静。更有意思的是,近几年,在日本找到了鲁迅当年画的解剖图,人们惊讶地发现,好多人体部位,都被鲁迅有意改了,为了使它看起来

---

[1] 许寿裳:《我所认识的鲁迅》,《鲁迅回忆录》(专著,上册),第456页,北京出版社,1999年出版。

[2] 鲁迅:《041008致蒋仰卮》,《鲁迅全集》第11卷,第330页。

[3] 许寿裳:《亡友鲁迅印象记》,《鲁迅回忆录》(专著,上册),第223—224页。

"更美"。这样的美学家的眼光与趣味,距离科学家就太远了。还是鲁迅称为"恩师"的解剖学老师藤野严九郎先生最了解他,说"大概学习医学本来就不是他出自内心的目的"。[1]鲁迅就其本性,是属于文学的;学医更多的是出于对家人、国人的责任。他的弃医从文,是有内在的原因和逻辑的。

当然,外在的刺激也很重要,不可忽视。于是,就有了大家都熟知的所谓"幻灯事件"。鲁迅自己回忆说,在微生物学的课堂上,老师经常用电影演示,有时也顺便放些时事影片。当时正当日俄战争,有一天,鲁迅突然在画面上看到了"久违的许多中国人了,一个绑在中间,许多站在左右,一样是强壮的体格,而显出麻木的神情。据解说,则绑着的是替俄国做了军事上的侦探,正要被日军砍下头颅来示众,而围着的便是来赏鉴这示众的盛举的人们"。鲁迅受到极大刺激,他的医学梦因此轰毁:"从那一回以后,我便觉得医学并非一件紧要事,凡是愚弱的国民,即使体格如何健全,如何茁壮,也只能做毫无意义的示众的材料和看客。病死多少是不必以为不幸的。所以我们的第一要著,是在改变他们的精神,而善于改变精神的,我那时以为当然要推文艺,于是想提倡文艺运动了。"[2]——顺便说一点,直到今天,人们还没有找到鲁迅说的这张幻灯片;因此,有人认为,鲁迅这里描述的"幻灯故事",也许只是鲁迅的一个文学概括。但不可否认的,是一个基本事实:同样是关心人,关心国民的健康,但其重点却从生理上的身体的健康,转向心理的、精神的健康;将医学问题转化成了一个文学问题,人文问题。他对最为相知的许寿裳说:"中

---

[1] 藤野严九郎:《谨忆周树人先生》,收《鲁迅生平史料汇编》第二辑,第179页。天津人民出版社,1982年出版。

[2] 鲁迅:《〈呐喊〉自序》,《鲁迅全集》第1卷,第438页,439页。

国的书呆子，坏呆子，岂是医学所能治疗的么？"[1] 在此之前，他们之间就有了这样的讨论：（一）怎样才是最理想的人性？（二）中国国民性中最缺乏的是什么？（三）它的病根何在？[2] 许寿裳还回忆说，他们在讨论中感受最深的，就是"我们民族最缺乏的东西是诚和爱"。[3] 有研究者因此提出，"诚与爱"是鲁迅思想与精神的核心，他当年怀着"诚与爱"之心去学医；现在，又以"诚与爱"之心去改造、疗救国民性，看起来弃医从文，是一个根本的转变；但在"医"与"文"之间，还是有内在的统一的。[4] 这个问题，我们在下面再作详尽讨论。

由此形成的是鲁迅的"改造、疗救国民性"的文学观：文学"必须是'为人生'，而且要改良这人生"，"所以我的取材，采自病态社会的不幸的人们中，意思是在揭出病苦，引起疗救的注意"。[5]——这里的医学用语："病态""病苦""疗救"等等，都成了一种隐喻，它不仅显示了在鲁迅的视域里，医学与文学的相通，更暗示着医学本身的社会学、政治学的意义。而且如研究者注意到的那样，这样的"疗救"文学观，在中国现代文学里，是占据了特殊重要地位的。许多现代文学作品都以医院为题材，充满了疾病与死亡的隐喻，如丁玲

---

[1] 许寿裳：《我所认识的鲁迅》，《鲁迅回忆录》（专著，上册），第443页。

[2] 许寿裳：《亡友鲁迅印象记》，《鲁迅回忆录》（专著，上册），第226页。

[3] 许寿裳：《我所认识的鲁迅》，《鲁迅回忆录》（专著，上册），第487页。

[4] 参看符杰祥：《鲁迅文学的起源与文学鲁迅的发生》。

[5] 鲁迅：《我怎么做起小说来》，《鲁迅全集》第4卷，第526页。

的《在医院中》、巴金的《第四病室》，等等，这都不是偶然的。[1]

最重要的，自然还是鲁迅的作品。在一定意义上，我们可以说，"疾病"与"死亡"构成了鲁迅文学的主题词。——这是我们今天要讨论的第二个问题。

最引人注目的，自然是鲁迅的第一篇白话小说，也是被视为中国现代文学开端的《狂人日记》，主人公就是一位精神病患者，小说一开头就写道："赵家的狗，何以看我两眼呢？""早上小心出门，赵贵翁的眼色便怪：似乎怕我，似乎想害我。还有七八个人，交头接耳的议论我，又怕我看见。其中最凶的一个人，张着嘴，对我笑了一笑；我便从头直冷到脚跟……"显然是一个受迫害臆想狂患者，但字里行间又似乎隐含有某种寓意，全篇小说就在这两者的张力中展开。以后，鲁迅又写了《长明灯》和《白光》，也都是写精神病患者的故事。如果再作仔细考察，就可以发现：《狂人日记》和《长明灯》里的主人翁，其实是那个时代的先觉者、先驱者，人们不理解，就把他们看作"疯子"；因此，小说的主题是："谁的精神不健康，不正常，谁是真正的病人？"而《白光》的主人翁却是因为参加科举考试屡屡失败，真正发疯落水而死的；小说的主题是："是谁把人逼疯，谁是身体与精神病害的制造者？"大家在中学都读过的《药》，就把这两个主题合而为一了。小说有两个故事：一个是茶馆老板的儿子华小栓，患了肺病，他父亲在刑场上求得"人血馒头"来给他治病，结果反而把病耽搁了：这是一个因身体与精神双重疾病而死亡的悲剧。小说真正的主人翁夏瑜也是一个先驱者，他想用"革命"来治中国的病，却被他想

---

[1] 参看黄子平：《病的隐喻和文学生产——丁玲的〈在医院中〉及其他》。

拯救的得了愚昧病的中国人看作是"疯子",连他牺牲流出的血也被当作药吃掉了。小说的标题《药》就具有两重意义:一是实指"人血馒头",这是愚昧的象征;另一是虚指革命者给中国开出的药方,暗示老百姓不觉醒,革命也救不了中国。这是一个疗救无望的更大悲剧。鲁迅还有一篇很特别的小说《兄弟》,写兄弟俩平时感情非常好,弟弟突然发高烧,当时正在流行猩红热,哥哥因此焦虑万分,专门请了一位著名的外国医生,最后诊断是出疹子,不过虚惊一场。这个普通的疾病故事,是以鲁迅的弟弟周作人类似的经历为本的;但鲁迅却虚构了哥哥的一个梦:弟弟真的死了,留下的孩子成了自己的负担,又自认有了任意管束孩子的权利,因此出手把弟弟的孩子痛打了一顿。鲁迅显然运用弗洛伊德的学说,通过梦揭示了人的潜意识:尽管"兄弟怡怡",但在利益面前,还是掩饰不住人的自私本性。这或许是更为严重的内在疾病吧。可以说,鲁迅是在"疾病"与"死亡"这一每一个人都必须面对的生存境遇里,发现了一个最能展现人性和社会问题的广阔天地。鲁迅一生写了33篇小说,其中20篇都写到了疾病与死亡,占了60%以上,这绝不是偶然的。

研究者在作了更深入的分析以后,发现鲁迅小说里写到的病,大都呈现出一种不确诊的模糊性,"药"则经常处于缺席状态,而与此相对的却是病人明确而具体的"死亡"。这种情节结构的处理,是暗含着鲁迅对我们前面谈到的他自己的"疗救文学观"的一个质疑:他越来越发现,自己不仅不能承担"治疗者"的角色,连充当"诊断者"也是勉为其难。最后,到写作《野草》时,他就发现真正的"病人"正是自己,而且"抉心自食,欲知本味。创伤酷烈,本味何能知?"[1]

---

[1] 以上分析,引自程桂婷:《疾病与疗救:鲁迅小说中的矛盾内涵》。所引鲁迅《野草》语,来自《墓碣文》,《鲁迅全集》第2卷,第207页。

医学也是"人学":漫谈"鲁迅与医学"

这就是论者所说的"鲁迅的深刻之处与独到之处在于,他自始至终对文学的'治疗效果'有着近乎绝望的怀疑,以及与此相关的,对文学家所承担的'思想——文化'医疗工作者的角色有着深刻的怀疑"。[1] 我要补充的是,鲁迅在怀疑的同时,又在坚守着文学疗救:他后期的杂文更把他的手术刀变成"匕首与投枪"了。大概就是"反抗绝望"吧。

还要说及的是,疾病与死亡,更是鲁迅自身生命的主题词。

鲁迅逝世以后,他的主治医生须藤五百三写过一篇《医学者所见的鲁迅先生》,详尽地讲述了鲁迅的病。据说鲁迅"自七八岁起即患龋齿,一直到二十四五岁,都在担心脱牙和临时应急",所以鲁迅"自少年时代起便不能像其他的儿童似的吃那硬而甜的东西"。后来鲁迅还专门写过一篇《从胡须说到牙齿》,说自己"从小就是牙痛党之一","这就是我父亲赏给我的一份遗产,因为他牙齿也很坏"。[2] 因为牙齿不好,常常减削了肠胃的活动力,"所以四十岁左右便患胃扩张症,肠弛缓症,和常年食欲不振,便秘等。胃肠时常作痛,每隔三天即须服缓下剂和施行灌肠,努力于通便"。到了"四十五岁时已有结核",以后还有左右侧的胸膜炎。鲁迅的最后病情报告称:"本年(按:即1936年)三月二日,鲁迅先生突罹支气管性喘息症,承招往诊。"先后四次抽取胸水,病情时好时坏,到"十月十八日,午前三时喘息又突然发作,午前六时半往诊,当时即以跪坐呼吸营救,病者颜色苍白,冷汗淋漓,呼吸纤弱,尤以吸气为短微,体温三十五点七度,脉细一百二十左右而软弱,且时常停滞。腹部扁平,近两肺处有喘鸣,加以应急处置之后始稍转轻";午后二时再往诊,"病者声称呼吸困难,

---

[1] 黄子平:《病的隐喻与文学生产——丁玲的〈在医院中〉及其他》

[2] 鲁迅:《从胡须说到牙齿》,《鲁迅全集》第1卷,第263页。

情况不佳,颇呈衰惫不堪之状",经诊察,"谅已引起所谓'气胸'","虽尽量使之绝对安静睡眠,亦不能深睡,频频惊醒,声称胸内苦闷。心部有压迫之感,终夜冷汗淋漓。自翌晨(十九日)午前五时起,苦闷加甚,辗转反侧,延至午前五时二十分由心脏麻痹而长逝"。"追加疾病名称:胃扩张,肠弛缓,肺结核,右胸湿性肋膜炎,支气管性喘息,心脏性喘息及气胸"。[1]

我们更要讨论的是,鲁迅这样的衰弱多病的体质,对他的精神气质有什么影响?他的可以说是在疾病的煎熬与死亡的阴影笼罩下的写作,是否也给他的创作带来某种特质?这是需要做专门研究的;这里只谈我们感兴趣的一点发现:我们在《鲁迅日记》里得知,在1925年9月1日至1926年1月,鲁迅肺病复发(1923年因兄弟失和也发过一次),长达四月余;1936年鲁迅最后病倒时写信给母亲,就提到1923年、1925年这两次病,以为病根就是当年种下的。一位"在上海的唯一的欧洲的肺病专家"称鲁迅为"最能抵抗疾病的典型的中国人",如果是欧洲人,早就死掉了。[2]这就是说,鲁迅的几次重病,都是直接面对死神的。而有意思的是,正是1925—1926年间与1935—1936年间,鲁迅的创作出现了两个高峰:鲁迅的《野草》《朝花夕拾》《彷徨》(部分),以及《故事新编》(部分)、《夜记》(未编成集)都分别写于这两个时期。而特别值得注意的是,正是在这两个生命的特殊时期,鲁迅写出了《无常》(1926)和《女吊》(1936)这样的描写家乡传说、戏曲里的民间鬼的散文,并且都堪称鲁迅散文中的极品。这就是说,当鲁迅因为疾病,直面死亡时,反而唤起了他

---

[1] 须藤五百三:《医学者所见的鲁迅先生》,收《鲁迅回忆录》(散篇,下册),第1449页,1452—1455页。

[2] 见鲁迅:《死》,《鲁迅全集》第6卷,第634页。

的民间记忆与童年记忆,并焕发了他的文学想象力与创造力,这样的"死亡体验""民间记忆"与"文学创作"的相互融合,是实在令人惊诧不已的。

这就不能不说到,鲁迅对死亡的态度。鲁迅说他是死的"随便党",[1]但他也和普通人一样,想过"死后怎么样"的事情。早在1925年他就写过一篇《死后》,说人不仅没有"任意生存的权利",也没有"任意死掉的权利",连死了都要被人利用。[2]现在,真正要面临死亡了,他在想什么呢?这里有一个材料:1936年10月17日午后,也就是他逝世前最后一次出门,他来到日本朋友鹿地亘的家里,送去了《女吊》这篇文章,并且和他们夫妇俩大谈日本和中国的鬼。[3]在此之前,他还写过一篇短文,讨论"死后的身体"如何"处置"的问题。他表示:"假设我的血肉该喂动物,我情愿喂狮虎鹰隼,却一点也不给癞皮狗吃","狮虎鹰隼,它们在天空,岩角,大漠,丛莽里是伟美的壮观",而"癞皮狗,只会乱钻,乱叫"。[4]这是一个多么令人神往的境界:鲁迅死后,他的生命化作了民间的鬼神,化作了"在天空"飞翔的鹰隼,在"岩角,大漠,丛莽里"行走的狮虎……这就意味着,鲁迅终于超越了医学意义上的疾病与死亡,而永存于文学的想象里。

在讲完了"鲁迅与医学"的故事以后,我们就可以来讨论"医学"与"文学"的关系。这也是我今天要讲的第三个问题。因为时间的

---

[1] 鲁迅:《死》,《鲁迅全集》第6卷,第633页。

[2] 鲁迅:《死后》,《鲁迅全集》第2卷,第216页。

[3] 池田幸子:《最后一天的鲁迅》,《鲁迅回忆录》(散篇,下册),第1444—14455页。

[4] 鲁迅:《半夏小集》,《鲁迅全集》第6卷,第619页。

限制，我们只能提出问题，而不能充分展开讨论。我想讲八个方面的思考。

其一，医学和文学都面临同一对象：人。这看起来是一个常识，但却很容易被忽略：文学家往往热衷于直接表达思想，讲故事，而忽略了写人；医生们却常常只见病，不见人。

其二，医学与文学的对象，都是个体的生命。文学最应该关注的是区别于他人的"这一个人"的特殊的命运、思想、感情、性格；医生所面对的是一个个具体的病人，同样的病，在不同的病人个体身上，是会有不同的表现和特点的，需要我们对症下药；但可惜我们现在许多医生眼里，病人不是活生生的个体，而是某一类型的疾病患者，往往按类型的治疗惯例开药。这一点上，我觉得中医强调同病异治，异病同治，因人而异，是具有更大合理性的。

在我看来，"生命"是医学与文学共同的最重要的概念，在某种意义上可以说，医学与文学，就是"生命之学"；但我们对生命的理解，却常常陷入片面，除这里说的忽视生命的个体性之外，我们还往往忽略了生命的整体性。这大概是受西方科学主义的影响，分工过细，眼睛里只有具体器官的病变，而不能从人的整体生命，各器官之间的关系中去把握、判断病情。在这方面，中医也是自有优势的。梁漱溟先生就认为，中国自己的传统医学，受到道家的影响，它"以生命为研究对象"，更强调"回到自己生命上，回到自己身体上"，不是单纯地依靠外在的药物，而强调病人身体、生命的自我调节，这是很有道理的。[1]

这里，我们也就随便讨论一下鲁迅对中医的态度。如前所说，鲁

---

[1] 参看梁漱溟：《这个世界会好吗：梁漱溟晚年口述》，第259页，东方出版中心，2006年出版。

迅是从自己的童年经验出发,对中医产生反感的。他说他永远忘记不了,小时候如何先在比自己高一倍的当铺柜台上接了钱,再到一样高的药店柜台上给父亲取药,而开的又是奇特的药方,如用打破的旧鼓皮做成的"败鼓皮丸"来治水肿,结果自然是耽误了病的治疗。鲁迅说,他因此"渐渐的悟得中医不过是一种有意或无意的骗子",[1]他自己也一生不看中医。在他的小说里,中医也都是庸医或骗子,所开的药方不是"人血馒头"(《药》),就是"保婴活命丸"(《明天》)。以今天的眼光看,鲁迅拒绝中医,自然是一种偏见;但鲁迅也自有道理,就是他在《父亲的病》里所说,中国古代名医轩辕、岐伯(相传《黄帝内经》就是托他们之名所写)时代就是"巫医不分的,所以直到现在,他的门徒就还见鬼"。胡适在1919年也写过文章作专门讨论,指出:早期的科学与迷信是密不可分的,西方"天文学是从星命学出来的。化学是从炼丹术与炼金术里出来的",中国古代"求长生、求仙药、求神丹,都与医药学的进步有关"。[2]这样的"巫"与"医"相混杂的情况直到今天恐怕依然存在,这些年陆续揭发出来的所谓"神医"有许多就是打着"中医"的旗号。但我们也不能因此而否定中医,而是要更严格地将"医"与"巫"区分开来:中医是建立在中国文化上的具有独特系统的科学,而不是神学,更不是骗术。

以上是一个插话,我们再回到"医学与文学关系"的讨论上来。

其三,医学与文学有着共同的目标,就是要使人"健康的,快乐的,有意义地活着"。我最近还专门就这个命题在人民大学作了一次演讲。我说,"为了健康的,快乐的,有意义地活着",这应该是我们

---

[1] 鲁迅:《〈呐喊〉自序》,《鲁迅全集》第1卷,第438页。

[2] 转引自肖伊绯:《胡适的"糖尿病"及其他》,2010年8月16日《南方周末》。

中国改革的目标,也是教育、文学、医学的共同目标,更是我们每一个人生活的目标。而且在今天的中国,还具有很大的迫切性:因为现在所有的中国人,尽管已经基本上吃饱了肚子,但都活得很累,不健康,不快乐,而且觉得活得没意思。这一点,你们医生大概更有体会:人们都是因为不健康,因此不快活才到医院来的,许多病人因为患病,而失去了生活的意义与信心。我们说医生是"治病救人"的,就是通过治病,而使失去了健康的,因而不快乐,生活无意义的"病人",成为"健康的,快乐的,有意义地活着"的人,这就是医生的工作的意义所在。这就是说,不仅要使病人走出生命的病态,健康的,快乐的,有意义地活着;医生自己也要健康的,快乐的,有意义地活着。在我看来,当下中国医学、医院出了许多问题,其中一个重要方面,就是医生自身的身心健康出了问题,活得很累,并且看不到从事医务工作的意义。

其四,我们在前面介绍了鲁迅是以"诚与爱"之心,去从事文学,看待医学的。这应该是医学与文学更为内在的一致:这是最基本的伦理底线,也是医生和文学家的基本素养与品格。而今天中国的医学问题、文学问题、社会问题,也集中体现在诚与爱的缺失。大家议论得最多的所谓"医患关系"问题,在我看来,最根本的原因在于医生与病人之间失去了基本的诚信与爱。而我更要强调的是,问题发生在医院,其所显示的却是整个社会的病症,是社会病了。简单归责于医生、医院与病人,是解决不了问题的。如鲁迅所说,缺乏诚与爱,是中国国民性的弱点,而它在今天发展到极端,就有更深层次的政治、经济、社会的原因,已经超出了我们讨论的范围。

其五,前面还讲到,鲁迅最后弃医从文,一个最基本的原因,是他的文学气质不适合学医,也就是说,医学与文学,是有着不同的思维方式、心理特点、情感方式的。但又不能强调过分:医学的科学思维与文学思维也有相通的地方。鲁迅在选择从文以后，特地写了一篇《科学史教篇》，强调科学也要有"美上之感情""明敏之思想"，更提出"科学发见（现），常受超科学之力"，是离不开"圣觉"（灵感）与"神思"（想象）的。他认为科学本质上是一种"人性之光"，因此特别要警惕"惟知识之崇"，即陷入科学崇拜、技术崇拜的"唯科学主义"，那是会使"人生必归于枯寂"的。[1] 我由此想到一个有趣的问题：医学需不需要灵感、直觉、想象力？许多有经验的老医生，常做出许多普通医生想不到的正确诊断，其中就有建立在多年积累的丰富经验基础上的直觉与灵感。而医学想象力，更是贯穿在疾病诊断过程中的：先是面对某种病变的症状，在追溯病因、病源时，就需要建立在深厚的学养与经验基础上的各种假设、想象，然后再去做各种检查，在检查基础上逐渐排除原先设想的许多可能，最后做出一个准确的诊断。许多年轻医生之所以依据某个病症，就做出简单诊断，结果忽略了更深层面的真正的病源，造成误诊，我们经常归之于其医学知识、经验的不足，其实也可以说是医学想象力不足。在我看来，医学的魅力，就在于医生每天都在破解各式各样的"哥德巴赫猜想"，医生的快乐就建筑在这样的创造性的劳动中，这一点是与科学家、文学家、教师的创造性事业相通的。

其六，我们在谈了医学与文学在对象、目标、伦理、品格，甚至思维上的相通之后，还得回到一个基本的不同上：医学面对的主要是生理、身体上的病人，而文学面对的更多的是健康的人，即使有病态，也是心理的、精神的疾病。这是显而易见的，不用多说。我由此想到一个问题。医生天天面对的是人的病态，医院里充斥着"病（病

---

[1] 鲁迅：《科学史教篇》，《鲁迅全集》第1卷，第29页，30页，26页，35页。

态，病痛)"的氛围、气息，长期沉浸其中，不但会影响医护人员的心境、心情、心理，而且也容易造成对人性的阴暗看法。这就需要文学、艺术的补充。文学、艺术虽然也会涉及人性的病态，鲁迅这样的主张文学疗救作用的作家的作品，就更是如此。但即使是鲁迅作品里的黑暗，也是充溢着光明的，是给人以积极向上的力量的。文学与艺术的魅力在于永远能够引人走向真、善、美的境界。我由此而理解了，为什么许多的老医生，成功的杰出的医生，都有阅读文学作品，欣赏音乐、美术的业余爱好，这不仅是为了陶冶性情，舒缓职业性的疲累感，更是为了坚守对人性的真、善、美的信念与追求。这也提出了医学管理学上的一个问题：如何营造一个更为健康的，不仅是医学的，更充满人文气息的医院环境和氛围。

其七，医生的业余爱好，无论是对文学、艺术的关注，还是对整个人文学科、社会学科的涉猎，都不仅是个人修养的问题，还关系着对医学本质和长远发展的认识与把握。我们已经详尽地讨论了"疾病的隐喻与文学生产"的关系；其实，疾病的隐喻意义是远超出了文学的。前面提及的"东亚病夫"就是对我们整个民族危机的一个隐喻。当年毛泽东就把病的隐喻运用到党的整风运动和知识分子的思想改造上，提出了"惩前毖后，治病救人"的方针，[1]并且解释说，"就是重重地给患者一个刺激，向他们大喝一声，说'你有病呀！'使患者为之一惊，出一身汗，然后好好地叫他们治疗"。[2]在今天的政治、社会生活里，也随处可见这样的医学隐喻。在这样的语言现象的背后，隐含的是医学与政治、经济、社会、法律、文化的联系，而且这

---

[1] 毛泽东：《整顿党的作风》，《毛泽东选集》（一卷本），第785—786页，人民出版社，1966年版。

[2] 毛泽东：《反对党八股》，《毛泽东选集》（一卷本），第790页。

样的联系，随着现代社会的发展，是越来越密切了。以至医院的问题常常成为社会矛盾的一个焦点。我们已有过讨论的医患关系问题成为全社会关注的热点，就是一个表征。今天再也不能关起门来看病了。于是，就有了"医学社会学""医学法学""医学经济学""医学管理学"等新概念的提出或新学科的产生。

更重要的是，随着我们对人，特别是现代人认识的深化，就越来越发现，人的生理与心理的疾病，是很难决然分开的，许多病人的疾病，包括他对疾病的态度，都常常包含了心理问题，反过来又会影响对生理的病的治疗。因此，对疾病的治疗，也必须是综合性的。从更长远的发展看，自然科学、社会科学与人文科学的综合发展已经成为科学发展的一个必然趋势，原先那样的"井水不犯河水"的严格的学科界限早已被打破了。当然，专业的分工还是有的，但各专业之间的相互渗透，融合，则是一个发展的趋势。而且现在这样的趋势还刚刚显露，以后会发展到什么地步，包括随着科学技术的发展，新的治疗手段的不断出现，将会引出什么新的局面，今天都很难预计。也就是说，我们现在正面临一个全面变革的前夕：不仅是政治、经济、社会的全面而深刻的变革，更是包括医学、文学在内的理、工、文科，以及文科内部的文、史、哲各科的发展及相互关系的全面而深刻的变革。对此，我们准备好了吗？不用说知识的准备，恐怕我们现在在思想和心理上还没有任何准备。这就是问题所在。

最后，就要讨论一个关系医学学科发展的大问题：该如何为医学的学科性质定位？长期以来，我们都习惯于将医学视为自然学科；现在，医学内在的人文因素逐渐显露，在医学生理学、病理学、临床医学等传统学科之外，又出现了医学心理学、医学伦理学、医学哲学等等新概念或新学科。这就出现了一个学科定位的问题。在我看来，医学的人文性，是由其对象是"人"这一基本的特质决定的；因此，我今天斗胆提出,我们是否也可以把"医学"定位为"人学",一种具有自己特点的人学。这样,既可以揭示医学与其他以人为对象的学科,例如文学、哲学、伦理学、法学等等的内在联系,同时也可以更深入地揭示医学区别于文学、哲学……的独特的人学内涵。在现实的医学实践里,则能够引导所有的医务工作者把关注的中心,集中在对"人"的关怀上,以诚信与爱心对待病人,以促进每一个病人和我们自己"健康的,快乐的,有意义地活着"。

我的讲话完了,谢谢大家。

2014 年 4 月 4 日—6 日

谈谈鲁迅"改造国民性"思想

——在凤凰读书网"'国家'中的'国民性':以胡适和鲁迅为中心"讨论会上的讲话

我准备了一个稿子。我先讲鲁迅,胡适待会儿其他几位先生再讲。

一 鲁迅为什么终生关注国民性?

鲁迅在1902年就和许寿裳先生讨论过什么是理想的人性,中国国民性的弱点是什么,病根何在?到1936年,鲁迅去世前,仍念念不忘提出要把史密斯的《中国人的气质》翻译成中文。他说了一个理由,就是希望大家看了史密斯的分析之后,能够自省,然后自己分析和讨论究竟怎样才算是一个真正的中国人。也就是说,鲁迅终生都在思考中国人和中国国民性问题,这是鲁迅思想的贯穿性主题。

这是为什么?这跟鲁迅对中国问题的一个基本认识有关。1905年他就提出,中国要立国,关键是要"立人"。他所讲的"立人",主要指向个体的、精神自由的人。他是这样提出问题的:我们需要建立一个怎样的近代文明(相当于我们今天说的现代文明)?他说,仅仅物质丰富,科技发达,议会民主,那还不叫现代文明,关键是要"立人"，要有人的个体的精神自由。这是非常具有鲁迅特色的"现代文明国家"的理解与想象。"立人"，即个体精神自由，是鲁迅最基本的追求目标。对人的关注，特别是对人的精神现象的关注，就成了鲁迅思想的核心。学术界有朋友认为，鲁迅思想是以改变人类精神为宗旨的精神哲学和精神诗学，我觉得这样的分析是有道理的。

但是另一方面，鲁迅作为一名具有很强的现实性和实践性的思想家，他并没有抽象地讨论人的精神问题，而是更具体地关注中国人的生命存在的困境，以及由此产生的一系列的国民精神问题。改造国民性的问题，就是在这样的背景下，成为鲁迅终生关注的问题。

二 鲁迅对中国国民性的批判

下面我介绍一下鲁迅对中国国民性的批判。鲁迅这方面的论述太多，我只讲其中的四点。

一是中国国民性当中的奴性问题。鲁迅对中国的历史有一个基本的判断，就是他说的中国的历史是一个"一治一乱"的历史。所谓"一治"，就是做稳了奴隶的时代，所谓"一乱"，就是想做奴隶而做不得的时代。因此，他说中国的历史就是做稳了奴隶的时代和想做奴隶而不得的时代的一个循环。

鲁迅对中国历史以及中国近代史还有一个判断。他说："我觉得革命以前我是做奴隶，革命以后不多久，我就受了奴隶的骗，变成他们的奴隶了。"在我看来，他的这个判断并没有过时。

一个跟鲁迅比较接近的日本友人增田涉回忆说，鲁迅的生活、著作中用得最频繁的词就是"奴隶"，也就是说，直接触动他内心的一个现实，就是中国人始终没有摆脱"奴隶"状态，特别是精神的奴隶状态，这是缠绕他的一切思考的大问题。于是，鲁迅发现了中国人的三重奴隶状态：首先，是中国传统统治者和传统文化的奴隶。其次，是西方帝国主义侵略者和西方文明的奴隶。他对传统的和西方的文明失望以后，曾经寄希望于第三种文化，即社会主义文化。他理解的社会主义文化是一种"几万万群众自己做了支配自己命运的主人"的文化，这是他晚年支持中国革命的基本原因。但他很快就在革命实践中，发现了"革命工头"和"奴隶总管"。也就是说，他在以"消灭一切人压迫人的现象"为目标的革命里，发现了新的奴隶关系的产生。因此在鲁迅看来，人类社会的发展，实际上不断地会产生各种各样的奴隶关系，是一个奴隶关系不断再生产的过程。传统社会如此，现代社会也依然如此。这个结论的得出，是非常沉重的。

而且鲁迅还发现中国知识分子也有不断被奴化的危险。他提出有三大陷阱：第一，很可能成为官的"帮忙"和"帮闲"；第二，成为商人、商业的"帮忙"和"帮闲"；第三，成为大众的"帮忙"和"帮闲"。而在我看来，我们至今没有走出这三大陷阱。

这样的一种不断再生产的奴隶关系就造成了中国人的奴性。鲁迅对此有许多精彩的发现和论述，这里只能概括地说一说。

鲁迅首先指出，中国人的奴性不是单独的奴性，它是跟主人性结合在一起的，叫"主奴互换"。什么意思呢？中国人生活在一个等级制度结构当中，对上是奴才，对下就是主人。所以鲁迅说："中国人有权的时候无所不为，失势的时候却奴性十足。"还有几个特色，我就不展开说了，简单提示一下：第一，不悟自己之为奴；第二，变成奴隶以后还万分欢喜；第三，纵然是奴隶，还处之泰然；第四，当奴隶还要面子；第五，精神胜利法，等等。

二是鲁迅对中国社会还有两个非常严峻的判断。第一，中华民族是一个"食人"的民族，到处摆着吃人的宴席。吃人（食人）有两个含义：一个是真的吃人，杀人，大饥荒的年代都出现过人吃人的现象。而且中国的吃人,也有自己的特色,就是它总是冠以非常美好的名目,比如说为忠孝吃人,为革命而杀人,等等。鲁迅有一个形象的概括:"革命的被杀于反革命的,反革命的被杀于革命的。不革命的或当作革命的而被杀于反革命的,或当作反革命的而被杀于革命的,或并不当作什么而被杀于革命的或反革命的。革命,革革命,革革革命,革革……"这就是中国的历史,这就是中国的现代史。这种杀杀杀,其实都是杀异己者。而且杀异己者之心人皆有之,不仅统治者有杀异己之心,我看很多知识分子也有杀异己之心,不同意他的意见,就"灭"了你。另外一种就是精神的吃人,实际上就是鲁迅说的剥夺人的个体的精神自由。鲁迅最后说了句非常沉重的话:中国人实在太多了,因此就不把生命当回事了。我认为,这种对人的生命的漠视,恐怕是中国国民性的一个最基本的弱点。

第二,鲁迅对中国还有一个很严酷的判断,说中国是一个"文字的游戏国",中国人"大都是会做戏的虚无党",在中国,"民众总是戏剧的看客"。这里特别值得注意的是他提出中国是一个"文字的游戏国"。我觉得汉语恐怕是世界上最灵活、最具有弹性的一种语言,所想、所说和所做的可以完全分离开来。鲁迅有这样一段话,他说:"我们日日所见的文章,却不能这么简单。有明说要做,其实不做的;有明说不做,其实要做的;有明说做这样,其实做那样的;有其实自己要这么做,倒说别人要这么做的;有一声不响,而其实倒做了的。然而也有说这样,竟这样的。难就在这地方。"在这样一个语境下面,如果你真的相信别人说的话,那就是笨牛。如果你还要把别人说的话认真做起来,那你就是不合时宜。问题是谁都知道在说谎,谁都知道是假的,但是所有人都愿意相信,愿意做出相信说谎的样子。我们每天都在说谎,时时刻刻在欺骗,我也知道你骗我,但是我说对对对,相信你。这就是游戏规则。如果有人破坏游戏规则,说句真话，大家会觉得这个人不懂规矩，太不成熟了，太幼稚了，然后大家一起把他灭掉。

这样一种心照不宣的说谎就会导致两个结果：一是瞒和骗，不敢正视现实生活的问题，于是无不满、无不平、无思考、无反抗，于是天下太平。另一个就是不认真，一切都游戏态度处之，最后变成哈哈一笑。而鲁迅说，中国恐怕就要亡在这个哈哈一笑上。这就是瞒和骗与不认真，是中国国民性的另外两个大弱点。

我们总结起来看，鲁迅在这里揭示了，第一是中国人的奴性；第二是中国人对生命的漠视；第三是中国人的瞒和骗；第四是中国人的不认真。这些都构成中国国民性的基本弱点，而且在我看来至今尤烈。

三 首先要启知识分子之蒙

我们注意到鲁迅在批判国民性时有两个特点：第一，他不仅批判国民性，更严肃地批判知识分子，也就是说，在他看来，如果要启蒙，首先就要启知识分子之蒙，这一点跟很多以启蒙者自居的知识分子大不一样。我还要补充的是，鲁迅不但批判国民性，不但批判知识分子，他更把自己放进去，更无情地批判自己。大家读过《狂人日记》肯定还记得，他发现，几千年的吃人社会，我也在其中，未尝没有吃过人。所以鲁迅对国民性的批判，最后都归结为一种自我反省，自我批判。用鲁迅的话说，就是要打掉自己灵魂深处的"鬼气"。批判国民性，从某种程度上可以说就是打鬼，但是在鲁迅看来，打鬼首先是打自己灵魂的鬼。在这点上，鲁迅跟胡适可能有点区别。胡适也是打鬼英雄，但他打的是别人的鬼，是国民性的鬼，而鲁迅打得更多的是自己灵魂的鬼。对鲁迅来说，批判国民性——"打鬼"不仅仅是一个学理的讨论，更是灵魂的搏斗。

四　中国国民性的内在力量

鲁迅不仅批判国民性的弱点，更发掘中国人灵魂中可贵的精神。鲁迅曾经写过《中国人失掉自信力了吗》，他说，中国人不只有自欺力，还有他信力。问题是，中国人怎么才能有自信力，我们自信力应该建筑在哪里？他说，如果你眼睛里只看见中国那些为帝王将相作家谱的正史，你是看不到中国的希望的。现在也这样，如果你只看到当官的，只看到某些知识分子，你会觉得非常绝望。但是鲁迅说，我们的眼睛要看地底下，往下看，就有中国的脊梁。他说，"我们自古以来，就有埋头苦干的人，有拼命硬干的人，有为民请命的人，有舍身求法的人，……这就是中国的脊梁。这一类的人们，就是现在也何尝少了呢？他们有自信、不自欺；他们前仆后继的战斗，不过一面总在被摧残、被抹杀，消灭于黑暗中，不能为大家所知道罢了"。我以为鲁迅这里说的"埋头苦干、拼命硬干、为民请命、舍身求法、有自信、不自欺"就是中国国民性的内在力量，尤其是我们今天要讨论重新建立国民真精神的一个精神的资源。

我还补充一点，鲁迅自己不仅继承了中国国民性的精神传统，而且在这个基础上他创造出了新的精神，这就是我们通常所说的鲁迅精神。而在我看来，鲁迅精神是我们今天重建中国国民性，重新创造中华民族的真精神的非常宝贵的资源。什么是鲁迅精神呢？我曾经概括三点：一是硬骨头精神，二是韧性精神，三是泥土精神。这三大精神我过去都讲过，今天时间来不及，我就讲到这里，谢谢大家。

2014 年 1 月 5 日

答中央电视台《大先生鲁迅》摄制组记者问

一，鲁迅曾对朋友说过，他的哲学都包括在《野草》中，这种哲学的本质是什么？

《野草》是一个非常复杂、丰富的文本，他的哲学又是内蕴于形象的描绘中，因此，要做概括是困难而危险的，而且必然有多样的理解。我只能谈我自己感受最深的一点，就是渗透其中的"反抗绝望"的人生哲学。首先是"绝望"：在《野草》中的《墓碣文》里有两句话："于天上看见深渊"，"于一切眼中看见无所有"，在一般人看来，是无限美好、完善的"天上"，鲁迅看见的是"无所有"，是"深渊"，也就是新的矛盾、新的痛苦。他逼得我们必须直面现实的缺陷、偏颇、弊病、黑暗、不完美、不完善，这就打破了一切精神幻觉，堵塞了一切精神退路，义无反顾地走上"反抗"之路。其中一个关键是"反抗绝望"，"以悲观为不悲观，以无可为为可为"，就像《过客》里的过客那样，永远不停地往前"走"。于是，"在无所希望中得救"："地上本没有路，走的人多了，也便成了路"。

二，兄弟失和是鲁迅在二十年代上半叶遭受的重大打击，这个风波对鲁迅后来的思想文学产生了什么影响？

鲁迅是十分敏感的，兄弟失和无疑造成了巨大的精神创伤；而鲁迅的思维的特点，又是善于"以小即大"，他由此而联想及许多类似的创伤，而形成刻骨铭心的生命体验。这主要是"被放逐感"和"被利用感"。1925年6月，即失和后二年，鲁迅写《颓败线的颤动》，一个"女人"为子女牺牲了自己的一切，垂老时却被赶出家庭，她赤身露体，走到无边的荒野，仰天发出"无词的言语"，内心激荡着："眷念与决绝，爱抚与复仇，养育与歼除，祝福与咒诅……"一两年后的1926、1927年间，鲁迅写《铸剑》，又将小说的主人公复仇者"黑的人"，命名为"宴之敖者"；他对许广平解释说："宴，从家，从日，从女；敖从出，我是被家里的日本女人逐出的。"在小说中，"黑的人"（"宴之敖者"）这样说："我的灵魂上是有这么多的，人我所加的伤，我已经憎恶了自己！"——这里的心灵的创伤，包括兄弟失和，又不止于兄弟失和，而有着更为深广的社会、历史、心理的内容。

三，作为长子，鲁迅承担了一个家族的责任，同时也在很大程度上影响了他一生的作为，谈谈你的看法。

我想从另一个角度来回答你的问题。鲁迅在《朝花夕拾》里有两篇散文写他的两个刻骨铭心的童年记忆，都和父亲有关：《五猖会》写父亲的专制所造成的隔膜之痛，《父亲的病》却写了他的失父之痛和内疚感。正是父亲的早逝使他过早地承担了"长子"的责任，在耻辱中看透世态炎凉，形成了他多疑、敏感的个性。而"治病"——从治天下父亲的生理的病，到治中国国民精神的病，成为鲁迅人生和文学选择的基本动力。另一方面，以对封建父权的批判为基础的对封建夫权、君权，以及一切人压迫人的专制体制的批判，成为鲁迅创作的基本主题，但在他的批判性作品中，父亲的形象却又是缺席的：这都是和他的前述童年记忆相关的。

四，上海十年，鲁迅一方面积极参与包括左联在内的政治活动、文学活动；但同时，他始终保持独立的思想和文学表达，如何理解这一现象？

这需要从起端说起：1927年10月鲁迅刚到上海二十天，就发表了一篇题为《关于知识阶级》的演讲，明确提出了一个"真的知识阶级"的概念。这也是他的自我选择与定位，其基本点有二：一是"永远不满足现状"，因而是永远的批判者；二是永远站在被侮辱、被损害、被压迫的"平民"这一边。鲁迅同时指出，这样的真的知识阶级是必然要参与"实际的社会运动"的。也就是说，鲁迅后来参与包括左联在内的政治、文学运动，是因为他认定这些实际运动是有利于"平民"（工农大众）的解放的，因而是他独立自主的选择；但作为一个永远的批判者，他也绝不会把这些实际运动理想化、神圣化，而依然保持自己的独立的、批判的立场和眼光，当他发现这些实际运动的某些作为有可能损害平民的利益时，他就会毫不犹豫地提出公开的批判。他对"真的知识阶级"的立场的坚守，是始终如一的。

2007年6月25日

关于鲁迅的两封通信

一

严老师:

原谅我拖了这么久,才交出这份答卷。——其实我在一个星期前,就已经写了一大半,却不小心在电脑上弄丢了,只得凭记忆重写,就把时间耽搁了。

理群　10月21日

我的读后感

严家炎老师的《敢于面对时代命题交出答卷的先驱者——从鲁迅的〈文艺与政治的歧途〉说起》,提出的问题十分重大,论证也很精当,我深受教益和启发,引起了许多的联想与思考。老师希望我谈谈看法,遂遵嘱略写一点读后感。

严老师在文章中指出,鲁迅如此尖锐地提出文艺家与政治家的关系问题,是同"鲁迅不仅关心中国人的命运,而且关心人类命运这种宽广的社会理想有关系"。我由此而想到,这里或许有三个层面的问题。

首先,当然是鲁迅对中国革命和苏联革命的看法。对此,严老师已有详尽的讨论。我想补充三个材料和思路。其一，是冯雪峰曾经回忆，当他把毛泽东的一首诗词（我估计是《井冈山》）念给鲁迅听，鲁迅立即反应说："这是山大王嘛。"而鲁迅对"山大王"的造反，也即农民起义，是有明确的看法的；他在《学界的魂》里，曾引述一位学者的观点，指出：农民造反是为了"自己过皇帝瘾去"，并且预言，在中国，"最有大利的买卖"就是"造反"。其二，鲁迅对苏联的"文艺政策"是有过专门的关注与研究的，他注意到苏联革命胜利以后，文艺政策一派"偏于阶级"，一派"偏于文艺"的现象。（《文艺政策》后记）严老师在一篇文章里引述过胡愈之的回忆，说鲁迅对斯大林的大清洗是有警惕的，这当然不是偶然的。其三，周海婴在他的回忆录里，谈到杨霁云先生曾告诉他，鲁迅生前曾详细地和他谈到了"革命胜利以后"自己和知识分子的命运，但因为并无第三者在场，没有旁证，因此不便写出。解放后杨霁云几乎没有写过回忆鲁迅的文章，原因就在于此。这至少证明了，鲁迅对中国革命和知识分子的关系是有过深入的思考，他对冯雪峰说"我要逃跑"绝非一时之戏言。

其二，这里，还有个"共产主义运动与知识分子的关系"问题。这个问题，是海涅首先提出的，他谈到了自己既认同共产主义者的平等理念，钦佩其革命意志与精神，同时又担心革命的胜利会导致自己为之献身的文化的毁灭的矛盾。我认为鲁迅也是思考过这一"海涅命题"的。他在三十年代支持瞿秋白翻译卢那察尔斯基的《解放了的堂吉诃德》，就讨论过"堂吉诃德式的知识分子"和共产主义革命的关系问题。对于这一问题，我在《丰富的痛苦——堂吉诃德和哈姆雷特的东移》一书里，有过详尽的讨论。

其三，鲁迅或许还有超越具体运动的，关于人性、人与人之间的利益关系问题的思考。我注意到的，是鲁迅在《小杂感》(收《鲁迅全集》3卷)里所说的这个论断："曾经阔气的要复古，正在阔气的要保持现状，未曾阔气的要革新。大抵如是。大抵！"这就不只是共产革命和斯大林、毛泽东模式的社会主义制度的问题，而是具有更普遍性的问题了。鲁迅在《关于知识阶级》里，强调"真正的知识阶级"要"永远不满足现状"，要永远站在"平民"这一边，在《中山大学开学致语》里呼吁要做"永远的革命者"，就有了更为深远的思虑和意义。

最后，要谈谈我在思考中还没有解决的问题，想求教于严老师。这也是最近我和王得后先生在一次聊天里谈到的。他说，对鲁迅的有些说法，还有不太理解的地方，他谈到了鲁迅的两个提法。一是鲁迅在《关于知识阶级》里说："知识和强有力是冲突的，不能并立；强有力的人不许人民有自由思想，因为这能使能力分散"，"各个人思想发达了，各人的思想不一，民族的思想就不能统一，于是命令不行，团体的力量减少，而渐趋灭亡"，"总之，思想一自由，能力要减少，民族就站不住，他的自身也站不住了。现在思想自由和生存还有冲突。这是知识阶级自身的缺点"。其二，鲁迅在《思想·山水·人物》的《题记》里说："我自己，倒以为瞿提（海涅）所说，自由和平等不能并求，也不能并得的话，更有见地，所以人们只得先取其一。"这也是我在研究鲁迅时，感到困惑之处。和我们这里讨论的问题有关的是，鲁迅既持有这样的观点，可如果用"民族生存""统一""平等"等理由限制、压抑知识分子的"自由"时，鲁迅的反应又会如何呢？至少他不会一开始就反抗吧？或者会在矛盾中采取沉默、静观的态度？事实上，当时的许多知识分子，不仅是左翼知识分子，还包括一些自由主义知识分子，都是在维护民族统一与发展，追求社会平等的理由下，接受了对自由的限制的。当然，我深信，鲁迅最终是会奋起反抗的，但也绝不会像人们想象的那样简单。也不能简单地把鲁迅有这些想法视为鲁迅的"局限性"，事实上，"自由"与"平等"，"个人自由"与"集体（国家，民族）的统一与强大"之间的关系，是极为复杂的。而且是中国革命和现代化发展中所遇到的理论与实践问题。

用过去的"左"的观念来看待这些问题固然不可，而简单地用自由主义的理念来作判断，恐怕也不行。究竟如何看，我也没有想清楚，不知严老师有何见教？或许以后可以找机会在私下作一些深入的讨论。

学生　钱理群
2011 年 10 月 21 日

二

×××先生：

因为连续外出，未及时回复，望谅。来信问及鲁迅的"复仇""打落水狗""不宽恕"的问题。这里不妨谈谈我的看法。

鲁迅当然可以批评。但是，在批评之前，需要先弄清楚他的意思，他是在什么样的语境下提出这些主张的，他的思想逻辑是什么？

比如，"不宽恕"的问题。他在《死》里是这样说的："损着别人的牙眼，却反对报复，主张宽容的人，万勿和他接近。"可见他"不宽恕"的是有特定对象的，他针对的是一种思想文化现象：中国的权势者（统治者和一些通常掌握着思想文化权力的知识分子），他们一面用自己的权力，"损着别人的牙眼"，对无权无势者施加压迫，一点也不宽容，但一旦有人反抗，他们就高喊"宽容"，"反对报复"，不过是要剥夺别人的反抗权利而已。鲁迅的逻辑是：权势者你要讲"宽容"吗？必须你自己先讲"宽容"；对那些正在一点也"不宽容"地迫害着自己的人，是无法讲"宽容"的。

"痛打落水狗"的命题，是在《论"费厄泼赖"应该缓行》一文里提出的，意思也很清楚，他并不是反对"费厄泼赖"（以及相应的"宽容""宽恕"之类），只是指出必须具备一定条件，"首先要看清对手"，

"待到它也'费厄'了,然后再和它'费厄'也不迟"。当狗还在咬人,即使落水了起来还要继续咬人,对这样咬人(迫害人,压迫人)本性不改的落水狗只能"痛打",不然老实人是要吃亏的。鲁迅举了许多历史的例子,我们也可以举出许多现实的例子。

"乏走狗"的问题是《"丧家的""资本家的乏走狗"》一文里提出来的。你读读原文就知道,是鲁迅对梁实秋的回击,是梁实秋"批判"("骂")在先的。梁实秋骂左翼知识分子"到共产党去领卢布",做"拥护苏联"的勾当,这就不是一般的"骂",而是控告和他意见不同的左翼作家是共产党,和苏联勾结。在国民党统治下的三十年代,凭这样的罪名,是要坐牢的,就像今天我们指控某人是"不同政见者",拿美国情报局津贴一样。鲁迅回骂以"资本家走狗",话虽难听,但不会置人于牢狱。今人一味质疑鲁迅,却同情梁实秋,这只能说是一种偏见。而且鲁迅指梁实秋为"资本家走狗",也是有缘由的:梁实秋是公开主张"优胜劣败"的社会达尔文主义的,认为"聪明才力过人的人(永远)占优越位置,无产者仍是无产者"。鲁迅"骂"他是"资本家走狗",无非是指责他是资本主义制度的辩护士,只不过因为是文学家,就用了比较形象的"走狗"的说法。我们可以批评鲁迅说话尖刻,但是绝不能用一个"骂"字抹杀了鲁迅批评的正当性,抹杀一切原则的论争。

总之,鲁迅要坚持与维护的,是受压迫者反抗的权利。他说:"人被压迫了,为什么不反抗?正人君子者流深怕这一着,于是大骂'偏激'之可恶。"(《文艺与革命》)我们如果愿意站在受压迫者这一边,是不能跟着正人君子骂鲁迅"偏激""不宽容"的。因为在今天的现实生活中,鲁迅批判的权势者、正人君子,也是这样自己对人不宽容,损害、压迫着弱势者,一点也不和谐,却大谈"宽容""宽恕""和谐",我们绝不能上当。

鲁迅也并不一般地鼓励暴力反抗，尤其是"殃及无辜"的暴力，他称之为"卑劣"的反抗。他提醒"点火的青年"，在引起群众的"公愤"之余，也要注入"明白的理性"（《杂感》）。他再三强调，"革命是要人活，而不是要人死"的。他还警告说："辱骂与恐吓绝不是战斗。"等等。鲁迅不鼓励暴力反抗，但鲁迅要维护受压迫者暴力反抗的权利，即是说，当面临统治者直接的暴力压迫，被压迫者应该有被迫采用暴力的权利。在这个意义上，是不能笼统地否定革命的（不赞成和否定不是一回事），其实法国的《人权宣言》里，就把"革命"也视为一种人权。当然不能因此而滥杀无辜。我是赞同这一立场的。我不赞成用革命的方式，特别是用暴力来解决当下中国的问题；但我对那些走投无路，因而以"一命抵一命"的方式进行"复仇"的无权无势者，是有同情的、理解的，虽然我也依然不赞成用这样的方式复仇。

以上意见，仅供参考。

钱理群

2011 年 12 月 2 日

辑 二

鲁迅与当代青年的相遇

鲁迅在当下中国的历史命运
——2012年在印度鲁迅国际会议上的发言

"鲁迅在当下中国的历史命运",这是一个大题目,对这一问题的讨论,是可以触及当下中国社会、思想、文化的一些重大问题的。我对此并没有专门的研究,只能就自己的亲身经历、感受和观察,谈一些意见。

我首先想到的,是鲁迅的一篇文章:《中国人失掉自信力了吗》。文章一针见血地指出:"要论中国人,必须不被搽在表面的自欺欺人的脂粉所诓骗,却要看看他的筋骨和脊梁。自信力的有无,状元宰相的文章是不足为据的,要自己去看地底下。"这里,实际是提醒我们注意"两个中国"的存在:一个是由统治者所主导的"地上的中国",是"状元宰相文章"即官方和主流知识分子宣传的,因此充满了自欺欺人的诓骗的中国;另一个则是"地底下"的中国,那里有着中国的筋骨和脊梁,"他们有确信,不自欺;他们在前仆后继的战斗,不过一面总在被摧残,被抹杀,消灭于黑暗中,不能为大家所知道罢了"。鲁迅说,如果眼睛只盯着地上中国状元宰相的文章,会觉得很绝望;如果看地底下的筋骨和脊梁,就自然有自信力了。

在我看来,鲁迅的这一论述,是具有方法论意义的。它所提供的是一个如何观察中国,思考中国问题的基本方法,也同样适合于我们要讨论的鲁迅的历史命运问题：简言之，鲁迅在当代中国的"地上"和"地底下"，是有着不同的命运的。

先看地上的主流中国。鲁迅研究界的许多朋友，都记得1981年鲁迅诞辰一百周年时，曾有过中国共产党和政府最高领导主持的大规模的纪念活动，在人民大会堂由胡耀邦作主旨演讲。这不仅是沿袭了毛泽东时代的传统：在二十世纪的五六十年代，鲁迅每年祭日《人民日报》都是要发社论的，这本身就是一个很好的研究题目；而八十年代初的国家级纪念则显然是因为其时中国上下都急需思想解放，鲁迅的启蒙传统自然受到从最高领导到学术界到青年一代的共同关注。这在鲁迅接受史上也是空前的。但到了2006年鲁迅逝世七十周年时，就发生了意味深长的变化。我至今还清楚地记得，这一年年初，我预计大概会有大规模的纪念，就决定不去凑热闹，因此拒绝了许多约稿；但后来却发现官方竟毫无动静，倒是民间组织了不少活动，我又有了兴趣，连续应约发表了多次演讲，最后集成《鲁迅九讲》一书。我由此而醒悟到，鲁迅的启蒙传统与精神，在经济迅速发展，社会生活急剧物质化的中国，已经不合时宜了；面对两极分化，社会矛盾空前激化，鲁迅的批判传统已经成为一种威胁，只是碍于毛泽东对鲁迅的评价，特别是鲁迅在中国知识分子中的巨大影响，不便公开否认，便尽量淡化其影响，不再大肆宣传和纪念鲁迅了。在我看来，这其实是一件好事，鲁迅早就表示过，自己写文章，就是要让那些"一心一意在造专给自己舒服的世界"的权势者，感到"不舒服，知道原来自己的世界也不容易十分美满"。（《坟·题记》而当鲁迅不再被利用，他就获得了解放，其真实价值就真正显露，而走向民间：那才是他应该存在的地处。

更值得注意的，是主流和时尚思想文化学术界，主流、时尚知识分子对鲁迅的态度。我曾经说过，在二十世纪九十年代的中国文坛学界，轮番走过各式各样的"主义"鼓吹者，而且几乎是毫无例外地要以"批判鲁迅"为自己开路。这样的情况，在二十一世纪第一个十年，以至今天仍在继续。最新的例子，就是许多朋友都关注到的，在中学语文教材里，鲁迅作品选文的减少。实事求是地说，对语文课本里的鲁迅选文作适当调整，是必要的：由于受意识形态的影响，鲁迅选文的不当问题是确实存在的；将选入的鲁迅作品作"必读"与"选读"的区分，也是必要的；至于鲁迅具体某个篇目应选或不应选，更是可以讨论的。问题在于，在讨论中，有的人竭力贬低鲁迅作品的意义和价值，甚至扬言要将鲁迅"赶出课堂"，同时又抬高对胡适、梁实秋、林语堂等人的作品的评价。这反映了一种"扬胡（适）贬鲁（迅）"的社会、文学思潮，是和同时发生的"扬孔（子）贬鲁（迅）"思潮相呼应的。这背后又隐含着对自由主义作家与文学和左翼作家与文学的评价问题，对传统文化与"五四"新文化的评价，以及他们之间的相互关系的认识问题的分歧。

其实，对鲁迅的评价问题上存在争议，是正常的；鲁迅几乎从他在文坛上出现开始，就一直处在中国思想、文化、文学界的旋涡中心，"有人欢喜，有人骂，更有人怕"，就是他的宿命。问题在于，这里所说的"二元对立，你死我活"思维，一批评，就要将其置于死地，灭之而后快。

但从另一面看，二十世纪九十年代以来，中国的一切"新思潮"都要以批判鲁迅为自己开路，这个事实本身，就说明了鲁迅不仅在现代思想、文化、文学史，而且在当代思想、文化、文学史上，都是一个不可忽视的巨大的存在，不管是否赞同，人们都必须首先和他对话，这样一个无法回避的客观地位，是很能显示鲁迅的分量和独特价值的。不断有人批评他，一再地宣称要打倒他，这也有个好处，就是逼迫人们反复思考他的存在意义。我自己就是在最近二十年的一拨又一拨的批鲁浪潮中，逐渐加深了对鲁迅的认识，做出了一些新的概括。如强调"鲁迅思想是二十世纪中国经验的有机组成部分"，"鲁迅对中华民族来说，是一位具有原创性、源泉性的思想家、文学家"，还提出了"东亚鲁迅""左翼鲁迅"的概念。鲁迅不仅属于中国，更属于东方和世界。这大概也是我们今天聚集在这里，讨论鲁迅遗产的命运的意义所在。

正是基于以上三个"新鲁迅观"，我建立了两个信念。一是当下的中国——不是统治者的中国，而是民间的中国，需要鲁迅；二是在当下中国，持续地传播鲁迅思想与文学，是有根底深厚的基础的。一有需要，二有基础，我就自觉地将传播鲁迅思想与文学，作为自己的基本责任与使命，不管贬抑鲁迅之风刮得多么猛烈，也从不动摇，从不松懈。这里不妨向诸位作一个汇报。我大概作了五个方面的工作。一是编选系列"鲁迅读本"，计有：《小学生鲁迅读本》（与小学老师合作）、《中学生鲁迅读本》（后与中学老师合作，改编为《中学生鲁迅作品选修课》教材）、《钱理群中学讲鲁迅》的讲稿、大学通识课教材《鲁迅作品十五讲》、为研究生讲课的讲稿《与鲁迅相遇》，以及为文学爱好者编选的《活在当下中国的鲁迅入门读本》。其二是自己到南京、北京三所中学开设"鲁迅作品选读"选修课，并在全国各地大学和社会做关于鲁迅的演讲。其三，是深入到作为当下中国三大民间运动之一的"志愿者（非政府、非营利组织）运动"中，为青年志愿者提供鲁迅思想资源。其四，到工厂去讲鲁迅，和中国最大的钢铁公司宝钢党委书记合作，编写《鲁迅论中国人和中国社会改造》的语录和《鲁迅作品选读》，并应邀给企业领导和骨干做学习辅导报告，探讨在建设中国现代企业文化中，如何借鉴鲁迅思想资源。其五，2009年我还到海峡另一边台湾去讲鲁迅，在台湾清华大学中文系开设了"鲁迅作品选读"课，这是鲁迅教学第一次成为台湾大学的正式课程，在听课的台湾青年学生和香港、马来西亚等地的学生中,引起了强烈反响。

我要强调的是,在当下中国,不只是我一个人,还有许多鲁迅研究界的朋友,新闻界、出版界的朋友,特别是许多中小学教师,社会上的有识之士,民间思想者,都在不约而同地默默地做着普及鲁迅的工作。我所做的以上事情也都得到他们的有力支持。我经常用"相濡以沫"四个字来描述我们之间的关系。而且我发现这支队伍正在逐渐扩大。这都展现了一个正在不断开拓中的"民间鲁迅阅读"的空间。特别要提出的,是方兴未艾的"网上鲁迅阅读",那将是一个更有广阔前景的可能性,值得关注。

为了使诸位对这样的民间鲁迅阅读对中国青年一代的影响,有一个具体感性的认识,我想抄录一位中学生的阅读体会。她是北京师范大学第二附属中学的"90后"女生李明倩,她在何杰老师开设的"鲁迅杂文散文阅读"课上,读到了鲁迅的《灯下漫笔》以后,这样写道:"我们需要清醒,需要诚实地面对社会,面对自己,面对现实。"她提出这样的自我生命发展的命题,是基于在阅读了鲁迅作品以后产生的自我反省,发现了自己真实的生存状态:"对生活满足,对社会满足,对自己的生命状态满足",于是就"失去本来应有的对美好幸福的追求,失去了独立的人格和个性,失去了自由的精神追求,成为不折不扣的,统治者的忠实的奴隶"。她说:"即使在今天,在我们普遍认为的思想自由的当代社会,也还是有许多方面我们在不自觉地被人'奴役'着,并且不自觉地以此为很好的生命状态。这是我们绝对应该正视的。"她也由此认识了鲁迅的意义:他能"让自己更好地,更有意义地活着,他是一个永远能引发我们思考的思想家"。(参看《让自己更有意义地活着——"90后"中学生"读鲁迅"的个案讨论》)

年轻人的反应,给了我极大的鼓舞,并由此做出两个判断:一是在当下中国，只要具备一定的文化程度，而又喜欢思考问题的人，特别是年轻人，迟早是要和鲁迅相遇的；二是当一个人春风得意，对现状和对自己都非常满意的时候，和鲁迅是无缘的，读不进去，读了也没有感觉。但一旦人遇到了挫折，特别是到了绝境，对既定秩序，对自己感到不满，要寻求新的出路、新的突破时，就是接近鲁迅的最佳时刻：鲁迅是中国社会、思想、文化结构中的异端，另一种存在，他所提供的是另一种思维，另一种可能性。

这两个判断，既说明了鲁迅的特殊价值，也说到了鲁迅影响和作用的有限性：他不会，不可能，也不必要求与期待，被所有的中国人（包括青年）接受。在任何时候，阅读鲁迅作品，并且真正读进去了的，只是少数；在当下中国的现实情境里，更是如此。在这个意义上，不仅鲁迅本人，而且我们这些鲁迅的追随者、研究者、阅读者，都命中注定是孤独、寂寞的。人人读鲁迅、谈鲁迅的所谓"鲁迅热"，是人为的操作，反而是不正常的。但由于中国人口众多，接受鲁迅的人，比例很小，绝对量并不小，他们以不同形式聚合起来，就是一股可观的力量，我一再强调，大家要"相濡以沫"就是这个道理。

最后，我想向诸位描述一个我始终难忘的情景：今年（2012年）9月2日下午二时半，我应邀到某民营书店，和凤凰网读书会的五六十位青年朋友，讲"活在当下中国的鲁迅"。讲完了，一群年轻人（大概有二十多位）仍然不肯走，和我继续聊，据他们自我介绍，其中有大学生、研究生、教师、公司职员，还有些自由职业者，聊的中心，自然是鲁迅。但涉及面很广，包括国际国内，政治、经济、思想、文化各个方面，人生选择的困惑等等。大家越聊越起劲，也不顾得吃晚饭，一直聊到晚上八点半，还欲罢不能。这样的长达六个小时不间息的演讲与聊天，让我大受感动。我由此看清了鲁迅在当下中国的真实处境：他不再被热炒，甚至受到了官方冷落，文人围剿，不被主流中国看好；但在民间中国，总有人（不多也不少），特别是有思想、有痛苦、有追求的年轻人，在不断地读他的作品，和他，以及周围的朋友，包括我这样的老年人，一起进行精神的对话。这就够了。这可能是最正常的，也是最好的。

2012 年 11 月 5 日—6 日

七八十年代青年眼里的鲁迅

〔前言〕从1985年开始，我先后为北京大学中文系文学专业81、82、83、84级学生，研究生，进修教师，以及北京大学分校中文系、国际关系学院中文系、烟台大学中文系、华侨大学中文系学生，解放军艺术学院作家班、福建师范大学中文系助教进修班学员……开设了"鲁迅研究"课程，听课的学生约800人左右。课程结束后，约有300名学生写了题为《我之鲁迅观》的作业。从这些作业中，不仅可以了解当代部分青年如何看待鲁迅，他们从什么角度、方面理解、接受（或不理解、不接受）鲁迅，更可以从中获取有关当代青年的思维、心态、情绪……的某些新的信息。现从300份作业中选录一部分，以供研究者参考。作业中的观点，并不都是成熟的，但有两点却可以肯定：一，说的都是真话；二，都是认真读了鲁迅原著，独立思考的结果。——有了这两点，就自然具有一种特殊的价值。

一

北京大学82级学生孙国勇在他的《我之鲁迅观》一开头就作了这样一个判断："比起其他任何一个现代作家，鲁迅在现实生活中的影响都强烈得多。"他解释说："这不仅在于鲁迅对民族弱点、社会时弊的杰出批判在今天仍然是警钟号角，常使人们记忆犹新。更重要的还在于鲁迅的独特而巨大的人格力量足以构成一面旗帜。"对"藏着许多秘密的普通人"的鲁迅的关注，为鲁迅"独特而巨大的人格力量"所深深吸引：这确实是不少青年学生接近鲁迅的一个切入口。

孙国勇认为，"任何一个伟大的作家要想在后世留下深远的影响，仅靠其创作是不能成功的，他必须在创作的同时，创造一个前所未有的自我形象"。在孙国勇看来，鲁迅人格力量的影响主要表现在两个方面。一是"鲁迅的形象象征了个性独立"，他"不计较旁人的议论，不向威压低头，不依附于任何偶像，即使是在革命队伍内部也不委屈自己的个性"，这就给"现时代的人们，特别是青年"以"勇气"，使他们敢于在"受到社会压制时"也仍然坚持发展自己独立的个性。其次，"由于鲁迅自身个性的复杂丰富，使得人们可以根据自己的个性进行各自的选择"，青年人从鲁迅丰富多面的个性中选取"其中一种因素"，"充分发挥之"，"贯穿到自己的个性中去"，都会为"自我"的健全发展，开拓一个新的天地。事实上，许多青年学生都是从自己各自的个性或追求出发，"接近"（"发现"并"强化"）了鲁迅丰富个性的某一侧面，从而形成"我之鲁迅观"的。

比如，孙国勇同学本人就一再强调：鲁迅个性因素中"粗糙"这一方面，"在青年中，特别是知识青年中得到了广泛的接受"。鲁迅在他的文章里多次写道：我"爱""被风沙打击得粗暴"的"灵魂"，"因为这是人的魂灵"，"我愿意在无形无色的鲜血淋漓的粗暴上接吻"。（《野草·一觉》）孙国勇认为，"鲁迅所要求于青年的粗糙不是一种一般意义上的性格好尚，而是建立在中国社会历史基础上的一种对新型知识分子的呼唤。千百年来中国知识分子以闲适的隐士为高雅，以参与社会政治斗争为庸俗，要求超脱，这当然是封建专制的结果。到了现代，知识分子已经义不容辞地承担了启蒙者、改革者的重担，要求过去的那种超脱不争已经构成了对历史的反动"。鲁迅正是在这样的历史条件下,号召人们"坚执着人间现实,不要想拔着自己的头发脱离人间。既然在人间的沙漠中,就不要躲避风沙的打击,不要顾惜自己纯洁的皮肤而以瘢迹为耻,既然现代中国以政治斗争为社会历史发展的中心环节,就不要惧怕在政治的污泥中打滚,不要为自己的清高令誉而放弃了知识分子的'社会的良心'的历史责任。这就是鲁迅的'粗糙'概念的中心部分。当然这中心部分要贯彻到性格中去,养成'报仇雪耻'而不'藏污纳垢'的敢于斗争的精神,这就不仅是对知识分子性格心理的改造,而且是对整个国民性的纠正"。孙国勇最后指出,近年中国青年知识分子热心于"寻找男子汉",表明他们正在"努力改造着"千万年来形成的"文弱书生"的"弱者"形象,"但似乎还只是在服饰举止方面",他以为"学习鲁迅"能够赋予这种努力以深刻的内涵与意义,"中国的社会现实需要有'粗糙'的满身伤痕的青年以及知识分子""斗士","需要鲁迅式的人"。

比孙国勇低一届的王枫,对鲁迅同样倾心。但吸引他的却是:像鲁迅那样"无所顾忌地生活","无所顾忌地去爱,去恨,冷嘲热讽,坦荡地面对着世人的热舌头,冷唾沫,让他们去说,去诬蔑,去以为"。王枫慨然宣布:"即使他不是文学家,不是思想家,不是一切以'家'为后缀的各种各样的干巴巴的怪物;即使他是市井无赖,是小偷强盗,是呼呼入睡于旮旯角里的满身癞疮的乞丐;只要他能那样坦荡而无所顾忌地走着自己生命的行程,便是一条我可以为之倾心结交的好汉子。这样的人,少极了。所以鲁迅更少了。这便是鲁迅在我心目中异常珍贵的原因。"

与王枫发生共鸣的,还有国际关系学院的张冬。他用四个字概括了鲁迅的思想、行动与文学:"任意""无忌"。他说:"鲁迅的一生都是'无忌'的,他'无忌'传统,'无忌'命运,'无忌'一切恶的个体与集团,他'无忌'于自己,'无忌'于别人。鲁迅的胆量是中国文坛无与伦比的。"他又说:"因为'无忌',所以鲁迅能任己之意,抒己之怀。因为'任意',他能看到一切,想到一切,不惮于看,不惮于想",不但"比别人看(想)得广",而且彻底;"他对'物'与'理'有'大眼光'的思考,他对'物'的察看,对世界的观照是放眼极目的,尽可能把世间的一切收入眼底,不被美景眩目,不怕脏物污眼,他一心地想看穿世界,看透万物,他敢于透视每一个角落。有了对'物'的全方位的掌握,鲁迅对'理'便有更为深刻、全面的理解,所以他可以'无忌',他有资格'无忌'。"张冬的结论是:"鲁迅的视野是广阔而任意无忌的,显示了二十世纪整体思维不断发展的大智大勇的时代精神。"如此说来,在这些青年学生的眼里,鲁迅的"无所顾忌",不仅是一种自由无忌的生存方式,而且包含着一种自由无忌地思考的时代智慧,这就是鲁迅本人也十分神往的"天马行空"的境界。今天的青年亦神往于此,是建立在什么样的"现实感受"基础上的呢?烟台大学的学生宋少明的思考也许会对我们有所启发:"几千年来……人的本性为统治者制定的规范束缚着,人们什么时候才能无拘无束地去生活,去爱,去恨呢?人的本性应张扬到一种无处不往、天马行空的境界,应该张扬到一个极限……"——当代中国青年就是这样发现、接受了鲁迅的。

也是北京大学的学生——81级的女同学张小兰,她对鲁迅的生命形态、精神追求,另有一种独特的观察与理解。她说——

"我赞扬鲁迅的,是他追求有波浪的人生。在中国,多数人是喜好安静生活的,他们追求稳定的终生。即便有些青年曾经奋斗过,但一旦得到了物质的安逸,便自以为成熟了,苦笑起当年的'幼稚'与'狂妄'来。殊不知自己已经丧失了'人'的精神,被'平庸'所同化了。在中国,走起伏的人生之路的人很少,走到底的更少。鲁迅的可贵之处，就在于他属于这更少者。"

张小兰的同班同学罗新也这样问自己："我们从他那里得到的究竟是什么呢？是智慧吗？不全是。是热情吗？也不全是。我突然想起了，我们从他那里，从这口古井里，汲取的更多的是毅力，一种促使我们一步步向前走而决不停留的力量。……他身上那最使人震惊，最富于营养的，乃是这种亘古罕见的人的毅力。这种毅力只属于他这种人，但是我们可以汲取一部分，我们也可以变得坚强起来。"

北京大学分校的朱建功注目的是鲁迅的另一个侧面。她说——

"在我意识到一种真诚被欺骗，被愚弄时，我从鲁迅著作里找到了真诚。

"我时时感到真诚的被欺骗，被愚弄，我便常常从鲁迅那里寻找真诚。

"在我的心目中，鲁迅是最真诚的人，是敢说实话的人。"

在这位女学生真诚的评价里，显然有许多潜台词。虽只有寥寥数语，读起来却自有一种感人的，发人深思的力量。

于是，有不少青年到鲁迅那里去寻找温暖与爱，国际关系学院的曹之海由此建立起了他的"鲁迅观"：鲁迅先生"不屈不挠的一生，据我看，充分体现了一个'仁'字。……它是对世界上所有真善美执着的追求与爱"。他认为，鲁迅的"仁"不同于孔子的"仁"，有自己的特定内涵与意义。他说："生活在那'长夜难明'的环境中，处处是该受的怀疑、否定的东西，因而就更多地表现出'憎'，其实这暗含着更大的'爱'。鲁迅对落后群众的'复仇'，全为了'救人'这个目的，这正是来源于'仁'。"

北京大学分校潘笑竹也这样写道："读了鲁迅的作品后，我却惊喜地发现，在刚强严肃的外表下，他竟然有着一副一般人所没有的柔肠。他一方面鼓励青年起来战斗，一面又豁出性命来保护他们，一些易受攻击的文章,他就决不让青年去写,他说:'这类题目,在现在,只能我做的,因为大概要受攻击,然而我不要紧。'这是怎样一颗慈爱的心!即使对自然中的小生命,他也表现出无限的怜爱。鲁迅将他的这类纤细的爱,纳入了博大的情怀之中;或者说,只因有了博大的爱,才会有如此细微的情感体验。"这位同学最后发出感慨:我们今天"没有出现一个鲁迅这样的惊叹号,没有出现一部纪念碑式的作品,难道不是因为这个时代太缺少能'感知全人类'的爱的灵魂吗?"

北京大学82级王晓黎对鲁迅个性、人格力量、生存方式的观察与思考,进入了一个更深的层次。他说:"在鲁迅的人生中,我看到了人与社会,人与人,人与自我的充分搏斗过程中,人的素质的惊人潜力及无法避免的缺陷。他的生存,可以概括我们民族的生存,以至人类的生存——一种永远带有悲剧色彩的生存。"可惜这位善于思考的年轻人并未将他的这一论点作充分的展开与论证;但他所发表的一些"片断"思考却仍然能给我们以启示。比如,他说:"鲁迅自愿把自己与群体的命运连在一起,这使他一生多了很多痛苦,同时惟有这种深切于人生角斗中为众生哀乐而哀乐的人生选择,才使他得到生命沉酣的大欢喜";"鲁迅对于'生'有深沉的无限的热爱与关注,他对人类生活的不合理不公平有强烈的憎恶,对人类生活有强烈的期待与理想",这使他"既作为先觉者批判鞭挞昏睡的群体,又自觉地承担起他们的重担。一个强者,能'横眉冷对千夫指',却不易'俯首甘为孺子牛',他比尼采式的强人更勇敢,更有力量,更成为人们心目中的理想人格"。

二

和倾心于鲁迅的"理想人格"不同,相当一部分青年学生更注目于鲁迅的内心矛盾,人生选择与文化选择上的困惑与痛苦。这种关注是与对于自身丰富而复杂,也是充满矛盾,甚至混乱的内心世界的审视,联系在一起的。或者说,他们是通过自身的内心体验接近、发现了鲁迅的。

于是,在北京大学中文系84级学生吴晓东的眼里,"鲁迅笔下过客的形象,无异于他的自画像"。他从"过客"回答"老翁"的话("从我还记得的时候起,我就只一个人,我不知道我本来叫什么。")里,联想起"超现代派画家高庚在1897年所画的那幅著名的画:《我们从何处来?我们是谁?我们到哪里去?》"。他认为,在"过客"的人生选择中,包含有"对人生的原因和目的的一种无奈何感和不可把握感",更是"对原因、结果、目的的超越",成为"只问耕耘,不问收获的求索"与"为光明而死亡的献身",这种"执着于前行本身"的人生选择,在具有"崇高"意味的"悲壮"中又透露着一种"悲凉","而其更深刻的内涵则是一种孤独感"。鲁迅又"时刻让内心世界处于反省、矛盾冲突状态中","这种内心世界的不安宁,构成了鲁迅心理特征的最主要部分"。

国际关系学院的学生王学敏则认为,鲁迅的"孤独来自被世人放逐","更确切地讲,是他的自我放逐"。这位学生引述了鲁迅在《野草》里的一段话:"倘使我得了谁的布施,我就像兀鹰看见死尸一样,在四近徘徊,祝愿他的灭亡,给我亲自看见;或者咒诅他以外的一切全部灭亡,连我自己,因为我就应该得到咒诅",并作了如下发挥:"当一个人拒绝来自人类的温存的时候,这个人应当是超脱或是绝望的;鲁迅却没有超脱,也没有绝望,而是将虚伪的人生圆满剔除后,剩下无以名状的晓畅淋漓的力量——孤独","鲁迅作为封建阵营的逆子贰臣,他渴望无休止的战斗,而没有私情的绊脚索。他渴望孤独——一无牵挂,无所顾忌,临深渊而舞,履薄冰而歌,显出天马行空般的气魄"。

北京大学中文系83级学生董瑾，同样注目于"过客"，而他强调的是"背着沉重的十字架在茫茫的旷野中艰难前行"的形象："一方面他在消除负累，另一面他又背上许多新的负累，这种前进中的挣扎"常给人以精神的重压。这位学生认为，在鲁迅的"负累"中，一个不可忽视的侧面是"他既非一个尼采式的完全的个人主义者，也非一个能够同普通大众打成一片的民众领袖式的人物，因此他常常感到一种隔膜，感到如入'无物之阵'的战士的苦恼"。

另一位北京大学82级的学生王川则认为，鲁迅的"负累"，从根本上是来源于他的"历史中间物"地位与意识。在王川看来，鲁迅是"一个与黑暗抗争，并因黑暗的存在而有意义的黑暗自身的抗体"。一方面，"他存在于黑暗中，是一个对黑暗怀有恶意，处处与黑暗捣乱的，不安宁的黑影，他不会被黑暗同化，只是不停地战斗下去，即使是与之同归于尽"；另一方面，"尽管他与黑暗不共戴天，却同时与黑暗有着割不断，理还乱的联系，致使其存在意义仅仅在于对黑暗的反抗，当黑暗消失时，便失去存在的必要"，因此，"人类未来的光明必将使黑暗中所产生的，并在与黑暗斗争中才有意义的这些斗士及其思想，成为陌生的东西，没有存在理由的东西"。王川对作为"历史中间物"的"斗士"的特质，作了进一步的发挥，他指出，"在中国，与旧势力的抗争，实际上是在与几千年的旧传统、旧观念宣战，也就是与整个社会宣战。作为一个斗士，他理应得到的是全社会的诅咒，不必指望别人的理解，更要警惕别人的布施，包括亲人的爱。真正的斗士，便应该这样孤独地，一往无前地走向拼杀之地，走向死亡。——如果你打定主意，与你身边包围着的黑暗的一切斗争到底"；"真正的斗士应将斗争的原动力放在真真切切的现实之上：希望是附丽于现实的，从现实中看到希望，与现实作最直接的斗争，一个痛恨黑暗，向往光明的勇士便将如此。不必高喊为了什么目标的口号，也不必为了梦中的明天而激动不已,更无须非要组织个正经八百的大战斗。看看现实吧,你恨它,就和它捣乱吧。不要指望你的斗争会迎来光明,也不要以为在你的有生之年,能看到你和这黑暗斗争的谁是谁非,谁胜谁负。斗下去,就是了。只要这黑暗存在一天,就让它总有一点小小的不安宁。一个斗士所能做到的就是如此"。应该说,这位年轻人对于"鲁迅式的斗士"的精神特质的理解与把握,是相当真切而有深度的。

北京大学84级学生易敏从另一个角度考察鲁迅的"历史中间物"地位与意识。他指出:"鲁迅生活在一个新旧更替的时代,他的思想中不可避免地凝聚了新旧时代的深刻矛盾。他既是新曙光的召唤者,又是历史的承担者;既以非凡的勇气和力量冲破一切传统,又不可避免地为传统所束缚。"这位学生在《谈谈鲁迅的传统的承担》的总题目下,讨论了道、佛、儒、法家思想对鲁迅的影响;强调鲁迅对传统道德价值的承担:"他少年失父,以长子、重孙的身份担负起感情与道德的历史重负";指出鲁迅"对传统民俗中的迷信的宽容是出人意外的","鲁迅在个人爱好、美学欣赏方面是倾向于中国传统的,对之有一种亲密感"。易敏最后指出:强调"鲁迅对传统的承担,这丝毫无损于鲁迅作为现代中国最彻底的反封建战士的形象;相反,我们认识到他那坚决、彻底的行动背后更深刻、更复杂的因素,认识到鲁迅需要战胜的来自历史、社会以及自身的重重障碍"。北大王晓黎在文章中也谈到鲁迅"是吸收了东、西方人类精神文化成长起来的巨人;这一点在他的思想、行为上有很重的投影。他有强烈的自我意识,有独立不羁的判断力与批判力,但中国传统知识分子委曲求全、忍辱负重的意识,使他总以忍让、牺牲为行为的第一习惯,但最终却定要予以回击",因此,"比较而言,他的思想是主动出击型,他的行动则是被动反击型","这样,他的心灵上总不可避免地布满创伤","鲁迅常感慨自己见事太明,做事即失其勇,鲁迅实际是承担着这一历史时期新的旧的,合理的与不合理的一切(道义感本身即是一种束缚),成为超负荷的行者"。

学生们对鲁迅心灵的"负荷"还作了多方面的考察。国际关系学院85级学生钱彩凤指出:"在鲁迅关于生命的意识中,有一种宿命的观点,总以为自己是活不长的,这种潜意识影响着他的婚姻,影响着他的生存方式。既然命里注定活不长,又苟活下来了,这使人产生一种无可奈何的侥幸感,因此把余下的生命'权当废物利用',不对它好好爱护。这种'自虐',会产生一种惊人的能量;但对一个活的生命体来说,感受到的除了痛苦与疲倦,还有多少幸福、快意可言呢?"钱彩凤的同班同学鲁建国也从鲁迅家庭生活中发现了内心的沉重:"鲁迅无形中已经让所爱的人牺牲了许多。然而,是鲁迅情愿让别人为自己牺牲吗?当他接受这些牺牲时是轻松的吗?许广平说:他并不过分孤行己意,有时也体谅到他一同生活的别人,尤其留心的是不要因为他而使别人多受苦。所以他很能觉察到我的疲倦,会催促快去休息。更抱歉他的不断工作的匆忙,没有多聚谈的机会,每每赎罪式地在我睡前陪几分钟。"在这"赎罪式"的心情背后正有一种难言的沉重;于是,这位学生发出感慨:"可叹,周先生!可叹,广平兄!"……

不少学生都注意到了鲁迅精神世界中的"悲观""痛苦"因素,并对其深刻内涵进行了多方面的探索与讨论。北京大学中文系83级朱丽同学认为,"悲观不是感伤和消极的同义词,它是一种深刻的思考所陶冶而成的阴暗的观察眼光","是现实的黑暗在心灵上的强化",它坚持"辩证的思维",认定"无论何时何地,黑暗永不会消失","对一切都预测以最坏的结果",这就彻底"摒弃了一切患得患失的,投机和侥幸的幻想,从而踏踏实实、毫不犹豫地去与黑暗搏斗,开创未来",这才会有"明知前途无望,还是要不惮于前驱的勇敢","才能生出'我不下地狱,谁下地狱'的咬牙切齿的决心,才能有悲凉壮阔的胸怀与真正无视一切的气魄"。北京大学84级学生曹建茹认为,鲁迅"对民族的大热爱是他痛苦的根源,因为这大热爱,他才有了大憎恨和强烈的复仇情绪",他的高度"敏感",又使"他太多疑,太爱用脑,太严格,甚至到了苛刻的地步";"他的痛苦更多的是进取、探索过程中的痛苦",他"知其不可为而为之","在不断进取、奋斗,心理平衡的不断破坏中寻找自己的幸福",他也就超越了痛苦,"达到了另一种境界"。他的结论是:在鲁迅的人生哲学里,"他的痛苦与幸福是合为一体,分割不开的;没有痛苦就无所谓幸福,没有幸福也就没有痛苦"。国际关系学院学生张永祥则认为人生有三种境界,"方临世界,以为光明为宇宙之主宰,因此而乐观,是为第一境;乃至初谙世事,便以为这世界乃是黑暗之一团,因此而悲观,是为第二境界;至看破第二层,于无所希望中保持童心者,深得人生之道,是为第三境界。大凡世人或自得于第一境界,或煎熬于第二境界,而独立于第三境界者,何其少也。鲁迅正是这样的一个强者"。这位学生进一步指出,在当今世界上并不乏这样的思想家,他们在理论上也达到了"人生就是痛苦,无望的挣扎之后仍然是漫漫长夜和严寒"的结论,但却"被自己探索到的东西惊呆了",于是,竭力"逃避生存的种种痛苦",他们"通晓了人生的种种意义,却仍然以一、二境界自居",在实际生活中扮演了"两面人"的角色。而鲁迅,则"把自己对人生的认识(这种认识是十分可怕的,似梦魇,如魔鬼)"变为"反抗绝望"的行动,"这是最难能可贵的,生存的痛苦也主要表现于此"。

正因为如此,许多青年学生都对鲁迅"反抗绝望"的人生哲学里所显示的行动性、实践性特色,给予很高的评价。北京大学中文系83级学生娜日斯指出:"鲁迅给屈原以来中国知识分子愤世嫉俗的硬骨头传统,注入了行动的血液和希望的光明,这正是在鲁迅之后的青年把鲁迅作为民族魂,作为旗帜,作为真正猛士的原因。"

三

此外,还有相当一部分青年学生,他们能够理解鲁迅,甚至对鲁迅表示真诚的敬意,但却不能(或不愿)与之认同。这方面的材料提供的信息量较大,可能会引起研究者更大的兴趣。

北京大学中文系84级学生曾楚风说:"我很替鲁迅难受(杞人忧天!),一本又一本的回忆录,一本又一本的评传,把鲁迅先生肢解得支离破碎。于是各掘一块,放到显微镜下研究起来。岂不知一颗心是完整的。"她谈到自己"在鲁迅的所有文字里都感到一种消磨不尽的痛苦,那是苏醒了的心灵和那个黑暗时代搏斗而感到无能为力的痛苦。他对这个世界的奋战(就他个人而言)从来没有胜利过,他的'恶毒'攻击没有改变现实,却给自己招致了苦难和死亡",她直截了当地表示:"鲁迅的无可奈何的反抗也具有一种悲剧的美,但对于这类美我是无法欣赏的。鲁迅不可能成为我的老师。一则我不愿生活中尽是痛苦,我的个人属于社会,有一定的社会价值,更属于我自己,有我独立的价值,我不能因为前者而消灭后者。在我看来,这种痛苦有时是不必要的","很多人认为自己是以鲁迅为师的,但其实谁都不能真学他。一是无用,二是没必要。再者,鲁迅尽可以捣乱,我们又能怎么样?捣乱吗?我们想必是不敢的。尽管我们看到了诸种弊病,可是我们不敢反抗,当然也反抗不了。在鲁迅的悲哀中我也感到无可奈何的悲哀"。这位学生最后反问一句:"老师,您也不是这样吗?"

曾楚风的同班同学张宇红也这样表示,"我希望在可能的条件下尽力使生活变得轻松愉快,我不喜欢人为地加重生活的砝码,当然我也不怕生活的沉重,也不会逃避。我欣赏鲁迅直面现实、正视现实的精神,但我也希望能超脱一些,希望人与人之间的理解与宽容,平等与慈和。战斗的鲁迅是他那个时代所必需的。这我完全可以理解,并因此尊敬他。但我站在今天的土地上看鲁迅,我所欣赏的是作为慈父的鲁迅形象。"他们的另一位同班同学喻天舒也表示了类似的意见:"我们应该理解鲁迅,学习鲁迅,但我们却没有必要去用鲁迅所背负的历史包袱来充实自己的内心世界,以此来追求一种悲剧式的精神境界。这时代的青年,应该更多地学会对未来的高瞻远瞩,更少因袭以往的顾虑与牵挂。"国际关系学院85级薛劲萍则明确表示:"鲁迅先生是个伟大而复杂的人,我对他的感情也是复杂的。一方面,我仰慕作为思想家、文学家的鲁迅;另一方面,却不喜欢作为残酷天才的鲁迅。也就是说,我敬仰他的人格,却不喜欢他的性格。"在具体阐述自己观点时,薛劲萍谈到"鲁迅有着独特、复杂、受着折磨的性格,他呼唤爱的同时又警惕温情,压抑对亲友的眷念",表示自己"在赞叹理性光辉的同时,又憎恶这种理性的魔影"。这位年轻人最后又说:"我虽然不喜欢作为残酷天才的鲁迅,但我觉得我能理解鲁迅,接受鲁迅。因为,一般人都不是他们想要做的那种人,而是他们不得不做的那种人。我想,鲁迅之所以成为鲁迅,大概就是有一种与生俱来的,一如既往的,沙漠中的清醒。"北京大学分校的杨敬也表示对鲁迅"敬而远之"。他说:"鲁迅简直不允许思想上有任何温情和松弛,总是处于高度紧张状态。这对于平凡的吾辈,实在感到有些疲倦,也许正因为惰性作怪,才使我对这位伟大的思想家敬而远之。"他又说:"鲁迅老是不客气地剥落我们身上的伪装,揭示出我们自己都没有意识到的弱点,时常令人感到坐立不安。我酷爱温暖,也喜欢幻想,不情愿看到现实中的种种不美妙,所以,我有些惧怕鲁迅的冷峻,怯于接近这位伟大的思想家。"

北京大学中文系81级学生陈连山以更加独立、客观的态度来看待鲁迅,他认为"按某一个固定的标准,或者按这标准的体现者(某一伟人)而生活都是可悲的。我不想如此,我宁肯让自己的心流浪而不去模仿别人生活。因而我不需要塑造一个符合我的要求和愿望的鲁迅形象做榜样。我只希望客观地认识一切,包括鲁迅,他的思想,他的个性,他的完整的一生"。在他看来,"各个时代的人都以自己的需要出发来理解鲁迅",因时代不同而有不同结论;"这些结论本身并不具有客观性,对于被认识的客体毫无意义"。因此,他主张,"要真实地认识鲁迅,只有抛弃一切社会功利目的,以纯粹的认识本身为目标,以摆脱社会局限,否则就很难得出客观结论"。

国际关系学院85级学生隋岩以《向钱老师讨教鲁迅先生的未来》为题,表示了他的"杞人忧天":"孔子历史上也是一个人,是一个跑来跑去,吃过不少苦头的人(鲁迅先生语),后来世人把他神化了",成了中国的"圣人";"值得注意的一个现象是,另一个圣人对中国人,特别是中国知识分子潜移默化的影响在与日俱增,这个圣人就是鲁迅先生","毫无疑问,今天,我们给予鲁迅先生的评价和地位是公允的。但是将来呢?孔子不就是一个由人到神的过程吗?历史常有雷同之时,而且鲁迅先生也着实太伟大了"。

比隋岩高一届的崔冰说得也相当坦率:"鲁迅虽是一个伟人,我却决定不去做他那样的人,他在生前就竭其全力与人辩论,紧张忙碌了一生,在其死后还不得安宁,常常被人当作辩论时的武器,甚至于他在新婚后第一夜未与其妻圆房这样的事情,也被人加以评论,实在太可悲了。"

北京大学中文系82级的汪静从另一个角度发表了他的意见。他不以鲁迅为伟人,认为"鲁迅实质上更以生活中的普通人的身份,而不是以大思想家或者更伟大的身份出现在我们的面前";正因为如此,汪静以为"我们总有可以挑剔他的地方"。在汪静看来,鲁迅"在文学上存在缺憾,那是非常显然的。尽管他的一部分小说、散文、诗中展示了他的精神,他的世界,但是,我们发觉在每一篇作品中,其中的寓意往往大于具体的形象,他用词是怪诞而不平和的,他总是急于采取象征、比喻的手法,他仿佛是要用这一切的手段尽快尽多地给读者看他知道的事情。对于文学创作这样需要谨慎的活动来说,他像一个放纵情绪、不耐烦的人,他并不是在创造一个融化自己的完美的艺术,而是想借艺术来表达自己,这便是他在创作上谈不上成就最高的原因。而这是一个天才作家时常避免不了的,仅是他创造出的东西,本身已经拥有了更高的价值,那是别人不会有的精神和精神的产品"。

北京大学分校83级学生李介中从另一方面对鲁迅提出了他的"挑剔"、异议:"不错,鲁迅作为一个民主革命的战士,他思想中的过激成分多一些是无可非议的。中国需要打破传统的闯将,民主革命要推翻封建统治,就需要这种精神,然而,这种思想也会导致严重的后果。东方文明的发展历来偏于和谐稳定,中庸主义始终占统治地位,同时也创造了光辉灿烂的东方文化。鲁迅批判中庸主义,以否定辩证法取而代之,强调变革创新,这种思想是进步的。但鲁迅这种否定主义的辩证法会在破坏传统思想的同时,破坏历史悠久的民族文化,造成文化断裂。西方文明尚未被国民接受而传统文化又被否定,理想之光渺茫,会使大部分人尤其是青年人感到无所适从。就现实来说,社会主义改革,经济体制的革新也是有步骤的'渐变',要联系现有国情,如果按鲁迅激进思想进行当前改革,也许会产生一些意想不到的问题。"

而北京大学81级学生陈君宏的看法恰恰相反,他从另一种立场上也提出了自己的忧虑:"我不知道如何能使我们的热情更直接,更实际,也更成熟地作用于社会。至今不少中国人对鲁迅也只是听听而已,甚至对鲁迅如此彻底而猛烈地攻击过的'国粹文明'时时眷顾,并开始反击鲁迅否定中国文明'是否过激'……这一切都令人感到'思想启蒙'不过是知识分子的梦想。我们不能只在课堂里造气氛,还要对社会施加影响,但途径与方式是什么呢?"烟台大学中文系的宋少明也提出了类似的困惑:"中国知识分子从历史上就不能掌握自己的命运。尽管思想敏锐深刻,但只能置于历史运动之外,干预不了现实生活。尽管鲁迅要通过'走'来掌握自己的命运,但是'走'了这么多年,知识分子的命运还是如此。这恐怕要从社会和知识分子自身去寻找答案。"陈君宏最后发出了这样的感慨:"也许当一个纯粹的知识分子,正是我们的悲哀……"

陈君宏的同班同学李宇锋则认为,鲁迅显然不会解决我们这一代所遇到的一切问题,但他使我们"大开眼界,思想敏锐,头脑复杂",去思考,实践,探索,追求:这才是鲁迅对于我们的主要意义。北京大学中文系 82 级学生赵景春说得好,"重要的是,以鲁迅那种独立不依他的精神和奋然前行的毅力,尽可能少地为自己设立羁绊,开拓自己的道路"。

鲁迅与九十年代北京大学学生

鲁迅与北京大学有着非常密切的关系，鲁迅当年对北大和北大的青年学生是寄以很大期望的。现在又过了大半个世纪，鲁迅和当今北大青年学生的关系又如何呢？这是很多人都关心的。我从1985年开始，给连续十届北大学生讲鲁迅，这门课始终是中文系最受欢迎的课程之一。我想，这至少表明，北大学生至今仍对鲁迅保持着浓厚的兴趣。最近，我在课程结束以后，让每一个学生都写一篇文章，题目叫《我之鲁迅观》，要求坦率地写出各人对鲁迅真实的看法。听课的学生都是二十世纪九十年代大学校园里的一代，他们将是下个世纪中国的中坚；这一代青年对二十世纪中国思想文化的先驱鲁迅的看法，自然是格外引人注目的。

不再把鲁迅"英雄化"
——很多学生对鲁迅的看法有一个变化过程

很多学生在文章里都谈到，他们对鲁迅的看法有一个变化过程。正像一个学生所说，"鲁迅第一次出现在我们小学的课堂上时，就是一个全身披挂的'思想神'"，长期错误的宣传和引导，曾使这一代青年对鲁迅产生隔膜，以至反感。随着他们年龄的增长，独立思考能力的增强,特别是进入北大,直接受到了浸透着鲁迅精神的北大传统的熏陶,再认真地阅读鲁迅的原著,就有了新的理解与感受。那么,他们是怎样去接近与看待鲁迅的呢?一个学生以《以平常心看鲁迅》为题这样谈到他的鲁迅观:"他个儿不高,一米六零差不多,瘦瘦的,眼窝深陷,留着一撇小胡子。他不是一生下来就会写杂文的神童,也没听说他脑后长了什么反骨。他是个普通人,大家的朋友中的一员,他的大部分的特点,普通人也都有。"好几个学生以《回眸时看小於菟》为题,讨论鲁迅"怎样做父亲",体味作为普通人的鲁迅的人情味。一个学生更以唐人诗句"野渡无人舟自横"来描述他心目中鲁迅人性的自然、自由与自如,并作了这样的发挥:"鲁迅是在有生之年就极负盛名的人中的一个,但他并不和大多数名人一样改变自己,约束自己,使自己更像名人,更像楷模,打躬作揖,衣冠楚楚,道貌岸然起来。鲁迅仍是我行我素,随心所欲。他是一个七情六欲俱全,嬉笑怒骂随时的人。鲁迅比起其他名人、伟人更像凡人,是凡人的伟大,伟大的凡人。"这或许是一个重要的讯息:这一代人再也不像前几代人那样,把鲁迅"英雄化",作为自己人生的楷模,崇拜的对象;他们更愿意把鲁迅视为朋友,和他进行自由、平等的心灵的交流与对话,或赞同、默契,或反驳、争辩,他们十分尊重鲁迅的意见,经验,传统,但绝不会以鲁迅之是为是,以鲁迅之非为非;即使是在有着如此强大的思想力量与人格力量的鲁迅面前,他们也要保持自己人格的独立和思想选择的自由。应该说,这甚至具有一种历史意义。

"彻底的真实"
——有些学生所概括的鲁迅精神

青年学生对鲁迅的下列看法也很值得注意:一个学生在他的文章

里提到鲁迅在晚年所写的《我要骗人》里，公开宣布，"还不是披沥真实的时光"；并说自己正是从这里"实实在在领悟到了鲁迅的真正伟大之处。——敢于说自己'不真'的人，才是最真的人。这无疑成为我开始亲近鲁迅的一个突破口。作为一个年轻人，最希望获得，也最易被感动的，便是这种精神上的'最真'。沿着这一脉络，我找到了鲁迅的生命与我的心灵的通道"。这大概有一定的代表性：不少学生都谈到他们心目中的鲁迅是一个"真的人""真的战士"。一个学生甚至用"抱诚守真"来概括鲁迅精神，他说："鲁迅有一篇著名的杂文《论睁了眼看》，在某种意义上，我把它看成是鲁迅思想的精髓所在"，"中国人向来不敢正视人生，只好瞒和骗，由此也生出瞒和骗的文艺来，由这文艺，更令中国人更深地陷入瞒和骗的大泽中，甚而至于已经自己不觉得"，鲁迅这段话"实在是对身负的虚伪文化的最有力的批判"。鲁迅自己则始终"睁了眼看"，不恤"损害许多好梦"，断绝一切"奇妙的逃路"，粉碎形形色色的乌托邦神话，而直面、正视民族的劣根性，革命的污秽和血，现实的不完美、不圆满，人生的缺陷与短暂，人性的偏颇，自我的局限，以至生命的虚无。很多学生都指出，鲁迅的"真"的彻底与可贵更在于，第一，他敢于公开说出"别人不敢说，不想说，不愿说，不能说"的这一切"真实"——一般人总是避重就轻，而鲁迅恰恰在人们因缺乏勇气而停止思考，满足于似是而非以自欺欺人时，把思想的探索进行到底，而从不顾忌会引出什么"可怕"的结论；"虽然人永远处于'不能写，无从写'的境地，可鲁迅用了整整一生来写。一个'写'字又增添了许多悲剧的崇高色彩。鲁迅的生命也因了这一'抑'而'扬'得更高"。年轻一代正是从这里找到、发现了他们心向往之的"大智"和"大勇"，以至"受到了震动"。

这里已经涉及鲁迅精神的另一个重要方面：他不仅敢于追究生命（人生）的"本原"以求"彻底的真实"，而且敢于反抗来自本原的绝望。青年学生这样描绘鲁迅的形象:"他没有在认知了现实的真实以后采取明哲保身、安身立命的处世哲学","他看穿一切而激情犹存","他'进得去',在纷乱的世态人情中洞察真相;又'出得来',从不迷恋玄远、虚缈、颓唐的精神故园,永远活在、挣扎在人间"。一个学生说得好:"真正震撼我的,是鲁迅真的生存态度所导致的强大的生命意志和生命直觉中的反抗意志。鲁迅对生命的极端重视,使他坚决地反抗一切妨害生命、妨害人类生存的东西,坚决地反抗一切使生命趋于麻木、沉沦、愚昧的势力","以一己之躯去反抗这些存在了几千年的黑幕",鲁迅不惜付出一切代价。"他是民族的灵魂,民族的极物,从而成为民族的叛徒",他忍受着难以想象的精神的重压,"敢于在灵魂上摆开战场,并承担后果","他是以自己的生命和血肉作为历史进步的代价和祭品"。年轻一代又在这里找到,发现了鲁迅式的理想主义:"他终身与孤独为伴,以悲慨自适,其痛苦与悲凉无人堪及;然而他又始终张扬理性,高歌理想,其坚毅与昂扬同样无人能望其项背。"一个学生称之为"悲剧理想主义":"即把悲剧意识纳入理想主义的内涵,以悲剧与理想的二元冲突为本位,追求一种'绝望的抗战'的人生境界";另一个学生用"'过客'的理想主义"来概括:"他所相信和追求的并不是如多数启蒙主义者所宣扬的那样,是一种终极的真理,或乌托邦世界,他总是在看到终极意义(目标)的同时,看到它终将归于虚无的命运;他的理想(信仰)正表现在一种执着的追求,不在于追求到什么,而在追求本身,他的生命价值体现在'走'的'过程'中,他是永远为'那个声音'(信仰)召唤的过客"。当年轻一代从鲁迅"反抗绝望"的人生哲学里发现了鲁迅"自觉地直面真实""自觉地维护自我""自觉地承受重负"时,他们对鲁迅的认识就有了一个飞跃。正像一个学生所说的那样,"当揭开层层面纱看清他的脸的时候,我大吃一惊:这是一个现代人,中国第一个现代意义上的人。

不是有了现代消费就自以为是'现代人'的那种'伪现代人',而是真正的现代人——达到了人性、人格上的自觉,独立承担着现代人的困惑与痛苦,并在其创作中充分表现了一种超前现代性的现代人"。正是在促进中国"人(与文学)的现代化"上,鲁迅显示了他的独特意义与价值。

如何处理"自己"与"鲁迅"的关系
——年轻一代在思考这个时代

青年学生对鲁迅的看法并非、也不可能完全一致。如果说有比较多的学生(不是全部)对鲁迅的思想、人格表示敬佩与欣赏,那么,在"鲁迅于当今中国社会的意义"的认识上,则出现了比较大的分歧,在"如何处理'自己'与'鲁迅'的关系"上,更有着各种不同的选择。一个学生在文章里提出了他称之为"十分有趣而又蕴含了深刻象征意味的假设":"当鲁迅突然面对这个以消费解决、对待一切的当代社会,以源源不断的快餐式文学、音乐、影视剧来充斥人们的心灵与头脑的信息社会,他将作何反应?面对这样一个追求实利的时代,面对因无知而嘲笑思考者的大众,面对因深知故而也在嘲笑,进而毫不留情地批判、解构思考者及其现代式的思考的某些知识界精英,鲁迅及鲁迅式的思考者,怎能不因这种主客体的背离而显出令人可悲、可叹、可思的可笑与尴尬来?"这个学生接着又发表了这样的意见:"但与此同时,这种可笑与尴尬也正是思考者的价值与伟大之所在。面对不再严肃的外部世界,却偏要坚持已被视为可笑、虚妄与过时的思考,将'可笑'与'伟大'这两个截然相反的评判与状态结合在一起,这或许是我们身处时代的一大特异现象。"

显然,年轻一代在思考鲁迅的意义时,实际上也就是在思考这个时代以及他们自己的选择。一个学生这样描述他所感到的困惑:"似乎这个时代应是物资、精神双向充足的年代,但偏又出现了新的怀疑,仿佛一切追求都归于虚幻,或者在追求的半道中,突然认为那原本认为理想的目标竟没有一点价值,或者追求的结果到来时,一切理想都破灭了。那么人到底是应该有追求呢,还是落入平淡,过一生平庸的顺其自然的生活?"问题就是这样提出来的:"我们还需要鲁迅精神吗?"一个学生回答说:"从个人立场来说,我极钦佩鲁迅的见解和精神,可我不赞成他为社会理想而投入斗争的方式。因为历史太庞大,太混乱,太复杂,它淹没我们,我们却无能为力。想把握历史就如同想把握我们正在做的梦。对强大的现实去认真、去生气、去抛洒热血是不理智,没必要的,即使我们改变了它,它还可能变得更坏。在这个意义上,鲁迅错了。"另一个学生则表示:"我是个平凡的人,我希望自己活得轻松,我不能承受生命之重。伟人有伟人的高明,巨人有巨人的高大,我不喜欢围绕着他们打转。我只愿意听到伟人说话的余音,巨人笑声的绵延。对鲁迅也如此。他在北大任教,我以此为自豪。我愿意看到欢笑的,抖掉包袱的鲁迅。"还有一篇文章发表了类似的观点:"我们不愿意深刻地活着,因为负担太多的责任,承受太大的压力,忍受太多的痛苦。我们何苦那么残酷地拷问自己和别人的灵魂,那么认真地追究良知和道德,给自己一种近乎自虐的精神痛苦?"另一个学生做出了相似的选择,却这样写道:"也许对于鲁迅,我们最终只能表示沉默。普通人在他面前不可避免地会感到压迫,焦灼,无所适从。这是凡人的悲哀。"一篇文章如此描述他和他的同学和鲁迅的关系:"年轻人在感到寂寞、孤独,受到挫折时,会读鲁迅。当他感到并追求轻松、愉快时,就会忘却鲁迅,回避鲁迅,回避深思与沉重。"另一篇文章则深入地分析了这一代中国年轻人挣扎、徘徊在当代特定社会背景之下,身处两种思想交汇、过渡时期中的精神状态:"他们一方面清醒地意识到确有某种终极价值存在,尽管这'价值'在现实中被判定是虚幻的,但他们相信在精神界中是确实在场的,他们也因此而肯定这虚幻之物的意义与作用。然而当他们真的去追求这种虚幻之物时,却又无法克服自身心灵产生出来的,对信仰的深刻怀疑、批判,与自觉可笑的种种折磨。他们的灵与肉,在这个意义上分裂了;他们的情感与渴望去信仰的热望,同他们的理性与清醒的怀疑精神对立了。明知其无却无法不去渴望与追求,深知其有却又在探索的过程中无时不在深深地嘲笑和否定自己,这双重的矛盾带来了难以解脱的重负。"那么,这一代人又确实难以摆脱鲁迅了。

"无法忘记鲁迅是我们后来者的耻辱"
——有学生如是说

也有的年轻人在文章里表达了把鲁迅推向"历史"的愿望。如一篇文章所说,"鲁迅,作为'被看者'(奇怪的是这'看者'的队伍是何其庞大),作为'被书写者',在我看来是该被推向更加深远的历史背景之中的时候了"。另一篇文章的作者对这一命题作了进一步的发挥:"鲁迅的作品,我只能把它比作古希腊的雕塑,除给我崇高和伟大的震撼外,我更多地感觉到它是另一个时代的东西。不是说他没有现实意义,而是我不愿从现实中寻找他的意义。作为时间中曾经辉煌过的事物,时间也将给他辉煌的结束,没有一种东西能确定一个永恒的地位与价值,鲁迅也如此。鲁迅是伟大的,但现在我们需要这个时代另一个新的伟大的人的存在,他将不同于鲁迅,也不同于已往任何一个人。而我自己,也希望用自己的方式去做一些努力。我欣赏鲁迅,但我更愿意把他作为一个人来同情,他的痛苦和悲剧性色彩是我所回避的。在新的时间里,应该有一些变化,有新的生存方式与体验的存在。"

有学生从另一个角度来论证鲁迅"永远的孤独"的命运:"他的思想彻底得可怕,我们的意志承受力在他那里脆弱得不堪一击。他的思想的永不停歇的运动性是任何人无论如何都无法担负的。向他学习,以他为榜样,无异于使自己的思想陷入无法挣脱的苦难。他注定是孤独者,一个虽有百万同行者却永不能有道合者与之相呼应的孤独者。"鲁迅就像一只孤独的鹰,"在天地之间展翅,上可观天堂,下可察地狱。鲁迅更像博大、深刻的海,而我们观海,恰恰是:不了解海,不知爱海;了解海,不敢爱海"。当一些学生因鲁迅的深刻、沉重而回避他时,另一部分学生却在呼唤"生命之重"。他们说:"鲁迅的沉重是我们任何有良知的人所不能避开的。我们可以没有做祭品的勇气,然而不能没有自省的自觉和做人的良心。我们的时代所缺少的正是生命的沉重。在二十世纪末的今天,我们时时感到荒芜和虚空,我们的精神被迫切的物欲冲刷得如此苍白,我们的信仰被击毁却没有重塑之力,我们承载苦难的肌体和神经变得如此虚弱。鲁迅从沉重中升华出的精神的大飞扬,大气魄,大境界是我们最为渴望的自我提升的动力。也许正是鲁迅式的沉重是我们这个浮华的时代一帖最好的清醒剂。"他们如此反省自己,"当代的年轻人也是承受不起这生命之轻。在这生命之轻里,他们没有了方向,没有了依托,迷茫,困惑,最后导致了沉重。而只有带着这沉重他们才能迈开坚实的步伐,重新体验到生命中的真实"。他们问:"人追求的目标究竟是什么?当人们得到了足够的物质以后,他们的生活便会真正的充实吗?"正是这些学生们自称的"精神的饥渴"使一部分年轻人把眼光转向了鲁迅。

另一些学生则从"鲁迅与民族危机"的角度,思考、谈论着"难以忘却的鲁迅":"鲁迅是我们这个民族自我反省的代言人。时间过去了七八十年,鲁迅的这份清醒早已被人忘却。我们似乎常常感觉到铁屋子已经开裂,阳光早已照入屋内。然而当我们注目于鲁迅一直关注的基点：人，我们将不至于那么兴高采烈。鲁迅的民族危机感产生于他对这个民族的人的观察与思考。他一次又一次地看到国民的麻木，愚昧，慵懒，可笑，他渴望中国人摆脱吃人的习惯，摆脱奴性，摆脱大国子民、乐天知命的悠然心态，做真正独立的有人性的人。对于这一点，我们无法说过于乐观的话。只要我们敢于直面民族现状、处境的真实，以清醒之心观察今天的国民性，那么，关于鲁迅的话题就不会完，他将如同幽灵徘徊在中国的大地上，令每个人悚然深思。"结论是："我们这个时代仍然需要鲁迅式的启蒙者——他既不为一个观念虚构的乌托邦目标而热血沸腾，也不对臆想的美丽异常的幻象充满向往。他持有微茫的理想而深知历史的持久与艰难，在洞察生存的荒诞与虚无以后，仍然选择了启蒙。他超越了启蒙而最终专注于启蒙。"文章的作者接着又写下了一段沉重的话："无法忘记鲁迅这是我们后来者的一种耻辱，一种困境，一种无法找到出路的挣扎。"

是的，鲁迅早就说过，他应该和他所攻击的时弊同时灭亡。因此，他留给我们的最后遗言是"忘掉我"。我们今天却"无法忘记"，这对我们民族，对鲁迅，都是极其可悲的。正像一个学生所说，我们谈论着鲁迅，却又时时这样对自己说："我们至少还是老老实实地听一回鲁迅的话，满足鲁迅先生生前的愿望——将他彻底忘掉吧。"这个学生继续写道："当鲁迅的影子从我们的记忆中完全消失后，我们会发现，这无论对鲁迅还是对于我们的生活，都是一点坏处也没有。"这篇《我之鲁迅观》的最后一句话是：

"天知道，我是多么地爱鲁迅，又是多么地爱生活。"

1994年1月21日写于未名湖畔
1994年2月25日整理、补充于南郊

当代中学生和鲁迅
——《鲁迅作品选读》课的资料汇集

写在前面

我于2004年和2005年先后在南京师范大学附属中学和北京大学附属中学、北京师范大学附属实验中学,开设了《鲁迅作品选读》选修课。课程结束以后,除了写过一篇《关于大学教授到中学上课的思考》的短文,作过一个《把鲁迅精神扎根在孩子心上》的演讲,并没有作系统的总结,原先为准备总结而有意保存的材料(主要是一些调查和学生的作业)也就一直压在我的书桌上,时时在提醒我,还有一件事没有完。现在,我终于挤出时间来还"债"了,却不能不有许多的感慨。已经是2008年,时间过去三四年了!对于我这个退休老人,一晃就过去了;但那些听课的孩子,却是在一天一天地成长的,他们都已经,或者快要大学毕业了。他们中只有个别人和我一直保持联系,但大多数都已各奔东西了,不知他们如果有机会看到下面将要公布的中学时代和鲁迅相遇的历史记录,会有什么反应?他们现在和鲁迅的关系又如何?还有,这都是2004年、2005年的高中生的"鲁迅观",他们还都是"80后"的一代人;今天,2008年的中学生,"90后"的年轻人,他们对鲁迅又会有怎样的体认?鲁迅是永恒的"山",而年轻人却是一代一代地流动的"水",这"山"与"水"的关系,是永远引人遐想的。这里所记载的只是那一刻,"山"与"水"的相撞和相激……

调查一:我对鲁迅的最初印象

在北师大实验中学第一次和学生见面,就讲了一个我在小学四年级和鲁迅相遇的故事。然后,请学生们也谈谈他们自己的相遇故事,对鲁迅的最初印象,现在对鲁迅的看法。学生发言很踊跃,似乎意犹未尽,协助我上课的中学老师就因势利导让孩子把他们想说的话写成小纸条交给我,把他们在课堂上的发言也整理出来:这也算是正式上课前的一次调查吧。

初遇鲁迅,应该是在小学吧,读闰土的故事。那时纯属就是读故事玩吧,把它当作一个很有意思的童年趣事。初中接触了更多的鲁迅的东西,如《社戏》《故乡》等,对鲁迅本人有了表层的了解,但都是老师教给我们的,诸如"三大家"(革命家、思想家、文学家),他写文章是为了唤醒人们麻木的思想之类。老师还说他的文章写得很好。我的感觉是文字很拗口,有的句子明明是读不通的嘛,可老师却偏偏要讲这有它的寓意。我心想,也就是因为是鲁迅写的,要是我写的必定会挨批。

——高二13班 陈迪

坦白地说,我长这么大,上了这么多年的学,也读了多年鲁迅的文章,应该对鲁迅有一定的了解。但其实很多时候,我对鲁迅的理解都源于老师。初中时,我只要把老师的板书记下并背熟就可以了。自己对鲁迅是没有什么好印象的。这主要是由于鲁迅的篇目背诵起来十分费劲，半文半白，令我不胜其烦，当时的我，唯一的想法便是尽快背完，永不看这令人厌烦的文章。

——高二13班　张宇炎

第一次读鲁迅的作品是《少年闰土》。当时上小学，觉得鲁迅的文章很特别，在文中所呈现的世界给人一种愉悦的心情，那句"我们所望的不过是四角天空"的话，（让我）很震撼。鲁迅的文章很容易产生共鸣，总能给我一些冲击，他的灵魂透过文章直射我的心灵。他的文字凝重洗练，字字深入人心。对于他，我有一种特殊的感情，难以言表。

——高二4班　骆圆

那还是上初中一个阳光明媚的上午，我们学习了第一篇鲁迅的文章《社戏》，我当时唯一的感觉就是：鲁迅的那个童年太美好了，他所描写的生活场景简直是我的梦想，所以我很喜欢他的文章，总把自己设身处地于鲁迅的故事中。对于老师所讲关于鲁迅的评价，我一点也不在意。

——陈纾

第一次接触鲁迅，应该是在小学一年级，那时候看动画片后，换台，在演鲁迅与其学生许广平的事儿，没什么印象，只记得片中的鲁迅十分不讲卫生，吃完饭就用袖子擦嘴，不修边幅，上课时散发出奇特的味道，这完全有悖于《小学生手册》，对他实在没有好印象。

——高二13班　左方

小学阴森的楼道里有若干名人像,一年级时班门口正对着的,便是鲁迅。在我的心目中,他和牛顿、爱因斯坦大约处于同等地位。在我的感觉里,他是严肃而神秘的。

——高二4班　李兮

第一次读鲁迅的文章,是在爸爸的中学课本里,读的是《论"他妈的"》。读后只觉得这是个爱骂人的怪老头。从那以后,我学会了说"他妈的"。至于人有多高,多胖,有没有胡子,我是没有多想的。我有时会想:如果鲁迅是我爷爷,他会对我怎样呢?

——高二13班　霍佳琳

记得初中时学写景,便翻看了《秋夜》。结果写景并未学会,反而闹得我睡不着觉。我那时并不了解写作背景,所以也未理解文章,只是被字里行间的一种压抑的气息牢牢慑住。那种窒息的气氛足以让每一个人感到不安。这篇文章立刻被我束之高阁,与其说读不懂,还不如说是没有勇气读。

——摘自南师附中高一11班　李羽佳

对鲁迅最深的印象就来自一张照片,可能是当时已经去世了的鲁迅在病榻上最后的照片,依旧是整洁,安详,极瘦。就是被他的瘦震撼了。那是第一次对鲁迅有了"人"而非"神"的感觉。

——高二13班　胡阳潇潇

最开始读鲁迅作品,并不觉得怎么好,但读到《论雷峰塔的倒掉》时,感觉很爽,文章一步步地在攒气,到最后一句"活该",简直痛快极了。再以后读鲁迅的议论文,每每读完,心情特舒畅。特别佩服鲁迅居然可以不带脏字地骂人，已经到一定境界了。

——高二13班　程珊珊

　　第一次对鲁迅有感觉是到书市买书，一眼瞥见鲁迅印在书上的大头像，两撇小胡子，和那种有些狂妄不驯的眼神，觉得他挺酷，就把他的杂文集买了回来，而至今为止，那本书我只看了二十页。到了高二看了他的《记念刘和珍君》，却被鲁迅震惊了，第一次为一篇短文，而不是长篇爱情小说掉了眼泪。自此我便去看鲁迅的传记，但只看了三分之一又放弃了。又看了他的几篇杂文，二十分钟却只看了一页，我便又郁闷了。至今我仍被那种想走近鲁迅的渴望和因他晦涩的语言而却步的心情所困扰。

——高二8班　巩纡纡

　　第一次感动于鲁迅的文字，是读他的《野草》中的《题辞》。当时我们的语文老师，满怀激情地在课上也吟诵，也讲解，至今难忘。

——高二13班　吴一迪

　　用一种颜色来形容他，我认为是棕红色。红色：他有一种开朗、向往美好生活的热情；棕色：他硬朗，深沉，又让人不可捉摸，并使我有很冷的感觉。

——高二4班　史琳

　　似乎从懂事起，就对鲁迅这个生猛的名字耳熟能详。说它生猛，是因为这个名字藏着刀，隐着枪，可以于千万腥风血雨中给敌人致命的一击，也可以于落拓与慌乱中帮助青年重新站起。这是一个很难被击退、打败的革命者。我不了解他的身高，不清楚如此威严的人需要怎样一副身躯来支撑，抵挡四面八方的压力和攻击。因此，鲁迅对于我，又是模糊而复杂的。

——高二9班　孙辰娅

读他的文章，总感觉他是站在人生的顶峰，非常透彻地看待人的整个生命，解读得非常深，非常细。但我又觉得这没有多大必要，因为生命总要我们自己去理解。

——高一2班　严显

先生喊出别人不能喊的声音，揭别人不敢揭的伤疤，那些几乎人人都有的伤疤，他直视鲜血淋漓的真实和怯懦之人以平和粉饰的惨淡人生。于是他孤独，他痛苦，他勇敢。因为没有人和他一样甘愿痛苦地作心灵的旅行，因为没有足够勇敢的人接受他展现的真实，因为他义无反顾地去承受无人愿承受的孤独。"责任始自梦中"，先生的意识给自己加上了沉重而神圣又几乎不可能的使命，然而他还是要沿着根本没有了尽头的路坚定地走。他的使命感使自己无法挣脱，像火一样燃烧着耗尽生命，悲壮，辉煌，更可悲。

——高一1班　张铭

大家都觉得鲁迅强硬，好骂人，而我觉得鲁迅是有其温柔甚至可以说是柔弱的一面，这可以从他的很多回忆故乡，回忆童年的文章中透露出的温馨看出来。鲁迅应了时代的召唤，把自己包装起来，露出了锋利的刺。有人说鲁迅很孤独，我觉得那份孤独不是因为孤高，而是为了时代和民族，不得不隐藏起自己的柔弱，进行着艰苦的战斗。这也许就是英雄的悲哀吧。

——高一2班　张潇

他很有个性，严谨中带有不羁，深刻中带有顽童般的心情：这就是我对鲁迅的第一印象。

——高二 13 班　陈思

我读鲁迅的复杂却别样的纯粹。几年以来，只体味出他的三个"深"：深刻，深邃和深沉。

——高一 1 班　常翟子

我理解不了他的文字，在反复地读过几遍以后，我觉得他更像是一位哲学家而不是一个文学家。后来，我对鲁迅的看法不知怎的进入一个误区：我认为鲁迅的成就，是建立在其政治效应上的。因为我厌恶政治，所以我对鲁迅产生了小小的偏见。可是现在，我已经不得不佩服他的人格魅力和他思维的深入了。

——高二 8 班　塔拉托妮

总觉得鲁迅是一个清高傲骨，即使处于水深火热之中也要飞蛾扑火的混不吝的哲人。他与所有文豪都一样，有着极为激烈的内心冲突，现实和期待的对抗使他常常处于不为人深知的孤独之中。一个孤独的人，必然有一颗极为敏感的心。他的这份敏感，也正促成了昔日这位名声显赫的哲人。

——高二 8 班　徐忻胜

鲁迅和朱安的婚姻让人疑惑不解。他虽然是不停地批驳封建束缚，却为了母亲或其他什么不得不受迫于封建束缚之下，而其后对女性的不负责任又实在与他的"妇女解放"的主张相悖。

——寇昕

我对鲁迅的看法是他很爱骂人,特别是别人给他一箭,他便还人十箭。这与李敖有些像。鲁迅还十分亲日,他不仅喜欢吃日本食物,还和在中国的日本人内山关系很好。鲁迅很幸运,假如他在1937年还活着的话,他一定偏向日本。鲁迅还是个偏执的人,他过分地否定了中国传统的文化。

——未署名

有同学说鲁迅很爱骂人,我认为骂人有两种,一种是很愤懑的结果,是满腔怒火的宣泄,另一种是哗众取宠,是炒作。关于鲁迅的"亲日情结",我想说,先生是一个率性的人,想说什么就说什么,很磊落。比如他不喜欢梅兰芳装旦就说出来,他对日本的一些东西喜欢,也不会遮遮掩掩。所以我觉得先生是个很有男子气概的人。

——王金龙

作业一:我和我的父亲

讲鲁迅从"父亲和儿子"讲起,试图从这里切入,找到鲁迅的生命和处在即将告别童年的生命阶段的高中学生之间的契合点。因此,在讲完了鲁迅回忆父亲和讲述儿子的文章以后,布置了一个作业:或者就"周伯宜——周树人(鲁迅)——周海婴"之间的关系发表意见,或者写《我和我的父亲》。结果引起强烈反响,学生反映说,从来作文写的都是母亲的爱,是鲁迅的《父亲的病》《五猖会》《我们现在怎样做父亲》让自己第一次正视和思考"我和父亲"的关系,并且第一次产生了写父亲的冲动,于是就写出了很好的文章,选录如下,限于篇幅,均有删节。

（一）感受"周伯宜——周树人——周海婴"

1. 儿子是父亲的延续。

2. 你的前半生我无法参与，你的后半生我奉陪到底。

3. 一岁与五十岁。

4. "我家的海婴"，是一个说不完的话题。

5. 对孩子，鲁迅表现出的是一个老者的仁爱，耐心，细致。孩子的点点滴滴，不但记在父亲的心中，还不厌其烦地与好朋友分享，一封封书信的背后，是一个微笑，慈爱的父亲的形象。

6. 儿子的细节，体现父亲的细心。

7. 课本11页的图片，旁注：手腕上的纱布是父亲亲手裹的。"父亲裹的"和"父亲亲手裹的"，两个字的分量。

8. 课本所选书信，1934年的几封，不到半月便有一封提到孩子，甚至六七日一封。儿子的事，说不完的话题。

9. 两代人的隔阂，独立的意识，而产生不可遏制的"逃出父亲范围"的愿望。然而，"父与子"是一个永远摆脱不掉的情结。在儿子的心中，父亲是他人生中第一个男人的形象，无论正面或负面，都会给儿子造成根深蒂固的影响。儿子与父亲，一脉相承的延续，两代男人间生命的缠绕，无法摆脱的宿命。

10. 为人父，为人子。不仅仅是血脉的纽带，或是生命的延续，而且有着天性上的默契与联系，一种精神的传承。

11. 有一种感觉，儿子与父亲，儿子在成长，父亲在老去。正如鲁迅所言，"革命就要临头"。儿子企图独立，反抗，摆脱父亲，父亲在维护为人父的尊严，这是两个男人的对话。但即使如此，有矛盾和冲突，但他始终是父亲，他始终是儿子，在重要的关头，他还会依赖他的父亲，他还会保护他的儿子。无论父子间会是近于朋友或近于对头的关系,天性依然。

——南师大附中　高二5班　胡若愚

评语:读有所思,有所感悟,很好。

——钱　2004年4月2日

周伯宜:父亲的权威不可动摇,他将自己完全隐藏在"父亲"的身份(面具)中。

周树人:在当时的年代,可谓"新父亲"的代表人物。父亲的权威使他童年产生自卑,为摆脱自卑而奋斗,促使他开始了自己的生活。

周海婴:他"幼年丧父",但仅仅七年的相处,足以影响他的一生。比起周伯宜,鲁迅的家庭教育成功得多。他尽力发展了海婴的个人兴趣,使他不会活在自己的阴影里,但一提到海婴,我永远会想到鲁迅身边站着的那个小男孩。

——南师大附中　高一8班　熊思

评语:有自己的体会和见解。不知你注意没有:海婴事实上一直生活在鲁迅的阴影下,看看他写的《我和鲁迅七十年》就知道。这是违背鲁迅心愿的;鲁迅不能左右的个中缘由,颇耐寻味。

——钱　4月18日

(二)我和我的父亲

我爱我的父亲,过去,现在,永远。

可世界上好多痛,正是因为爱。

因为他是我的父亲,血浓于水,把我们联系在一起。我希望看见他笑，他满意，他的欣慰是我觉得很美的东西。他对于我，也是全心全意，爱得一塌糊涂，爱得没有道理。

但我们毕竟是两代人。有时我的行为他不能理解，有时他的付出在我看来毫无意义。可是他知道我爱他，我知道他爱我，因为感动，所以不忍心彼此伤害，宁愿藏起自己的委屈。到头来，都受了伤。

小时候，他从来没有要求我做什么，但我都能感觉到他希望我怎么做，我也不知道自己该怎么做，于是，我自觉地按他的意思做了，两人都很开心。

再后来，我有了自己的想法。如果我的想法不符合他的意思，我能从他的眼神或表情中看出来，于是我违心地做了。他开心，我却不开心。

又后来，我越来越不知道怎么做了。

从小到大，我习惯了乖小孩似的"察言观色"，忽然觉得自己是那么敏感他的一切，分明向我暗示了他的不满，而我又拗不过自己的心，对不起，只有让他失望了。

他像一个被我宠坏了的孩子，原先只需一点表示就可以达到目的，而现在这暗示越来越不见效，于是暗示变成了明示，一发不可收拾。

他叹着气说我变了。

但他从不打骂，只是摇着头，锁着眉，默默走开。

这种无声的威严比皮肉之伤更锋利。

他是我的父亲啊，他是我的债，我是他的债。

不能承受的生命之爱！

常常幻想哪一天他不再爱我，我不再爱他，那种没有负担的自由，多愉快。我甚至企图使他彻底失望而减少那份爱。再或者后退一百步，去寻找一种用棍棒表达的单纯的爱。

可我更怕，我怕失去我的负罪感，我怕失去父亲，再也得不回来。

我终于明白：我永远逃不出这份爱，过去，现在，未来……

——南师大附中　高二3班　鲍梦寒

评语："生命中不能承受之爱"，这是一个很有分量的生命命题。对此体会得很真切，也真切地表达了其中种种复杂的感情，写得很好。

——钱　4月2日

我曾经仇恨过我的爸爸。

小时候，没有自己的看法，完全按照爸爸指出的路去走。长大了，我便不愿意听任他的安排。我想拥有自己的世界，想要自己抓住自己的未来。

大概是初中毕业的那个暑假，已记不得是因为什么事，父亲训斥了我。总之是意见不合，他想要我这样做，可我不愿意，最终也不得不听从他，这已经不是第一次了，一次又一次，他像一个霸主，统治着我。这是家，不是他的领土；我是他的女儿，不是他的臣民！就在这时，我在心中立下誓言：我一定要成为一个有作为的人，一定要比他强！

我以沉默来反抗着他对我的压迫。在家里，我尽量避免和他说话，甚至是同桌吃饭。要是不得已，真的同桌了，我也以最快的速度吃完，钻进我的房间，用一道硬邦邦的门，把他关在我的世界外面。

虽然现在，仇恨已不复存在，但我和爸爸之间的门依然存在。我也尝试过去打开它，可它总像被什么东西拴住了，纹丝不动。但愿时间能冲淡一切，我会等待并尝试打开门的每一个机会。

父亲像一座山，他脸上的表情总是毫无暖意，如山一般凝重的颜色。而这种如山一般的雄伟和厚实，让我有了可以依靠的肩膀。

在童年时，我一直以为山是不会倒的。

可是，有一天父亲突然病了。我推开父亲的房门，我呆了。

这是我那个如山一般坚强的父亲吗？见我进来，父亲笑了，聚满血丝的眼睛里闪过一丝关爱，他张嘴想说些什么，却还没等说出来，又继续呕吐。我第一次如此靠近父亲，岁月在他脸上留下太多的痕迹，已经不能掩饰了。我想说很多的话，张开了嘴，却一句也说不出来。

望着渐渐停止了呕吐的父亲，有种感觉涌上心头。就在那一刻，我才知道，自己曾经误解和遗忘了多么重要的东西，自己欠得太多。

我才明白，原来山也会老。

——南师大附中　高二6班　李立

评语：很喜欢你的文字。"原来山也会老"，这一句更具震撼力。

——钱　4月1日

我和父亲的关系，可以说是很简单的：几乎完全由我的学习成绩决定。上学以前，爸爸几乎不怎么约束我，我每天就是玩，非常快乐。上学以后，情况直转急下。父亲好胜心极强，一定要让我比别的孩子强，每天一定要得一朵小红花，作业一定要全对，成绩一定要第一……我自然不能一定做到，就免不了挨骂甚至挨打。四五年下来，和父亲自然是疏远了。到初二，我的成绩排到了年级的十几名，并且一直保持到初中毕业，我和父亲的关系就一直还好，周末还会一起看看球赛。但在平时，我俩还真没什么说的。

想到人和人的关系，特别是父女之间的关系，竟然要由分数这种东西决定，我真的感到非常无奈。但这又有什么办法呢？事实就是这样。

——南师大附中　高一8班　惠晶

评语：用平实的语言写和父亲"简单"的关系，我读了以后感到心酸，并且想了许多问题。谢谢你的文章促使我思考。

——钱　4月8日

我很爱我的父亲。

然而父亲是一个不善于表达情感的人，我也正秉承了这一点。所以我们几乎从未促膝长谈过。我和他之间最频繁的交流，便是他敲敲门，蹑着步进来，在我桌前放一杯清茶，蹑着步又出去。现在想来终于有些愧疚，那一刻的静默，是他默默的付出，和我的无知无觉的接受。倘若我当时说声"谢谢"，至少对他显得公平些。

——南师大附中　高二6班　孙国力

评语：大爱是无言的，要学会用心去感受。

——钱　4月10日

我在成长，早已成了一个他无法理解的人。我的追求他不明白，也不会懂得。但他是希望我好的，也许正是"幸福的度日，合理的做人"，他不能够，但他大胆地放手让我去闯，期待我去达到他所达不到的高度。只是，很可悲的是，他从未想过自己去飞，他甘愿做笼中之鸟，只求得生理上的安宁与满足，也许正如他自己所说，他是真的老了。

现在我更是难得回家了，外面的世界的艰辛让我有所体会，每当最痛苦的时候，我也会不禁跑到顶楼去看星空，然后思念那不能飞的鸟儿，从而获得起飞的力量。

这是我所希望也许正是他所希望的：踏上他的肩，飞过他的头顶，去过那比他更好、更充实的生活。

——南师大附中　高二3班　戴婷

评语：因为自己的成长，而发现和父亲关系的变化：童年时代心目中的"英雄"，突然露出了"平庸"或许是"更真实可感"的一面；但仍希望父亲和自己一起飞，父亲却"消磨了当年锐意进取的斗志"，安于现状了，于是感到"父亲老了"。自己要远离父亲继续高飞了，却依然在"思念"父亲中获得"起飞的力量"：真切地写出了这些微妙而复杂，因而更加值得珍惜的情感，文章也格外动人。

——钱　4月10日

在我还小的时候，父亲便舍弃了这个原本幸福的家庭。从家人遮掩不住的言谈中，我了解了一切。我对父亲有着一种不明不白的感情。说爱，他的所作所为不能让我去爱；说恨，又有哪个子女会彻头彻尾地恨自己的父亲呢？我矛盾。有时总觉得命运的不公，连一个倾注所有的情感去爱自己父亲的机会都没有。我与父亲的隔阂不像鲁迅那般，我们之间有陌生人的感觉。我和父亲没话说，说也是尴尬的，不自如的，甚至我叫"爸爸"的时候，也是那样的涩。这尤使我觉得悲哀。可我明白，爸爸是爱我的，就在他离开那一刻也是爱我的，这种爱只会与日俱增。父亲总试图和我进行一次心与心的交流，那真诚的充满爱的眼睛望着我，可我总是把心门关闭，不愿对他敞开。我心酸，想必父亲看了这些文字会很难过，可我要对父亲说，我是爱您的，只不过这份爱隐藏在了我内心深处，每次看到父亲黑发间日益增多的白丝，每次和他拥抱时嗅到他身上浓浓的烟草味，我都会心疼。可是这种隔膜感使我连对他说一句关心的话的勇气也没有。其实，我们在不在一起不重要，只要我们每一个人都幸福。他离开了这段不愉快的婚姻，去寻找自己的幸福，我心里是很为他高兴的，只是这高兴里掺杂了些许苦涩的味道。每个人都为此付出了太多的代价，包括父亲自己。

——北师大实验中学　高二13班　陈迪

评语：因为鲁迅描述和父亲的隔阂的文字，而触动了自己的隐痛，却也因此获得审视内心世界的机会。我读的时候，眼睛都湿润了。真的，"每个人都付出了太多的代价，包括父亲"。而且也只能祈祷：愿每一个人经历了痛苦之后，都找到自己的幸福！

——钱

作业二：我读……

在"感受鲁迅"，和鲁迅产生生命的共鸣以后，就进入"阅读鲁迅"的教学环节：通过文本细读，领悟鲁迅作品的语言美、情感美和思想美。于是就有了学生自己的创造性的解读——

我读《我的第一个师傅》

这是一篇不折不扣的奇文，如此写和尚，写如此的和尚，中外少见。

无论是师傅，还是师兄，个个都率真而有个性，大有别于和尚传统的古板、静默形象。而且都犯了不少戒，佛门看来也许是罪过，世人如读者我却喜欢得很。也许是这样的和尚作为人来说更像"人"，自然而真实的"人"。

请看龙师傅"恋爱"那一段，从戏台上一展风采，到身处险境，再到后来柳暗花明，遇见未来鲁迅师母，情节一波三折，结局是大欢喜，俨然一个颇浪漫的爱情短剧。主人公一副"五陵少年"的"情郎"形象，哪有一点和尚的拘泥与刻板。加上鲁迅欲说还休的"不甚了然"，留给读者无限的好奇与遐想。

写这样的文章，不仅要有驾驭文字的技巧，更重要的是要有一颗自由的,无拘束的,本真的心。我想鲁迅所赞许和奉行的生活方式也从此文中表现出来,这是一种最自然的,作为一个独立的,正常的生命个体的存在方式。这样的生命健康、完整、活泼、阳光,而不是被种种教条和戒律所包裹住的病态、残缺、压抑、阴暗的各式嘴脸,而这样的嘴脸在中国是很不少见的。

但也正因为还有那么一部分如鲁迅和他笔下的那群和尚们存在着,健康地生活着,在这个飘满了道学家和"正人君子"们的口臭的社会,这个仍有许多不健全的压抑的生命的社会,还有几分清新的空气,也还有希望。

——北师大实验中学 高二1班 牛耕

评语:读出了鲁迅无拘的文字背后的健康、自由的生命形态,这是你的一大发现。由此生发的感慨,令人深思。

——钱

我读《雪》

鲁迅笔下的雪很美,有强烈的动感。我把它称为"孤独的舞者"。因为孤独,所以漫天飞旋时的激情更让人震撼;因为孤独,所以义无反顾地挥洒生命时,那种魄力让人动容;因为孤独,所以独自舞动下去的毅力让人赞叹。飞雪中,我似乎看见了一个坚毅地步步前行的鲁迅。

但这绝不是一个孤冷的形象。阅读中我深深感受到一种生命的温暖。我仿佛看到鲁迅脸上挂着温暖的微笑,在他的文字背后静静地看着雪和雪中的孩子们。鲁迅的博爱情怀让冰雪也有了温热的感觉。

鲁迅选择了雪，却又把它说成是"死掉的雨，雨的精魂"。为什么鲁迅不选择雨？

雪和雨本是同一种物质构成的，差别只在处于不同的状态，就有了不同的属性。雨是柔于雪的。因为它无法控制自己的去路，在风和引力的作用下，它别无选择地皈依，在落地之后，它必然朝着地势低洼之处流去。它没有意志，永远依附于得风得势的人。而雪，当它经过冰寒的淬砺，有了自己的形态，结成片打着旋儿下来，纵然仍不免落地的命运，但它始终不渝地抗争着，落地后固守着一方土地，只有当太阳无情地将它融化，才完结它固执的一生。雪经历痛苦而生，经历痛苦而死，在一生一死之间，完成了H_2O一族光辉的历史。

——南师大附中　高二3班　陈晓娟

评语：感觉鲁迅式的冰冷中的温热，发现孤独中的坚毅，更思考雨和雪的不同属性与价值：这都是创造性的解读，阅读的乐趣和意义就在这里。

——钱

我读《腊叶》

残缺是一种美。当美好的事物被打碎以后，你才会恍悟它曾经是多么美好。《腊叶》中"一点蛀孔，镶着乌黑的边"的那片枫叶，会让人有种心底的难过。落叶归根，当你脱离你所恋着的，走到生命的那一端，岁月的烙印，让你苍老而且丑陋。不过也并非如此。你有没有被垂死的老人搭在床边干枯的手感动过，你是否被病人沉重的咳嗽和无奈的潮状的呼吸震动过？如果有，那么你受过悲剧美的洗礼，你也一定能感悟这"将坠的病叶"的美。

——南师大附中　孙国力

评语：视病叶之美为残缺的悲剧美，确有新意。

——钱

我读《铸剑》

我第一次阅读《铸剑》，曾惊讶于对眉间尺砍下的头颅的描写："秀眉长眼，皓齿红唇。"如此美艳的头颅，却肩负着复仇的使命。而这种美又是建立在残破的肢体上的，正如废墟上盛开的鲜花，充溢着"恶之美"，不能不让人震惊。然而，我们发现在眉间尺的出场，却未曾有过如此细致的外貌描写，甚至于在复仇的路上，眉间尺还是"肿着眼眶"的，如何在自刎之后却变成了一位美少年？

我们注意到，在小说的开头，眉间尺表现出了性格中善良、犹豫、软弱的一面。但在自刎之后，这一切似乎都不复存在，剩下的只是美艳背后近乎邪恶的诱惑和对对手的残忍。看来，自刎是一个转折点，是性格转变的外化。他的头颅与身躯分离的同时，性格变软弱、善良的部分也被分开了，善良似乎也不再成为一种美德。眉间尺似乎变成了一个邪恶的天使。但他身上天使的一面真的消灭殆尽了吗？他在与王的对战中处于下风，是因为王的狡猾，还是他本性里残存的怯懦？在他的咀嚼肌一张一合的撕咬之中，是否又体会到了杀老鼠时的感受？眉间尺毕竟只有十六岁！

复仇的主角是眉间尺，复仇的策划者与执行者却是另一个人——宴之敖者。鲁迅对他的描写是一个"黑"字。平心而论，这样的描写不能算很突出，古代多少侠义之士都是一身黑色的。直到在杉树林边写了他的"两点磷火一般"的眼光，才让读者明白：这不是一双普通的眼，是从地狱里来的眼；这不是普通的侠士，这分明是一位地狱来客。

进一步，在宴之敖者与眉间尺的对话中，我们发现，原来，这场复仇是将正义、侠义排斥在外的："仗义、同情……我的心里全没有你所谓的这些，我只不过要给你复仇！"黑衣人（也是鲁迅）所关心的，只是复仇本身。甚至，我们可以从黑衣人的语言中听出他对复仇的渴望，正如鲨鱼对血腥的敏感。这时再看他一身黑，似乎又有了一些神秘感。再配上他的冷峻的外表，"鸱鸮"一般的声音和那几支神秘的歌，我们似乎同样能感到一种诱惑力。和眉间尺的诱惑一样，带给人的是对复仇本身的渴望，一种恶的力量。这两个人后来的表现是如此相像，使我们可以做出这样的假设：黑衣人正是眉间尺的复仇性格的一个升华。

复仇的对象是王。一方面，鲁迅详细描写了他的铺张，他的荒淫无度；另一方面，却对他的外貌模糊化，连名字也模糊，只是用了一个"王"字。我想，这不应该只是想用他代表统治阶级，而是想用他代表普遍的被复仇者，或者说是普遍人类，因为如前文所说，这场复仇已经屏弃了正义、善恶。进一步，我们可以把复仇看作是一种人生态度的象征，象征着抗争，不妥协，对对手的不妥协，人与人之间的不妥协，人和自然的抗争，人与社会的抗争，甚至是灵魂与肉体的抗争。所谓的"复仇"，不论成败，也许正是人类存在的意义。

终究说来，《铸剑》仍是一部悲剧。它的"悲"，不在主角的死去，而在于结尾"看客"的出场。复仇者并没有打败被复仇者，被复仇者也没有打败复仇者；最终的胜利者属于看客们。这场屏弃了善与恶，跨越了生死的复仇终于在看客的目光中变得毫无意义，变成了一出荒诞的滑稽剧，空中飞舞的一张苍白的废纸，或者，用米兰·昆德拉的话说，这场复仇成为"不朽"。这种不朽，是一种无奈，一种痛苦，它的存在，宣告了人性的死亡。

然而我相信，鲁迅是不会如此悲观的。尽管我找不出足够的证据，但我仍然记得这样的一段描写："（黑色人和眉间尺的头）待到知道王头确已断气,便四目相视,微微一笑,随即合上眼睛,仰面向天,沉到水底去了。"这样的境界,似乎让两位地狱的复仇者变为了升天的圣徒,又好像圆寂的法师。这似乎是在告诉我们:只有通过复仇的抗争,才能达到真正的内心的平静。

——南师大附中　高二2班　陈桦

评语:这是真正的读书"心得",它是你自己的独特体味与理解,而且有深度,并自成一说,因而难能可贵。

——钱

作业三:我之鲁迅观

此后,还有一个教学环节:"思考、研究、言说鲁迅",于是,就有了《我之鲁迅观》这样的作业,其实就是考题。这是在第一堂课就说明了的:课程结束,要交这样一份报告,据此而评定成绩。要求,也是评定的标准有三:要说真话,说出自己的真实的感受和想法;要言之有理,无论批评或肯定,都要讲出道理;要有自己的见解,有创造性。于是就出现了众声喧哗的"鲁迅观",选摘如下。

鲁迅是伟大的文学家、思想家、革命家,这是毛泽东说的。鲁迅是受伤的狼,这是增田涉说的。鲁迅是不安的灵魂,这是钱老师说的。

鲁迅什么都不是,这是我说的。

鲁迅没有资格当圣人,因为圣人需要"一无错误",他做不到。

鲁迅当不上贤人,因为贤人需"清澈,恬淡,从容",他做得不够。

鲁迅也不是个"好人",因为"好人"不需要的"不忍耐,刻薄,清醒,直言不讳",他都有。

鲁迅不是一个超人。超人的思想是开天辟地的,鲁迅的思想却能找到原型。他是个"拿来主义者",人类所创造的一切,能拿来的他都拿来了。

鲁迅不是"战士"。因为"战士"的目的就是取胜,为了取胜,任何东西,特别是弱者的东西,是可以牺牲的。而鲁迅可以牺牲的,只有他自己。

鲁迅不是奇人。因为奇人的生活是非常态的,而且总能逢凶化吉,如有神助。而鲁迅的生活非常正常,他和平常人一样,该躲的时候也躲,该累的时候也累,该病的时候就病,该死的时候就死。

鲁迅不是看透红尘的人。因为透了便破了,鲁迅最多只是看遍红尘。

鲁迅不是自由的人。因为"没有人能完全自由,除非所有的人都完全自由"(斯宾塞)。还有很多人没有自由,所以鲁迅只是不自由而争取自由的人。

鲁迅什么都不是,却什么都是。

鲁迅是真人,为真实而活着的人。

鲁迅是有文化责任感的人。他的文字,是发自内心的呐喊,神圣地充溢着社会良心。

鲁迅是斗士,有斗不死的精神。朋友吃不消他,敌人被他烦死。他的生命里有一股力量,是一团火,永远折腾没完,燃烧到死。

鲁迅是伟人,是集大成者,又有自己的创造,深挖下去,挖出别人没挖到的东西。

在历史的动荡期、转型期、过渡期,一个阶段与另一个阶段连接的时期,需要出一些人帮助完成这样的过程。一些平常的人因为这样的特殊使命而不平常。

鲁迅就是这样,历史需要他给中国一声惊雷,于是他出现。他的才学、敏感,他的复杂性格,他的怪脾气,都不过是完成这个使命的条件：要打出响雷的云当然得带有更多的电荷。

鲁迅本来就什么都不是，鲁迅只是我们所要研究的这种必然产生的一些特质与表现的载体。

——南师大附中　高二3班　鲍梦寒

我想从"鲁迅和人民的关系"这一角度去看鲁迅。

提起鲁迅，自然使人想起"民族的灵魂"这几个字。鲁迅的一生可以说是为人民而奋斗的一生。他写慷慨檄文，发激昂言辞，是为了唤醒民众，为了拯救中国，为了老百姓可以过上"人"的日子。但鲁迅既不是激进政党的一分子，也不是政坛上的活跃人物，他是历史上绝无仅有的文人，他选择了一条很特殊的拯救中国的道路，而他竟在这条孤独的道路上走到最后。他的道路的特殊性就表现在他和人民的复杂关系，这有三个层面。

鲁迅之于人上。鲁迅是这个民族首先觉醒的人，他从一般民众中超脱出来，就有了别一样的眼光。国民的种种劣迹是鲁迅一生最痛恨的东西，形成了他和普通民众之间的紧张关系。而到最后鲁迅也没有缓解与改变这样的紧张。鲁迅非凡的洞察力是他不能为普通大众理解并时有冲突的原因。比如，当中国的大众对日本的普遍态度，不是深恶痛绝就是谄媚示好的时候，鲁迅却在普遍的狂热中保持清醒和冷静，不但不避讳与日本人交流，而且号召向敌人学习。鲁迅的这一态度，使他不仅在当时，而且直到今天，还被许多人视为"敌人"。

鲁迅之平于人。鲁迅之所以对国民性有那样深刻的洞察，是因为鲁迅自己一刻也没有脱离人民的圈子。他不愿意也不曾离开普通的民众，尽管他对于这个阶层有太多的失望和责备。正是因为他全心认为自己属于这个圈子，他才会为自己无力改变的现状而承受那样多的痛苦。鲁迅说他要"肩住了黑暗的闸门，放他们到宽阔光明的地方去"，其实这闸门是鲁迅为一切愿意走出黑暗,最终觉醒的中国民众所肩起的。而且他希望愚民消失的时候,就是自己消失的那一天。鲁迅愿意和不觉醒的愚民一起留在旧时代里:我想,这也可以表现鲁迅和人民的平等吧。

鲁迅之于人下。鲁迅说:"多数的力量是伟大的,要紧的,有志于改革者倘不深知民众的心,设法利导,改进,则无论如何怎样的高文宏议,浪漫古典,都和他们无干,仅止于几个人在书房中互相叹赏,得些自己满足。"鲁迅认识到人民的力量,所以他才愿意成为不觉悟的愚民变为觉悟的良民所需要的那块垫脚石,还希望觉醒的青年和他一起去调动人民的力量,并注入"明白的理性"和"深沉的勇气",促进人民力量的积极、健康的正面发展:这也是鲁迅所找到的道路和他自己的使命。

——北师大实验中学　高二13班　胡阳潇潇

我读鲁迅,最注目的,是他的关于生命意识的各种命题。其中有对"生命个体"的思考:"张扬生命力(生机,奔放,反抗,过程)","生命的自由独立(精神与思想的解放,反奴役)";对"生命群体"的观照:"生命意识(反漠视,反吃人)","生命的关爱(传统文化对人性的压抑,弱者本位)","生命传承(幼者本位,青年责任,未来的路)",等等。对生命个体的珍惜、眷恋,对整个生命长河的责任与期望,构成了鲁迅思想与情感的核心轴。在文化,伦理,社会,政治,艺术的各个领域的种种论战之中,他始终站在民族,甚至全人类的层面,以生命为基点,衍生出种种立场。这便是为什么握笔怒目向刀丛的鲁迅会有悲天悯人的博爱与苍凉,尖锐辛辣的字里行间流露出无奈与痛苦,令人心悸:这也是鲁迅之为鲁迅。

——北师大实验中学　高二4班　李兮

我对鲁迅"改造国民性"的思想有一点疑惑。在某些方面,我不得不承认,我们中国人有这种劣根性。但是,我也坚决地相信,这种所谓的劣根性,外国人也是绝对会有的。对于我们中国人来说,吃人现象是一个不可辩驳的客观事实。但是,外国的吃人现象,实际上比中国的要严重得多,要狠毒得多!因此,这种劣根性,应该改一种称法,叫作人类劣根性。就是因为鲁迅把一个世界性的,人类共有的劣根性全部加在我们中国人头上,我为中国人叫冤,并且感到十分的不爽。

——北大附中 高二10班 李荣观

都说鲁迅"好骂人",却不注意鲁迅的骂(批判)有两个特点。

他的真正对手,是一种思想,一种体制,比任何具体的人和事都棘手。因此,他是通过骂具体的人和事批判背后的思想和体制的。

我不认为鲁迅的批判是高高在上的,因为我想一个好的作家一定有一种悲天悯人的情怀。比如福楼拜在写包法利夫人之死时异常悲痛,他已经把自己融入包法利夫人的生命中。鲁迅亦是,阿Q、孔乙己可笑可悲,难道他们身上就没有我们一切人,也包括鲁迅的影子吗?鲁迅早就说过,他是更无情地批判自己的。

——北大附中 范潇潇

我们需要鲁迅。因为现实的中国,浅薄的思想太多了,深邃的思想太少了。装模作样的思想太多了,实实在在的思想太少了。虚伪的思想太多了,诚实的思想太少了。

鲁迅精神是我们民族振兴最具价值的资源。近代思想文化界,某一领域超过鲁迅的大有人在,但在整体超过的没有。鲁迅就是这么一个整体的精神资源。我们可以挑战鲁迅,但前提是必须整体地理解鲁迅。如果不能做到整体理解鲁迅,那他的挑战是没有意义的。

鲁迅的伟大，在于他揭示了人性弱的方面，他不仅仅是批判，他的思想是一种对全人类的终极关怀。他的人生哲学、精神哲学，为我们走向现代化提供了生命文本，也使我们找到了心灵的归宿。

——北师大实验中学　高二13班　迟钰博

我觉得鲁迅是个预言家。他不仅属于他那一时代的人们，更是属于现在，或许永远。我看鲁迅的有些观点是永恒的，不因时间、空间的改变而改变。他的话，在八十年后的今天仍有意义；他的做法，在八十年后的今天仍有人效仿。因为人类的历史是漫长的，对于整个社会却是短暂的，这也许就是鲁迅的"千年意识"，以千年的眼光和观念来考虑人类的历史发展，这使鲁迅的某些方面永远不会过时。

——北大附中　高一1班　郭晨菲

我最喜欢的鲁迅是会在绝望中活下去的鲁迅。路是每一个人自己开辟的，没有人知道前方是否有希望，踏过的荆棘又会重新长出来。但生命给生物的路却是唯一的，即是不能牺牲在原地，生命即是好好活下去。这一点，鲁迅和我们是一样的。

——南师大附中　高二8班　苏梦寒

我对鲁迅的第一个"观"感，就是他是"生活"的，他的思想与文学都像生活本身那样鲜活，充满生机。这有两层意思。首先他写的东西，不是空洞的，冷血的，而有着和我们相贴相切的体味。比如，我们这些学生都厌恨背书；这回读鲁迅的《五猖会》，我就惊喜地发现，鲁迅也是如此，而且还想出更精妙的比喻，什么"似乎头里要伸出许多铁钳，将什么'生于太荒'之流夹住"，这位出口成章的大文豪，原来也和我们一样啊！还有一层，他几十年前写的人和事，有好些今天依然"活着",说的话还保持着新鲜的活力,鲁迅自己也永远活着,在和我们对话,交流。

——南师大附中　高一8班　沈晓玲

"聪明人"看透了社会,就选择了放弃,选择了圆滑,可他们在这世上活得最好。"傻子"没有看清这社会,就不顾一切地向自以为的希望奋进,往往招致失败,最终等待他们的是灭亡或变成"聪明人"。

鲁迅是"过客":他看透了社会,却选择前进。因为有一个声音在呼唤着他,明知前面是"坟地",也要往前走。

这是怎样的勇敢者!

——南师大附中　高二1班　杲辰

他是个朋友,他是个坐在大树下讲故事的长者。唯一不同的,是他比别人多了一样东西:勇气。

——南师大附中　高一6班　韩沁宁

在奋进中寻求深刻,在深刻中不断奋进,这或许就是鲁迅的一生。深刻使他免于盲目,察人之所不察;奋进使他免于停滞,往常人所不往。

——南师大附中　高一2班　丁俊

鲁迅是"现代社会的原始人"。他之所以会恨会骂,是因为他不会像现代人那样刻意地雕琢,掩饰。他只会真诚地,按人的本性,原始地去爱。这正如鲁迅与海婴的父子之情。没有那种叫父权的东西,取而代之的,是父辈对子辈的天然的没有任何杂质的纯洁,平等的爱。

——南师大附中　高二8班　郭文超

看鲁迅的文章，总有种先知者有罪的感觉。他是将整个民族的灵魂都压在了自己肩上，一步步爬上高山。整个中国的哀痛轻了，他却倒了。

——北大附中　高一3班　徐笑鉴

鲁迅永远是独立的。他以怀疑一切的态度去思考，就保证了他即使参与了团体的活动，也会坚守自己独立的判断，批判式的思考。因此，他总是团体中的异类。鲁迅同情、支持革命，但也不把革命绝对化，不相信它有终点，终点就意味着凝固。因此，他于支持中也有怀疑，保持着距离，因此得以看清革命掩饰着的东西，保持着自身的独立。

——北师大附中　高二13班　吴一迪

他的心底、思想是坦荡荡的，他的人格更是坦荡荡的。只有一个真实的、没有任何杂念的纯粹的人，才能做到如此坦荡。鲁迅真实地生活与真实地思想，他不想对人们隐瞒什么，只想捧出一颗沥血的真心。

——北大附中　高三7班　谢铮

他的笑声的朗朗让我为之一震。
他有一颗童心。他心中自有暖意。
因此，他的文字常常让我的生命豁然一亮。

——北大附中　高二5班　侯媛媛

让我走近鲁迅的，是他的文字。我只是感性地去触摸，融入他创设的意境，听他内心的呼唤，然后感觉他想表达的情感。

看鲁迅文章，常有一种朦胧感。因为他所要表达的情感很复杂，可以感受，却难以明言。

读鲁迅文章很舒服。尽管会引发一连串痛苦的思考，而且还想不清楚，但是，某一句话，某一两个场景，就那么清晰地留在你的脑海中，因为他说到你的心里去了。他揭露的现实是那样的令人痛心和无奈，但我的心里仍然是很痛快很亮堂的。

更有那些奇幻色彩的文章，因为想象太离奇，而若纠缠于此，生生地想拽出其对应的特定象征本体，对于文章其实是一种蹂躏。鲁迅的奇思妙想，或许没有那么强烈的目的性，何况字里行间已然传递出他想要表达的或沉重或美好的情感了。我们或许更应该把注意力集中在这些从非常途径来的情感上。

我常惊叹于他的作品中浓烈的色彩。最让我迷恋的是《死火》，那一句"使这冰谷，成红珊瑚色"，冰莹剔透中的鲜红，神秘而具有极强的撞击力。还有《复仇》，带有一丝血的味道的些微暴力的美，令人惊骇不已。

鲁迅很擅长对矛盾的思考，也很欣赏矛盾带来的美感。印象最深刻的是他写到凯绥·珂勒惠支的版画《凌辱》：在最残酷的苦难过后，"只见一路的野草都被蹂躏，……较远之处，却站着可爱的小小的葵花"。那正是绝望与希望的共存。

我读《父亲的病》，父子间那种微妙的感情，对话，是极其难写的。读完以后，我把书合起，闭上双眼，深呼吸一口气，任那血液中的亲情在内心翻滚。

鲁迅最能触动我的，是他对于沉默的描写。那是一段浓黑的夜色中的生命体验，某些很静的夜里，我也曾体会过那内心夜色积淀的感觉。

——北师大实验中学　陈思

即使最尖锐的语言,也不及他的文字一半的杀伤力。那样的文字,是露骨的,是折磨丑恶灵魂的,可以轻易地把一具具无聊的肉身击得支离破碎。

那种文字,即使把他放在角落,同样可以让偌大的房间充满光明。

他的世界,是灵世与现实的游离,是魔鬼与天使的交替,并且是高尚与低俗的并存。硕大的矛盾制造出天衣无缝的和谐,找不出一丝瑕疵,或是否认的缘由。

犀利的剑,在麻木了几个世纪的中国人的身上,刺出了一道几个世纪都无法痊愈的伤口。就是这看似丑陋的伤口,足以使中华民族在舔舐中成长。

这样的鲁迅,还能否让你忘记,这样的中国人,还能否再次站在历史巨人肩膀上,我们不得而知。恐怕我们能做到的,是作为中国人而活着,并且是作为一个肩上时刻因那个剑伤隐隐作痛的中国人而活着。

——北师大实验中学 高二13班 齐玉

他的语言极其犀利,让人读完不禁有寒气彻骨之感。有时,他的文章又好似一把没有锋的重剑,就像《神雕侠侣》中杨过的那一把,仅剑气即可伤人。在他看似平淡,有时甚至是平和的语言中,蕴藏了极具张力的波涛汹涌的情感。而这情感又是极其复杂的,常常是怀念,悲痛,愤怒,迷惘等多种错综情绪的纠缠。他的文章的容量太大了,又似乎太重了,有时就略显生涩。鲁迅的文章是绝对不可以用来消遣的!

——北师大实验中学 高二13班 左方

在我看来，鲁迅的文章从未超然，混然，恍然，勃然，粲然过，而写在满纸的是朴实与诚实。正如鲁迅其人，"貌不扬，气却正"。

——南师大附中　高一5班　郑亚敏

读先生的白话文，是在求知，也是在被拷打。先生的文章我不敢重读。

——北大附中　高二13班　朱蕊

读《野草》里那些不解的文字，略过对语义的纠缠，聆听那一个个方块字最原始的声响，在恍恍惚惚之间，仿佛就听到真实的鲁迅的语言，不是斯文的人的软语，却极像野性的兽的呼喊。

这个世界的语言，有种种被默认的规则和禁忌，声音发出前每每在喉间打个转，过滤掉不合时宜的部分。于是天下太平，一片光明。我们的耳朵也慢慢退化，变得脆弱得经不得高分贝的声响。因此，鲁迅注定孤独，永远站在表达的边缘。

但他的意义恰恰在这里。阅读鲁迅有很多的理由。对我来说，可以在喧嚣退去的夜里，听鲁迅在旷野中的呐喊，听绝望而震悚的"真的恶声"，借此挣脱灵魂的枷锁，把握住一些生命中最本质的东西，哪怕只是一点点，也是莫大的收获与幸福。

——南师大附中　高二1班　牛耕

初读鲁迅文字，实在令人忍俊不禁。转念之间，却已足以使人惊出一身冷汗。

——南师大附中　高二11班　马相伯

今天来说说"我和鲁迅"，不为别的，只是要记录下，我的生命中，一个重要的人。

小学没有印象。到初中，对他的印象荒唐的好，反正是老师说的，他的作品"表达了爱国之情和对黑暗现实的批判"，好，好，好啊，你好我也好啊！至于他的文章哪里好，怎么好，我根本就说不上来，甚至他的任何文集我碰都没有碰过。

这种盲目崇拜持续到了高一。叛逆的时代到了，开始怀疑一切权威：别人都说他是伟大的思想家、革命家，可他对中国革命到底做了什么实质性的工作呢？他不停地揭露揭露揭露，不停地说社会黑暗黑暗黑暗，然后呢？他做了什么改变这个在他眼里漆黑无比的世界呢？他提出什么有效的方法了吗？好像没有吧？他天天把世界看得如此黑暗，他的生活能幸福吗？

高二初，北大钱理群教授到我们学校来讲《故事新编》，听了以后并没有改变我的怀疑，但却隐隐感觉到了鲁迅的深刻，同时又很郁闷。那时我们正在读房龙的《宽容》，因此对鲁迅的尖刻觉得很不舒服，我怕看到他荒诞故事背后那种令我不寒而栗的东西。

真正开始接受鲁迅是在高二上半学期几近结束时。语文课上我选择了一个专题：探讨"阿Q与中国国民性"。那时我正在经历挣扎，正在寻找人生的意义，正在彷徨地看着未来。《阿Q正传》里的一段段话让我感到惶惑，惊觉，突然发现就在身边，就在自己身上，带着那么一点阿Q的影子，刚想抓住，却又跑了……这是从未有过的阅读经验：读得惊心动魄，隐藏在我心中的什么东西蠢蠢欲动了。就在这时候，鲁迅先生的面孔有些清晰了：神情冷峻，目光如炬。

看到了一个伟人的存在，抓住了一些鲜活的东西，心中也有什么东西开始燃烧。就在这时，钱教授又来我们这里讲鲁迅了。我从不同角度看到了多样的鲁迅，鲁迅在我心中活了起来。他鲜活的思想，影响了十七岁的我，我的思考方式因他而改变了，我不再会对什么人顶礼膜拜了，我不会再完全听信所谓的"好"了。很多事情，我不仅仅只关注是什么，我会多问一个"为什么"。也有人说我变黑暗了，说我总是说出一些和大家不同的话，不好听。我只会对他笑笑，对他说鲁迅说过的话："世上如果还有要活下去的人们，就应该敢说，敢笑，敢哭，敢怒，敢骂，敢打！"

他是这样一个人，他在黑暗中勇往直前。我也在走着，我的面前也有很多的黑暗。但我可能一辈子也成不了他，我还没有像他那样大声怒斥黑暗的能力。但我正力求做到清醒。活在这个铁屋子中，摆脱不了，但，仍旧，努力追寻光明，并且，让更多的人心中，怀着一样的光明！我要追寻，追寻，追寻……

——北师大实验中学　高二6班　吕芳

我喜爱真相，渴望了解真相。鲁迅剥开事件的迷彩外衣，使真相暴露在光天化日之下，这正是我最欣赏的。我感到自己被欺骗长达十余年，这是我最不能容忍的。因此，我感谢鲁迅，他让我睁开了眼睛。

——北师大实验中学　高二14班　刘潇潇

我生活在一个被人打了一巴掌而又闭着眼睛的时代，以我闭着的眼睛来抚慰着自己的心灵，一个劲地念叨着：我们的社会是多么美好，我们的生活是多么美妙！虽然知道真正的事实是事与愿违的，我只能把眼睛闭上，让自己进入一个比较爽的境界。这时，鲁迅先生出现了，他用充满了温暖的、冷酷的笔触，一下子划开了我的眼帘，让我无法不面对这个残酷的现实：社会是多么的黑暗，人与人的关系又是多么复杂。而正当我要绝望的时候，鲁迅又用他的笔，在这个黑暗的天幕中奋力一划，划出了一条十分微弱又十分光明的光线，通过这条光线，我终于学会了如何站起来，如何去看这个世界。

——北大附中　高二10班　李荣观

读鲁迅，我所能做的，除了理解和唏嘘不已，或许也只能是"幸福的度日，合理的做人"，仅此而已。

——南师大附中　高二2班　周舟

对于我来说，鲁迅永远就是一个简单的历史老师，我只是在教室最后一排的随便哪个角落里听他讲课。我会为他的执着感动，但那也不过是一瞬间的事。

有时候我看见老师一个人在教室里慷慨激昂地说一大通，会突然觉得他好可怜，甚至可笑。不明白他说了这么半天，有什么确实的效果。他可以骂中国这些让他又爱又恨的芸芸众生，但他永远也代替不了他们，他也不能替他们活着。

有一天，我会走出校园，渐渐忘记老师说的话，自己曾经的感动，然后，过活。

所以，在没有忘记以前，要记下这些，提醒自己曾经是尊敬他的。

——北师大实验中学　高一8班　熊思

一人说：鲁迅属于少数对自身所处的境遇有特殊敏感的人。

一人说：鲁迅像一个燃烧的火球，靠近他的人，若没有对火的经验，那必定会被灼伤的。

一人说：鲁迅是一个常以超人的毅力将自己的矛盾和紧张感埋在心底的人。

一人说：记住鲁迅的时候要感到寒冷，恐惧和暗夜里的无望。

一人说：……

言说会永远持续下去，但先生却是唯一不变的。我对先生单纯的崇敬和热爱，也是唯一不变的。

——北师大实验中学　高二14班　余佳音

对于他，我还不能与之完全进行心灵的交流。每当我刚走进他的心门时，逼人的寒气，以及自己心灵的那种阵痛逼迫我离开。但在我数次往返中，我的前进愈来愈深。

——南师大附中　高一2班　丁俊

如今有两种导师。一种是站在我们生命之路的岔路口上，一手叉腰，一手随意抬起指向不同的路口：他在为我们指路。另一种导师全身伤痕累累地从某一条只有荆棘的曲折的小路上疲惫地走出来，然后真诚地为青年人指路。但鲁迅却不在其中。他不能也不愿当导师。他不能为每一个年轻人指出明确的路。他所能做的，只是以他的经验，使年轻人少走弯路、错路。每个人的路，还是要靠自己去寻找，自己去探索。人的生命的意义，就是寻路，在寻路过程中发现人生的乐趣。

——南师大附中　未署名

他的脚印就在那儿，等着别人踩踏，或是绕行。无论怎样，只要"行"着就好。

我或许不会像他那样行走，但我是一定会行走下去的。

——北大附中　高二12班　李嘉

我从鲁迅那里学走路。鲁迅自己从一个立足点到一个立足点，走得很踏实。他给自己留有余地,因而在黑暗中探索的时候更有底气。陷入绝境,也可以退一步海阔天空,继续寻找新的路。

鲁迅和我结伴同行,让我在改变、完善自我的同时,不那么孤独。我清楚,我前方的路很长很艰险,有的路鲁迅先生可以陪我走,更多的路却必须由我自己去探索,我不能依赖他,我要独立,我想这就是鲁迅先生希望看到的。

——北大附中　高一8班　白天一

我对鲁迅的最大兴趣,在于他的思想和精神在现实生活中能够给我们带来怎样的启示,或者影响、意义。

鲁迅在《论睁了眼看》中说:"中国人向来因为不敢正视人生,只好瞒和骗。由此也生出瞒和骗的文艺来。由这文艺,令中国更深陷入瞒和骗的大泽中,甚至于已经不觉得。"

今天这一大泽依然存在,那就是我们的宣传、教育和舆论环境。

比如说吧,舆论宣传中我们总要提起日本对教科书的篡改,但却从来没有反省我们自己的历史教科书,表面看似乎没有明目张胆地篡改,但那些精心雕琢的文字,如果用鲁迅"正面文章反面看"的方式去读,稍微想想,就会看出许多荒谬的东西。我们的教科书不仅用一种强悍的语气向你灌输某种观念,而且仿佛有种魔力,让你不知不觉间进入他们想要的感情状态,入其彀中。

还有我们的教育。学生的许多权利(甚至包括受教育权)都以各种形式掌握在学校和老师手里。他们对我们推行"推己及人"的教育,总是按照自己觉得好的人的样子或者按照自己的模样来塑造人,并且以集体的名义对个人行为进行干涉。因此,鲁迅提出的"立人"的思想,他对"个体精神自由"的提倡,给了我很大的震动。我在生活中有强烈的压抑感,主要不是来自学习的压力,而是一种被操纵感,我们一直按照别人设计好的路线走自己的人生之路,想要寻找自己的一片天空需要绕开太多的陷阱。我非常不甘愿,我不愿意随波逐流,我要对自己负责。这时候,我遇到了鲁迅。我觉得鲁迅最伟大之处,就在于他对自己的怀疑,因此,他从"推己及人"的教育模式中脱离出来,不以自己为榜样,允许和希望别人(包括学生)的思想和自己不同。真希望有鲁迅这样的"老师"。

——北大附中　高二1班　黄山

鲁迅让我活得明白。

但我们有太多的事情弄不明白。

几天前,就在我们的校园里,在警车和急救车的鸣笛声之后,一个花一般的生命就这么离去了。坐在宿舍的硬板床上,几个女孩发着呆,看着窗外,心中藏着同样的疑问:"人怎么可以自杀,她怎么可以舍得自杀?"

我想起了刚读过的鲁迅的《兔和猫》,"谁又曾知道有一个生命断送在这里呢?"面对这鲁迅式的追问,我的心头一阵剧烈的疼痛。我明白了:我们的问题就在爱的缺失和对生命的漠视。我也懂得了:要珍爱生命,要努力勇敢地活着,要去生活,像人一样生活,而不仅仅是生存。

因为一个宿舍的几个女生,晚上聊天,被发现,老师让整层楼的同学来听他们检讨。同学们把他们团团围住,他们在中间低着头,像罪人一样。而周围,越来越多的人踮着脚尖,伸着脖子看。

这样的"图景"在今天的校园里,人们,老师与学生都司空见惯,连被罚者也会很快忘记。过去,我对这些事也不会在意。但我读了鲁迅的《示众》,却突然感到不安,我甚至为我的这些同龄人和我自己感到悲哀。我们都是"看客",自己却不知道,就这么浑浑噩噩、"自由自在"地活下去。现在，鲁迅让我明白了，我却不知道怎么办。我想离开，却不敢，因为我怕所有的人都转过身来，"看"我这个不给他们面子，不尊重他们的"败类"！

——北大附中　高一5班　李梦藩

鲁迅让我看清了自己身上的奴性，隐藏在心灵深处，会不时地迸出来。

但是，这是读几篇鲁迅文章所能改变的吗？

——北师大实验中学　高二1班　黄润

我一直在紧张地思考鲁迅先生对现今中国发展的价值，却陷入了深刻的矛盾中。

在思想的领域，先生的价值是显见而长久的，但当把先生的思想放到中国的大环境中，它的实际价值是随着妥协的增大而递减的，正如那个"抽骨头"的比喻所说的那样。而就现今的环境而言，要先生还像当初那样发挥作用，恐怕是几乎不可能的。当今的中国总体上处于一个平和的发展阶段，就实践和政治的角度说，是以"稳定"和"和谐"为主调，而决不允许有太多，太有力的先生这样的语言的。

受了自身局限性的制约，我们没法要求政治家开明地允许文艺家想说什么就说什么，我们同样也不能非要精神界战士去寻一条更好的路来。先生确是特殊的产物，而当今中国的社会，也许并非适应先生的存在。动荡时期有动荡时期的战法，相对和平时期，也应当有与之相适应的促使社会进步的方法。我们应该继承先生的精神，并且寻出一条新的路来。

——北师大实验中学　傅善超

最触动我的，是鲁迅那些经典命题，它着实让我恐惧。"看与被看"，还有"奴性"，等等，今天都在重复，我们对此无能为力。我想鲁迅也因此而困扰。他敏感地发现了问题，但却没有解决方法。他把希望寄托在我们这些幼者身上。殊不知，像我这样的幼者还幻想把这种责任寄托在更年幼者的身上。因为鲁迅留给我们的命题太沉重，而且生活还在高处看着我们并狰狞地笑。一切问题遇到了生活总是显得那么微弱，本来容易解决的问题在生活中就变得繁复难缠。或许因为我过于自私，过于为自己的前途着想，我没有勇气成为鲁迅所期待的新的开拓者。

因此我常常感到自己难以面对鲁迅。他提出的种种深刻的无法解决的问题，让后人为难，起码让我为难。问题是这也是生活给我们提出的问题。在这自然科学、经济、社会飞速发展的今天，精神的根本问题，民族的根本问题却被我们这样拖着，连正视都不敢，又何谈探讨和解决？我一直认为实践是需要理论指导的，但今天我们却没有理论，也没有信念，没有理论、信念的社会，将会走向哪里？我们有了一个鲁迅，他给我们提出了问题；我们谁会成为第二个鲁迅，继续探讨、解决鲁迅所遗留的问题？

——北师大实验中学　高一7班　张佐

调查二：课程总结调查

课程结束了，我们进行了一次问卷调查，选摘如下，调查中未要求学生署名。

问题一：上了这门课，你有什么收获，感想，对鲁迅有什么新的认识？

* 我和我的同学开始走近鲁迅——其实就是开始睁了眼看。

* 走近了一位文学伟人，开始了解他内心深处的想法，对他的敬畏之情有所淡化，更多的是敬爱，每每有灵魂得以净化之感。

* 自从上了关于鲁迅的选修课以后，我开始思考更多的更为深刻又不容乐观的关于生命、国家、民族的问题。我感到自己正在越来越接近一个纯洁的灵魂，一个伟大的思想者，一个真正的中华民族的脊梁，同时也分明感到自己的自私和无聊。关于鲁迅的话题，不是随便什么人，在随便什么时候想说就说的，必须要清除一切杂念并完全融入其中时，才配谈及这个人。

* 课前知道鲁迅伟大，课后知道鲁迅如何伟大。

* 鲁迅原来也有光明的思想，并且是他的根底。

* 读鲁迅作品，他那"背着因袭的重担，肩住黑暗的闸门"的形象愈见高大。

* 以平常心看鲁迅。

* 以前总认为鲁迅是一个冷冷的，尖刻的人；现在发现他的内心充满了那个时代的人所不具有的爱与悲悯。

* 他是人不是神，是时代的产物，并非永久的旗帜。

* 鲁迅由神圣不可侵犯的神变成异常痛苦的人。

* 他不再是拗口的语句，不再是每一篇都要背的烦恼，而给了我一种想要静下来读他的欲望。

* 或许时间在让我等待，等待时机，能够忘记儿时被迫背诵鲁迅作品的那种痛恨，忘记初中阶段没完没了的分析、鉴赏，带来的麻木与茫然，有一天，能够以一种平静的心情，全面、立体地去读他的文章。

* 鲁迅一直在我们身边。

* 我和鲁迅同在人生的旷野上，我们同在路上。

* 对鲁迅自我质疑的精神十分敬佩。

* 从前印象中的鲁迅是晦涩、高深的；现在觉得他是个在精神上非常孤独的人，并非一个无所不能的坚强战士。

* 以前我印象中的鲁迅是锋利的，神采飞扬的；现在我发现他具有他那个时代（也许也是我们这个时代）不该具有的智慧，他看透了太多大东西，所以他注定痛苦。

* 感受鲁迅那双透视之眼。

* 鲁迅不是关在博物馆的，他所说，所写的，大多是身边的现实。

* 鲁迅先生是一个很现实，很合实际的人。

* 读鲁迅的文字往往是痛苦的，我可以不喜欢他的风格，但不得不赞叹他思想的深刻。

* 课前的鲁迅仅是一个文学家，课后心目中的鲁迅更是一个思想家。

* 以前总觉得鲁迅写文章只是讽刺当时的社会，现在体会到鲁迅是一个"现在进行式"的思想家，他曾经说过的话，对现在来说，都是有意义的。

* 鲁迅在我们中国思考我们已思考的，或将要思考的，或忘记思考的问题。

* 鲁迅不再那么高高在上，但更深入人心。

* 用心去欣赏鲁迅作品，学会爱。

* 鲁迅是一个乐于写生活的人，他的作品大多出于对生活、社会的关注，并不一味地讽刺，也有很多很人性化的东西。

* 这是一个大智大勇，有真性情的人！

* 鲁迅作品读多了，我突然有一种历史交接般的不断前进的责任感。

* 经过这一个学期的接触,我发现生命中多多少少挂些鲁迅的影子,是可以帮助我衡量自己存在的意义的。至少有这样一个标杆式的人物出现在我的世界里,我的眼界会开阔许多,我自己也再不会只局限在原本的那一点点不透风的空间里了。

* 我看待世界以及平时遇到的一些矛盾的视角开拓了,思想也有些改变。人是为信仰而奋斗的,我深信不疑。

* 发现并体会了鲁迅的"毒眼",让我以后能以更真实的眼睛看世界。同时让我更加自信于在未来可以真实地活着,明白地活着。但也有很复杂的感觉,因为我们始终无法知道怎么办,路如何走。

* 我的精神受到了很大冲击。

* 我的思想在某些方面有了一个飞跃。

* 真正懂得了鲁迅作为一个真的知识分子的痛苦、担忧,影响了我的价值观。

* 我学会了如何理解鲁迅和他那个时代,更学会了试着用批判的,自嘲的思路分析自己。

* 我学到了鲁迅看世界的方法,震惊之后,又在想:如何勇敢地面对。

* 我学会了换角度思考,可以思考得更深更透。

* 随着对鲁迅精神理解的深入,我好像渐渐有了"鲁迅思维"。比如曾经看过一篇描写雪的文章,通篇赞扬雪的纯洁,我却猛然想到雪同时是丑恶的掩体:这联想诚然幼稚,却是我在读鲁迅作品前不会有的。

* 我不会像以前那样盲目地对鲁迅先生作品作出喜欢或不喜欢的评价了。

* 以前读鲁迅文章只觉得有趣,现在知道了其中还有许多隐喻和暗示,这是一个从看故事到读内涵的转变。以后再看其他文章,也会自觉地逐字逐句分析了。

* 我懂得了读鲁迅作品应该咀嚼从鲁迅自身出发的骨子里的东西。

* 我关注鲁迅的表达：多样而细腻。

* 读鲁迅作品，心灵更清透，也更加沉重。

* 读鲁迅，我一直在追问：我是谁？我是一个能自己思考，自己劳作的人，不是一个行走于世的皮囊。读鲁迅，我建立了一个信念：生命实可贵，世道固可悲，但有真人在，一切还未全成灰。

* 读鲁迅，我懂得了：人要有一双善于发现，能看见本质的眼睛，有一个勤于思考的大脑。

* 我们曾经在周作人的乌篷船中寻觅悠闲和怡适，在梁实秋的雅舍中喝茶谈酒，我们也曾在陈源的闲话里论随笔，在林语堂的幽默里鉴赏人间的恩怨。但我们单单忘记了那位孤独的巨人，呐喊的勇士，深沉的思想者，慈爱的老人，和他那许多的书。

我笃信，读鲁迅的文章，能让我们少些肤浅，少些小家子气，少些庸俗，少些丑陋，先生的文章就像一面明亮的小镜子，照出你我的真实内心。读先生的文章，我们才逐渐成熟，正视人生，直面社会，以最坦荡、热烈的心去爱我们的国家和人民。当我们不慎跌进浮躁、肤浅、世俗的泥潭中，我们是否还有勇气，有真诚，有信念，借助先生的文章，从泥潭中再爬出来？

就为这，我要坚守那执着而神圣的承诺：永远读先生的文章！

* 一个学期读鲁迅的文章，让我思考了太多的东西。认识是不断深化，发展的。相信有了这样的基础，我还能够认识并解决更多的问题。

* 不知不觉间与鲁迅的思想为伴已有了一段时日。看文章、记笔记做了一大堆，也做了大量深层次的思考，才发现这个精神的漫步只

开了一个头,怕是要一直走下去,走一辈子了。

* 这是我和鲁迅近距离接触的开始,我会继续我的旅程。也许,只有我们真正读懂鲁迅时,我们才真的了解我们的国家,我们的民族。

问题二:哪一篇文章,哪一堂课,给你印象最深?

《死火》(文章奇特;它使我感受到了鲁迅自由无羁的想象力;它让我思考生命。)

《聪明人,奴才和傻子》(让我认清许多事情;我联想到了今天的社会;第一次看到人可以这样划分,心灵震撼很大;涉及处世哲学,因此而受震动。)

《论睁了眼看》(独到;切中要害;我第一次发现自己很多时候也只是闭了眼看;一堂课的时间我对中国的现实和造成这种现实的根源,有了更深刻理解;痛快,有劲,要睁了眼看,这是一个真理;从这一节课开始,我更深地认识了鲁迅,也开始了对自己的反思;振聋发聩,让我们正视被忽视了的习以为常的问题;"看"是思考的前提,"求真"是中国人所欠缺的,有深远意义。)

《故事新编》(有趣;喜欢听老师的朗读。)

《灯下漫笔》(讲"吃人的筵席",我对社会的理解更深刻了;震撼人心,引起思想波动。)

《示众》(精神上受启发;形式很新颖,内容很精彩。)

《论"他妈的"》(在"国骂"中感受中华民族的悲哀。)

读《鲁迅书信里的海婴》《父亲的病》《五猖会》《我们现在怎样做父亲》,讲"父亲与儿子"的第一课(以前只知道"横眉冷对千夫指"的鲁迅,现在,真切地看到了"俯首甘为孺子牛"的鲁迅;我看到了一个没有想到的"异样"的鲁迅;传统的伦理道德观念受到冲击;从平时从未有过的角度了解鲁迅;没有太多深奥的思想,展现了鲁迅充满亲情的一面;感受到了鲁迅在讲述自己的孩子时的幽默中的深情,这使我大为感动;父子间的说与笑,发自内心的喜悦,给我印象中一向不苟言笑的鲁迅肖像上,添上了些血肉。)

读《兔和猫》,讲"鲁迅与动物的故事"的课(有一种天真的气息,用轻松的笔触谈严肃的生命话题。)

读《女吊》,讲"人·鬼·神"的课(这是鲁迅作品中为数不多的主题不沉重而有意思的文章。)

读《夜颂》,讲"看夜的眼睛"的课(触动内心;"光明中的黑暗"的命题让我震撼,非常真实,我也爱诚实的夜!)

关于重建信仰的讨论课(把我和鲁迅联系了起来,有警醒的作用;师生互动很好;鲁迅批判"才子(有知识)+流氓(无信仰)"让我震动,我反复追问自己是否也存在着信仰的缺失。)

欣赏柯勒惠支版画那一课(那几乎是鲁迅的文字的形象化。)

谈中国人的奴性那一课(深刻!思考中国的国民性。)

老师领全班高声朗读《天·地·人——〈野草〉集章》那一课(我喜欢这样的高声朗读!如此奇峻的文字,对生命和死亡触及如此深的文字,这样的对"受伤的力量"的感性表达,这样的愤慨和悲怆的情感,也只能在朗读中体味与感悟。鲁迅的作品是需要朗读的!)

4月15日晚的聊天(最无保留,最直白,最亲切。)

问题三:你有什么话,要对老师说吗?

* 和您一起欣赏共同喜欢的人,一起"分享鲁迅",非常"爽"!

* 听您的课,常有豁然开朗的感觉。

* 这是我高中生活中的一顿文化大餐,对于我的成长非常有利。

* 老师给我们足够的时间去读,去想,去问,去说,当然,更有去听。很欣赏这样的教育方式，这对于学习鲁迅，是尤其重要的。

＊老师讲课的样子和方式都很可爱。

＊老钱的朗读韵味十足，学生自惭形秽。

＊谢谢您不顾我们是中学生，还如此坦诚地讲真话，我今后会逐步朝"做一个真正的独立的人"努力！

＊说实话，我对这门课的感受要远比单纯的对鲁迅的感受要丰富、真诚得多。我注意到老师的讲课方式，总是从我们能够感受和理解的某个感性的细节入手，然后层层递进，最终上升到一个高度，揭示出最本质的，甚至是血淋淋的真实，让我们的眼睛为之一亮，心灵为之一震，就在这一瞬间，和鲁迅相遇了。这样的引导方式，这样的引领人，是有魅力的。我们的思想也随之递进，上升到一个我们所能承受的制高点，再慢慢将一种鲁迅式的深刻溶进我们的血液，塑造出一个更加有内涵的我。其实听一门课，精神层面的触动，才是最大的收获，我得到了。

＊在这个课上，可以从不同的角度看问题，决非一般的中学语文课所能达到。我因此隐隐的有类似上大学的感觉，可以补我们在高中错过的许多东西。

＊希望老师多介绍其他学者的见解，因为中学不像大学那样，只需讲自己的一家之言，我们中学生希望听到多家之言，以打开我们的视野，也便于我们的独立思考。

＊大学教师的讲授模式对我来说很新鲜，是一个新的体验，不妨推广。

＊让中学生提前感受大学教学模式，提早适应，对以后进大学，更快融入，有好处。

＊中学，特别是高中阶段，正是思想最活跃的时期，需要更大气、更深刻的思想的激发，大学教授的讲课可以让我们进入一个更高的

境界。

* 大学教师到中学上课，是大势所趋，中学教育不可能与大学脱节。

* 这门课，是一个鲁迅和我们，老师和我们，自己和自己对话的过程，看到了许多以前没有看到的东西。

* 我感受到钱先生作为老师的责任感，对鲁迅研究不变的激情与陶醉，知识分子独有的浪漫，很欣赏这样一种生活方式。

* 老师能如此长时间地研究鲁迅，是一种勇气和毅力，而鲁迅作品也确实值得如此去研究。对于自己的爱好，倾注全力，我想正是当前大部分青年，也包括我所需要的精神。

* 做一个好的语文老师确实很难，但是很重要。这将是我的人生理想，听了您的课，我更坚定了这个想法。

* 您的到来，成全了一个女孩，尽管看到黑暗，但心却更加光明。我们需要您，愿能和您成为思想上的朋友，为梦想而努力。

* 我希望这门课仅是一种启迪，而不是思想的复制，这样的话，鲁迅才是丰满的。

* 做一个"真人"不容易，希望老师，我们，和鲁迅一起做"真人"。

* 老师讲到了中国人的奴性，那您受谁压迫，被谁而奴呢？您有奴性吗？

* 现在的中学生头脑不再那么单纯，可以把他们看得更懂事些，让他们认识真实的世界。另外，您的经历和阅历是任何一个学生都不可能从书上学到的，多讲一些，绝对会让人深受其惠。

* 中学生真应该学学鲁迅，现在我们的社会就缺少像鲁迅这样的人，中学生的价值观太应该改变。

* 希望早一点开设这样的课，比如在高一时。

* 希望您把这样的课继续开下去,因为它总会影响一部分真正需要它的人!我们都是因您而受惠的您的永远的孩子。

* 我真的希望您离开南京的时候,能带着"希望",对下一次,对我们。——"希望"是不关乎眼前,而关乎未来的。

原谅我们的不守时和不坚持,还有大部分人的沉默。

您要理解:每一次上您的课之前,我们都在进行"统测"。也就是说,我们是在刚接受了"不努力,不好好学,就没有好下场","努力努力再努力,坚持坚持再坚持"的"教育"和训斥之后,心跳还未平稳,脑子里还在被应试的惯性支配着的时候,我们又冲下楼,冲向205教室,来和您与鲁迅会面的。尽管带有糊味的"战伤"还是新鲜的,我们还是要到鲁迅这里来寻求信念,因为我们需要继续走下去的人生动力,我们需要信仰,它是如此重要。因此,只要有可能,我都来听课,但如果这样的课持续到高三毕业,我也许也坚持不了。这可能是我们大多数同学心里所想的。因此,如果让您觉得跟预期的有些差距,请您原谅。

* 希望您有机会再来上课,带我们去看更真实的社会。

* 下次再来时,让我的血液为鲁迅,为中国再沸腾一次。

2008 年 11 月 11 日—21 日

读什么，怎么读：引导中学生"读点鲁迅"的一个设想

——《中学生鲁迅读本》编辑手记

一

关于中学生"读点鲁迅"的理由与意义，已经谈得很多，我自己就写有《关于鲁迅作品教学的几点思考》《"于我心有戚戚焉"——读王景山先生〈鲁迅五书心读〉》这样的文章。但即使在这一点上取得了共识，也没有完全解决问题，因为还有一个让中学生"读什么（鲁迅作品）"与"怎么读"的问题。鲁迅自己就说过："我的文章，未有阅历的人实在不见得看得懂。"[1] 他还说："拿我的那些书给不到二十岁的青年看，是不相宜的，要上三十岁，才很容易看懂。"[2] 这至少说明，不是所有鲁迅的作品中学生都能够看得懂，也适合中学生

---

[1] 致王冶秋，1936年4月5日，《鲁迅全集》13卷，人民文学出版社，1981年版。

[2] 致颜黎民，1936年4月2日，《鲁迅全集》13卷，人民文学出版社，1981年版。

读，必须有所选择，而且也还有一个要求的问题——我对中学语文教育中颇有影响的"讲深讲透"的要求一直持有异议；在我看来，中学语文课本里的作品，特别是鲁迅这样的经典作家的作品，是没有必要、也不可能让学生一次性读懂，完全理解的，而是要"有所懂，也有所不懂"，在具体处理上，我主张分成三个层面的要求："一部分是按教学要求必须让学生掌握，而又是学生可能理解的，那就要用一切教育手段，努力使全体学生都能懂；另一部分是针对理解能力较强的学生的，可稍加提示，不作详解，留下余地，让他们自己去琢磨；还有一些则是学生无法理解，或这一阶段的阅读不需要他们理解的，则略而不讲，有意地不求甚解，囫囵吞枣"，这就叫"有所不懂，才有所懂"。[1] 鲁迅作品是要终生读，而且是常读常新的；因此，中学阶段读鲁迅，主要是懂得一个大意，能够有点了解，有点感悟，这就够了。而且我们对中学生的理解力、感悟力的估计常常是偏低的，特别是今天的孩子，他们的社会接触，以及他们的视野，比我们自己童年时要开阔得多，他们对问题的思考也远远比我们成年人想象的要复杂得多，关键还是我们如何去引导。

编这本《中学生鲁迅读本》所要探讨的，就是这个引导问题；具体地说，就是要解决前面所说的读什么与怎么读的问题。而我的总体思路，就是要抓住两头，一是鲁迅思想与作品的实际与实质，一是中学生智力发育的特点与生命成长的内在欲求，力图在这两者之间找到一个契合点。而这样的寻找又必须建立在相信鲁迅其人其文的魅力与相信中学生经过引导能够与鲁迅相通这两个基本信念上。

---

[1] 参看拙作：《关于鲁迅作品教学的几点思考》，文收《语文教育门外谈》，广西师大出版社，2003年版。

二

先谈谈这本书的总体结构设计。我设想，这是一本引导中学生读鲁迅的书，而这又是一种过程性的阅读：读《读本》的过程就是中学生在编者与老师引导下"与鲁迅相遇"的过程，先"感受鲁迅"，再"阅读鲁迅"，又"研究鲁迅"，最后自己"言说鲁迅"。每一个阶段，都有不同的教学目的与要求，使中学生与鲁迅发生逐渐深入的关系。

首先是"感受鲁迅"。我们今天来编选与讲授《中学生鲁迅读本》，首先要面对一个现实：在此之前，中学生通过课堂教学及其他途径，已经有了对鲁迅的前理解，这些理解有的有助于学生接近鲁迅，有的则使学生对鲁迅望而生畏，因而远离甚至拒绝鲁迅。如何使中学生对鲁迅产生亲切感，愿意接近他，使"（老师）要我读（鲁迅）"变成"我（自己）要读"。这是一个必须解决的难题，也是我们的"读点鲁迅"的教学实践能否收到实效的关键。因此，要学生读鲁迅，先要"感受鲁迅"。这不仅是从感性的认识入手，更包含了一个教学目的与理念："感受鲁迅，就是把鲁迅看作是和我们一样的'人'，寻找生命的共通点，并思考'他'和'我'的关系。"于是，我们选了萧红的《回忆鲁迅先生》，作为引导学生走近鲁迅的第一课，让学生接触一个他们所不熟悉的鲁迅：那个发出明朗的笑声，"笑得咳嗽起来"的鲁迅，那个对女孩子衣裳的色彩高谈阔论的鲁迅。然后，我们又编了一个《父亲与儿子》的单元，选了根据鲁迅书信辑录的《我家的海婴》（同时附录海婴的《记忆中的父亲》、许广平的《鲁迅先生和海婴》），《五猖会》《父亲的病》，以及《我们现在怎样做父亲》《随感录·六十三"与幼者"》《从孩子的照相说起》，并进行了这样的"导读"："鲁迅曾经说过，'从幼到壮，从壮到老，从老到死'，这是人的生命之路。在这条路上，有两个关键时刻，一是'为人之子'，一是'为人之父'。你现在正处在'人之子'的阶段,看看这位鲁夫子作为'人之父'如何看他的儿子,怎样回顾自己的父亲,这样一种'父亲与儿子'的关系,对他的人生选择又有什么关系:这都是极有兴味的,说不定还能引发你心灵的悸动……"接着,我们又编了一个《儿时故乡的蛊惑》单元,选了《阿长与〈山海经〉》《社戏》《我的第一个师傅》《我的种痘》《风筝》等文,并在《导读》中这样对学生说:"鲁迅说他'曾经屡次忆起儿时在故乡所吃的蔬果',这都是使他'思乡的蛊惑','他们也许要哄骗我一生,使我时时反顾'。尽管你现在最迫切的希望是'告别童年'——某种程度上,这样的'告别'是人的生命成长中所必经的阶段;但你也是摆脱不了儿时故乡的蛊惑的,因为那里有着你永远的'精神家园'。"——可以看出,"感受鲁迅"的这两个单元的设置,是基于对我们的教育对象高中学生的生命与精神状态,以及鲁迅精神的一种理解与把握:处在由少年转向青年的生命阶段,如何处理与父母的关系和回顾自己的童年,是高中学生所关注、并且感到苦恼的问题,而这也同样是缠绕鲁迅终生的。因此,以"父亲与儿子"及"儿时故乡的蛊惑"作为话题,就将鲁迅的命题变成了学生自己的生命命题,"他"(鲁迅)就从可望而不可即的高处、远处,走下来,走近来,来到"我们"中间,甚至走进"我"的心中:原有的距离感、陌生感就这样自自然然地消除了。他们将会像朋友那样向鲁迅倾诉自己的苦恼,同时倾听鲁迅的自我倾诉,并在这一过程中,感悟到鲁迅式的"肩住了黑暗的闸门,放他们(指年轻一代)到宽阔光明的地方去"(《我们现在怎样做父亲》)的牺牲精神,同时领悟鲁迅文字之美(鲁迅回忆童年生活那一组文章是鲁迅最精美的文字),而这两方面都是体现了鲁迅思想与文学的基本精神与面貌的。

　　有了这样的总体感受,就可以引导学生"阅读鲁迅"了;而所谓"阅读鲁迅"就是"走进鲁迅的世界,倾听他的声音,并和他进行心

读什么，怎么读：引导中学生"读点鲁迅"的一个设想

灵的对话"。

这也同样要有一个过程。在"阅读鲁迅（上编）"里，我们设置了四个单元，即"人与动物"（选编了《兔和猫》《鸭的喜剧》《一点比喻》《狗·猫·鼠》《秋夜纪游》《夏三虫》《战士和苍蝇》等篇），"人·鬼·神"（选编了《无常》《女吊》《补天》《奔月》《铸剑》等篇），"生命元素的想象"（选编了《死火》《雪》《好的故事》《腊叶》《天·地·人——〈野草〉集章》等篇），以及"诗与画"（选编了《敢遣春温上笔端——鲁迅新诗与旧体诗选》《看司徒乔君的画》《〈凯绥·珂勒惠支版画集〉序目》等篇）。——不难看出，这样的编排、选目，是充分考虑了中学生的理解力与兴趣，在"鲁迅的世界"与"青少年的世界"中寻找某种契合点，既能调动学生的阅读积极性，激发他们的想象力、创造力，又能展现鲁迅的生命与艺术的某些基本点：他对"爱"与"美"的追求，他对人和自然"生命"的关爱与敬畏，他的"爱憎不分离"的情感，他与底层百姓、民间想象的血肉联系，他的无羁的想象力与语言创造力，他的诗人、艺术家的素养与气质……这些，都构成了鲁迅生命的亮色，构成了他足以抵御外在与内在的黑暗的生命底气。在我们看来，让孩子首先接触与理解鲁迅生命与文学艺术的这一侧面，结识这样一个充满"赤子之心"的鲁迅，这不仅符合中学时代的心理特征，而且也是正确把握鲁迅的基础。

有了这样的基本把握，就可以再引导学生接触与理解鲁迅更为严肃与沉重的方面。

在《阅读鲁迅（中篇）》里，设置了三个单元："睁了眼看"（编选了《论睁了眼看》《夜颂》《灯下漫笔（二）》《中国人失掉自信力了吗？》《论"他妈的！"》《〈杀错了人〉异议》《推背图》《几乎无事的悲剧》《推》《现代史》《"滑稽"例解》《双十怀古》等篇），"另一种'看'"（编选了《示众》《狂人日记》《复仇》《习惯与改革》《太平歌诀》等篇），

以及"聪明人和傻子和奴才"(《编选了《灯下漫笔(一)》《聪明人和傻子和奴才》《春末闲谈》《论照相之类·二 形式之类》《学界的三魂》《再论雷峰塔的倒掉》《随感录·六十五 暴君的臣民》《偶成》等篇)。在"导读"中,我们这样写道:"我们已经开始接触鲁迅的内心世界;现在我们再来看看,鲁迅如何面对现实,对二十世纪中国以及中国的历史,作出自己的独特观察与表达,这是极富启示性,甚至是预言式的,因此,也可以看作是鲁迅对今天中国的发言。我们也就能够和他作更深层面的交流。说不定在潜移默化中,他会改变你的思维惯性与话语方式——这或许就是鲁迅对于中国,对于我们每一个人的意义。"——这里,所提出的与鲁迅"作更深层次的交流",也是基于我们对高中学生及其教育的一种理解与把握:在我们看来,高中的学生将要或者已经成为公民,而且我们要自觉地培育他们的公民意识。其中一个重要方面,就是要"在已经奠定的生命的亮色的基础上,逐渐引导学生面对生命和人生的严峻方面,进行基本信念的启迪"(参看《〈新语文读本〉编者的话》),这样,他们才有可能面对社会,逐渐学会发出自己的声音,提出批判性与建设性的意见,尽到公民的责任。在某种程度上,可以说与鲁迅这样的有经验的高水平的成年人进行更深层次的交谈,是渴望告别幼稚、走向成熟的高中学生的内在欲求,我们不能漠视这样的欲求,更不能低估他们的交谈、接受水平。也正因为这是一种"走向人生,走向成熟"的欲求,因此,我们不仅要向学生介绍鲁迅关于社会、人生、历史的基本观点,也许更为重要的,还是思维方式、话语方式的启迪。这也是我们在选目时考虑得最多的。在"睁了眼看"这个单元里,我们突出了鲁迅的下述思想:要走出"瞒和骗"的大泽,"既敢于揭示以任何形态出现的对人的奴役、压迫、残害的'吃人'的血腥,也要'自己去看地底下'那些民族的'筋骨与脊梁'敢于为他们抹去血污";同时,又向学生介绍鲁迅的经验:

他有着怎样一双"会看"的眼睛,怎样用"另一种眼睛"去看,即在常规思维之外,另辟蹊径,看到背后被隐蔽的东西,怎样看人们司空见惯的"街头小景",怎样看煞有介事的报刊名文,从中发现"几乎无事的悲剧与喜剧"……在"另一种看"的单元里,我们突出的是鲁迅"改造国民性"的思想,他对于"看客"现象的揭露与批判;同时引导学生像鲁迅那样,"深入民众的大层中,于他们的风俗习惯,加以研究,解剖,分别好坏,立存废的标准"。在"聪明人和傻子和奴才"单元里,我们围绕鲁迅对中国历史与现实的两大基本判断:"中国人向来就没有争到过'人'的价格",中国的历史不过是"想做奴隶而不得的时代"与"做稳了奴隶的时代"的循环,着重和学生讨论在中国如何"活得像一个人"的问题,引导学生领悟鲁迅的"立人"思想,以确立一个基本的价值理想。

在初步了解了鲁迅的一些基本的文学命题与思想命题以后,与鲁迅的对话又转入"鲁迅与青年"这一话题。在"阅读鲁迅(下篇)"里,我们设置了两个单元:"生命的路"(选编了《导师》《随感录·六十六 生命的路》《忽然想到(五)》《未有天才之前》《这个与那个·三 最先与最后;四 流产与断种》《忽然想到(十)》《补白(三)》《空谈(三)》《过客》等篇),"自己做主,说自己的话"(选编了《读书杂谈》《随便翻翻》《作文秘诀》《无声的中国》等篇)。——"鲁迅与青年"的话题,在某种程度上,其实就是我们一开始就讨论过的"父亲与儿子"话题的扩大、延伸与深化;因此,讨论的依然是"他"与"我(我们)"的关系:这始终是引导中学生阅读鲁迅的起点和归宿。"生命的路"这一单元集中了鲁迅对青年人的忠告,其要点有:不要把自己的命运交给他人,"何须去寻那挂着金字招牌的导师",要把握和创造自己的生命的路;要甘当"泥土","执著现在,执著地上",埋头苦干,不耻最后;要有"韧性战斗"的精神,有勇有谋,懂得并善于保护自己,学会打"壕堑战";任何时候,都要倾听"那前面的声音"的召唤,任何情况下,都不要放弃"往前走"的努力。——如鲁迅说,这都是"见了我的同辈和比我年幼的同辈的血而写的"(《写在〈坟〉后面》);这血的历史经验是应该让年轻人知道并铭记在心的。"自己做主,说自己的话"这一单元,是作为语言大师的鲁迅谈"如何读书与写作"的经验,这自然是中学生们最感兴趣的。有意思的是,鲁迅谈读书的方法,更谈读书的境界,其实谈的就是人的精神境界;鲁迅讲"作文的秘诀",归结于"有真意,去粉饰,少做作,勿卖弄",更是做"人"的秘诀:鲁迅所有的经验,集中到一点,仍然是"立人"。或许中学生们读到这里,就可以多少领悟到鲁迅思想与文学的真谛,以及对他们自身的终生发展的意义了。

但中学生与鲁迅相遇的精神历程还没有结束:在"阅读鲁迅"之后,还要引导学生"研究鲁迅"。我们在"导读"中强调了三个基本观点:"研究鲁迅,是我们的权利:鲁迅属于我们每一个人";"鲁迅可以不断地研究,因为鲁迅的作品是常读常新的,鲁迅是说不尽的";"作为中学生也可以研究鲁迅,因为我们能够找到与鲁迅心灵相遇的通道,从而对鲁迅有属于自己的发现——在某种程度上,这也是一种自我发现"。提出"研究鲁迅"的课题,也是对中学语文新的课程标准所提出的"研究性学习"的一个具体实践。在我们的预计中,在学生通过"感受鲁迅"与"阅读鲁迅",已经产生的对鲁迅其人其文浓厚的兴趣的基础上,这将是对学生创造力的一次极具诱惑力的挑战,并激发起强烈的探讨的热情。——在某种程度上可以说,我们引导中学生读点鲁迅的目的,也正在于激发学生独立自主地学习与研究的创造活力。

为此我们作了精心设计,提出了许多"参考选题"。如"鲁迅与爱罗先珂(或凯绥·珂勒惠支)",要求学生"查阅鲁迅作品和有关资料，利用有关工具书（如《鲁迅年谱》），了解爱罗先珂（或珂勒惠支）其人其文（画），鲁迅与他们的关系，整理出《鲁迅与爱罗先珂（或珂勒惠支）交往年表》"；"阅读鲁迅翻译的《爱罗先珂童话集》与《桃色的云》，以及鲁迅的《序》与《译者附记》；或读鲁迅有关珂勒惠支的介绍和论述，并对看珂勒惠支的绘画作品"；"在以上阅读的基础上，自选一个角度，自拟题目，写出一篇论文"。——通过这样的独立研究，不仅可以促使学生对鲁迅有自己的发现与理解，而且也是一次阅读、写作、学术研究的严格训练，这是为学生的终生学习打基础的。

参考选题中还有"鲁迅文本细读与分析"（如《略论鲁迅语言的色彩美》《鲁迅作品中的负'黑色人'家族》《鲁迅教我们如何在生活中发现杂文题材与写杂文，我也来写杂文》等），"鲁迅精神命题研究"（如《鲁迅谈真（或爱）以及中国人真（或爱）的缺失》《鲁迅对中国现代史上几个重要历史事件（如辛亥革命、五卅运动、三·一八惨案、七·一五大屠杀）的历史经验的总结》等），"比较研究"（如《中外民间故事、传说、文学作品中及鲁迅笔下的"狼"（猫头鹰，猫，狗，蛇，蚊子，苍蝇……）的形象的比较研究》《我读鲁迅与卡夫卡》等）。针对中学生对网络的兴趣，我们还特地设置了"网上对话"："访问有关鲁迅的网站，就网友对鲁迅的各种评论与争论，发表你的意见"，"在与网友就所关注的精神话题或文化热点问题进行对话时，有意识地引入鲁迅的有关观点，让鲁迅也来参与对话，如怎样看待'雷峰塔的重建'，怎样认识盛行一时的'我是流氓我怕谁'之类的'流氓文化'"等等。

以上从"感受鲁迅""阅读鲁迅"到"研究鲁迅"，都是为了引导学生"走进鲁迅的世界"；在"走进"以后，还必须有一个环节，即"走出鲁迅"。于是，就有了最后一编："言说鲁迅"，即要求学生对鲁迅及其思想、文学作出独立判断与评价，言说"我之鲁迅观"，谈论"我与鲁迅"。这背后含有一个重要的教育理念：像鲁迅这样的经典作家的"经典作品的阅读必须落实到学生的自觉接受与精神的独立成长上"（参看拙作：《〈新语文读本〉编写手记》）。这里有两层意思。首先是要确认："鲁迅的思想与文学对成长中的中学生无疑是十分重要的精神养料，但却不能代替年轻人自己的创造。因此，应引导学生以'独立不依他'的态度对待鲁迅，把他看作朋友，和他进行平等的心灵的交流与对话，或赞同，或反对，都应受到鼓励；要引导学生尊重鲁迅的意见、经验与传统，在鲁迅的启示下，认真地思考，真正把鲁迅的思想与文学化作自己的血肉，但绝不能盲目地以鲁迅之是为是，以鲁迅之非为非，一切都要经过自己的独立思考。即使是在有着如此强大的思想力量与人格力量的鲁迅面前，也要保持自己的人格独立与思想选择的自由。我们的鲁迅作品教学如果最终促进了学生个体精神的独立与自由发展，就从根本上达到了目的。"（参看拙作：《关于鲁迅作品教学的几点思考》）其次，还要确认一条教育原则：教育可以引导，但最后的接受，却必须经过受教育者的自觉选择。我们的责任是引导学生读鲁迅的书，将鲁迅其人其文介绍给学生，最后学生如何评价鲁迅，是否接受鲁迅，则是他自己的权利，是不能强加的，即使强加于一时，不能化为他自己的血肉，也没有用。出于种种原因，有的学生读了鲁迅的作品，却没有感觉，引不起兴趣，甚至拒绝鲁迅，这都是正常的。这不一定是我们的教育的失败，只要他的批评、拒绝，是出于自己的独立思考与独立选择，也可以说，也就达到了我们的目的。而且我们一再说，鲁迅的作品是要读一辈子的，学生只要对鲁迅有了一个基本的了解，他今天拒绝鲁迅，与鲁迅擦肩而过，说不定在另外的机遇下，又会与鲁迅相遇——当然，永远无缘也没有关系。正是出于以上的教育理念，我们对学生的学习成绩的评定提出了这样的要求：写一篇《我之鲁迅观》，并提出了三条评价标准："是否说真话，用自己的语言说出自己对鲁迅的真实看法与理解"；"是否言之有理"；"是否有新意，有创造性"。

我们对学生的最后建议是："将全班同学在学习过程中所写的读书笔记、研究文章、有关创作，以及最后的考试作业，汇集起来，编辑成一本书，以作'中学时代与鲁迅的一次相遇'的总结和纪念，这也是自我生命中饶有兴味的一页。"

三

在《中学生鲁迅读本》的编辑工作中，我们还作了三个方面的尝试。

一是在正文之外，编了许多"补白"。或作补充：例如在"人与动物"单元，特地编写了鲁迅与各种小动物的关系的短文：《鲁迅：受伤的狼》《鲁迅与猫头鹰、赤练蛇》《小白象和小刺猬》，还编选了《鲁迅笔下的"群狗图"》，这无疑会增添阅读的趣味性，而这也正是中学生的阅读所必须考虑的；又如在"聪明人和奴才和傻子"单元里，编选了鲁迅的有关语录：《鲁迅论各色各种"聪明人"》《鲁迅谈"真的知识阶级"》，这显然深化了正文的论述，也使学生借此了解了未收入正文的鲁迅其他著作里的许多重要思想。还有一类"补白"是扩展性的，如"父亲与儿子"单元补录胡适《我的儿子》一诗，又将周作人、周建人对父亲的回忆、鲁迅自己及许广平对其母亲的回忆插入；"儿时故乡的蛊惑"单元摘抄萧红《呼兰河传》关于"后花园"的描写；"人·鬼·神"单元节选周作人关于绍兴家乡"河水鬼"的描写，朱自清的《话中有鬼》；"生命元素的想象"单元里，以沈从文笔下的"水"与美国作家梭罗笔下的"炉火之歌"作为"另一种想象与描写"相比较；这样，就把读者的视野从鲁迅的世界扩展到既与之相关又更阔大的现代文学，以至世界文学的世界。

"补白"之外，还精选了大量图片，计有照片、鲁迅手迹、鲁迅手绘图画（五常、猫头鹰、镇墓俑素描等）、鲁迅收藏的美术作品（珂勒惠支的版画、汉画图像等），以及赵延年、裘沙、王伟君等画家关于鲁迅的美术作品，其中有13幅鲁迅头像，更是显示了鲁迅的多种风貌。

此外，在每一个单元，都设置了"读写活动建议"，以增加学生的参与性：这正是中学教育的一个重要特点。如，"回忆并思考'我和我的父亲'，并以此为题，写一篇文章，文体不限"（"父亲和儿子"单元），"写出属于你的对于水与火，雨与雪，对于天空、大地，对于树木和花草的新颖的观察、感悟和想象"（"生命元素的想象"单元）——这都是扩展性的写作，以发挥学生的思考力、想象力、创造力为目的。"选读一二本有关中国古代历史、现代历史事件（如胡风事件、反右运动、"文化大革命"），以及外国历史的著作，就'被掩盖的历史的血腥与血性人物'写出你的读书笔记"（"睁了眼看"单元），"鲁迅的作品是常读常新的，请重读语文课上已经学过的《孔乙己》《祝福》《药》《阿Q正传》诸篇。还可以采取'文本互读'的方法。例如，将《药》与《狂人日记》互读——两篇小说的主人公都被视为'疯子'，在《药》里夏瑜是无言的，而《狂人日记》则满篇狂人的'呓语'，两篇可以互为阐释；如果再将同写'疯狂'的《白光》《长明灯》合起来读，当会有更多的发现"（"另一种'看'"单元）——这是扩展性的阅读，而且提供了"重读""互读"等方式，并倡导写读书笔记，这都能调动学生的阅读积极性与创造性。"到你所在的农村与城市小区，选一二个老百姓最关注的问题，作一番社会考察，或收集民歌、民谣，以了解民情和民意，触摸'民众的心'，并写成调查报告"（"另一种'看'")；"随着有关康熙、雍正、乾隆王朝的倒买倒卖式电视剧的纷纷上演，引起了舆论界与学术界关于如何看待历史上的'太平盛世'的论争，试查阅有关资料，发表自己的意见"（"聪明人和奴才和傻子"单元）——这是引导学生关注社会，运用鲁迅的思想、眼光与方法来观察现实，这是体现了鲁迅的"现在式存在"的特点的。"鲁迅作品的内涵非常丰富，更是可供'多解'的开放性文本。本单元以'生命元素的想象'的视角去关照《野草》里的作品，于是就有了许多感悟和体认；但单一的视角却可能遮蔽了作品中也许是更有意思的东西。你是否可以换一个视角，对其中一两篇作出你自己的另一种解读，并且和同学们一起交流"——这里也有一个教育理念，就是要将编者和教师的引导，对作品的解读相对化，不但不要求学生硬性背诵与重复，而且要引导学生独立思考，允许并鼓励学生作出"另一种解读"。而所有这些"读写活动建议"都贯穿着一个指导思想：在"读点鲁迅"的教学活动中，真正使学生成为学习的主人，充分发挥他们的主动性、积极性与创造性。

最后要说明的是，引导中学生读鲁迅，这是一个实验性很强的教育课题。以上所说仅是一种设想，它要经过课堂教学的实践的检验，这是自不待言的。

2004年1月5日晚匆匆写成

让自己更有意义地活着

——"90后"中学生"读鲁迅"的个案讨论

一 听听"90后"中学生和他们的老师的声音

这些年,一直有关于"鲁迅作品在中小学语文教育中的地位"的争论,而且总有"鲁迅应退出课本"的鼓噪,大多数是专家和社会人士在媒体上发表的各种宏论,以及网上的各种热炒,但作为主体的"90后"的中学生,以及他们的老师,却是沉默的。我对此颇以为奇,百思而不得其解,也就懒得说话,因此拒绝了许多媒体的采访,而一直在寻找真正来自第一线老师和学生的声音。一个偶然的机会,我得到了北师大第二附属中学何杰老师指导下的《2011届文科实验班鲁迅专题研修报告集》,以及他班上的两位学生李明倩、唐紫薇所写的《读鲁迅:两名"90后"女生的心灵探求》一书(大众文艺出版社,2010年10月出版),我真是喜出望外:最有发言权的老师和学生终于发出了自己的声音!同时也就产生了强烈的研究与讨论的兴趣:他们究竟怎样看鲁迅,以及鲁迅和自己的关系,鲁迅和中小学教育的关系?

先看他们对前述讨论的看法。作为学生的李明倩,说她不认为这是认真的讨论,而只是一个热门的新闻"焦点",而且"看了之后有些默默地难受"。她说:"很希望社会多关注鲁迅,讨论鲁迅,但是并不希望是以这样一个方式,讨论这么一些事情。如果你把鲁迅先生也用'淘汰''力挺''支持''out'这样的词汇来形容,就真的是过于浮躁了吧。对鲁迅先生,我们或许更应该保持一种矜持和内省的态度,去思考他的话,理解他的思想。他不应该当作一个偶像来崇拜,当作一个动漫人物去吹捧,更不应该当作落后腐朽的代言人,受到一群任性的小孩子胡言乱语的批评。"她说:"如果说不理解鲁迅是可以容忍的,那么在不理解的情况下肆意胡说就是绝对不能容忍的。这不仅仅是对于鲁迅",她表示要"在一种尊重,并且认真思考,尝试去理解的状态下",去读鲁迅,并写下属于自己的感受、认识与评价。[1]

而作为老师的何杰的思考,则更深远。他想起了郁达夫的话:"没有伟大人物出现的民族,是世界上最可怜的生物之群;虽有了伟大人物,而不知拥护、爱戴、崇拜的国家,是没有希望的奴隶国家。"并且追问:"这是谁的问题?"而他的主要追问,又是指向自身的:"这个'没有希望'是不是有我们语文教师的责任呢?"于是,就有了对中学鲁迅作品教学,及其背后的语文教学、中学教育的"何杰二问"。一问:"我们把鲁迅教好了吗?""一个绝大多数作品都应该列为定篇的作家,竟被人攻击为'作品太难''不合时宜'而欲将其逐出课本;一个对民族和民众深怀大爱的作家,竟被那么多人攻击为'谁都骂''不宽容':所有这一切,我们语文教师难辞其咎——我们到底教给了学生什么样的鲁迅?"其二问:"我们应该如何教鲁迅?"在何老师看来,长期以来的鲁迅作品教学存在着两个根本问题。第一个问题是"我们给学生的是概念化的鲁迅。一说鲁迅就是'文(文学家)思(思想家)

---

[1] 李明倩:《读〈文学和出汗〉》,文收《读鲁迅:两名"90后"女生的心灵探求》,大众文艺出版社,2010年出版,86—87页。

革（革命家）'，就是'改造国民性''批判中国人的麻木'，甚至还没读鲁迅作品呢，就将鲁迅作品的主题说出来了。鲁迅作品的思想魅力、语言艺术并没有真正让学生领悟到"。第二个问题是"许多教师在教读鲁迅作品时，并没有站在鲁迅的思想体系中，使学生只是理解了鲁迅一篇篇作品（甚至可能连单篇作品也没有让学生弄懂），没有将各篇鲁迅作品连在一起看，也就不能使学生全面了解鲁迅思想，进而不能真正理解鲁迅作品的意义"。

更难能可贵的是，何杰老师更把自己的思考、追问，转化为具体的教学实践：他或许认为空谈不如行动更为有力。于是，他在自己所教的两个班级连续进行了两年的"鲁迅散文杂文单元教学"的实验——这些年鲁迅杂文几乎被逐出鲁迅教学，而杂文正是鲁迅思想、文学创作中最重要的部分，何老师的选题本身就显示了一种眼光。其教学目标与特点有二：一是在单篇教学的基础上设置单元教学，"使学生通过这一组文章的解读，对鲁迅的思想形成全面的结构性的认识"，"进而在头脑中自主建构鲁迅思想体系，使其在今后的阅读中，能够独立完成对鲁迅作品的解读"。二是不仅引导学生"对鲁迅思想有深入的理性分析"，而且引导学生"深入体会鲁迅的内心情怀"与"人生体验"，感悟鲁迅的思维方式和情感方式，"在走近鲁迅的同时，让鲁迅走进自己"，"将其变成自己的精神世界和情感体验的一部分，奠定精神的底子"。——这都是针对当下鲁迅教学的缺失，并且是抓住了要害的。

在具体教学中，何杰老师坚持了两条原则：以课堂精读为教学核心，"鲁迅作品有很大难度，在课堂上应该以教师为主导"，"不宜追求表面热闹，教师要敢于讲解，讲深讲透，只有使学生的认知达到一定深度，才能使学生独立完成课外自读研修"。——那种以放羊式自由讨论，代替教师的讲解的做法其实是一个认识的误区，学校教育必须是教师指导下的有教育目的，又能调动学生学习积极性的教学过程，对深度有特别要求的经典（包括鲁迅作品）教学尤其如此。

另一面则强调和重视学生学习的"自主性"，设置了学生活动的三个环节：课前自读与网上初步讨论；课堂上在教师指导下的自由讨论；课后的扩展阅读，并要求学生自主选题，写出独立的研修报告，以此作为最终成绩，最后装订成册，作为教学的最终成果。[1]——注重网络教育与课堂教育的结合，倡导研究性学习，这都是这些年语文教育中的新试验，但有的后来就流为形式，或半途而废，何老师坚持下来并取得实效，确很不易。

何老师还特别注意对学生个性化阅读的指导和对有潜能的学生的特殊要求和引导，他对李明倩、唐紫薇的假期个性化作业的指导，是完全成功的，《读鲁迅：两名"90后"女生的心灵探求》一书就是证明。这其实也是我当年在中学开设鲁迅选修课的一个理想。我认为，引导有潜能的学生在中学阶段就和像鲁迅这样博大深广的大师开始深度接触，就会有一个思想和创造力的早期爆发，这对发现与培养创新型人才，是有决定性和深远意义的。但由于我讲课的时间毕竟太短，和中学生的接触也有限，我的最初预想未能实现，这是我一直感到遗憾的。何老师这一方面的试验与成功，应该引起高度的重视，这都是我们现行鲁迅教学和语文教学，以至中学教育所忽视，而又是十分重要的教育课题。

这样，何老师就用自己的鲁迅教学的实践，有说服力地回答了中

---

[1] 以上何老师的认识和试验见《鲁迅散文杂文单元教学设计》，文收《北师大第二实验中学2011届文科实验班鲁迅专题研修报告集》（以下简称《鲁迅专题研修报告集》），内部交流材料。

学教育"需不需要鲁迅"的问题,并且为"如何教鲁迅"提供了有启发性和可操作性的经验:这是一个更加有力的发言。

在我看来,何老师鲁迅教学的最大成功,还在于他培育了中学生自觉的"阅读鲁迅意识"。这主要表现在以下三个方面。

二 他们为什么需要鲁迅?

李明倩曾满怀深情而质朴地说:"有时候觉得读鲁迅真是挺有缘分的一件事,我怎么会有毅力坚持着读那些当时怎么也看不懂的东西呢?后来觉得当时可能也没想什么坚持不坚持,伟大不伟大的,仅仅就去读了。可能这文字里还是有吸引我的东西,还是有我想去弄明白、弄清楚的东西,还是有不断触动我、震撼我的东西。"[1]

这里显然有个人的原因,也有时代造就的"90后"这一代人的内在需要。我因此注意到,当何老师的学生在谈到和鲁迅的关系时,都会说及自己这一代人的成长背景及所遇到的问题。

《读鲁迅》一书的另一位作者唐紫薇这样写到她对自己生活和成长的时代的理解和感受:"我们的经济飞速发展了,这是相对容易的事情,可是我们的心灵依然迷惘,徘徊不前。"[2]——"90后"这一代诞生与成长于中国经济高速发展的年代,特别是北师大附中这样的北京重点中学的学生的家庭环境都相对很好,他们享受着物质富裕这一经济发展成果的同时,也感受到了由之带来的物质主义、消费主义所产生的精神困惑。在一些更为敏感的孩子心里,就自然会引发精

---

[1] 李明倩:《读鲁迅有感》,《读鲁迅:两名"90后"女生的心灵探求》,133页。

[2] 唐紫薇:《鲁迅研究报告》,《鲁迅专题研修报告集》,60页。

神的饥渴感，以及对社会"平静的表面下早已波涛汹涌暗流不息"的现状的某种焦虑感，对"病态社会"里的"病态心理"的不满，从而隐隐产生突破现有生活的内在要求。[1]

一位学生在读鲁迅的《风筝》时，突然产生强烈共鸣，感到对儿童的"精神的虐杀"在现代生活里的延伸与发展，"现今的儿童没有得到足够的、适应其健康成长的玩耍时间和空间"，从而失去了"想象力、创造力的厚积薄发的良好基础"。这显然也是对自己的"失去的童年"和现状的一个观照，并发出无可奈何的感叹："毕竟升学考试不会问你'如何在雪地捕鸟'。"[2]于是，也就有了惊心动魄的一问："压力带给我们的是怎样的成长？"[3]——说"惊心动魄"是因为很少有哪一代人像"90后"这一代这样承受着如此巨大的压力：几乎从幼儿园开始，就面临应试的压力，好不容易考上大学又要面对就业的压力。这样的压力下的成长的艰难，以及由此产生的对精神解放的渴求，恐怕是我们这些成年人（老师，家长，各级教育部门的领导，专家……）所难以体会的。

唐紫薇对自己这一代人（她称为"现代人"）还有这样一个描述："现代人已经不再将别人对自己的评价看成自己的价值所在，自己对于本

---

[1] 周允淇：《浅谈鲁迅作品中的国民劣根性》，《鲁迅专题研修报告集》，113页。

[2] 赵柔翰：《未来与历史之战——鲁迅文章中儿童天性与封建专制的对抗初探》，《鲁迅专题研修报告集》，122页。

[3] 周永淇：《浅谈鲁迅作品中的国民劣根性》，《鲁迅专题研修报告集》，113页。

身的认可变得更加真实和重要。"[1]——或许正因为如此,这一代人中的敏感者,就会在对自我的认可上感到困惑,而产生对诸如"我是谁""我的价值何在"这类根本问题的追问。

这样,我们就在"90后"这一代人这里发现了一种对精神的渴望与追求——当然,在每一个具体个体身上,表现的强度与自觉程度是不一样的;而且这样的渴望与追求不仅是通常所说的,这样的年龄必然有的青春期的精神骚动,而是有着鲜明的时代特点和历史内容的。问题是,作为教育者的成年人,对此几乎毫无认识,甚至是毫无感觉,而采取了熟视无睹的冷漠态度,更不用说担负起努力满足和引导"90后"中学生的精神要求的教育责任了。这样的失职,在我看来,是带有根本性的。

我以为,或许应该把何杰老师的教学实验,置于这样的背景下,才能看出其意义。他的实验的成功,有力地证明,鲁迅,由于他的思想所具有的"精神自由与解放"的特质,以及彻底性、独创性、异质性的特点,他的思想总是能给人们提供"另一种可能性",并且总是追问到人性的根本处,现实的根本处,就决定了他的思想是能够在相当大的程度上,满足"90后"中学生的精神需求,并走进他们心灵深处的。从"90后"的学生这一方面说,他们的心里,是存有接受鲁迅的火种的,问题是老师的开发和引导。尽管学生的接受有深有浅,而且这样的开发和引导,也只是"播下一粒种子",但至少说明,那种"中学生不懂鲁迅,不能接受鲁迅,不需要鲁迅"的高论,不过是一种主观的臆测和偏见。

我们的讨论,还可以具体一点:何老师班级里的这些中学生,他

---

[1] 唐紫薇:《〈野草〉一篇分析》,《读鲁迅:两名"90后"女生的心灵探求》,176页。

们为什么需要鲁迅,怎样看待鲁迅对他们的意义?

李明倩在读了鲁迅的《灯下漫笔》以后,这样写道:"我们需要清醒,需要诚恳地,诚实地面对社会,面对自己,面对现实。"[1]坦白地说,我最初读到这句话,是有些诧异的:这位"90后"的年轻人,为什么会提出这样一个"我们需要清醒"的生命命题呢?后来我读到李明倩的一个自我反省就明白了。她说她读了鲁迅的作品以后,才发现自己(或许还有她的同代人)的真实的生命状态:"对生活满足,对社会满足,对自己的生命状态满足",于是就"失去本来应有的对美好幸福的追求,失去独立的人格和个性,失去自由的精神追求,成为不折不扣的,统治者的忠实的奴隶"。她说:"即使在今天,在我们普遍认为的思想自由的当代社会,也还是有许多方面我们在不自觉地被人'奴役'着,并且不自觉地以此为很好的生命状态。这是我们绝对应该正视的。"[2]——应该说,直到现在,相当多的"90后"学生还处于混沌的状态,而李明倩却自觉意识到混沌背后实质上是一个"满足于被奴役"的状态,这是一个带根本性的觉醒,这正是鲁迅作品所唤醒的;反过来又加深了对鲁迅的认识与认同。李明倩如此谈到她读鲁迅著作的感受:"鲁迅在质问我,而我完全无力招架,因为他提出的问题太犀利,逻辑又毫无漏洞,思考极为周密","鲁迅把质疑精神发展到了极致,实在令人叹服"。[3]这其实是敏锐地抓住了鲁迅

---

[1] 李明倩:《读〈灯下漫笔〉之二》,《读鲁迅:两名"90后"女生的心灵探求》,74页。

[2] 李明倩:《读〈灯下漫笔〉之一》,《读鲁迅:两名"90后"女生的心灵探求》,70—71页。

[3] 李明倩:《读〈我之节烈观〉》,《读鲁迅:两名"90后"女生的心灵探求》,45页。

思想的精髓与其独特作用的；而用鲁迅式的质疑精神来看待自己及自己所受的教育，就打破了盲目的满足，获得了真正的清醒，李明倩表示，"和鲁迅先生一样，要以清晰不被污染的眼睛，看清楚一切"。〔1〕这里谈到"90后"的一代人实际上已经有了一双"被污染的眼睛"，妨碍他们真实地面对一切，这是应该引起对眼下中小学教育的深刻反省的。〔2〕在这个意义上，读鲁迅是一个很好的补救。我曾经说过，当一个人春风得意，对一切都很满足的时候，他和鲁迅是无缘的；一旦对现实，对自己，对所受的教育感到不满，产生怀疑，需要走出鲁迅说的"瞒和骗"的大泽，寻求新的可能性、新的出路的时候，就和鲁迅有缘了。李明倩和她的同学大概也经历过这样的由无缘到有缘的过程吧。

李明倩还有一句话，也很值得注意：鲁迅先生能"让自己更好地，更有意义地活着，他是一个永远能引发我们思考的思想家。"〔3〕——

---

〔1〕李明倩：《读〈文学和出汗〉》，《读鲁迅：两名"90后"女生的心灵探求》，88页。

〔2〕唐紫薇在她的研究文章里，就有这样的沉痛的反省："我们一直坚信的东西是多么不合理，而我们又是多么不愿意做出改变，传统价值牵绊着我们，我们感到被束缚得快要窒息了，却不愿挣扎，因为传统价值观告诉我们不能这么做。就像一群从小被教育要鞭打自己的人，明明感觉痛苦，却不愿意自己手中的鞭子停下。旁观者会感到很奇怪，命运掌握在你自己手里，你为什么不停下？有个人抬起头来，麻木地说：'因为大家都没停啊。'"唐紫薇最后说："我因此要像鲁迅一样逃掉。"《鲁迅专题研修报告集》，63页。

〔3〕李明倩：《读〈文学和出汗〉》，《读鲁迅：两名"90后"女生的心灵探求》，87页。

如此提出问题，其实是内含着"90后"中敏感的学生对他们所受的应试教育的反省、反思的。唐紫薇在她的鲁迅研究报告里，把自己所受的教育称为"标答"教育：老师抄教学参考书，要求学生背诵标准答案。唐紫薇指出，在这样的"标答"教育下，"学生其实在潜移默化里就被整日记忆的课本和练习习题的观点，实际上就是老师和社会的观点'同化'了。慢慢地，我们的思考方式就会变得完全一样了"，结果就培养出"一批又一批用'标答'给自己做学术外衣，骨子里却充满油腻权谋的'才子才女'们"。由此而引发尖锐的一问："这难道就是教育的作用？"于是就有了新的觉悟：基础教育的根本任务，也是自己上学读书的基本目的，就是要"找到自己的闪光点，进行人生的思考，形成初步的世界观和价值观"，[1]用李明倩的话来说，就是要通过学校教育追求人生意义和价值，"更好地，更有意义地活着"。当现行的应试教育拒绝完成、也不能完成这样的"给人生以意义"的教育使命时，经由何杰老师的引导，鲁迅进入了孩子的生活里，他们发现了"鲁迅是一个永远能引发我们思考的思想家"，就自然和鲁迅结缘了。

三 他们感兴趣的"鲁迅命题"是什么？

这是一个饶有兴味的问题：鲁迅的哪些命题，在何杰老师的学生，这些"90后"的中学生这里，引发了心灵的共鸣和热烈的讨论。从学生们写的研修报告里，可以看出，主要有以下四个方面。

1.《人立而凡事举——鲁迅立人思想内涵研究》《黑暗中的光

---

[1] 唐紫薇：《鲁迅研究报告——主题为国民劣根性中的"批判专制思想"》，《鲁迅专题研修报告集》，60—62页。

明——鲁迅先生的立人思想》《为生民立命，为天地立心——浅谈鲁迅的立人思想》《甘为泥土，立人于世——初探鲁迅立人思想》：学生不约而同地选择"立人"为探讨的课题，恐怕不是偶然。如他们所说，"立人思想是鲁迅立在近现代中国的转型大潮中，思考中国人如何摆脱奴役和贫困，进而发展至进入'世界人'行列中所凝成的结晶"，所谓"立人"便是"人的全面彻底解放，每个人都是具有独立精神自由、受自己意识所支配的实体"，其所隐含的是"改造国民性"主题，是对人的奴性的尖锐揭示。[1] 敏感的中学生自然会联系到自己。《黑暗中的光明——鲁迅先生的立人思想》一文就这样写道："先生的每一句话也仿佛是写给我们自己的。放眼望去，中国的学校里有多少渴求知识的眼睛在圆睁着望着老师？在这些孩子的心中，老师就是唯一的命令，是必须听从和服从的。然而他们却忘记了自己学习的本来目的是什么，孩子光明的眼是应用来寻找自己的道路的，他们所应做的是自主，是向上，是尽自己之所能将学到的知识投入到为祖国的建设中去。"[2] 可以说，正是鲁迅的立人思想唤起了这些中学生追求"独立、自主性"的"人"的自觉，这样的自觉发生在人生的起始，对其一生的健全发展，意义绝不可低估。

而且还有更深入的思考。李明倩在她所写的研修报告里，提出了她对"立人"的理解："'立人'思想的核心是'立心'"，她因此而提出了"鲁迅心学"的概念，指出"争取人心的精神独立与自由，反对对人心的一切奴役和有形无形的伤害，为当世的人争取幸福的生活

---

[1] 田一：《人立而后凡事举——鲁迅立人思想内涵研究》，《鲁迅专题研修报告集》，11—13 页。

[2] 王盈粲：《黑暗中的光明——鲁迅先生的立人思想》，《鲁迅专题研修报告集》，8 页。

与美好的未来,是贯穿鲁迅作品的中心思想,也可以说是鲁迅的世界观,这位精神界战士此生不渝的理想,以至信仰"。而让这位中学生最为钦慕的,是鲁迅自己所拥有的"极为清醒,纯白的心","他用考察别人的心的方式一样来审视自己的心,看到自己心里的弱点,高尚和卑劣"。李明倩还谈到了"鲁迅心学"在当代"心的探索"中的"延伸和发展",并且期待,在鲁迅的召唤和一代又一代人的努力下,"人心都能真正得到自由,人都能够自由地思考"。[1]

2.《生存与发展,这是一个值得思考的问题》,这篇文章的题目,说出了这些中学生关注的另一个话题。鲁迅在二十世纪二十年代所提出的命题:"我们目下的当务之急,是:一要生存,二要温饱,三要发展",引起了"90后"的年轻一代的强烈共鸣,这本身就很有意思。[2] 更有意思的,是他们的讨论。有的学生强调,这是鲁迅对"中国何去何从"问题的思考,是他对"中国未来发展之道"的独特设计,中国"为什么要变革""变革的目标""怎么样变革"的答案,都蕴含在其中了。[3] 还有些学生则认为这是"鲁迅先生为青年提出的纲领性、整体性的奋斗目标","青年应该致力于如何让国民过上真正意义上的好生活"。[4] 因此,有的学生更注意鲁迅对这三大目标的阐述:

---

[1] 李明倩:《为生民立命,为天地立心——浅谈鲁迅的立人思想》,《鲁迅专题研修报告集》,29—35页。

[2] 赵天舒:《生存与发展,这是一个值得思考的问题》,收《鲁迅专题研修报告集》,117—119页。

[3] 崔屹鸣:《生存,温饱,发展——浅谈鲁迅对中国何去何从的思考》,《鲁迅专题研修报告集》,68—70页。

[4] 白惠天:《鲁迅先生对中国青年的希望》,《鲁迅专题研修报告》,85页。

"我之所谓生存,并不是苟活;所谓温饱,并不是奢侈;所谓发展,也不是放纵",以为"在当今社会也是为青年,乃至所有中国人敲响的警钟"。[1]

3. 许多学生都以"鲁迅情怀"作为研究课题,谈得最多的是鲁迅的"大爱"与鲁迅的"绝望"(孤独,寂寞)。中学生对鲁迅的"大爱"引起共鸣,是意料中的;而他们对鲁迅的"绝望"的兴趣,则多少有些出乎意料,而且还引发了某种担忧:这会不会产生消极的影响?但反过来看看当下中国年轻一代的实际思想状况,就不能忽视虚无主义对这一代的影响。经常可以听到孩子"活得没劲""不想活"之类的怨言;尽管这或有夸大的成分,但却有部分的真实,这些年中学生自杀屡屡发生,且有发展的趋势,这都是在向社会和教育者发出警示。面对这样的教育现实,与其回避,不如正面回应。在这样背景下,鲁迅的"希望与绝望"命题,就具有了某种现实的教育意义。而且何杰老师的教学实践证明,如果引导得法,学生对鲁迅的命题是能够有正确的理解的。李明倩的一个看法是有代表性的:"鲁迅先生让我对人生有了一种更为宽旷的看法,对世界更为充满希望,但是也勇敢去面对现状的态度,我想这是绝对可贵的,是物质上的安慰绝对不能赋予的,所以我格外珍惜这种感受,不仅是一种鼓励,更是一种责任。"[2]这里就把握住了鲁迅式的"希望与绝望"命题的两个侧面。所谓"绝望"就是"勇敢地面对现状",就是面对真实,"因为真实,所以清

---

[1] 伍岫云:《血痕中的希望——谈鲁迅对青年的情感》,《鲁迅专题研修报告集》,15 页。

[2] 李明倩:《读鲁迅有感》,《读鲁迅:两名"90 后"女生的心灵探求》,133 页。

醒"[1]：这是一种清醒的现实主义精神。如一位学生所说，鲁迅是"真正洞悉了生命过程之重的人"，因此，对他来说，"希望绝不意味着无助"，"对于行走不停歇的战士而言，爱与伤痛正与希望和绝望共生"。[2]——这背后是有一种教育的启示意义的：对年轻人，包括"90后"的中学生，不必回避"生命过程之重"，虚假的乐观主义宣传，只能引起他们的反感，增添虚无感，唯有正视现实，才会有真实的力量。

年轻的中学生们正是从鲁迅这里感受到了他的战斗情怀和力量的："他比青年更多地看到希望之后的绝望，却又抛弃一切精神寄托，独立于黑暗中战斗。这是一种深刻的人生哲学，即使在当代也是很少有人做到不为任何希望而奋斗。"[3]一位学生说，他由此而联想起"一次次把石块推上山顶，又一次次看着石块滑下山坡的西西弗"，并懂得了"人生的真正价值就在于从荒谬与虚无中创造意义"。[4]另一位学生则把这样的鲁迅式的"反抗绝望"的战斗，形象地比喻为"跌倒，为了奔跑"："所有的迫害、寂寞与荒凉让鲁迅跌倒在探索希望的道路上，把他引领向绝望"，而鲁迅把这样的绝望"当作了另一种起

---

[1] 雷昊：《墨——浅论鲁迅的反抗绝望》，《鲁迅专题研修报告集》，72页。

[2] 陈诗敏：《这样的过客——从散文浅谈鲁迅先生的自我剖白》，《鲁迅专题研修报告集》，27页。

[3] 高方喆：《知其不可为而为之——浅漫谈鲁迅〈野草〉中反抗绝望的战斗精神》，《鲁迅专题研修报告集》，64页。

[4] 李小序：《无物之阵中的猛士——鲁迅内心的孤独与战斗精神》，《鲁迅专题研修报告集》，96页。

点","用清醒的意识去思考,去追问,然后直起身子,奋力奔跑"。[1]这样的从绝望中挣扎而出的希望,是鲁迅命题的另一个侧面,它显示的是一种积极的人生态度,这正是最吸引这些"90后"的中学生之处。李明倩说:"年轻人总该有年轻人的样子,所以我从鲁迅先生作品中积极的东西看到得倒是比消极的多,我始终是对人性充满着希望的。鲁迅先生告诉了我们这么多人心的悲哀和恶劣,我们才更应该改变不是么。纵然这道路上有无数的艰难和痛苦,有我们可能一生也跨越不了的障碍,不过只要希望还在,人就永远不应该放弃。你可以悲伤,可以绝望,但永远不要停止抗争,脚下总会有路。"[2]——这正是鲁迅的意义所在:如学生们所说,鲁迅独自承担绝望,"将希望留给他人","这是一份真正的大爱",[3]"他感染着我们这个时代清醒的人,让我们看到,时代也许黑暗,世道也许苍凉,但只要是社会中存有良知的人,有责任感的人,就应该拥有'出不入兮往不返'的心理","勇敢如鲁迅,无私如鲁迅,便是我们的榜样"。[4]

4. 许多学生在谈到鲁迅的选择,思考自身的选择时,都归结为"泥土精神",这是尤其应该注意的。我特别感兴趣的,是这些"90后"对鲁迅"泥土精神的实质"的理解与阐释:"无论世风如何,都

---

[1] 李竺霖:《跌倒,为了奔跑——谈鲁迅的绝望与反抗》,《鲁迅专题研修报告集》,97—98页。

[2] 李明倩:《读鲁迅有感》,《读鲁迅:两名"90后"女生的心灵探求》,134页。

[3] 彭凯思:《俯首甘为孺子牛——谈鲁迅在抗争绝望过程中的深沉大爱》,《鲁迅专题研修报告集》,146页。

[4] 张竹韵:《出不入兮往不反,平原忽兮路超远——浅谈鲁迅情怀》,《鲁迅专题研修报告集》,24页。

能够潜沉下来，切切实实、认认真真地做一点事情，不奢求天才的荣光和拥戴，只愿意为了心中的理想，默默地耕耘自己选择的那片小小的土地。其实当'泥土'这样锲而不舍地做时，在他的灵魂深处自有广阔的一番精神天地。其境界之旷远是无数自诩为天才的人所永远不能及的。当无数精英争夺金字塔尖时，我们更需要的是那些甘做一砖一瓦，奠定社会根基的'泥土'们。"[1] 这自然都是有感而发。如另外一位学生所说，我们"生活在浮躁的、浮华的、空谈的、灰色的时代"，当"人们的逐利心理越来越明显"，"总想一夜暴富，却不脚踏实地地付出"，当有的青年"宁肯待业在家，也不愿作社会底层工作"，鲁迅号召我们做"泥土"，"立足于点滴小事，甘于奉献"，"执着于当今，克服困难，勇敢前行"，"不要空谈，务本求实"，这是有着特殊的现实意义的。[2]——看到年轻一代在鲁迅这里找到了做人的根本，人生之正道，实在令人高兴。

四 他们有着怎样的"鲁迅观"？

如前所说，何杰老师的鲁迅教学实验的一个重要方面，是在带领学生做文本细读的基础上，要引导学生获得对鲁迅的整体认识。因此，在许多学生的研修报告里，都对鲁迅思想做出了某种概括，提出了他们各自的"鲁迅观"。这里，不妨抄录几段——

---

[1] 白惠天：《鲁迅先生对中国青年的希望》，《鲁迅专题研修报告集》，87页。

[2] 李美玉：《执着：成功的基石——谈鲁迅赞扬的泥土精神》，《鲁迅专题研修报告集》，98页。

"鲁迅的一生最核心的,也是最顽强的是一种自我意识。这种自我意识使他一生不随波逐流,坚持自己的独立人格和思想。这种意识源自对于狂热和盲从的清醒和厌恶,也基于对自我的正确认识和人生定位。这种认识的外延,是一种文风的独立和骨气,是一种思想的坚定和信仰的纯真。同时,这种'自我'不是简单的、狭隘的'小我',而是把社会,把人民,尤其是弱小的,不幸的劳苦大众视为己任,视同己身的'大我'观念。

"鲁迅精神中有着极强的怀疑和批判特征,但鲁迅又从没有因为怀疑和批判,陷入迷惘而停止自己的呐喊和抗争。

"鲁迅所以能做到上面两点,是因为他的坚守。在信仰、理想的维度上,他是始终不渝的。他始终不曾改变对于故土,对于家乡的深深的爱和眷恋。这种坚守伴随他一生,造就了他的痛苦,他的绝望,他的理想,他的伟大。"

——马骐骊:《源于绝望的反抗——浅析成熟期(20—30年代)鲁迅的自我观念和斗争》

"奋斗目标:生存,温饱,发展。

"价值立场:亲近平民,为生民立命。

"对社会态度:永远不会满意。

"斗争方式:永不休战,永不畏战,用韧的精神与敌人斗争到底,但是不做无意义的牺牲。"

——白惠天:《鲁迅先生对中国青年的希望》

"对世界的大爱,孤单寂寞时的怀疑求索,反抗路途上的泥土精神。"

——雷昊:《墨——浅谈鲁迅的反抗绝望》

五　最后的讨论：个案的意义

这里讨论的，只是一个个案。也许有人会质疑它的代表性。我很清楚，当下许多"90后"的中学生对鲁迅的理解，他们和鲁迅的关系，远没有达到何杰老师班级学生的深度和高度。但我要强调的是，何杰老师的实验证明了一种可能性：只要教师引导得当，中国的"90后"中学生是愿意、可以接受鲁迅的，而且能够达到相当的深度。何杰老师的学生做到的，其他老师的学生同样做得到。因为从根本上说，"90后"这一代人的心中，自有接受鲁迅的火种，只是我们这些教育者或认识不到，或不善于点燃，就任其自生自灭了。

这里的关键在于教师。我因此注意到了何杰老师的两句话。他说："在这个时代中，作为文化传播者的语文教师，是可以做出更多贡献的。"[1]一般说来，中学语文教师自身并不创造文化和知识，他是一个"传播者"，通过对课文，特别是鲁迅作品这样的经典课文的讲授，在学生的心上播下民族与人类文明的种子。而为了更好地讲授经典作品，中学语文教师必须熟悉经典作家、作品的最新研究成果，担负起将相关学科学术研究成果转化为中学教育资源的重任。在这方面，学术界与中学语文教育界合作的空间是相当大的。作为一个鲁迅研究者，我对像何杰这样的自觉传播鲁迅思想及我们的研究成果的语文老师一直是心怀敬意和感激之情的。

优秀的语文老师当然不会只是传播他人的研究成果，他必定在经典作品的讲授里，加入他自己对经典作家、作品的理解与发现，甚至通过富有创造性与个性化的教学，展现自己的人格与精神力量，以此

---

[1]何杰：《可贵的成长记录——〈读鲁迅：两名"90后"女生的心灵探求〉序》，文收《读鲁迅：两名"90后"女生的心灵探求》。

感染、影响学生，从而在经典作品教学里，打上个人的烙印。在这方面，何杰老师也是高度自觉的。他这样公开宣布"我的教育理念"："用我的生命状态影响学生的生命状态。"[1]我们在李明倩、唐紫薇的著作中何老师和两位弟子的通信里，以及2011届文科实验班《鲁迅专题研修报告集》这一学生的作业里，都处处可见何杰老师的潜移默化的影响，我们在其中所看见的是鲁迅的生命、何杰老师的生命、学生的生命三者之间的相契相融，这是一个我们应该追求的理想的教学状态，也是一个很高的精神境界。

据我所知，在全国范围内，像何杰老师这样的热爱鲁迅、自觉传播鲁迅思想与文学的中学语文教师，尽管比例不大，但绝对量却不小，是可以数以百计、千计的，聚集起来，是一股不可小视的力量。因此，尽管否定鲁迅的思潮汹汹而来，我却始终对中学鲁迅教学充满信心：我坚信鲁迅的力量，坚信包括中学生在内的中国的年轻人永远需要鲁迅，坚信中学语文老师中自觉的鲁迅传播者的作用，并且愿意竭尽绵薄之力给"何杰老师们"以支持，因为我们共同拥有鲁迅。

2011年4月12日—14日，4月28日—30日

---

[1] 见何杰老师的名片。

"在高中与鲁迅相遇"的意义

——王广杰主编《在高中与鲁迅相遇》序

一

2013年发生了一个有关中国语文教育的不大不小的"事件":某媒体披露,中学语文教材中鲁迅的《风筝》被删,于是就有了"鲁迅作品退出"的传言并引发了海内外热闹一时的讨论,后来又有出版社与教材编辑的解释:删去的原因是中学生"读不懂",这又引出更大的争论。这件"事"或许有媒体炒作的成分,但却有意无意地揭开了多年来中国政治、思想、文化界一个或明说,或暗议的分歧:当下的中国需不需要鲁迅这样的批判知识分子?反映在中小学教育界,就是"鲁迅作品在中小学语文教育中,应占有什么位置"的争论。而且这些年确实存在一个否定鲁迅,至少要淡化鲁迅的倾向。

有意思的是,在这些争论中,处在教学第一线的语文老师多半是沉默的:他们实在是没有精力,也没有兴趣卷入其中。关注者也更多的是用自己的教学实践来"发言"。也就是2013年,北京师范大学第二附属中学王广杰老师,在高二下学期利用一个多月的时间集中进行了鲁迅作品专题学习,其中就包括了《风筝》的重读(初中已经学过),而且取得了意想不到的效果。于是,就出现了这样一场对话:一位学生的爸爸对她说,自己"不喜欢鲁迅,因为他太刻薄";女儿反问道:"那你读过《风筝》吗?"爸爸"沉默了"。[1]——学生据以反驳对鲁迅的误读与贬抑的社会成见的,竟然就是被一些人断定中学生"读不懂"的《风筝》,这真是意味深长。

当然,学生也谈到,他们在初中读《风筝》时,得到的是"封建礼教的束缚""鲁迅的批判精神"这样的抽象的概念,并由此形成了理解鲁迅作品的一种"思维定势":鲁迅是"伟大"的,但却是与自己无关的;只有到了王老师的课堂上,才发现"自己目光之狭窄",忽略了更"纯真"、更根本的东西。[2]那么,王广杰老师又是如何引导学生阅读《风筝》及鲁迅的作品的呢?王老师在本书的《前言》里,对自己以及语文教育界对鲁迅作品的阅读与教学有过一个反省。他说:"很多时候我们把鲁迅概念化了","我们的教学方法也程式化了","教学中我们要么固守传统教育思想,带领学生分析背景,概括段意;要么借鉴现代教育理念,充分尊重学生的自主权,让学生自由多元地随意解读。前者倾向于把鲁迅树得很高很高,直至不接地气;后者又倾向于滑入另一个危险的境地:经典作品神圣感的消失","这两种方法在很多时候,都不能引导学生真正深入文本内部,学生也就无法真正获得文学阅读的美妙体验"。难能可贵的是,王老师发现了教学中的问题,就从改变自己阅读鲁迅的方式做起:"静下心来,走近作品文字的背后";然后,就有了教学方式的新的尝试,王老师称之为"简单的教学方式":把这些年盛行的,让老师与学生疲于奔命

---

[1] 李思婕:《鲁迅,这人——读〈风筝〉有感》,收《在高中与鲁迅相遇》。

[2] 刘晶晶:《无法释怀的爱——再读〈风筝〉有感》,收《在高中与鲁迅相遇》。

的种种花里胡哨的形式主义的东西全部摒弃;紧紧抓住"文学作品的阅读是重视个人体验的"这一条,首先"将教师真实的个人化的体验真诚地传达给学生";据此引导学生也"静下心来,走进作品文字的内部",在"字里行间的游走"中,被"作品的内容"和"文字背后的作者"所感动,就有了自己的体验,"有话要说,而且是饱含深情的";于是又有了师生之间、学生之间的交流,在交流中深化、升华了彼此的体验,最后大家都与鲁迅"相遇"了。——这是通过最朴实的方式,达到的最真实也最真诚的相遇,因而是刻骨铭心的。王老师在《后记》里说,"现在每每回想起那段学习鲁迅的课堂时光,内心都会涌现出一丝丝的温暖和感动"。这样的教学境界也是难遇的。

就是出于这样的对"体验式的朴实阅读"的追求,王广杰老师向学生袒露了他阅读《风筝》的个人感受:他最受触动的是,文章后半部曾经伤害过兄弟的"我",试图"补过"时,兄弟却"全然忘却,毫无怨恨",于是就留下了永远的"沉重"与"无可把握的悲哀"。他由此而联想起1923年发生的鲁迅和周作人"兄弟失和"事件,并认为,鲁迅于1925年将1919年写过的《我的兄弟》重写为《风筝》,"他心中的情感就复杂得多了"。王老师因此看到了"鲁迅内心的最柔软的、不肯轻易示人的真实的一面",因而提示学生:在阅读《风筝》时,要特别注意鲁迅"对于亲情的一种强烈渴望。当然,还有他就强大者对弱小者精神虐杀的深刻反省,以及一个清醒者被排斥在沟通理解之外的极端痛苦"。

王老师的解读,特别是他将《风筝》和鲁迅与周作人的失和联系起来,是他个人的一个感悟,在学术界可能会有不同意见。但他却因此引导了学生去关注"《风筝》背后的人的鲁迅"。首先唤起的是学生的童年记忆:谁都有过类似的兄弟间的冲突,但随着时间的流逝,就逐渐淡化,甚至忘却;但在鲁迅这里却凝结为永远的悲哀和反省,学生在诧异之后就产生了探讨的兴趣,于是就有了课堂上关于"小兄弟是否真的忘却了"的热烈争论;随着讨论的深入,学生和老师一起进入了鲁迅复杂的境遇,丰富难言的感情世界,于是受到了真正的感动与震动。一位学生写道:"先生这种出于害怕兄弟感情破碎的惊慌,真的让人心碎。真的没有想到,第一次读鲁迅先生作品痛哭失声竟不是因为他的英勇无畏,而是他小心翼翼地对感情的保护。我想,我是第一次,或许鲁迅亦是第一次……"[1]另一位学生则说:"每一次读,仿佛体会到的悲哀和痛苦更深了一层。而现在,当读到篇末'四面明明是严冬,正给我非常的寒威和冷气'的时候,我只能放下文章,淡淡的什么也不想,只是怅然……"[2]这都说明,学生们真的动心,动感情了:这不正是我们的阅读教学所应该追求的境界?这才是我们所需要的"心的阅读"。

而且由此引发了更深入的思考。首先是关于鲁迅"其人"和"其文":"他竟然可以在看似轻松的文章中埋藏下如此深厚的感情。这次被犀利抨击的,不是别人,而是他自己。鲁迅将他自己的内心呈现在世人面前","别人的反省,为的是释放不安,得到心灵的解脱;而鲁迅的反省,却真诚坦荡到让他加倍地痛苦。这种痛苦,是无知者永远无法体会的"。"看到不尽人意的事情,勇敢地站出来指出不足,是一个境界;而首先反省自己的作为,则是另一个更高的境界"。由此又引发了现实的思考:"这个社会在高速地前进着,浮躁的世界缺乏这种可以静下来自我反思的环境。在我们当中有越来越多的人,能够

---

[1] 韩佳:《为鲁迅流泪——读〈风筝〉有感》,收《在高中与鲁迅相遇》。

[2] 魏雨琦:《那时年少——读〈风筝〉有感》,收《在高中与鲁迅相遇》。

像鲁迅那样时不时停下来回顾来时的路,坦诚地面对自己,也许我们的生活会大不一样。"[1]

或许更值得注意的,是对"自己"与"鲁迅"的关系的体认。读了《风筝》,固然最容易产生对鲁迅平凡性和亲和感的感悟,但难能可贵的是,学生同时感受到的是鲁迅不平凡的另一面:由平凡人生的日常感情(如《风筝》里的兄弟之情)升华而出的鲁迅思想与感情的深度和高度,又是包括我们自己在内的常人所不能及的。一位学生说得很好:我们在"关注鲁迅的平凡之处"的同时,也不要忘记他"身上有许多非凡之处,我们没有必要将其'平凡化'";"阅读确实拉近了我与鲁迅的距离",但"距离"仍然是"一种玄妙的存在":"最遥远的光亮,比离我们最近的黑暗还要靠近我们"。结论是:"鲁迅,离我们那么远,这么近"。[2]"那么远"——因为鲁迅代表了一个思想与生命的高度,因此,"我们需要鲁迅";"这么近"——鲁迅又活在我们中间,他的思考与情感和我们息息相通,因此,"我们能够理解鲁迅,走近他的世界"。

回到我们所讨论的"鲁迅作品教学"的问题上来:中学生对鲁迅作品是既懂又不懂的。首先是"不懂",不仅有些鲁迅作品超出了中学生的理解水平,不宜选入教材;而且即使是适合学生读的作品(例如《风筝》),也不可能一读就懂;更为重要的是:正因为不懂,才需要教。绝不能以学生能否懂,是不是有兴趣,来决定我们要教什么,不教什么,那就在实际上取消了教育。正像孙绍振先生所说:"在中学课堂上,学生看不懂,难以理解的比比皆是。数理化课本不算,语文课本中先秦诸子的文章,李商隐、李贺的诗歌,学生看不懂,不是

---

[1] 任依然:《战士,见不贤而内自省也》,收《在高中与鲁迅相遇》。
[2] 曹天爱:《鲁迅——那遥远的光亮》,收《在高中与鲁迅相遇》。

照样成为课文中不可缺少的经典吗？"[1] 教育是按照教育的目标，对学生的一种引导，教化，它是有一定的强制性的。根本的问题与分歧，还是如何看待鲁迅作品在中小学语文教育中的地位与作用，它是不是"不可缺少的经典"。而且在我看来，鲁迅还不是一般的经典作家，他更是一位具有原创性、民族文化源泉性的作家。他的地位，应该相当于英国的莎士比亚，德国的歌德，俄国的托尔斯泰，印度的泰戈尔，应该是家喻户晓，是每个有教养的中国人都要读一辈子的。他的作品，理应成为国民基础教育的基本教材，这是真正事关民族精神建设的根本的。因此，即使学生阅读有困难，也应该选入，以便给学生的终身阅读打下一个基础。我接触过许多喜欢鲁迅的青年人、中年人，甚至老年人，他们都告诉我，在中学读鲁迅作品时，或许只有一些感觉，而不能完全理解，但在有了一定阅历以后，感觉到需要鲁迅，就要感谢中学时打下的基础，没有中学阅读鲁迅的机遇，很可能就一辈子与鲁迅擦肩而过了。我因此说，在鲁迅作品的阅读上，作为一种社会阅读，每个人都有自由选择的权利，有些人拒绝读鲁迅作品是完全正常的；但是作为学校教育有机组成部分的语文教学，却是非读不可，非教不可，而且应该占有特别重要的地位。

而且如王广杰和其他许多老师的教学实践所证明，中学生是能够懂得并接受鲁迅作品的。这里有三个方面的因素。首先是鲁迅作品本身，它根植于现代中国这块土地，"外之既不后于世界之潮流，内之仍弗失固有之血脉"，[2] 因此是可以进入每一个现代中国人（包括

---

[1] 孙绍振：《语文课本中鲁迅作品问题》，载《名作欣赏》2013年12期。

[2] 鲁迅：《文化偏至论》，《鲁迅全集》第1卷，第57页，人民文学出版社，2005年出版。

中学生）的心灵深处的；而鲁迅精神上与青年人更有着天然的联系，每一个时代的青年都会找到与鲁迅沟通的渠道。其次，我们绝不能低估中学生的感受与理解潜力，这也是我读这本《高中生与鲁迅相遇》最大的惊喜与感触：学生们对包括《风筝》在内的鲁迅作品的感悟尽管多是一些碎片，但却不乏直抵鲁迅和他们自己心灵的闪光点，这是一些熟读鲁迅却始终相隔的成年人所从未达到的。当然，还有王广杰这样的语文老师的引导。在一定意义上，可以说，老师的引导对于中学生对鲁迅的接受，是起了决定性作用的。这其中的关键，一是老师自己要真的喜欢与理解鲁迅，二是要找到、找准鲁迅与中学生心灵的通道。在我看来，王广杰老师所做的引导学生"静下心来"对鲁迅作品进行"心的阅读"的试验，是成功的；这也是本书最有价值，最具启发性之处。

这样，王广杰老师和他的学生也就用自己的实践，对2013年围绕《风筝》的删除所展开的关于中学鲁迅作品教学的争论，作出了独具特色的回答。这在鲁迅接受史和鲁迅作品教学史上或许是别有意义的。

二

我们的讨论，还可以再深入一步：当高中生和鲁迅相遇以后，他们发生了什么变化？

一位学生在读了鲁迅的《〈呐喊〉自序》以后，突发异想：如果鲁迅活在今天，人们以"现代的眼光"来看待他几十年走过的路，会有怎样的评价？结果大概会是这样："他学的矿务并非热门专业，这是'输在起跑线上'；学完矿业并未直接就业，这是没有早点立足于社会；学完矿又去学医，中途改行，浪费了多少年大好青春；留学归来仍未从医就业，这时鲁迅成了'海待'，还是大龄待业青年！之后，他终于尘埃落定，弃医从文——专业不对口；从文后，他所写的既不是政府的御用文章，也不是传统文言文，甚至还抨击当局，抨击传统，抨击国民，抨击社会。这就是个反动青年！且是个生活动荡、收入不稳的反动青年！"——这真是典型的鲁迅式的黑色幽默！但却说出了严峻的现实。或者说，正是鲁迅的作品，让孩子"睁了眼看"，让他们学会正视自己所生活的时代："这是一个没有鲁迅的时代，一个不会再有鲁迅的时代。"[1]这样的正视，可能给学生带来痛苦，但他们却因此走出鲁迅所说的"瞒和骗的大泽"，开始走向真实的人生。

一位学生在读完了《论雷峰塔的倒掉》以后，接连提出了两个问题："西湖边的塔终究是倒了，那精神的塔呢？建塔的人固然活该，若那塔是自己建的呢？"[2]——这可以说是"接着鲁迅往下问"，问得多好！好就好在他已经学会用自己的眼睛看世界，用自己的脑子思考社会问题了。

很多学生在读了鲁迅的《聪明人和傻子和奴才》以后，都说自己受到了心灵的震撼，他们思考、议论得最多的是"奴才"的"奴性"。一位学生这样写道："当'弱小'的个体企图寻求一个'强大'的主人来保护自己的时候，'奴才'便产生了"；"最悲哀的不是给人做奴才而不自知，而是明知自己是奴才，还心甘情愿、满心欢喜地做下去"；"奴才之所以能忍受主人长久的欺压，其诀窍就在于自我调适"，"利用别人的同情和主人的赞扬来缓解奴役所带来的痛苦"；"心理的服从比身体的服从更为可怕，那意味着永远放弃了反抗，丧失了改变

---

[1] 韦嘉怡：《一个没有鲁迅的时代——读〈呐喊〉自序》，收《在高中与鲁迅相遇》。

[2] 海玥佳：《塔倒——读〈论雷峰塔的倒掉〉有感》，收《在高中与鲁迅相遇》。

现状的勇气，从而最终导致固步自封，这种身心皆受奴役的彻头彻尾的奴才正是鲁迅所批判的"。[1]——这位中学生对奴才的奴性的剖析如此老到，是令人惊异的：他已经开始学会像鲁迅那样思考人性的弱点，批判国民性了。

很多学生都谈到了在读了《忆韦素园君》以后，他们观察社会、思考人生的目光、视野的变化：由关注、向往"高楼的尖顶，名园的美花"，到注意、思考"楼下的一块石头，园中的一撮泥土"的价值与意义："他们处于社会这栋大楼的最底部，是奠基者也是牺牲者。他们的名字可能永远不会为大众所知晓，但我们应当铭记，因为每一块石材都不能从大楼中凭空抽出，每一撮泥土都为生长提供养料。"[2] 而且有了新的选择：我们"每个人都要甘当泥土和石材。这样的人多起来，很多可喜的改变，就会发生"。[3]

不难看出，这些十八岁的中学生，他们在从鲁迅作品里学习观察、思考社会和人生时，也在重新打量和思考自己。这其实正是王广杰老师的教学追求："从鲁迅身上进一步认识到我们自己，让我们每一个人都成为一个独立的人，这是阅读鲁迅更为重要的意义。"[4] 于是，就有了这样的刻骨铭心的追问："抛去所有华丽浮躁的外壳，真正来审视这个城市，审视属于这个城市的人们的内心。有没有想过，

---

[1] 王方宇：《奴性——读〈聪明人和傻子和奴才〉有感》，收《在高中与鲁迅相遇》。

[2] 王方宇：《泥土与石材——读〈忆韦素园君〉有感》，收《在高中与鲁迅相遇》。

[3] 张瑞宽：《沉默的力量——读〈忆韦素园君〉有感》，收《在高中与鲁迅相遇》。

[4] 王广杰：《前言：莫言让我想起鲁迅》，收《在高中与鲁迅相遇》。

我们是否真正快乐？每天看似忙碌奔波，做的有多少是真正有意义的事情？我们之间是否还有真正意义上的交流与沟通？我们心中是否还有热情与爱？我们眼里是否只能看得见自己？一句话，热闹喧嚣过后，我们还剩下什么？或许什么都没有了。"[1]——这里的追问，不仅面对外部世界（自己所生活的城市），更是指向自身，而且是指向内心。在这个"热闹喧嚣""华丽浮躁"的时代与社会，青少年很少有机会，静下心来，面对自己的内心世界；应试教育更是将他们独自思考的时间和空间都剥夺殆尽。现在好了，因为鲁迅，他们终于可以直面自己的内心了，哪怕这样直面是令人痛苦而尴尬的。

而且还有惊心动魄的一问："谁又敢真正说一句：这个社会的弊病与我无关？"[2] 我注意到首先提出这一问题的，正是王广杰老师自己。他在和学生交流读《聪明人和傻子和奴才》的感悟时，这样说道："其实我们每个人都是那个奴才。比如当前的教育体制我们都不满，但是一旦有人要起来破坏它时，身处其中的我们，又会转过头来，竭力地去维护。因为我们只不过是想发发牢骚，并不想真正地去改变。一旦改变了，失去了奴才的位置，我们失去了平日习惯的生活方式，我们就会变得无所适从了。"[3]——坦白地说，读到王老师的这一反省，我也是心里为之一震的：这是我所见到的对应试教育的社会基础的最深刻的揭示。而他的学生又把这样的反省推演到更大大的范围：

---

[1] 鲁玥：《喜剧的背后——读〈鸭的喜剧〉背后》，收《在高中与鲁迅相遇》。

[2] 王九月：《"奴才"与"傻子"的思考——读〈野草〉有感》，收《在高中与鲁迅相遇》。

[3] 王广杰：《〈聪明人和傻子和奴才〉课堂再现》，收《在高中与鲁迅相遇》。

"历史看似永远地改变,事实上却无限地相像。那奴才从未想着真正打破那堵墙,难道不也因为他正在这堵墙内享受着他的既得利益吗?现在的某类人批判着中国的'人情社会',批判着这样那样的制度,但自己也许也从所身处的这样的环境中获得了一些利益。"[1]——这批判同样入木三分。我多次说过,衡量一个人是不是真正的批判者,就看他是否将批判的锋芒指向自己;如果一味批判他人与社会,从不批判自己,就很可能是假批判。正如这位学生所说,他说不定就是其中的既得利益者。王老师和他的学生能够看透这一点,说明鲁迅式的反省、批判精神已经内化为他们自己的思维方式:这才是最重要的。

一位学生在一篇题为《我开始有点欣赏鲁迅了》的读书笔记里,这样写道:"连我这个并不是特别喜爱鲁迅文章风格的高中生,居然都能从他的文字中读出了这么多,也被触动了那么多,这也许是因为我被潜移默化地改变了什么。"[2]这大概就是我们关注的"高中生与鲁迅相遇以后"所发生的最重要的改变:并不在于学生是否接受了鲁迅的某个观点,而是学生的"思维方式和情感方式"的变化;就像这位学生所说的,在"潜移默化"之中,学生开始用一种新的眼光、新的思维去看待周围的世界,重新审视自己,并且以一种新的感情方式,去感受外部社会,丰富与发展自己的内心世界。如王老师在他的《前言》里所说,这也是他自觉追求的;应该说学生思维方式、情感方式的潜移默化的变化,正是王广杰老师的鲁迅课的最重要、最基本的收获。

---

[1] 王九月:《"奴才"与"傻子"的思考——读〈野草〉有感》,收《在高中与鲁迅相遇》。

[2] 潘梓月:《我开始有点欣赏鲁迅了——读〈野草〉题词有感》,收《在高中与鲁迅相遇》。

三

学生与鲁迅相遇的另一个不可忽视的变化,是他们对于语言,特别是现代汉语的感悟、审美、运用眼光、能力的提高与变化。这也是王广杰老师的自觉追求:"我们应该给学生提供一个宽松安静的阅读环境,引导学生进行一些真正意义上的文学阅读,让他们静静地体味汉语言文字的美,并继而获得一种民族文化的认同感。"[1]

王老师自己对鲁迅作品的阅读,以及他对学生的引导,无一不是从语言入手的。比如讲《秋夜》,他首先提醒学生注意文章开头一句"在我的后园,可以看见墙外有两株树,一株是枣树,还有一株也是枣树"的节奏感:"这样的表述,语气延长了,节奏放慢了,所要表达的情感也随之凝重了许多。"讲《忽然想到(六)》,他又特地要学生注意文章对文言词语的有意运用,并点明:"本文(中心是)反对保古,但不时插入文言,本身就构成一种反讽。"

王老师特别注意鲁迅对虚词、关联词的运用:这确实抓住了鲁迅语言的一个特点。在讲《忆韦素园君》,讲《好的故事》《风筝》时,都着意分析鲁迅用"的"字的用意:"现代汉语'的'字的运用有很强的情感表达性,鲁迅深谙此道,我们却常常将之作为无用的虚词给忽略了。"文章的风格也是王老师关注的一个重点,讲《好的故事》就强调"这是鲁迅难得的一篇柔和的文章,与其他文章的风格大不相同",如此等等。

或许正是有了王老师这样的引导,一位学生谈到她读鲁迅的《秋夜》,首先是为鲁迅的文字所感染:他笔下的"粉红色的小红花

---

[1] 王广杰:《后记:给学生留下一份青春成长记忆》,收《在高中与鲁迅相遇》。

们触动了我心里最脆弱的地方","我的内心泛起了一种柔软的酸楚"。[1]——记得2009年我给台湾的学生讲鲁迅,就发现那里的学生都是首先被鲁迅的语言所吸引,而走进鲁迅的世界的;这和大陆的学生先有一个鲁迅是"革命家、文学家、思想家"的概念,再去读他的作品,是大不相同的。我为此而感慨不已。现在,我在王老师的课堂上看到了学生与鲁迅因文字而结缘,这真令人高兴:这才是阅读鲁迅的正途。

因此,在王老师的学生写的读书笔记里,随时可见对鲁迅语言的感悟和赏评,就是很自然的。或为鲁迅笔下的一个细节"晚出的槐蚕又每每冰冷的落在头颈上"(《〈呐喊〉自序》)而"黯然神伤";[2]或讨论鲁迅"不加刻意的修饰与行云流水般的直叙"笔法,琢磨鲁迅文章"极抑微扬"的章法;[3]或抒写对鲁迅的意象的想象与感悟:"奇怪而高的天空下,两株枣树并排而立,他们并不孤单";[4]或畅论鲁迅语言的特色与贡献:"他还是一个语言学家,他推崇白话文,又让古语法变得生动;他的语言很简洁,却表达得很丰富;他总擅长于使用大量的虚词,借助虚词,来表达他曲折、深沉的文意,让一句话由长变短,却又变得别具韵味";"鲁迅似乎很爱双重否定,读起来总觉得有些别扭,但它能表达出来的感情,也是双倍的";"他将古语

---

[1] 王婉晨:《悲——读〈秋夜〉有感》,收《在高中与鲁迅相遇》。

[2] 王九月:《他们的情怀——读〈呐喊〉自序》《〈忆韦素园君〉有感》,收《在高中与鲁迅相遇》。

[3] 刘晶晶:《正与负能量的激撞——读《〈呐喊〉自序》有感》,收《在高中与鲁迅相遇》。

[4] 海玥佳:《倾诉希望——读〈秋夜〉有感》,收《在高中与鲁迅相遇》。

法和文言文完美地融合在一起，创造出了一种新的语法，新的表达方式，同时也提升了句子的内涵"。[1]——我们完全可以感到，学生在品味鲁迅语言的时候，就已经逐渐走进了鲁迅的内心；同时也在提升着自己的境界：语言的境界，生命的境界。

王广杰老师带领他的学生与鲁迅因文字而结缘的经验，对中学鲁迅作品教学是一个重要的提示：中学生需要鲁迅，不仅是因为前面讨论的鲁迅思想与文学的原创性与源泉性，而且因为鲁迅的作品是学生学习现代汉语语言的最主要的范本。我曾经说过，"五四"新文化运动创造的现代汉语，有三大典范：胡适、鲁迅与周作人。胡适的语言"明确，明白，不含混；通俗，易懂，不晦涩；简洁，干脆，不拖泥带水"，最适合青少年学习与效仿；而鲁迅、周作人的语言则有更多的文学性，是现代文学语言的极品。因此，过去中小学语文课本里，他们三位的文章从来都是入选最多的——此外，还有冰心、叶圣陶等。可以说，一代又一代的年轻学子都是在他们的作品熏陶下登堂入室，进入中国现代思想、文化与文学、语言的殿堂的。但现在，胡适、周作人的文章因为意识形态的原因从中小学教材中消失，鲁迅的文章也在逐渐被削减、蚕食，这真让人不知说什么好！[2]

但无论如何，只要鲁迅作品还存在于课本里，只要王广杰这样的语文老师还活跃在课堂上，鲁迅进入青少年的心灵，影响他们一生的发展，就是不可避免、不可阻挡的；其意义也是不可抹杀的。王老师说得很好："在人生价值观尚未完全形成的高中时代，学生们与谁相

---

[1] 周宏艺：《匕首与投枪》，收《在高中与鲁迅相遇》。

[2] 参看钱理群：《且作一呼——推荐胡适的〈差不多先生传〉》，收《经典阅读与语文教学》，第15页，17页，18页。漓江出版社，2012年出版。

遇，就会产生与之相应的思维方式和情感方式（按：还有"语言方式"），未来就可能会成为什么样的人。因此在这个关键时期选择和谁相遇便显得尤为重要。作为引领者，我们教师必须担负起这个主动选择的重任。"[1]现在，王广杰老师主动选择了鲁迅，而且他的教学实践已经极有说服力地证明了：这是一个正确有效的选择，并且是对中学语文教育会产生深远影响的选择。——这正是这本凝结着北师大二附中老师与学生心血的《在高中与鲁迅相遇》的主要意义与价值所在。

我还注意到，王老师是选择高二下学期来上鲁迅课的。这里自有其深意，我还感觉到了一种无奈。王老师自己也有明白的说明："十六岁到十八岁，是一个人成长至关重要的阶段。当前社会压力一再加码，但无论如何，我们都不能让学生将这三年最好的时光全部投掷在考试上。阅读与写作，应该是一个人生活的常态，但这种常态的养成高中阶段责无旁贷。高中三年，学生应该有一个真正属于他们自己的读写生活。"我理解，这就是王广杰老师要选择学生进入"高考拼杀"前的最后一刻，来进行"一个多月"的鲁迅作品的"宽松安静的阅读"的良苦用心。这首先是出于他的一个信念："只有超越高考才能战胜高考。"同时也是出于一位有责任感的教师的良知：他要在自己力所能及的范围内，为他所心爱的学生留下"一种独特的青春记忆"。[2]——写到这里，我的眼睛湿润了：为守护教育职责的老师，为有幸遭遇这样的老师与鲁迅的学生，也为获得了知音的鲁迅。

但我同时又清醒于：这不过是绝望的反抗，并不能根本改变中国

---

[1] 王广杰：《前言：莫言让我想起鲁迅》，收《在高中与鲁迅相遇》。

[2] 王广杰：《后记：给学生留下一份青春成长的记忆》，收《在高中与鲁迅相遇》。

教育的现状。当今之中国，又有多少中学生能够像王老师的学生这样走近鲁迅？即使是王老师的学生所受到的鲁迅影响也是有限的，而且还要经过难以预计的许多考验。

但我和王老师，以及一切在中学教育和鲁迅教学上志同道合的朋友，还是要像当年的鲁迅那样——

"我坦然，欣然。我将大笑，我将歌唱"。

因为种子已经播下，青春记忆已经留下。

2013 年 12 月 18 日—21 日

部分台湾青年对鲁迅的接受

2009年我应邀到台湾讲学,其中一个重要内容,是在台湾清华大学中文系开设了一门《鲁迅作品选读》课,这可能是在台湾大学本科生课程体系中开设鲁迅课的第一个尝试。选课的除中文系学生外,还有外系,外校的,最后交作业、计成绩的有四十七名,还有不少旁听者(研究生,大学、中学老师等等),更有从外地赶来听课的,总数大概有六七十人。为这次上课,编选了《鲁迅入门读本》(上下册),作为教材;讲了将近三十个小时(每周一次,每次三小时)。先后布置了两次作业:作文《我和我的父亲》与写赏析文章《我读……》,最后以《我之鲁迅观》的读书报告作为期末考试。现主要依据学生写的报告,作一个课程总结,其中所显示的今天的部分台湾年轻人对鲁迅的接受状况,或许是许多朋友感兴趣的。

一 "与鲁迅重新见面"

在教材的背面,有邀请我讲学的台湾交通大学社会文化研究所的陈光兴教授的一段话:"被誉为现代文学之父的鲁迅,早已在亚洲和世界成为思想界的共同资源。但是因为他浓厚的左翼色彩,在战后国民党统治的时代,变成了思想的禁忌,他的著作在解严前是禁书,因而阻绝了台湾学术思想界对鲁迅的理解。半个世纪后要如何在台湾恢复鲁迅研究,打通中文世界共通的思想资源,成为极为重要的问题。"这也是一个极难的问题。作为第一步,我们选择了从直接给台湾的大学生讲鲁迅这里入手,是出于对鲁迅的基本认识:"鲁迅的思想与文学是通往未来的","即使是二十一世纪我们来读鲁迅著作,仍然会感到他是一个'现实的存在'";"鲁迅的心更是永远和青年相通的"。(《鲁迅入门读本》台版后记)当然这里也包含了对台湾青年的信任与期待。这门课的基本任务,就是要打造一座桥梁,让台湾青年与鲁迅相遇,和鲁迅传统重新连接。

一位学生这样谈到他们这一代接触鲁迅的背景:"我出生于1989年","时间倒退两年,来到1987年,台湾的国民党政府宣布解除戒严,几十年来的白色恐怖时期,终于在此告一段落。从这个时候开始,台湾的知识分子终于可以不必偷偷摸摸的传阅、讨论鲁迅,或是马列思想,而要担心被秘密警察抓去关。也就是说,台湾和中国士人批判传统的断裂,在此时看见了重新接轨的曙光,重新有了承接传统的机会"。但是,这学生又提了一个问题:"这个机会被把握了吗?"(张祖荣)

另一位学生则谈到了另一个背景:他们在读中学时,正赶上台湾的教育改革风潮,"一纲多本"原则的提出,教科书开始多元化,鲁迅作品因此也得以进入台湾的国文教科书(游坤义)。许多学生都谈到他们正是从教科书里读到了鲁迅的《孔乙己》《风筝》《阿Q正传》,还从老师的介绍里,知道了或阅读过《狂人日记》。但在台湾的中学语文教育里,古文的阅读始终占据主导地位,白话文不但选文少,老师也很少认真教,因此,如一位学生所说,他们"对鲁迅为人为文并没有任何印象。课本作者简介栏也仅有几行笼统浮滥的字句",至多知道鲁迅是一位用白话文写作的,重要或伟大的作家而已,而鲁迅文字给他们的实际印象也是怪怪的（李盈颖）。

但也如一位学生所说，或许正因为对鲁迅知之不多，也就"没有太多的预期与想象"，鲁迅也不必与考试挂钩，就可以"在最自然真实的情况下，认识了这么样特别的人"，如同"交到有趣、情投意合的新朋友"一样（黄诗尧）。这大概也是台湾学生和大陆学生在接受鲁迅的学习背景不同导致的区别所在吧。

因此，台湾学生对鲁迅的接受，是从自我心灵出发的。他们最热心讨论的话题是——

二 心有戚戚焉：鲁迅与我们

心灵的相通

一位学生这样谈到他对鲁迅的感受："鲁迅的文字就好像保有一些能量，然后在某些时刻就突然喷发出来，敲打着你的心灵。在我们倾听鲁迅的心声时，他的文本也能同时挖掘读者的心，聆听我们内心的声音，搭建出一座精神桥梁。"好几位学生都像这位学生一样，强调"鲁迅的作品能碰触我生活中的许多层面，家庭，朋友，学业，生命，价值观，等"（陈晶莹）。

他们都是从鲁迅的《父亲的病》《五猖会》，鲁迅和父亲、海婴的关系这里进入鲁迅的。陈晶莹这样写道——

"在《父亲的病》中，鲁迅这样写道：'父亲的喘气颇长久，连去听得也很吃力，然而谁也不能帮助他。我有时竟至于电光一闪似的想到：还是快一点喘完罢……。立刻觉得这思想就不该，就是犯了罪；但同时又觉得这思想实在是正当的。我很爱我的父亲。便是现在，也还这样想。'这个片断给了我很大的冲击。这令我回忆起我母亲在病床上的画面。那时的我，也在闪光之间有过这样的想法。我也曾经自责,怀疑过自己对母亲的爱。但我并没有深想,更不用说公开表达。可鲁迅就没有(逃避),他面对自己的情感并剖析它,最后承认它是一个正当的想法,并坚定地毫不怀疑自己。现在的我了解了那样的想法其实是另一种爱的表现。可是当时的我,却只是默默地把那种情绪隐藏起来。我想,这就是鲁迅予我的启示:他毫不回避,毫不敷衍的性格,深深地使我思索。"

这里所谈到的鲁迅的"毫不回避,毫不敷衍",是抓住要害的:这位学生在自己的人生经验、生命体验中与鲁迅相遇,也真正懂得了鲁迅。

这大概是很多学生共同的感受:鲁迅的文字"总能使我回想起内心某些曾经浮现的想法","有一种让人有所感应,想要应和的力量","阅读鲁迅先生作品让我将以往读的、见识过的人都连接起来",我因此而"跨越了孤独"(黄筱玮)。一位学生说得很好:"我想,鲁迅的文字喂养了许多孤独的灵魂,令那些孤独的灵魂找到了栖身之地"(陈晶莹)。

一位学生说,他的鲁迅阅读是一个"寻找生命契合点"的过程,在"我和鲁迅"间沟通了"情感的共通桥梁"以后,就觉得"两个人分享了彼此的秘密,我懂他的,他懂我的,我们更接近了","在慢慢切入到沉重的话题时,就能比较理解鲁迅为什么会产生如此的感受和想法。我喜欢他给我没有距离的对话方式"(谢宛霖)。

另一位学生则这样说:"他让你看见的是你在内心也许偷偷想过却选择隐藏的声音","他让你看见的是你想所未想、见所未见的事",他唤醒你的生命,又促成你的生命成长(蔡嫚婵)。

一位学生又将这样的接受提升为一种方法:"认识鲁迅适当的方法,应是将他当作一位可喜、可深谈、可对话的朋友。我把此方法理解为'一个生命和另一个生命的相遇',相遇、相知才能深入了解,

并试图对话。"（曾一平）

因文字之美进入鲁迅世界

有意思的是，许多学生都强调："鲁迅的文字之美，是吸引我进入他文学作品的第一步。"

一位学生将自己的阅读过程与心理作了这样的描述——

"我并不是一个爱读书的人，且太习惯画面的呈现。看书时将文字转换成画面的过程，经常让我感到节奏缓慢并失去耐心。只有部分作家其充满画面感的文字，能吸引我一页一页地往下翻，而鲁迅就是其中之一。有人说，鲁迅的作品就像冰山一样，它显现出来的只有一点点，但底下藏有极大的意义在。当我第一次阅读鲁迅小说时，知道他所传达的不只是表面上的故事，却一直想不通其意涵，只是被那些写实又有些怪异的故事所吸引着。然后在我理解一篇篇作品中，鲁迅的故事背后企图传达的意涵后，那些故事不再是我认为有趣或奇特的小说而已了，我重新思考每一个故事、每一个角色，有好几次突然发现，这些故事'好恐怖'。而这当然也是造成我继续接触鲁迅的原因。这些恐怖的事实，是我过去不曾想到的，也不曾有文章让我对自己的价值观念有如此大的冲击。"（陈郁芬）

这是一个由"文"而及"心"，而产生心灵相印与撞击的过程。大概台湾的学生都是经历了这样的过程而接受鲁迅的。

好多学生对鲁迅的语言都独有会心，他们这样谈到自己的阅读感受——

"他一针见血，并且针针入骨。他的尖锐和深刻，让你看了以后，无法闭上眼睛不看，听了之后，无法捂着双耳装着听不着。像鲁迅文章中所提到的几个简单的词：'吃人，奴性，伪士，看客'，当你乍看这几个字词时，就会有愕然、震惊的感觉，而这样的词汇，是几乎瞬间在脑中留下烙印,让你难以忘却的。鲁迅的文字,是具有张力和感染力的。他的文字能将你包裹其中,描绘的事物仿佛历历在目,就在周遭,而批评的言词就像鼓槌阵阵打在心上。鲁迅的文字虽然没有很激烈的字眼,但是它却能让你有很激烈的情感反应。"(蔡嬰婵)

"我非常感叹于鲁迅能把这样复杂及细微的思想捕捉下来,并转化为富有生命力及真实感的文字。他的文字能常常让读者产生共鸣,因为他捕捉到了人生重要且细小的情感。这就显示了鲁迅特有的感官能力,展现出他细腻的敏感度。"(陈晶莹)

"鲁迅是将生命投入在文章上的。鲁迅的文笔流露出的美,是真性情的美。不论我能不能充分理解他故事背后的意义,总能触发我的心里的不同角落,处理不同情感的区块也能因此获得抚慰,像一首动人的古典吉他曲,每一个和弦都弹进我的心坎,不同的和弦触动情感中的不同部分。读鲁迅真是一种享受,因为他总有不同的思考,不同的旋律,但是同一把木吉他。

"读了鲁迅那么多文章以后,我觉得他真是一个心思细腻又成熟的人,总是在细微处找到人性不同的面貌,又能深刻地用文字表达出来,实在是难得一件奇葩。"(庄雅琪)

"鲁迅令人爱不释手的原因之一,就是他的幽默。许多苦难、攻訐和挫折,鲁迅用幽默一扫,就像春风拂过水面,不仅替自己纾解情绪,对于傻子而言,更是信念的坚定和承载力的表现。"(郭蔚霖)

"我对鲁迅充满画面感的文笔感到相当佩服,仿佛深入其境,有听觉,有视觉,有画面,有对话,有静默不语的时候,各种生活中的感官,都可以透过文字'听到''看到'。重要的是鲁迅能够用心感受自己、感受世界中来自心里或外面的各种声音,这是他对生命的投入之后所泛起的涟漪,而他的温度,从那个时代一直波荡至现今。"(李伟哲)

"鲁迅的文章，可以说宜静宜动。'动'的文章，他描写得生动活泼，引人入胜；'静'的文章，他收起其独特的幽默，只严肃、沉静地论述。但鲁迅的写作又并非处处潇洒，自有内在的紧张，因为他背负着沉重的责任感，深怕自己下笔时一个不小心，就误导了年轻人，害他们走错路：这恰恰是鲁迅区别于其他作家，最为独特之处。"（苏熏鋑）

"鲁迅不只有丰富的想象力，他还能很精确地呈现他的想象力，看看他手绘的猫头鹰，不过寥寥数笔却完全勾勒出猫头鹰的形象，给人一种简单的美感。他的写作也跟他的画一样，总是平平稳稳地叙述事情，安安静静地结束，有些作品即使过程高潮迭起，但最后的收尾还是给人一种淡淡的沉思。鲁迅《死火》的最后一句'仿佛就愿意这样似的'，没有猝死的不甘，没有枉死的愤怒，只是淡淡的回归尘土。这样的结尾比许多的激情更让人愿意再三回味。鲁迅的写作很多都回归到生活百态，生活百态对我们虽然是平淡无奇，但就是这平淡无奇，更耐人寻味。"（郑宇翔）

"鲁迅同时保有一体两面的特性，鲁迅是真也同时不真。鲁迅所点出的事是真，但鲁迅的表现手法多是比较隐藏的，他背后所真正要表达的意涵却是层层包裹在文字底下。鲁迅写出了最真实的原始的自己，但他也在其外加上一层保护膜。所以他的文字不一定是所有的人阅读之后都能了解的。有的或许一知半解，有的甚至语焉不详。对于事情比较不敏感的人，或者不够深沉、世故的人，在阅读过后，或许还不会有什么感觉，甚至可能对鲁迅造成误解。真正看到鲁迅文字背后深层意义的那些了解他的人，却又太少。曲高和寡，毕竟是不争的事实。"（蔡嫛婵）

我注意到，很多学生都特别感动于鲁迅的"细腻"，他们说"鲁迅细腻之处无所不在"（庄雅琪）；他对日常生活细节中的意蕴和意义有"本质性的敏感"（郭蔚霖）；他"对生命的细密的考量，对人类内心情感可能性的窥视",对"人内心最幽微变化"的细腻考察与省思(黄筱玮);他的细密、精准的表达(蔡承嬑),都让学生们惊异、感佩不已。一位学生更用"宽广而细腻的视野、勇气"来概括他对鲁迅的观察与理解(陈玉芳)。他们正是从鲁迅思想、情感、文字的细腻之处走进鲁迅世界的,这和大陆学者和学子习惯于从宏观的大视野来接受鲁迅,是有相当的不同的。

当然,也有从白话文发展历史的大背景下,体认鲁迅的文字和文学的。一位学生这样说:鲁迅的写作"正值白话文运动开始时期,对于长久以来以文言文写作的中国人而言,这无疑是一个巨大的挑战,有人接受,有人反对,有人游移挣扎,我们可以从胡适等人当时的白话文中发现,那文章虽已脱离简短且精心计较过的文言字句,但仍旧与我们现今的白话文有些不同,仍带着些许的文言气息。但鲁迅不同,他的写作对于传统的正规写作具有一种创新性,以及叛逆性。像《死火》那样一种跳接式的书写仿佛电影镜头的快速切换,在白话文萌芽阶段,就显然是一个新的突破"。

鲁迅的写作,对"号称严谨,却连带思维跟着僵化"的学院知识分子的写作,也是"或多或少的嘲讽"。鲁迅以"毫不在乎的态度"对待"学院派教育"制定的"严格的写作规则",而显示出对学院"制式化的对抗"(许玮伦)。

这些分析,都是相当到位的。

"他给了我另一种思维"

好多学生都以"鲁迅的眼睛(看)与耳朵(听)"来展开他的鲁迅论述。他们不约而同地说到鲁迅的《论睁了眼看》与相关的一组文章引起的心灵震撼——

"鲁迅对一些问题的看法和剖析,让我讶异。每天在我们每一个周遭发生的,我们觉得司空见惯,甚至理所当然的事,却在他的眼里看出不同的面貌。也许印证了他所说的,我们已经安逸于并习惯过着'瞒和骗'的生活方式,失去了睁开眼看的能力。

"读鲁迅作品,常惊悚于现实的可怕。不是血淋淋的可怕,而是当真相慢慢暴露在你的面前的毛骨悚然之感。也许这是鲁迅作品中要给我们的启示。在现实生活的,一切几乎平凡无奇的琐碎的事情,都要我们细细回想,分析,意识到它可能存在的隐含的意义,和可能隐藏着的危机。我们必须思考,而不是盲目地、麻木地接受。"(蔡承嬑)

"看了很多题材新颖、逻辑惊人的文章,就有一种感觉,像是自己长期不自觉地偏向某一面,甚至以为就是这样子,但是鲁迅的思考丢过来时,就如有人在另一面呼唤我,要我转到另一面去看看事情又是怎么回事。最初,还会觉得自己是不是听错了,再等一等吧,看看第二次、第三次的叫喊,……怎么可能是这样子,不过,到后来,越去想这件事,就会慢慢向另一面靠近,猛地一转身,也就是要用新的逻辑去对待事物时,自己好像也吓了一大跳,惊惶于过去的愚昧、顽固、无知。而站在旁边的是早已久候我的鲁迅,抽着冉冉的烟,头向我微微一点,眼神望向暗魅的夜中。"(谢宛霖)

由此引发的,是一个自我反省:为什么对周围的事物竟是视而不见,或者见而不深?于是,就醒悟到自己的"麻木、肤浅":"我看过的事、经历过的事太少,也太无感触",我为自己"难过","我们太聪明,什么事情都溜滑过去","我们太'奴隶',习惯受外界既成观念的支配"(谢宛霖),我们"知足于现状",闭着眼就"一切太平",如鲁迅说:"无问题,无缺陷;就无不平,无解决;就无改革";"也许是因为自己处于社会金字塔结构的较高层,不能洞悉、理解下层人所受的威胁与压迫"(蔡承嬑)。

于是,就有了新的眼光。一位学生这样叙述他怎样因为鲁迅的启示,而对周围的事物有了新的敏感——

"在拥挤的台北捷运系统里,人们似乎是无止尽地穿梭、前进,对于周遭的一切,没有任何知觉。上个星期,我却有了另外的感受。捷运的门开了,我迅速步出车厢,低着头,直往电扶梯奔去。忽然间,我捕捉到一个画面:一个大约是患侏儒症的先生,笨拙地让出电扶梯的空间,好让人们快速通行。我走得太急,以致当我留心那位先生时,我已经在他的上方了,眼神对不到,更别提微微一笑了。我感到一阵凄凉。有谁会注意到这位先生呢?永远,他只看到别人的背影,一个个迅速的漠视……

"一个眼神,一个微笑的力量是巨大的、深远的,然而起点却只是微小的敏感。这是一种'微小式'力量,而我深信这也是鲁迅笃信的价值。"(郭蔚霖)

而且有新的选择——

"我看了鲁迅的文章后,我渐渐会去更加思索事物了,不随意忽略自己的不愉快,别人的不愉快,不任意丢弃痛苦、悲伤了。如果不在意自我的感受,人就形同物品,无知无感,躯壳只是人型的模型,精密的机器,最易差使的奴隶。若只是接纳正面的感受,开心,幸福,舒服,欢乐,人就像一张纸,仅承受轻飘飘的愉悦,被真真假假的赞言所捧着,飞着。我要做一个会感受痛苦,并努力解决它,将痛苦化作快乐的人","鲁迅提升了我的思考境界,我想要承担事物背后真实到令人畏惧的真面目,我不要麻木,麻木的生活只有躯壳,没有思想"。"还好,我还是个青年,正是个青年,我要多多去看这个世界,去感受,去了解,去看,锻炼一双会看夜的眼睛。然后为社会再贡献一些什么,我知道自己能做的非常微小,但总是有价值的。"(谢宛霖)

这样,就如同一位同学所说:"鲁迅给了我另一种可能",这是"各个领域",以致一生"受用"的(彭筱蓉)。

当然也会有疑惑："选择面对真相、拒绝跟随大众同流合污、轻松过日子，是痛苦的。往往在阅读鲁迅如何以他的独特方式剖析种种事件的同时，心里难免会产生疑问与不解：'为什么鲁迅要选择那么痛苦地过日子？'对周遭过分敏锐的特质，似乎让他的人生很不开心。但再慢慢细读他的作品后，疑惑没了，怜悯心没有了，反而开始了解并认同鲁迅他这一'为了揭露真相不顾一切'的使命。"（蔡承嬑）

这是一条艰险的路，却是通向真实之路。还是这位同学说得好："即使我同鲁迅都还在找路，但是我终于睁开眼了，至少踏出真正的一小步了，不再摸黑混走了。"（谢宛霖）——这才是最重要的。

"他使我反省自己"

实际上我们已经说到了台湾学生因阅读鲁迅而反省自己。有意思的是，他们是从鲁迅的"自剖"里得到启示的。一位学生这样谈到自己阅读与接受鲁迅的过程：他开始读鲁迅"铁屋子系列作品"，看鲁迅怎样批判社会，尽管也可以感到鲁迅批判的锋芒，却有着近乎本能的警惕与拒绝，总觉得这些"醒世箴言"，只是"空话而已"，甚至"跟说教的老先生无异"；但他读到鲁迅"自剖系列"作品，就真正受到了震撼，他说自己"无法抵抗"鲁迅"强大真心真情的攻势"，一个如此真切地直面真实的自我，如此真诚地向读者袒露自己的鲁迅，"开始搅揉我的心"，同时，也懂得了鲁迅的真问题是：在这个如此混乱、黑暗的社会里，如何"面对自己"，怎样"处理自己"，怎么"定位自己"。而这也正是作为读者的台湾学生自己的问题（凌若凡）。

有学生把自己称为"在消费时代善忘的一代人"，并且有这样的自我描述："我每一天过着社会上认为好学生该过的生活，我花时间念书，周末在家陪父母"，"我读着这一句话：'不要把自己的命运交给别人',觉得有点难过。的确,大家都会认同这句话,但实际上做到的大概寥寥无几,因为我们的命运从来都是受外在影响支配的。我会觉得难过,因为现在台湾的青年大概是处在这样的处境中。我问身边的每一个同学、每一位朋友,关于他们未来想要做些什么,或是为了什么而奋斗时,答案都是一样:他们不知道也不介意,反正只要能吃能过活就好。我不敢说我不是其中的一分子。鲁迅说,青年有睡着的,玩着的,也有想前进的。我问自己属于哪一类,我希望自己能说我是前进的,可是,前进的方向是什么呢?我们存在在这个世界上,是不是还能有更好的意义呢?"(彭筱蓉)

正是鲁迅,使这些台湾的学子,开始思考和追问生命存在的意义和价值。

于是,鲁迅的两个命题:"聪明人,奴才和傻子"以及"看客",引起了学生的强烈反应。

一位学生这样不无沉重地写道:"我从出生的那一刻,就学着怎样适应社会,怎样与这个社会相处并达成和谐,照着多数人的意识走,这大概就是我的生存方式,而且这也是这个社会维持稳定的方式。"但是,当"我习惯于安逸的生活"时,鲁迅出现了,他直接"冲击"了我"好不容易建立起来的价值观念","我从聪明人这个角色中看到自己的影子。聪明人知道自己随时都可能变成奴才,聪明人也知道傻子那样改变现况才能解决问题,但是聪明人选择逃避直接面对现实,并小心地做好他聪明人的位置。这是自以为在社会中找到了立足点的自己。但在鲁迅之笔的烛照下,却看起来多么讽刺"。鲁迅的揭示,"让我无法反驳",但我又禁不住要问:"鲁迅的论点是否太过于悲观?鲁迅想象中的社会,是不是太过丑陋?"或者应该这样提出问题:"是我过于安逸于这样的社会,还是鲁迅对社会太多悲观?在反复思索中,似乎快要找到答案,却又不断怀疑。"(陈郁芬)——应该说，这样的矛盾状态是更为真实的。重要的是对既成价值观念有了怀疑。鲁迅的力量与作用也就在这里。

一位学生说，鲁迅有"火眼金睛"，他一眼看穿，也让我们看清了自己原来并不自觉的内在的奴性。于是，就有了这样沉痛的反省："我总是被课业压抑着，忘却了思考自己人生的方向，成了功名利禄的奴隶；我成了考试的机器，书本的奴隶；我被塑胶模型般的教育体制打磨成一模一样的模具，变成了公司、老板的有用的奴隶。"（赵书汉）"我们常常不自觉地在强者面前示弱，在弱者面前示强。前者圆滑地自甘卑下，后者则是人性缺陷的自然展开。我们就像鲁迅说的那样，不断地变换强者的奴才与弱者的主人的角色，以求得自身有一个栖身的位置，而且自我感觉始终良好。殊不知我们这样的变色龙式的随时变色，与现实妥协的生存策略，正是等级社会的最大帮凶。"（范华君）面对生活中的"看客"，"我们习以为常，我们加入行列"（卢美静），我们"因为害怕承担，恐惧沉重，因此选择当不愿多思考一点，不愿多感同身受一点的看客"，"讲得再直截了当一点，因为对别人没有爱"，我们都是"看客"（范华君）。"我们在看人时，是否戴着有色眼镜；在被看时，是否摆出一个虚假的面目？"（陈晶莹）于是，又有了这样的自我质问："在现今这个充满奴性的社会，我为什么活得如此自在自适，毫无芒刺在背之感？"（李盈颖）

应该说，鲁迅向这些青年学生提出的问题是相当严峻的。许多学生在作业里都谈到了自己是什么人：睡着的？玩着的？醒着的？要前进的？要做什么人：聪明人？奴才？傻子？当同样的问题提给大陆的学生，他们都沉默了。而台湾的学生却作出了认真、诚实的回答。有的相当自信、坚定："鲁迅期许时下青年能够有所自觉，走出奴隶时代，我们也应当期许自己，走出被奴役的心灵；比起过去，我们已不受环境限制，自由发展的空间极其广大，传统思维也经过时代的淘洗而有所蜕变。所以，过去中国人的奴性，我们不应该重蹈，面对世界，我们应该活得更自由，更开阔"（陈冠瑾），"我们绝不轻信别人，要把命运掌握在自己手里；光有热情不够，还要思考，还要行动。就像鲁迅说的那样，即使慢，也要驰而不息；即使世界上要引我们相信他们的论述何其多，也要跟着自己心中的声音前行。只要有勇气，遵从心的声音前进，即便别人看我们是傻子，我想那也会是一个'敢说，敢笑，敢哭，敢怒，敢骂，敢打'的快乐的傻子"（范华君）。但也有的学生坦陈自己内心的矛盾、犹疑，以致拒绝："我很崇拜鲁迅敏锐的观察力和坚忍不拔的毅力，但我并不希望我变得像他那样，因为我知道我承受不了孤独，受不了这么多的恶意中伤。但我也不会就此放弃改革这个社会，让社会变得更好的努力。我觉得自己比较适合做在底下默默支持鲁迅先生的群众"（赵书汉），"我不愿走鲁迅愿见的路，不愿跨过他为幼者所肩住的黑暗大门，我是醒着、想着，却躺着的不愿贸然前行辟林的无志青年，时代也许混沌可鄙，既然如此，与人同为灰象，并肩而行，也就是了"（李盈颖）。——无论坚定，还是犹疑、拒绝，都是可以理解的；一切都不是最终结论，以后无论认识和行动还会有许多变化；重要的是，因为和鲁迅相遇，学生已经开始思考这些人生的重大问题了。

自己选择，自己承担

这里就说到了这些台湾学子与鲁迅的关系。好多学生都谈到他们与鲁迅有相见太晚的感觉。他们有许多新奇的发现：一位学生说，鲁迅是一个"痴人""真人""奇人""怪人"（李盈颖）；另一位学生则长篇大论他所概括的鲁迅三大精神：真、爱、韧（游坤义）。还有一位学生别有会心地将鲁迅视为"地母"："地母是黑暗的，你在他的怀中，看不到出路的解答，他冷峻不禁。但他是浑厚的，当你因失败而匍匐在地,他用突破现状的力量、对生命价值的实践力量包覆你全身。地母沉默,冷峻,没有狂热,但也是最坚实的力量。"(郭蔚霖)大概许多学生都从鲁迅这里感受到坚实、坚韧的生命、精神力量,因此,一位学生认真、严肃地说:"未来,很近,也很远,十八?八十?转瞬就过。但是,鲁迅——会是永远支撑我的,最绵密,厚实,却温暖的精神支柱。"(谢宛霖)——台湾的学生能在短短的三个月的密集阅读中,就感悟到鲁迅的"绵密""厚实"与"温暖"的力量,这是令人感动的,或许这就是一种缘分吧。

还有学生则把"努力和鲁迅论辩"视为最大的"乐趣"(李倍嘉)。在和鲁迅平等对话这一点上,台湾学生比之大陆的学生,没有多少心理的负担,在他们看来,这是很自然的。一位学生如此直言:"鲁迅没有深入了解基督教,他对基督教的看法和批判就是有些先入之见的了;他也因此失去从基督教之中反省、超脱,以获得面对现实的力量的机会,我觉得这是可惜的","鲁迅的宗教哲学观,我觉得是不够开阔、积极,甚至是有些守旧的,他提出哲学问题,却又在实际上把它悬置起来"(林楚棠)。还有一位学生,在赞叹鲁迅对"瞒和骗"的国民性的批判的深刻的同时,又认为在瞒和骗的"背后着实隐藏着平民百姓的辛酸,这是鲁迅没有注意到的"(施于婷)。另一位学生十分诚恳地说:"不能说我完全认同鲁迅的看法,他的有些说法对我来说,还是太极端,太丑陋了。或许是这样极端的方式才能够唤起人们对习以为常的事物的注意,但我还是选择相信美好的存在与人性,不至于把人性想得太糟。这不是说鲁迅是错的,只是对我来说,多一点正向力,可以带动我去从事突破的行为。"(陈品聿)——这里且不论学生的看法是否正确,但那样一种在权威面前的独立姿态与心态,独立的思考精神,是令人赞赏的。

不少学生都特别关注鲁迅对青年的态度与期待,这也是自然的。

一位学生说，鲁迅的看法，"我并不是每一样都赞同，但鲁迅有一个观点，我特别认同"，就是不要去寻导师，特别是不能把自己的命运交给导师，因为我和所谓导师是"两个不同的生命体"，我的生命属于自己，选择权也在自己，不能盲目地跟着导师走。"我相信在自己的人生道路上，会遇到很多好老师，在我们遇到生命之'结'时，老师会帮我们解结，然后继续往前走，老师是我生命中美好的过客，我的路还是要靠自己走下去，作了不同的选择就会有不同的结果，然后自己承担，这就是生命的力量"（彭筱蓉）。另一位学生则对鲁迅对青年"不一般"的"鼓励方式"特别感兴趣："鲁迅不对自己面对的挫败痛苦作丝毫隐藏或隐瞒，不为学生添加任何虚构的美丽幻想，就只是简单地说：'走罢，勇猛者！'在为年轻人揭开了历史与现实的真相，打破了对未来的幻想以后，那些懦弱者早已自动淘汰出局，敢继续接受挑战的人，才是真正的勇者，也才有可能'超越'他，'舍弃'他，跨出新的脚步。"这位学生说，这样的期待，和青年人谈话的风格，"很是鲁迅"（蔡承嬑）。还有一位学生则为鲁迅面对青年，"小心翼翼"的"谨慎"态度，深深"感动"（黄筱玮）。他大概是读到了鲁迅《写在〈坟〉后面》的这段话："还记得三四年前，有一个学生来买我的书，从衣袋里掏出钱来，那钱上还带着体温。这体温便烙印了我的心，至今要写文字时，还常使我怕毒害了这类的青年，迟疑不敢下笔"，"因此作文时就时常更谨慎，更踌躇"。当年（1926年）鲁迅的这番苦心，被八十年后的台湾青年学生如此细心和敏锐地捕捉并受到感动，这是别具意义的。

于是，就有了这样的选择——

"我愿意用勇于承担的态度去面对过去和现在的种种，自己思索，用自己的眼睛去读世间的这一本活书。毕竟，活着就不要苟活，要认真地在人生道路上前行。"（李伟哲）

"我必须找到我的路。尽管我的路不同于鲁迅的路,我也要往前走。"(苏熏錂)

三 "一直存在于我们的生活中":鲁迅与台湾、华文世界

一位学生说,我们"在这样的时刻"一起"重新和鲁迅见面",是别有意义的:因为此刻的台湾"充满荒谬,又自我感觉良好",它迫切需要新的精神资源(陈幼唐)。

于是,就有了相关论述——

台湾需要重建批判传统

一位学生这样谈到鲁迅的意义:"有这样一个作家、思想家,时时地为其谋事,时时地在旁批判,务求让整个国家走向进步的道路:中国何其幸运!有这样一个思想导师(即使他自己并不认为),为青年点起一盏明灯,时时提醒青年要如何走出自己的路,同时却也要不断批判自己所走的道路是否合宜,是否能给社会带来最大的贡献:中国的青年何其幸运!"在这位学生看来,鲁迅也属于台湾,而且今天的台湾正需要鲁迅。因为——

"今天的台湾,缺少的正是这样的批判传统。自解严以来,对于民主制度和资本主义的盲从,让台湾人欠缺反思这些制度的能力。讽刺的是,民主的基本,正预设人人都能思考,都要能想方设法地为国家谋事,并且能够彼此沟通,寻求意见的最大公约数,在妥协中形成共同的集体意识。执政的政府正是这样的集体意识的实体展现,其政策是集体意识的具体表现。拥有具思考力的公民,能够形成集体意识

的社会,才是真正的民主社会,其投票才真正具有民主精神,否则便只像是小学生选举班长一样,在大家都不认识的情况下乱选一气,票多者为王,票少者为寇,这并非民主。

"这正是鲁迅在台湾社会所能扮演的角色:鼓励知识分子勇于进行批判,勇于表达自己的意见,去批评社会上众多不能忍受的乱象,去批评政府狗屁倒灶的决策行为。最重要的,就是成为提醒的力量,提醒这个社会,我们目前所行的制度,无论是经济上的,亦或政治上的,虽然都颇有可观之处,却也都有无法突破的障碍与瓶颈。一味地沿袭旧有的制度,并不能带我们重返经济奇迹时代。相反地,不能认清台湾的全球经济地位已经改变了的事实,开始重新寻找台湾在世界经济体系中所能扮演的位置的话,我们只会不断地面临更大的经济灾难,而非持续进步。制度需要的是反省、检讨和辩论,而非无谓的辩护,才可能去进步。要找到更适合我们的制度,或改善现有的制度,都需要将各种可能性纳入思考,而非单从欧美现有的发展去寻找可能性,否则便只会不断重演欧美的悲剧。而鲁迅正能提供台湾人一种以往所缺乏的思考方式和批判传统。"(张祖荣)

应该说,这些分析和看法都是很有见地的。

一位学生以鲁迅的眼光看当今台湾的学院与知识体系,就发现了"庞大的资本主义借着全球化已扩散到大多数人的心中,而不论你接受与否,这种以追求自己最大化利益的学问,正以一些'正当的'知识传播而侵入学院","一边提倡经济生产,一边破坏着美丽的台湾;同时一边高喊着人文与科学并重,一边打压着没有'金钱生产力'的学科。我们的价值观慢慢被改变,重视思考与精神层面的东西被剥夺,人最后剩下了什么?"于是,鲁迅的《学界三魂》《聪明人和傻子和奴才》都成了当今台湾学院、社会的真实写照:"学界官气弥漫,顺我者'通',逆我者'匪',官腔官话的余气,至今还没有完",学院的学者完全被政党政治所操弄，忘记了自己的使命，成了"官"（执政党）与"匪"（在野党）的附庸。而鲁迅所说的"对下为主，对上为奴"的病态早已弥漫于学院与职场，学院更成了"聪明人"的集中地。"金融海啸后，人们的奴性更加深化"，鲁迅描写的"奴才总不过是寻人说苦"，"傻子想替他出头，却反被奴才认为是盗匪"的悲喜剧更是在学院、公司轮番上演。鲁迅如此"神准的预言"，"让人惊骇"不已（林思晴）。

另一位学生也由鲁迅的《变戏法》"联想起台湾的选举，这种'变戏法'的政治手段，绝对比鲁迅当年看到的'现代史'有过之而无不及"。而台湾的媒体也在"变戏法"，而且花样百出，不断地制造、培育出越来越多的"看客"（范华君）。

很多同学都谈到，"吃人文化"依然存在于台湾社会和华人社会：被奴役，被残杀，被吞食的现象到处都是，只不过我们把它"道德化，审美化，合理化，娱乐化"了，这也足以证明，我们沉溺其中，"陷得太深"，而又完全不自觉，"这是令人悚然的"（蔡承嬑）。

如一位学生所说，"每个时代都会有自己的'铁屋子'"（卢美静）。问题是，今天的"铁屋子"上面的涂饰太多，以致我们身在其中而毫无感觉和知觉，这就需要鲁迅式的批判眼光，穿透涂饰而看到真相。这就是许多学生读了鲁迅著作之后，要呼唤鲁迅批判传统的原因所在。

面对台湾左翼传统的困惑

其实，这样的批判传统在台湾是存在的。好多同学在作业里都不约而同地提到陈映真，提到柏杨，也有学生提到陈芳明。但是，在面对台湾左翼传统时，这一代学生中有一些敏感者遇到了双重的困惑。一位学生在他的两次作业里，有一个明晰的说明，只是不知道他的精神历程有多大的代表性。

他对自己的精神历程是这样描述的:"我们这一世代台湾青年所面临的世局真是前所未有的混沌,复杂。我小学三年级那年(2000年),民进党取得政权。本土意识的高涨反映在媒体、知识界,也反映在教科书意识形态战场上。我们这一代学生读到的社会、国文教科书经过一番改版,内容上大有别于我们的父祖辈。至少就我而言,我对'本土'的认同就是透过教科书型塑出来的,至于'美丽岛''党外'等词则自然而然象征某种正当性,也自然与'民进党'符号画上等号。但民进党上台以后迅速倾向资本家,与早期合作的社运团体渐行渐远,或将其吸纳为依附组织,迅速放弃理想。尤有甚者,执政中期以后,大规模的贪腐案件陆续爆发,'本土''爱台湾'被当作掩饰缺漏的工具,在我们拥抱'本土'意识时,整个象征'本土'的巨灵就在我们眼前狼狈崩解。于是,我们再也不可能如七零、八零年代的青年们那般信任'党外'了。而我们的'本土'血液,我们长期以来建立的史观,又使我们完全不可能信赖国民党,信赖中国,信赖统派。我们这世代的青年,就这样落入尴尬的位置里,没有明确的敌人,也不敢轻易与谁结为战友,进而畏怯冷漠,甚至虚无犬儒。这是一个没有'革命史',也不可能'革命'的时代。但即使如此,早年那些岛上关于革命者的行动与论辩,仍在我们身边,在我们心上萦绕不去。"

就在这样的思想背景下,这位学生在高二时开始接触台湾的左翼传统。他面临着两重困惑。首先是"左翼传统"的遗失:"左翼传统由国民党时代刻意地铲除、阉割,到了我们这个时代,似乎就已经被理所当然地遗忘,即使是民进党主导的教育部也忘了(或也根本没有打算)将那段历史补上,我们对鲁迅的印象,就只停留在国文课本里唯一选进的'阿Q',但也不甚了解其义。"但当他们试图自己进入台湾左翼历史时,却遇到了新的问题:对台湾左翼历史的记忆,左翼传统的阐释，都不可避免地陷入统独意识形态的论争中。这位学生说："我们读陈芳明，读陈映真（他们都是公认的台湾左翼的代表），也跟随两人的思想论战，在统独光谱间寻找自己的位置。令人好奇的是，这两个站在光谱两端的人，在马克思主义阐述，在国族想象的激烈冲突背后，却都不约而同地在自己的文章中描述过这样的场景：一个田野间长成的青年，在某间书店，某个小书报摊上无意得到《狂人日记》《阿Q正传》等当时的禁书，始而开启了更丰富的对人的关怀。"正是这样的不同走向的台湾左翼却共有鲁迅资源这一发现，使这位学生产生了"重新和鲁迅见面"的冲动："究竟是怎样一个作家，怎样一种写作传统，如此深入，如此震撼地开启了台湾青年的左翼视野？他对当前的台湾青年有什么意义？透过对他的了解，会有助于我们更能理解父祖辈思想上的差异，进而起身批判，建构出一种属于我们的想象吗？"

经过三个月的阅读，这位学生坦然承认："我的思绪仍是凌乱的，无法回答自己提出的问题"，但也似乎有了一个思路。他这样描述自己接近鲁迅的过程："开始，从鲁迅作为一个儿子、父亲，书写儿时故乡的记忆读起，在第一份作业中我们也试图书写自己与亲人的关系，首次与鲁迅对上了话；接着我们在文章中看见鲁迅的'真'，和他对旧体制及新制度缺漏的不断批判；同时我们也在鲁迅生命凋残之际所写的寂寞、冷凝的蜡叶中，触摸、感知到革命者的孤独。我在这一过程中愈来愈认识鲁迅是一个人。我也愈来愈认识到'鲁迅传统的左翼文学'。"尽管依旧困惑，但"我终究是认识了这么一个鲁迅：他期许自己，也带领我们，永远站在弱小人民的那一边，'去凝视人，生活和劳动'；他呼唤知识分子起身实践，反抗；而且他不断地自我批判，即使与'党的左翼'暂且合作，但也有个底线在那里，他始终坚持自己的原则"，"而无论台湾的未来该往哪里走，鲁迅都将让这一代代的知识分子重新将目光定睛在'人'身上，我们也必然得继续循着对'人'本身的天生的爱持续走下去的"（陈为廷）。

而另一位学生则有更明确的目标："我将积极参与社会运动，积极地希望能够衔接起鲁迅的批判传统与台湾社会。由社会状况来看，这条路极不好走，鲁迅也预言着先行者悲剧性的命运。但明知不可为而为之，才正是鲁迅热切期望青年，期待知识分子，乃至于社会中人人都应抱持的心态！"（张祖荣）

"批判的民族主义者：我之鲁迅观"

这是一位学生给自己的作业定的标题。他首先断定："中国、中国人、中国文化一直是鲁迅文章中所关心的主题，同时，在他的文字中也展现了对中国、中国人、中国文化的细致剖析，以及其深刻锐利的批判能力。"但他要强调的是，"鲁迅和自己批判的对象是有着血肉连结的。鲁迅从不否认自己是一个生在中国的中国人，他身上同样带有抹不去的中国文化痕迹，所以他不愿做导师，也对启蒙持有怀疑，与胡适这样的自诩站在代表进步和自由的西方，对中国、中国人、中国文化作出评断的知识分子相比，鲁迅所选择的立场就显得相当特殊"。或许也正因为如此，"鲁迅并未使用任何艰涩的理论字眼，但他所说的话，比起那些满口西方理论的知识分子们，更加让人理解中国、中国人、中国文化的某些本质，甚至到今天仍具有它的解释力"（陈幼唐）。这大概是许多学生的一个共识，另一位学生这样写道："鲁迅比任何人都真实地面对中国"，也更了解中国（蔡嬰婵）。

而如何面对中国、中国人、中国文化，这是当下每一个台湾人，不论其政治、国族立场如何，都必须正视的。一位学生在他的作业一开始就说："当我在深夜里自省，自己在对他人大声说出我是一个中国人时，我何以说明我是在一个中国文化的建构之中，深受中国文化熏陶、塑造出来的人格特质。"因此,在他看来,鲁迅对自己的意义,就在于他"不讳言地道出中国人为何是中国人",认识鲁迅,正是"对自身在文化上的中国社会对自我的构建提出反思的机会"(林明纬)。

而这篇作业的作者则认为,"讨论身在台湾的我们,是否包含在鲁迅所说的中国、中国人、中国文化内是没有太大意义的,有时候,只是政治正不正确的问题罢了"。他认为"重要的是,在阅读鲁迅过程中,我发现鲁迅对中国、中国人、中国文化的批判及分析,也同时揭示了我所处社会的某种持续运转着的逻辑",也就是说,他是从超越国家、文化认同的角度来讨论鲁迅的"民族主义"对当下台湾的意义的。

他是这样提出自己的命题的:"当我试图拿'民族主义'来阐释鲁迅时,内心也是相当迟疑的,毕竟因为帝国主义、殖民主义的关系,与之结合的民族主义也显现出了它的暴力,最后变成主张'我们的民族是世界上最好的民族'的右派民族主义论述,而这绝对是鲁迅所不能同意的,因为他是那么彻底地睁着眼仔细审视自己的民族。我想,只有当意识到自己的真实状况时,才有改变的可能;只有知道自己是奴才,才有拒绝做奴才的可能。我认为这才是鲁迅所展现出的民族主义。所以,我会以这样的词汇标志鲁迅这样的民族主义者:批判的民族主义者。"

接着是对鲁迅的"批判民族主义"精神的具体、深入的剖析,大体有四个方面。

首先,"鲁迅心中的中华民族绝不是个抽象的概念",他思考民族命运,眼睛盯着的是"每日每夜在土地上挣扎着、活着又廉价地死去的生命",他们才构成了"民族""人民"的具体、真实的存在。一个批判的民族主义者必然以"对民族至深的情感与关怀,将眼光深入到民族生活中最不堪的角落,要像鲁迅那样,看见孔乙己和祥林嫂"。

其二，"批判的民族主义者并非仅只对自己民族的批判而已，在批判的背后必须要有对自己民族自觉的承担与反省"，首先是作为本民族的一分子，"敢于承认并自觉承担民族过去的弊病，包括对其他弱小民族的压迫，据此对自身作出最清醒透彻的自我反省"。而这位学生更由此谈及"民族主义与左翼的关系"，并这样提出问题："脱离在地历史的、毫无反省、承担之意的'左派'真的还能有什么批判力吗？"在他看来，只有真正对在地历史与民族的问题，作出深刻的反省和承担，才能"以自身民族的立场，对于世界上的各种压迫与力量作出分析与回应"，这正是左翼应有的"国际主义"和"民族主义"的统一。

其三，这位学生对鲁迅的中国文化批判中所提出的"互为主奴"的命题，特别有兴趣，认为它"并不限于中国人之间，更可以拿来描述中国自古以来的对外关系。同一个民族，完全可以具有'自大'与'自卑'的两种不同的民族情绪"。（这位学生大概不知道，鲁迅其实早已在《随感录·四十八》里说过："中国人对于异族，历来只有两样称呼：一样是禽兽，一样是圣上。从没有称他朋友，说他也和我们一样的。"）"直到今天，还可以感受到中国'不愿再做奴隶'的渴望：中国要做世界的主人！"但这位学生要问的是："在选择做奴隶和主人之间，难道再没有其他路可走吗？"

这位学生还感受到了鲁迅这样的批判的民族主义者，既要"承认自身民族在历史上对其他民族表现的暴力"，又要"面对自身民族在近代的积弱不振"的"内心的极大的拉扯感与矛盾"，这大概是一切批判的民族主义者的宿命和"应该具有的特征"。

最后，还谈到了鲁迅"正面文章反面看"思维的启示：对自称民族主义的人，其"民族主义"应该怀疑；自称左派的，其"左翼立场"也应该抱以怀疑。鲁迅从来没有标榜民族主义和左派，但他是真正的批判民族主义者,即左派民族主义(陈幼唐)。

以上这些分析,其具体观点自然可以讨论,但都是从鲁迅出发,又联系着台湾的思想文化界的现实,在我看来,也是面对中国大陆的某些思想文化现象的:这位学生连接鲁迅与当下现实的努力与自觉性,是十分可贵的。

鲁迅思想的"通世性"

一位学生这样谈到他的鲁迅观:"鲁迅抓住的问题,是通世性的,是普遍世代具有的现象,那最根本的核心问题。"他的这一判断是基于他对鲁迅思维的特点的理解:"我觉得鲁迅的反省和审视,是先将既有的成规全部打破,再全部重新审视过一次。他不在既定的架构上看事情,他是一一地重新去检视这些规矩的基础和架构,等于瓦解了既有,再全部重新来过。所以当他发现了问题,他的问题是相当致命的。"(蔡嬰婵)所谓"致命",就是抓住要害,追问根本,基础,核心,直逼人性的深处;所谓"致命",就是极具颠覆性,另一个角度看,也就是极具开创性,超越性,超前性,因而具有通世性。

这其实是很多学生的共同感受:"鲁迅对人性的批判性揭示,不只是适用于他那个时代的中国人,可以大胆地说,是适用于全世界,各个年代的人们,不论国家、种族与宗教。"(卢美静)鲁迅的文章是"现实性与普遍性"的结合,"他关注的问题是现实的,贴近人的生活的;他对问题的诠释及解答,却是站在全人类为导向的出发点,并有超越性的思考",因而又具有超越时空的"普遍性"(沈佩凌)。

听课的学生中有的来自新加坡,像前文一再引述其观点的陈晶莹、蔡承嬗,他们的反响似乎比台湾学生还要强烈。读鲁迅对他们几乎是全新的经验,全新的发现,他们为鲁迅与"现代华人世界"的深刻连结而感到震撼。这或许是学生们的一个共识:鲁迅属于台湾,属于华人世界,"鲁迅逝世终于放下的重担,该是新时代华人一分子的我们,接任承担的时候了"(许玮伦)。

在 2009 年,台湾部分青年和鲁迅的这次相遇,既自然,也给人多少有些惊异的感觉。一位学生这样写道——

"二十岁,对于成人们的社会来说,也许过分稚嫩,但回身面对自己却有些喘不过气来的感觉。我一边听着摇滚乐团 1976 年的歌声:'我并不想成为谁的指南针,也许你该学习相信自己的方向感',一边想起了鲁迅。想起了他所说的'泥土精神'的时候,便会想起自己对外在的回避、逃逸与疏离,但是始终是面对逐渐远离心灵的身体。

"那许是新的时代给我们的挑战。

"语无伦次常被合理化为后现代语言的必需品,而在'后'字当道的现下,打着某种精神标杆的任何事物都是一种挑衅。鲁迅也是其中之一。然而我想我们不得不接受的是,鲁迅的灵魂已经远远走在他所属的时代前面,而同我们并肩而行。我们仍旧缺乏勇气,缺乏洞见的企图,也缺乏实践的行动。但关于爱,关于生活,关于生命,我想我们始终抱着期望。

"而鲁迅告诉我们,一切都来得及。"(游坤义)

2010 年 1 月 20 日—25 日

台湾"90后"青年和鲁迅的相遇
——读台湾清华大学"鲁迅选读"课程学生试卷

台湾清华大学黄琪椿老师从2010年秋天开始,开设了一门"鲁迅选读"课程,为通识教育中核心通识课程之一。我有幸得到了课程结束时的试卷,以极大的兴趣阅读,做笔记,从中得到了很大启发。这不仅是因为2009年我也曾在台湾清华大学为中文系的学生开设过同类的课程,因此对清华学生格外亲切;更因为黄老师的课另有特色:一是其修读对象以中文系以外的本科生为主,除了少部分文科(外文、经济或人文社会科学)外,大部分均为理工科背景的学生,因此,课程的定位是"文化经典",择选中国文化传统具有深远影响力的文学与思想经典,以"培育学生独立思考,能认识自身专业以外的学科,将不同的知识融会贯通的能力"。以鲁迅作品为"文化经典",这在一向"重古而轻今"的台湾文化、教育界是破天荒的,显示了不凡的眼光;而将鲁迅思想与文学传播到中文系以外的年轻人中去,更是意义非同小可。其二,选修的学生都是1990年后在台湾出生的所谓"90后"一代人,这引起了我的极大好奇心:"90后"的台湾青年和鲁迅相遇以后,会作出怎样的反应?这其实也是近年大陆思想文化教育界以及鲁迅研究界的问题:"90后"的中国年轻一代能够接受鲁迅吗?在这问题上也有过争论。我曾经根据北师大二附中何杰老师的教学实践经验，写过《让自己更有意义地活着——"90后"中学生"读鲁迅"的个案讨论》一文。现在又有了黄老师的台湾教学经验，就更可以就"鲁迅与'90后'的中国青年的相遇"问题作更深入的讨论。

诚如黄琪椿老师在其《当鲁迅不再是禁忌，在台湾教授鲁迅的经验与困难》里所说，台湾的"90后"要接受鲁迅是有一定的困难与障碍的；对此黄老师有一个很有意思的分析："更深刻的原因还在于学生'个人'其实不同于鲁迅的'个人'"，"90后"这一代人生活的背景是："台湾社会已经进入了消费时代的深化期。与此相适应的是台湾文化表现出的后现代色彩：去中心化，强调差异的多元主义，反权威等等成为主流的价值。在这种社会状况里成长起来的'90后'的学生们基本上排斥国家、社会、历史等大叙事，也不感兴趣；时常将'尊重个体差异'挂在嘴上。在他们的想象和思维里，'个人'被摆放在第一的位置上，而且'个人'最重要的是对自己负责，无须在意别人的眼光，亦需尊重他人的差异"。这就是说，"'90后'学生们的'个人'是以中产阶级（或者更为准确地说，是有消费力的阶层）消费社会为主力，以发展主义为依归，以'反共亲美'的选举民主为长期模范想象作为核心内涵发展起来的'个人'，其实不容易与鲁迅那种个人与群体命运紧密结合的个人经验相遇"。对于黄老师的这一分析，我最注意的是对台湾"90后"青年学生的描述，我还因此而想起大陆的青年学生。我2009年在台湾讲学时就发现，大陆的青年学生，特别是已经进入后现代社会的北京、上海这样的大都市里的"90后"年轻人，和台湾的"90后"，其生活与成长背景有很大的相似性，在思想、价值、生活、行为方式上是越来越接近了。因此，黄老师这里提出的问题："90后"青年学生与鲁迅相遇的障碍，几乎是可以涵盖海峡两岸的。

我因此也特别注意黄老师的试卷里的这一道题："请举出本学期所读作品中你最喜欢和最不喜欢的作品,并说明为什么。"从"最不喜欢的作品"及其"理由"里,大体可以看出,这里有六个方面的问题。

首先是时代与生活经验的距离所造成的认知的距离。好几位学生都谈到他们比较难以理解和接受《记念刘和珍君》,作品所写到的社会现实,"对于身处太平盛世的我来说,实在难以体会"(杨柏益)。另一位学生则说到"革命对于我们而言似乎是陌生的,我们很难理解为何革命,就跟文中的人民一样,不懂革命,不支持革命,甚至对革命失望"(洪圣庭)。另一位学生大概是受到国民党的国民革命叙事的影响,认为鲁迅"对国民革命的期盼和失望"有些过急,"我想,鲁迅见到现代社会的样子,会对国民革命有不同的评价"(林雨德)。——写到这里,突然想到,近年大陆知识界对民国的叙述与想象,也多有理想化的成分;受其影响的青年人,大概也会很难理解鲁迅对国民革命和民国的批判吧。

其次,就是鲁迅作品"难懂"了。一位学生谈到他初读《伤逝》的感受:"美其名是爱情小说,却充满了许多令人不解的文字句子,一些深层意义,使得其难懂艰涩,难以入门。"尽管通过老师的讲解和课堂的讨论,有所感觉,但总觉得读这样的不能"一目了然"的作品有些不爽(何冠荨)。但也有学生认为,鲁迅作品尽管读起来有些吃力,但一旦有所领悟,就很有味道。因此,有好几位学生都把《伤逝》列为他"最喜欢的作品",理由是:"鲁迅点醒了为爱不顾一切的人们,我也在其中得到了对爱情的新的认识"(林雨德),"小说让我惊觉:人不可以没有目标,就算达到一个境界以后,还必须有新的目标,不然生活就会逐渐枯萎"(林舜家),"安宁、幸福是不会凝固的,人还必须不断地走下去"(赖弈均)。而另一些学生因此认为"鲁迅每篇文章都有其寓意",一旦"找不出来",就觉得表达直露,没有意思了(林宜贤)。

其三,许多学生都提到鲁迅作品的"沉重感"。一位学生谈到他最不喜欢《墓碣文》,"主要是作品令人感到沉重、压抑,甚至有些恐怖,使人不寒而栗",尽管也知道,"可能正是要通过这样的作品去了解鲁迅",但却是自己所难以承受的(张立西)。另一位学生也谈到,他读《狂人日记》"感到无比难过与惊吓,因此不喜欢读如此沉重的文章"(陈雅)。但他的同学陈冠羽却不这么看,说他读《狂人日记》《药》,"即使故事充满了悲剧性的情节,读起来不是很愉悦,却给了我一个机会,去思考鲁迅提出的社会、人生议题",因此很喜欢。另一位学生却作了一个很有意思的分析。他说,鲁迅的《狂人日记》"颠覆了正常与不正常的界限,狂人所看到的是一个虎视眈眈的吃人的世界";但是,"我觉得这样的世界太悲惨了,我还是比较喜欢欣赏世界的美好和欢乐"。同样,鲁迅"看到故乡早已不完美",但在我的心目中,还是愿意将故乡作为一个"美好的存在"(吕宗政)。——这使我联想起,在八十年代的风波以后,我在北大讲鲁迅,学生的不同反应:一部分学生明确表示,他们要追求生命的轻松,愉悦,因此拒绝鲁迅的沉重介入自己的生活,成为不堪承受的重负,只希望把鲁迅放到"博物馆",作为自己欣赏的对象;而另一部分学生却极动感情地说,现在所缺少的正是"生命之重",因此热切呼唤鲁迅精神的重来。看来,对鲁迅的接受与否,是和每个人的世界观、人生选择、生命存在的追求联系在一起的,或喜欢或不喜欢,都是自有逻辑的。

其四,一位学生这样谈到自己"不喜欢"《狂人日记》的原因:"他把人的黑暗描绘到极致,让我开始感到恐惧",怕看到"自己也在其中",跟着"吃人";更怕"改变自己","不跟着潮流走是很恐惧的"。"每看一次,都得面对真正的自己",但又缺乏时时、处处面对的勇气(黄致豪)。——这位台湾学生以难得的坦诚,说出了鲁迅接受史上一个许多人都竭力回避的问题：岂止是"90后"的青年，各个时代的许多成年人，之所以远离鲁迅，就是因为鲁迅让我们陷于尴尬，他逼着我们面对现实社会和自身人性的黑暗。我们若不敢正视，就只有逃避了。

其五，一位学生谈到他读《狂人日记》的感受：开始觉得很不舒服，很绝望；读到最后的"救救孩子"一声呐喊，顿时受到鼓舞、震动，并"十分好奇：该如何救"，小说却戛然而止，"鲁迅并没有一个较明确的结论"，因此多少有些失望。再仔细一想，又多少有些明白"鲁迅对事物的态度"：他有否定，怀疑，却不会"给一个十分肯定的答案"，他的目的是要"激发读者去更深入地思考"（张宝玉）。——这里已经触及鲁迅怀疑主义的思维方式，这样的"不确定"的思维，确实是希望一切都有"明确答案"的年轻人所难理解的；从另一面看，鲁迅的思维是对年轻人所接受的习惯性思维的一个挑战，这样的颠覆从长远来看，对年轻一代的思维发展是有好处的。

最后不可不说的是欣赏习惯的差异。许多学生都反映，他们更喜欢鲁迅的小说，而散文作品则"因描述多于故事，念起来不太有趣"（汪世怡）。而读鲁迅小说也是从他们的审美趣味出发。一位学生说他喜欢《狂人日记》是因为"读起来很像是恐怖惊悚小说，其中又有点悬疑"（陈雅）。另一位学生喜欢《无常》的理由也是因为他喜欢鬼神小说，而鲁迅的描写则"打破了我们对鬼神的迷思"，把鬼神写成"公平的使者，让我感到新奇"（徐千浩）。还有好几位学生都觉得鲁迅的有些描写"稍嫌冗长"，读起来有些"不耐烦"（刘宇曜、王则惟、翁唯轩、何冠荸）。——这样的反应可能有点出乎我们这些老年人的意外，但却是真实的，并提醒我们：应该充分注意到新的一代人的审美趣味与欣赏习惯，如何引导他们从审美方面去接近鲁迅作品，是一个需要在教学实践中解决的问题。

尽管存在以上六个方面的问题，从试卷看，黄老师的"90后"学生依然用自己的方式，自己的途径，接近了鲁迅世界，喜欢上了鲁迅。一位学生甚至说，他觉得鲁迅"是身边的一分子"（林均叡），另一位学生则说自己与鲁迅"心有戚戚焉"（洪圣庭）。那么，他们又是通过怎样的途径，用怎样的方式，走近鲁迅的呢？我们也因此对鲁迅，对"90后"青年，有什么新的认识呢？

试卷里有一道题："萧红在《回忆鲁迅先生》中所描绘的是一个什么样的鲁迅？"看来，黄老师是有意识地通过萧红的描绘来引导学生走近鲁迅的。这也是我的方法：我在中学和台湾教鲁迅时就是首先让学生读萧红的回忆，并且有这样的说明："她以女性作家特有的细腻和敏感，近距离地、非常感性地感受鲁迅，不仅给我们独特的观察，而且提供了许多具体可感而又引人遐想的细节。而从细节看人，是一个非常重要的方法。"（《钱理群中学讲鲁迅》）我也因此很有兴趣：萧红提供的哪些细节特别引起这些台湾"90后"青年的共鸣？我发现，许多学生都不约而同地谈到了让他们感动的两件小事：鲁迅不喜欢萧红的穿着，但却没有当场说出口，而留到后来才说，学生们由此看到了"鲁迅的细腻与贴心"，甚至说他是"一位贴心的绅士"（林久民）；福建菜馆里的鱼丸，海婴一吃就说不新鲜，大家都不信，唯独鲁迅拿来尝，证实了海婴的话，并且说："他说不新鲜，一定有他的道理，不加以查看就抹杀是不对的。"学生们也由此感到了鲁迅对孩子的尊重，"愿意相信孩子的个体与判断"（廖禹晴）。这样一个"体贴人，尊重人的鲁迅"，是大陆许多人（包括研究者）所忽略的，却引起了这些"90后"的台湾青年的强烈共鸣，这一点颇让我感动，也引发了我的深思。我注意到黄老师的学生由此展开的对鲁迅的遐想、理解与阐释："鲁迅有其理想和坚持，并且有一套经年岁月所得到的经验。他有着如此成熟和完整的想法，却从不把它当成约束其他人的标准"(洪嘉霙),"他不愿将自己的想法视为绝对真理,将同样的原则套在他人身上"(廖禹晴),他总是"站在别人的角度替他人思考","不同于'五四'运动许多文人皆以自我为中心,鲁迅是包容并且接纳不同的观点。即使他自己感到无望,却绝不否定他人的希望"(黄致豪)。鲁迅"不同于尼采自认超越常人","作为一个思想突破的先驱却认为自己并非伟大"(许闳晢);他并非只"站在高处以犀利的语言批判他人","鲁迅在解剖别人时亦在解剖自己"(梁育诚),"每当作文必自啮其身"(许闳晢)。"鲁迅懂得尊重不同年龄,甚至不同阶级的人,对青年学生尤其看重","除了对青年学生,他对弱势的人,儿童,妇女,有着一种悲悯情怀"(廖禹晴),他永远"倾听小(小人物)、众(普通民众)、非主流"的声音(赖亦均)。——我发现,"90后"的台湾青年的上述鲁迅观,其实正是建立在黄老师所描述的他们自身的"个人经验","强调多元主义""尊重个体差异""尊重他人的差异"的"个体意识"基础上的。这也就表明,鲁迅的个体与"90后"青年的个体之间存在着差异是不争的事实;但同时又存在着相同、相通的一面,这也是不争的事实。我们知道,鲁迅的"立人"思想和理想的核心,就是"个体精神自由",鲁迅所坚守的"五四"启蒙主义,其中一个重要方面,就是"个性的解放"。鲁迅说,他要"肩住黑暗的闸门","解放"自己的孩子,"放他们到宽阔光明的地方去","成一个独立的人"(《我们现在怎样做父亲》)。在这个意义上可以说,"90后"年轻一代的强烈的个体意识正是鲁迅所期待的。当然,鲁迅同时强调对他人,特别是弱者、幼者的同情和关怀,并不赞成"唯个人中心主义";而前引试卷的分析正是表明,"90后"青年学生对这一点也是理解与认同的:鲁迅与"90后"青年之间确实存在着相互理解、沟通、对话、交流的思想基础。

我注意到,许多学生都说他们最喜欢《故乡》。其中一位这样谈到他的理由:"我自身也有类似的例子,只不过没有作者本身的落差大。在我小学时,第一次离开了台北这都市,和家人到台东的一个小山上的一个民宿游山玩水。民宿的主人的儿子和我同年,就像小闰土一般,教我抓螃蟹,教我采火龙果、采橘子、采百香果,抓螳螂等,他似乎告诉了我,什么叫童年!回了台北后,我几乎每个寒暑假都想要跑到台东山找我的'小闰土'。无奈总有课业上的牵绊,例如上国中,考高中。在国中时我又一次见到他了,但他的天真烂漫已消失了大半,开始烦恼升学,我觉得有一种无形的力量在摧残我们。等考完了高中,我上了第一志愿,而他却愁云惨雾,我心中的'小闰土'已然消失。他觉得我高高在上,我觉得我的四周有看不见的高墙,我已成孤身。我曾有一段时间不知道努力是为了什么,但'希望是本无所谓有,无所谓无的。这正如地上的路。其实地上本没有路,走的人多了,也便成了路',所以我要继续向前。"(江冠德)这确实是一次超越时空的相遇,鲁迅笔下的"我"与"闰土"就这样走进了"90后"的台湾青年的生活里,并引起强烈的共鸣。江冠德的同学张筱晨却由鲁迅的《祝福》联想起描写"变性人和他家人心理的挣扎,旁人的唾弃"的电影《亲密风暴》,这些同性恋和变性人"因不符合传统的观念,也是会被认为败坏风俗,不是最后受尽折磨自杀,就是一辈子在黑暗中躲藏"。这位同学说他每读《祝福》,"就想到在某个角落里,还有这样痛苦的人,但却无能为力,感到沮丧"。这样的联想,大概是我们所想不到的;但台湾的"90后"却通过这样的他们自己的途径,走近了鲁迅。于是就有了这样的很自然的反应:我读鲁迅作品"感觉很贴近自己的生活"(林久民),"到了现代,鲁迅关注的问题依然存在"(徐千浩)。

试卷里有两道题:"请用鲁迅作品说明何谓'仁义道德吃人'","何谓鲁迅说的'看客'"。鲁迅的"吃人"与"看客"两大命题,大概是黄老师教学的重点,这是抓得很准的;而学生的反应也是特别强烈。我注意到,几乎所有的学生都谈到"吃人"与"看客"现象在今天的现实生活里依然存在。学生说:"看客好像是人类的缩影,存在你我的身边"(林玮城),"阿Q精神已经成为现代人生活中一个含蕴深切的替代词汇,现实社会中处处充斥着像阿Q一样的人"(廖芷微),"不仅那些强权压迫的人是吃人的人,连那些以别人不幸为话题,观望别人不幸的人,都是吃人的人",这样的"吃人"是无所不在的(林久民),"妇女争取权益多年,但还是弱势的一群,虽然已有法令明确保障,但还是常常发生悲剧,祥林嫂还继续存在于社会的各个角落。革命尚未成功,同志仍需努力"(邹函儒)。最应该注意的是,青年学生在把批判的锋芒指向社会和国人的同时,也指向自己,引起自我反省。一位同学这样提出问题:"我们是看客吗?我想大家在心中都有确切的答案,我们只是装着不知道罢了",在鲁迅锋利的笔触的逼视下,我们再也无法回避了(刘宇曜)。由此引发的是一种自我警醒:"人人都应该像鲁迅那样警惕自己千万别成为以消费别人为乐趣的看客"(廖芷微),以及对自我人性的深层追问。一位学生说得很好:我们每一个人内心都有"看客性",同时也存在"同情心";鲁迅"希望以慈悲为出发点去关心一件事情,而不是以看戏的方式去看人;不是用眼而是用心去看,看到最深的问题",鲁迅的目的是要我们"压抑自己心中的看客性",发扬内心的"慈悲的同情心",进行"自我反思",这样,我们就不再是"看客",而可以成为鲁迅所期望的真正的"人"(黄致豪)。这里说到的鲁迅作品对人性的"扬善抑恶"的作用,是非常具有启发性的。

在我看来,黄老师的学生这样的一种联系现实、反思生活和自我反省的态度与方法,是一条通向鲁迅世界的正道。正如一位学生所说,鲁迅的目的,也是他的作品的意义和价值,就是要"颠覆"我们

"从前的认知",让我们以批判的眼光重新看社会,看自己(王予柔)。我们还可以从中得到一个启示:鲁迅的作品其实是有两个层面的:一方面具有很强的现实针对性、批判性,同时又有超越性的思考和批判,对于历史文化和人性的深层追问,是"这一个"和"这一类","具体性"与"普遍性"的高度统一。因此,尽管随着时间的推移,社会的变化,鲁迅作品具体针对的现实社会和人生,今天"90后"的青年学生已经陌生和隔膜;但他的作品中内蕴的对人生、社会、历史、文化的超越性、普遍性的思考,对人性的深刻挖掘,却反而凸现来,在"90后"的青年这里得到关注和共鸣。我们前面提到的"跨越时空的相遇"就是这样发生的。

而且我还发现,当"90后"的年轻人试图改变社会和改变自己,不免感到孤独时,往往能够从鲁迅这里得到启发和力量。一位学生这样谈到他和鲁迅相遇的过程:"我起初讨厌鲁迅,深入了解后发现我们其实很相像","我本身从一个理工角度出发,发现周遭同学对社会一块不关心,没有兴趣,只想当工程师,自己好就好,不管社会,成为一个单纯的看客。我不能认同他们的想法,我希望每个大学生都能思考自我和社会之关系。但往往和我谈的人都说我是自讨苦吃,社会那么烂,改不了的。即使我想反驳,也不得不承认这些事实",但"当我念鲁迅时,我会有一种激励,感动。好像走到绝路时,发现有一条绳子,然后紧紧抓住不放",鲁迅让我知道:"即使知道未来不确定,却仍然要走下去。因为走下去才有希望,回头是必定无望的。未来可能不是黄金世界,但还是要走下去,只有向前才有希望,不管多困难,都要走下去,因为向前走,生命才能活"(黄致豪)。这是真正的理解鲁迅精神之言,而且化作了自己的精神资源。

我们也因此对"90后"青年有了新的认识:尽管如前所说,"90后"青年中有相当一部分人害怕与拒绝改变现实和自己,因而也拒绝了鲁迅（其实，历史与现实的许多成年人更是如此）；但依然有为数不少的青年不满意于现状，渴望改造社会与自我。鲁迅早已有言："曾经阔气的要复古，正在阔气的要保持现状，未曾阔气的要革新。大抵如是。大抵！"（《小杂感》）应该说，青年人基本属于"未曾阔气"的，在他们身上是有着巨大的改革现实、改变自己的潜在动力与能量的。而如王得后先生所说，鲁迅的思想与文学本质上是一种"改革社会人生"的思想与文学，一代又一代的年轻人都从鲁迅著作里，获得精神的启迪与支撑，绝不是偶然的。

当然，鲁迅自己和年轻人也都知道，鲁迅的启蒙作用也是有限的：社会的力量往往比教育的力量强大得多。一位学生就这样坦言："我从鲁迅文章里，看到了自己：其实也是看客的一部分，也是吃人的一分子"；鲁迅更让我"意识到自己的身份：也算是有觉醒的一分子"；但我也没有把握，"醒来以后，会不会迫于无奈，又选择继续沉睡"（胡凯婷）。这话说得十分沉重，但无论如何，只要有过"觉醒"，对"铁屋子"的生活、思想有过怀疑，有所挣扎，有过改变的行动与努力，就够了。

这里还有一个值得注意的特点：台湾"90后"的一代人中有些人是更具有行动力的，他们不仅是在书本里，更是在社会实践中实现与领会鲁迅思想。一位学生这样谈到他的经历与体验、认识：他参加了国际特赦组织（AI）的"国际人权志愿者工作"，在2011年5月28日AI五十周年纪念活动上，到台北街头在路人中征求签名。"在三个小时的奔波里，随意拦了无数个路人"，遇到了根本不同的反应：有"白眼，不理会的"，大概就是鲁迅笔下的"看客"；"但也有热情的人"。"那天，对我的冲击很大。我的感想是人权（事业）真的得一点一点慢慢做，逐渐积累，路还很长"。于是，就想起了鲁迅《故乡》里的话："地上本没有路，走的人多了，也便成了路"，而且有了自己的体会，"纵使前方没有路，但只要继续走下去，就会成了路。未来是有希望的，只要坚持下去"（邹函儒）。这样的读书与实践的结合，言与行的统一，其实也正是鲁迅对年轻一代的期待。

鲁迅就这样走进了"90后"台湾部分青年的生活，学生们如此谈到他们的收获——

"我从鲁迅身上学到勇敢正视问题的精神。这过程通常需要自己反省，有时是不那么舒服，没有那么容易。而正视问题后又要有实际执行的行动力，这有如逆水推舟。当我对一件事感到疲惫、倦怠时，我想到鲁迅硬拖着身子、勇敢前进的身影，便愿意再多走几步路了。也许只是小小的一步，但我相信是一个好的开始。"（刘名逸）

"我从鲁迅学到最重要的一点，就是独立思考的能力，要有自己的思想！"（陈敬仁）

"我学到了要时时反省自己。"（梁育诚）

"读了鲁迅作品，我期许自己未来能多关心国家、社会发生的大小事情。"（吴周骏）

"鲁迅给我最深刻的感觉是：他的思想、行动，无不在坚持中质疑，在质疑中坚持。但他从来没有停止过前行的脚步，很坚定的脚步。不管他多阴郁，有多怀疑，他最终给人一种'硬'的印象。"（张见承）

"这是大学四年中最启发我的课程之一。鲁迅给我带来了一种新的视野，新的关怀，并且让我在面对社会问题时能有批判性的思考方式。"（郑志楷）

从这些自我总结里，我们分明可以感觉到这些"90后"的台湾青年学生，在学习鲁迅作品过程中精神的成长。青年人是具有可塑性的；"90后"这一代和包括我们自己在内的各代人一样，在具有某种特点与优势的同时，也有自己的弱点和问题，但他们会在学习成长中克服，调整，自己解决自己的问题。当然，他们也需要老师、成年人的引导。郑志楷同学在总结里，就特意提到："要读懂鲁迅真的不太容易，还是要有个老师带领，才会看进去。"我在读学生的试卷时，处处都感觉到黄琪椿老师的存在，他的循循善诱，他的睿智的引导，可以说他先用自己的心去贴近鲁迅和他的学生，然后带领学生和自己一起用心去读鲁迅，走进鲁迅的世界，这期间有越过障碍的艰辛，更有豁然开朗的欢欣，最后的试卷就是一份份收获的记录，从中看到的是鲁迅的生命，台湾青年学生的生命和黄老师的生命三者之间的相契相融，这是一个极大的成功。我因此而想起我在"（大陆）'90后'中学生'读鲁迅'个案讨论"里，说过的一段话："从根本上说，"90后"这一代的心中，自有接受鲁迅的火种，只是我们这些教育者或认识不到，或不善于点燃，就任其自生自灭了。这里的关键在于教师。"现在，读了黄老师班上的试卷，我更加坚信这一点。在那篇文字里，我提到大陆有"为数不少"的"热爱鲁迅，自觉地传播鲁迅思想与文学"的中学语文教师；现在，又看到了在台湾大学里也出现了黄老师这样的以传授鲁迅"文化经典"为己任的教师，这是令人欣慰的。这就更坚定了我的三大"坚信"：坚信鲁迅的力量，坚信中国的年轻人永远需要鲁迅，坚信大学、中学教师中自觉的鲁迅传播者的作用。为此，我应该向黄琪椿老师和他的学生表示感谢与敬意。

2012 年 1 月 17 日—25 日

关于鲁迅的银幕形象

曾经执导《孙中山》等影片的著名导演丁荫楠先生想把鲁迅搬上银幕，找我帮着出主意。这也正是我多年的梦想，因此相当认真地读了剧本，包括导演的分镜头剧本，并坦率地发表了我的意见，提出了我的期待：拍一部"以心理情绪为主体内容，具有哲学内涵的，以艺术的造型与声音为表现形式，借用某些超现实主义手法的艺术大片"，一首揭示"生之灿烂和永恒，死之灿烂和永恒"的"哲理诗"。

一　对电影剧本《鲁迅》的意见

（一）剧本以三十年代为中心来展现鲁迅一生，这样就比较集中，有的地方写得较深入，也颇感人。剧本将《野草》的许多片段化入，很有新意。如果以此为本拍成电影，大概也会受到欢迎。

（二）但我个人却有所不满——更准确地说，与我所想象或期待的，还有所距离。但我并不具有代表性，因此，我的意见可以不听。我姑妄说之，请姑妄听之。

在我看来，问题可能出在作者在《说明》中所说的其所定的"评价鲁迅"的"总的基调"上："他是一个思想与感情并举的伟人"，"他既是一个充满献身精神的文化斗士，又是一个情感层次极其分明，深怀悲悯和慈爱的诗人（兼有"儿子""丈夫""父亲""导师""朋友"等几重身份）"。——从剧本的实际看，其主要着力点正是"儿子""丈夫""父亲""导师""朋友"这五大层面。在这些方面确有许多动人的场面与细节。但细细推敲，却有些问题。且不说鲁迅一生最反对当"导师"，人们却视他为导师，这正是他的悲哀之处；更重要的是，突出这五大层面，是出于这样的动机：强调鲁迅是"人"而不是"神"。因此，作者在突出这五大层面的同时，还一再通过瞿秋白对鲁迅的"忠告"（剧本36页）与鲁迅的自责（剧本54页），批评鲁迅"将自己的愤怒无端扩大了"，"对徐志摩的态度，从一开始就不对"等等。其实，这些都是作者本人或九十年代有的学者对鲁迅的批评；鲁迅不是不可以批评，但将自己的意见，加在已经去世的前人，以至鲁迅本人的身上，这至少是不严肃的，是不可取的。（还有剧本中鲁迅对萧红的批评也是强加于鲁迅的。）作者这样做的意图，显然是要强调鲁迅也是有弱点的，以证明"鲁迅是人，不是神"。本来以此作为观察、表现鲁迅的一个视角也无不可，但如果注意到当下的另一种倾向，即在将"鲁迅凡俗化"的旗号下，消解或削弱鲁迅的精神价值与意义（这又显然与"消解神圣，消解理想，消解精神……"的某种时代思潮直接相关），我们就有必要提出这样的问题：今天我们花这么大的人力、物力来拍这么一部"大型彩色故事影片"《鲁迅》，其目的与重心应该放在哪里？难道仅仅在于告诉今天的观众：鲁迅是人不是神，鲁迅是一个好儿子、好丈夫、好父亲、好朋友吗？我注意到丁荫楠先生在《〈孙中山〉影片制作构想的美学原则》一文中曾经谈到，绝不能"用市民文学的悲欢离合的格调，来写'孙中山是凡夫俗子'"，用"生活琐事湮没孙中山先生的伟大精神"。我以为，今天来拍《鲁迅》仍应遵循丁导的这一原则。这当然不是主张重新将鲁迅塑造成一个"神"，而且我们仍然应该努力开掘鲁迅丰富的内心世界，包括从他的日常生活中表现他的情感的博大与丰富；但我们更应该从鲁迅的著述（那是鲁迅主要的生存方式，生命存在）中提升出鲁迅的特异性，他的精神与文学的内质，他对我们民族的特殊意义和价值。

（三）对鲁迅特异性的理解和认识也必然是多元的，这里想提供我的几个理解，以供参考。

（1）1927年10月25日鲁迅在上海劳动大学所做的演讲中提出了"真的知识阶级"的概念，其内含有二，一是"他们对于社会永不会满意的，所感受的永远是痛苦，所看到的永远是缺点"，因而他们是永远的"批判者"，"要是发表意见，就要想到什么就说什么，真的知识阶级是不顾利害的"；二是"与平民接近"，"的确能替平民抱不平，把平民的苦痛告诉大众"。（《关于知识阶级》，《鲁迅全集》8卷）——鲁迅正是这样的"真的知识阶级"的典型。这样的"永远的批判"与"永远为平民（普通老百姓）说话"，因而"永远痛苦"的精神是鲁迅精神的核心。

（2）鲁迅在"五四"时期就给自己定位为"历史的中间物"："自己背着因袭的重担，肩住了黑暗的闸门，放他们（年轻一代）到宽阔光明的地方去；此后幸福的度日，合理的做人。"（《我们现在怎样做父亲》，1卷）——这样的"肩住黑暗的闸门"的历史承担精神和牺牲精神正是鲁迅的基本精神。

这里所说的"黑暗"，是一个意义广泛，有着多重层次的概念，包括历史、现实、未来的黑暗，包括社会的黑暗，精神、人心（国民性）、人性的黑暗，以至本体性的黑暗。鲁迅在《野草》《影的告别》里早就说过——

"我独自远行，不但没有你，并且再没有别的影在黑暗里。只有我被黑暗沉没，那世界全属于我自己。"

他还给自己画像——

"我姑且举灰黑的手装作喝干一杯酒,我将在不知道时候的时候远行。"

当他真的离开这个世界,独自远行时,人们的第一个反应是——

"黑暗的闸门放下了,以后只有我们自己来承担……"

鲁迅在他的作品中多次谈到自己的"黑暗体验"。如——

《怎么写》(《三闲集》,4卷):"……寂静浓到如酒,令人微醺。望后窗外骨立的乱山中许多白点,是丛冢;一粒深黄色火,是南普陀寺的琉璃灯。前面则海天微茫,黑絮一般的夜色似乎要扑到心坎里。……"

《夜颂》(《准风月谈》,5卷):"……赤裸裸地裹在这无边际的黑絮似的大块里……爱夜的人要有听夜的耳朵和看夜的眼睛,自在暗中,看一切暗。君子从电灯下走入暗室中,伸开了他的懒腰;爱侣们从月光下走进树荫里,突变了他的颜色。……捣鬼的夜气,形成一个灿烂的金色的光圈,像见于佛画上面似的,笼罩在学识不凡的头脑上。……"

鲁迅还有一段话,给我印象极深,在我看来,是典型的鲁迅意象——

"……毒蛇似的在尸林中蜿蜒,怨鬼似的在黑暗中奔驰……这在豫告真的愤怒将要到来"。(《杂感》,《华盖集》,3卷)

(3)从以上片段的引文中,已经不难发现鲁迅文字的画面感(镜头感)、色彩感和音乐感;实际上,人们往往重视思想家的鲁迅、文学家的鲁迅,却不能认识艺术家的鲁迅,忽略了鲁迅的文学与美术、音乐,以至电影的内在联系。而我们在要将鲁迅搬上银幕时,就更应充分考虑与利用鲁迅作品中的这些美术、音乐、电影因素。

我注意到丁导曾讨论过"历史事件"与历史人物的"心理过程"的关系,以及在电影银幕上的处理问题,并提出了"把具体的事件推到后景,而把……心理过程提到前景"的原则。在我看来,像鲁迅这样的文学家、艺术家,在他那里,存在着两个转化过程:首先是历史事件转化成个人心理事件,然后又将个人心理转化为文学艺术(意象、画面、色彩、声音等等)。比如剧本中写到的杨杏佛被暗杀事件,剧本将主要笔墨用在事件发生过程的叙述与交代,对人物(鲁迅)的心理过程也有所刻画,但显得不足;而鲁迅最后用心血喷出的诗作《悼杨铨》却未着一笔。但,"岂有豪情似旧时,花开花落两由之。何期泪洒江南雨,又为斯民哭健儿",又饱含了多么丰富的画面、声音、情感与意象!现在的剧本处理是不是有点舍本逐末?

又比如,剧本也写到了鲁迅晚年与"四条汉子"斗争的问题。——应该说,作者敢于接触这一在我看来回避不了的问题,是应充分肯定的;而且在历史事实的叙述上采取有实有虚的处理方式,也是大体得当的。我感到遗憾的是,对鲁迅的"心理反应"处理得过于简略,没有写足写透,失去了一个揭示鲁迅晚年不得不"横战"的生存困境与精神痛苦的大好机会;而我更想强调的是,不能忽略鲁迅的《女吊》——鲁迅自己写得很清楚,他的这篇《女吊》是针对"上海的'前进作家'"的,表示自己"到今年,也愈加看透了这些人面东西的秘密"。因此,可以说《女吊》是鲁迅与党内极"左"倾向斗争的一个产物;鲁迅自己也十分重视这篇"大病"以后的力作。直到去世前一天,他还将此文介绍给日本友人,并露出"灿烂的笑",并因此大谈中外的鬼(参看拙作:《鲁迅作品十五讲》)。这也是鲁迅留给世人最后的信息。而《女吊》形象的丰富性,更为银幕上的表现提供了很大的天地。

(4)鲁迅还有一个方面也是经常被人们所忽略的,即鲁迅不仅有强烈的现实关怀,他同时也有许多超越的形而上的关注与思考。人们经常谈到鲁迅与魏晋文学的关系,其实魏晋玄学的一些基本命题,如

"生与死""有与无""实与空""言与意"等等,都是进入了鲁迅的思考,并在他的作品中有所反映的。在我看来,《野草》里就存在这么一条生命发展的线索与轨迹:对现"有"的一切的拒绝,掏"空",达到彻底的"无";对"黑暗"的最大承担中独自拥有黑暗,进而获得"无"中之"大有","空"中之"大实"。这是一种生命的大沉迷,一种无法言说的生命的澄明状态,是一种"充溢着黑暗的光明",一个更为丰富、博大、自由的生命境界——"但我坦然,欣然。我将大笑,我将歌唱。"(参看拙作:《与鲁迅相遇》)

我真希望鲁迅的这一大境界能够在银幕上得到艺术的表现。

我注意到丁导曾将《孙中山》定位为"以心理情绪为主导内容,以艺术的造型与声音为表现形式的一部哲理性的心理情绪的影片",并提出过"用超现实的手法,雕一尊写意的'冼星海在沉思'"的设想,强调要"从人类发展史、中国社会史和哲学史的高度确立影片创作的基点",以展示历史伟人,以及人的"整个人生的存在价值","谱写一曲震撼人类灵魂的悲歌"为追求。

应该说,《孙中山》一剧是迈向这一艺术与精神目标的极好开端,我就是当年被震撼了灵魂的一个观众,这样的震撼的余波至今仍在。也正因为如此,我期待《鲁迅》也能拍成这样一部巨片,而且如前所述,由于鲁迅有着自觉的艺术追求与自觉的哲学追求,拍摄这样一部"以心理情绪为主体内容",具有哲学内涵的,"以艺术的造型与声音为表现形式",借用某种超现实手法的巨片,有更好的条件和基础;而且将揭示长期被忽略和遮蔽的作为文学家、艺术家、思想家的鲁迅的某些重要方面,这也正是我们中国的鲁迅研究者和电影艺术家对中国以至世界影坛应尽的责任。

(四)我不懂电影艺术,因此我只能提出期待,而无法提出具体的设计与方案。但我愿意提供一些我感兴趣的鲁迅文本的某些素材,以供参考。

（1）《腊叶》（《野草》，2卷）："一片独有一点蛀孔，镶着乌黑的花边，在红、黄和绿的斑驳中，明眸似的向人凝视"。——这是鲁迅直面死亡时的美丽的想象；将死之黑色与生命的灿烂并置，是典型的"鲁迅色彩"，我甚至认为是可以设想为电影的基本色调的。

（2）《死后》（《野草》，2卷）——这是鲁迅对"死后"的恐怖，也是一个惊人的预见，更是鲁迅式的独特想象，荒诞的黑色幽默。

（3）《半夏小集·七》（《且介亭杂文末编》，6卷）："假使我的血肉该喂动物，我情愿喂狮虎鹰隼，……养肥了狮虎鹰隼，它们在天空，岩角，丛莽里是伟美的壮观……，但养肥一群癞皮狗，只会乱钻，乱叫，可多么讨厌！"——这同样也是对死后的自我设计，这也是从一个方面揭示了鲁迅的悲剧：他死后围着他"乱钻，乱叫"的"癞皮狗"何其多也！

（4）《写于深夜里》（《且介亭杂文末编》，6卷），可以联想起鲁迅一生目睹的许多青年的死——我甚至设想，可不可以集中写"1936年的鲁迅"，以此为中心，展开他的一生，又以三十年代为重点。（参看拙作《与鲁迅相遇》第一讲："人间至爱者为死亡所捕获"）

（5）1936年的鲁迅文本中，还有几篇值得重视：《我要骗人》《我的第一个师傅》《女吊》《这也是生活……》《死》。特别是《〈凯绥·珂勒惠支版画选集〉序目》，这篇文章对其版画的说明、描述是鲁迅继《野草》之后最有力的文字，是绘画语言与文学语言相互转化的典范，既能深刻揭示鲁迅、珂勒惠支同为"为被侮辱和被损害的人""悲哀，叫喊和战斗的艺术家"的本质，又极具艺术表现力。

（6）电影剧本用了萧红回忆录里的海婴对重病中的鲁迅高喊"明朝会"的细节，这是可以联想及鲁迅在《父亲的病》里高喊"父亲！父亲！！"那个场景的——这是一代又一代的一个呼应。

（7）现剧本对时代背景与上海城市背景的渲染较弱，其实鲁迅的许多杂文都是可以利用的。如前面已提及的《夜颂》，融入了鲁迅所独有的上海都市体验，其中"爱夜的人"与"初学时髦"的"摩登女郎"的形象，特别是鲁迅由此产生的种种联想、幻觉，都很有表现力，如加上《阿金》与《弄堂生意古今谈》的某些细节，是能写出鲁迅观察中的"夜上海"与鲁迅的夜间写作的某些特色的。

二　对《鲁迅》分镜头剧本的修改意见

（一）在镜头 7 之下补——

鲁迅：面对割头的危险，文学家将怎么样呢？是在指挥刀下听令行动，还是发表倾向民众的思想呢？要是发表什么意见，就要想到什么就说什么。真的知识阶级是不顾利害的，如想到种种利害，就是假的，冒充的知识阶级！

（众鼓掌。

鲁迅：真的知识阶级对于社会是永不会满意的，他所感受的永远是痛苦，所看到的永远是缺点，他们预备着将来的牺牲，社会也因为有了他们而热闹。不过他们自身，心身方面总是痛苦的……

（众沉思。

鲁迅：但真的知识阶级也因此获得了自己的独立价值。社会的不断进步，正需要这样的永远不满足现状、永远不合时宜的真的知识阶级！

（大鼓掌。

一男学生（高喊）：鲁迅先生，我们应该怎么办呢？

鲁迅（淡淡一笑）：这个问题我只能交一份白卷，倒是应该问你们自己！（众惊愕）我还想奉劝诸位一句：不要去寻求那些挂着金字招牌的导师,不如寻朋友,联合起来,一起向着似乎可以生存的方向走。你们所多的是生命的活力,遇见深林,可以辟成平地,遇见旷野,可以栽种树木,遇见沙漠,可以开掘井泉。地上本没有路,走的人多了,也便成了路!

(大鼓掌。

一女学生(调皮地):那么,鲁迅先生,你干什么呀?

(众笑。

鲁迅(严肃地):我所能做的,依然是实践五四时期就做过的承诺:"自己肩住了黑暗的闸门,放年轻一代,到宽阔、光明的地方去!"

(众青年向鲁迅涌去。

(撞开闸门的巨大声响。

(前面一片曙光。

(淡出。

(黑场。

(毛笔书写出片名字幕:鲁迅(签字体)。

说明:鲁迅的演讲,突出鲁迅精神的两个侧面:(1)他的"永远不满足现状"的,"为民众说话"的"真的知识阶级"的立场,由此决定的他不为任何政治势力左右的独立品格:这正是全剧所要具体展现的;(2)他的"肩住黑暗的闸门,放年轻一代,到宽阔、光明的地方去"的先驱者的形象,由此决定的他与中国青年及中国的未来的关系,并突显出"生"与"死"的主题:这也正是贯穿全剧的一条内在的主线。

全剧表现层面,主要是三个死亡:杨杏佛的死、瞿秋白的死(其背景层面则有"三·一八"惨案,"四·一五"惨案与左联五烈士的死)、鲁迅的死,以及这些死亡所引发的生者的心灵的、生命的搏斗。如何将这三个死亡表现得各有特色,揭示其丰富的内涵,并具有张弛自如的节奏感、层次感,是在具体拍摄中需要再三斟酌与精心设计的。

而其背后则蕴含着更为普遍的、超越的、形而上层面的思考与生命体验:关于生与死的意义与转换,生之灿烂、永恒与死之灿烂、永恒。主要通过鲁迅的几个梦境来展现:故乡"好的故事"的梦,杨杏佛死后"死火"的梦,瞿秋白死后"墓碣文"与"雪"演化的梦,以及鲁迅死后"《野草》题辞"与《过客》演化的梦,以及其中穿插的"腊叶""女吊"的梦。

由此而形成全剧的风格:现实与超现实手法的交织、转换,而成为一首"哲理诗"。

(二)第一章

(字幕隐去。

(画外由弱渐强地传来划水声。

(承接前面的曙光,阳光灿烂的青天,镜头摇向青天下的水。

(船过山阴道。两岸边的乌桕,新禾,野花,鸡,狗,丛树和枯树,茅屋,寺庙,农夫和村妇,村女,晒着的衣裳,和尚,蓑笠,天,云,竹,……都倒影在澄碧的小河中,随着每一打桨,个个夹带着闪烁的日光,并水里的萍藻游鱼,一同荡漾。……

(大红花和斑红花,都在水里面浮动,忽而碎散,拉长了,缕缕的胭脂水,然而没有晕。茅屋,狗,塔,村女,云……也都浮动着,大红花一朵朵被拉长了,变成泼剌奔进的红锦带。带织入狗中,狗织入白云中,白云织入村女中……刚一融合,却又退缩,复近于原形。边缘都参差如夏云头,镶着日光,发出水银色焰。……

(火车车厢中。鲁迅突然睁开眼睛,无意识地赶忙捏住几乎坠地的一本书，眼前还剩着几点虹霓色的碎影。

（鲁迅抛了书，欠身去取笔……

（只见车厢里昏暗的灯光，火车单调的轰响声……

（鲁迅又闭上了眼睛。

接"镜头43"。

说明：将鲁迅的两个梦叠合，红、黑颜色的瞬间转换，构成了全剧的基本色调，也象征、暗示着鲁迅精神的两个侧面，外在、内在的光明与黑暗的交织，生与死的搏斗。

（三）镜头79、81

是否可插入或部分变换为鲁迅杂文中曾经出现过的"上海街头小景"，如——

人们在电车、马路上拼命地挤着，推着，踢着，撞着……转换成"幻觉"：人们"从死尸上踏过，用舌头舔舔自己的嘴唇，什么也不觉得"；少数人踹着别人的肩膀和头顶，爬上去了；大多数人还只是爬，"一步步挨上去又挤下来，挤下来又挨上去"……（参看《准风月谈》里的《推》《踢》《爬和撞》）

租界马路上，巡捕（"印度红头阿三"）与中国流氓（"白相人"）用手枪逼着中国行人搜身，谓之"抄靶子"……转换成"幻觉"：四万万的中国人都成了"靶子"……（参看《准风月谈》里的《"抄靶子"》）

街头空地上，在耍把戏："猴子戴起假面，穿上衣服，耍一通刀枪"……"变戏法地装出撒钱的手势："在家靠父母，出家靠朋友"……转换成"幻觉"："现代史"三个大字……（参看《伪自由书·现代史》）

"一群闲人们围着呆看"：斗鸡，斗蟋蟀……转换成"幻觉"：中

国人自己斗起来,打成一团……(参看《伪自由书·观斗》)

说明:这样表现,可以把上海街景的客观镜头变成鲁迅的主观镜头,将实际所见与幻觉交织,更有表现力。

"镜头82"对公寓的展现,可考虑用鲁迅在《而已集·小杂感》里的一段描写组成蒙太奇镜头:"楼下一个男人病得要死,那间壁的一家唱着留声机;对面是弄孩子。楼上有两人狂笑;还有打牌声。"以暗示鲁迅的内心感受:"人类的悲欢并不相通,我只觉得他们吵闹"。

(四)37·幻觉

176 江南淫雨变成剑也似的急雨向大地冲刺而来,忽又转换成漫天飞雪……

177 雪花在旋转中变成一个个白衣尸体,向躺在地上的鲁迅压下来,压下来……忽又变成层层叠叠的血,淤积起来,将鲁迅埋得不能呼吸……

说明:这是将鲁迅在《南腔北调集·为了忘却的纪念》一文最后一段文字的电影化,请参看。

178 在模糊的血影中,鲁迅仿佛看见——一个奇怪的青年学生游行队伍……

……

194 鲁迅无助地呆立在尸体和血泊之中,终于从他的喉咙里呐喊起来……

他疯狂地奔驰着,背景突然变成"高大的冰山,上接冰天,天上冻云弥漫，片片如鱼鳞模样。山麓有冰树林，树枝都如松杉。一切冰冷，一切青白"。

鲁迅突然坠在冰谷中。

上下四旁无不冰冷，青白。

鲁迅突然睁大了眼，他惊喜地看见：一切青白冰上，有红影无数，纠结如红珊瑚……

鲁迅俯瞰脚下：有火焰在。

这是死火。有炎炎的形，但毫不动摇，全体冰结，像珊瑚枝；尖端还有凝固的黑烟。映在冰的四壁，相互反映。瞬息间，青白的冰谷，变成一片红珊瑚色。

鲁迅拾起死火，登时有红焰流动，将他包围，红色弥漫整个画面……

说明：将鲁迅的《死火》引入，以实现一个转换：由牺牲者的"血"，转换成"死火"。象征、隐喻着生命"死"了，但生命的"火（种）"还在：这也是"死"向"生"的转化。情调也从极度的愤怒、绝望，转向反抗绝望中的希望。注意：这场梦境中，前半部"血"的红色与后半部"死火"的红色，蕴含着相关又不同的情绪，在色调的运用上要有所区分。

（五）镜头 228—230

（秋白朝殷红的炉火里面望着，眼里猛地绽出诗意的光芒。

秋白：看这炉火，我想起你那篇《雪》。那是我最喜欢吟诵的。

鲁迅：哦？！（仿佛被唤起了遥远的记忆，眼睛突然放出异样的光彩。）

秋白：（开始轻声背诵起来）朔方的雪花在纷飞之后，却永远如粉，如沙，他们绝不粘连，撒在屋上，地上，枯草上，就是这样。屋上的雪是早已就有消化了的，因为屋里居人的火的温热。

鲁迅：（也情不自禁地接着朗读起来）别的，在晴天之下，旋风忽来，便蓬勃地奋飞，在日光中灿灿地生光，如包藏火焰的大雾，旋转而且升腾，弥漫太空，使太空旋转而且升腾地闪烁。

秋白：在无边的旷野上，在凛冽的天宇下，闪闪地旋转升腾着的是雨的精魂……

鲁迅：是的，那是孤独的雪，是死掉的雨，是雨的精魂。

（鲁迅和秋白的声音由低到高，镜头也在他们渐渐放开的声音里由殷红的炉火中拉起来，逐步向着高处升起，镜头最后竟冲破了天花板，转换成漫天大雪：是两个民族之魂精灵的升腾……

（叠化。

说明：鲁迅也加入朗读，是有根据的，周作人就曾回忆过鲁迅在他病床前低声朗读他写的诗的情景。改读《雪》，是《好的故事》已在前面用了，也还有加强主题的表现的考虑。这场戏可能是全剧的一个最感人的、最富有诗意的场景，是戏发展到这里的一个高潮，并为后面的更大的高潮作铺垫。

（六）镜头 381、382

381 鲁迅抬头看。

382 秋白，以及在此之前牺牲的刘和珍、柔石，连同鲁迅自己，全化作漫天飞雪中的精灵，在无边的旷野上，在凛冽的天宇下，闪闪地旋转而且升腾……

说明：这是与前面的朗读戏的呼应与完成，应具有更强的冲击力。

（七）镜头 594

（鲁迅和巴金一路慢慢走来。大街上很静，只听见二人的脚步和交谈声。周围是深深的黑夜。

鲁迅：（突然问）你是不是习惯于夜间写作？

巴金：我也是一个夜猫子。不知为什么，只有在夜里独自面对孤灯一盏，心里的话，就会自然地流泻出来，止也止不住……

鲁迅：这是因为人的言行，在白天和在深夜，在日下和灯前，常常显得两样。在夜的覆盖下，人不知不觉地就渐渐脱去人造的面具和衣裳，面对赤裸裸的世界和自我了。

巴金：（若有所思）只有夜才是诚实的。

鲁迅：相反，现在的光天化日，却是真的大黑暗的装饰，那些冠冕堂皇的言词，不过是涂在鬼脸上的雪花膏。

巴金：可是它到处都是，笼罩着一切……

鲁迅：所以，爱夜的人要有听夜的耳朵和看夜的眼睛，自在暗中，看一切暗。

巴金：（突然激动起来）先生，让我们都来做爱夜的人吧。

鲁迅：（冷峻地）但爱夜的人，却又都是孤独者。（突然停下步来）到家了，谢谢你送我这一路……

（鲁迅登楼而去，巴金却不肯离开，他仰望着沉没在黑夜中的这座楼房。楼上的灯一盏一盏地熄灭了，只有三楼的灯还闪亮着，发出青色的光，鲁迅的灰黑色的身影正融化在这悲凉的光辉里……

（八）镜头 636 之后

（画面外突然响起悲凉的喇叭声……

（在恍惚中，门幕一掀，鲁迅故乡传说、戏剧演出中的"女吊"出场了。大红衫子,黑色长背心,长发蓬松,颈挂两条纸锭,垂头,垂手,弯弯曲曲地走一个全台。她两肩微耸,四顾,倾听,似惊,似喜,似怒,终于发出悲哀的声音,慢慢地唱道:"奴本是杨家女,呵呀,苦呀,天哪!……"

(鲁迅的画外音:"我们家乡绍兴的老百姓,并不像上海的'前进作家'那样憎恶报复。他们在戏剧上创造了一个带复仇性的,比别的一切鬼魂更美、更强的鬼魂,这就是'女吊'。

冯雪峰:(被深深地打动了)先生,你把她写出来吧。

鲁迅:(深情地)我会,会拼着最后的力气,把她写出来,留给后人。

三 对《鲁迅》分镜头剧本的意见

(一)我认为必须修改或再查实、斟酌的部分:

(1)第3页,鲁迅手写体字幕引文不准确,请查对鲁迅《我们怎样做父亲》中的原文。

(2)第5页字幕上写的是"1933年",但鲁迅早在1932年11月30日就回到了上海,丁玲被捕是1933年5月14日,现在将鲁迅回上海的时间安排在丁玲等被捕之后,也即1933年5月14日以后,似有不妥。怎么处理,有待斟酌。

(3)第8页,13页,14页,李秉中参与监视,似不妥。

(4)第8页,鲁迅拒绝在营救书上签名,也请查实。

(5)第20页,瞿秋白所说"对自己要求过于苛刻,也容易导致对他人的要求苛刻。放松了自己,常常也就放松了别人。……骨头太硬,也许在精神上就失去了弹性,这样于自己和自己周围的人,都要受到些苦痛和折磨"云云,既不符合瞿秋白的思想,也不是鲁迅的问题所在，是今天某些人对鲁迅的"批评"，万万不可用。否则会引起争论。第 19 页鲁迅的那个"被抬在轿里"的梦，也有今人说鲁迅的嫌疑。

（6）第 21 页，周建人被捕与因内山而获救的事，请再查实一下，如系虚构就不太好。

（7）第 22 页，冯雪峰突然搬走，鲁迅不悦，似不妥，如是为下文埋伏笔，后面也要有个呼应。

（8）第 22 页，萧军打小流氓似无必要。

（9）第 37 页，鲁迅自称"非革命不可的革革命者"似不妥。

（10）第 41、42 页，"女人都有两面性，一是女儿性，二是母性，摸透这个规律，相处就会好些了"，"当女人表现出女儿性的时候，你就要表现出父性"云云，都不是鲁迅的思想，不像是他说出的话，最好删去。

（11）第 57 页，鲁迅对萧红说的这番话不妥。萧红不存在"想塑造自己的男人""自夸"的毛病，鲁迅也不会这样告诫她，最好删去。鲁迅不会对别人的家庭生活（即使是萧红）多发表意见，删去这些内容，不影响这一段戏。

（二）供参考的意见：

(1)现在这个本子显得比较碎，缺少一个"拎"起来的东西。将"肩住黑暗的闸门"作为题辞用字幕表现似乎不够有力，是否可以考虑还是恢复我上次看到的那个稿子，变成鲁迅的演说词，然后，众学生拥上，在鲁迅高大的身影下，后面一片曙光，处理可以虚一点。这样就可以与后面 63 页的类似场景（鲁迅与众木刻家）呼应，有一个整体感。

（2）建议仍恢复我提过意见的那一稿鲁迅在火车上做梦的那一场

戏,而且从梦见"好的故事"开始,这样,电影一开场色彩就比较明朗,也比较美。现在这个本子太压抑了。

（3）杨杏佛被暗杀后鲁迅答记者问的那场戏比较一般（关于杨杏佛的戏从开始就拖得太长,写得太细,光是"答记者问"的戏就有两场,没有必要）,我还是主张将鲁迅悼念杨的那首诗:"何期泪洒江南雨,又为斯民哭健儿"作电影化处理,鲁迅的梦幻也不应只是晚清杀人的场面,应加入柔石等人的死,将《为了忘却的纪念》的结尾:"这三十年中,却使我目睹许多青年的血,层层淤积起来,将我埋得不能呼吸……"（此文正作于1933年）电影化。——总之,我希望处理得诗化一些,现在过于写实了。这也涉及整个电影的风格,不知在摄制过程中是否会有弥补。

（4）我还是喜欢原来我看见并做了一点修改的那场瞿秋白与鲁迅一起读《雪》的戏。在瞿秋白被屠杀后,在鲁迅幻觉中又出现漫天飞舞的雪花,这样更有诗意,情绪也更高昂,现在这场戏太低沉了。

（5）是否可以考虑让胡风出现？在34页已经提到了他和巴金,现在巴金出现了,没有胡风似也不妥。

（6）30、31页苏联领事馆的戏还是放在47页送走李秉中以后,这样可以与下面鲁迅与许广平的争吵直接连起来。

（7）48页,鲁迅躺在阳台上的戏,有两个处理方式,一是按现在的本子,强调家庭气氛,另一个是将鲁迅处理为一个受伤的狼,独自躺在大地（阳台）上,舔干净身上的血,这可能更符合原意,也符合鲁迅此刻的心绪:各种矛盾集于一身,痛苦达于极致,只能用这种方式,无言地躺着,望着天空,显出极度的疲倦与无奈。这时候海婴也似懂非懂地无言地躺下,鲁迅搂抱着他,依旧无言也无泪。门外许广平也无言地望着父子,流下泪来。闭目片刻,仿佛休息了一阵,鲁迅又跳了起来,看见许广平,双目对视,一切都化解了。

（8）50页，许广平读《腊叶》那一段，可以变成画面吗？那会是非常的美！

（9）67页，鲁迅的旁白讲到"我存在着，我在生活，我将生活下去……"到这里即可，下面的话可以删去。

（10）以鲁迅旁白结束全剧，似不够有力，应想出一个绝招，即所谓"神来之笔"。

坦白地说，我更喜欢原来那一稿。这一稿太实，也比较碎，节奏太慢，缺乏震撼力，我担心抓不住观众——一般观众会觉得平，水平高的观众会因为形而上的缺失而不满足。——这可能是因为我对于这部电影的感情太深，期待太高而有些苛求，话说得比较重，请原谅。我希望在条件允许的情况下，适当恢复原来那一稿中的一些场景。另外，我也寄希望于导演与演员的再创造，在这方面，我始终对丁导充满信心，丁导的《孙中山》曾是那样的震撼了我，使我至今难忘，这也是我愿意在丁导面前胡说八道的原因。向剧组的朋友致敬。

辑 三

重看历史中的鲁迅

如何对待从孔子到鲁迅的传统

——2007年在李零《丧家狗——我读〈论语〉》出版座谈会上的讲话

我在2002年8月退休以后,基本不参加这样的会议,但这个会我却是积极、主动出席的,我是奔李零来的,他的书引起我非常强烈的共鸣。

为什么要读经典,怎样读经典

我首先注意到,这本书实际上是在北京大学讲课的一个讲稿。据李零介绍,他这些年一直在北大开"经典阅读课",引导中文系本科学生、研究生读他所说的"四大经典":《论语》《孙子兵法》《周易》经传和《老子》,像《孙子兵法》,他已经讲了20年。这使我想起,我在北大也讲了20多年的鲁迅,而且在退休以后,也还在讲鲁迅,在全国各地讲,还到中学去开"鲁迅作品选读"的选修课,这也算是开"经典阅读课"吧。

为什么要如此热衷于"经典阅读"?这除了是中文系专业教育、训练的需要外,还有向青少年、社会提倡"经典阅读"的意思。"经典"是时代、民族文化的结晶。人类文明的成果,就是通过经典的阅读而代代相传的。

而且在当下在青少年中提倡"经典阅读",还有某种迫切性。青少年时期,读不读书,读什么书,都不是小问题。我们现在在这两方面都出了问题。首先是不读书:一方面是在应试教育的压力下,除了课本和应考复习资料以外,没有时间、精力,也无兴趣读其他任何"与考试无关"的书,老师、家长也不允许读;另一方面,如果有一点课余时间也耗在影视和网络阅读上。——我并不反对影视和网络阅读,并且认为影视和网络确实提供了阅读的新的可能性,扩大了人们的视野,而且其明显的愉悦性对青少年具有巨大的诱惑力,这都是应该充分肯定的,但其局限也是明显的:有可能削减,以至取消了深度阅读和个性化阅读,因此如果以影视、网络阅读代替经典文本阅读,就会有很大的问题。这里还有一个读什么书的问题。像鲁迅所说,胡乱追逐时髦,"随手拈来,大口大口地吞下"的阅读——这颇有些类似今天的"快餐式阅读",吃下的"不是滋养品,是新袋子里的酸酒,红纸包里的烂肉":当下中国读书市场上这样的"新袋子""红纸包",实在是太多了,没有经验的青少年特别容易上当,但吃下去的却是"烂肉""酸酒",仰赖这样的"快餐"长大,是可能成为畸形人的。鲁迅因此大声疾呼:"我们要有批评家",给青少年的阅读以正确的引导。"经典阅读"正是这样的导向:要用人类、民族文明中最美好的精神食粮来滋养我们的下一代,使他们成为一个健康、健全发展的人。

近年来,我在和中学生和大学生的交谈中,还经常讨论到一个或许是更为根本的问题,就是"价值理想重建,信仰重建"的问题。很多青少年都为自己信仰的缺失,生活失去目标,人生动力不足而感到困惑。我总是引用鲁迅的话作回答:不要去找什么"导师",要自己"联合起来",寻找自己的路。但我也总是给他们提出两条建议。一是信仰、价值理想，都不是凭空建立起来的，而是要有丰厚的文化基础。这就要趁年轻，在校学习时间充分，精神集中，大量读书，特别是古今中外的经典，以吸取最广泛的精神资源，吸收得愈多愈广，精神底气愈足，就愈能在独立的选择、消化、融会、创造中建立起自己的信念和理想。另一方面，信仰、理想又不是在书斋里苦思冥想所能构建起来的，这就必须有社会实践；因此，我建议他们，在校期间，在以主要精力读书的同时，适当参加一些社会实践活动，特别是到中国社会底层，到农村去服务，以了解真实的中国，和脚下的这块土地，土地上的人民，土地上的文化，建立某种血肉联系，这就为自己确立基本的人生理想、目标，奠定了一个坚实的基础。我的这两点建议，对我们这里讨论的"经典阅读"，也是有意义的。它强调：阅读经典，不仅是为了增长知识，更是要从中吸取精神资源；经典的选择与阅读，必须有开阔的视野，不仅要读古代经典，还要读现代经典；不仅要读中国经典，而且要读外国经典；不仅要读西方经典，还要读东方国家的经典；不仅要读文学经典，还要读社会科学、人文科学和自然科学的经典，等等。绝不能将任何一个经典绝对化、神圣化，吊死在一棵树上；而在阅读经典的同时，还要阅读生活这部"大书"，关心、参与现实生活的创造，在生活实践中加深对经典的理解。集中到一点，就是不要为读经典而读经典，目的是要促进自己的精神成长，我们是为了"立人"而阅读经典。

这就涉及"如何阅读经典"的问题。李零的书，正是在这一点上给我们以很大的启示。李零说："我读《论语》，是读原典，孔子的想法是什么，要看原书。我的一切结论，是用孔子本人的话来讲话。"这话说得很实在，却真是说到点子上了。讲经典，就是引导人们读原典，一字一句、一章一节、一篇一篇，老老实实地读。李零是学术界公认的古文字学和古典文献的根底深厚的专家，他充分发挥了自己的特长，将前人的研究成果，九十年代以来竹简的新发现，以及自己的研究心得结合起来，查考词语，考证疑难，梳理文义，引导学生进行文本细读。然后，又以《论语》中的人物为线索，打乱原书顺序，纵读《论语》；再以概念为线索，横读《论语》。这样，通读，细读，又横读，纵读，听他课的学生，读过来读过去，硬是要把《论语》过它三、四、五遍，这才叫读经典，真读，实读。说实在话，北大学生能听李零先生讲课，是非常幸运的。我真有点羡慕他们。我在读大学时就没有这么认真读过，留下了终身的遗憾。

因此，我今天来读李零这本书，就有补课的性质。刚才吴思先生说他读了李零的这本书，纠正了以前许多读不懂或者读错的地方。我也有同感。比如说，现在大家都在讲儒家的精髓是"和谐"，大谈孔子的"君子和而不同"，说得很玄乎，我越听越糊涂。这回读李零的这本书，才弄明白：这里"说的'和'是和谐，'同'是平等"，"孔子不讲平等，只讲和谐"，"所谓和谐，是把事实上的不平等，纳入礼的秩序，防乱于未然，比如阔佬和穷措大，怎么搁一块儿，相安无事"。在我看来，李零的这一梳理，是比较接近孔子的原意的。弄清楚了原意，我也明白了许多事情。这也说明了两点：一是弄懂原意的重要，道听途说会上当；二是对经典词语的解读，还是有接近或比较接近原意和曲解原意的区分，不能随便怎么讲都行。

这也就证实了读原典、原著的重要。我因此注意到李零这书其实有两本，一本是《我读〈论语〉》，是李零讲课的讲稿，另一本是《论语》原文，再加上"主题摘录"和《论语》人物表"，最后还有"人名索引"。这样的编排背后，是有一个理念的：作者、老师的讲解，只是一个引导，最终是要将读者、学生引向读原著。这也是我在讲鲁迅课，写有关鲁迅的著作时，反复强调的：我只是一个桥梁，我的任务是引起读者、学生对鲁迅的兴趣，唤起他们读鲁迅著作的欲望，一旦读者、学生读鲁迅原著，自己走进鲁迅，我的使命就完成了，而且希望读者、学生忘记我的讲解，把它丢掉，这叫作"过河拆桥"。读者、学生最终能够自己阅读原典，有自己的独立体会、认识，而不受我们的阐释约束，限制，这就达到了目的，就是我们所要追求的最好的教学、写作效果。

但我们现在的问题是，只听宣讲《论语》而不读原著。很多讲《论语》的书，发行量很大，上百万册，我关心的是，讲解《论语》的书在发行上百万册的同时，是不是也发行了上百万册的《论语》原文？或者打一个大折扣，有十万人读《论语》，也是很大的成功。我们常说需要面对大众传播经典，但大众如果不读经典，只读别人的解释，会有什么后果？我就想起自己的教训。我在读大学的时候，也读鲁迅的书，很多地方都读不懂，很费劲，年轻人没有耐性，就希望找捷径。结果就找到了姚文元的一本解读鲁迅的小册子，当时觉得读起来很带劲，也很贴近现实，于是，就把鲁迅原著丢一边，只把姚文元书里摘引的鲁迅的文句抄下来，把姚文元解读里的警句也抄下来，挂在嘴边，到处炫耀，以为这就懂得鲁迅了。一直到大学毕业，到了贵州边远地区，精神苦闷又无书可读，手头有部《鲁迅全集》，就一卷一卷地读起来，一读，就发现上当了。鲁迅的原意和姚文元的讲解，是满拧着的。但我的脑子已经被姚文元的马践踏了，我要走近真实的鲁迅，先要把姚文元的"鲁迅"驱逐出去，这可费了大劲。正是因为有过这样的教训，我就有了这样的担心：如果今天我们口喊"经典阅读"，年轻一代或者大众，却都不读原著，只读别人的解释，这就会误事，会造成比我们想象的更加严重的后果，说不定比不读更坏。鲁迅曾说，"选本"和"摘句""所显示的，往往并非作者的特色，倒是选者的眼光"，而"可惜的是（选者）大抵眼光如豆，抹杀了作者真相的居多，这才是一个'文人浩劫'"。而我们现在是只读解释和解释者的"摘句",那就更是"浩劫"了。

怎样看孔子——"丧家狗"及其他

李零这本书,除了对原典的细读之外,还有自己的阐释。李零在书名的副题上标明,是"我读《论语》",大概就是要强调解读的个人性。同样读《论语》,不同的人会有不同的理解,看法,形成不同的"《论语》观""孔子观"。去年我在《鲁迅研究月刊》上发表过一篇文章,谈在二十世纪三十年代胡适、周作人、鲁迅三位不同的孔子观:胡适在《说儒》里认定孔子是"五百年应运而生"的"圣者",周作人在《论语小记》里,说孔子"只是个哲人",《论语》所说多是做人处世的道理","可以供后人的取法,但不能做天经地义的教条,更没有什么政治哲学的精义,可以治国平天下",鲁迅在《现代中国的孔夫子》里,则把孔子称作"摩登圣人",说"孔夫子之在中国,是权势者们捧起来的,是那些权势者或者想做权势者们的圣人,和一般的民众并无什么关系"。大体上说,他们三人其实是两派:"孔子是圣人"派和"孔子不是圣人"派。现在,李零到二十一世纪初来讲孔夫子,而且开章明义:"在这本书中,我想告诉大家,孔子并不是圣人",那么,他也是"非圣人"派。

李零如此看孔子,在我看来,和他看孔子的心态有关,方法有关。他说他"思考的是知识分子的命运,用一个知识分子的心,理解另一个知识分子的心,从儒林外史读儒林内史"。那么,李零是和孔子有心灵的相遇的。这正是我最为赞同的。我研究鲁迅也强调"与鲁迅相遇",而且在我看来,学术研究的本质就是研究者和研究对象心灵的相遇,没有这样的相遇,无法达到真正的理解,而没有理解就谈不到研究。教学也是这样,所谓引导学生读经典,其实就是引导学生和经典作家进行心灵的对话。这样的对话能够进行,其前提就是彼此是平等的:既不是"仰视",如许多尊孔派那样,也不是"俯视",如许多批孔派那样,而是"平视",把孔子看作和自己一样的普通人,普通知识分子,有追求,也有苦恼,有价值,也有缺陷。当然,孔子作为一个中国文化的源泉性的思想家,他的价值就很不一般,他的缺陷也就影响深远。但这都是可以理解的,可以说明的,可以总结经验教训的。——在我看来,李零这样的"以心契心"的研究心态与方法,这样的"平视"的眼光,是他读《论语》的一大特点,也算是他的一个贡献。读者、学生可以不同意他的具体分析和观点,却可以而且应该从他的这种心态、方法和眼光中,得到许多启示。

李零以心契心的结果,发现了"丧家狗"孔子。这大概是最具特色,也最容易引起争议的李零"孔子观"。我读这个词,感觉其中有一点调侃的意思,但更有一种执着,一种悲哀在里面。李零说,他感受到一种"孤独"。因此,他对"丧家狗"的孔子有这样的阐释:"他是死在自己家中——然而,他却没有家。不管他的想法对与错,在他身上,我看见了知识分子的宿命。"李零解释说,这里所用的知识分子概念,用的是萨义德的概念,主要特点是:"背井离乡、疏离主流、边缘化,具有业余、外围的身份。"李零说:"任何怀抱理想,在现实世界找不到精神家园的人,都是丧家狗。"也就是说,孔子是一个有理想的知识分子——他有"乌托邦"理想,西方还有"孔教乌托邦"之说,他的乌托邦就是"周公之治",这也可以算是他的精神家园吧。问题是他在现实世界找不到他的精神家园,甚至找不到将他的精神家园现实化的任何可能性。这一方面唤起了他批判现实的激情,李零说他是一个"有道德学问,却无权无势,敢于批评当世权贵的人",是"不满现实"的"持不同政见者";另一方面,就注定了他在现实社会里,只能处于"疏离主流、边缘化"的地位,终生背井离乡,颠沛流离,"像一条无家可归的流浪狗"。尽管如此,他仍不放弃自己的努力,还在现实世界不断寻找精神家园,找不到也要找,因此,李零一再说,孔子是中国的"堂吉诃德",既可爱可敬又可笑。在我看来,这是抓住了孔子本质的东西的,这也可能是一切真正的知识分子本质的东西。刚才有人说,李零是丧家狗,我一开头说我对李零的书有强烈的共鸣,原因就是我也是丧家狗。

但问题的复杂性,在于孔子还有另一面,这就会引发对"丧家狗"的不同理解。孔子尽管实际上处于疏离主流的边缘地位,但他却无时无刻不希望进入主流,因为他有一个"国师"情结,他自认有一套安邦治国的良策,而且认定只有为统治者所接受,才得以实现;因此,如李零所说,他一方面"批评当世的权贵",一方面又"四处游说,替统治者操心,拼命劝他们改邪归正"。但这只是他的一厢情愿,任何统治者都不会愿意有一个"国师"高居于自己之上,天天指手画脚;偶尔听听意见,也不过是利用而已。统治者要的是甘心充当帮忙和帮闲的知识分子,但孔夫子不愿意——在我看来,这正是孔子可贵之处,他尽管对统治者有幻想,但却始终坚持了自己的理想和独立性,也正因为如此,他就必然不为统治者所用,而成为"丧家狗"。但也幸亏他成了"丧家狗",而没有成为"被收容、豢养的狗",他才具有了为后人与今人敬仰的地位和价值,这也就是李零说的"因祸得福"。但无论如何,"丧家狗"在孔子这里,意义是复杂的,至少有两个层面:一方面,是他对乌托邦理想的坚守,因而决定了他的思想原意上的批判性和原初形态的边缘性;另一面,是他的国师情结,决定了他替统治者操心而又不被所用的现实命运,同时也使他的思想具有某种被意识形态化的可能性。李零说:"乌托邦的功能是否定现存秩序,意识形态的功能是维护现存秩序。从乌托邦到意识形态,是知识分子的宿命。"李零所认同的,显然是乌托邦意义上的,不懈地追求精神家园的"丧家狗"孔子,而对国师意义上的"丧家狗"孔子有所保留。在这个意义上,李零(或许还有我这样的知识分子)和"丧家狗"孔子的关系也是复杂的:这是因为我们对孔夫子的观照是一种当代知识分子的观照。

还可以追问下去的是:孔子试图将乌托邦理想现实化的努力本身,是否有问题?记得在二十世纪的九十年代我曾经写过一本《丰富的痛苦》,讨论的就是"堂吉诃德"(现在我从李零的书中知道孔子也是"堂吉诃德")的"把乌托邦的彼岸理想此岸化"的问题,我的研究结论是:乌托邦理想此岸化,必然带来灾难,即所谓"地上天堂必是地狱"。我还谈到"理想主义很容易导致专制主义"的问题。这都是可以用二十世纪中国与世界的许多历史事实来证明的。因此,我非常认同李零的以下论述:"知识分子,最有智慧,最有道德,最有理想。让他们管国家,谁都觉得踏实,放心。其实,这是危险的托付","真理难容谬误。知识分子心明眼亮,比谁都专制。如果手中有刀,首先丧命的,就是他的同类"。还有李零对"知识分子理想国"的批判:无论是西方的柏拉图,还是东方的孔子的理想国都是"一切靠道德和智慧"的"知识分子专政";而具有讽刺意味的是,"柏拉图的理想国,名曰哲人专政,实为军人专政","它的灵感来自斯巴达:军事共产主义加奴隶制",最后,柏拉图自己在多次无功而返以后,也叹气说:"我理想的头等国家,只合天上才有,地上的国家,还是交法律去管吧。"——在我看来,这都是李零对包括孔子在内的许多东西方知识分子的历史经验教训的一个极其重要的总结,是他读《论语》的极具启发性的心得。

这其中还有一个重要问题:"从乌托邦到意识形态",是不是知识分子必定的宿命?我是怀疑的,因此,提出过一个"思想的实现,即思想和思想者的毁灭"的命题,并提出要"还思想予思想者"。李零说:"我读《论语》,主要是拿它当思想史。"这是李零读《论语》的一个最重要的特点,也可以说是他的追求,就是要去意识形态的孔子,还一个思想史上的孔子,将孔子还原为一个"思想者",或者再加上一个以传播思想为己任的"教师"。在李零看来,为社会提供思想——价值理想和批判性资源,这才是"知识分子"(李零理解和认同的萨义德定义的"知识分子")的本职,也是孔子的真正价值所在。

(以上三段,是原来发言中所没有的;后来王得后先生在发言中对我的分析提出了不同意见,提醒我更全面地来考虑"丧家狗"孔子的复杂意义,李零、我和"丧家狗"孔子的复杂关系,以及孔子的真正价值,因此,作了补写,特向王得后先生表示谢意。)

怎样看待当下"孔子热""读经热"中的一些现象

李零并不讳言,他之所以要读《论语》,是受到当下孔子热、读经热的刺激,也就是说,他在二十一世纪初的中国,重新强调"孔子不是圣人",大谈孔子是"丧家狗",是有针对性的。坦白地说,我之所以产生强烈共鸣,也是对他的针对性有兴趣。或者说孔子热、读经热中的一些现象,引发了我的思考与警惕。

首先我注意到的是,孔子热、读经热有一个重要的背景,即国家意识形态的推动。而国家推动的动力有二,一是想用《论语》凝聚人心,二是要把孔子推向全世界,显示中国的软实力。这背后又有一个"大国崛起"的问题。我对所谓"大国崛起",始终持怀疑态度。首先是否真的"崛起"就是一个问题,会不会盲目乐观,掩盖许多真实存在的严重问题;其次,"大国"心态的背后,我总觉得有一个"中华中心主义"情结在作怪:这几乎是我们这个老大中国的一个痼疾,一有机会就要发作。李零说得好,我们这个民族的心理有问题,"忽而自大，忽而自卑"，但无论自大、自卑，都要"拿孔子说事"。现在，大概是因为经济有了发展，就自我膨胀，要拿孔子去"拯救全世界"了。本来，作为正常的国际文化交流，向外国朋友介绍孔子思想，是没有问题的；但如果将孔子当作软实力，救世良药，向全球推广，就不但是一厢情愿，而且明摆着是在利用孔子。不但自我膨胀，也把孔子膨胀了。在我看来，李零强调孔子是一个"在现实世界找不到精神家园"的"丧家狗"，就是要给这样的远离孔子真相、真价值的膨胀降降温："孔子不能救中国，也不能救世界"。李零说，"把孔子的旗帜插遍全世界，我没有兴趣"，我也如此。

但还有些学者，宣称要用孔子来救中国。因此，他们不但重新独尊儒学，还要提倡儒教，主张政教合一，把孔子再度变成国师，其实也是"拿孔子说事"，真正想当国师的是他们自己。但和国家意识形态一样，他们不但要把孔子道德化，而且重点放在儒家"治国平天下"的功能，也把孔子意识形态化了，而且进一步宗教化了。历史仿佛又在重演，就像鲁迅在二十世纪三十年代所说的那样，"权势者或者想做权势者"又把孔子捧成"圣人"了。在这个时候，李零来大谈孔子"不是圣，只是人"，还是个边缘化的"丧家狗"，还一再论证"半部《论语》治不了天下"，这都是在扫兴。不过，我觉得这个"兴"扫得好，不然我们真要被"孔子热"给热得昏头昏脑，而就在这样的热昏状态中，孔子又成了一些人的"敲门砖"了。

还有商业炒作。李零说得好："现在的'孔子热'，热的不是孔子，孔子只是符号。"我要补充一句：在一些人那里，孔子只是一块"招牌"。这就是鲁迅说的"孔圣人"的"摩登化"。现在有打着"振兴国学"旗号的这"院"那"院"，我衡量是真的要振兴，还是只是打招牌、吃招牌，有一个简单的标准：你是不是引导大家读原著，以"板凳要坐十年冷"的精神沉潜下来研究传统文化，还是只在那里吆喝，或者用手机来贩卖孔子语录？对前者，那些潜心研究的学者，认真读原典的读者，我们应该表示最大的敬意；而对后者，则要保持警惕。问题是，据我冷眼旁观，在当下的读经热中，真读、真研究者寥寥，而吆喝者、买空卖空者多多。如李零所言，这也是中国人的积习："从骂祖宗到卖祖宗"，现在最时行的是"卖祖宗"。

还要说到我们的老百姓。有一件事，我百思不解：《论语》字数并不多，文字也不是太难懂，为什么大家都不去读，只是一个劲儿地追逐讲《论语》的明星？这大概是因为读《论语》原著，总是要费点劲，哪像听明星讲，就像吃冰激凌一样舒服。还有的人是把听讲《论语》当作一种时尚，作出欣赏状就足够了，当然无须读原著：那是别人看不见的。这里透露出来的整个社会的浮躁心态，将一切都功利化、实利化、游戏化、表演化的风气，实在令人担忧。

我因此赞同李零的态度："不跟知识分子起哄，也不给人民群众拍马屁。"我还加一句：不跟着国家意识形态走。在当下"孔子热""读经热"中，保持冷静、低调，独立，充当一服清醒剂。

这样降温降调，是否会贬低孔子的意义和价值？当然不会。李零说："读《论语》，要心平气和——去政治化，去道德化，去宗教化"，这才会有"真实的孔子"。我也想加一句：去商业化。被政治化、道德化、宗教化、商业化的孔子，膨胀得神圣无比，高大无比，却是虚的，更是一种遮蔽。降温降调，其实就是"去蔽"，去掉人为的遮蔽，真价值就出来了。以平常心，心平气和地去读《论语》，我们就看到了一个真实的孔子，一个具有原创性的思想家、教育家，同时又是一个在痛苦中不懈追求、探索的真正的知识分子。这样的孔子，为我们民族提供了具有源头性的思想与精神传统，在当今这个"礼坏乐崩的世界"，我们是可以，或者说特别需要和他进行精神的对话，他不会给我们指路，却会引发我们思考，给我们自己的探索以启示，这就足够了。李零说:"学《论语》,有两条最难学,一是'三军可夺帅,匹夫不可夺志',二是'不义而富且贵,于我如浮云'。现在,哭着闹着学《论语》的,不妨先学这两条,试试看!"在我看来,单这两条,就够我们受用的了。而且这两条也真是鉴别真懂还是假懂,真学还是假学的试金石。

如何看待孔子和鲁迅的关系

最后,还想讲一点。刘苏里先生说,我们来参加这个研讨会,是为孔子,李零,和我们自己而来,我还加一个,为鲁迅而来。在鲁迅博物馆讨论孔子,是意味深长的。因为很长时间以来,人们总是把孔子和鲁迅绝对对立起来。捧鲁迅的时候,像"文革"时期,就用鲁迅打孔子;现在,孔子地位高得不得了,就用孔子打鲁迅。我一讲鲁迅,就会有人质问我:当年就是鲁迅把孔子赶跑了,现在正要把孔子请回来,你还讲鲁迅,居心何在?看来,现在是鲁迅倒霉、孔子走运的时候。

但这种状况恰恰是应该质疑的:孔子和鲁迅真的是决然对立,水火不容,有孔无鲁,有鲁无孔吗?他们的关系究竟是什么样的?这是我们必须给予科学的回答的问题。

毫无疑问,鲁迅和"五四"那一代人对孔子有很多批判。在我看来,这样的批判是有两个层面的。首先,他们批判的锋芒,是指向将以儒学为中心的传统文化神圣化、宗教化的"中华中心主义"的。在当时的中国,正是这样的中华中心主义妨碍着中国人对世界文化的吸取,而在"五四"先驱者看来,打开思想的闸门,向世界开放,正是当务之急。因此,在思想文化界就需要破除将传统文化绝对化的文化神话。他们的批判锋芒又同时指向独尊儒学的文化专制主义。其实,在晚清以来，儒学的垄断地位已经发生动摇，已经有越来越多的学者对诸子百家有更多的关注。"五四"时期只不过是把这样的打破垄断、独尊的努力，推向自觉。因此，我们可以说，"五四"新文化运动包括鲁迅在内的先驱所做的，其实也是"去政治化，去道德化，去宗教化"的工作，他们所批的正是李零说的被意识形态化、道德化、宗教化的"人造孔子"，"大家把孔子从圣人的地位请下来，让他与诸子百家平起平坐，有什么不好？无形中，这等于恢复了孔子的本来面目"。

当然，鲁迅和孔子之间是有分歧的，甚至是重大分歧，原则分歧，从这一层面，鲁迅也批孔子。如李零所说，孔子是一个"替统治者操心，拼命劝他们改邪归正的人"，因此，他想当"国师"。而鲁迅，连"导师"都不想当（他的理由是：我自己都找不到路，如何为年轻人指路？），更不用说当"国师"。更重要的是，鲁迅对统治者没有幻想，他曾经说过，统治者遇到危机，车子要倒了，你别去扶，让它自己倒。孔子却拼命要扶，不让扶也要扶。他们对于统治者的态度是不一样的。不一样，就有批评，说批判也行，这其实是很正常的。就是现在，有不同选择的知识分子之间也经常有争论，相互批判。但并不妨碍彼此在别的方面有相同之处。如李零说，孔子也是"无权无势，敢于批评当世权贵的人"，当然，他是力图在体制内批判，鲁迅则是自觉地进行体制外的批判，这确有不同，但在批判权贵这一点上，也自有相同，所谓"同中之不同，不同中之同"。我们不必掩饰分歧，也不必夸大分歧。更不要用阶级斗争的眼光去看，把由分歧引起的相互争论，批判，变成"你死我活，非此即彼，一个打倒一个，一个吃掉一个"的关系。

在我看来，鲁迅和孔子，既有分歧，也有一些精神上的相通。鲁迅和孔子都是中国一代一代的，不断寻找自己的精神家园，即使找不到还得继续找的知识分子的代表。尽管道路的选择有不同，但那样的不屈不挠地追求，探索，以及在追求、探索过程中表现出来的勇气，浩然正气，韧性精神，理性实践精神，都体现了中国知识分子最可贵的精神。前面提到李零说，《论语》中最难做到的两条："匹夫不可夺志"，视富贵"如浮云"，都是孔子精神的精髓，而在现代知识分子中，最能体现这样的精神的，就是鲁迅。还有"知其不可为而为之"，李零说："可以有两种理解：一种是明知不可行，硬干，这是直道；一种是既然不可行，不妨拐着弯儿干，这是曲道，孔子属于后一种。"我们一般都认为鲁迅奉行的是"直道"，他也确实力赞中国历史上"拼命硬干"的人，但鲁迅同时提倡打"壕堑战"，反对赤膊上阵，他也走"曲道"。

我们可以说，从孔子到鲁迅，实际上是构成了一个传统的。我们民族，好不容易有了一个孔子，有了一个鲁迅，这都是民族文化的精华，宝贵遗产，理应是我们民族的骄傲，但我们从一种变态的文化心理出发，总把他们对立起来，做非此即彼的选择，让他们一个损害一个，这不仅是愚蠢，更是犯罪。从这一角度看，我们今天在鲁迅博物馆里讨论《论语》，就是一个很好的开端，它对我们重新思考"如何对待中国文化传统，从孔子到鲁迅的传统"，是大有启示意义的。

2007年4月22日发言，
5月1日—3日整理，补充

鲁迅谈民国

——2011年1月8日在广西师范大学出版社主办的
民国座谈会上的讲话

我本来以为这是一个座谈会，随便讲讲就可以了。后来又通知我，要做一个简短的演讲，这使我很为难，因为我对"民国"可以说是毫无研究，实在不敢乱讲。情急之中，又想到了鲁迅，他既是民国中人，对包括民国在内的中国近现代历史与社会，又有许多独特的见解，而且在我看来，这些见解今天也还没有过时。这也是我经常谈到的，鲁迅对于我们，永远是"现在进行式"的存在，他的文章有强烈的当代性，他用自己的方式，参与我们的种种讨论与争论。那么，在今年辛亥革命100周年的时候，关于民国的众说纷纭之中，我们来听听鲁迅的意见，大概是很有意思的。这又是我能够讲的。于是，就有了今天的讲题："鲁迅谈民国"，无非是念几段鲁迅关于民国的论述，并谈谈我的理解。

首先要说的，是鲁迅对民国的赞美与辩护。鲁迅在1935年一场重病里，突然怀念起辛亥革命来，在《病后杂谈之余》里，深情地写下了这样一段文字："我觉得革命给我的好处，最大、最不能忘记的是我从此可以昂头露顶，慢慢的在街上走，再不听到什么嘲骂。几个也是没有辫子的老朋友，从乡下来，一见面就摸着自己的光头，从心底里笑了出来道：哈哈，终于有了这一天了"，"假如有人要我颂民国的功德，以'舒愤懑'，那么，我首先要说的，就是剪辫子"。——这里所说的"辫子"，其实是政治、民族压迫，精神束缚所造成的人的奴隶地位的一个象征。鲁迅将"剪辫子"视为辛亥革命的主要功绩，就是要强调辛亥革命的最伟大的，影响深远的意义，就在于它是中国人摆脱奴隶地位的一次重大努力，一次解放：政治的解放，更是精神的解放。

鲁迅最为看重的，正是辛亥革命给后人留下的民国遗产，而重心又在精神遗产。于是就有了1933年的《重三怀旧》。文章劈头就说："我想赞美几句一些过去的人。"他解释说："所谓过去的人，是指光绪末年的所谓新党，民国初年就叫他们'老新党'。甲午战败，他们自以为觉悟了，于是要维新。便是三四十岁的中年人，也看《学算笔谈》，看《化学鉴原》，还要学英文，学日文，硬着舌头，怪声怪气的朗诵着，对人毫无愧色，那目的是要看'洋书'，看洋书的缘故是要中国图'富强'。"鲁迅因此感慨说："'老新党'们的见识虽然浅陋，但是有一个目的：图富强。所以他们坚决，切实；学洋话虽然怪声怪气，但是有一个目的：求富强之术。所以他们认真，热心。"——这是一个重要的提醒：所有的历史的开创者的行为，在享受着历史进步的成果的后人看来，不免是幼稚，甚至是可笑的；但如果因此而忽略、否定其内在的精神，那更是幼稚可笑。鲁迅把辛亥革命的"老新党"的精神传统，概括为"坚决，切实，认真，热心"这八个字，这也颇耐琢磨。这里说的每一个精神特质，都是有针对性的："坚决"就是"不妥协"，"切实"就是"不空谈"，"认真"就是"不马虎"，"热心"就是"不冷漠"。而妥协，空谈，马虎，冷漠，这都是鲁迅所一再批评的中国国民性的弱点，恐怕今天也依然如此。在这个意义上，鲁迅心目中的辛亥革命又是一场改造国民性的运动，由此创造出的"坚决,切实,认真,热心"的国民新精神,是最应该发扬光大的。

问题是,中国又是一个"没有记性"的民族,许多宝贵的精神遗产都被后人遗忘,曲解与抹杀了。鲁迅就遇到这样一件事:1929年,西湖博览会设立"先烈博物馆",居然征求"落伍者的丑史",其中"赫然有邹容的名字"。鲁迅只得来为邹容辩诬:"他在满清时,做了一本《革命军》,鼓吹排满,所以自署'革命军马前卒邹容',后来从日本回国,在上海被捕,死在西牢里了。其时盖在1902年。自然,他所主张的不过是民族革命,未曾想到共和,自然不知道三民主义,当然也不知道共产主义,但这是大家应该原谅他的,因为他死得太早了。他死了的明年,同盟会才成立。"鲁迅因此发出感慨:"后烈实在前进,二十五年前的事,就已经茫然了。"——这样的"茫然",恐怕今天是更加严重了。对最近几十年的历史,都相当"茫然",更何况辛亥革命、民国的历史。或许今年纪念辛亥革命一百周年,可以给我们提供一次拒绝遗忘的机会,重新回顾这一百年来的历史,向为中华民族的独立、富强、民主、自由而献身的所有的先驱者,不仅是那些已经载入史册的先驱,也为那些依然被掩埋、抹杀的先驱,表示我们最大的敬意。

鲁迅在由衷赞扬辛亥革命和民国的历史业绩的同时,更怀有不满。——这或许是更为重要的。因为"不满"是"向上的轮子",有不满,才有新的变革,新的努力和奋斗。而我们对于历史的评价,总是在或者遗忘、抹杀,或者美化、理想化的两个极端间摇摆。在因为纪念就不免要多唱颂歌时,听听鲁迅的不满,或许是别有意思的。

鲁迅并不掩饰他对辛亥革命某种程度上的失望。这失望几乎是在革命刚获成功时就有的,他如此回忆革命胜利后的他的家乡:"满眼是白旗。然而貌虽如此,内骨子里是旧的",不仅旧乡绅摇身一变成了"新进革命党",而且原先的革命者,进了衙门,"穿布衣来的,不上十天也大概换上皮袍子了,天气还并不冷",这革命者的异化、官僚化是更为致命的。于是，就产生了鲁迅式的恐惧："我觉得仿佛就没有所谓中华民国。我觉得革命以前，我是做奴隶；革命以后不多久，就受了奴隶的骗，变成他们的奴隶了"，"我觉得有许多民国国民而是民国的敌人。我觉得许多烈士的血都被人们踏灭了，然而又不是故意的。我觉得什么都要重新做过"。——这是一个非常严峻的判断：反抗的奴隶成了新的奴隶主，昔日的被压迫者成了新的压迫者。所谓民国革命不过是阿Q革命，阿Q在他著名的土谷祠的梦里，梦寐以求的就是女人、金钱和权势，希望成为新的统治者以取代旧统治者。鲁迅说，中国的历史从来就是"一乱一治"的历史循环：所谓"乱世"，就是"想做奴隶而不可得的时代"，所谓"治世"也即"太平盛世"，不过是"做稳了奴隶的时代"。也就是说，无论乱与治，中国人始终没有脱离奴隶地位。应该说，辛亥革命就是试图摆脱这样的历史循环的一次悲壮的努力与尝试，但其结果，鲁迅感觉到自己又成了奴隶：依然没有走出"奴隶时代"。正是在这个意义上，鲁迅认为"仿佛没有所谓'中华民国'"，"一切都要重新来过"。

鲁迅是在1925年说这番话的，到了1931年，鲁迅所面对的，却是更为严峻的现实：国民党在1928年基本统一中国以后，就逐步建立起了"一个国家，一个领袖，一个主义"的一党专政的政权。于是，鲁迅在著名的《友邦惊诧论》里，对民国政权的性质作出了新的概括，提出了一个重要概念："党国"。这就意味着，整个中华民国的历史，是一部由"民国"蜕变为"党国"的历史。于是，就开始了新的反抗，新的革命。

值得注意的是，鲁迅在离世前三个月，给一位朋友的信里，特意提醒说，我的《阿Q正传》的"真意"并未被人们所理解。那么，他念念不忘的"真意"是什么呢？他在《〈阿Q正传〉的成因》里，说得很清楚："民国元年已经过去，无可追踪了，但此后再有改革，我相信还是会有阿Q式的革命党出现"，并且特地申明，我所写的不是"现在以前的或一时期"，"而是其后，或者竟是二三十年之后"。这就是说，鲁迅不仅不满意于民国元年的辛亥革命终不免是一场阿Q革命，而且担心"二三十年之后"的中国改革与革命，依然走不出阿Q革命的老路。

可以看出，鲁迅无论是评价辛亥革命，民国历史，还是预见未来中国的发展，他都有一个基本标准，就是看这些革命、改革能否引导中国走出在"一乱一治"即"想做奴隶而不得的时代"和"做稳了奴隶的时代"二者之间循环的历史怪圈，他期待着一个中国人永远不做奴隶，真正成为国家主人的"历史上未曾有过的第三样的时代"。

于是，鲁迅呼吁孙中山先生的"永远革命"的精神。他说："中山先生的一生历史具在，站出世间来就是革命，失败了还是革命；中华民国成立之后，也没有满足过，没有安逸过。仍然继续着进向近于完全的革命工作。直到临终之际，他说道：革命尚未成功，同志仍须努力！"

在我的感觉里，无论是鲁迅的期待，还是孙中山的召唤，今天依然有效而有力。

2011年2月12日整理

附记：这篇演讲没有公开发表，但有些报纸作了报道，自然经过了选择。我看到其中一份就只谈我说的鲁迅对民国的赞扬和肯定，但鲁迅对民国的不满却被忽略不提了。——这样的筛选颇耐寻味：现在依然是鲁迅说的"欢迎喜鹊，憎厌枭鸣，只捡一点吉祥之兆来陶醉自己"的时代。

2011年2月25日补记

漫说"鲁迅'五四'"

——2009年3月11日在首都师大举办的"国家历史"
　　讲堂上的演讲

今年是"五四"九十周年,从年初起就接到不少做讲座的邀请。"五四"在我的专业范围内,似乎没有理由不讲。但退休后我已经远离专业,很少做这方面的研究。没有新研究,却偏要讲,这就是我今天到这里来演讲的尴尬处。为此我苦恼了好几天,直到昨天非要作准备的时候,才想到一个摆脱困境的办法:讲讲我的老观点在今天思想、文化状态下的新意义,就算是"老话新讲",而且限定在我最熟悉的范围:讲鲁迅。于是,就有了今天的讲题:"漫说鲁迅'五四'"。

先来释题:怎么叫"鲁迅'五四'"?我的这个命题是从汪晖在十年前写的《中国现代历史中的"五四"启蒙运动》一文提出的一个观点引申出来的。他认为,"五四"新文化运动最显著的特征,就是这个运动的发动者、参与者仅仅拥有"态度的同一性",即对于中国传统文化和社会的批判与怀疑态度。胡适、周作人都说过这样的话,"五四"新文化运动的核心观念是"重新估定一切价值",大家是团结在这一口号、旗帜下的。当然,也还有"启蒙""科学""民主"这样一些被今人认为是"五四"精神的共同价值理想。但如果再追问下去:以什么标准来"重新估定价值",要坚持怎样的"科学观""民主观""启蒙观"?……彼此之间就存在着很大的分歧。这就是说,在某些大体的,具有某种模糊性的共同价值观念之下,每一个在当时有影响的发动者、参与者,都以各自不同的理解、追求与实践,在"五四"新文化运动上打下个人的烙印,甚至形成某种传统。于是,在总体的"五四"之下,有陈独秀、李大钊的"五四"——那是走向马克思主义的"五四";有胡适的"五四"——那是走向自由主义的"五四";当然,也就有鲁迅的"五四",还有蔡元培的"五四"——我最近在研究沈从文,就注意到,沈从文在六十年前,也就是二十世纪的四十年代写了好几篇文章谈"五四"传统,谈的就是蔡元培的"美育代替宗教"的传统,希望通过文学的复兴来重建信仰,再造中国。这些年围绕着"五四"传统(与之相关联的还有所谓"北大传统")有许多争论,或强调马克思主义传统,或强调自由主义的传统,其实都是"五四"传统在某一方面的发展,以李大钊、陈独秀的"五四",或胡适的"五四"来代表、概括"五四"传统,而且把他们相互对立起来,这背后有一个"争正统,建法统"的意图和心态,但却都在不同程度上使"五四"传统狭窄化与简单化。以此来观照今天的有关"五四"的言说,就可以发现,其实,人们都是在谈各自心目中的"五四",或者说,是从各自的价值立场、理想来谈"五四"的,有的人是在说李大钊、陈独秀的"五四",有的则是在说胡适的"五四",这是不能不做细致的分辨的。

因此,我今天来谈"五四",就先要向诸位交代清楚:我谈的是"鲁迅'五四'"。我更要强调的是,鲁迅在"五四"新文化运动上打下的个人印记,从而形成的鲁迅传统,这是"五四"大传统下的小传统。就是说,鲁迅传统在基本方向上和"五四"传统是一致的,是其有机组成部分,它和其他人的"五四"不是对立,而是相互补充和制约的;鲁迅的贡献是独立而重要的,但绝不是唯一的,尤其不能以

"鲁迅'五四'"来代表整个"五四"传统。——我之所以要强调这一点,并作为我们今天讨论的前提,是因为在很长的时间里我们都有一个说法,直到今天还很有影响,就是"鲁迅是'五四'新文化运动的主将","鲁迅的方向就是'五四'新文化运动的方向":而这恰恰是应该质疑的。

首先,鲁迅自己就不承认。他在《〈自选集〉自序》里说他是"尊奉""五四"文学革命的"前驱者的命令"而写作,并自觉"和前驱者取同一步调"的:"遵命"这一说法本身就否定了"主将"之说。鲁迅自己是明确地说过,"五四"文学革命是胡适"提倡"的(见《无声的中国》)。如果说"五四"新文化运动有"主将"的话,那就是陈独秀:这大概是这些年学术界的一个共识。陈独秀在鲁迅逝世以后,写了一篇《我对鲁迅的认识》,有这样一个回忆:"鲁迅先生和他的弟弟启明先生,都是《新青年》作者之一人,虽然不是最主要的作者,发表的文章也很不少,尤其是启明先生;然而他们两位,都有他们自己独立的思想,不是因为附和《新青年》作者中哪一个人而参加的,所以他们的作品在《新青年》中特别有价值。"——"不是最主要的",当然不是"主将";但有"自己的独立思想",因而"特别有价值"。应该说,这是一个客观的,准确的评价。

那么,鲁迅的独立和独特价值在哪里呢?这首先表现在他对"五四"启蒙主义话语和实践的复杂态度。鲁迅在谈到"我怎么做起小说来"时,明确地说,他的写作坚持的就是"五四"启蒙主义。但他在同学们在高中就读过的《〈呐喊〉自序》里,谈到当年"金心异",也就是钱玄同劝他加入《新青年》时,他又对启蒙主义提出了两个质疑:一个是"铁屋子"单凭思想的批判就能够"破毁"吗?再一个是你们把"熟睡的人们"唤醒了,能给他们指明出路吗?因此,在"五四"运动一周年,即1920年5月4日那一天,他在给自己的学生写的一封信里，对学生爱国运动和新文化运动所引发的"学界纷扰"，出乎意料地给予了冷峻的低调评价："由仆观之，则于中国实无何种影响，仅是一时之现象而已。"到后来大革命失败了，目睹年轻人的血，鲁迅更是痛苦地自责自己的启蒙写作，只是"弄清了老实而不幸的青年的脑子和弄敏了他的感觉，使他万一遭灾时来尝加倍的苦痛，同时给憎恶他的人们赏玩这较灵的苦痛，得到格外的享乐"，鲁迅甚至怀疑自己不过是充当了"吃人的宴席"上"醉虾的帮手"。但他最后的选择，还是从"淡淡的血痕"中"看见一点东西，誊在纸片上"。——在坚持中质疑，又在质疑中坚持：这样的启蒙主义立场，在"五四"新文化运动，以至整个现代中国思想文化界，都是非常特别而独到的。

他不仅对"五四"启蒙主义采取了这样的"既坚持又质疑"的复杂态度，而且对"五四"新文化运动的两个核心观念："科学"与"民主"，也有复杂的分析，也是既坚持又质疑的。

为什么会采取这样一个看起来不那么鲜明，而多少有些犹豫不决的复杂态度？这就需要了解这一代人所面临的双重困境：一方面，他们面对的是政治与思想上的封建专制主义，要对其进行"价值重估"，就必须引入西方的科学、民主、启蒙观念；另一方面，从世界范围看，西方社会里工业文明的许多弊端已经暴露，科学、民主、启蒙这些观念开始受到了质疑。用鲁迅的说法，封建专制主义是"本体自发之偏枯"，西方文明病是"以交通传来的新疫"，正是这"二患"使鲁迅那一代知识分子陷入了双重疑惧和忧患之中。由此导致的是四种不同的选择：一是坚持首先全面引入西方文明，即所谓"全盘西化"，以期彻底解决东方专制主义的问题，以后再来处理西方文明的弊病问题——这大概就是胡适和中国自由主义者的思路；二是因为看到西方工业文明的弊端，就转而回到中国传统文化，以期用东方文明来拯救中国与世界——这大概就是"五四"时的文化保守主义者，以及以后的新儒家的思路；三是引入批判西方资本主义的马克思主义思想，以期达到反对封建专制主义，避免资本主义的双重目的——这大概就是李大钊、陈独秀和中国马克思主义者的思路（晚年陈独秀的思想有变化，应另作讨论）。应该说作出以上选择的知识分子，都是旗帜鲜明，立场坚定，充满自信地走自己选定的道路的，因为在他们看来，他们的选择，是能够解决困境，避免偏颇的救世良方，是通向真理的理想之路。而鲁迅却恰恰没有这样的自信，他反对封建专制主义的立场是坚定的，但他对西方工业文明的观念（例如科学、民主）的态度却是"既坚持又质疑，既吸收又批判"，他说自己要找的是一条"似乎可走的路"，并不把自己的选择绝对化和理想化，他更不试图去寻找一条毫无矛盾和缺陷，全面而完美的，一劳永逸的彻底解决问题的理想之路，他正视矛盾，不回避选择的困惑，始终在矛盾的张力中，在充满怀疑与绝望中，坚持探索，追寻。但他的选择又不是折中主义的，他并不回避自己的"偏至"：尽管存有质疑，但他依然积极参与"五四"启蒙运动，坚持科学与民主，也就是他所说的始终和"五四"新文化运动的主流保持步调的一致，这也是时代的要求使然：在鲁迅的时代，封建专制主义是主要的危险；西方文明病，就全局而言，还只是一个潜在的危机。

这就说到了我们这个时代，既和鲁迅的时代存在着历史的连续性，又有巨大的不同：我们今天既面临着并未退出历史，并具有时代新特色的东方专制主义，同时，又要面对日趋严重的西方工业文明病，也即现代文明病。这又使我想起了鲁迅对中国社会的一个经典概括："中国社会上的状态简直是将几十世纪缩在一时：自油松片以至电灯，自独轮车以至飞机，自镖枪以至机关炮，自不许'妄谈法理'以至护法，自'食肉寝皮'的吃人思想以至人道主义，自迎尸拜蛇以至美育代替宗教，都摩肩挨背的存在。"（《随感录·五十四》）——

在我看来，这也是当下中国的现实：我们正是一个"前现代""现代""后现代"都"摩肩挨背的存在"，"缩在一时"的社会。这就决定了中国的思想、文化、学术界所要面对的，也必然是把几个时代的问题"缩在一时"的充满悖论与混乱的状态。就今天我们讨论的"五四"传统问题而言，我们就有相互矛盾的两方面的任务：面对"前现代"的专制主义，我们必须坚持"五四"科学、民主、启蒙的传统；而面对"现代"文明病，我们又需要质疑科学、民主、启蒙；由于我们必须有坚守，又要对消解性的"后现代"的质疑进行再质疑。这样，"鲁迅'五四'"，鲁迅式的"既坚守又质疑"的复杂态度，特别是鲁迅式地在肯定的同时进行质疑，又在质疑的同时作出肯定，在质疑与肯定的不断往返中深化自己的思想的思维方式，以及他的既反对专制主义，又批判现代文明病的"横战"立场，在今天就具有了特殊的启示意义。

有意思的是，正是鲁迅立场的双重性，在今天就遭到了两个方面的质疑和挑战。也就是说，我们今天来纪念"五四"九十周年，实际上是面临着两种思潮的：一个是否定科学、民主、启蒙的思潮，一个是科学、物质、民主崇拜，将其绝对化的思潮，而这两个思潮都会导致对"鲁迅'五四'"的否定，我们今天要坚持、发扬"鲁迅'五四'"传统，也还是必须"横战"。

对科学、民主、启蒙的否定，来自三个方面。一些人在"批判普世价值"的旗号下，将科学、民主，以至自由、人道等理念通通送给"西方资产阶级"，而加以拒绝。一些人则从民族主义、保守主义立场出发，指责"五四"启蒙主义输入西方科学、民主理念，批判儒学，导致中国传统的"断裂"，是"文化大革命"的源头，有人甚至因此给鲁迅戴上"汉奸"的帽子。还有一些人也用后现代的理论来批判启蒙主义。

这里有两个问题需要辩明。首先是如何看待"五四"启蒙主义对儒学（即所谓"孔家店"）的批判。我在很多场合都讨论过，不妨再重申我的两个观点：一是"五四"对儒学的重新评价，其批判锋芒，是指向将以儒学为中心的传统文化神圣化、宗教化的中华中心主义，和独尊儒学的文化专制主义的；把孔子从"圣人"的地位请下来，让他和诸子百家平起平坐，这才是真正恢复了孔子的本来面目。二是"传统的断裂"确实是我们当下必须面对的现实，但却不是"五四"造成的。事实上直到我们的老师辈——二十世纪三四十年代的知识分子都有很高的传统文化的修养，真正的文化断裂是从我们这一代五六十年代的知识分子开始的。而这正是从1957年反右运动以后推行的"批判封（建主义）、资（本主义）、修（正主义）文化"的极"左"路线所造成的恶果，其背后是一个文化专制主义的体制问题。如果把责任推给"五四"那一代人，就不仅会客观上形成对体制弊端的掩饰，而且还会把其内含的"思想专制"的逻辑继承下来，这是必须警惕的。

其次是如何认识鲁迅的启蒙主义。确实，有一类"启蒙者"，自命为真理的掌握者、垄断者，以导师以至国师自居，他们的所谓启蒙，是要向芸芸众生宣示真理，强制灌输：这样的启蒙主义是有可能导致专制主义的。而这正是鲁迅所警惕，所要批判和反对的。他一再声明，自己绝不是、也当不了导师，更不是国师，道理也很简单：我自己都不知道路该怎么走，如何给别人指路？因此，鲁迅写文章，演讲，总是把他自己的困惑，没有想清楚的问题，同时告诉我们：他要和我们一起探讨、追寻真理。他绝不试图"收编"我们，他只是要逼我们独立思考。——在我看来，这才是真正的启蒙主义，我们今天也还需要这样的鲁迅式的启蒙主义。

也还有些人，因为鲁迅在坚持民主的同时又质疑民主，而给鲁迅戴上一顶"反民主"的帽子，据说这也是鲁迅和专制主义合谋的铁证。

我说过，这是一个可悲的隔膜，恰恰暴露了批判者的民主观的浅薄：实际上陷入了民主崇拜。这里还可以补充一点：鲁迅对民主、科学、物质的批判性审视，是和他对现代文明（他当时称为"近世文明"）和国家现代化的理解联系在一起的。他明确指出：绝不能简单地"以富有为文明"，"以路矿为文明"，"以众治为文明"，而同时必须立人，也即必须把"人的个体精神独立与自由"作为中国现代文明、现代化的基本目标，在立人的基础上立国。——在今天这个唯物质主义、唯科学主义、消费主义泛滥一时的时代，鲁迅的立人思想的意义，我想不用多说，同学们都是很清楚的。而他对个体精神自由的呼唤，更是提醒我们：在关注多数人的民主的同时，也要注意保护少数人的精神自由。此外，鲁迅在三十年代还特别提出了社会平等问题，强调要维护劳动者的利益，这都是对"鲁迅'五四'"的重要发展，在今天的中国，更是具有现实意义的。

当然，还是我们今天的演讲一开始就说过的那句话：鲁迅的思想传统（还有鲁迅的文学传统，那是需要另作讨论的），仅是"五四"传统的一个方面；他所发表的许多意见，可以给我们巨大的启示，但并不具有方向的意义，也是可以讨论，包括质疑的。我个人最看重的，还是背后的精神，一是彻底的怀疑、批判精神（包括对自我的怀疑与批判），一是独立、自由的创造精神。我以为，这也就是"五四"精神的核心。我们今天纪念"五四"九十周年，最应该继承的就是这样的"五四"精神。因此，我就把这八个字奉献给诸位，以此结束我的演讲，这就是："独立，自由，批判，创造"。

2009 年 3 月 24 日—25 日整理

对鲁迅与胡适的几点认识

——2014年一份始终没有发表的讲稿

写在前面

我虽然已经退休,但仍然经常有人请去参加座谈会或演讲,我都尽量婉拒;实在非去不可,就一定要认真写好发言稿——主要是害怕年纪大了,随便乱说话,往往唠叨不已,让人生厌。我也趁机把自己平日所思所想写出来,也就由"要我讲"变成"我要讲",于己于听众都有好处。这回也是这样:年初凤凰读书网要举办"鲁迅与胡适"的讨论会,我就在开会前一天准备了这份讲稿。却不料举办者当晚告诉我,讨论的主题,是"国民性"问题。我准备的稿子,就变成文不对题,只得临时另起一稿:《漫谈鲁迅改造国民性的思想》。但又舍不得将稿子废弃,趁这两天有点空,把它整理出来,以备他日演讲所用。

2014年4月7日

再 记

这份讲稿整理出来不久,某单位请我在"五一"劳动节那天在他们的大讲堂里作一次报告,我于是选了这个讲题。不料在开讲前一天突然打电话来说,"不便安排"。于是,这篇讲稿又继续搁在我的抽屉里了。

2014 年 5 月 1 日

请我到这里来,大概是因为我是研究鲁迅的;对于胡适,我没有专门研究,但也读他的书,写过两篇文章,讨论鲁迅与胡适的关系。今天就主要根据这有限的研究,谈谈我的一些看法,大概有八个方面。

一,先说在"五四"新文化运动中,鲁迅与胡适所处的地位。

鲁迅说得很清楚:"五四"文学革命是胡适"提倡"的(见《无声的中国》),而他只是响应"前驱者的命令"呐喊助威的。胡适自己则在《新文学大系·建设理论卷》的《导言》里,详细地谈了他提倡文学革命的经过;同时又说,光有指导不行,还得要有新文学创作的成绩,"人们要用你结的果子来判断你"。而鲁迅正是用自己的创作来显示新文学的实绩的。一个倡导,一个显示实绩,他们之间就是这样的关系,胡适是居于主导地位的。他们在北大的地位,也是如此:胡适是教授,和蔡元培、陈独秀一起位居北大的中心位置;鲁迅只是讲几点钟课的讲师,处于客串的、边缘的位置。后来,毛泽东说鲁迅是"五四"新文化运动的主将,是不符合事实的。如果说一定有主将,那是陈独秀和胡适。

二,"五四"时期他们是一条战线上的"战友"。

共同目标有两点:一是"重新估定价值",即对传统文化、文学进行重新估价;二是要广泛吸取西方思想资源,实行"拿来主义"。他们之间也有三次具体合作。第一次,是关于妇女问题的讨论。周作人说,妇女问题女子自己不管,男人也不研究,只有"少数先觉的男子"关注。周作人、鲁迅、胡适都属于这样的先觉的男子。先是《新青年》4卷5号发表了周作人翻译的日本与谢野晶子的《贞操论》,提出男女婚姻必须建立在爱情基础上,"爱情分裂,只须离散"。胡适看了立即在《新青年》5卷1号发表《贞操问题》一文,认为在中国破除传统的贞操观,是"东方文明史上一件可喜的事",并且把批判锋芒指向袁世凯鼓吹的节烈观。于是又引发鲁迅在《新青年》5卷2号发表《我之节烈观》,予以响应。这一次对中国传统的妇女观的批判,胡适与周氏兄弟配合得是非常默契的。第二次合作,是胡适提出要重新估定传统小说的价值,要把小说文体从边缘提升到中心位置,他依然是倡导者,显示实绩的还是鲁迅。胡适因此对鲁迅的《中国小说史》给予很高评价,有人攻击鲁迅抄袭,胡适还为之作辩护。第三件事,是1922年胡适要删改他的诗集《尝试集》,以作为传世的定本,这也是确定胡适的新文学史地位的一件大事,他郑重其事地请了五位朋友参与,其中就有周氏兄弟,鲁迅、周作人的态度也很积极,足见他们彼此之间的信任程度。

三,但他们之间也有分歧。

这首先是在对青年的态度上。胡适和鲁迅都和青年有密切联系,同为最受北大学生欢迎的老师,但他们与青年关系的定位与引导都不同。鲁迅曾写过一篇《导师》,批评一些知识分子以青年导师自居,这其中就有胡适。鲁迅说,"我并非将这些人一切抹煞,和他们随便谈谈,是可以的",要他们指路,就有点危险。因为他们常常"今日之我与昨日之我战",当年大喊"干,干,干"(见胡适《四烈士塚上的没字碑歌》),现在又号召"进研究室",其实他们自己就不是"真识路"者。鲁迅公开承认:"我自己还不明白应当怎么走","至今有时还在寻求,在寻求中,我就怕我的未熟的果实偏偏毒死偏爱我的果实的人","如果盲人瞎马,引入危途,我就该得谋杀许多人命的罪孽"。因此，鲁迅说："中国大概很有些青年的'前辈'和'导师'罢，但那不是我，我也不相信他们。"

鲁迅与胡适对青年的期待也不一样。1920、1921、1922年胡适连续三年在北大开学典礼上讲话，提出北大要成为"新文化的中心"，学生要做"学阀"，"造成军阀、财阀一样的可怕的，有用的势力"，对人民思想、社会产生重大影响，"为中国造历史，为文化开新纪元"，简单说就是鼓励青年做精英，当天才。鲁迅1924年在北师大附中校友会上作了一个《未有天才之前》的演讲，说"天才并不是自生自长在深山荒野里的怪物，是由使天才生长的民众产生，长育出来的，所以没有这种民众，就没有天才"。他还说："天才大半是天赋的；独有培养天才的泥土，似乎大家都可以做。做土的功效，比要求天才还贴近。"可见鲁迅并没有否认天才，但他更鼓励青年做更为贴近的泥土。

我曾经比较过胡适与鲁迅演讲的姿态和效果。胡适的演讲有很强的鼓动性，因为他目标明确，意志坚定，意气风发地指导学生路应该怎么走，学生听了以后也很激动，目光闪闪：跟着胡先生走就行了。鲁迅则不然，总是犹豫不决，讲完一个观点，又立刻进行质疑。比如，他讲《娜拉走后怎样》，刚刚讲"经济权最要紧"，马上就说："可惜我不知道这权如何取得。"也就是说，他不但讲自己"知道"什么，更说自己"不知道"什么，不是自己掌握了真理，有现成的路指引青年走，而是自己也是寻路者，一切都不明确，要每一个听众自己去想。因此，听鲁迅说话大概比听胡适演讲要累得多。

四，胡适与鲁迅另一个分歧，是关于"整理国故"问题。

1919年12月胡适在《新思潮的意义》里，提出了他的全面的文化纲领："研究问题，输入学理，整理国故，再造文明。"立即在思想、文化、学术界引起强烈反应，或响应，或反对。鲁迅却不作任何回应，只是默默观察。仅在1922年写过一篇《所谓"国学"》，对"商人遗老们"翻印古书略加嘲讽。直到1924年，也就是胡适提出口号五年之后，才在前面说到的《未有天才之前》的演讲里，公开发表评论。他把"整理国故"看作是一种社会思潮，它当然与倡导者胡适有关，又不专指胡适个人。鲁迅说："老先生要整理国故，当然不妨去埋在南窗下读死书。"作为个人或少数读书人、学界知识分子的选择，是无可非议的；问题是要"拿了这面旗帜来号召"，特别是以此指导青年，指引社会发展方向，"以为大家非此不可"，就有了问题：可能导致"国粹主义的勃兴"，"将中国永远和世界隔绝"。这就过了我们前面所说的，胡适与鲁迅共同坚持的"批判传统，向外吸取"的两个"五四"新文化运动的底线。因此，又过了三四年，即1927、1928年，当胡适发现"国故运动"影响日益扩大，又形成了新的流弊时，立即发表文章指出："现在一般少年人跟着我们向故纸堆乱钻，这是最可悲的。"这就是胡适可爱之处：发现问题，立刻自己纠正。他还专门写一篇《整理国故与"打鬼"》，强调自己提倡整理国故的目的是为了"打鬼"，这意见又和鲁迅相近了：在坚持对传统文化中的"鬼气"的批判上，他们是一致的。

但同样"打鬼"，也有不同。对胡适来说，这是从西方盗来武器的"文化英雄"与传统文化的鬼魂的一场打斗；鲁迅则认为，传统文化的鬼气与毒气，已经渗透到国民与自己的灵魂里；要打鬼，首先要打自己心里的鬼。打鬼运动不仅是学理的论争，更是灵魂的搏斗。

五，胡适与鲁迅的真正分歧，发生在二十世纪三十年代。

鲁迅在1927年有一篇《真正的知识阶级》的讲话，把自己定位为"永远不满足现状"，永远站在平民阶级这一边的永远的批判者，因此，也永远处于边缘位置。而胡适则强调具有良心、知识、道德优势的知识分子精英，应该对政府起"监督"与"指导"作用，也应是民众和青年的"导师"。他提倡"效率最高的智囊团政治","专家政治"。胡适并不回避:他所提倡的"专家政治"就是"开明专制"。他把自己定位为执政者的"诤友"与"诤臣"。胡适也看到了知识分子参政有成为独裁政治的帮凶的危险,因而提出了"议政而不参政"的原则。

鲁迅与胡适不同的自我定位,是基于他们对于国家发展道路的不同体认。胡适强调自上而下的改革,重视国家和政府的地位与作用。他希望通过对政府的监督与相应的国家制度建设来变革中国社会,所以要当诤友与诤臣,鼓励青年当精英与天才。鲁迅则看重自下而上的变革,强调有什么样的国民就有什么样的政府,更注重国民精神、国民性的改造,主张以"立人"为中心,也鼓励青年和民众一起,做泥土。

这也表现了他们对现行体制——国民党的党国体制的不同态度。鲁迅说过,一列车要倒了,一种做法是"扶",这是胡适的选择,而鲁迅说,我既不扶,也不推,就看着它倒下去。胡适要扶,在鲁迅看来,就有为统治者"帮忙"之嫌,所以他要批判。

六,胡适与鲁迅在三十年代的同与不同,还反映在他们对孔子的态度上。

先说"同"。1934年,国民党政府举行"民国以来第二次"尊孔盛典。第一次袁世凯政府尊孔,是直接引发了《新青年》关于"重新估定价值"的讨论的;现在第二次举行尊孔大典,在"五四"老战士看来,就是"故鬼重来",因此都要反对。胡适写文章批判说,这是一次思想复辟,是"请出一个观音菩萨来解围救急","孔圣人是无法帮忙的"。鲁迅则把孔诞纪念会上演奏韶乐与同日报纸上宁波农村因争水斗殴而死的报道并置:"闻韶,是一个世界;口渴,又是一个世界。食肉而不知味,是一个世界;口渴而争水,又是一个世界。"显示的是鲁迅的左翼立场,对底层的关怀。——同是批判,立足点与视角也有不同。

更有基本立场的不同。我曾比较了三十年代胡适、周作人、鲁迅三篇谈孔子的文章。胡适写《说儒》,认为"三百年必有王者兴",孔子是"应运而生的圣者";周作人写《谈儒家》,认为孔子是一个"哲人""爱智者",而非"教主,圣人";鲁迅写《在现代中国的孔夫子》,认为孔子是与民众无关的"摩登圣人"。这其实恰恰是反映了胡适、周作人、鲁迅他们三人在三十年代现实中所处的地位与自我选择的。

七,我们作个总结:鲁迅与胡适是现代中国知识分子的两种范式。

他们都基本上坚守了"五四""独立,自由,批判,创造"的传统,又有不同的选择。胡适是体制内的批判者,他既坚守在体制内,因此,不免有许多妥协;但他的可贵之处,在于他最终还是守住了自己的相对独立性与批判立场。鲁迅是体制外的批判者。他的可贵之处,不仅在他对体制批判的彻底性,还在于他在与民间反抗,包括共产党所领导的革命运动的关系中,既有许多妥协,最终仍然保持了自己的独立批判性。他们的批判态度也有许多不同。如前面提到的,胡适是充满了自信与希望的批判,而鲁迅则是不怀希望的反抗绝望。胡适更是外向的,鲁迅更趋于内向,等等。

八,最后一个问题:我们如何看待与对待鲁迅与胡适的传统?与此相关的,还有如何看待鲁迅与孔子的传统?

鲁迅与胡适之间,还有鲁迅与孔子之间,是有分歧的,甚至是重大的、原则的分歧:这是不必回避的。但是,其一,他们之间也有相通之处:这也是不必否认的。其二,我们也不必夸大分歧,更不要用阶级斗争的眼光去看,把由于分歧引起的相互争论,变成"你死我活,非此即彼,一个打倒一个,一个吃掉一个"的关系。

我曾经说过，我们这个民族，好不容易有了一个孔子，在现代社会，又有了鲁迅、胡适，这都是民族文化的精华，宝贵遗产，理应是我们民族的骄傲。但我们却从一种变态的文化心理出发，总是要把他们对立起来，作非此即彼的选择，所谓"有鲁无孔，有孔无鲁"，或"有鲁无胡，有胡无鲁"，这不但愚蠢，而且是犯罪。

当然，作为个人，由于各人的处境不同，文化背景、趣味、气质不同，立场、观念不同，在鲁迅与胡适之间，鲁迅与孔子之间，会有不同的倾向性选择，这是正常的。其实，大家从我刚才的叙述里，也不难看出，我是更倾向于鲁迅的，我也不否认这一点。但是，说得更准确一点，我的选择是以鲁迅为主，但对胡适的选择也有同情的理解，并且有所吸取。另外一些朋友则可能是以胡适为主，也尊重与理解鲁迅，也有所吸取，而绝不是用一个否定一个。这或许是一个更为正常、合理的态度。

在今天，强调这样的有倾向而避免偏颇的态度，是有很大的现实意义的。因为在当下中国，知识分子、年轻人也有不同的选择。有的人成了鲁迅的粉丝，有的是胡适的粉丝、孔子的粉丝，彼此之间也有争论，甚至很激烈的争论。这是正常的，必然的。但我希望，彼此之间不要成为绝对不能相容的，你死我活的对立面，而应该在追求知识分子的"独立，自由，批判，创造"的立场上寻求最大的共识，然后又有不同选择，采取不同立场与态度。在作出某种倾向性选择，并相互论争时，对不同于己的选择，也要有同情的理解，并有所吸取。这样，就可以有更为健全的立场与心态。这大概也是今天的讨论的目的吧。

2014年1月4日起草，

2014年4月7日—8日整理录入电脑

后　记

我的鲁迅研究专著、论文集，算起来，已经有十本之多：《心灵的探寻》（1988）、《话说周氏兄弟》（1999）、《走进当代的鲁迅》（1999）、《与鲁迅相遇》（2003）、《鲁迅作品十五讲》（2003）、《远行以后——鲁迅接受史的一种描述（1936—2001）》（2004）、《鲁迅九讲》（2007）、《钱理群中学讲鲁迅》（2011）、《活着的鲁迅》（2013）、《中学语文教材中的鲁迅作品解析》（2014）。本书汇集的，是散见在报刊，收在随笔集里的有关鲁迅的文字，而且基本上都写在 2002 年退休以后，大都是演讲稿和序言。和同时编选的供不同年龄的读者阅读的鲁迅作品读本（如《小学生鲁迅读本》《中学生鲁迅读本》《鲁迅入门读本》等），都是在做同一件事，即将鲁迅思想与文学转化为当代思想文化教育资源。现在汇集起来，就命名为《鲁迅与当代中国》，意在作沟通"鲁迅"与"当代中国"的桥梁。这是我自己主动担起的历史使命。

它当然不合时宜：因为，就像收入本书里的一篇文章所说，从二十世纪九十年代以来，"中国文坛学界，轮番走过各式各样的'主义'的鼓吹者，而且几乎是毫无例外地要以'批判鲁迅'为自己开路"。但几十年来，我从来不为批判者的高论、喧嚣所动，依然我行我素，以鲁迅提倡的韧性精神，到处讲鲁迅，一有机会就讲鲁迅。可以说是乐此不疲，而且越讲越起劲。坦白地说，讲的时候心里还有一种恶作剧式的快感：你们不是恨鲁迅、怕鲁迅吗？我偏要讲，而且还总有人愿意听，你们要逐出鲁迅，一统天下就不那么容易了。这绝不是我的偏执，而是出于两个基本信念：我相信鲁迅思想、文学的永远鲜活的生命力，和有的人认为鲁迅的价值讲过头了相反，在我看来，我们对鲁迅对当代中国和世界的意义的认识还远远不够。我更坚信，处在历史大变革的中国需要鲁迅，不满足现状的中国人，特别是中国的年轻一代需要鲁迅。

我的这两大信念，是建筑在理性思考与实践经验基础上的。收入本书的文章，即可证明。第一辑"我们需要鲁迅"，是我对鲁迅的当代阐释。其中提出了一些对鲁迅的新认识，新概括，例如，中国文化中的"另一种存在，另一种可能性"的鲁迅，"具有原创性与民族精神源泉的思想家、文学家"的鲁迅，"集中了二十世纪中国经验"的鲁迅，"真的知识阶级"的鲁迅，左翼鲁迅，东亚鲁迅，等等。还有和不同人群谈鲁迅的尝试，如和中学生、大学生谈鲁迅，和中小学教师谈鲁迅，和青年志愿者谈鲁迅，和宝钢工人与干部谈鲁迅，和医生谈鲁迅，和鲁迅研究者谈鲁迅，在台湾谈鲁迅，等等，这都是自觉地开拓一个当代中国人与鲁迅交流的广阔空间。第二辑"鲁迅与当代青年的相遇"，展现的是鲁迅的当代接受。这里有我自己于二十世纪八九十年代在北大讲鲁迅，本世纪以来在中学、台湾讲鲁迅的教学实录，以及一些大陆中学老师、台湾大学老师开设鲁迅阅读与研究课程的经验总结。从中可以看到，"60后""70后""80后""90后"四代大陆青年和"90后"台湾青年，都在不同程度上和鲁迅相遇。这种历史性相遇，不仅在这些青年的精神成长上产生深远的影响，而且青年们也用自己的方式阐释鲁迅，创造了我们成年人和专业研究者难以想象的更加丰富多彩的鲁迅世界。尽管这样的青年并不多——鲁迅的真正接受者永远是少数，但其影响绝不能低估。它至少对种种否定鲁迅的"高论"是一个有力的回应，而且表明，在当代中国的大中小学、企业、民间都出现了热爱鲁迅，自觉传播鲁迅思想与文学的"志愿者"，他们默默地在青少年中播下鲁迅思想与文学的种子，其意义是更为重大，更能给我们以鼓舞的。第三辑"重看历史中的鲁迅"，是立足于当代，将鲁迅复原到历史的语境与关系中，从而激发出对鲁迅的新思考。其所讨论的问题，如鲁迅与孔子、胡适、毛泽东的关系、比较，鲁迅与民国、"五四"新文化运动的关系，都是当代中国人所关心的热门话题，自然更引人注目。这也构成了鲁迅当代阐释与接受的一个重要方面。

最后要说的是，这一切都是我个人对鲁迅的一种观照和认识，它的个人性与局限性都是明显的。把它汇集成书，还是我经常说的那句话：我"姑妄说之"，读者朋友就"姑妄听之"吧。

2015 年 3 月 28 日